Zum Buch:

Mollys Familie ist verflucht, davon ist sie überzeugt. Warum sonst hat ihre
Mutter sie verlassen? Ihre geliebte Mutter, die ihr stets eingeschärft hat, dass
niemand Molly verletzen kann. Dass sie sich immer an den Himmel wenden
soll, wenn sie nicht weiterweiß, und der Himmel ihr Geschenke zukommen
lassen wird. Und dass Mollys Herz so hart sein soll, dass niemand es brechen
kann. Molly begibt sich auf eine gefährliche Reise, um den Fluch aufzuheben,
und erlebt dabei nicht nur größte Gefahren, sondern auch die fantastischsten
Wunder der Natur. Sie erfährt, was Freundschaft und Liebe bedeuten, und
steht am Ende in der großartigsten Schatzkammer der Welt.

Zum Autor:

Trent Dalton wuchs in einem Vorort von Brisbane, Australien, auf. Er ist viel-
fach ausgezeichneter Journalist, und wurde viermal als australischer »Journalist des Jahres« geehrt. Sein Debütroman »Der Junge, der das Universum
verschlang« war ein australischer Bestseller, wurde u. a. mit dem »Indie Book
of the Year Award 2019« ausgezeichnet und in 34 Ländern veröffentlicht. Mit
»Der ganze Himmel« hat er seinen zweiten Roman vorgelegt.

TRENT DALTON

DER GANZE HIMMEL

ROMAN

Aus dem australischen Englisch von
Alexander Weber

HarperCollins

Die Originalausgabe erschien 2020 unter dem Titel
All Our Shimmering Skies bei HarperCollins Publishers Australia, Sydney.

Die Arbeit des Übersetzers am vorliegenden Text
wurde vom Deutschen Übersetzerfonds gefördert.

1. Auflage 2023
Ungekürzte Taschenbuchausgabe
© 2020 Trent Dalton
© 2023 für die deutschsprachige Ausgabe
by HarperCollins in der
Verlagsgruppe HarperCollins Deutschland GmbH, Hamburg
Umschlaggestaltung von Cordula Schmidt Design, Hamburg
nach einem Originalentwurf von Darren Holt
(HarperCollins Design Studio)
Umschlagabbildung von ›Banksia‹ from The Botanist's Repository,
for New and Rare Plants (Plate 457), 1797,
by Peter H. Raven Library/Biodiversity Library; Shutterstock
Gesetzt aus der Stempel Garamond
Von GGP Media GmbH, Pößneck
Druck und Bindung von GGP Media GmbH, Pößneck
Printed in Germany
ISBN 978-3-365-00401-2
www.harpercollins.de

FÜR FIONA, BETH UND SYLVIE

DAS ERSTE
HIMMELSGESCHENK

MOLLY UND
DIE GRABINSCHRIFT

Eine Bulldoggenameise krabbelt über einen Fluch. Der Kopf der Ameise ist blutrot, und sie hält an, läuft weiter, hält wieder an, läuft weiter und krabbelt durch das gemeißelte F einer Grabinschrift. Die siebenjährige Molly Hook fragt sich, ob die Bulldoggenameise wohl jemals den ganzen Himmel gesehen hat, bei all den verrückten Winkeln, in denen Bulldoggenameisen so laufen, und wenn die Ameise keinen Himmel sehen kann, dann wird Molly ihr eben einen machen. Die Bulldoggenameise folgt einem schnurgeraden L, dann dem runden Unterschwung des Us, kriecht hinüber zu einem gewundenen C und hinaus aus den langen Furchen eines Hs. Molly ist das Totengräbermädchen. Sie hat gehört, wie die Leute in der Stadt sie so nennen. Armes kleines Totengräbermädchen. Irres kleines Totengräbermädchen. Sie lehnt auf ihrer Schaufel. Die Schaufel hat einen Holzstiel, der so lang ist wie sie selbst, und ein breites dreckverkrustetes Stahlblechblatt mit gezahnten Kanten, um Wurzeln zu zerhacken. Molly hat der Schaufel einen Namen gegeben, weil sie ihre Schaufel gernhat. Sie nennt sie Bert, weil die Zacken an der Seite sie an die fauligen, eiszapfenförmigen Eckzähne von Bert Green erinnern, dem der Sugar-Lane-Süßigkeitenladen in der Shepherd Street gehört. Bert die Schaufel hat ihr dieses Jahr schon geholfen, sechsundzwanzig Gräber auszuheben, das erste Jahr, in dem sie mit ihrer Mutter, ihrem Vater und ihrem Onkel Gräber schaufelt. Bert hat für sie eine Schwarzpeitschenschlange erschlagen. Mollys Mutter Violet sagt, Bert ist Mollys zweitbester Freund. Mollys Mutter sagt, ihr bester Freund ist der Himmel. Denn der Himmel ist der beste Freund eines Mädchens. Es gibt Dinge, die der Himmel einem Mädchen über sich selbst erzählt, die niemand anders ihm je erzählen könnte. Mollys Mutter sagt, dass der Himmel nicht ohne Grund auf Molly achtgibt. Alles, was sie je über sich selbst zu lernen hat, sagt ihre Mutter, steht da oben geschrieben. Sie muss einfach nur hochgucken.

Mollys nackte Füße sind so dreckverkrustet wie Berts Schaufelblatt, und über Knie und Ellbogen ziehen sich kupferbraune Streifen tönerner Friedhofserde. Molly, die den weitläufigen, runtergekommenen, halb toten Friedhof völlig zu Recht als ihr Königreich betrachtet, hüpft auf eine alte schwarze Steinplatte und kniet nieder, um ihren großen blauen Augapfel ganz dicht über die krabbelnde Bulldoggenameise zu halten. Sie fragt sich, ob die Ameise das tiefe Blau in ihren Augen sehen kann, und denkt, wenn die Ameise dieses Blau in ihren Augen sieht, dann wird sie vielleicht eine Ahnung davon bekommen, wie es sich anfühlt, den gewaltigen blauen Himmel über Darwin zu sehen.

»Runter von dem Grab, Molly.«

»Sorry, Mum.«

Der Himmel hat die Farbe von 1936, und der Himmel hat die Farbe von Oktober. Wenn man aus dem blauen Himmel auf sie herabblickt und immer näher hinschaut, sieht man eine Mutter und eine Tochter vor einem Goldschürfergrab stehen, an der abgelegensten Grabstelle im abgelegensten Winkel des Hollow Wood Cemetery, am weitesten von der Kieseinfahrt entfernt. Sie sind ältere und jüngere Versionen ihrer selbst. Molly Hook, braun gelocktes Haar, knochendürr und unbeschwert. Violet Hook, braun gelocktes Haar, knochendürr und bekümmert. Sie hält etwas hinter ihrem Rücken, doch ihre Tochter ist mal wieder zu beschäftigt, zu sehr Molly, um es zu bemerken. Violet Hook, die Totengräbermutter, die stets etwas verbirgt. Ihre zittrigen Finger. Ihre Gedanken. Die Totengräbermutter, die Menschen tot im Dreck vergräbt und ihre Geheimnisse lebendig in sich selbst. Die Totengräbermutter, die aufrecht geht, doch immer in Gedanken ist. Sie steht am Fuß eines alten Kalksteingrabs aus grauem Stein, schon so verwittert, dass er schwarz wirkt; zerfressen, marode und gebrochen wie die Leute, die für die billigen Gräber auf diesem billigen Friedhof gezahlt haben; gebrochen wie Aubrey Hook und sein jüngerer Bruder Horace Hook – Mollys Vater, Violets Ehemann –, die ständig abgebrannten Säufer, groß gewachsen, mit schwarzen Hüten und verschwitzten Gesichtern und selten mal zu Hause. Die dunkeläugigen Brüder, die diesen Friedhof geerbt haben, widerwillig dessen verzogene und verrostete Tore offen halten und ihre Friedhofsgeschäfte von den Pubs und Gin Bars in Darwin aus erledigen – und aus einem schummrigen und zerschlissenen, in rotem Samt möblierten Hinterzimmer im unterirdischen Opium-Bordell unter Eddie Loongs weitläufigem Schuppen in der Gardens Road, wo er seine nordaustralischen Meeräschen trocknet und einsalzt, um sie nach Hongkong zu verschiffen.

Molly stemmt die Rechte auf die Grabplatte, stößt sich, allein weil sie es kann und will, von der Platte ab und schnellt in einer raschen Folge wilder Drehungen vom Grab, so frei und ungestüm, dass ihr ganz schwindelig wird und sie hoch zum Himmel blicken muss, um das Gleichgewicht wiederzufinden. Und dort entdeckt sie etwas.

»Schwimmender Delfin«, sagt Molly, so beiläufig, wie sie eine Stechmücke auf dem Ellbogen bemerken würde. Violet schaut hoch, um Mollys Delfin zu finden, der aus einer Wolke besteht, die gerade eine dickere Wolke anstupst, in der Violet erst ein Iglu erkennt, bevor sie ihre Meinung ändert. »Dicke fette Ratte, die sich den Hintern leckt«, sagt sie.

Molly nickt und kringelt sich vor Lachen.

Violet trägt ein altes weißes Leinenkleid, und ihre Haut ist gerötet von der Sonne Darwins, heiß von Darwins Hitze. Sie hält noch immer etwas hinter ihrem Rücken, verbirgt dieses Etwas vor ihrer Tochter.

»Stell dich neben mich, Molly«, sagt Violet.

Molly und Bert, die treue und robuste Schaufel, nehmen ihre Plätze neben Violet ein. Molly folgt dem Blick der Mutter, sieht, was ihre Aufmerksamkeit erregt. Ein Name auf einem Grabstein.

»Wer war Tom Berry?«, fragt Molly.

»Tom Berry war ein Schatzsucher«, sagt Violet.

»Ein Schatzsucher?«, keucht Molly.

»Tom Berry hat in jedem Winkel dieses Landes Gold gesucht«, sagt Violet.

Molly findet Zahlen unter dem Namen auf dem Grabstein: 1868–1929.

»Tom Berry war dein Großvater, Molly.«

Unter den Zahlen stehen so viele Wörter: Gedrängt und überladen und zu klein füllen sie den ganzen Grabstein. Es ist weniger eine Inschrift als eine Warnung oder eine Art öffentliche Bekanntmachung für die Bewohner Darwins, und Molly müht sich, ihre Bedeutung zu verstehen.

HIERMIT SEI KUNDGETAN, DASS ICH VER-
FLUCHT VON EINEM HEXENMEISTER

STARB. ICH NAHM ROHGOLD VOM LAND
DES SCHWARZEN NAMENS LONGCOAT
BOB, UND ICH SCHWÖRE BEI GOTT: ER HAT
MICH UND MEINE ANVERWANDTEN FÜR
DIE SÜNDE MEINER GIER MIT EINEM FLUCH
BELEGT. LONGCOAT BOB HAT UNSERE
GUTEN HERZEN ZU STEIN WERDEN LAS-
SEN. ICH TRUG DAS GOLD ZURÜCK, DOCH
LONGCOAT BOB NAHM DEN FLUCH NICHT
VON MIR, UND SO RUHE ICH HIER UND
BEREUE NUR EINES: DASS ICH LONGCOAT
BOB NICHT UMGEBRACHT HABE, ALS ICH
ES KONNTE. SEI'S DRUM, SO VERSUCHE ICH
MEIN GLÜCK HALT IN DER HÖLLE.

»Wozu sind all die Wörter gut, Mum?«

»So etwas nennt man eine Grabinschrift, Molly.«

»Was ist eine Grabinschrift, Mum?«

»Es ist die Geschichte eines Lebens.«

Molly studiert die Wörter. Zeigt mit dem Finger auf ein Wort in der zweiten Zeile.

»Ein Mann, der zaubern kann«, sagt Violet.

Molly deutet auf ein anderes Wort.

»Ein böser Zauber für jemanden, der es vielleicht ver-dient hat«, sagt Violet.

Der Kinderfinger huscht zu einem anderen Wort.

»Anverwandte«, sagt Violet. »Das bedeutet Familie, Molly.«

»Väter?«

»Ja, Molly.«

»Mütter?«

»Ja, Molly.«

»Töchter?«

»Ja, Molly.«

Molly schabt mit dem Nagel ihres rechten Zeigefingers über Berts Griff.

»Hat Longcoat Bob dein Herz zu Stein werden lassen, Mum?«

Langes Schweigen. Violet Hook mit ihren Zitterhänden. Eine lange braun gelockte Strähne weht ihr über die Augen.

»Diese Inschrift ist scheußlich, Molly«, sagt Violet. »Dein Großvater hat die Geschichte seines Lebens mit Zorn und Rachsucht verschandelt. Eine Grabinschrift sollte anmutig und wahr sein. Diese Inschrift hier ist nur eines von beidem. Eine Inschrift sollte poetisch sein.«

Molly dreht sich zu ihrer Mutter. »So wie das Gedicht auf Mrs. Salmons Grab, Mum?«

HIER LIEGT PEGGY SALMON,
SIE LIEBTE FISCH UND WEIN
KANNT' WEDER PRUNK NOCH HUNGER
GOSS GERN EIN GLÄSCHEN EIN

»Versprichst du mir etwas, Molly?«

»Ja.«

»Versprich mir, dass du alle Gedichtbände liest, die im Regal neben der Haustür stehen.«

»Das verspreche ich, Mum.«

»Versprichst du mir noch etwas, Molly?«

»Ja, Mum.«

»Versprich mir, dass du ein würdevolles Leben führen wirst, Molly. Versprich mir, dass du ein großartiges, wunderschönes und poetisches Leben haben wirst, und selbst wenn es nicht poetisch wird, sollst du darüber schreiben, als wär es so gewesen. Du schreibst darüber, Molly, verstehst du? Versprich mir, dass deine Grabinschrift nicht so hässlich wird wie diese hier. Und wenn jemand anders deinen Grabspruch schreibt, dann sorge dafür, dass er keine Mühe damit hat. Du musst ein so erfülltes Leben leben, dass sich deine Inschrift wie von selbst schreibt, verstehst du? Versprichst du mir das?«

»Das verspreche ich, Mum.«

Molly wackelt mit den Knien. Molly ist zappelig. Weil sie es will und kann, schmeißt sie Bert einfach in den Dreck und schlägt neben dem Grab des Großvaters ein Rad, und ihr Friedhofskleid fällt ihr über die Augen, sodass sie kurz erblindet, und sie schafft die Landung nicht, stolpert und stürzt in einem wirbelnden Wust aus Armen und Beinen zu Boden.

»Nicht sehr anmutig, Molly«, sagt Violet. »Die Gedichtbände werden dich lehren, anmutig zu sein.«

Molly streicht sich die schlaffen Locken aus den Augen und lächelt. Mit einem streng gereckten Zeigefinger zitiert Violet das Totengräbermädchen zurück an ihre Seite. Molly hebt Bert die Schaufel auf und nimmt wieder den Platz neben ihrer Mutter ein.

»Sei jetzt still«, sagt Violet.

Die Stille dieses Friedhofs. Diese sonnengedörrte Gemeinschaft der Toten. Trockenzeit in Darwin, und alle Bäume auf dem Friedhof wollen brennen. Stringybark-Eukalyptusbäume neigen sich über Gräber, die so alt sind, dass man ihre Besitzer nicht herausfinden kann. Wollybutt-Bäume mit ihren toten orangeroten Blüten, die jeden Stamm umsäumen wie ein Feuerkreis, wachsen hier seit fünfzig Jahren aus der kiesigen Erde in die Höhe, recken sich so hoch wie die Geschäfte an der Promenade in Darwin. Unkraut und Gras überwuchern die Gedenkstätten von Zimmermännern, Farmern, Soldaten, Müttern und Vätern, Brüdern und Schwestern. Anverwandten.

Das Land verschlingt den Friedhof von Hollow Wood. Das Erdreich hat die Toten längst gefressen, und jetzt nagt es an den Zeugnissen ihres Lebens.

Molly bricht das Schweigen. Molly bricht immer das Schweigen.

»Ist mein Großvater da unten?«, fragt sie.

Violet lässt sich mit der Antwort Zeit.

»Ein Teil von ihm ist da unten«, sagt sie.

»Und wo ist der Rest?«

Violet schaut auf zu jenem blauen Himmel, den die Bulldoggenameise noch nicht entdeckt hat. »Da oben.«

Molly wirft den Kopf in den Nacken und späht hoch in den Himmel, blinzelt in die hoch stehende Mittagssonne Darwins.

»Das Beste von ihm ist da oben«, sagt Violet.

Molly festigt ihren Stand, zieht den rechten Fuß zurück, ohne den Himmel aus den Augen zu lassen.

Links an Mollys Himmel, typisch für die Trockenzeit, treibt eine einsame Kumuluswolke, eine bauschig aufgetürmte Wolkenstadt aus aufsteigender Warmluft, die Molly an den Schaum erinnert, der sich bildet, wenn Bert Green eine Kugel Eis in ein hohes Glas Sarsaparilla löffelt. Alles rechts von dieser Wolke ist blau. Violet Hook folgt dem Blick der Tochter hoch zum Himmel, starrt fast eine halbe Minute in die Luft, dann wendet sie sich ab und starrt in etwas beinahe ebenso Beglückendes: das Gesicht ihrer Tochter. Dreckstreifen auf der linken Wange. Ein Klecks Eigelb, noch vom Frühstück, verkrustet im linken Mundwinkel. Mollys Augen, die immer Richtung Himmel blicken.

»Wie ist dieser Ort, Molly?«

Molly kennt die Frage, und sie kennt die Antwort. »Dieser Ort ist hart, Mum.«

»Wie ist Stein, Molly?«

Molly kennt die Frage, und sie kennt die Antwort. »Stein ist hart, Mum.«

»Wie ist dein Herz, Molly?«

»Mein Herz ist hart, Mum.«

»Wie hart ist es?«

»Hart wie Stein«, sagt Molly, die Augen immer noch gen Himmel gerichtet. »So hart, dass man es nicht brechen kann.«

Violet nickt, atmet tief durch. Langes Schweigen. Dann vier schlichte Wörter. »Ich geh fort, Molly.«

Molly scharrt mit ihrem blanken linken Fuß und dreht den Kopf zur Mutter. »Wo gehst du hin, Mum?«, fragt sie und sticht Berts Schaufelblatt mit der Rechten wahllos in die Erde. »Fährst du wieder nach Katherine, Mum?«

Violet schweigt.

»Fährst du wieder nach Timber Creek, Mum? Kann ich mitkommen?«

Violets Blick wandert zum Himmel. Wieder langes Schweigen.

Molly rammt die rechte Ferse in den Boden, wartet auf die Antwort ihrer Mum.

Violet wirkt versunken in diesem Himmel. Dann schließt sie die Augen, streckt den rechten Arm nach ihrer Tochter aus, und Molly sieht, wie sich die Hand der Mutter langsam auf ihre linke Schulter legt. Die Finger ihrer Mutter zittern. Und jetzt sieht Molly auch, dass ihre Arme dürrer sind als je zuvor. Die Haut noch blasser.

»Warum machen deine Finger das, Mum?«

Violet schlägt die Augen auf, mustert ihre bebende Hand, besieht sie sich von Nahem, verbirgt sie wieder hinter dem Rücken. Richtet den Blick erneut gen Himmel. »Ich geh da hoch, Molly«, sagt Violet. »Ich geh da hoch, um bei deinem Großvater zu sein.«

Molly lächelt. Schaut wieder empor, ein Funkeln in den Augen. »Kann ich mitkommen?«

»Nein, Molly, du kannst nicht mitkommen.«

Auf einmal ist Molly durstig, und es dreht ihr den Magen um. Die Zehen ihres rechten Fußes bohren sich in die rote Erde unter ihr, sie ballt nervös die Fäuste, und die längsten Nägel stechen so tief in die Handflächen, dass sie sich durch die Haut bohren. Schau wieder zum Himmel. Schau wieder zu Mum.

»Ich werde nicht wieder runterkommen, Molly.«

Molly schüttelt den Kopf. »Warum nicht?«

»Weil ich nicht mehr hier unten bleiben kann.«

Molly schaut wieder hoch zum Himmel. Sucht nach einer Stadt. Sucht nach einem Haus, in dem ihre Mum da oben wohnen kann. Sucht nach Straßen im Himmel, nach Süßigkeitengeschäften und Schnapsläden. In der Stadt hinter den Wolken. Der Stadt hinter dem Himmel.

»Dies ist das letzte Mal, dass du mich siehst, Molly.«

»Warum?«

»Weil ich weggehe.«

Molly senkt den Kopf. Gräbt die Zehen tief in die Erde. Sie will wissen, wie der Mutter dieser Zaubertrick gelingt, wie sie so rasch vom Licht ins Dunkel wechseln kann. Sie ist wie Tageslicht, das mit einem Schlag zu Nacht wird, sagt Molly sich. Taghimmel, der zu Nachthimmel wird, ohne dass dazwischen Leben war. Ohne Zeit dazwischen. Ohne Hausarbeit. Ohne Nachmittagstee. Blauer Taghimmel mit Delfinwolken, der sich in Nachthimmel verwandelt, rabenschwarz und nichts als schwarz.

»Was spürst du in dir drin, Molly?«, fragt Violet.

»Ich spüre, dass ich weinen will.«

Violet nickt. »Dann weine, Molly«, sagt sie. »Weine.«

Und das Totengräbermädchen kneift die Augen zusammen, ihr Körper bebt, als müsste sie sich gleich erbrechen, ihr Hals zuckt vor, und sie fängt an zu schluchzen. Nach zwei tiefen Schluchzern sperrt sie weit die Augen auf, öffnet sie für einen Strom aus Tränen, der sich in Nebenflüsse aufzweigt, die über die Dreck- und Staubschicht auf dem Gesicht des Mädchens rinnen, und diese neuen Flussarme erinnern Violet an die verzweigten Wasserläufe, die sie als Kind einst auf den Goldsucherkarten ihres Vaters gesehen hat.

»Wein weiter«, sagt Violet.

Und das Mädchen weint noch heftiger und schlägt die Hände vors Gesicht, Rotz läuft ihr aus der Nase, und Spucke rinnt ihr von den Lippen, und ihre Mutter fasst sie nicht mal an. Hält sie nicht. Streckt nicht die Hände nach ihr aus.

»Weine, Molly, weine«, sagt Violet leise.

Das Totengräbermädchen heult so laut, dass Violet den Kopf ganz instinktiv zum Friedhofsgebäude hinter einer kleinen Baumgruppe wendet, aus Angst, der Lärm könnte ihren Mann aus einem mittäglichen Suffschlaf wecken.

»Gut so«, sagt Violet. »Gut so, Molly.«

Und Molly weint noch eine ganze Minute, dann schluckt sie schwer und fährt sich mit dem Handrücken über die Augen. Bauscht eine Handvoll ihres Kleiderstoffs zusammen und neigt den Kopf, um sich damit das Gesicht zu säubern.

Violet steht jetzt direkt vor ihrer Tochter, die Hände immer noch hinter dem Rücken.

»Bist du fertig?«

Molly nickt, zieht Rotz die Nase hoch.

»Ist alles draußen?«

Molly nickt.

»Jetzt sieh mich an, Molly«, sagt Violet.

Molly schaut zu ihrer Mutter auf.

»Du wirst nie wieder um mich weinen«, sagt sie. »Von nun an wirst du keine einzige Träne mehr für mich vergießen. Du wirst nie wieder um mich trauern. Du wirst nie Angst haben. Du wirst keinen Schmerz spüren. Denn du bist gesegnet, Molly Hook. Und lass dir von niemandem einreden, dass du es nicht bist.«

Molly nickt.

»Wie ist dieser Ort, Molly?«

»Er ist hart, Mum.«

»Wie ist Stein, Molly?«

»Stein ist hart, Mum.«

»Wie ist dein Herz, Molly?«

»Mein Herz ist hart, Mum.«

»Wie hart ist es?«

»Hart wie Stein. So hart, dass man es nicht brechen kann.«

Violet nickt. »Niemand wird es je brechen können, Molly«, sagt sie. »Dein Vater nicht. Dein Onkel nicht. Auch ich nicht.«

Molly nickt. Sie sieht, wie ihre Mutter zum Friedhofshaus hinüberschaut. Sieht die Furcht in ihren Zügen. Sieht die Sorge darin.

Violet wendet sich wieder an ihre Tochter. »Gibt es noch etwas, das du mich gern fragen würdest, bevor ich gehe?«

Molly hält den Kopf gesenkt, starrt zu Boden. Starrt auf eine Ameisenkolonne, die zum Grab ihres Großvaters marschiert.

»Werde ich immer noch mit dir reden können?«

»Du wirst immer mit mir reden können, wenn du reden willst«, sagt Violet. »Du musst nur hochschauen.«

»Aber wie werde ich dich hören können?«, fragt das Mädchen.

»Du musst nur zuhören.«

Molly hält den Kopf gesenkt.

»Nein, so wird das nichts«, sagt Violet. »Du darfst den Kopf nicht hängen lassen, Molly. Du musst hochschauen. Du musst immer hochschauen.«

Molly blickt auf. Violet nickt, deutet ein Lächeln an. »Gibt es noch etwas, das du mich fragen möchtest?«

Molly kratzt sich im Gesicht, verdreht den linken Fuß im Dreck, grübelt über etwas nach.

»Was denn, Molly?«

Molly verzieht das Gesicht. »Du wirst meinen Geburtstag verpassen«, sagt Molly.

»Ich werde all deine Geburtstage verpassen, Molly.«

Molly lässt den Kopf hängen. »Dann werde ich überhaupt keine Geschenke mehr bekommen«, sagt sie.

»Du wirst immer noch Geschenke von mir kriegen.«

»Echt?«

»Aber natürlich.«

Molly deutet zum Himmel. »Aber dann bist du doch da oben.«

Violet lächelt. »Da kommen doch die besten Geschenke her.«

Violet schaut wieder zum Himmel. »Der Regen, Molly«, sagt sie. »Die Regenbögen. Die Delfinwolken. Elefantenwolken. Einhornwolken. Die großen dicken Blitze. Die Himmelsgeschenke, Molly. Ich werde sie alle zu dir runterschicken.«

»Himmelsgeschenke«, sagt Molly. Das Wort gefällt ihr. »Nur für mich?«

»Nur für dich, Molly. Aber du musst die Augen auf den Himmel richten. Du musst immer hochschauen.« Violet zeigt nach oben. »Gerade fällt eins runter.«

»Wo?«, japst Molly und sucht den blauen Himmel ab.

Violet deutet wieder hoch. »Da«, sagt sie.

Molly blinzelt und beschirmt die Augen gegen das grelle Licht.

»Es ist ein Geschenk von deinem Großvater, Molly. Er will, dass du es kriegst.«

Molly hüpft jetzt auf der Stelle. »Was ist es? Was ist es?«

»Das, mit dem dein Großvater seinen Schatz gefunden hat«, sagt Violet, ohne herabzuschauen.

»Einen Schatz!«, sagt Molly.

»Jeder von uns hat seinen eigenen Schatz, den es zu finden gilt, Molly. Er will, dass du deinen findest.«

Molly späht wachsam in die Wolken, aber sie kann das fallende Himmelsgeschenk nirgends entdecken.

»Schau weiter hoch, Molly«, sagt Violet. »Behalte den Himmel immer im Auge, Molly. Schau nicht weg, sonst siehst du es nicht fallen.«

Molly späht noch wachsamer empor, kann das Geschenk aber immer noch nicht sehen.

»Schau weiter hoch, Molly«, sagt Violet. »Behalte den Himmel immer im Auge, Molly. Schau nicht weg, sonst siehst du es nicht fallen.«

Molly merkt, wie ihre Mutter näher kommt. Spürt, wie die Mutter ihr die Arme um die Schultern legt. Spürt die Lippen ihrer Mutter an der Schläfe.

»Ich gehe jetzt, Molly«, sagt Violet. »Aber du darfst mich nicht weggehen sehen. Du musst weiter hochschauen. Du musst weiter in den Himmel gucken.«

Und Molly schaut zum Himmel und schaut und schaut und will so gerne wegsehen, aber sie hört auf ihre Mum, sie glaubt an ihre Mum, glaubt ihr und wendet den Blick nicht von diesem hohen blauen Firmament und merkt, wie ihre Mum sich von ihr wegbewegt, hört, wie die Sandalen ihrer Mum Laub und Grashalme zertreten, und sie will vom Himmel weg- und zu diesem Geräusch hinsehen, doch sie hört auf ihre Mum, denn ihre Mum hat immer recht, ist immer ehrlich, immer anmutig.

»Du kannst jetzt anfangen, deine eigene Inschrift zu schreiben, Molly.« Immer weiter weg. »Niemand wird sie für dich schreiben. Du kannst sie selber schreiben. Schau nur immer hoch zum Himmel, Molly.«

»Schau zum Himmel, Molly.« Noch weiter weg.

»Schau zum Himmel, Molly.« Zu weit weg.

Molly guckt weiter hoch zum Himmel, sie starrt so lange hin, dass sie sich schwört, nur noch sechzig Sekunden länger hinzuschauen, und dann zählt sie stumm im Kopf von sechzig runter und immer, wenn nur noch fünf Sekunden übrig sind, beschließt sie, nun doch noch einmal sechzig Sekunden zu zählen, und genau das tut sie dann. Zehn, neun, acht, sieben, sechs, fünf, vier, drei, zwei, eins.

Sie kann das Himmelsgeschenk immer noch nicht sehen, also wendet sie den Blick vom großen Blau, ihr Bauch noch immer aufgewühlt, und reißt den Kopf herum in jene Richtung, aus der die letzten Schritte kamen. Sucht ihre Mutter. Doch da sind nur Bäume und Gräber und Unkraut und Haufen kiesgespickter Lehmerde über den Toten und sonst nichts. Und sie blickt über dieses stille Friedhofsgelände und wartet, dass ihre Mutter irgendwo wieder hereinläuft. Aber das tut sie nicht.

Ein Bild kommt dem Totengräbermädchen in den Sinn. Eine Bulldoggenameise, die über einen Fluch krabbelt. Ein einziges Wort, in Stein gemeißelt. Ein böser Zauber für jemanden, der es vielleicht verdient hat. Sie dreht sich zum Grab, um die Inschrift ihres Großvaters zu lesen, und auf der Steinplatte neben ihren dürren Schienbeinen liegt eine flache quadratische Geschenkschachtel. Sie ist mit einem Band verschnürt und oben mit einer Schleife zugebunden. Das Band hat die gleiche Farbe wie der Himmel.

Molly stürzt sich auf das Himmelsgeschenk und schüttelt es. Sie zerrt das Band hinunter, und ihr Bauch hört gleich auf zu rumoren. Ihre schwitzigen und dreckverschmierten Finger betasten grapschend die Ränder des Kartons. Endlich erfühlt sie eine Öffnung, sie reißt die billige dünne Pappe grob an der Unterkante auf und etwas Metallenes – etwas Hartes – rutscht ihr aus der Schachtel in die Hände.

Sie hält es gegen den Himmel. Eine runde Metallschüssel. Massives Kupfer. Alt und dreckverkrustet. Erst hält Molly sie für einen Essteller. Vielleicht ein Servierteller für Sandwiches. Doch die Schüssel hat einen erhöhten schrägen Rand und eine flache Unterseite, und sie ist nur wenig kleiner als das Lenkrad eines Autos. Molly hat so etwas schon einmal gesehen. Auf der Ladefläche von Onkel Aubreys rotem Pritschenwagen, in der alten Metallkiste, wo er seine Goldschürfwerkzeuge verstaut. Es ist kein Teller, denkt sie. Es ist eine Pfanne. Eine Pfanne zum Goldsuchen. Eine Pfanne zum Schätzefinden. Und die siebenjährige Molly Hook weiß ganz genau, wie man sich beim Himmel für eine solche Großzügigkeit bedankt, also blickt sie zu ihm auf und sagt so anmutig wie möglich: »Danke schön.« Und in der Stille des Friedhofs wartet das Totengräbermädchen geduldig, dass der Himmel ihr irgendetwas antwortet.

SCHWARZER
STEINFROSCHSTEIN

Das Totengräbermädchen am Wasser, vier Tage später.
Molly Hook kniet am schlammigen Ufer des Blackbird
Creek, der die Ostgrenze des Friedhofs bildet. In den Händen ihr Himmelsgeschenk. Erde, Schmutz und Schlick haben die Kupferpfanne schlammbraun verfärbt. Sie füllt die
Pfanne mit trockenem Flusskies und watschelt hockend ins
flache Bachwasser. Mit festem Griff taucht sie die Pfanne
unter, in den weniger verdreckten Stellen ganz am Rand
spiegelt die Sonne sich im Kupfer, und Molly hält die rät-
selhaften Lichtreflexe irrtümlich für rasche wundersame
Goldfunde.

Gold, Mum, Gold. Und dann blickt sie zum Himmel.
Bist du das, Mum? Hast du das gemacht? Kannst du mich
hören, Mum?

Und in diesem Moment, so kurz vor ihrem achten Geburtstag, hält Molly es für völlig einleuchtend, dass der
Gott des Gesteins, dieser launische und egoistische Geist
des Goldes, dieser Sohn des Zeus, Chrysos – auf dessen
Grab ihr Vater und ihr Onkel immer pissen, wenn sie
besoffen sind –, ihr gerade heute einen Goldfund beschert.
An diesem seltsamsten aller Tage, diesem Trübe-Laune-Tag,
an dem ihr Vater Horace und ihr Onkel Aubrey da drüben
beim schwarzen Steinfroschstein unter dem ausladenden

Milchholzbaum ein tiefes Erdloch ausheben, um einen weiteren toten Menschen dort zur ewigen Ruhe zu betten.

Sie schaut ihnen beim Graben zu. Aubrey Hook ist zwei Jahre älter als Horace Hook und fünfzehn Zentimeter größer. Die Brüder sind beide Mitte dreißig, aber zu viel Plackerei und zu viel Darwinsonne haben sie vorzeitig in die Vierziger katapultiert. Beide Brüder tragen breitkrempige schwarze Hüte, die Schatten auf ihre Hände werfen, wenn sie eine Pause machen, um ihre rostigen rechteckigen Havelock-Tabakdosen aufzumachen und sich, stumm wie immer, ihre Kippen zu drehen. Die Männer tragen weiße Baumwollhemden, schwarze Hosen und schwarze erdverklumpte Arbeitsstiefel. Ihre Wirbelsäulen sind oben so gekrümmt, als würden die Schulterblätter ihren Kopf vorschieben, als wären sie bereits entstellt zur Welt gekommen, doch das liegt nur am vielen Schaufeln, am Ausheben von Gräbern für die Toten und an all den Jahren, in denen sie sich ihr eigenes Grab geschaufelt haben, als armselige Nachzügler des Goldrauschs hier im Northern Territory. Es dauert Jahrzehnte, bis eine Wirbelsäule diese Schaufelstellung annimmt, doch irgendwann fügt sie sich schließlich, krümmt sich in eine für sie bequeme Position, so wie auch Horace und Aubrey sich eines Tages dankbar in ein schokoladenkuchenbraunes Erdloch krümmen werden, gleich jenem, das sie gerade neben dem schwarzen Steinfroschstein ausschachten.

Aubrey trägt einen Schnurrbart, Horace nicht. Rote Halstücher gegen den Schweiß, weiße Taschentücher in den Hosentaschen, um sich den Dreck von der Stirn zu wischen. Männer aus Haut und Knochen, Schufterei und schlechtem Schlaf und Sorgen. Männer die, wie Molly glaubt, wahrscheinlich gar im Schlamm geboren wurden. Männer, die nicht demselben Ort entstammen wie sie. Männer, die der

Erde entstiegen sind, die sie ständig ausgraben. Das Mädchen weiß, dass, würde sie dem Vater Bert tief in den Bauch rammen und mit dem rechten Fuß fest auf die Hinterkante stampfen, dieselben roten, gelben und braunen Erden zum Vorschein kommen würden, die sie stets unter den alten schwarzen Grabsteinen am Blackbird Creek findet. Sie würde die für Darwin typischen Kandosole, von denen ihr Dad ihr erzählt hat, diese harten nordaustralischen Böden, die wenig Wasser speichern, diese sandige und lehmige Bodenkrume im Innern ihres Vaters finden. Und wenn sie tiefer grübe, dann kämen keine Innereien zum Vorschein, keine Darmschlingen, keine Organe, kein Herz, nur Vertisole, dieselben rissigen Lehmböden und Schwarzerden, die sich unter den ausgedehnten Überschwemmungsebenen des Top End finden, dem nördlichen Teil des Northern Territory. Onkel Aubreys Innenleben kann sie sich nicht vorstellen, hält ihn für genauso hohl wie die toten termitenzerfressenen Bäume, die dem Friedhof seinen Namen gaben. In ihm ist nichts als Schatten.

»Schwarzer Steinfroschstein«, murmelt Molly vor sich hin, während sie die Pfanne schwenkt.

Der schwarze Steinfroschstein unter dem Milchholzbaum erinnert Molly an die schwarzen Steinfrösche, die sie immer durch Hollow Wood hüpfen sieht. Die Frösche sehen aus wie angebranntes Damper. Hüpfende Brocken angekohlten Buschbrots.

Sie mag das Wort. »Schwarzer Steinfroschstein.« Wenn sie es ganz schnell sagt, klingt sie selbst wie das säuselnde und zischende Wasser des Baches. »Schwarzer Steinfroschstein. Schwarzer Steinfroschstein.« Und sie muss lachen.

Molly schwenkt die Pfanne hin und her, fest genug, um die Steinchen zu bewegen, vorsichtig genug, dass der Kies in der Pfanne bleibt. Sie pflückt die größeren Steine aus der

Pfanne, spült sie im Bach sauber, wirft sie weg. Jetzt lässt sie die Pfanne kreisen, Drehung um Drehung von Kies und Wasser, bei denen sich Erde und Lehm allmählich auflösen. Das Totengräbermädchen schwenkt Erd- und Lehmklumpen, spült so kleinere Kiesel an die Oberfläche, bis sich die schwereren Gesteine – das Gold, Mum, das Gold – am Boden der Pfanne ablagern. Die Pfanne hebt und senkt sich, das schlammige Gemisch dreht sich wie die Erde unter Molly Hooks schmutzbraunen Füßen. Und sie sucht und sucht eine Dreiviertelstunde nach dem Aufblitzen des Goldes, aber sie kann es nicht entdecken.

Nach all dem Suchen, all dem Sieben, merkt sie jedoch, dass die Pfanne, die ihr der Himmel geschenkt hat, auf beiden Seiten blank gespült ist. Das nasse Kupfer schimmert in der Sonne Darwins, und sie dreht die Pfanne in den Händen, lenkt einen reflektierten Sonnenstrahl auf ihre linke Handfläche und fragt sich, ob dieses Licht auf ihrer Haut nicht ohnehin viel hübscher ist als das größte Goldnugget, das sie je finden könnte. Vielleicht war es ja diese Art von Schatz, die ihr Großvater in jedem Winkel dieses Landes gesucht hat. Den Schatz des puren goldenen Lichts.

Jetzt ist sie müde und lässt sich nach hinten in das trockene Bachbett fallen, um sich auszuruhen, und sie blickt hoch in den blauen Himmel und spricht mit ihm. Sie stellt ihm eine Frage: »Warum hast du mir das geschenkt?« Die Sonne brennt ihr weißes Licht mitten in ihre Augen, und Molly schützt sie mit dem blanken Rund der Kupferpfanne und überlegt, ob das Geschenk ihr vielleicht eben dazu dienen sollte, dass sie hochschauen und nichts als blauen Himmel sehen kann. Doch als sie aufblickt, sieht sie Schnörkelschrift. Wörter. Eine Reihe von Sätzen, krude in die Unterseite der Goldschürfpfanne eingraviert. Sie liest die Wörter mit derselben Neugier, mit der sie die Inschriften auf den bröckelnden Grabsteinen des Friedhofs liest, all diese tieftraurigen Geschichten, die Hinweise auf das Leben der toten Seelen bergen, während der Dreck unter ihrem rechten Fingernagel jedes der seltsamen Wörter untermalt.

Ich werde kürzer, je länger ich steh
Und das Wasser fließt zum silbernen Weg

Sie spricht sich die Worte laut vor. Wiederholt sie, wieder und wieder. »Ich werde kürzer, je länger ich steh, und das Wasser fließt zum silbernen Weg ... Ich werde kürzer, je länger ich steh, und das Wasser fließt zum silbernen Weg.«

Von den Wörtern zweigt eine Linie ab, die wohl so etwas wie eine Landkarte ergeben soll, aber es ist eine Karte, wie Molly sie noch nie gesehen hat. Sie hat schon Karten ihres Landes gesehen. Weiß, wo Darwin liegt, dieser fette Punkt, der in der linken oberen Ecke vom nördlichen Teil Australiens sitzt wie ein Juwel im Diadem einer Prinzessin. Kennt das Rechteck des Northern Territory, schnurgerade eingepasst zwischen dem fein umrissenen gewaltigen Western Australia und der ausgebeulten Wölbung Queenslands rechts im Osten. Hat staunend die wundersamen Ortsnamen in ihrem Northern Territory gelesen, Orte, die sie gern einmal besuchen möchte, wenn sie damit fertig ist, Löcher für die Toten zu graben, und für ihren Dad. Auld's Ponds. Teatree Well. Eva Downs Station. Waterloo Wells. Jeder Ort beschwört ein Bild in ihrem Kopf herauf. Blaue Teiche, in denen langbeinige weiße Störche auf riesigen Seerosenblättern stehen, so groß wie Römerschilde, die über den Schnauzen schlafender Krokodile hinwegtreiben. Ein tiefer Brunnen voll englischem Tee, den sich schicke Männer und schicke Frauen mit schicken Hüten in feine Porzellantässchen einschenken, während sie zum Klang sonnengesprenkelter Violinisten Rasenspielen beiwohnen. Eine Frau namens Eva Downs, die aussieht wie Katharine Hepburn, und die mit einer Flinte in einer und einem Martini in der anderen Hand eine florierende Rinderfarm betreibt. Der Ort in der zentralaustralischen Wüste, wo Napoleon auf den Boden der Tatsachen aufschlug.

Ihr Vater besitzt eine Goldschürfkarte Australiens von 1914. Er bewahrt sie in seinem Arbeitszimmer direkt neben dem Elternschlafzimmer auf, das Molly nicht betreten darf. Auf der Goldschürfkarte ist Darwin nicht eingezeichnet. Sie zeigt nicht mal das gesamte Northern Territory. Die Karte ist rosa, und überall außerhalb der als Western Australia, South Australia, Queensland, New South Wales und Victoria markierten Staaten steht nur das Wort *Aborigines*. Abhängig von der schwindenden Zuversicht oder rasenden Verzweiflung des Goldsuchers betrachteten Horace, Aubrey und ihre alten Schürferkumpels diese mit *Aborigines* beschrifteten Gebiete entweder als gefährliches Niemandsland oder als jungfräuliche goldgespickte Geldäcker reif für die gewetzte Spitzhacke. Doch so etwas wie diese eingravierte Karte hier in ihren Händen hat Molly noch nie gesehen. Dies ist eine Karte wie aus einem Märchenbuch. Eine Karte ohne Städte und Dörfer, Flüsse und Straßen. Eine Karte der Wunder und Geheimnisse, des Reichtums und des Ruhms. Und der Schätze. Sie denkt an die Worte ihrer Mutter. »Jeder von uns hat seinen eigenen Schatz, den es zu finden gilt.«

Eine Schatzkarte, sagt Molly sich, während ihr Fingernagel dieser einsamen gravierten Linie weiter folgt, hinab zu einem zweiten Haufen Wörter.

Westwärts, wohin der gelbe Gabelmann dich führt
Gen Ost des Nachts, wo der Wald sein Blut verliert.

Sie wiederholt die Worte diesmal nicht, denn sie kann darunter noch mehr davon erkennen, und sie will unbedingt dem eingeritzten Strich weiter folgen, der sich in einer zittrigen Linie von Nordwesten nach Südosten quer über die Rückseite der Kupferpfanne zieht, hin zu einem nächsten Haufen Wörter, und Tausende blauer Schmetterlinge flattern nun in ihrem Bauch umher, als Molly mit ihrem kleinen Zeigefinger darunter entlangfährt.

Stadt aus Stein, im Himmel verloren
Der Ort hinter jenem, wo du geboren

Die Linie führt weiter, und es stehen noch mehr Wörter auf der Pfanne, aber die sind von Schlick bedeckt. Sie rennt noch einmal in den Bach, wischt die Rückseite der Pfanne mit ihrem Friedhofskleid ganz blank, und sie vergisst beinahe zu atmen, als sie die Schatzkarte des Großvaters, die der Himmel ihr geschenkt hat, hochhebt und das letzte Grüppchen eingravierter Wörter liest.

Dein sei, was du trägst, trage, was ist dein
Tritt ein in dein ...

»Mollyyy!«

Onkel Aubrey brüllt ihr vom Milchholzbaum aus etwas zu.

»Komm aus dem gottverseuchten Bach raus, Kind!«

Spritzend und platschend prescht das Totengräbermädchen aus dem Wasser, erklimmt die Uferböschung, klammert sich an Büscheln hohen Grases fest, um sich hoch, zurück aufs Friedhofsgelände zu ziehen. Molly sieht ihren Onkel vor dem Grab stehen, das er eben ausgehoben hat, auf seine lange Schaufel gelehnt, mit der er es gegraben hat.

Neben ihm ihr Vater, mit gesenktem Kopf, den schwarzen Hut fest in den Händen.

»Komm her, Kind«, befiehlt Aubrey. Mit seinen langen dünnen Armen und seinen langen dünnen Fingern winkt er sie zu sich herüber, aber sie will da nicht hingehen.

»Darf ich bitte hierbleiben, Onkel Aubrey?«, ruft Molly zurück.

»Nein«, sagt ihr Onkel. »Komm sofort her«, bellt Aubrey Hook. Er ist so groß und dürr, und sein breitkrempiger Arbeitshut ist schwarz wie seine Augen, seine Brauen und sein Blick. Am liebsten würde Molly weinen, um ihrem Onkel zu zeigen, dass sie Angst hat. Heul schon, sagt sie sich. Weine, Molly, weine. Wenn du weinst, wird er dich verstehen. Wenn du weinst, wird er dich gernhaben. Aber sie kann jetzt nicht weinen, sosehr sie es auch versucht.

»Dad«, brüllt Molly.

Doch ihr Vater schweigt. Sie weiß, dass ihr Vater schwächer ist als ihr Onkel.

»Dad!«, fleht Molly noch einmal.

Aber ihr Vater ist in seinem Kopf schon ganz woanders. Weggegangen, wie auch ihre Mutter weggegangen sein soll. Horace und Aubrey haben ihr erzählt, sie wäre einfach in den Busch marschiert. Haben ihr erzählt, sie hätte sich draußen in der Wildnis, tief im Buschland verirrt und den Weg zurück nicht mehr gefunden. Zurück zum Hollow Wood Cemetery. Zurück zu Molly.

Horace steht wie versteinert da, mit hängendem Kopf, Hut in den Händen.

»Du wirst sofort herkommen und dich von deiner Mutter verabschieden«, verlangt Aubrey vom Rand des Grabes her.

Molly nimmt ihr Himmelsgeschenk, die Kupferpfanne, und presst sie eng an ihre Brust. Ich werde nie Angst haben, sagt sie sich. Ich werde keinen Schmerz spüren. Stein ist hart. Unzerbrechlich. Sie schüttelt den Kopf. Nein. »Sie ist nicht da drin«, brüllt Molly.

»Wie bitte?«

»Sie ist nicht in diesem Loch«, sagt Molly und deutet hoch zum Himmel. »Sie ist da oben.«

Die Worte seiner Nichte verschlagen Aubrey einen Augenblick lang die Sprache. Er sieht sie prüfend an, um herauszufinden, wo sie entsprungen sind, in welcher Ecke ihres kranken Geistes. Irres kleines Totengräbermädchen, denkt er sich. Irre wie der Großvater. Irre wie die Mutter.

»Was hast du da?«, blafft Aubrey.

Molly schweigt. Er macht ein paar Schritte auf sie zu.

»Was hältst du da in den Händen, Kind?«

Nach drei weiteren Schritten bleibt er stehen.

»Das ist ein Himmelsgeschenk«, sagt Molly zaghaft. »Das ist die Goldpfanne meines Großvaters. Er wollte, dass ich sie bekomme, also hat er sie vom Himmel fallen lassen.«

Aubrey mustert seine Nichte noch einmal, dann nimmt er den Hut ab und wischt sich den Schweiß von der Stirn. Er schnauft und seufzt geräuschvoll, zieht einen Flachmann aus der Tasche, schraubt den Deckel ab und nimmt einen kräftigen Schluck. Er steckt die Flasche wieder weg, streicht sich mit der dreckverschmierten Rechten über die unrasierte Wange. Dann stiefelt er zügig auf seine Nichte zu, fletscht seine weißen Wolfsfänge, bohrt seine Wolfsklauen schmerzhaft in Mollys rechte Schulter und zieht sie Richtung Milchholzbaum. Während er sie über den Friedhof zerrt, greift er nach der Pfanne in ihren Händen und zieht fest daran.

»Gib mir die Scheißpfanne!«, faucht er.

»Nein«, kreischt Molly. »Nein, Onkel Aubrey! Sie gehört mir. Ich habe sie geschenkt bekommen.«

Der große schwarze Schattenonkel reißt die Pfanne mit seinem behaarten schwarzen Wolfsarm gewaltsam aus den Händen seiner Nichte und schleift Molly Hook zum Milchholzbaum und dem schwarzen Steinfroschstein, und sie rammt die Füße fest in die Erde, damit sie nicht so schnell vorankommen, doch der große schwarze Schattenonkel ist zu stark. Er packt ihren Körper so, wie er eine Schaufel packt. Zerrt sie näher und näher an den Milchholzbaum heran, bis sie das Loch im Boden sehen kann.

»Nein«, schreit Molly. »Bitte, Onkel Aubrey. Neiiin.«

Ein rechteckiges Grab ohne Grabstein. Ein rechteckiges, in die Erde versenktes Prisma aus Luft, ohne Namen, ohne Inschrift. Keine Lebensgeschichte. Kein Leben. Kein Lebewohl. Kein Glück.

Ihr Vater steht am Fuß des Grabes. Ihr Vater kann weinen, und er ist in Tränen aufgelöst.

Aubrey packt das Mädchen am Arm, zerrt es vor zum Rand des Grabes. »Sag deine Abschiedsworte«, dröhnt er, zornentbrannt und fahrig.

Das Mädchen rutscht beinahe ins Grab, doch kurz vor der Kante finden seine Füße wieder Halt, sodass es nicht vermeiden kann, hinab ins Loch zu schauen.

Molly hat fürchterliche Angst vor dem, was sie dort sehen wird, aber sie sieht überhaupt nichts. Was sie sieht, ist ein Schacht ohne Boden. Das Loch nimmt kein Ende. Sie könnte sich kopfüber ins Grab stürzen und würde bis in alle Ewigkeit mitten durch die Erde fallen, und jede Sehne ihres Körpers möchte genau das tun. Es ist ein Grab ohne Boden. Ein schwarzes Nichts, und dieses schwarze Nichts beweist, dass Molly recht hat, und sie brüllt ihren Vater übers Grab hinweg an. »Ich hab's ihm gesagt, Dad. Sie ist nicht da unten.« Sie zeigt zum Himmel. »Sie ist da oben, Dad!«

Ihr Vater reagiert nicht im Geringsten auf seine Tochter. Horace weint und weint. Ihr Vater ist weggegangen. Weggegangen wie ihre Mum. Ich werde niemals Angst haben, sagt sie sich. Ich werde keinen Schmerz spüren. Nur Wut. Dann ballt Molly die Hände zu Fäusten, so fest, dass sich die Nägel blutig in die Handflächen bohren, und sie kreischt: »Sie. Ist. Nicht. Da. Unten!«

Aubrey tritt zur Längsseite des Grabes und spricht ruhig mit Horace. »Zügle dein Kind, Bruder.«

Doch Horace tut nichts. Horace schluchzt nur. Mollys schrille Schreie hallen über den Friedhof. So laut, dass sie seine schlummernden Bewohner aufzuwecken drohen. Ein Schrei vom Grunde des endlosen schwarzen Nichts in ihrem Inneren. Hoch und schrill und durchdringend. »Sie. Ist. Nicht. Da. Unteeen!«

Jetzt brüllt Aubrey seinen Bruder an. »Zügle dein Kind, Horace!«

Doch Horace ist weggetreten. Horace schluchzt nur. Und jede Träne, die ihr Vater weint, macht das Totengräbermädchen noch hysterischer.

»Warum heulst du?«, kreischt sie. »Sie ist nicht da unten. Sie ist nicht da unten. SIE IST NICHT DA UN...«

Und dann peitscht der knochige Handrücken des Onkels mitten ins Gesicht des Totengräbermädchens und bringt es jäh zum Schweigen. Molly Hook fliegt rückwärts auf den harten Friedhofsboden. Sie wischt sich über die Nase und betrachtet ihre Finger, an denen dasselbe Blut klebt, das ihr ganzes Gesicht bedeckt. Dieser Ort ist hart, sagt sie sich. Stein ist hart. Mein Herz ist hart wie Stein, sagt sie sich. Ich werde niemals Angst haben. Ich werde keinen Schmerz spüren.

Molly schaut auf zu ihrem Onkel, der immer noch die Goldwaschpfanne des Großvaters hält, als er sich von

Molly abwendet und hinab ins Grab blickt. Molly steht da, wischt sich den Mund mit ihrem Friedhofskleid ab, spuckt einen Mundvoll Blut aus und rast dann auf ihren Onkel zu, rammt ihre Schultern fest in seinen Rücken und stößt ihn mit den Beinen vorwärts. Sie wird ihn zur Hölle schicken, wo er hingehört, und der schnellste Weg, der ihr gerade einfällt, führt durch dieses endlose schwarze Nichts.

Doch ihr Onkel rührt sich nicht. Seine Knochen sind zu hart vom ganzen Graben. Seine Knochen sind zu hart vom ganzen Leben. »Das ist *dein* Grab!«, schreit Molly und schiebt, so fest sie kann, während sich ihre nackten Zehen tief ins Erdreich bohren. »Das ist *deiiin* Grab!«

Dann gibt sie auf, gegen ihren Onkel anzurennen, und greift stattdessen nach der Pfanne in seiner rechten Hand. »Das ist meine«, kreischt sie. »Gib sie mir zurück.« Molly zerrt an der Pfanne, zieht mit aller Kraft und aller Willensstärke, die ihr noch geblieben sind. »Gib sie mir zurück.«

Aubrey Hook hält die Pfanne weiter fest gepackt, dreht sich um und grinst seine Nichte an, in unverhohlener Vorfreude auf das, was er gleich tun wird, und das Totengräbermädchen klammert sich immer noch verbissen wie eine Bulldogge ans Kupfer, als ihr Onkel den rechten Arm mit solcher Kraft und Wut emporreißt, dass Molly den Boden unter den Füßen verliert und durch die Luft geschleudert wird, und das Einzige, das ihren wilden Vorwärtsschwung noch bremst, ist der Aufschlag ihrer linken Schläfe auf den Rand des großen schwarzen Steinfroschsteins direkt neben dem Grab. Und dann hätte auch sie selbst es sein können, die durch das endlose Nichts gen Hölle stürzt, denn ihre ganze Welt, sogar der Taghimmel, wird auf einmal schwarz.

DER KEIM
EINER GESCHICHTE

Ein schwarzer Flughund in der rosa Vordämmerung eines Regenzeithimmels. Die Schwerkraft formt den Kot des Flughundes zu einer Träne, die rasend schnell zur Erde fällt, und im Inneren dieser Träne ist ein einzelner Samen. Der Wind weht die Träne zu einem Eukalyptuswald mit ausgedehntem Unterholz aus dichtem grünem Bartgras. Die Träne fällt zu Boden, und der Keimling findet sein immerfeuchtes Fleckchen Erde. Die Sonne geht auf und wieder unter, auf und unter, immer wieder, und die schwarzen Flughunde des Northern Territory fliegen nach Ost und nach West, mit und zu ihresgleichen.

Regenzeit weicht Trockenzeit und die wieder der Regenzeit, und Sonnen weichen Monden, und bald wächst ein Baum aus dieser Furche feuchter Erde, in der sich einst der Samen eines Flughundes eingenistet hatte. Er ist knapp zehn Meter hoch, hat raue dunkelgraue Rinde und schimmernde runde Blätter, von denen Licht abprallt wie vom Innern einer Austernschale. Und dann, am Morgen des 7. Dezember 1941, inmitten dieser Blätter, zeigt sich eine kleine runde Frucht der Welt. Sie ist rot und ringsherum geriffelt. Es ist ein roter Buschapfel.

YUKIO MIKI UND DER
SCHWARZE DRACHENHIMMEL

Im grauen Nebel einer Wolke streckt er seine Hand nach ihrem Foto aus. »Nara, gib mir Kraft«, flüstert er. Das verblasste Foto klebt mit Gummi gleich über der runden Treibstoffuhr von Yukio Mikis »Zero«, seinem Mitsubishi-A6M-Langstreckenjäger. Die ursprüngliche Fotografie war breiter: Nara Nui kniend neben dem rechten Bein ihres Vaters, Koga Nui, der auf einem Holzstuhl saß, die rechte Hand auf dem rechten Oberschenkel und die linke gut verborgen im langen Ärmel seines Kimonos aus Hanf und Seide – seinem Winterkimono –, den ein Pinienmuster schmückt, Bäume, die Yukio stets als eine angemessene bildliche Darstellung von Koga Nuis Persönlichkeit erachtete: alles überragend, widerborstig und, wenn überhaupt, nur mit einer Axt zu töten.

Schon vor Wochen hat Yukio die Fotografie mit seinem Taschenmesser in der Mitte durchgeschnitten, auf dem Kantinentisch eines Flugzeugträgers in der Bucht von Hitokappu auf den Kurilen, sodass nur Nara die heilige Gummifläche über der Tankanzeige schmückt. Nara blickt auf dem Bild nicht in die Kamera, und tatsächlich sah sie, wie sie Yukio mal erzählte, hinüber zu ihrer neunjährigen Nichte Soma, die hinter der Kamera gerade wacklig auf einem Paar leerer Suppendosen umhermarschierte, die sie sich mit Schnur an ihre Schuhe gebunden hatte. Soma sei es gewesen, die ihr dieses breite Lächeln aufs Gesicht gezaubert habe. Doch Yukio kannte die Wahrheit, wusste, dass das Leben selbst ihr dieses Lächeln geschenkt hatte; es waren Kinder und Schnee und im klaren Wasser eines Flüsschens entlangwippende Kragenenten, und es waren dicke Fische, die an ihrem Angelhaken hingen, und ein roter Papierdrachen, den der Wind davontrug und quer durch den Süden von Osaka wehte; es waren Luft und Meer und Himmel, die dieses Lächeln formten. Auf diesem Foto trägt Nara ihren Lieblingskimono, den mit den Pflaumenblüten, den winterlichen Vettern der *sakura* – den Kirschblüten. Die Pflaumenbäume blühten immer zu Beginn der kalten Tage, wenn Nara sich ins weiche Hautpolster zwischen Yukios Brust und rechter Schulter schmiegte. Dann spürte er, wie sich ihre Lippen an seiner Brust bewegten, während sie von ihrer Liebe und ihrer Zukunft sprach, und alles, was er sah, wenn er mit dem Rücken auf dem schneebeflockten Gras lag, waren die goldenen Herzen herabhängender weißer Pflaumenblüten vor einem Himmel so grau wie die Wolke, durch die er gerade fliegt. Es fühlte sich an, als würde Nara absichtlich mit seiner Brust sprechen, und wenn sie »*zutto*« flüsterte – ewig –, wollte sie es wirklich hautnah sagen, direkt zu seinem schnell pochenden Herzen.

Hinter seinem Sitz ist ein Fallschirm verstaut. Nur wenige Zero-Piloten haben Fallschirme an Bord. Er könnte ihn sich rasch hier in der Wolke anschnallen, denkt er. Das Cockpit einer Zero kann nicht abgesprengt werden, doch es lässt sich im Flug öffnen. Er könnte einfach aussteigen, sich unbemerkt von seinen Kameraden davonstehlen, ohne sich dafür zu schämen. Die stürmischen Winde des Pazifiks würden ihn zu einer tropischen Insel wehen, nach Ägypten, nach Paris oder nach London mit seiner großen runden gelben tickenden Uhr am Nachthimmel. Ein starker Aufwind könnte ihn mit seinem Fallschirm gar empor über die Wolken tragen, durch den Himmel und die Sterne bis nach Takamanohara, die Ebene des Hohen Himmels.

Nein, denkt er. Ein Zero-Samurai kämpft bis zum Tod. Tod, denkt er. Tod. Die einzige Antwort auf alle Fragen, die er sich über das Leben je gestellt hat. Der kürzeste Weg in den Himmel. Der schnellste Weg zu Nara.

*

Das Kurzschwert, das links neben ihm, im Spalt zwischen Pilotensitz und Cockpittür, gegen das Metall klappert, heißt *wakizashi*. Die Klinge dieses Schwerts ist nur dreißig Zentimeter lang. *Wakizashi* sind traditionell nur für den Nahkampf konzipiert, oder dazu, *seppuku* zu begehen, rituellen Selbstmord; doch Yukio trägt das Schwert heute nicht wegen der scharfen Schneide, sondern wegen der Macht seiner Geschichte. Ein Geschenk des Vaters an den Sohn. Ein über zweihundert Jahre altes Schwert, weitergegeben von einem Miki-Mann zum nächsten, alles Männer, die, mit Ausnahme des Kampfpiloten Yukio, in den berühmten Messerschmieden in der Altstadt von Sakai arbeiteten, am Rande der Bucht von Osaka, an der Mündung des Yamato.

Kurz über dem Griff ist ein Schmetterling in die Klinge eingraviert. Geschmiedet wurde sie in der Werkstatt der Familie im Herzen von Sakai, einem lebhaften Fischereihafen und einem von Japans geschäftigsten und ältesten Handelszentren, durchweht vom Geist des Seehandels wie vom Geruch von Thunfischblut und den Eingeweiden fetter Riesenkrabben. Und in ebendieser schlichten und gepflegten Messerschmiede in einer kleinen Gasse hatte Yukios Vater, Oshiro Miki, dieses *wakizashi* seinem Erstgeborenen, damals Mitte zwanzig, vermacht – an jenem Tag, als er Sakai verließ, um sich seinen Kampfgenossen an der elitären und strengen Pilotenschule der Kaiserlich Japanischen Marine-luftstreitkräfte anzuschließen. Oshiro hatte seinem Sohn die Geschichte der Erschaffung dieses Schwertes schon unzählige Male erzählt, doch an diesem tristen Tag des Abschieds glaubte er, es noch einmal tun zu müssen.

»Keine Geschichten mehr, Vater«, flehte Yukio. Er war die Erzählungen seines Vaters leid. Als Kind hatte er sie geliebt. Geschichten, die besagten, dass die Familie Miki schon seit sechshundert Jahren Klingen schmiedete. Geschichten über Samuraischwerter, die man für große Krieger einst gefertigt hatte. Geschichten darüber, dass die Flamme der Feudalkriege schlussendlich erlosch und die Samurai so nutzlos wurden wie die Asche ihrer Toten, und die Familienältesten beschlossen, ihre Schmiedekünste anderweitig einzusetzen: zur Herstellung der schärfsten Fischmesser in ganz Sakai. Messer, dazu geschmiedet, Thunfischen die Köpfe abzuschneiden, und gleichwohl imstande, die Halswirbel eines jeden Fischers zu durchtrennen, der so töricht war, die Qualität des Klingenstahls der Miki anzuzweifeln.

Damals saß Yukio stundenlang auf einem umgedrehten Holzwaschzuber und beobachtete, während er Filetiermesser wetzte und polierte, wie sein Vater Fischer mit immer ausschweifenderen Geschichten über die mythische Herkunft des zum Verkauf stehenden Messers in den Bann schlug. Fischer vom Schwarzen und vom Mittelmeer, aus dem Pazifik und Atlantik und von Meeren, die so kalt und nördlich waren, wie die Welt nur reichte – und so weit und warm. Sie alle kamen eigens in den Hafen von Sakai, um Oshiro Miki und seinen Messerschmied-Geschichten zu lauschen. Und jede Woche fragte sich der junge Yukio, auf welch wundersame Weise es dem Vater wohl gelungen war, wieder eine heilige und alte Klinge zu erstehen, von der er sich niemals hatte trennen wollen, die er unter Umständen aber einem weit gereisten Fischer anvertrauen würde, so er diesen denn des Messers würdig erachtete.

»Sie gebärden sich ehrenhaft«, lobte Oshiro in solchen Fällen stets den glücklichen Kunden dieser Woche. »Sie haben mir und meiner Familie Respekt erwiesen, und für diese Güte werde ich mich erkenntlich zeigen, indem ich Ihnen eine überaus seltene Klinge zeige. Ich werde Ihnen nun die Geschichte dieser Klinge erzählen, aber Sie dürfen sie nicht weitererzählen und nie darüber sprechen, wo Sie sie erstanden haben.«

Was dann folgte, war für gewöhnlich eine Geschichte voller Abenteuer, Heldenmut, Opfermut und Tragik und immer wahrer Liebe. Die Klinge, die Yukios Vater in der Hand hielt, war ausnahmslos der geheiligte Gegenstand, mit dem es dem tragischen Helden dieser Erzählungen gelang, eine böse Macht zu überwinden – einen hinterlistigen Verwandten, einen alten Zauberer, eine verlockende Hexe, ein vielarmiges Meeresungeheuer –, die dem Triumph der wahren Liebe im Wege stand. Nachdem Oshiro diese lukrativen Geschäfte abgeschlossen hatte, wandte er sich meist im Flüsterton an seinen Sohn und sprach über die Macht und die Magie von Geschichten. »Die besten Klingen werden nicht aus Stahl geschmiedet, mein Sohn«, sagte er, »sondern aus Geschichten.« Oshiro Miki wusste sehr wohl, dass seine Kunden ganz offen darüber sprachen, wo sie ihre wertvollen Klingen erstanden hatten. Er wusste, dass seine dringende Bitte, die altehrwürdige Werkstatt und ihre kostbaren Geschichten streng geheim zu halten, sie erst dazu brachte, über Thunfischnetzen und Hackbrettern rund um den Globus von den Klingen der Familie Miki aus Osaka zu sprechen.

Während Yukio hinter dem Werkstatttresen zum jungen Mann heranreifte, brachte sein Vater ihm bei, fremden Reisenden diese Geschichten über Messer in gebrochenem Englisch, Französisch oder Spanisch auszubreiten. Die Geschichten, meinte er, klängen sogar noch geheimnisvoller und bedeutungsschwerer, wenn man ein paar sorgsam ausgewählte englische Wörter einstreute.

»*Love!*«, rief Oshiro mit perfekter Aussprache einem reichen amerikanischen Paar zu, das, die Taschen prall gefüllt mit Ölgeld, die sieben Weltmeere bereiste. Aufgeregt winkte er den lang verheirateten Eheleuten zu. »*I see ... love!*«, stieß er hervor. Und dann erklärte er ihnen in bruchstückhaftem Englisch, dass *love* sein Lieblingswort in der gesamten englischen Sprache sei, denn es sei das erste in ihrer Sprache gewesen, das er je gelernt habe. Wie vollkommen es doch sei, bekundete Oshiro, und wie glücklich er sich doch schätzen könne, dass sein erstes englisches Wort auch das tiefsinnigste, heiligste und freudigste der Sprache überhaupt gewesen sei. »*True ... love*«, sagte er lächelnd.

Und Yukio sah zu, wie die Amerikaner lächelten, im neu erlangten Wissen, dass ihre Liebe, ungeachtet aller gegenteiligen Gefühle, die sie manchmal hegten, so stark und augenscheinlich war, dass sie sogar die Grenzen von Sprachen und Meeren überwand. Und dann erzählte Yukios Vater ihnen, wie sehr ihre wahre Liebe ihn doch an eine Geschichte über wahre Liebe erinnerte, in der ein heiliges und kostbares *wakizashi* eine Rolle spiele, welches ein perfektes Souvenir abgeben würde, das sie ihren vielen Freunden daheim in Pennsylvania zeigen könnten.

»War *love* wirklich das erste englische Wort, das mein Vater je gelernt hat?«, fragte Yukio seinen Großvater Saburo Miki, einen alten, stillen und nachdenklichen Mann, als sie an jenem Abend das Geschirr abwuschen.

»Ha!«, lachte Saburo. »Das erste Wort auf Englisch, das dein Vater lernte, war *dog*. Und das zweite Wort war *fish*.«

»Dann ist mein Vater also ein Lügner«, sagte Yukio.

»Dein Vater ist ein Geschichtenerzähler«, sagte Saburo und schrubbte dicke braune Fischsoße von einem Teller. »Er erzählt diese Geschichten, um jeden Abend diesen Teller hier für dich zu füllen. Es gibt einen Unterschied zwischen Lügnern und Geschichtenerzählern, Yukio.« Der Großvater reichte seinem Enkel den sauberen Essteller. »Manche Geschichtenerzähler kommen trotzdem in den Himmel.«

✳

»Nur noch eine Geschichte«, sagte Oshiro Miki und hielt dem Sohn das *wakizashi* in beiden Händen hin. Wie bei allen vorherigen Gelegenheiten führte er die Geschichte mit einem Hinweis auf deren eher fragwürdige Wendungen ein: »Damit diese Geschichte dein Herz berühren kann, mein Sohn, wirst du sie womöglich mit einer Prise Salz von den Ufern des Binnenmeeres schlucken müssen«, sagte Oshiro. »Die Fakten der Geschichte solltest du nur auf Seidenpapier schreiben. Ihre Bedeutung aber solltest du in Stein meißeln.«

Auch diesmal lauschte Yukio geduldig und respektvoll, als sein Vater davon berichtete, wie dieses Kurzschwert im 18. Jahrhundert von einem zurückhaltenden und gewissenhaften Messerschmied namens Asato Miki gefertigt wurde, der kurz zuvor erfahren hatte, dass die Liebe seines Lebens, Rina, Sakai in den Armen seines jüngeren Bruders Uno verlassen hatte. Gefangen in der Finsternis von Trauer und Verrat schwor Asato Miki sich, die perfekte *wakizashi*-Klinge zu schmieden, fest entschlossen, sich damit das eigene rasende Herz herauszuschneiden und es anschließend in jenen Glutofen zu werfen, der seine Mordwaffe geschmiedet hatte. Für solch eine menschenunmögliche Tat, schloss Asato, würde er eine ebenso unmögliche Klinge schaffen müssen, und so hämmerte Asato in einer einzigen schwindelerregenden Vierundzwanzigstundenschicht fieberhafter und hasserfüllter Arbeitswut zwei Arten von Metall zusammen – weiches, formbares *jigane*-Eisen und harten, tödlichen *tamahagane*-Stahl –, und zwar in einem Ofen, der so heiß war, dass Asato nur in halbstündigen Ausbrüchen wilden Furors daran schmieden konnte, während sein Lehrling ihm ständig frisches Wasser bringen musste, das er nicht nur gierig trank, sondern das ebenfalls dazu diente, die Klinge abzukühlen und zu härten. Asato fühlte sich so stark an jenem Tag, dass er bald glaubte, der wahrhaftige Atem des Futsunushi – Gott der Schwerter – habe seine Werkstatt erfüllt und das Feuer eines Drachens rinne durch sein Blut. Asato schmiedete die beiden Metalle zu einer einzigen Klinge, die so scharf war, dass sie mit vier raschen Hieben die Beine jenes Bettes abschnitt, das er drei Jahre lang mit Rina geteilt hatte.

Der gepeinigte Klingenmacher war verblüfft von seiner aus tiefem Schmerz geborenen Kunstfertigkeit. Und er war noch verblüffter, als er merkte, dass die Freude über seine neu entdeckte Gabe jenen Kummer zum Verschwinden brachte, der ihn das Schwert überhaupt erst hatte schaffen lassen. Asato begann, seine wundersamen Schmiedekünste in den Sake-Häusern von Sakai zu demonstrieren und zu bewerben, indem er freigiebige Gäste aufforderte, ihn mit Gegenständen zu bewerfen – Äpfeln, Orangen, Möhren, Kartoffeln, beklagenswerten Wirtshausratten –, die er daraufhin allesamt mit einem einzigen Hieb seines kurzen, aber flinken Schwertes in zwei exakte Hälften teilte, eines Schwertes, das so dünn war wie ein Flussgeist des Yamato.

Eines Tages ging im Hafen von Sakai ein legendärer reisender Meuchelmörder an Land, den man den Weißen Tiger nannte. Seine dichte Mähne schlohweißen Haares war zu einem Zopf geflochten, der ihm fast bis zu den Waden fiel. Er begann, sich zu erkundigen, fragte nach einer unmöglichen Klinge, die geschmiedet war aus Liebe und Verrat, Verlust und Hass.

»Dieses Schwert ist nicht verkäuflich«, erklärte Asato dem Fremden, als der in seine Werkstatt trat.

»Was, wenn ich dir sagte, dass der erste Mensch, den ich mit dieser Klinge töten werde, die Verräterin Rina sein wird?«, fragte der Weiße Tiger. »Und was, wenn ich dir verspräche, dass die zweite Person, die ich mit dieser Klinge töten werde, dein jüngerer Bruder Uno sein wird?«

Asato schwieg für einen Augenblick. »Dieses Schwert ist nicht verkäuflich«, sagte er.

Der Weiße Tiger griff in einen Lederbeutel, den er am Gürtel um die Hüfte trug. Dann hob er die geschlossene Faust, öffnete die Finger und brachte einen blütenweißen Schmetterling zum Vorschein, der von der glatten Handfläche des Mörders emporflatterte.

»Kennst du die Geschichte vom Totengräber und dem Schmetterling?«, wollte der Meuchelmörder wissen.

»Nein, die kenne ich nicht«, erwiderte Asato.

*

Und so erzählte Oshiro Miki nun die Geschichte, wie der Weiße Tiger die Geschichte von Takahama erzählte, der in eine wohlhabende Familie geboren wurde, hohe Bildung genoss und trotz all dieses Glücks beschloss, den Rest seines Lebens allein zu fristen, Gräber für die Toten auszuheben und ihre Grabsteine zu pflegen, als Wärter in einem von Geistern heimgesuchten Friedhof, dem unheimlichsten im ganzen alten Japan, wie es hieß. Die Hütte des Wärters, die an den Friedhof grenzte, war derart ärmlich, dass Takahamas reiche und einflussreiche Familie sich aus Angst um ihren Ruf weigerte, ihn dort zu besuchen. Jahre später, als zwei Dorfbewohner aus der Nachbarschaft zufällig entdeckten, dass der greise Takahama allein im Sterben lag, schickten sie sofort nach dessen verbliebenen Verwandten.

Takahamas Neffe Hansuke, den er seit Ewigkeiten nicht gesehen hatte, schaffte es noch rechtzeitig ans Bett des Alten, um ihm in seinen letzten Stunden beizustehen. Als Takahama seine letzten Atemzüge tat, flatterte ein schneeweißer Schmetterling durchs Fenster herein und setzte sich seelenruhig auf seine Nasenspitze. Der Schmetterling schlug ein, zwei, drei Mal mit den Flügeln. Hansuke scheuchte das Tier fort, doch so oft er den Schmetterling auch vertrieb, er kehrte immer wieder auf des Alten Nasenspitze zurück. Dann schlossen sich Takahamas Augen für immer, und, als würde der weiße Schmetterling dies wissen, flog er wieder aus dem Fenster. Ohne groß darüber nachzudenken, folgte Hansuke dem Insekt ins Innere des schauderhaften Friedhofs. Er rannte zwischen grauen und schwarzen Grabsteinen hindurch, von Moos und Unkraut überwuchert, Reihen um Reihen nie besuchter Toter. Der weiße Schmetterling flog nach rechts und dann nach links und schließlich tief in einen Tunnel aus Ulmen, der an einem einsamen Grabmal endete, wo der Schmetterling sich auf dem einzigen Grab im ganzen Friedhof niederließ, auf dem keine Spur von Moos und Schmutz zu finden war. Ja, die Ruhestätte wirkte gar so makellos, als wären Grab und Grabstein erst heute dort errichtet worden. Auf dem Grabstein stand ein Name: *Akiko*.

Als er die Grabinschrift studierte, konnte er sich die Geschichte, die den Onkel zu seiner Entscheidung gebracht hatte, allmählich zusammenreimen. Akiko und Takahama waren verlobt gewesen, doch am Tage vor ihrer Hochzeit war Akiko gestorben. Da Takahama bereits geschworen hatte, stets für seine geliebte Akiko da zu sein, jeden Tag und jede Stunde, beschloss er, dies auch weiterhin zu sein, selbst wenn dies bedeutete, nur noch ihr Grab zu pflegen.

Als er am Grab stand und darüber nachsann, sah Hansuke einen weiteren kleinen Schmetterling aus dem dichten Wald rings um den Friedhof herbeiflattern und auf den anderen zufliegen, dem er hierher zum Grab gefolgt war und der noch immer über dem Grabstein schwebte. Die beiden weißen Schmetterlinge umkreisten einander einen Augenblick, und Hansuke trat heran, doch die Bewegung ließ die Schmetterlinge aufstieben, und sie flatterten empor und kamen nie wieder herab. Der Neffe starrte in den blauen Himmel über sich, nicht aber voll Trauer und Verstörung, sondern mit tiefem Staunen.

Asato Miki strich sich in seiner Messerschmiede übers Kinn und ließ die Geschichte des Auftragsmörders auf sich wirken.

»Und?«, fragte der Meuchelmörder.

»Und was?«, erwiderte Asato.

»Was hast du aus der Geschichte gelernt?«, fragte der Mörder.

Asato strich sich noch mal übers Kinn, dann antwortete er: »Es ist eine einfache Geschichte, die du da erzählt hast, und es lässt sich nur eines daraus lernen«, sagte er. »Es geht um Verwandlung. Manchmal bleiben sie bei uns. Und manchmal warten sie auf uns. Die Verlorenen sind nicht verloren. Wir können unsere Gestalt verändern. Wir können uns verwandeln. Manchmal zum Besseren ...«

»Manchmal zum Schlechteren«, fiel der Meuchelmörder ihm ins Wort, und sein Blick schweifte zu dem blütenweißen Schmetterling, der nun über seiner rechten Schulter schwebte. Er wandte sich wieder an Asato. »Ich muss dir jetzt dein Leben nehmen«, sagte er.

»Warum?«, fragte Asato.

»Weil du deine Kunst nicht mit mir teilen willst.«

»Du hast mir gar keine Gelegenheit dazu gegeben«, entgegnete Asato.

Der Meuchelmörder hielt kurz inne. »Nun gut«, sagte er. »Dann zeige mir die ganze Fülle deiner Kunst.«

»Wie sollte ich das tun?«, erwiderte Asato.

Der Meuchelmörder sah hinüber zum Schmetterling. »Nimm dein Schwert und schlage diesem weißen Schmetterling im Flug einen Flügel ab.«

»Das ist unmöglich«, sagte Asato.

»Deine Klinge ebenso«, sagte der Meuchelmörder.

Asato schöpfte tief Luft und atmete langsam wieder aus. Er holte das unmögliche Schwert aus einer kleinen verschlossenen Kammer, die von der heißen Schmiedeecke abging, kam wieder zurück und stellte sich vor dem Schmetterling und dem Meuchelmörder hin. Dann packte er den Schwertgriff, riss die makellose Klinge hoch, worauf der Schmetterling wie durch Willenskraft, wie auf Befehl, vor seinem Antlitz in der Luft schwebte. Der betrogene Schwertmacher holte kurz Luft, dann spannte er die Schultern an, stemmte die Füße fest zu Boden und schwang die Klinge – doch brach er den Hieb augenblicklich wieder ab und bot dem Mörder das Schwert dar, mit dem Griffende zuerst. »Ich kann es nicht«, sagte er kopfschüttelnd.

Der Mörder hob verdutzt die Brauen.

»Das Leben des Schmetterlings ist ohnehin zu kurz«, sagte Asato.

Der Meuchelmörder nahm das Schwert, beäugte es und legte den Zeigefinger behutsam auf die Schneide. Dann wandte er sich zu Asato um und schwang dreimal die Klinge. Der Klang durch die Luft zischenden Stahls war der einzige Beleg seiner Bewegungen, denn die Klinge war schneller als das Auge. Asato seufzte lange und erleichtert auf, als er begriff, dass er noch immer atmete.

Der Weiße Tiger legte sich das Schwert behutsam in die Handflächen und reichte es seinem Schöpfer zurück.

»Du hast recht, Messermacher«, sagte er, bevor er sich umdrehte und durch die rostquietschende Holztür der Werkstatt von dannen stiefelte.

Asato verharrte einen Moment in Schweigen und stürzte dann zur Tür, gerade noch rechtzeitig, um zu sehen, wie sich der Mörder in der geschäftigen Menge des Hafenstädtchens verlor. Der blütenweiße Schmetterling schwebte noch immer ruhig über seiner rechten Schulter.

*

»Und?«, fragte Yukio.

»Und was?«, entgegnete Oshiro.

»Was möchtest du mir damit sagen, Vater?«, wollte Yukio wissen.

»Die Verlorenen sind nicht verloren«, sagte Oshiro Miki in der Stille seiner Werkstatt.

Yukio nickte verständig. »Es gibt da etwas, das ich dir über traurige Liebesgeschichten sagen muss, Vater«, meinte er. »Sie sind weniger vergnüglich, wenn sie wahr sind.«

Oshiro schwieg. Dann nickte er ernst und sagte: »Die Verlorenen sind nicht verloren. Manchmal verwandeln sie sich. Manchmal bleiben sie bei uns.«

Und dann, sachte in die Handflächen gebettet, übergab

Oshiro Miki das alte feuergeschmiedete Kurzschwert seinem erstgeborenen Sohn Yukio, bevor dieser in den Krieg aufbrach.

Schweigend nahm Yukio es entgegen. Er trat zur Werkstatttür und wandte sich zum geliebten Vater um.

»Und manchmal warten sie auf uns«, sagte er. Dann ließ Yukio seinen Vater zurück in seiner Werkstatt, ging aus der Tür und in den Krieg.

*

Nara lächelt ihn jetzt an, hier in dieser geflügelten Waffe. Hört jetzt ihr höllisches Maschinendonnern, das eigene und das von seinen Fliegerbrüdern, die den Tod fürchten oder auch nicht, verteilt über eine Angriffswelle von 183 Kampfflugzeugen in Pfeilformationen: 89 Nakajima-B5N-Bomber bestückt mit 800-kg-Torpedos und 250-kg-Bomben; 51 Aichi-D3A-Sturzbomber mit je einer unter den Rumpf geschnallten 250-kg-Bombe und zwei 30-kg-Bomben in Halterungen unter den Flügeln; dazu 43 wendige Zero-Jäger, die darüber fliegen, näher an der blauen Kuppel über ihnen, näher am Himmel. Das tollwütige Fauchen dieses Lärms, das Knurren darin. Die Wespe darin. Der Tiger darin. Eine brutale Sinfonie aus dreiflügeligen Propellern, die die Luft zerhacken, und überlasteten, Qualm speienden Motoren. Rote Flecken auf den Flügeln. All diese roten aufgehenden Sonnen in einer Morgenhimmelformation.

Yukios Cockpithaube gewährt ihm einen Rundumblick auf Himmel, Wasser und Land. Rechts von ihm ein hoher grüner Gebirgszug, links nur Wolken. Es ist 7.48 Uhr am Morgen, und Yukio fliegt schon seit einer Stunde und vierzig Minuten. Die Luftflotte schwenkt westwärts, folgt einer türkisen Küstenlinie, und Yukio greift rasch nach seinem

Fernglas. Diese runden Gläser vergrößern nun die Schönheit und den Schrecken von acht majestätischen Schlachtschiffen im Hafen von Pearl Harbor auf Oahu, Hawaii. Um sie herum liegt eine Reihe kleinerer Kriegsschiffe vor Anker, angeschmiegt wie schlafende Mäuse neben Windhunden.

Yukio lässt das Fernglas sinken und sieht mit bloßem Auge schon den »schwarzen Drachen«, eine funkensprühende dunkelblaue Leuchtrakete, die in den hellblauen Himmel steigt. Sie wissen nicht, dass wir kommen, sagt sich Yukio. Der Geschwaderkommandeur, Kapitän Mitsuo Fuchida, spricht mit dieser Leuchtrakete laut und deutlich zu Yukio und seinen Waffenbrüdern. Spricht, ohne zu sprechen. Er sagt nur ein Wort. Schreit es heraus mit einem lodernd in die Höhe jagenden Drachenschweif. Befiehlt es. Nur ein Wort. *Angriff.*

Yukio greift mit seiner linken Hand nach der Zielvorrichtung zwischen seinen beiden 7,7-Millimeter-MGs. Mit der Rechten langt er nach dem Foto über der Tankanzeige. Er faltet das Bild zusammen, knickt die Ober- auf die Unterseite. Er will nicht, dass sie das sieht. »Ich komme, Nara«, flüstert er, als sein Jäger in die Tiefe stößt, hinab in einen Horizont in Flammen.

WEGE DURCH
DAS LABYRINTH

Hier ruht Lisbeth Fleming. Verstorben mit dreiundsiebzig Jahren, Grippe. Beerdigt 1884. Hier steht Molly Hook, zwölf Jahre und neun Monate alt, vier Fuß tief in Lisbeths Grab, während sich Berts Schaufelblatt durch alte Erde beißt, die zum ersten Mal nach siebenundfünfzig Jahren wieder Sonne sieht.

»Wasser?«, fragt Molly.

»Pause bei fünf Fuß«, sagt ihr Vater Horace. »Diese alten Totengräber haben immer gepfuscht. Haben meistens nach fünfeinhalb Schluss gemacht.«

Ein Grabstein. Ein Loch im Boden. Das Mädchen tief im Loch und sein Vater und sein Onkel Aubrey, auf ihre Schippen gelehnt darüber, rechts und links am Rand des Grabes. Rings ums Grab türmt sich bergeweise Erde und ein einzelner Haufen mit Steinen, daneben eine rostige Breithacke, die dazu gedient hat, alle auszubuddeln.

Molly gräbt. Und gräbt. Und gräbt. Sie trägt alte braune Lederstiefel, ihre Buddelstiefel, und ein Paar braune Jungshosen, die Horace mal in einem Wohlfahrtsladen in Tennant Creek gefunden hat.

Molly gräbt, die dürren Arme nichts als Muskeln und Knochen, und füllt einen Holzeimer mit Graberde, den ihr

Vater und ihr Onkel nach jeder achten Schaufelladung hoch an die Oberfläche ziehen.

»Dad.«

Horace zieht tief an seiner Kippe. Atmet aus.

»Mmmm«, raunt er Molly zu. Erteilt ihr damit die Erlaubnis, was zu sagen.

Molly schaufelt beim Reden eifrig weiter, ermutigt durch das Einverständnis ihres Vaters. »Ich hab mir gedacht, wo ich doch diese Woche schon sechs aufgebuddelt hab, und das hier ist mein siebtes, und auch echt viel mit den Kunden gearbeitet hab, da hab ich mich gefragt, ob du mich vielleicht am Samstagabend mit Sam ins Star geh'n lässt?«

»Ich kann's mir nicht leisten, dich in irgend so'n Kino gehen zu lassen, Molly«, sagt Horace.

»Nein, nein, Sam hat gesagt, dass er mich einlädt«, sagt Molly.

»Wer ist Sam?«

»Sam Greenway.«

»Der Blackfeller?«

Nur Sam und sonst nichts, denkt Molly. Ihr bester Freund, der weder eine Schaufel noch ein Himmel ist.

»Sam kommt aus einer guten Familie, Dad. Er arbeitet wirklich hart, und er ist verdammt schlau, und er hat mir alles drüber erzählt, wie es ist, im Busch aufzuwachsen, im echten Buschland hinterm Clyde River.«

»Und was erzählt dir Sam so drüber, wie's so ist, weit draußen da im Buschland?«

Molly hört auf zu buddeln. Sie blickt auf zu ihrem Vater, da oben an der Oberfläche, und die Sonne fällt über seine Schultern direkt in ihr Gesicht. Sie hält sich die Hand über die Augen.

»Er sagt, es wäre zauberhaft«, meint Molly. »Er sagt, in den Flüssen gibt es Krokodile, die sind so alt wie Dinosaurier und können mit ihm sprechen, und er sagt, es gibt da draußen Pflanzen, so groß, dass ihre Lianen dich im Schlaf erwürgen können. Und Bäume mit so weicher Rinde, dass man sie zusammenrollen und unter freiem Himmel darauf schlafen kann, und diese Bäume würden auch mit einem sprechen. Und dann gibt es noch Ol' Man Rock, der nur ein großer Fels ist, aber die Antwort auf alle Fragen kennt, die man ihm nur stellen kann.«

Horace Hook nimmt einen Stock und schabt sich einen Erdklumpen von der linken Stiefelsohle. »Ich hoff mal, er hat dir auch von all den Verbrechern erzählt, die da draußen in Hütten und Höhlen hausen«, sagt er. »Hat er dir auch davon erzählt, Mol? Mörder auf der Flucht vor dem Gesetz, die sich so tief im Busch verstecken, dass es selbst den Bullen zu gefährlich ist, sie zu verfolgen. Diebe und Vergewaltiger, die sich von Wasserratten und Erdnussbüschen ernähren. Männer mit Pocken, Frauen, denen die Syphilis das Hirn zerfressen hat. Kidnapper, die die Jungfräulichkeit einer Zwölfjährigen für 'ne Dose Öl verhökern würden. Wahnsinnige Kindermörder, die einem Mädchen das Herz rausschneiden und es gegen 'ne frische Apfelsine tauschen.«

Molly bleibt stumm. Blinzelt mit den Augen.

»Nein«, sagt sie. »Davon hat Sam nichts erzählt.«

»Wenn du zu tief ins Buschland gehst, kann's sein, dass du nie wieder zurückkommst«, sagt Horace. »Also keine gottverfluchten Buschwanderungen mehr, Molly, verstanden?«

»Verstanden.«

»Grab, Molly, grab.«

Und Molly gräbt. Horace raucht seinen starken Tabak und genießt für einen Augenblick die Stille. Dann bricht Molly das Schweigen. Molly bricht immer das Schweigen.

»Sam hat mir gesagt, wie man einen Ameisenigel isst, obwohl ich geglaubt hab, es wär unmöglich, einen Ameisenigel zu essen«, sagt sie und lässt eine weitere Ladung Erde
in den Holzeimer fallen. »Willst du wissen, wie man einen
Ameisenigel isst, Dad?«

Horace seufzt, zieht an seiner Kippe. »Und wie isst man
einen Ameisenigel, Molly?«

»Das Schwierige an der Sache sind natürlich die ganzen Stacheln auf dem Rücken«, sagt sie. »Aber Sam meint,
dass man die Stacheln einfach mit einer dicken Schicht aus
Lehm bedecken muss – du weißt schon, dieses rote Fer-
rosolzeug, von dem du mir erzählt hast –, dann haut man
den Ameisenigel aufs Feuer, und wenn er gar ist, schält man
diese Lehmschicht obendrüber ab, und die ganzen Stacheln
kommen mit, etwa so, wie wenn man den Deckel von einer
Sardinenbüchse aufrollt, nur dass das, was unter diesen Stacheln liegt, fetter und leckerer ist als jede Ente, die man in
Paris serviert bekommt.«

Molly gräbt weiter, schippt die Erde in den Eimer, zählt
acht Schaufeln ab und lässt ihren Onkel den Eimer wieder
hochziehen.

»Im Star läuft *Mein Mann, der Cowboy* mit Gary
Cooper«, sagt Molly. »Du würdest Gary Cooper mögen,
Dad. Er spricht nicht viel in seinen Filmen. Er ist immer
still und ernst, genau wie du und Onkel Aubrey.«

Molly blickt ihren Vater an, und der schaut wie immer
hinüber zu seinem älteren Bruder Aubrey. Und Onkel
Aubrey schüttelt kurz den Kopf.

»Aber ich war schon …«

»Still jetzt, Molly«, sagt Aubrey, dessen Lippen man unter seinem schwarzen Schnauzbart nicht sieht.

»Aber …«

»Grab, Kind, grab«, knurrt Aubrey.

Molly gräbt. Eine, zwei, drei Schaufeln voll. Vier, fünf, sechs Schaufeln voll. Bert die Schaufel scheppert gegen einen großen Stein, der sich unter der Graberde verbirgt. Molly greift nach einer schmiedeeisernen Meißelstange, die rechts an der Grabwand lehnt. Dann rammt sie das keilförmige Ende der Stange mit beiden Händen dreimal in den Stein, bis er in drei Stücke zerschellt, die sie mit einer kleineren Spitzhacke freihackt.

Sie schippt weiter. Sieben Schaufeln voll. Acht Schaufeln voll. Totenstille. Horace zerrt den Eimer an der Grabwand hoch. Molly studiert einen langen schwarzen Regenwurm, der sich an der Nordseite des Grabes emporwindet. Hoch, hoch, hoch zur Oberfläche. Ihr Blick folgt dem Wurm hinauf und bleibt auf Lisbeth Flemings Grabstein haften.

»Wer war sie?«, fragt Molly.

»Wer war wer?«, antwortet Horace.

»Lisbeth Fleming.«

»Sie war niemand.«

»Jeder ist irgendwer«, sagt Molly. »Glaubst du, sie hat noch Verwandte in der Stadt?«

Die Männer schweigen. Aubrey betupft die tiefen Furchen seiner Stirn mit einem Taschentuch.

»Matthew, Iris und George«, liest Molly von der Inschrift ab. Sie tritt mit dem rechten Fuß fest auf Berts Schaufelblatt, der Eimer ist wieder unten, um eine neue Ladung Erde aufzunehmen. Sie hört auf und liest weiter von Lisbeth Flemings Grabstein. »Matthew, Iris und George waren ihre Kinder«, sagt Molly. »Ich frage mich, ob Iris vielleicht Iris Brentnall ist, die früher am Tresen in der Sattlerei gestanden hat.«

Aubrey Hook nimmt einen tiefen Schluck aus einem rostigen Flachmann und wirft seinem jüngeren Bruder auf der anderen Seite des Grabes einen scharfen und beunruhigten Blick zu.

»Sei jetzt still, Molly«, sagt Horace.

Molly gräbt weiter, bis Berts Spitze mit einem dumpfen Schlag auf Holz stößt. Molly rammt die Schaufel noch zweimal in die Erde. *Pock, pock.*

Aubrey schiebt seine Kippe in den linken Mundwinkel und beugt sich mühsam nach der Breithacke neben dem Erdhaufen. »Raus«, sagt er durch fast geschlossene Lippen.

Molly dreht sich um und erklimmt eine kleine Holzleiter an der Südwand von Lisbeth Flemings Grab. Ihr Vater reicht ihr einen ledernen braunen Wassersack. Sie schraubt die Kappe ab, trinkt gierig, lässt das Wasser über die Schicht trockener Erde spritzen, die ihr Gesicht und ihren Hals bedeckt.

Aubrey benutzt nicht die Leiter, sondern lässt sich einfach ins Grab hinuntergleiten, bis seine schwarzen Stiefel polternd auf Lisbeth Flemings morschem Holzsarg landen. Mit der rechten Sohle schabt er Erde vom Sargdeckel, sucht nach einem Ansatzpunkt. Er stampft dreimal mit dem Stiefel auf, prüft, wie dick das Holz noch ist. Beim dritten Mal findet er eine weichere, morsche Stelle. Dann reißt er die Hacke mit beiden Händen in die Höhe und lässt sie auf den Sarg niedergehen, als würde er einen Pfosten in die Erde rammen, um seinen Claim abzustecken. Ein Krachen, das Splittern alten Holzes. Aubrey hebt die Hacke über der gleichen Stelle, rammt sie ein weiteres Mal hinein.

Der erwartungsfrohe Schauer, der ihm den krummen Rücken hinunterläuft, ist derselbe, den er aus seinen Goldgräberzeiten kennt, ein Goldschauer. Derselbe Nervenkitzel, der ihn packte, wenn er ein Loch aushob, in dem man das Gold schon riechen konnte, und dieser Geruch wurde Geschmack, und dieser Geschmack war Blut und Eisen auf der Zungenspitze. Das Gold in diesen tiefen Schichten war wie ein vergrabener Schatz. Horace und er und Violets Vater,

Tom Berry, und all diese Chinesen, die ihnen hinunter in die Erde folgten, waren Piraten, nur dass sie keine Schatzkarten besaßen, die sie leiteten, nur ihren Instinkt, nur die Schauer, die ihnen über den krummen Rücken rannen. Dieser Schauer bedeutete Erfolg.

Aubrey keilt die Hackenspitze zwischen Sargdeckel und Sargwand und drückt, so fest er kann. Molly schaut von oben zu, sieht den Deckel aus der Erde schnappen wie die Klappe einer Schmuckschatulle. Doch kein Juwelenfunkeln erwartet sie in Lisbeth Flemings Sarg, nur Knochen. Der Boden des Sarges ist zum größten Teil zerfallen. Ein Schädel mit einem Mund voll Erde. Erde in den Augenhöhlen. Erde in einem der gebrochenen Wangenknochen. Ich werde niemals Angst haben, sagt sich Molly. Ich werde keinen Schmerz spüren.

Übereinanderliegende Arm- und Handknochen, die am Becken eines Torsos zusammentreffen, den Zeit und stete Erdbewegungen von Lisbeths Schenkelknochen losgerissen haben. Neben ihrer Hüfte liegt ein Buch, das Aubrey aus der Erde klaubt und mit beiden Händen mühsam aufbricht. Die Seiten sind von jahrzehntelanger Feuchtigkeit zusammengeschweißt. »Bibel«, sagt er und schleudert das Buch neben das Grab. In der Nähe ihres rechten Ellbogens liegt eine runde Tabakdose. Aubrey schlägt die Dose gegen die Hacke, und trockene Erde rieselt von seinen langen Fingern. Dann zieht er ein kleines Taschenmesser aus der Gesäßtasche, fährt mit der Klinge über den Deckelrand. Er schlägt die Dose ein weiteres Mal gegen die Hacke und bläst Dreck von deren Oberseite, der in einer Staubwolke auf Lisbeths Totenkopfgesicht niedergeht. Den Deckel fest gepackt, dreht er ihn ab, wirft ihn zu Boden und kippt den Inhalt in die linke Handfläche. Er hält eine Halskette aus Amethysten und Kristallperlen gegen die Sonne, keine zehn

Sekunden lang, dann schleudert er die Kette über die Schulter zu seinem jüngeren Bruder, der sie auffängt und ebenso ins Licht hält.

Aubrey kniet über Lisbeths Taille und hebt ihre Hand auf, so gleichgültig, als würde er ein Bündel Kienspäne aufheben. Am Ringfinger von Lisbeths linker Hand steckt ein Ring aus purem Gold. Er versucht, ihn abzuziehen, doch der Ring hängt fest, wie festgebacken von der darunter angesammelten Erde. Molly sieht zu, wie ihr Onkel Aubrey den Fingerknochen erst hin und her zerrt, dann den gesamten Finger aus seinem Gelenk reißt. Er pustet auf den Finger, spuckt darauf, rafft sein Hemd zu einem Bausch und reibt an ihm herum, als poliere er seine Stiefel. Molly schaut zu, wie sich ihr Onkel den ewig toten Leichenfinger in den Mund steckt, den Goldring wie ein Raubtier mit den Zähnen festhält und vom Finger zieht. Er wirft den Finger in den Dreck und spuckt sich den Goldring in die offene Hand. Dann spuckt er wieder auf den Ring, reibt ihn mit seinem Hemd blank und hält ihn gegen die Sonne.

Selbst von der Oberfläche aus können Molly und Horace den gehobenen Schatz gut erkennen, denn es gibt keine Erde, keine Sünde und auch keinen Tod, die den blitzenden Saum eines Ringes aus purem Gold davon abhalten könnten, im zitronengrellen Licht zu leuchten. Molly beäugt die Art und Weise, wie ihr Onkel den Ring angrinst. Sein geheimes Lächeln. Seine stumme Liebschaft mit dem Funkeln. Sie verfolgt diese Romanze schon eine ganze Weile.

Das Totengräbermädchen hat die Gedichtbände auf dem Regal neben der Haustür im Friedhofsgebäude gelesen, so wie seine Mum es ihm aufgetragen hat. Hat versucht, etwas von seiner Mum darin zu finden, die Dinge, die seine Mum berührt haben. All diese verstaubten Bände von all diesen anmutigen Dichtern wie John Keats und Walt Whitman und Edgar Allan Poe und William Butler Yeats und Emily Dickinson, die Molly am besten gefällt, weil sie, obwohl sie nicht so anmutig erscheint wie die anderen, ihr doch am ehrlichsten vorkommt und sich auch nicht scheut, zu zeigen, wenn sie wirr im Kopf und wild im Herzen ist. Diese Dichter hatten, so scheint es Molly, den ganzen Tag nichts anderes zu tun, als Leute wie ihren Onkel Aubrey zu beobachten. Und alles, worüber sie schrieben, waren die Dinge, die man Menschen wie ihrem Onkel Aubrey von außen gar nicht ansieht. Sie schrieben dauernd über Gefühle wie Liebe und Hass und Neid und Reue und Wut, und sie benutzten immer ganz normale Lebewesen wie Nachtigallen, Krähen oder Pferde, um diese Gefühle darzustellen.

Vor etwa einem Jahr hat Molly angefangen, eigene Gedichte zu schreiben, schrieb sie mit kreidigen Steinen hinten auf irgendwelche Grabsteine, überall in Hollow Wood. Letztens hat sie ein Gedicht ohne Titel über Onkel Aubrey und seine Liebe zum Funkeln geschrieben. Hat es in die Rückseite eines namenlosen Grabsteins geritzt, weit hinten in der südwestlichen Ecke des Geländes. Und sie hat all die Tiere verwendet, die sie ständig auf dem Friedhof sieht, um die Dinge im Innern ihres Onkels darzustellen, die von außen niemand sieht. Geschrieben hat sie aus Wut, wie all ihre besten Gedichte.

Der Vogel sagt, er gräbt aus Not
Der Skorpion, nach Gold und Ehren
Der Wurm sagt, er gräbt nach dem Tod
Die Schlange sagt, es ist Begehren

Das Gedicht handelt davon, dass es, wie Molly glaubt, gar nicht das wertvolle Metall ist, das ihr Onkel in all diesen Gräbern zu finden hofft, es ist das Funkeln – das kurze

Aufblitzen eines neuen Lichts, das das gehobene Gold in seine Welt bringt. Es liegt eine Art Liebe darin, denkt sie. Etwas Romantisches womöglich. Und Begierde, zweifellos. Doch nicht die Art, die man aus dem Kino kennt, sondern eine schwärzere, die im Dunkeln haust und niemals ruht. Die Edgar-Allan-Poe-Art.

Und in letzter Zeit ist Molly zu der Überzeugung gelangt, dass ihr Onkel alles für das Funkeln tun würde, denn das Funkeln atmet und isst und trinkt und schläft und kämpft und gräbt. Das Funkeln ist sein ganzes Leben, und er lebt nur in den flüchtigen Momenten, wenn das Funkeln kurz in seinen dunklen Augen aufflammt. Es ist eine verstohlene Liebschaft, ein einsames Verlangen. Und eigentlich sollte sie nichts davon wissen.

Er lässt den Kopf zur Seite schnellen und ertappt Molly dabei, wie sie ihn anstarrt. »Mach, dass du wegkommst«, brummt er.

*

Das Totengräbermädchen und Bert die Schaufel stehen schweigend vor Tom Berrys Grab, die Sonne hoch am Himmel. Molly liest die Inschrift ihres Großvaters. Liest wieder jenen Satz, der ihren Blick jedes Mal auf sich zieht.

LONGCOAT BOB HAT UNSERE GUTEN HER-ZEN ZU STEIN WERDEN LASSEN.

Molly legt sich die rechte Hand auf die Brust. Molly versucht, ihren Herzschlag zu spüren, denn ein Herz kann nicht im Innern eines Steines schlagen. Und sie spürt das Gewicht ihres Herzens und könnte schwören, dass es mit jedem neuen Jahr ein wenig schwerer wird.

Molly hält einen Gedichtband in der linken Hand. Es ist das Dickinson-Buch mit dem festen, verblassten olivgrünen Umschlag. Sie hat die Seite mit einem Gedicht aufgeschlagen, das ihr gefällt. Es ist ein Gedicht über den Himmel und die Dinge, die darin geschehen.

Molly blickt zum Himmel, der heute klar und blau ist. »Ich hab's rausbekommen«, sagt sie.

Und der Taghimmel antwortet Molly, weil es nun mal höflich ist, zu antworten. »Wirklich?«

»Ich werde kürzer, je länger ich steh«, zitiert Molly.

»Du hast es rausbekommen, Molly?«

»Es ist eine Kerze«, sagt Molly.

»Eine Kerze!«, sagt der Taghimmel. »Aber natürlich! Ich werde kürzer, je länger ich steh.«

»Er meint damit Kerzenlicht«, sagt Molly. »Tom Berry ist vom Candlelight Creek aus aufgebrochen.«

»Candlelight Creek!«, sagt der Taghimmel. »Natürlich! Und was hast du jetzt vor, Molly?«

Molly schweigt.

»Mmmmm«, brummt der weise Taghimmel. »Willst du wieder auf Walkabout gehen?«

Molly schweigt.

Ihr Vater würde sie umbringen. Keine Wanderungen mehr. Als sie neun Jahre und drei Monate alt war, ist Molly ins Buschland gewandert, jenseits der Grenze des Hollow Wood Cemetery. Ist einfach aufgebrochen, ohne Wasser, ohne Essen, ohne Schuhe. Sie kann sich nicht mal mehr genau erinnern, warum sie losgelaufen ist, tief in die Wildnis, wo das Gras so hart war, dass es sich unter den Füßen anfühlte wie Glasscherben. Sie ist einfach weitermarschiert, und sie weiß nicht mehr, ob der dichte Busch da draußen sie rausgezogen oder ob dieser düstere verfluchte Friedhof sie immer weiter von sich weggetrieben hat. Schon bald hatte sie sich in einem unwegsamen Wirrwarr aus hohen Zypressen verirrt. Horace und Aubrey fanden sie fast zwei Tage später schlafend und ruhig atmend im Schatten einer Sandpalme. Ihr Onkel meinte, fürs Ausreißen habe sie eine gehörige Tracht Prügel verdient, aber ihr Vater hat an jenem Tag den Gürtel stecken lassen, weil er so erleichtert war, dass seine Tochter noch lebte. Er hatte geglaubt, er habe sie verloren, und drückte sie an seine Brust, während sie aus dem dichten Busch zurückstapften. Hielt sie an jenem Tag so fest, wie er sie noch nie gehalten hatte, und Molly erinnert sich, dass damals ebenso viel Tag in ihrem Vater war wie Nacht.

Als Molly elf Jahre und drei Monate alt war, wachte ihr Vater am Rande des Adelaide River, südlich von Darwin und nördlich von Katherine, vor Tagesanbruch auf und fand den Schlafplatz neben seinem leer vor. Vier Stunden später fand er sie selig schlafend inmitten einer tief liegenden Gruppe von über hundert Termitenhügeln, manche davon mehr als vier Meter hoch. Violet Hook hatte Molly einmal erzählt, die Hügel der Kompasstermiten wären so wunderbar, weil es diesen weißen humusfressenden Ameisen ganz instinktiv gelänge, jeden Hügel mithilfe ihres Magnetsinns in Nord-Süd-Richtung anzulegen, sodass die Ostflanke jedes Hügels rasch von der Morgensonne aufgeheizt wird, die heiße Mittagssonne jedoch nur auf die schmalste Seite der seltsamen Bauwerke fällt. Für Molly waren die Hügel perfekt aufgereihte Grabsteine. Sie hatten dieselbe kreidegraue Farbe. Steinfarbe. Die Ansammlung war ein Friedhof, doch ein Friedhof voller mikroskopisch kleinem Leben. Molly hielt diesen Ort für den Hollow Wood Cemetery; hielt ihn für ihr Zuhause.

An diesem Tag setzte es Prügel. Noch an Ort und Stelle versohlte Horace ihr mit der flachen Hand dermaßen den

Hintern, dass sie sich nicht mehr setzen konnte. Diesmal trug er sie nicht aus dem Busch, sondern ließ sie allein zurück zum Zeltplatz laufen. »Keine beschissenen Buschwanderungen mehr«, sagte er, bevor er wieder im Dickicht verschwand.

Keine beschissenen Buschwanderungen mehr.

»Grab, Molly, grab«, sagt der Taghimmel.

»Wieso sagst du das? Dad sagt das immer. Onkel Aubrey sagt das immer. ›Grab, Molly, grab‹, das muss ich mir ständig anhören.«

»Grab, Molly, grab«, sagt der Taghimmel.

»Und nach was soll ich graben?«

»Grab nach den Antworten.«

»Aber ich kenn doch noch nicht mal die Fragen.«

»Aber natürlich kennst du die Fragen, Molly.«

Molly wendet sich wieder zum Grabstein ihres Großvaters. Liest noch mehr von Tom Berrys letzten Worten an die Welt.

ICH NAHM ROHGOLD VOM LAND DES SCHWARZEN NAMENS LONGCOAT BOB, UND ICH SCHWÖRE BEI GOTT: ER HAT MICH UND MEINE ANVERWANDTEN FÜR DIE SÜNDE MEINER GIER MIT EINEM FLUCH BELEGT.

Molly hebt den Blick erneut gen Himmel. »Warum hat sie mich hier unten gelassen?«

Der Taghimmel schweigt.

»Wie konnte sie mich einfach zurücklassen? Wie konnte sie mich nur hier bei ihnen lassen?«

Der Taghimmel schweigt. Doch Molly wartet auf eine Antwort.

»Das sind Fragen für den Nachthimmel, Molly.«

Molly schüttelt enttäuscht den Kopf.

»Ich weiß, warum sie weggegangen ist. Es war Longcoat Bob. Es war der Fluch. Anverwandte bedeutet Töchter. Anverwandte bedeutet Enkelinnen. Anverwandte bedeutet Mütter. Anverwandte bedeutet Väter. Sie hat gesagt, ich wär gesegnet, weil sie mich aufmuntern wollte. Aber wie könnte ich gesegnet sein, wenn ich mit ihnen hier unten festsitze?« Molly nickt voller Überzeugung. »Ich erkenne einen Fluch, wenn ich ihn sehe. Ich sehe ihn jeden Tag. Eine Mutter muss verflucht sein, wenn sie tut, was sie getan hat.«

»Grab, Molly, grab«, sagt der Taghimmel.

»Hast du gesehen, was sie gemacht haben?«

»Grab, Molly, grab«, sagt der Taghimmel.

»Sie stehlen toten Leuten ihre kostbarsten Sachen.«

»Grab, Molly, grab.«

»Sie muss verflucht gewesen sein, um zu tun, was sie getan hat, und Dad und Onkel Aubrey müssen verflucht sein, um das zu machen, was sie machen. So verflucht wie dieser ganze Ort hier. Verflucht, verdammt und tot.«

»Grab, Molly, grab.«

»Wonach soll ich denn graben?«

»Dem Buch, Molly, dem Buch.«

Molly blickt auf den Dickinson-Band. Auf die Seite mit dem Gedicht über den Himmel, das sie so mag.

»Es heißt ›Der Blitz ist eine gelbe Gabel‹«, sagt sie. »Es handelt von all den Dingen, die im Himmel passieren. Sie sagt, es gebe 'ne riesengroße Villa da oben mit 'nem riesengroßen Esstisch drin, und all diese außergewöhnlichen Leute, all diese besonderen Leute, sitzen um den Tisch herum, und einer von denen lässt eine gelbe Gabel vom Tisch fallen, und diese gelbe Gabel fällt als Blitz dann durch den Himmel.«

Molly starrt nach oben, und drei Schmeißfliegen schwirren ihr um den Kopf, doch sie blinzelt nicht einmal.

»Eine gelbe Gabel, Molly«, sagt der Taghimmel.

Molly nickt. »Ja, ich erinnere mich, dass ich diese Worte auf Grandpas Goldwaschpfanne gelesen hab, aber ich weiß nicht mehr, was da sonst noch stand.«

»Wo ist die Pfanne, Molly?«

»Onkel Aubrey hat sie weggeworfen«, sagt Molly.

»Sie gehört ihm nicht. Er hatte kein Recht, sie wegzuwerfen.«

»Er sagt, er hätte sie in einen Müllsack gesteckt, mit einem Schweinskopf und ein paar Dutzend Eierschalen.«

»Diese Goldpfanne war ein Geschenk an dich.«

»Ein Himmelsgeschenk«, sagt Molly.

»Himmelsgeschenke für das Totengräbermädchen.«

»Hast du noch mehr für mich?«

»Mehr von was?«

»Mehr Himmelsgeschenke.«

»Jederzeit, Molly.«

»Und wie finde ich die?«

»Schau einfach hoch.«

*

Molly liegt rücklings auf der erdigen Lichtung neben dem Grab des Großvaters. Mit weit ausgebreiteten Armen starrt sie volle zehn Minuten in den Himmel. Sie erinnert sich, wie sie mit ihrer Mutter oft so dalag. Mutter und Tochter, flach auf dem Rücken, Hand in Hand. Erinnert sich, wie ihre Mutter ihr von dem riesigen Milchholzbaum im Garten ihres Elternhauses erzählt hat – einem weitläufigen sturmsicheren Haus mit zwei Stockwerken direkt am Meer in Darwin. Sie sagte, die Äste dieses Baumes hätten ausgesehen wie die aufgestellten Vorderbeine einer Tarantel, und sie und ihr jüngerer Bruder Peter, der so ein nachdenkliches und tiefsinniges Kind gewesen sei wie Molly, hätten im Schatten dieser Tarantelbeine stets die Arme ausgebreitet und durch die Ritzen zwischen diesen Beinen hoch zum Himmel geschaut und so getan, als würde die Welt kopfstehen und sie würden in Wahrheit hoch über dem Milchholzbaum schweben, und der Baum würde aus einem blauen Himmelboden in die Höhe wachsen.

»Es erstaunt mich immer wieder, wie selten die Leute in den Himmel schauen«, sagte Violet.

Molly nickte.

»Vielleicht ist er einfach zu schön«, fuhr Violet fort. »Vielleicht schaut niemand mehr hoch, weil sie wissen, dass sie dann den Rest des Tages nichts anderes mehr tun wollen, als hochzuschauen. Ich schätze, wir würden einfach nie etwas geschafft kriegen, wenn wir den ganzen Tag damit verbringen würden, in den Himmel zu starren.«

»Kann denn etwas zu schön sein, Mum?«

»Manche Dinge schon, Mol. Aber du nicht. Du bist genau so schön, wie du sein sollst.«

Dann nahm Violet die Hand ihrer Tochter. »Lass uns schweben, Molly«, sagte sie. »Lass uns schweben.« Und dann lächelte sie und holte tief Luft.

»Kannst du es spüren, Molly?«, fragte sie.

»Was denn, Mum?«

»Die Welt dreht sich auf den Kopf. Spürst du's?«

Und Molly sah Wolken über den Himmel ziehen. Sah die Blätter wehen. Sah Bewegung. »Ja, Mum. Ich kann's spüren.«

»Wir sind jetzt obendrüber, Molly! Spürst du's? Wir schweben. Wir sind oben!«

Molly erinnert sich an all das und muss lächeln. Sie steht auf, schnappt sich Bert, der am Grabstein ihres Großvaters lehnt. Dann trottet sie zwischen den Reihen der Verstorbenen, durch die Alleen aus Kalkstein und verklumpter Erde zurück zum Friedhofswärterhaus.

Die Hintertür des Wärterhauses ist dunkelgrün gestrichen, und Molly dreht am verrosteten losen Bronzeknauf, um in die Waschküche im Erdgeschoss zu gehen, wo sie jäh vor einer Westlichen Braunschlange stehen bleibt, die sich zusammengerollt auf dem Betonboden der Wäschekammer abkühlt.

Ihr Freund aus der Stadt, Sam Greenway, und seine Familie haben ein Wort für die Westliche Braunschlange, das Molly nicht richtig aussprechen kann, aber es ist eine Art Sammelbegriff, der so viel bedeutet wie: »Wenn du dieser tödlichen Schlange über den Weg läufst, wärst du gut beraten, umzukehren und einen großen Bogen um sie zu machen.« Molly gefällt, dass Sams Familie mit einem einzigen Wort so viel sagen kann.

Molly kehrt nicht um. Sie will aus dem Wasserhahn im großen Wäschebecken trinken, und Braunschlangen haben hier nichts verloren, also fasst sie den schwarzen Schlangenkopf ins Auge, der auf dem dritten Ring des braunen und gewundenen Körpers sitzt, und lässt Berts Schaufelklinge so schnell und kraftvoll auf den entblößten Hals der Schlange runtersausen, dass das Eisen auf dem Boden Funken schlägt, als der abgetrennte Schlangenkopf in Richtung der unteren Toilette katapultiert wird, die von der Waschküche abgeht.

Der kopflose Schlangenleib windet sich um Berts Schaufelblatt, als Molly ihn samt schwarzem Kopf aus der Waschküchentür in den Hof schleudert. Molly belohnt sich für ihre Mühen, indem sie den Mund unter den Wasserhahn schiebt und sich das städtische Leitungswasser, das nach Rost und Erde schmeckt, die Kehle hinab und übers Kinn rinnen lässt. Dann hört sie in der vorderen Einfahrt eine Stimme:

»›Fort, verdammter Fleck, fort, sag ich!‹«

Die Worte Shakespeares schallen über die Grabsteine, schweben hinweg über die Toten.

»›Was haben wir zu fürchten, wer es weiß, da niemand unsre Gewalt zur Rechenschaft ziehen darf?‹«

Eine Frau, die schreit.

»›Aber wer hätte gedacht, dass der alte Mann noch so viel Blut in sich hätte?‹«

Molly dreht den Wasserhahn zu. Der Metallknopf schneidet ihr schmerzhaft in die Hand, bis der Hahn aufhört zu tropfen, dann huscht sie aus der Waschküchentür und an der linken Außenwand des Hauses mit seinen morschen grauen Holzlatten entlang. Onkel Aubreys rostiger roter Pritschenwagen parkt in der langen ungeteerten Einfahrt. Auf der breiten Ladefläche steht eine schlanke blonde Frau in einem atemberaubenden roten Tupfenkleid – die gelegentliche Damenbekanntschaft ihres Onkels, Greta Maze.

Lasterpritschen sind Bühnen für Greta Maze. Gehwege sind Bühnen für Greta Maze. Bartresen und Seifenkisten und Badezimmerböden und Swimmingpools sind Bühnen für Greta Maze. Sie steht auf der Pritsche, hüfthoch in der rechten Hand ein abgegriffenes Manuskript, tief versunken in ihren Monolog. »›Der Than von Fife hatte ein Weib: Wo ist sie nun? – Wie, wollen diese Hände denn nie rein werden? – Nichts mehr davon, mein Gemahl, nichts mehr davon; du verdirbst alles mit diesem Auffahren.‹«

Dieses taillierte eng anliegende rote Sommerkleid mit weißen Punkten, die Manschetten direkt über dem Ellbogen und mit aufgesetzten Taschen – eine für Streichhölzer und Zigaretten, die andere für Gretas Flachmann, gefüllt mit mehr Luft als billigem Whisky. Der Anblick dieses

Kleids bringt Molly zum Lächeln, und dieses Lächeln wird noch breiter, als sie Gretas flache braun-weiße Sattelschuhe erspäht, in denen Molly eines Tages so gern tanzen würde; wenn sie älter ist und keine Gräber mehr ausheben muss. Gretas wilder blonder Lockenberg türmt sich zu einer Welle, die über ihrem rechten Ohr anbrandet wie eine Naturgewalt. Sie trägt eine runde braune Sonnenbrille, und ihre makellose Haut ist weiß wie Porzellan, unbefleckt vom Sonnenlicht, da sie für gewöhnlich nur dem trüben Dämmer der Bierhallen und Ginkneipen von Darwin ausgesetzt ist – oder den Opiumhöhlen in den Kellern Chinatowns.

Greta sieht Molly auf den Truck zukommen, und ihre Schritte werden federnder, die Stimme lauter, die Darbietung gewinnt an Leidenschaft, da sie jetzt ein Publikum hat. Sie riecht an ihren Händen, und ihre Figur, ihre jüngste große Rolle hier am Stadttheater, streckt sie angeekelt von sich.

»›Noch immer riecht es hier nach Blut; alle Wohlgerüche Arabiens würden diese kleine Hand nicht wohlriechend machen. Oh, oh, oh!‹«

Greta reibt die Hände aneinander, fahrig und angewidert. Dem Irrsinn nahe.

»›Wasch deine Hände, leg dein Nachtkleid an, sieh doch nicht so blass aus!‹« Sie stiefelt ruhelos auf der Pritsche hin und her. »›Zu Bett, zu Bett! Es wird ans Tor geklopft.‹«

Greta eilt zum Rand der Ladefläche und streckt den Arm nach Molly aus. »›Komm, komm, komm, komm, gib mir die Hand!‹«

Aufgeregt reckt Molly ihr die Hand entgegen, freut sich, bei dieser Vorstellung eine Nebenrolle spielen zu dürfen. Bei diesem Schauspiel. Dieser Kunst. So weit draußen im gottverlassenen Hollow Wood. Die Schauspielerin kniet nieder und packt das Totengräbermädchen an den Fingerspitzen, und die Berührung dieser Finger spendet ihrer Bühnenfigur Trost, doch dieser Trost ist viel zu flüchtig und zu spät. Und so blickt Greta Molly mitten in die Augen, bestürzt und atemlos, setzt ihre Brille ab, um Mollys Miene zu studieren, direkt und ungefiltert, und dann fängt sie an zu schluchzen, Tränen wallen in ihre smaragdgrünen Augen und rinnen über die weiche blütenreine Hügellandschaft ihrer Wangen. Und Molly möchte mitweinen, doch sie kann nicht, also starrt sie Greta einfach staunend und mit offenem Mund an.

»›Was geschehen ist, kann man nicht ungeschehn machen‹«, wimmert die Schauspielerin, als wäre alle Hoffnung nun vergebens, und Molly weiß nicht einmal, warum sie dieser sorgenschweren Frau eigentlich helfen möchte. Dann steht Greta auf, wendet sich von ihrem Ein-Personen-Publikum ab und trottet langsam zur Rückseite der Pritsche, dem hinteren Bereich der Bühne, senkt den Kopf und erstarrt dort so lange in zeitloser Stille, bis Mollys frenetischer Beifall sie durchbricht.

»Bravo!«, jubelt Molly.

Greta fährt herum, um ihren Applaus entgegenzunehmen, winkt empor zu den imaginären Zuschauern oben auf den Billigrängen. Sie setzt ihre Sonnenbrille wieder auf, nickt zweimal dankend und vollführt eine theatralische Verbeugung. Dann greift sie nach dem Flachmann. Sie prostet Molly zu und gönnt sich nach der Vorstellung ihren wohlverdienten Feierabendschluck.

Sie hält Molly die Flasche hin. »Willst du auch?«

»Nein danke«, sagt Molly.

Greta nickt. »Kluges Mädchen«, sagt sie, schraubt die Flasche wieder zu, lässt sich auf die Pritsche sinken und lehnt den Rücken gegen das Führerhaus.

»Bei ›Der Than von Fife hatte ein Weib‹ hab ich zu dick aufgetragen, oder?«, fragt Greta.

»Nein, überhaupt nicht«, erwidert Molly voller Überzeugung. »Du warst atemberaubend.«

Greta zündet sich eine Kippe an. »Das war ich, nicht wahr?« Sie lächelt, atmet ein, bläst Rauch aus.

»Woraus ist das?«, will Molly wissen.

»Die Palmerston Player geben zwei Wochen lang *Macbeth*«, sagt Greta. »Das ist Lady Macbeth, die im Schlaf durch ihr Schloss wandelt und all diese düsteren Geständnisse vor sich hin brabbelt.«

»Was stimmt nicht mit ihr?«

»Sie ist komplett übergeschnappt«, sagt Greta. »Ihr Alter ist sogar noch wahnsinniger.«

»Was stimmt nicht mit ihm?«

»Er hört ständig seltsame Stimmen in seinem Kopf, sieht Sachen, die überhaupt nicht da sind.«

Molly grübelt darüber nach. »Ich glaub, ich hör auch Stimmen in meinem Kopf«, sagt sie.

Greta nickt. »Aber klar doch, du hast nicht mehr alle Latten am Zaun.« Sie zwinkert ihr zu. »Deshalb mag ich dich auch so. Spinner wie wir sollten sich zusammentun.«

Molly strahlt sie an. »Ich rede manchmal mit dem Himmel«, gesteht sie.

Greta lächelt prompt zurück. »Wer tut das denn nicht?«

»Redest du mit dem Himmel, Greta?«

»Klar.«

»Und hat er dir schon mal geantwortet?«

»Natürlich.« Greta zuckt die Achseln.

»Und wie klingt er, wenn er dir was antwortet?«

»Mein Himmel klingt wie Humphrey Bogart.«

Molly lacht.

»Wie klingt deiner?«, fragt Greta.

Molly schaut hoch, denkt darüber nach. Dann wendet sie sich wieder Greta zu. »Ich kann's nicht genau sagen«, antwortet sie. »Er klingt ein bisschen wie ich. Aber wie ich, wenn ich viel älter bin.«

Greta nickt.

»Glaubst du, dass es wirklich der Himmel ist, der mit mir redet?«, fragt Molly.

»Wenn du ihn hörst, dann wird er wohl auch mit dir reden, schätze ich«, sagt Greta.

»Ich seh draußen im Busch manchmal Sachen, die gar nicht wirklich da sind«, sagt Molly, jetzt voller Stolz.

»Wie wunderbar!«, ruft Greta. »Was sind das denn für Sachen?«

»Na ja, letzte Woche zum Beispiel, da waren wir oben am Rapid Creek, ein ganzes Stück flussaufwärts, und ich dachte, ich hätte Medusa gesehen.«

»Medusa?«, wiederholt Greta. »Dieses griechische Gruselmonster?«

»So wie das oben in Mums Bücherregal«, sagt Molly.

Greta kennt das Regal. Sie hat ihren Finger schon über die verstaubten Rücken der alten schwarzen und braunen, olivgrünen und blauen Bände gleiten lassen, die Violet Hook mit über Wochen angespartem Haushaltsgeld gekauft hat, größtenteils in Collins Bookshop auf der Knuckey Street. Greta hat die Titel überflogen und den Geschmack der Frau bewundert, gewünscht, sie hätte Zeit, so viel zu lesen, wie Violet gelesen haben muss. Das meiste davon Gedichtsammlungen. Irische Dichter, auch englische und amerikanische. Auch ein australischer ist darunter, *Das Lied der Brüderlichkeit* von John Le Gay Brereton. Sie mag Victor Daley und seine Sydney-Gedichte. Sie hat einmal sein Buch *Wein und Rosen* aufgeschlagen und musste grinsen, als sie »Die Frau am Waschtrog« las, und sah in diesem

Gedicht fast so etwas wie die traurige Zusammenfassung ihres eigenen Lebens, wenn nicht gar ihre Grabinschrift, sollte ihre schlimmste Angst sich denn bewahrheiten: dass sie den Rest ihres Lebens mit Aubrey Hook verbringen würde, auf ewig gefangen in der kleinen heißen Küche der kleinen heißen Zweizimmer-Wellblechhütte in Darwin, die er gemietet hat, nur um eines jämmerlichen Tages in der steinigen Erde dieses gottverlassenen Friedhofs begraben zu werden.

HIER RUHT GRETA MAZE
GEBOREN FÜR DIE BÜHNE.
DOCH SIE STARB BEIM ABWASCH.

DIE FRAU AM WASCHTROG PLAGT SICH, DIE STIRN SO VOLLER SCHWEISS; MIT SEIFE, SUD UND SODA, DIE HÄNDE RUNZLIG WEISS. IHR SCHMUCK, DAS SIND DIE FUNKEN, DIE'S KESSELFEUER BIRGT; JUWELEN SIND DIE BLASEN, DIE SIE AUS DER LAUGE WIRKT ...

»Mum hatte dieses Buch über griechische Mythologie«, erzählt Molly weiter. »Und ich hatte grade die Geschichte von Medusa gelesen und wie sie all diese Kerle in Stein verwandelt hat, nur weil die sie angesehen haben, und dann lauf ich so durch die Mangroven am Rapid Creek und könnte schwören, dass da vor uns, mitten im Gebüsch, Medusa steht. Und all diese Schlangen schlängeln sich auf ihrem Kopf, und ich schau auf der Stelle runter auf den Boden, weil ich nicht versteinert werden will, aber dann guck ich schließlich doch hoch, weil ich einfach nicht widerstehen kann, weißt du ...«

»Natürlich kannst du das nicht ...«, wirft Greta ein.

»Und ich schau so zu ihr auf und dann ...«, berichtet Molly weiter, vom Erzählen ganz aufgeregt.

»Und bist du versteinert worden?«, fragt Greta.

Molly schüttelt den Kopf, fast etwas enttäuscht. »Nein, weil es gar nicht Medusa war. Es war der halbe Stamm eines toten Kängurubaums mit einem zerfledderten Habichtnest obendrauf.«

Greta zieht kopfschüttelnd an ihrer Zigarette. »O Mann, und ich dachte schon, im Buschland hinter Darwin würde so ein griechisches Ungeheuer hocken.«

Molly zuckt die Schultern und lässt das Thema einfach hinter sich, so wie sie alles einfach hinter sich lassen kann. Prügel. Striemen. Trauer. Begräbnisse. Blut.

»Was sind das für Flecken, die die Frau an den Händen hat?«, fragt Molly.

»Es ist Blut«, sagt Greta. »Aber es ist kein echtes Blut. Es ist Schuld. Sie und ihr Kerl, Macbeth, haben furchtbare Dinge getan, um dahin zu kommen, wo sie sind, und auf ihnen liegt der Fluch der Vergangenheit.«

»Ein Fluch?«, wiederholt Molly.

»Ja, ein Fluch, Kleine«, sagt Greta. »Die Sünden der Vergangenheit, diese Blutflecken. Die alte Macbeth kann diese Flecken nicht wegschrubben.«

Greta zieht an ihrer Zigarette, atmet Rauch aus. »Hattest du denn schon mal solche Flecken, die sich nicht rauswaschen ließen, Molly?«

»Ich hab grade in der Waschküche einer Braunschlange den Kopf abgehackt«, sagt sie. »Ein bisschen Blut ist auf den Betonboden gespritzt, aber das wisch ich mit Wasser weg. Wenn's nicht rausgeht, nehm ich vielleicht noch ein bisschen Spiritus.«

Greta grinst. »Schätze, Lady Macbeth hätte so 'nen Spritzer Spiritus gebrauchen können.«

Dann zieht Greta wieder an ihrer Kippe. Studiert ihr Rollenheft.

»Wie schaffst du's, so zu heulen?«, fragt Molly.

»Was meinst du?«

»Wie können Schauspielerinnen einfach immer losflennen, wenn sie wollen?«

»Das passiert nicht einfach so, wenn ich es will«, sagt Greta. »Dafür muss ich erst mal etwas in mir aufstauen. Ich muss es mir verdienen. Ich muss dafür bluten, Molly Hook.« Greta tippt sich an die Schläfe. »Ich spreche diese Zeilen zwar hier oben«, erklärt sie. Dann legt sie die Hand auf die Brust. »Aber ich fühle sie hier drinnen, und immer, wenn ich diese Zeilen fühle, dann fühle ich auch Dinge, die ich in meinem eigenen Leben schon gefühlt habe. Das ist es, was du tun musst, um wahrhaftig zu sein, Molly. Du musst tief in dein Innerstes hineingehen, in dein Herz und deine Seele, und du musst diesen dunklen und unheimlichen Ort finden, an dem du schon mal warst. Du weißt doch, was ich meine, oder? Jeder hat so einen Ort.«

Molly lächelt. »Ich wünschte, ich könnte das auch.«

Greta setzt sich anders hin, rutscht auf dem Hintern über die Pritsche, lehnt sich über den Rand der Ladefläche und nimmt noch einen Zug von ihrer Zigarette.

»Mach die Augen zu«, sagt sie.

Molly schließt die Augen.

»Und jetzt halt deine Gucker fest geschlossen und geh zu deinem Ort, Molly«, sagt Greta.

»Was ist, wenn ich meinen Ort nicht mag?«, fragt Molly. »Warum sollte man freiwillig an den Ort gehen, der einen traurig macht?«

»Weil Kummer das ehrlichste aller Gefühle ist«, sagt Greta. »Glück ist nicht zu trauen. Glück ist ein dreister Lügner. Aber die Echtheit deines Kummers bereichert jedes andere Gefühl, das du empfindest, vor allem deine Freude. Du solltest keine Angst davor haben, an den Ort zu gehen, der dich traurig macht, Molly Hook. Je öfter du zu diesem dunklen Ort in deinem Innern gehst, desto heller wird er. Und wenn du häufig genug da warst, wirst du merken, dass dieser dunkle Ort in Wahrheit dein heiliger Ort ist. Dieser Ort, das bist du selbst, und die Tränen, die du mitnimmst, sind nur flüssige Dunkelheit, die von dort heraussickert, Tropfen für Tropfen. Verstehst du, was ich meine?«

»Nein«, sagt Molly.

»Schließ die Augen für sechzig Sekunden«, sagt Greta.

Molly schließt die Augen.

»Du stehst im Dunkeln«, sagt Greta.

Zehn Sekunden.

»Du merkst es nicht, aber in Wahrheit stehst du im Stockdunkeln in einer riesigen Höhle.«

Zwanzig Sekunden. Greta mustert das Gesicht des Mädchens. So arglos. So bereit für die Erfahrung. So willens, sich dem Ungewissen hinzugeben. Sie sieht sich selbst mit zwölf, einen Teil von sich jedenfalls, und sie muss unwillkürlich lächeln, denn sie kennt ihre Vergangenheit, und sie sorgt sich um ihre Zukunft, doch das arme kleine Totengräbermädchen, das irre Totengräbermädchen, scheint sich um gar nichts zu sorgen.

»Du siehst, wie eine Spur aus Feuer eine Tür an die Höhlenwand zeichnet«, sagt Greta. »Hoch, waagerecht, runter und quer wieder zurück.«

Dreißig Sekunden.

»Dann erscheint ein Kreis aus Feuer, der als Türknopf dient, aber du kannst dieses Feuer anfassen, weil es kühl ist, und du ergreifst den Türknopf und drehst ihn, und die Tür öffnet sich nach außen, und du betrittst deinen heiligen Ort, und alles wirkt so nah und echt, dass du nur die Hand auszustrecken bräuchtest, um deine Erinnerungen anzufassen.«

Und plötzlich, in ihrem Kopf, in dieser langen und seltsamen Minute, steht Molly Hook im Dunkeln vor einer offenen Tür, und sie weiß, diese offene Tür ist ihre Schlafzimmertür gleich da oben im Friedhofswärterhaus. Sie hört etwas hinter dieser Tür. Ein dumpfes Schlagen.

Vierzig Sekunden.

»Kannst du es sehen, Molly?«, fragt Greta von der Pritsche her. »Kannst du es fühlen?«

Mollys Augen sind immer noch geschlossen. *Pock, pock*. Ein paar Zimmer weiter hämmert irgendwas gegen die Wand. In Mums und Dads Schlafzimmer. Violets und Horace' Schlafzimmer. Molly reibt sich die Augen und tappt langsam durch den Flur, streicht mit den Handflächen über die Wand. Schleicht blind den Gang entlang, immer dem Geräusch der Schläge hinterher. *Pock, pock*. Und jetzt hört sie noch etwas anderes. Etwas Tierisches. Das Geräusch des Wolfs.

Noch ein paar Trippelschritte auf dem Gang, dann entdeckt sie rechts von sich ein Licht, fährt herum und schaut in die Küche, die vom Flur abgeht. Ein leerer Tisch und eine halb leere Flasche Whisky. *Pock, pock*. Vor ihr, am Ende des Flurs, liegt die geschlossene Schlafzimmertür, und sie streckt die Hand aus nach dem Knauf, merkt aber, dass die Tür gar nicht ganz zu ist und sie sie mit einem leichten Stupser öffnen kann. Und was sie in diesem Schlafzimmer sieht, ist der Vollmond, der im Fenster hängt, und der silbrige Schein dieses runden Nachtgestirns fällt auf das Antlitz ihrer Mutter, rücklings auf dem Bett, das Nachthemd zerrissen um die Schultern. Das hohe dunkelbraune Kopfteil, das gegen die Wand hämmert. *Pock, pock. Pock, pock*. Und da hockt etwas Tierisches auf Mollys Mutter. In Schatten gehüllt. Kriechend und sich windend wie ein Wolf. Und im Mondschein sieht sie nur die haarigen Arme und Klauen dieses Wesens, das seine langen Finger in die Rippen ihrer Mutter bohrt. Und Violet Hooks mondbeschienenes Gesicht wendet sich vom Fenster hin zur Tür und findet Molly Hook, weil ihr Gesicht schon immer Molly Hook gefunden hat, und Violet Hook beginnt im Mondlicht lautlos zu weinen, doch trotz des Weinens hört das Kopfteil einfach nicht auf, ständig an die Wand zu hämmern, und das Tier will nicht aufhören, über sie zu kriechen.

Dann kommt eine Stimme aus der Küche. Und diese Stimme ergibt für sie keinen Sinn. »*Molly!*« Und das Mädchen dreht sich hin zum Küchenlicht und sieht seinen Vater Horace dort am Tisch hocken, eine Whiskyflasche in der Hand. Dann kann Molly nicht anders, als sich wieder zum Mondschein im Schlafzimmer zu drehen, und blickt in das Gesicht der Bestie, die ihren Kopf nun aus dem Schatten reckt. Ins Gesicht des Wolfs.

Noch fünf Sekunden.

»Jetzt öffne deine Augen«, sagt Greta.

Molly öffnet die Augen.

»Was hast du gesehen, als du die Tür aufgemacht hast?«, will Greta wissen.

»Nichts«, sagt Molly. »Ich hab nur schwarz gesehen.«

»Nichts?«, fragt Greta und lehnt sich wieder an die Rückwand.

»Du hast keine einzige Erinnerung, die dich traurig macht?«

Molly schüttelt den Kopf. »Ich glaube, ich kann gar nicht traurig sein. Ich glaube, ich kann noch nicht mal weinen.«

»Das ist lächerlich«, sagt Greta. »Jedes Kind weint. Ich hab als Kind so viel geflennt, ich hätte damit den Hafen von Sydney fluten können.«

»Ich hab nicht mehr geweint, seit ich sieben war«, sagt Molly.

Gretas Miene erstarrt. Sie weiß, was geschehen ist, als Molly sieben war.

»Ich versuch's manchmal«, sagt Molly. »Ich starre in den Spiegel und denk an alles, was mir je passiert ist, das mich zum Weinen bringen sollte, aber diese Sachen bringen mich einfach nicht zum Weinen.«

»Und was spürst du stattdessen?«

»Ich spüre, dass ich weglaufen will.«

Fasziniert studiert Greta das Gesicht des Mädchens. Dann schüttelt sie den Kopf. »Na, dann bist du wohl 'n echter Glückspilz, Kleine«, sagt sie und wendet sich wieder ihrem Rollenheft zu. »Jeder Mistkerl da draußen will uns Mädchen zum Heulen bringen. Aber an unserer kleinen Molly Hook beißen sie sich die Zähne aus!«

»Mein Herz wird zu …«, sagt Molly, ganz leise.

Greta versteht sie nicht. »Wie bitte?«, fragt sie.

»Ach, nichts«, sagt Molly. Sie schweigt einen Moment.

»Greta?«

»Ja, Kleine.«

»Was siehst du, wenn du die Tür öffnest?«

Greta dreht sich zu Molly hin. Wägt ab, wie gut sie sich schon kennen, lächelt. Sie ist kurz davor, ihr etwas Wahrhaftiges zu sagen. Kurz davor, zu sagen, dass hinter dieser Tür ein weißer Raum liegt. Kurz davor, zu sagen, dass in diesem Raum ein neugeborenes kleines Mädchen ist, und dass dieser Säugling in ihrem Arm liegt. Aber dann schließt sie die Tür in ihrem Kopf, schlägt sie fest hinter sich zu.

»Nee, tut mir leid, Liebes«, sagt sie. »Ich kann nicht alle meine Schauspielgeheimnisse ausplaudern.« Sie schaut hoch zur Sonne. Schaut in den Himmel. Anderer Blickwinkel, anderes Thema. »Sind die Jungs bald fertig?«, fragt sie.

»Beinahe.«

»Die machen mich krank«, sagt Greta.

»Es liegt nicht an ihnen.«

»Ach, wirklich?«

»Nein«, sagt Molly. »Es ist der Fluch.«

»Ah, natürlich, das hatte ich ganz vergessen«, sagt Greta. »Der böse Fluch von Longcoat Bobs verlorenem Gold! Machst du dich immer noch so verrückt wegen diesem ganzen Busch-Hokuspokus, Molly Hook?«

»Hast du dich nie gewundert, warum meiner Familie all diese schlimmen Sachen passiert sind?«, fragt Molly.

»Ich sag's dir ja nur ungern, Molly, aber um schlimme Menschen herum passieren manchmal schlimme Sachen. So ist das im Leben. Hat nichts mit irgendeinem Schwarzen und seinem Buschzauber zu tun.«

»Hältst du mich für einen schlimmen Menschen?«

»Nein, Mol«, sagt Greta. »Du bist nicht schlimm. Du bist überhaupt nicht schlimm.« Greta liegt jetzt rücklings auf der Pritsche, die Beine angewinkelt wie beim Sonnenbaden. »Das Gold war nicht verflucht, Kleine«, sagt sie. »Wenn ich wüsste, wo es heute liegt, würde ich mir deinen Kumpel Bert hier schnappen und nach meinem Schatz graben, in der festen Überzeugung, dass es keine Zauberer gibt, schwarze, weiße oder was auch immer für welche. Es gibt nur Menschen, Molly. Es gibt gute und schlechte Menschen, und dann gibt es noch Spinner wie uns, die irgendwo in der Mitte hängen.«

Gretas Blick wandert wieder auf das Rollenheft, das sie hochhält, damit die pralle Sonne ihr nicht ins Gesicht scheint. Im Gegensatz zu Molly hat sie nicht bemerkt, dass ihr das Sommerkleid zwischen die Beine gerutscht ist und man die Blutergüsse – scharlachrote, violette und blaue Flecken – an den Innenseiten ihrer Schenkel sehen kann.

Fingerförmige Blutergüsse. Flecken auf der Haut, die sich nicht abwaschen lassen.

»Liebst du Onkel Aubrey?«, fragt Molly.

Greta nimmt noch einen Schluck aus dem Flachmann, verzieht wegen des Brennens das Gesicht.

»Klar liebe ich ihn«, sagt sie. »Aber ich hasse ihn auch.«

»Er ist ein schlechter Mensch«, sagt Molly völlig ungerührt.

Greta steckt den Flachmann wieder weg. Mustert ausdruckslos Mollys Gesicht.

Molly scharrt mit ihrer Stiefelspitze im Kies der Auffahrt, malt einen Kreis und einen Mond. »Wie kann man jemanden lieben und gleichzeitig hassen?«, fragt sie.

»Das wirst du verstehen, wenn du selbst mal einen Mann hast.«

»Was ist, wenn ich schon einen gefunden habe?«

Greta wendet sich zu Molly, strahlt sie an. »Schön für dich, Totengräbermädchen! Und sieht er gut aus, dieser Junge?«

»Ziemlich gut sogar«, sagt Molly voller Inbrunst. »Er sieht aus wie Tyrone Power – wenn Tyrone Power schwarz wär und aus dem Buschland hinter Mataranka käme.«

»Und wie lautet der Name dieses Jungen?«

»Sein Name ist Sam, und er ist kein Junge, er ist ein Mann. Er ist sechzehn, und er schießt Büffel für die Johnston Traders. Er verdient gutes Geld.«

»Und was machst du dann noch hier in diesem Drecksloch von Friedhof? Wieso brennst du nicht mit deinem Sam durch, dem sechzehnjährigen Mann, der gutes Geld verdient?«

»Dad würde mich nie gehen lassen.«

»Wer sagt, dass du ihn um Erlaubnis fragen musst?«

So hat Molly das noch nie gesehen. Vielleicht sollte sie einfach weggehen. Sie dreht sich zum Eingangstor des

Wärterhauses. Es steht offen. Es sind keine dreißig Meter bis zum Tor. Vielleicht acht Kilometer bis in die Stadt. Vielleicht fünftausend bis nach Brisbane, Queensland. Vielleicht fünfzehntausend bis nach Hollywood, Kalifornien.

Molly hält sich am Rand der Pritsche fest, wiegt sich hin und her, federt dabei in den Knien.

»Wieso bist du noch hier?«, fragt Molly.

»Hä?«, stutzt Greta.

»Du solltest in London auf der Bühne stehen«, sagt Molly. »Du solltest Filme drehen in Hollywood. Dann würde dein Name in Leuchtschrift über dem Star hängen. ›Humphrey Bogart, Vivien Leigh und zum ersten Mal ... die Diva von Darwin ... Greta Maze.‹«

Greta grinst. Volle Lippen, eine Oberlippe, die sich kräuselt, wenn ihr danach ist. Die Vorstellung dieser Leuchtbuchstaben gefällt ihr. »Ich kann nicht«, sagt sie. »Hab hier in Darwin einfach zu viel um die Ohren.«

Molly stiert immer noch auf Gretas Schenkel, sieht jetzt nicht mehr nur die blauen Flecken. Sieht die Rundungen ihrer Beine, ihre Weiblichkeit, den Kino-Glamour, den sie ausstrahlen.

»Greta?«

»Ja, Kleine.«

»Stimmt es, dass Maze gar nicht dein echter Nachname ist?«

»Das stimmt.«

»Und wie heißt du in echt?«

»Baumgarten. Greta Waltraud Baumgarten.«

»Warum hast du ihn geändert?«

»Weil niemand so einen Krautnamen in Leuchtschrift neben John Wayne sehen will.«

»Mir gefällt Maze«, sagt Molly.

Greta lächelt.

»Macht dich irgendwie geheimnisvoll, so, als wärst du schwer zu durchschauen. Als hättest du all diese Drehungen und Wendungen in dir drin. Wie ein Irrgarten eben.«

Greta nickt. »Man kommt in Greta Maze hinein, aber man findet vielleicht nie wieder hinaus«, sagt sie.

Molly lächelt. Sie stellt sich Greta in Schwarz-Weiß auf der Leinwand vor. Dieses perfekte Gesicht in hell und dunkel. Stellt sich vor, wie es aus einer Wolke von Humphrey Bogarts Zigarettenqualm hervortritt. Bogie und Baumgarten. Bogie und Maze. Diese porzellanfarbenen Beine in Schwarz-Weiß. Die Blutergüsse sähen nicht so schlimm aus in Schwarz-Weiß. Und in den großen Filmstudios gibt es Maskenbildner, die so etwas kaschieren. Dottie Drake vom Fannie-Bay-Friseursalon hat Molly alles über Maskenbildner in Hollywood erzählt. Dass die alles überschminken können, von den Tränensäcken unter Joan Crawfords Augen bis zu Errol Flynns aufgeplatzter Lippe.

»Glaubst du, ich könnte auch irgendwann mal meinen Namen ändern?«, fragt Molly.

»Klar könntest du das. Jeder kann das. Wie soll dein neuer Name denn lauten?«

Molly überlegt eine Weile, neigt den Kopf nach oben.

»Sky«, sagt sie.

Auch Greta schaut zum Himmel.

»Das gefällt mir«, meint Greta. »Aber du könntest deinen Vornamen noch ein wenig aufpeppen« – sie denkt kurz nach – »vielleicht mit einer Prise Dietrich«, sagt sie.

Molly strahlt. Haucht den Namen, flüstert ihn, als wäre er heilig: »Marlene Sky.«

Greta nickt, die Augen noch immer emporgerichtet. »Na, sieh dir das mal an!«, staunt sie.

»Was denn?«, fragt Molly.

»Da oben. Da steht dein Name in Leuchtschrift.«

Molly lacht. Und dann starren beide eine Weile in den Himmel, der so weit entfernt ist von ihren dunklen Höhlen und den lächerlichen Flammentüren, die an dunkle Orte führen. Mollys Blick fällt wieder auf die Blutergüsse.

»Greta?«, setzt sie an.

»Ja, Kleine.«

»Ich hab gehört, wie mein Dad mit seinem Kalksteinhändler über dich geredet hat«, sagt Molly.

Greta dreht sich zu Molly, folgt dem Blick des Mädchens bis zu ihren blauen Flecken, richtet sich verlegen auf und zieht das Kleid über die Knie.

»Und was hat dein Vater über mich gesagt?«

»Er hat gesagt, du würdest dich im Edinburgh Arms Pub für Geld ausziehen.«

Greta zündet sich eine neue Zigarette an, nimmt einen tiefen Zug, schiebt die Sonnenbrille leicht nach unten. »Hat dir schon mal jemand gesagt, dass du zu viel redest, Molly Hook?«

»Ja, alle sagen das«, erwidert Molly.

»Ich hoffe, dein Vater hat diesem entsetzten Kalksteinhändler auch erzählt, dass ich an den Abenden, an denen ich mich ausziehe, wahrscheinlich meine großartigste Rolle spiele?«

»Von irgendeiner Rolle, die du spielst, hat er nichts gesagt.«

»Natürlich ist das eine Rolle«, sagt Greta. »Ich spiele Greta Maze, eine dreiunddreißigjährige Schauspielerin mit zu viel Talent und zu wenigen Karrierechancen, die am Arsch der Welt versackt ist, weil sie glaubte, einen älteren Mann zu lieben.«

Greta klappt das Textheft zu, klemmt es sich unter den Arm und schwingt die Beine über den Rand der Ladefläche.

Die Gummisohlen ihrer geschnürten Sattelschuhe hinterlassen Abdrücke im groben Kies der Auffahrt, wo sie landet.

»Und welche Rolle spielst du heute, Molly?«, fragt Greta. »Oder probst du immer noch die Rolle dieses zwölfjährigen Totengräbermädchens, das nicht wahrhaben will, dass es von Monstern großgezogen wird?«

DER ROTE
FINGERHUT

Die klappernden Tasten einer Schreibmaschine, die stählern durch ein Haus aus Latten, Blech und alten Pfählen hallen. Abblätternde Farbe an den Innenwänden. Ein Loch über dem kaputten und verstaubten luftbetriebenen Pianola, wo, wie Molly einst mit ansehen musste, Onkel Aubrey den blutverschmierten Kopf seines jüngeren Bruders im Zuge eines langen und blindwütigen Saufgelages, an dessen Ende die Brüder schluckweise Lackverdünner kippten, einfach in die Wand gerammt hat.

»Und haben Sie sich schon über die Inschrift auf dem Grabstein Gedanken gemacht?«, fragt Molly Hook über einen alten Holztisch hinweg, während ihre rastlosen zwölfjährigen Finger bereits über den Tasten R, I und P flattern. Moderige Luft und fahles Sonnenlicht, das durch einen ausgebleichten Vorhang in das Wohnzimmer fällt, wo das Geschäftliche geregelt wird. Das Familiengeschäft der Hooks, das darin besteht, die Toten zu begraben.

Wenn Horace Hook annehmbare Laune hat, weist Molly ihren Vater manchmal darauf hin, dass sich dieses Wärterhaus schon selbst wie eine Gruft anfühlt, so tot und finster wie die (derzeit) 894 Gräber, die es umgeben. Und sie macht Vorschläge. Mehr Fenster. Mehr putzen. Mehr Essen im Kühlschrank. Weniger Maden im Waschbecken. Weniger Blutflecken an den Küchenwänden. Weniger ungespülte Gabeln und verkrustete Teller voll von alter Bratensoße. Weniger Rüsselkäfer in den Haferflocken in der Speisekammer. Weniger Silberfische, die auf Violets Regal neben der Haustür durch Emily Dickinson, William Butler Yeats und Walt Whitman kriechen. Weniger leere Whiskyflaschen im Schrank unter der Spüle. Weniger Streifen alter Fliegenfänger, die von der Decke baumeln, schwarz vor festgepappten Flügeln, Köpfen und Beinen toter Stubenfliegen.

In den beiden Stühlen gegenüber von Mollys Schreibmaschine sitzen zwei trauernde Kunden, die achtundsechzigjährige Mildred Holland und ihr siebenundzwanzigjähriger Sohn Clem. Mildred trägt eine schwarze Strickjacke, im Schoß hält sie, mit beiden Händen fest umklammert, eine Geldbörse. Ihr tumb dreinblickender mondgesichtiger Sohn trägt einen weißen mehlbedeckten Overall. Er kommt direkt von der Arbeit, aus derselben Bäckerei in der Herbert Street, wo sein Vater Lloyd Holland vier Tage zuvor im Morgengrauen an Herzversagen starb. Clem fand seinen Vater inmitten von zwölf frisch gebackenen Broten daliegen, die noch am selben Nachmittag zum halben Preis über die Theke gingen.

Mildred setzt ihre Lesebrille auf, holt einen eingerollten Zettel aus der Börse und entrollt ihn. »Wir hätten gern die folgenden Worte auf dem Grabstein«, sagt sie. Sie studiert aufmerksam das Blatt, dann liest sie das Geschriebene langsam und bedächtig vor. »Ruhe … in … Frieden … Lloyd.«

Molly tippt die Wörter in die Schreibmaschine. »Wunderbar, und was würden Sie gerne darunter schreiben?«, fragt sie dann.

Mildred ist verwirrt. »Das ist alles, was uns eingefallen ist«, sagt sie.

Clem zuckt mit den Schultern. »Damit is' doch so ziemlich alles gesagt, oder etwa nich'?«

Molly nickt. »Vielleicht möchten Sie ja noch ein paar Zeilen hinzufügen, die etwas über das erfüllte Leben aussagen, dessen er sich erfreut hat, bevor er von Ihnen gegangen ist?«, schlägt Molly vor.

»Eigentlich hat er sich an kaum etwas erfreut«, sagt Clem.

»Vielleicht etwas darüber, wie innig er seine Freunde und Familie liebte und wie auch sie ihn liebten?«, probiert Molly es erneut.

Mildred schielt grimmig zu ihrem Sohn hinüber. Dann sieht sie wieder Molly an. »Die meiste Zeit war er mürrisch und gemein«, sagt sie.

Clem wendet sich zu seiner Mutter um. »Als ich den Leuten von Dads Tod erzählt hab, hatten sie alle denselben Ausdruck auf dem Gesicht.«

»Und was war das für ein Ausdruck?«, fragt Mildred.

»Erleichterung«, sagt Clem.

»Verstehe.« Molly nickt verständnisvoll. »Wenn es eine Sache gab, an die Lloyd glaubte, Mrs. Holland, eine Überzeugung, nach der er gelebt hat, was wäre das?«

Mildred zuckt die Achseln. »Er glaubte an … Brot«, sagt sie. »Er glaubte, dass etwas Schönes darin lag, aus so einfachen Zutaten etwas zu erschaffen, das so gut schmeckte, nur aus … du weißt schon … Mehl und … du weißt schon …« Mildred sieht ihren Sohn an.

Clem nickt kenntnisreich. »Wasser«, ergänzt er. »Nur Mehl und Wasser.«

»Mehl und Wasser«, wiederholt Mildred nickend.

»Ich verstehe«, sagt Molly.

Mildred sieht sich im Zimmer um. Späht hin zu den geschlossenen Schlafzimmertüren im Gang, der vom Wohnzimmer abgeht. »Wo, meintest du, war dein Vater noch einmal?«, will Mildred wissen.

»Er ist erkrankt«, sagt Molly.

Clem grinst. »Hat die Schnapsflaschengrippe, oder wie?«

Molly deutet ein Lächeln an. »Mrs. Holland, wenn Sie mir vielleicht einen Hinweis geben könnten, was ihn interessiert hat, dann könnte ich Ihnen eventuell behilflich sein, etwas zu verfassen, das dem Andenken Ihres verblichenen Gatten womöglich etwas mehr gerecht wird.«

Molly wendet sich an Clem. »Etwas, das seinen Kindeskindern noch in einem halben Jahrhundert gefallen könnte.«

Molly blickt zurück zu Mildred. »Ich weiß, dass ich noch sehr jung bin, aber ich habe schon vielen Menschen geholfen, die Worte zu finden, die zu ihren geliebten Verstorbenen passen.«

»Wie alt bist du eigentlich?«, fragt Mildred.

»Ich werde in einem Monat dreizehn.«

Mildred studiert Mollys Gesicht, die Vorstellung, eingehender über ihren Mann nachdenken zu müssen, erfüllt sie mit Grauen. Sie grübelt. Schaut zu ihrem Sohn hinüber, klopft ihm eine Wolke Mehlstaub von der Schulter. Dann schüttelt sie den Kopf. »Ich schätze, das Einzige, was ihn glücklich gemacht hat, war ein gut gebackener Laib Brot am Morgen.«

Molly nickt, schwenkt den Rücklaufhebel der Schreibmaschine, um eine neue Zeile zu beginnen. Sie blickt aus dem einzigen Fenster des Wohnzimmers, wo ein Stückchen blauer Himmel den halben Rahmen füllt.

»Wie wäre es damit?«, fragt sie. Und dann liest sie den Text laut vor, während sie ihn tippt. »Wie ... die ... untergehende Sonne«, tippt sie, »verging ... zu rasch ... dein ... Leben.«

Klapp, klapp, klapp. Rücklaufhebel. Neue Zeile.

»Wie ... das ... Brot ... des ... Morgens ... soll ... deine ... Seele ... sich ... erheben.«

Molly blickt zu ihren Kunden auf. »Ruhe in Frieden ... Lloyd«, sagt sie.

Mildred dreht sich zu ihrem Sohn um, der zustimmend die Brauen hebt. »Ja, das gefällt mir«, sagt sie. Sie lässt es sich noch einmal durch den Kopf gehen. »Wie das Brot des Morgens. Ja, ich glaube, Lloyd würde das auch gefallen. Ja. Ja. Dann nehmen wir das doch, oder?«

»Natürlich muss ich Sie darauf hinweisen, Mrs. Holland«, erklärt Molly, »dass zwei Zeilen mehr, die auf den Stein gemeißelt werden müssen, weitere vier Shilling kosten, aber meiner Erfahrung nach macht es den Kunden in der Regel nichts aus, ein wenig mehr zu bezahlen, wenn es um die Würdigung eines Verstorbenen geht.«

Mildred wendet sich an ihren Sohn. Clem zuckt unsicher mit den Schultern.

»Es sind ja nur zwei Zeilen mehr«, sagt Mildred und lockert den Griff um ihre Geldbörse.

*

Ein roter Fingerhut aus Blech mitten auf dem kleinen Küchentisch, an dem Molly und ihr Vater frühstücken. Horace schwitzt. Er ist dünn. Nur dürre Gliedmaßen und Kummer. Sein Haar ist streng und glatt zurückgekämmt. Er stinkt nach Spiritus. Der Alkohol sickert aus seinen Achseln, dringt aus seinem Atem. Schweißtropfen auf seiner Oberlippe.

Molly stellt eine weiße Emailtasse mit schwarzem Tee auf den Tisch. Ihr Vater ergreift sie mit der rechten Hand, die zittert, als er sie zum Mund führt.

»Welcher Tag ist heute?«, fragt Horace.

»Donnerstag«, sagt Molly. »Du hast Montag und Dienstag getrunken und Mittwoch verschlafen.«

»Hab ich dich in Ruhe gelassen?«

Molly nickt.

»Ich bin auf meinem Zimmer geblieben und hab gelesen«, sagt sie.

Horace nickt erleichtert.

»Was liest du?«

»*Shakespeares gesammelte Werke.*«

Horace nickt.

»Ich glaube, ich will Schauspielerin werden, wie Greta«, erklärt Molly.

»Ich dachte, du wolltest eine berühmte Dichterin werden wie diese Emily Dickens?«

»*Dickinson*, Dad«, korrigiert ihn Molly. »Und ich werde mal eine berühmte dichtende Schauspielerin namens Marlene Sky.«

Horace nickt abermals, von der Ankündigung der Tochter nicht im Geringsten überrascht. »Du verdienst mehr Geld, wenn du Gräber aushebst«, sagt er. »Aber ich schätze, fürs Verscharren von Toten wirst du keinen stehenden Applaus kriegen.« Dann hebt er seine bebende Linke und ballt sie zur Faust.

»Was ist das für ein Zeug, das Onkel Aubrey und du getrunken habt?«, erkundigt sich Molly.

»Kümmer dich um deinen eigenen Kram.«

»Du wirst immer mehr wie er, Dad«, sagt Molly.

»Wie wer?«

»Wie Onkel Aubrey.«

Noch ein zittriger Schluck Tee.

»Du wirst immer mehr zum Schatten«, sagt Molly. »Onkel Aubrey ist nichts als Schatten. Du bist auch Schatten, Dad, aber du bist auch Licht.«

Horace schweigt.

»Wann bietest du ihm endlich mal die Stirn?«, fragt Molly. »Er schert sich einen Dreck um uns, Dad. Er schert sich einen Dreck um Greta. Ihm geht es doch immer nur um

Gold. Das Einzige, bei dem er etwas fühlt, ist das Funkeln von Gold. Ich kann es sehen, Dad. Er ist goldkrank. Das war er schon immer. Er redet immer über meinen Großvater und davon, wie das Gold ihn krank gemacht hat, aber ich würde sagen, Aubrey ist heute so goldkrank, wie es ein Mensch überhaupt nur sein kann.«

Horace massiert sich die Schläfen, versucht, die Hammerschläge abzudämpfen, die durch seinen Schädel hallen.

»Er glaubt, das Funkeln würde die Schatten vertreiben«, sagt Molly, und der Strom ihrer Gedanken nimmt wieder Fahrt auf. »Aber das wird es nicht. Dafür ist es längst zu dunkel.«

Horace reibt sich die Stirn, schließt die Augen. Es lässt sich nie sagen, wo eine Erinnerung herkommt; man weiß nie, wo und wann der schlummernde Bibliothekar in Horace Hooks Gehirnarchiv aus dem Schlaf hochschreckt, in den staubigen Schubladen gelebter Erfahrungen kramt und einen Ordner nostalgiegefärbter Geschichten hervorholt. Aubrey Hook und Horace Hook, die sich mit Steinen bewerfen. Horace ist zwölf, sein Bruder vierzehn. Sie hacken mit ihren Pickeln auf die Wand einer Goldmine nahe Tom's Gully ein, am Mount Bundey Creek, ein gutes Stück südlich von Darwin. Ihr Vater Arthur Hook, ein gestandener Goldsucher, ist nach Pine Creek geritten, um Proviant zu holen. Im Archiv findet sich nichts darüber, wie alles anfing, nur wie es geendet hat. Aubrey wirft einen tennisballgroßen Stein, trifft Horace am rechten Auge. Horace revanchiert sich mit einem ähnlich großen Stein, vor dem Aubrey sich weder wegduckt noch ausweicht, sondern einfach stehen bleibt, bis der Stein ihn mitten auf dem Mund trifft und ihm einen seiner Schneidezähne ausschlägt. Aubrey sucht den Boden des Unterstands der Mine ab, schnappt sich noch einen Stein, diesmal von der Größe seines Wasserkanisters, und schleudert ihn auf seinen jüngeren Bruder, der sich behände aus der Schussbahn des tödlichen Geschosses duckt. Der Brocken prallt gegen die kreidige Minenwand und fällt neben Horace' Stiefeln zu Boden. Der hebt ihn auf und schmeißt ihn schnurstracks zurück. Wieder duckt Aubrey sich nicht weg, weicht nicht aus, schlägt nicht einmal die Hände schützend vors Gesicht. Steht nur da und lässt den Stein so ungebremst in sein Gesicht krachen, dass er ihm die Nase bricht. Blut strömt ihm übers Kinn und übers Arbeitshemd. Und Aubrey Hook lächelt. Mit rot gefärbten Zähnen. Den Mund voller Blut. Irgendetwas an seinem Lächeln lässt Horace schaudern. Etwas im Gesicht seines Bruders, das weder Blut noch Steinstaub ist. Es ist Befriedigung.

»Warum brauchst du Aubreys Erlaubnis, um mich mit Sam ins Star gehen zu lassen?«, fragt Molly.

»Sei jetzt still, Molly«, sagt Horace.

»Ich hab euch beobachtet«, sagt Molly. »Irgendetwas stimmt nicht mit euch beiden. Ich glaub, dieses schwarzgebrannte Zeug treibt euch in den Wahnsinn. Ich glaub, du solltest 'ne Weile aufhören zu trinken.«

Horace zieht die Brauen hoch. »Tom Berrys Enkelkind will mir was von Wahnsinn erzählen«, sagt er. »Das gefällt mir.«

»Vielleicht hast du ja auch den Fluch«, sagt Molly.

»Sei jetzt still, Molly.«

Das Mädchen ist eine ganze Weile still. Doch dann bricht Molly das Schweigen. Molly bricht immer das Schweigen.

»Neulich musste ich an Mum denken«, sagt sie leise. Horace reagiert auf das Wort »Mum«. Er dreht den Kopf, so wie er auch in Pubs den Kopf dreht, wenn irgendwer den Namen »Violet« oder das Wort »Ehefrau« sagt.

»Ich hab in den Spiegel von ihrer Frisierkommode geguckt«, fährt Molly fort, »und ich hab sie so sehr vermisst.

Ich war furchtbar traurig, aber ich konnte nicht weinen. Ich hab mich so angestrengt, ein paar Tränen für sie zu vergießen, denn manchmal hab ich das Gefühl, dass sie vielleicht irgendwo ist, wo sie mich sehen kann, ich sie aber nicht, und wenn sie mich sehen kann, dann will ich, dass sie mich um sie weinen sieht, damit sie weiß, wie sehr ich sie vermisse und wie sehr ich sie dafür hasse, dass sie uns hier unten zurückgelassen hat. Doch dann hab ich mich an Longcoat Bob erinnert, und da wusste ich wieder, was passiert ist.«

»Was ist denn passiert?«, fragt Horace.

»Das Versteinern«, sagt Molly. »Das Herz wird nicht sofort zu Stein. Es dauert eine Weile, denn das Herz ist warm und schlägt ununterbrochen, und es wehrt sich gegen all den kalten Stein. Aber schon bald wird alles zu Stein, und dann fühlt man gar nichts mehr. Alles innen drin ist kalter Fels. Wie bei Onkel Aubrey.«

Horace starrt seine Tochter an und merkt, wie tief sie in ihrer eigenen Gedankenwelt versunken ist. Er sorgt sich um sie. Hat Angst um sie.

Molly sieht ihren Vater an. »Und du versteinerst auch, Dad«, sagt Molly.

»Jetzt reicht's, Molly«, sagt Horace.

»Ich merk es, Dad. Ich kann mit ansehen, wie es passiert. Anverwandte heißt auch Ehemänner, Dad.«

»Lass uns einfach frühstücken.«

»Anverwandte heißt Brüder, Dad. Es bedeutet Onkel und Tantchen und Cousins, einfach alle.«

Horace schlägt mit der Faust auf den Küchentisch. »Frühstück, Molly. Mach weiter«, bellt er.

Seine Augen. Diese entsetzlichen Drohungen, die Männer wie Horace an Kinder wie Molly allein mit ihren Augen aussenden, in Küchen wie diesen. Gefahr. Mach, was du willst, aber mach weiter.

Also nimmt Molly das Schneidemesser und streicht es mit beiden Seiten sechsmal über den schwarzen Abziehriemen, der an einem Nagel neben dem Ofen hängt. Sie schneidet drei gerade Stücke von einem warmen, sechs Tage alten Klumpen Corned Beef und brät sie neben zwei Hälften einer reifen Tomate in einer viereckigen gusseisernen Pfanne.

Horace nippt schweigend an seinem Tee, stellt die Tasse wieder auf den Tisch. Mit langen Fingern nimmt er den roten Fingerhut vom Tisch. »Siehst du diesen Fingerhut?«, fragt er.

Molly nickt ihm zu, wendet die Tomaten in der Pfanne.

»Dieser Fingerhut hat deiner Mutter gehört«, sagt Horace.

»In der guten Zeit ... als sie noch klar bei Verstand war, meine ich, da saß sie immer in der Ecke da drüben und nähte Kleider für dich. Lätzchen und so was. Und ich stand da, wo du jetzt stehst. Dann briet ich uns zum Abendessen einen roten Kaiserschnapper, den ich an den Felsen in Frances Bay gefangen hatte, dazu ein paar Kartoffeln, und ein paar Schlammkrabben kochten wir uns auch noch. Und sie war glücklich.«

Horace steckt den Zeigefinger in den Fingerhut. Molly schiebt das Corned Beef und die gebratene Tomate auf einen Teller und stellt ihn ihrem Vater hin. Er macht sich über das Fleisch her, stopft es sich gierig mit der Tomate in den Mund, über die er sich tonnenweise Salz und Pfeffer gestreut hat.

Er lehnt sich auf seinem Stuhl zurück. »Die Japsen kommen«, sagt er.

»Wer kommt?«

»Die Japaner. Dreihundertfünfzig Japsenflieger haben gerade ganz Hawaii den Hintern weggebombt. Als Nächstes werden die sich uns vorknöpfen. Die Idioten, die in dieser

Stadt das Sagen haben, werden ein Weilchen brauchen, um zu kapieren, was für eine verfluchte Killerflotte da auf uns zukommt, aber das kannst du mir glauben, Mol, der Krieg kommt nach Darwin.«

Er trinkt einen Schluck Tee. »Wahrscheinlich steckt gerade eben so ein hohes Japsentier auf seiner Landkarte eine Nadel mit 'ner dicken fetten Sonnenfahne in Darwin.«

»Warum sollten die den ganzen Weg bis hierher fliegen?«

»Die wollen die Yanks am Arsch kriegen, und wir helfen den Yanks. Du hast doch all die Navy-Pötte im Hafen von Darwin gesehen. Wir haben hier riesige Treibstofflager, um alliierte Schiffe aufzutanken. Hier sind Öltanks und Armeestützpunkte und Flugplätze, und alles, was wir haben, um die zu verteidigen, sind ein paar fette Kanonen und ein Haufen barfüßiger Jungs mit Steinschleudern. Warum sollten die *nicht* nach Darwin kommen?«

»Und wann fahren wir dann weg?«, fragt Molly.

Horace stellt die Tasse wieder auf den Tisch. »Wir fahren nirgendwohin«, erwidert er. »Das ist unser Jackpot, Molly. Der Krieg ist 'ne Goldgrube für Totengräber. Die Japsen kommen, und jeder, der dumm genug ist, hierzubleiben, um sie zu begrüßen, wird innerhalb eines Tages tot sein.«

»Und wir auch«, sagt Molly.

»Wir sind nicht in der Schusslinie. Die haben es vor allem auf die Stadt und den Hafen abgesehen. Und wenn sich der Staub erst mal gelegt hat, wird das Kriegskabinett jedem ein hübsches Sümmchen hinblättern, der all diese armen Schweine anständig unter die Erde bringt.«

Horace steht vom Tisch auf, stakst ins Wohnzimmer. Dann kehrt er mit einer großen Holzkiste voller Putzmittel zurück, Flaschen mit Desinfektionslösung, Laugenpulver und Scheuerbürsten. Er stellt die Kisten mitten auf den Küchenboden.

Es ist der Fluch, sagt Molly sich. Es ist der Fluch, der ihn so hart gemacht hat. Anverwandte heißt Väter. Heißt Ehemänner. Longcoat Bob hat sein gutes Herz zu Stein werden lassen.

»Ich will, dass du das Haus putzt«, sagt Horace. »Ich will, dass du jede noch so kleine Ecke, jede Ritze dieses gottverfluchten Dreckslochs abstaubst, wischst und desinfizierst.«

Horace schnappt sich den roten Fingerhut und hält ihn Molly hin.

»Ich fahre jetzt in die Stadt, und ich werde erst heute Abend wieder zurück sein«, sagt er. »Aber bevor ich fahre, werde ich diesen Fingerhut irgendwo im Haus verstecken. Um ihn zu finden, musst du jeden Winkel absuchen und sauber machen. Wenn du den Fingerhut nicht gefunden hast, bis ich zurück bin, weiß ich, dass du das Haus nicht ordentlich geputzt hast, und ich werde dich bestrafen. Hast du mich verstanden?«

Molly nickt. Es ist der Fluch. Der Fluch von Longcoat Bob.

»Sag es«, befiehlt er.

»Verstanden«, sagt Molly.

»Wen hast du verstanden?«, fragt ihr Vater und steckt den roten Fingerhut in seine Hosentasche.

»Ich habe dich verstanden, Dad.«

Zwei Wörter schwirren ihr durch den Kopf: das Versteinern. Das Versteinern.

*

Schranktüren auf. Schranktüren zu. Wischen, schaben, scheuern, abstauben. Das atemlose Totengräbermädchen auf allen vieren in der Diele, wo es mit einer alten Zahnbürste Blutflecken vom Boden schrubbt. »Fort, verdammter

Fleck«, sagt Lady Macbeth in ihrem Kopf. »Fort! Fort, sag ich!« Doch manche Flecken lassen sich nicht wegschrubben.

Das Mädchen streicht Wachs auf den Boden, reibt und poliert das alte Holz, seine Kniescheiben so rot, so wund gescheuert, dass es die dicken Wintersocken seines Vaters darüberstülpt, um sie zu polstern. Sie schleift einen schweren Eimer mit Wasser und Reiniger quer über den Wohnzimmerboden. Einen Baumwollmopp und eine Wringmangel.

Er muss hier sein. Er muss hier sein. Sie wischt mit einem Lappen über die dicke Staubschicht, die die Fußleisten an allen Wänden überzieht. Atmen. Sie zieht einen hölzernen Tritt hinter sich durchs Haus, um ihre spindeldürren Arme hochzurecken und über die schier endlosen Deckenleisten jeder Innenwand zu wischen. Atmen, Molly Hook, atmen. Jede Schublade. Jeden Winkel jeder Frisierkommode, jeder Anrichte, jedes Besenschranks. Bitte sei hier.

Sie scheuert Dielen, wäscht Gardinen. Grab, Molly, grab. Irgendwo muss er doch sein. Schüttet Lauge in die Abflüsse des Spülbeckens. Schrubbt Spüle und Badwaschbecken mit Drahtbürste und Scheuerpulver. Sie schleppt drei große Teppiche die Hintertreppe hinunter und steigt auf den Holztritt, um sie über die Wäscheleine im Hof zu hängen. Sie klopft die Teppiche mit der Rückseite von Berts Schaufelblatt, muss bellend husten, als sie jahrzehntealten Staub einatmet. Fünf Stunden am Stück rackert sie. Arbeitet den Mittag durch, ohne Pause oder Essen; hat nicht mal Zeit, einen Becher Wasser zu trinken. Sie muss den Fingerhut finden, denn sie spürt den Fluch.

Dreht Griffe, reißt Türen auf, knallt Schränke zu, denn nun öffnet sie Schranktüren, die sie schon dreimal geöffnet hat, und jetzt ist ihr schwindelig, und sie ist so müde, dass sie nicht einen klaren Gedanken in ihrem übervollen Kopf behalten kann. Zerrt panisch Schubladen auf, schiebt sie panisch wieder zu. Roter Fingerhut. Roter Fingerhut. So klein. So unwichtig, eigentlich. Nur ein Gegenstand, der einmal ihrer Mutter Violet gehörte. Er bedeutet ihr nichts. Und alles.

Sie sucht und sucht im ganzen weitläufigen Haus. In Spalten, unter Fußmatten, zwängt die Finger unter Geschirrschränke, findet aber nur lebende und tote Spinnen. So viele Kakerlaken und so viel Kakerlakenscheiße, die sie mit den Händen aufsammelt. Doch sie findet keinen roten Fingerhut.

Das Herz des Totengräbermädchens hämmert wie wild, weil es einfach nie das findet, was es sucht, und der Fluch von Longcoat Bob weht vom Friedhof herüber und vermischt sich mit dem Geruch von Ammoniak und Bleiche, und es fragt sich, ob es am Ammoniak im Bad oder am Reinigungsalkohol in der Küche oder nur am roten Fingerhut liegt, dass ihm so schwummrig wird. Ihr Vater wird nach Hause kommen, ja, er *wird* nach Hause kommen, so sicher, wie die Sonne über Darwin jeden Tag von Neuem aufgeht wie das Brot in der Bäckerei des verstorbenen Lloyd Holland. Er wird nach Hause kommen, und sie wird den Fingerhut nicht gefunden haben, und sie wird bestraft werden, und er wird nicht einmal merken, was für eine Mühe sie sich gegeben hat, um den roten Fingerhut ihrer Mutter zu finden. Er wird es nicht wissen, weil er die Wahrheit nicht mehr sehen kann durch den dunklen Schleier des Fluchs von Longcoat Bob, der ihr, wie sie spüren kann, jetzt so nahe ist und wegen ihr auch ihrem Vater jetzt so nahe ist, so nahe, dass es wehtut. Ihr Onkel wird dabei sein, wenn ihr Vater heimkommt, und beide werden besoffen sein, und Onkel Aubrey wird schlimmer sein als ihr Vater, denn er ist ganz Schatten, und er wird wie immer die Bestrafung übernehmen, weil es ihn befriedigt.

Sie hastet von den Schlafzimmern in die Küche und ins Bad und dann ins Wohnzimmer und wieder in die Schlafzimmer und von dort aus über die Küche in das Badezimmer, und sie wirbelt auf der Stelle, fragt sich, wo ihr Vater nur diesen roten Fingerhut versteckt haben kann, und sie findet die verschlossene Tür von Horace Hooks Schlafzimmer, wo er die verscharrten und gehobenen Schätze all der gutgläubigen Toten seines Friedhofs aufbewahrt. Und ihr Herz schlägt so schnell vor lauter Denken und Arbeit und Erschöpfung, dass sie nicht zum Atmen kommt, und sie versucht, mehr Luft in ihre Lungen zu befördern, doch nichts will mehr hinein, und sie erinnert sich ans Wasser und rast rasch in die Küche, doch dann flackern plötzlich diese gelben und violetten Flecken vor ihren Augen auf, und sie kann nichts mehr scharf sehen, und ihre Hände sind so kalt, und es fühlt sich an, als würde das Blut aus ihr herausschießen und wie die Lauge in die Ritzen der polierten Dielen unter ihren nackten Füßen sickern, und sie schließt die Augen und sieht nur einen schwarzen Raum, und das fühlt sich sicher an, also hört sie auf zu atmen und fällt mit einem dumpfen Schlag auf den Küchenboden im Wärterhaus des abgewrackten Hollow Wood Cemetery, wo die Einzigen, die nahe genug sind, um den kleinsten Mucks der zwölf Jahre und elf Monate alten Molly Hook zu hören, tief unter der Erde ruhen. Und das Letzte, was sie in diesem schwarzen Zimmer ihres Geistes sieht, ist ein Publikum, das sich erhebt, um dem Totengräbermädchen stehenden Applaus zu spenden, als es mit der Schläfe auf die Theaterbühne schlägt.

»Bravo, Molly!«, brüllen sie. »Bravo!«

*

Vom blauen Himmel aus, wenn man hinabblickt und immer näher herangeht, sieht man ein braunhaariges Mädchen, das in Jungshosen vor dem Schaufenster eines Kleiderladens in der Cavenagh Street steht, in der Innenstadt von Darwin. Würde man Molly Hook in diesem Augenblick erzählen, dass sie sich hierhergeträumt hat, würde sie es glauben, denn Darwin bei Sonnenuntergang im Sommer ist ein Traum, und das Kleid im Schaufenster die Art von Kleid, die Molly in ihren Träumen trägt. Ein Teenagerkleid und ein Ausgehkleid, das Molly zu einem Ball, einer Abschlussfeier oder einer Hollywood-Premiere am Arm von Gary Cooper tragen könnte, wenn sie nur nicht so viel damit zu tun hätte, in Darwin, Nordaustralien, Gräber auszuheben. Ein hellblaues Satinkleid, so blau wie der Sommerhimmel über Darwin, das da in der Auslage von Ward's Boutique an einer Schaufensterpuppe hängt, deren ausdruckslose Miene nicht im Geringsten ahnen lässt, wie herrlich es doch sein muss, etwas so Schönes zu tragen.

Es ist nicht mehr lange bis zu ihrem Geburtstag. Bald wird sie sagen können, sie sei ein Teenager. Bald wird sie alt genug sein, auf dem Winterball im Gemeindesaal zu tanzen. Auf dem Ball könnte sie dieses blaue Kleid tragen. Vielleicht kauft ihr Vater es ihr ja, zum Geburtstag. Sie wird nicht fragen, woher er das Geld hat; sie wird nicht fragen, ob er es von dem Gold gekauft hat, das ihr Onkel von Lisbeth Flemings totem Ringfinger gebissen hat. Sie wird am Morgen ihres Geburtstags aufwachen und die Kleiderschachtel öffnen, die ihr Vater hübsch für sie eingepackt hat, und sie wird flüstern: »Es ist wunderschön, Dad.« Und er wird sie fragen, ob sie es nicht anprobieren möchte, und sie wird vor ihm Pirouetten drehen, und er wird lächeln, und sie wird ihm in die Arme rennen, und er wird sagen, wie leid es ihm doch tut, dass er nicht immer so sein kann. Und wenn sie sich umarmen, wird sein Gesicht nicht unrasiert und kratzig sein, und er wird nicht nach Schnaps und wochenaltem Schweiß riechen. Alles wird Farbe sein. Himmelblau.

Molly macht nun schon seit einem Monat diese Wallfahrt zu dem unantastbaren Kleid, zweimal in der Woche, doch ganz gleich, wie oft sie einen anderen Ausgang zu erzwingen sucht, ihre Taschen sind stets leer, wenn sie dort ankommt, und sie macht jedes Mal mit leeren Händen wieder kehrt.

Sie läuft barfuß. Sie träumt, und Darwin träumt mit ihr. Die Stadt weigert sich, aufzuwachen, und so nimmt dieser seltsame, stets wiederkehrende Filmtraum in dieser Stadt am Nordzipfel Australiens während des Zweiten Weltkriegs seinen Lauf, entspinnt sich in Szenen, die keinen rechten Sinn ergeben. Darwin – eine Stadt erschaffen nicht von Gott, sondern von der Evolutionstheorie. Erschaffen durch die Drehung dieser Erde und von 5800 Menschen, die irgendwie den Halt verloren haben, die auf den schwankenden Planken ankerloser Schiffe südwärts und nordwärts getrieben sind und miterleben mussten, wie die Trümmer und das Treibgut ihres Lebens am Hafen von Darwin angeschwemmt wurden. Griechische und italienische Ladenbesitzer, chinesische Marktverkäufer, japanische Taucher, philippinische Fischer, deutsche Bergmänner, afghanische Kameltreiber, thailändische Huren, malaysische Händler, javanische Arbeiter, neuguineische Tagelöhner, versklavte Südseeinsulaner, mit Gewalt auf Boote verfrachtet und gezwungen, in diesem Darwin-Traum zu schuften. Einem Traum, der auf einem türkisfarbenen Küstenstreifen in der Timorsee beginnt, in derart klarem Wasser, dass man glaubt, man könne auf seiner harten Glasschicht tanzen. Ein Mädchen wie Molly könnte sich Tanzschuhe aus diesem Meerglas machen und sie auf dem Ball des Landfrauenverbands zu seinem himmelblauen Schaufenster-Satinkleid tragen.

Im Mangrovenwald am Ufer könnte man nicht tanzen. Diese Mangroven gehören den Leichen toter Gangster, zwischen Wurzeln eingekeilt, und den Krokodilen, die sich an ihren Sünden laben. Doch mitten in diesem Mangrovenstreifen gibt es einen Ort, wo Menschen hingehen, um sich neu zu erfinden. Einen Ort, an dem man seinen Traum verändern kann und ebenso sein Leben und sein Ende. Von Baumgarten zu Maze. Von Molly zu Marlene. Niemand weiß etwas, und keiner spricht darüber. Kein Wort zum Mann drei Hocker weiter an der blutbefleckten Theke des National Hotel; er ist der Beelzebub auf Urlaub.

Der Sonnenuntergang in Darwin ist erst golden, dann rot, dann violett und schließlich schwarz. Die Stadt ist eine Festung aus Wellblechhäusern, die beim kleinsten Lüftchen einstürzen. Dreck auf den Straßen, Dreck in der Luft. Seit Jahrhunderten von Zyklonen gebeutelt. Architektonische Vergänglichkeit in Reinform. Darwin träumt in Sonnengold und Erdbraun. Es träumt in Sturzregen und Wind. »Nungalinya«, das hat Sam Greenway Molly Hook einmal erzählt, das ist der Traumzeit-Urahn, der für die Stürme und Zyklone verantwortlich ist und nur einmal pfeifen muss, um die Blechdächer von Pubs und Geschäften wegzufegen. Sam hat gesagt, Nungalinya sei wütend auf all die weißen Siedler, die in Port Darwin unentwegt an Land strömen, um mit ihren Pickeln und Schippen an Ol' Man Rock herumzuhacken. Nungalinya, das hat Sam gesagt, hebt Fischerboote aus dem Wasser, saugt sie in die Luft und pustet sie hundert Meter durch den Wind gegen Klippen, die ihre Eisenrümpfe genauso leicht zerschmettern wie die weißen Siedler die Scheren fetter East-Point-Schlammkrabben.

Der Darwin-Traum hat einen eigenen Geruch, und er riecht wie die Maden, die all diese weggeworfenen Krabbenscheren fressen. Er riecht nach den verfaulten Gemüseresten in den Mülltonnen von Chinatown, die Dingos und streunende Hunde umkippen, sobald es dunkel wird. Darwin träumt von Suff und Schweiß. Warmem Bier und Plackerei. Von fettwanstigen Faustkämpfern und Männern, die unter ihren Barhockern in Eimer pissen. Leeren Autowracks an der Straße außerhalb der Stadt, abgestellt von Männern, die sich darin erschossen haben. Es ist ein Grenzland, wo nichts niet- und nagelfest ist. Der Wilde Westen von Amerika tief hier unten in Australiens wildem Norden. Manche kamen mit dem Schiff, und andere krochen einfach aus dem Boden; stiegen aus der Erde, klopften sich die Schultern sauber und wankten ins Victoria Hotel an der Smith Street, um drei Gläser mit schwarzem Rum zu kippen und erst danach ein Glas Wasser. Darwin träumt von Abendgesellschaften mit Tanz und Holzfällerwettbewerben und Zirkuszelten fahrender Freak Shows, wo Wolfsjungen aus Sydney und Schweinemädchen aus Melbourne das kalte Grauen packt, wenn die Einheimischen ihnen durchs Glas entgegenstarren.

Der Van-Diemen-Golf und die Snake Bay im Norden. Der South Alligator River im Osten, der Rum Jungle im Süden. Und jenseits von alldem die ausgedehnten alten Sümpfe und die Wildnis aus Molly Hooks kühnen Träumen, das urzeitliche Fels- und Buschland. Das *deep country*. Erdrückende Monsunwälder, Wattgebiete und zerklüftete Hochebenen mit Felsgebilden, die höher sind als die Wolkenkratzer des Paris und London und New York aus Mollys Fantasie.

Riesige Baumratten schon in den Vororten. Killerschlangen unterm Bett. Killerspinnen, die einem das Hosenbein hochkrabbeln. Da sind die japanischen Perlenfischer, die ihre klapprigen Logger im Hafen festmachen. Da sind christliche Missionare, die Aborigine-Dienern Anweisungen geben, deren Familien einst auf dem Land sangen, wo sie heute Kirchenbänke abstauben. Betrunkene reiche Viehbarone und ihre Geliebten, die in den Wassertanks der stillgelegten Vestey's-Schlachthöfe in Bullocky Point nacktbaden. Sonnengegerbte Viehhirten, die nach Feierabend in den Spielhöllen der Mitchell Street die Würfel rollen lassen. Es sind kaum Autos auf den Straßen: Im Darwin-Traum gehen fast alle zu Fuß oder fahren mit dem Fahrrad.

Ein dicker Betrunkener hockt schlafend auf dem Toilettensitz eines heißen blechverschalten Klohäuschens an der Ecke Knuckey Street. Molly hält sich beim Vorübergehen die Nase zu. Die Plumpsklokacke dieses Mannes wird tagelang vor sich hin faulen, bis man sie endlich verbrennt. Da ist der Schulbus, der schon seit einem Monat an der Peel Street steht, ein rostiger Sattelschlepper mit langem Auflieger. An den Tagen, wenn ihr Vater sich die Mühe macht, sie zur Schule zu schicken, sitzen Molly und ihre Klassenkameraden unter einem Drahtkäfig, und ihre Arschknochen rattern bei jedem Schlagloch auf dem Weg zur Grundschule schmerzhaft über der stählernen Ladefläche.

Molly schlendert barfuß nach Chinatown hinein. Vor fünfzig Jahren wohnten hier noch viermal so viele Chinesen wie Europäer. Horace Hook hat seiner Tochter einmal erzählt, dass die Orientalen – die »Himmlischen« – Australien den »neuen Goldenen Berg« nannten, wohingegen Kalifornien der »alte Goldene Berg« war. Als auch die neuen Goldadern versiegten, ging die Hälfte der Chinesen wieder fort. Die andere Hälfte blieb, um sich für fünf Shilling am Tag den Buckel krumm zu machen und die Bahnstrecke von Port Darwin zu den Goldfeldern von Pine Creek zu bauen. »Als die Bahnstrecke dann fertig und keine harte Arbeit mehr für die Chinesen übrig war«, erzählte Horace, »da sagte ihnen die Regierung, sie sollten jetzt gefälligst

Leine ziehen.« Horace ließ sich den Gedanken durch den Kopf gehen. »Was für Mistkerle, nich'?«

Molly nickt einer alten Chinesin zu, die an einem Tisch am Rand der breiten ungeteerten Cavenagh Street grüne Mangos feilbietet. Sie passiert eine chinesische Schneiderei, einen chinesischen Obstmarkt, eine Steinmetzwerkstatt. Vier chinesische Fischer trotten neben einem dürren hungrigen braunen Pferd her, das einen Karren mit dem Fang des Tages zieht, frischer Fisch aus ihren Reusen vor der Fannie Bay. Eine andere Alte rührt vor einem Gemüsemarkt in einem Topf mit Fischsuppe. Der chinesische Junge neben ihr trägt ein langärmliges Hemd und weiße Hosen. Sein Haar ist mitten auf dem Schädel mit einem Band zusammengebunden und ragt aufrecht in die Luft wie eine sprießende Staude Sellerie. Sein erster Hemdknopf sitzt so eng, dass der Halsspeck über seinen Kragen quillt. Er pustet auf eine rote Papierwindmühle, die sich am Ende eines Bambusstocks dreht.

Blaugraue rostgespickte Wellblechhütten und chinesische Schriftzeichen auf fein bemalten Schildern in den Eingängen zu Läden und Werkstätten. Vierzehnköpfige Familien, die in baufälligen zweistöckigen Behausungen leben, die sie aus Fundstücken zurechtgezimmert haben – alte Motorhauben, platt gehämmerte und zu Wänden zusammengenagelte Petroleumkanister –, während die wohlhabenden Weißen, die diese Märkte und Stände besuchen, auf den großzügigen Veranden ihrer erhöht gebauten Häuser sitzen, Gin trinken und sich die frische Brise über die kühlen feuchten Tücher wehen lassen, die sie sich um den Hals gewickelt haben.

Molly sieht alte hohlwangige Chinesen mit fingerförmigen Kinnbärten, die wie weiße Flammen lodern, wenn sie vom Wind zerzaust werden. Einer von ihnen, der nur noch die untere Zahnreihe besitzt, hockt auf einem Waschzuber, während er den Absatz seines rechten schwarzen Schuhs festnagelt, eine qualmende Pfeife fest umklammert in der Linken.

Molly bleibt kurz vor ihrem Lieblingsgeschäft stehen, Fang Cheong Loongs weitläufigem Geschenkartikel- und Kleidergeschäft voll chinesischer Puppen, rot, blau und grün gemusterten Cheongsams und Kampferholzkästchen mit eingeschnitzten Drachen, Kaisern und chinesischen Prinzessinnen. Sie spaziert an der Crown Bakery und der Suns Inc. Schneiderei vorüber bis zu einer zweistöckigen weiß getünchten Spelunke namens Gordon's Don Hotel. Sie schleicht zu den Schwingtüren des großen Pubs, späht hinein, und ihr Blick wandert sofort zur Bar, wo zwei Viehhirten in kurzen Hosen Arm in Arm zu Boden kippen und dabei ein Lied über Irland singen. Sie rollen direkt in die an ihren Barhockern wie festgeschweißten Beine der Hook-Brüder, und Mollys Onkel versetzt den irischen Säufern einen Tritt mit seinem Stiefel, während er sich weiter an einem trüben Glas mit braunem Schnaps festhält. Als würde er Mollys Blicke spüren, dreht Horace Hook mühsam seinen Kopf samt blutunterlaufener Augen hin zur schwingenden Saloontür. Er ist nur noch Schatten und zu betrunken, um zu wissen, ob es seine einzige Tochter ist, die da draußen vor der Schwingtür steht, oder doch der Geist von Lisbeth Fleming, die gekommen ist, um sich zu holen, was ihr rechtmäßig gehört – Horace Hooks graues Herz und die rabenschwarze Seele seines älteren Bruders Aubrey.

Molly huscht hastig von der Tür zurück in die belebte Cavenagh Street und rempelt eine junge Chinesin mit einem Tablett voll lila Pflaumen an, die beinahe zu Boden fallen. »Entschuldigung«, sagt Molly. Und jetzt rennt sie, weil es Nacht geworden ist und sie nach Hause muss. Sie muss den roten Fingerhut finden. Er muss da sein. Muss irgendwo sein. Die wenigen Straßenlaternen an der Cavenagh Street lodern auf, und sie rennt vorbei an A. E. Jollys Laden und Cashmans Zeitungskiosk und der Bank of New South Wales und dem Hauptpostamt, wo noch nie auch nur ein einziger Brief eingegangen ist, auf dessen Umschlag *Molly Hook* geschrieben stand. Lauf, Molly, lauf. Grab, Molly, grab. Ihr Herz pocht wie wild. Lehmstraßen unter ihren Füßen. Schnelligkeit. Bewegung. Schicksal. Aber halt, links von ihr ist ein Gesicht, das sie kennt. Sie legt eine Vollbremsung hin, weil er es ist, Tyrone Power höchstpersönlich, den es über Mataranka, südlich von Katherine, mitten auf die Smith Street hier in Darwin verschlagen hat.

Auf dem Gehweg unter der Markise des Star-Kinos steht Sam Greenway. Er trägt ein rotes langärmeliges Cowboyhemd, fleckige braune Hosen, und der schwarze weitkrempige Reiterhut ist so zurückgekippt, dass sein dichter schwarzer Haarschopf unter den Flackerlampen der Markise leuchtet. Er lacht aus vollem Halse, und sein großes breites Lächeln ist so strahlend wie die Lichter, die die Überdachung dieses Kinos säumen, das zur Hälfte unter freiem Himmel liegt, und die sich wie eine Perlenschnur zu einem funkelnden Nachtstern emporziehen, der über Darwin aufgeht. Genau die Art wie der Stern, der die Heiligen Drei Könige aus dem Morgenland nach Jerusalem geführt hat, denkt Molly, leitet nun Sam und sie in die Leinwandwelten von Ginger Rogers, Fred Astaire und Gottes anderem gesegneten Kind, Shirley Temple.

Im Star läuft heute Abend Darryl F. Zanucks *Jesse James*, und dieser Titel zieht sich in bleidurchsiebter Westernschrift atemberaubend über die Anschlagwand des Filmtheaters. Molly steht auf der dunklen Straße und will eben nach Sam rufen, verkneift es sich jedoch, als sie bemerkt, dass Sam in Begleitung von zwei Teenagerinnen ist, Aborigine-Mädchen mit hübschem Lächeln und langen Beinen, älter als Molly, so alt, dass ihre Brüste langsam ihre Sonntagskleider ausfüllen. Aborigine-Familien strömen rings um sie herum aus dem Theater; heute Abend sind keine weißen Familien im Kino.

Natürlich sehen diese Mädchen Sam so, wie Molly ihn sieht. Sie sehen sein Funkeln, sein Leuchten, seinen Hollywood-Charme, und sie starren ihn verblüfft, mit offenen Mündern und großen Augen an, gebannt von einer kurzen und spontanen Cowboyshow, die Sam hier auf dem Gehweg aufführt.

Er rückt seinen Hut zurecht und knurrt einem imaginären Wildwest-Gesetzeshüter ins Gesicht. »Nun, Marshall«, sagt er im breitesten Missouri-Dialekt. »Ich hab's langsam satt, mir anzuhören, wie Sie über meine Jugendsünden schwafeln, und ich möcht meinen, Ihre Hand ist nicht halb so flink wie Ihr Mundwerk.« Die Finger von Sams rechter Hand tanzen über eine riesige rot-grüne Zuckerstange mit Apfelgeschmack, die wie ein Revolver in seinem braunen Ledergürtel steckt. Dann bewegt sich seine Hand so rasch, dass Molly gar nicht sieht, wie die Stange aus Sams Gürtel verschwindet und in seiner rechten Hand wieder auftaucht, mit der er zu den perfekten Filmgeräuschen seiner Lippen drei Schüsse abfeuert, während seine linke zum Spannen immer wieder über den unsichtbaren Revolverhahn fährt.

Als das Duell vorüber ist und der imaginäre Gesetzeshüter blutend im Staub liegt, bläst Sam triumphierend Rauch vom Zuckerstangen-Pistolenlauf. Mit einer blitzschnellen Bewegung, die einer Zirkusnummer würdig wäre, lässt er die Pistole senkrecht um den Zeigefinger wirbeln, bringt sie dann in eine waagerechte Bahn, auf der sie eine volle Minute kreiselt, und die jungen Frauen, mit denen er im Kino war, sind so berauscht von seinen Cowboykünsten, dass sie nur noch kichern können, vor Ehrfurcht zu erstarrt, um zu applaudieren. Dann schnellt die Pistole, so rasch, wie sie gezogen wurde, wieder stramm und sicher in ihr Holster an Sams Gürtel. Erst jetzt klatschen die Mädchen in die Hände.

Sam tippt sich an den Hut, dankt augenzwinkernd seinem Publikum. »Und was führt feine Ladys wie Sie in eine so nichtsnutzige abgerissene Stadt wie ...« Seine Worte stocken jäh, unterbrochen durch einen Schuss in den Rücken, der ihn taumelnd in die Arme seiner Zuschauer katapultiert. »Das war dieser verfluchte Bob Ford«, keucht er, und imaginäres Blut rinnt von seinen Cowboylippen. »Er hat mir in den Rücken geschossen.« Sam fällt theatralisch zu Boden, und die letzten Herzschläge seines kurzen und tragischen Cowboylebens lassen seine Schultern beben. »Bitte ... Ma'am«, flüstert er der größeren der beiden jungen Frauen zu, »würden Sie einem armen Gesetzlosen einem letzten Kuss gewähren, bevor er hinunter in die Hölle reitet?« Und von der dunklen Straße aus sieht Molly, dass dem Cowboy sein letzter Wunsch gewährt wird: Das Mädchen kniet sich zu Sam hinab und gibt ihm einen sanften Kuss, einen Kuss, der Molly so lang vorkommt wie die meisten Spielfilme, die über die große weiße Leinwand des Star flimmern. Und natürlich ist es nicht Molly, die ihm diesen Kuss gewährt, denn Molly hat nicht genügend Gräber ausgehoben, um das blaue Satinkleid zu kaufen, das sie im Kino tragen könnte, und Molly könnte nie so groß und schön aussehen wie dieses glückliche vollbusige Mädchen in seinen Sonntagssachen, denn Molly steckt immer sechs Fuß tief in Dreck und toten Leuten.

Sam schließt die Augen, und der Cowboy schläft den letzten, großen Schlaf. Die Mädchen kreischen auf vor Lachen, und Molly betritt zurückhaltend die Szene, bis sie über ihrem Freund Sam steht, fühlt zum ersten Mal in ihrem Leben jedes schwere Gramm ihres ererbten Herzens, das sich in ihrer Brust langsam in Stein verwandelt.

»Hi, Sam«, sagt sie leise.

Sam schlägt die Augen auf. Strahlt sie mit breitem Grinsen an.

»Hi, Mol!«, ruft er. Er springt auf die Füße. »Wusste gar nicht, dass du heute Abend in die Stadt kommst.« Er mustert sie von unten bis oben. »Du brauchst Schuhe an den Füßen, wenn du dir den nächsten Streifen anschauen willst. Die ganzen Weißen kommen gleich zurück, um sich Bogie in *Entscheidung in der Sierra* anzusehen. Wir waren gerade in *Jesse James*. Hätte dir gefallen. Dieser Tyrone sonst was, den du so magst, hat Jesse gespielt.«

»Tyrone Power«, sagt Molly tonlos.

Sam mustert sie abermals, diesmal noch genauer. »Alles in Ordnung, Mol?«

Das große Mädchen möchte gehen. »Kommst du mit, Sam?«, fragt sie. »Wir gehen zu Vestey's, wir schwimmen unter den Sternen.«

Sam lächelt. »Ich komm später nach«, sagt er. »Ich will noch 'n Weilchen bei meiner kleinen Banditenfreundin bleiben.«

Die älteren Mädchen drehen sich um und schlendern über die Smith Street davon.

»Ich bin nicht so klein«, sagt Molly mit abgewandtem Blick.

Sam nickt schmunzelnd. »Klar doch, Mol. Für mich bist du größer als Bogart.«

Er klopft ihr auf die Schulter. »Warte hier einen Augenblick«, sagt er aufgeregt. »Ich will dich einem Freund vorstellen.«

Sam verschwindet in einer Seitengasse. Molly hockt im Rinnstein, Ellbogen auf die Knie gestützt. Auf dem Lehmpflaster der Smith Street nähert sich Hufgeklapper, und Sam kommt wieder zum Vorschein, wiegt sich langsam im Sattel eines hübschen kastanienbraunen Pferdes mit weißer Zeichnung unten an den Beinen, als trüge es lange weiße Socken.

»Das ist Danny«, sagt Sam und streicht ihm mit der Hand über die Mähne. »Er ist ein Vollblut-Hengstfohlen, Mol. Sehr schnell. Kräftig wie ein Stier. Danny und ich haben unten im Süden Büffel durch den Rum Jungle gejagt. Der Kerl wird nie müde. Rast wie ein Blitz hinter den Biestern her. Bäng!«

Sam streckt die Hand nach Molly aus. Wird wieder zu Jesse James. Verwandelt sich in Tyrone Power.

»Ma'am, würden Sie einem einsamen Cowboy die Ehre Ihrer Gesellschaft erweisen?«, fragt er. Dieses unmögliche Lächeln. Molly Hook kann heute Nacht nicht auf dieses Pferd steigen. Molly Hook muss nach Hause. Aber Marlene Sky kann die Hand dieses jungen Mannes nehmen, und Marlene Sky tut es.

✻

Mond und Sterne, und Molly, Sam und Danny klipp-klappern Richtung Timorsee. Mollys Arme liegen um Sams harten flachen Bauch, ihr müder Kopf auf seinen Schultern. Seinen warmen Schultern. Die Hitze Darwins lässt ihn selbst nachts noch unter seinem Reithemd schwitzen. Er riecht nach Erde, Pferden und Land und nach der Hoffnung auf eine Ausweichroute, die sie über den Friedhof von Hollow Wood hinausführt.

Sam schwelgt in Dannys Heldentaten, erklärt in allen Einzelheiten, wie das Pferd ihn vor seinem bejahrten Boss Walt Hale glänzen ließ, dem Miteigentümer von Johnston

Traders, einer der erfahrensten Büffeljagd-Gesellschaften der Gegend, deren Geschichte bis in die 1840er zurückreicht, als man Asiatische Wasserbüffel im Zuge der raschen Kolonialisierung auf der Cobourg-Halbinsel ansiedelte, um die Neuankömmlinge mit Fleisch und Milch zu versorgen. Den sich vermehrenden und bald schon wilden Büffeln gefiel es in den weitläufigen Feuchtgebieten des Northern Territory, und schusssichere Jäger wie Walts Vater Paddy Hale machten ein Vermögen damit, Büffelleder in Übersee und ganz Australien zu verkaufen, wo man es zu hochwertigen Gürteln und Bezügen verarbeitete. Aus den Büffelhörnern wurden Intarsien für Gewehrkolben und schicke Messergriffe, die Jäger aus der ganzen Welt verwenden konnten, um noch mehr Ungetüme zu töten und noch mehr Gürtel und Messergriffe herzustellen.

»Aber so 'nen Büffel zu erlegen ist kein Zuckerschlecken«, sagt Sam. »Die lassen sich nicht abschießen wie Tauben, Mol.«

Sam rammt seinen Stiefelabsatz fest in Dannys Seite, und das Pferd fällt in Trab und dann in Galopp. Pfahlgestützte Küstenhäuser rasen verschwommen an Molly vorüber, und sie klammert sich noch fester an Sams Bauch. »Hi-jah!«, johlt er. Und das Vollblutfohlen prescht auf der Promenade Richtung Hafen, und Sam hält die Zügel in einer Hand, während er sich weit – zu weit, sagt Molly – nach links zur Seite lehnt, so wie ein Zirkusreiter.

»Du musst mit deinem Pferd ganz nah an den wütend heranjagenden Stier rankommen und ihm das Ende deines Gewehrs direkt an den Kopf halten«, brüllt Sam. Er streckt den linken Arm aus, als wäre ein Gewehr in seiner Hand. »Du musst ihm mit dem Gewehr so nahe kommen, dass es seine Backe berührt. Aber du brauchst ein schnelles, mutiges Pferd, das dich dahin bringt, und Danny ist so eins. Mit der einen Hand hältst du die Zügel straff, mit der anderen drückst du den Abzug. Bäng!«

Als sie an der Badeanstalt von Lameroo und dem Strand von Lameroo vorbeikommen, fällt Danny in Schritt, und Molly fragt sich, ob das, was sie im nachtschwarzen Hafenbecken von Darwin sehen, nicht sogar das Pferd vor Staunen zum Verstummen bringt.

Schlachtschiffe der United States Navy, beschienen von Mond, Sternen und Scheinwerfern. Die Spiegelung des stillen Hafenwassers schimmert auf den grauen Rumpfwänden, die sich über hundert Meter oder mehr erstrecken. Sam kommen sie so lang vor wie die ausgedorrten Australian-Football-Felder, auf denen er mit seinen Cousins immer spielt, so breit wie die Kricketfelder, die er in den Rasen hinter der Kirche mäht. Molly versucht, die Schiffe zu zählen, und verliert bei etwa fünfzig die Übersicht. Sams Blick fällt auf einen amerikanischen Zerstörer. Das letzte Mal, dass er etwas so Gewaltiges gesehen hat, war, als er mit seinem Onkel Ernie von Darwin aus dreihundert Kilometer nach Osten zum Arnhemland-Steilhang geritten war und miterleben konnte, wie die Morgendämmerung den Burrunggui zum Leuchten brachte. Die Form des Zerstörers ähnelt der des alten Sandsteinfelsens, doch Burrunggui hat nicht all diese Kanonen. Sam zählt sie: fünf Geschütze in separaten Stellungen. »Ich kann die Torpedos nirgends sehen«, sagt er staunend.

Patrouillenboote, Minenräumboote, Beischiffe, Inspektionsschiffe, amerikanische und australische Truppentransporter voller Männer in weißen Hemden, die Molly fieberhaft zwischen den Decks hin und her rennen sieht, so schnell und hektisch wie die Motten, die nachts um ihre Leselampe flattern.

»Dad glaubt, dass die Japsen bald nach Darwin kommen«, sagt Molly.

Sam treibt Danny an, und sie reiten weiter Richtung Stokes Hill Wharf.

»Dein Dad hat recht, Mol«, sagt Sam. »Dieser verfluchte olle Krieg kommt jetzt auch zu uns.«

Molly umfasst Sams Bauch noch fester.

»Schau dir diese Schiffe an, so eng zusammen wie die Ölsardinen«, sagt Sam. »Die sollten die Dinger mehr verteilen. Es den Japsen schwerer machen, sie zu treffen.«

All diese Boote ergeben für Molly keinen Sinn in ihrem Darwin-Traum. Diese Kriegsschiffe ergeben keinen Sinn. Lila Pflaumen gehören nach Darwin, sagt sich Molly. Zyklone gehören nach Darwin. Die Hitze gehört nach Darwin, das ewige Schwitzen. Warmes Bier ergibt hier Sinn und handgeflochtene Körbe auf den Marktstandtischen. Fette Barramundi gehören hierher und Salzwasserkrokodile und die Würfelquallen, deren Biss dich wünschen lässt, du hättest niemals schwimmen gelernt – oder die dich auf der Stelle umbringen. Lila Pflaumen in den Armen junger Chinesinnen. Lila Pflaumen ergeben Sinn.

»Ist das ein Traum, Sam?«, fragt Molly, die linke Wange an Sams Schulterblatt geschmiegt. Ihr Blick schweift über den langen gewundenen holzgedeckten Kai, der weit ins schwarze Hafenbecken ragt, die Stützen aus Eisen und Beton bedeckt von Algenschleim und Muscheln. Autos und Männer und Kräne bewegen sich über den Kai, be- und entladen einen massigen Marinefrachter, knapp hundertzwanzig Meter lang und fünfzehn breit.

»Ich bin heute in der Küche ohnmächtig geworden«, sagt Molly. »Ich kann mich nicht mal erinnern, wie ich in die Stadt gekommen bin. Ich hab das Gefühl, als wäre ich einfach vor Ward's Boutique aufgewacht.«

Danny klappert die Promenade entlang. Das Totengräbermädchen klammert sich noch fester an Sam.

Danny hält an. Sam blickt über den Hafen hinweg. Am Horizont zucken drei gezackte Blitze über den Himmel, färben ihn violett.

»Der Blitzmann kommt«, sagt Sam.

Molly kennt den Blitzmann. Sams Großvater hat ihm als Erster vom Blitzmann erzählt, dem spirituellen Götterwesen, das mit einem rasend schnellen Fahrzeug aus Gewitterwolken hoch oben durch den Himmel saust. »O Mann, wie gern ich so eins hätte, um damit rumzupesen, Mol«, sagt Sam. Der Blitzmann, hat Sam ihr mal erzählt, hat hervorragende Ohren, mit denen er alle möglichen Dinge hört, er kennt das Wetter, und aus seinen Ohren schießt der Blitzmann Stäbe voller Elektrizität durch seine Gewitterwolke auf den Boden. »Aber man rennt nicht vor den Blitzen weg«, hat Sam gesagt. »Man geht auf sie zu. Denn der Blitzmann versucht, einem zu sagen, wo man findet, was man braucht. Der Blitzmann kommt, und all das gute Wasser und Essen kommt mit ihm.«

Noch ein Blitzschlag jagt durchs Dunkel in der Ferne hinter dem belebten Anleger.

»Ich geh morgen von hier fort, Molly«, sagt Sam.

»Wo gehst du hin?«, fragt Molly.

»Ich geh zu den Blitzen, Molly.«

Molly nimmt die Arme von Sams Bauch.

»Meine Familie und ich«, sagt er. »Wir gehen in den Busch. Wir gehen tief ins Buschland, Molly.«

»Musst du gehen?«, fragt Molly.

»Große Zusammenkunft«, sagt Sam. »Es gibt viel zu bereden, wir müssen mit den Ältesten darüber sprechen, was dieser Krieg bringen wird und wo wir alle hingehen.«

»Und wo versammelt ihr euch?«, will Molly wissen.

»Das kann ich dir nicht sagen, Mol.«

Molly schlingt die Arme wieder um Sams Bauch. »Nimm mich mit«, sagt sie. »Ich komm auf der Stelle mit dir mit. Tritt Danny einfach tüchtig in die Flanke, und wir reiten davon, jetzt gleich. Heute Nacht. Immer tief in den Busch. So tief, dass wir nie wieder zurückkommen.«

Sam dreht den Kopf, um dichter an Mollys Ohr zu sprechen. »Du darfst nicht dahin gehen, wo ich hingehe, Molly.«

Molly schließt die Augen. Schweigt eine Minute. »Magst du mich, Sam?«

»Ich mag dich sehr, Mol«, sagt Sam. »Aber ich bin sechzehn, und du bist zwölf und …«

»Ich bin fast dreizehn«, sagt Molly.

Sam nickt, grinst. »Und du bist fast dreizehn«, sagt er, holt tief Luft, um zu sagen, was er sagen muss. »Und ich glaub nicht, dass es richtig wär, dich so zu mögen, wie du das möchtest.«

Dieses schwere Herz aus Stein. Weine, Molly, weine, sagt sie sich. Aber sie kann nicht weinen. Also macht sie die Augen wieder auf, rutscht vom Pferd, geht zu einem großen Felsen am sandigen Ufer des Hafens und setzt sich.

»Wird Longcoat Bob auch da sein?«, fragt sie.

Auch Sam lässt sich von Danny gleiten, hält die Zügel in der Hand, während er zu Mollys Rücken spricht.

»Niemand weiß, wo er ist«, sagt Sam. »Er ist auf einer langen Wanderung. Der längsten, die er je gemacht hat. Seit fast zwei Jahren hat ihn keiner mehr gesehen.«

Molly senkt den Kopf, zeichnet mit dem großen Zeh das Rund des Nachtmonds in den Sand.

»Sam?«

»Ja, Mol.«

»Weißt du noch, wie ich dir von dem Himmelsgeschenk erzählt habe?«

»Ja, Mol. Ich erinnere mich.«

Molly zeichnet eine gewundene Straße, die vom Sandmond zu ihren Füßen wegführt.

»Erinnerst du dich an diese Worte, die mein Großvater in die Pfanne graviert hat?«

»Klar, die Gedichte«, sagt Sam.

»Wegbeschreibungen«, korrigiert ihn Molly. »Das waren Wegbeschreibungen. Er hat sie für Dichter geschrieben. Nur Leute, die ein poetisches Leben führen, können sie verstehen. Du musst poetisch sein, Sam. Du musst anmutig sein.«

Sam bindet Dannys Zügel an den Pfosten eines morschen Zauns, der den Strand umgibt. »Wegbeschreibungen, echt?«, fragt er.

Molly nickt. »Ich weiß, wo der silberne Weg ist«, sagt sie.

Sam schweigt.

»Er meint das, was du mal den Fluss aus Glas genannt hast«, erklärt Molly. »Es ist genau dasselbe. Ein ganzes Stück hinter dem Clyde River. Der Weg, den du als Kind immer gegangen bist.«

Molly schaut hoch zum Nachtmond. »Ich werde auch von hier fortgehen«, sagt sie. »Alle anderen gehen weg. Warum ich nicht auch? Ich werde den silbernen Weg finden. Ich werde Longcoat Bob finden, und dann finde ich meinen eigenen Schatz.«

»Woraus besteht dein Schatz, Molly?«

»Antworten.«

»Antworten worauf, Mol?«

»Auf die Frage, wieso er meiner Familie das angetan hat. Und wie er das, was er getan hat, wieder rückgängig machen kann.«

Sam findet ein Fleckchen neben Molly auf dem Strandfelsen und erzählt ihr, was er ganz aufrichtig, im Grunde seines Herzens über Longcoat Bobs Fluch denkt. »Es gibt keinen Fluch, Molly«, sagt er. »Longcoat Bob macht so was nicht. Er kann das nicht. Er hat gar nicht die Macht dazu. Es gibt nur das, was das Land und der Himmel für richtig oder falsch halten.« Sam sagt das nicht zum ersten Mal.

»Es war nicht Longcoat Bob, der die Finsternis über deinen Großvater gebracht hat«, fährt er fort. »Nur die Erde kann das. Nur dieses funkelnde Zeug da oben kann das, Mol. Das Land und die Sterne haben zugeguckt. Beide fanden es falsch, was dein Großvater getan hat. Er hat der Erde Gold genommen, und die Erde wollte nicht, dass dieses Gold genommen wird. Die Erde hat sich gewehrt, Molly. Sie hat sich gegen deinen Großvater gewandt. Wenn du an einen Ort gehst, wo du nicht hingehörst, kann es dir passieren, dass er sich gegen dich wendet.«

Molly grübelt eine Weile darüber nach. Dann steht sie auf. »Hat dir der Film gefallen, Sam?«

Sam blickt zu Molly auf. »Eigentlich nicht, wenn ich ehrlich bin«, sagt er.

»Warum nicht?«

»Ich hab ihn nicht mit dir gesehen.«

Molly lächelt. »Wiedersehen, Sam.« Sie geht davon.

»Warte, Molly«, ruft Sam. Doch sie hält nicht an. Er steht auf, blickt ihr hinterher, wie sie in die Nacht marschiert, tätschelt dabei sachte den Kopf von Danny dem Hengstfohlen.

»Wiedersehen, Molly Hook«, flüstert er zu sich selbst.

*

Zwei Schatten in der engen kleinen Küche des Wärterhauses im Hollow Wood Cemetery. Die Hook-Brüder, Horace und Aubrey. Weiße langärmelige Arbeitshemden, bis oben zugeknöpft. Schwarze Hosen. Beide Männer zu betrunken, um zu merken, dass sie im Haus noch immer ihre breitkrempigen schwarzen Hüte tragen. Molly steht in der Küchentür. Horace kann kaum noch die Augen offen halten. Er sitzt schwankend auf dem Stuhl, greift ein, zwei, drei Mal nach einem Konservenglas mit einem zerkratzten Queen's-Olives-Etikett, halb gefüllt mit irgendeinem klaren Alkohol, der riecht wie Benzin mit einem Spritzer Tonic Water. Aubrey stiert sie durch die dunklen Schlitze seiner toten schwarzen Augen an, sein rechter Zeigefinger krümmt sich um ein Gläschen mit der gleichen Flüssigkeit. Endlich steht Horace' Kopf lange genug still, um zu registrieren, dass seine Tochter stumm und ausdruckslos in der Küche steht. Dann bahnt sich ein Gedanke seinen Weg in Horace Hooks umnachtetes Gehirn. Molly weiß, dass es ein finsterer Gedanke ist. Horace steht schlagartig auf – zu abrupt, als dass Kreislauf, Körper und Gehirn mit seinen Beinen mithalten könnten –, taumelt jäh nach rechts, stolpert über seine eigenen Füße und fällt schwerfällig zu Boden, wobei er sich die Augenbraue an der Herdkante aufschlägt. Sofort schießt Blut aus seiner Stirn, und er versucht, es wegzuwischen, streicht sich das grelle Rot jedoch nur quer über die Stirn, sodass er Molly an einen Indigenen mit Kriegsbemalung aus einem Gary-Cooper-Western erinnert.

»Dad!«, sagt Molly und kniet mit ausgestreckten Händen nieder, um dem Vater zu helfen, das Gleichgewicht wiederzuerlangen. Doch der stützt sich nicht an diesen Händen ab, sondern packt sie und zerrt Molly zu sich hin, bevor er sich auf die Beine rappelt und nach dem Abziehriemen greift, der neben dem Herd an einem Nagel hängt. Er rammt Molly gegen den Küchentisch, drückt ihr fest den Kopf nach unten, fegt sein Trinkgefäß vom Tisch und lässt es auf dem Boden zerschellen. Und Aubrey Hook sitzt völlig reglos da, die Rechte fest ums Glas gelegt, als er seiner Nichte in die Augen blickt, während ihr Vater den Riemen unablässig über ihren Hintern und die Rückseite ihrer Oberschenkel peitscht. Auf und ab, auf und ab. Das Schwingen des dicken Lederriemens und das Flackern der Glühbirne in der Küche. Striemen über Striemen über Striemen, Blut auf Blut. Zehn Hiebe, zwölf, fünfzehn; achtzehn insgesamt. Und Molly Hook ist in diesem Augenblick so dankbar für den Fluch von Longcoat Bob, denn ihr Herz aus Stein ist sicherlich das Einzige, das sie davor bewahrt, vor ihrem dümmlich dreinstarrenden Schattenonkel zu weinen, dessen schwarzäugigem Blick sie eisern standhält, ganz gleich, wie laut der Riemen knallt, ganz gleich, wie tief und beißend er ihr ins Fleisch schneidet. Sieh nicht weg, Molly. Grab, Molly, grab. Knall und knall und knall und knall. Grab und grab und grab und grab. Aubrey Hooks Lippen verziehen sich unter seinem schwarzen Schnurrbart zu einem Lächeln, und er prostet dem Totengräbermädchen mit seinem Schwarzgebrannten zu, und dann bricht er in ein irres Gelächter aus, ergötzt sich an der Musik in seinem Kopf, der Musik von Leder, das auf Haut trifft.

GRÄBER TUN
DIE RACHEN AUF

Schlaf, Molly, schlaf. Halt die Zimmertür geschlossen. Rühr dich nicht vom Fleck, bis sie weg sind oder tot. Ihr Bett ist eine einfache Matratze auf dem Dielenboden, daneben ein Frisiertisch mit einem kleinen viereckigen Spiegel. Klamme Feuchtigkeit in den Holzwänden. Es ist Morgen und schon lange hell, aber Horace und Aubrey Hook schreien, lachen und grölen immer noch vor ihrer Schlafzimmertür. Sie hat *Shakespeares gesammelte Werke* bei sich, die Ausgabe ihrer Mutter, die sie sich vom Bücherregal im Wohnzimmer geschnappt und fieberhaft über dem Geländer ausgeschüttelt hat, um die Silberfischchen loszuwerden, die sich wimmelnd durch die nahrhaften Seiten winden. Ein fester schwarzer Einband, die Blätter spröde und vergilbt. Sie liest bäuchlings auf der Matratze, um den Druck von ihrem pochenden Hinterteil und der striemenübersäten Haut an ihren Oberschenkeln zu nehmen. Ihr Kopf ragt über die Matratze hinaus, die Ellbogen und der aufgeschlagene Shakespeare flach auf dem Boden.

Das Totengräbermädchen liest *Der Sturm*. Es handelt vom Wind und vom Regen, von den Stürmen, die Darwin in den stickigen Sommermonaten heimsuchen, wenn Männer wie Aubrey und Horace Hook so rachsüchtig und sonderbar werden wie Prospero der Zauberer, der den Wind und den Regen befehligen und die Toten auf ihren düsteren und tristen Friedhöfen auferstehen lassen kann.

»Gräber taten auf meinen Befehl ihren Rachen auf und ließen ihre Schläfer hervor‹«, liest das Mädchen. Schlaf, Molly, schlaf. *Der Sturm* kommt Molly wie ein Traum vor. Ein einziger großer fiebriger Meerestraum. Schlaf, Molly, schlaf. »›... Und gleich diesem verschwundnen unwesentlichen Schauspiel nicht die mindeste Spur zurücklassen‹«, liest das Mädchen. »Wir sind solcher Zeug, woraus Träume gemacht werden, und unser kleines Leben endet sich in einen Schlaf.‹« Und sie schläft.

Sie schläft acht Stunden lang, und ihr leerer Magen weckt sie, als es dunkel ist. Die Stimmen ihres Vaters und des Onkels kommen jetzt von draußen. Sie sind vor dem Haus und werkeln am Motor von Aubreys rotem Pritschenwagen herum. Der Motor springt nicht an, und die Männer bellen auf das Auto ein, verfluchen es dafür, dass es sich ihren mörderischen Drohungen nicht beugt. Molly will aufstehen, doch aufstehen ist nicht so leicht mit ihren Schwellungen. Erst stemmt sie sich mit den Armen hoch, beugt dann die Knie, doch diese Bewegung spannt die Haut an ihrem Hintern, und ein jäher Schmerz jagt ihr vom Steiß bis ins Gehirn. Behutsam öffnet sie die Tür, huscht auf Zehenspitzen ins Wohnzimmer, hört das Brüllen der schon so lange betrunkenen und umnebelten Männer in sicherem Abstand draußen auf dem Hof. Sie eilt die Hintertreppe hinab zum Außenklo unter dem Haus. Steht Höllenqualen aus, nur um eine dünne Wurst herauszupressen. Schmeißt eine Handvoll Sägespäne durch die Öffnung in die Grube.

Jetzt wieder die Treppe hoch und in die Küche, wo sie den Kühlschrank aufmacht, eine Schüssel mit gebratenem Schafshirn in Tomatensoße wegschiebt und drei alte Fleischwürste und einen Brocken schimmelüberzogenen

Käse zusammenklaubt. Dann reißt sie einen kleinen Vorratsschrank auf und findet eine Reihe verschiedener Konserven: Spam-Frühstücksfleisch, Edgells Dosenerbsen und das einzige Lebensmittel, von dem sich Horace dieser Tage zu ernähren scheint, Campbell's Ochsenschwanzsuppe. Molly greift sich eine Büchse Spam und eine Büchse Erbsen. In der Besteckschublade findet sie einen Dosenöffner. Sie füllt zwei leere Glasmilchflaschen mit Wasser, huscht zurück ins Schlafzimmer und schließt die Tür hinter sich. Molly lässt das Essen auf die Matratze fallen, stellt die Flaschen auf den Boden, zerrt den Frisiertisch mit dem Spiegel quer durchs Zimmer und schiebt ihn fest gegen die Holztür. Dann legt sie sich wieder bäuchlings auf die Matratze, beißt den Zipfel einer Fleischwurst ab.

Zwei volle Tage wartet sie, verschanzt in ihrem Schlafzimmer, bis der Sturm vorbei ist. Und drei Worte schwirren ihr wie ein Mantra unaufhörlich durch den Kopf. Wie ein Zauber. Wie ein Bann. Wie ein Fluch.

Grab, Molly, grab.

＊

Abenddämmerung. Molly hört den Pritschenwagen aus der Einfahrt rattern. Sie zieht die Tür auf, und das Quietschen lässt sie angsterfüllt erstarren. Sie wartet auf ein Lebenszeichen. Nichts. Begutachtet das Haus, bemisst die traurige Bilanz des tiefen Absturzes ihres Vaters und Onkels ins Reich des Lackbenzins. Umgestürzte Stehlampen. Umgekippte Stühle. Glasscherben im Flur. Die beiden werden erwarten, dass sie das alles aufräumt. Sie wird es nicht aufräumen.

Sie schleicht in die Küche. Leere Flaschen und zerschellte Gläser. Ein Büschel Menschenhaar auf dem Boden.

Blutschlieren an den Wänden. Blut und galliges Erbrochenes im Spülbecken.

Molly füllt einen Becher mit Wasser, stürzt es gierig hinunter. Setzt sich einen Moment lang an den Küchentisch. Auf dem Tisch liegt eine bierfleckige Zeitung übersät mit Buschtabak und Asche. *Northern Standard*. Mehrere Tage alt, wenn nicht gar Wochen. Die aufgeschlagene Seite enthält eine amtliche Bekanntmachung, einen Befehl. Molly wischt den Tabak fort, hebt die Zeitung auf und liest.

COMMONWEALTH VON AUSTRALIEN
VERWALTUNG DES NORTHERN TERRITORY
BEKANNTMACHUNG
RÄUMUNGSANORDNUNG

BÜRGER DARWINS

Das Kriegskabinett gibt bekannt, dass Frauen und Kinder so rasch wie möglich aus Darwin zu evakuieren sind, mit Ausnahme jener Frauen, die für die Grundversorgung der Bevölkerung zwingend benötigt werden. Sämtliche Vorbereitungen sind abgeschlossen, und der erste Transport wird die Stadt in den kommenden 48 Stunden verlassen. Dieser Transport wird folgende Gruppen umfassen: Krankenhauspatienten, werdende Mütter, Alte und Gebrechliche sowie Mütter mit kleinen Kindern. Sie alle sind schriftlich dahingehend benachrichtigt worden, was mitgenommen werden darf, und diese Vorschriften sind streng einzuhalten. Persönliches Hab und Gut darf ein Gewicht von 15 kg nicht überschreiten. Das für die Evakuierung zuständige Personal befindet sich in der Zweigstelle des Büros für Eingeborenenangelegenheiten in der Mitchell Street und wird Tag und Nacht im Dienst sein. Alle Bürger Darwins, die für den ersten Transport bestimmt sind, werden in den kommenden Stunden eine Benachrichtigung erhalten, und sämtliche Mitbürger sind dazu aufgerufen, den Anweisungen der zuständigen Beamten unverzüglich Folge zu leisten.

Denken Sie daran, was unser Premierminister Mr. Curtin jüngst gesagt hat. »Die Zeit des Debattierens ist vorüber. Die Anweisungen der bundesstaatlichen Regierung müssen ausgeführt werden.« Die Regierung hat alle nötigen Maßnahmen für die Sicherheit und das Wohlergehen Ihrer Familien im Süden getroffen. Die Bürger von Darwin können einen großen Beitrag zu den Kriegsanstrengungen leisten, indem sie den Aufforderungen guten Mutes Folge leisten. Es wird Entbehrungen und Opfer erfordern, doch der Krieg verlangt diese uns allen ab, und ich bin sicher, dass Darwin dem Rest Australiens als herausragendes Beispiel dienen wird.

(gez.) C. L. A. ABBOTT,
Verwalter des Northern Territory

Molly legt die Zeitung wieder auf den Tisch. Sie trottet zurück in ihr Zimmer und steigt in ihre Arbeitsstiefel. Grab, Molly, grab. Grab nach deinem Mut. Grab nach deiner Seele. Grab nach deiner Wut.

Bert die Schaufel lehnt an der Wand neben dem Fenster. Bert hat auf diesen Augenblick gewartet, das weiß Molly. Molly und Bert marschieren rüber zu Horace Hooks Schlafzimmer am Ende des langen Flurs. Die Tür ist wie immer abgeschlossen, weil Molly und Bert Horace' Schlafzimmer niemals betreten dürfen. Molly packt die Schippe mit beiden Händen, hält sie etwa so, wie sie mit einem Speer auf einen Löwen zielen würde, und rammt das Schaufelblatt fest in den Spalt zwischen Schloss und Tür. Das Eisen bohrt sich tief hinein, und das alte Holz birst und splittert. Molly holt noch einmal aus und rammt Bert wieder in den Türspalt, wieder und wieder. Am Ende stemmt sie sich mit ihrem ganzen Gewicht gegen den Schaufelgriff, und die Tür fliegt krachend auf.

Im Zimmer ihres Vaters ist es dunkel, und es riecht nach Schweiß, Erbrochenem und Alkohol. Sie kriecht unters Bett, packt einen großen, mit Kordelzug verzurrten Seesack voller Werkzeug, zerrt ihn hervor und leert ihn auf dem Boden aus: stumpfe Pickel und Feilen, Hämmer und Spaten. Sie nimmt den Sack mit in die Küche und stopft ihn mit sämtlichen Konservendosen voll, die sie in der Speisekammer finden kann. Büchsen mit Corned Beef und Mais. Eine Dose Milchpulver – Nestlé Sunshine.

Molly flitzt zurück in ihr Zimmer und findet in der Ecke ihren ledernen Wassersack. Daneben liegt ein breitkrempiger Sonnenhut. Sie steckt ihn in den Seesack. Anschließend eilt sie zurück in die Küche, um den Wassersack zu füllen, und wieder ins Schlafzimmer des Vaters, wo sie sich mit der Schulter gegen eine Kommode stemmt. Sie drückt, spannt die Beine an, so fest, dass ihre Stiefel über die Dielen rutschen, und dennoch reicht die Haftung, um die Kommode einen guten Meter durch das Zimmer zu befördern. Drei Dielen im neu freigelegten Boden sind kürzer als die angrenzenden. Molly kniet nieder, findet einen Spalt, der breit genug ist, um ihren rechten Zeigefinger reinzustecken und die Diele anzuheben. Mit der Linken entfernt sie die anderen beiden Paneele und greift in den rund dreißig Zentimeter tiefen Hohlraum zwischen den Schlafzimmerdielen und der darunterliegenden Decke. Sie weiß, wonach sie sucht. Eine schwarze Metallkiste, mit Deckel und verschlossen, kaum größer als die quadratischen Butterkeksdosen in den Regalen von A. E. Jollys Laden in der Stadt. Sie setzt die Bretter nicht wieder ein, schiebt die Kommode nicht zurück an ihren Platz. Dafür ist keine Zeit.

»›Solange wir noch Zeit haben‹«, sagt sie zu sich selbst, »›lasst uns Gutes tun.‹«

Die Japsen kommen. Die Zeit läuft ihr davon. Es ist gerade noch genügend Zeit, um Gutes zu tun.

✻

Jetzt ist es dunkel auf dem Hollow Wood Cemetery. Molly trägt eine Petroleumlampe, aber sie würde sich auf diesem Friedhof auch ohne Licht zurechtfinden. Sie könnte die Augen schließen und blind durch diese Totenhalle manövrieren, nur indem sie mit den Händen die Rundungen der Grabsteine befühlt.

Martha Sorenson, 1842–1908. Granitsteinarbeit. Keilförmig eingearbeitete Inschrift. *In liebevollem Gedenken an unsere geliebte Mutter.* Vielleicht lebt ja noch jemand, der Martha Sorenson so vermisst wie Molly ihre Mutter.

Teddy Byrne, 1854–1904. Kalksteinblock mit abgeschrägter Kante. *Ziemlich dunkel hier unten*, lässt uns Teddy auf seinem Grabstein wissen. Teddy bringt Molly zum Lachen.

Edwin Harper, 1803–1887, erinnert Molly daran, sich zu beeilen. *Edwin Harper. Mit 22 Jahren – ausgeraubt und zweimal in den Hals gestochen. Mit 33 Jahren – überlebt den Untergang der Fortuna. Mit 35 Jahren – trifft June Mooney. Mit 83 Jahren – sagt June Lebewohl. Gestorben mit 84 Jahren.*

Norman Ballard, 1877–1926. Perlblauer Granit. Gotische Inschrift. *Lohn und Ende aller Mühen ist die Ruhe.* Molly kann nicht ruhen. Noch nicht. Nicht, bis sie die schwarze Blechkiste geöffnet hat, die unter ihrem linken Arm klemmt.

Bonnie Russell, 1865–1923. Grauer Kalkstein. Gespitzte Meißelung. Ein Grabspruch, von dem Molly jede Nacht im

Schlaf hofft, dass er sich als wahr erweisen wird: *Der Tod ist nur eine Mauer zwischen zwei Gärten.* Molly auf der einen Seite dieser Mauer, hier im Northern Territory, in einem Garten voller Kängurubäume und farnblättriger Grevilleen mit flammend rot-orangen Blüten; auf der anderen Seite ihre Mutter Violet, inmitten eines Meers aus Rosen, roten und rosafarbenen Rosen und sonst nichts. Sie lächelt. Sie wartet.

Da ist so viel Liebe auf einem Friedhof. So viel Verlust, doch auch so viel Liebe. Das war das Einzige, was ihr an der Totengräberei gefallen hat. Sie nannte es »die Romantik des Friedhofs«, obwohl Horace nie verstand, was sie damit meinte. »Hier gibt's überhaupt nichts Romantisches«, sagte er. »Nur Löcher für Staub und Knochen.« Violet aber hat die Romantik dieses Ortes gespürt. Hat die Zeilen auf Cherie Lawrence' Grab gelesen. 1854–1917. Indischer roter Granit. Geschwungene Inschrift.

JEDEN TAG UM PUNKT HALB VIER
DA SEGELST DU ZURÜCK ZU MIR
ÜBER DAS MEER DER EWIGKEIT
ICH FLÜST'RE NUR, CHERIE, 'S IST ZEIT

Ein einfacher Liebesschwur für Henry Prendergast, 1866–1909: *Ich vermisse deine Hand in meiner.* Eine schlichte Würdigung des Lebens von Hazel Collins, 1854–1926: *Starb dankbar. Starb geliebt.*

Die ergreifenden Inschriften der Kindergräber. Diese Inschriften hätten sie gelehrt, dankbar zu sein, hatte Violet Hook ihrer Tochter stets erzählt. *Die Liebe ruht danieden. Doch Hoffnung schwebt gen Himmel. Wir hielten dich nur einen Tag, doch in unserem Herzen halten wir dich ewig.* Sie erinnerten Violet an alles, was sie zu verlieren hatte.

Mollys gelbe Lampe erhellt die finsteren Friedhofswege. Seesack auf dem Rücken, den Riemen von der linken Schulter bis zur rechten Hüfte geschlungen. Bert die Schaufel klemmt wie ein Schwert zwischen ihren Schulterblättern und dem Trageriemen. All diese Grabsteine, die sie so gut kennt. All diese Weisheiten aus dem Jenseits. Marion Curtis, 1854–1908: *Geliebt im Leben, betrauert im Tode.* Lucille Clifford, 1823–1874: *Solange wir noch Zeit haben, lasst uns Gutes tun.* Molly ist mit diesen Lektionen aufgewachsen, diesen in Stein gemeißelten Nachrichten an Gott. All diesem Gottvertrauen in den Glauben.

Selig sind, die reinen Herzens sind.

Ewigkeit sei meine Zuflucht.

Doch ich weiß, dass mein Erlöser lebt.

Solch einsamer Ort wird dich erwecken.

Die letzten Worte der Verstorbenen. Letzte Wahrheiten nach lang gelebten Leben.

Aber kann sie ihnen glauben? Kann sie den Worten von Eunice Milton, 1875–1934, wirklich glauben, wenn sie schreibt: *Trauere nicht, denn was wir heut verlieren, kommt in anderer Gestalt zu uns zurück*? Denn Molly mag den Spruch. Sie möchte Eunice Milton glauben. Sie trauert nicht um ihre Mutter, weil Violet Hook noch immer da ist, nur in anderer Gestalt. Molly hat sie noch nicht gefunden. Aber sie ist da. Sie ist zurückgekommen.

Jetzt spricht der Nachthimmel zu ihr.

»Was macht dich da so sicher, Molly?«, fragt der Nachthimmel.

»Ich kann sie spüren«, sagt sie, denn dem Nachthimmel so zu antworten, bedeutet, anmutig und poetisch zu sein.

»Wo kannst du sie spüren?«

»Überall«, sagt Molly. »In den Bäumen, in den Blumen, in den Steinen, in der Erde.«

Molly hastet weiter, die Lampe in der Hand. »Ist sie in anderer Gestalt zurückgekommen?«, fragt Molly den Nachthimmel.

»Du hast wieder mit dem Taghimmel gesprochen, nicht wahr?«

»Ein wenig«, sagt Molly.

»Es ist alles Lüge, Molly.«

»Was denn?«

»Der Taghimmel. Hör nicht auf das, was der Taghimmel dir sagt. Der Taghimmel ist ein Trugbild. Eine Täuschung. Du glaubst zwar, er wäre so blau und echt, als könntest du ihn anfassen, aber in Wahrheit, Molly, ist er nur ein Teil von mir. Genauso schwarz, nur größer. Und das Schwarz zieht sich unendlich weiter.«

»Ein uferloses Meer?«

»Ein schwarzes Meer ohne Küste«, sagt der Nachthimmel. »Ohne Anfang, ohne Ende. Ihm ist nicht zu trauen.«

In der südwestlichen Ecke des Friedhofs bleibt Molly bei einem Grabstein stehen. Sie hat das Grab gefunden, nach dem sie gesucht hat. Thelma Leonard. Senkrechter Kalksteinblock. Ovale Oberseitengravur. Sie stellt die Lampe neben den Grabstein. Lässt den Seesack von der Schulter gleiten und hält die schwarze Blechdose in beiden Händen. Sie fährt mit den Fingern über die angedachte Aufschlagstelle, ein kleines Vorhängeschloss, das von der Mitte der Kiste herabbaumelt. Dann hämmert sie die Blechkiste mit einem kraftvollen Schwung ihrer Totengräbermädchenarme gegen Thelma Leonards Grabstein.

Aber die Kiste geht nicht auf. Es ist etwas drin in dieser Kiste, kleine harte Gegenstände, die scheppernd gegen die Innenseiten schlagen, als hielte Molly eine Kiste entzündeter Feuerwerkskracher aus Chinatown. Molly versucht es noch einmal, donnert die Dose mit einem wilden, wütenden Totengräbermädchenschwung gegen den Stein. Doch die Kiste lässt sich nicht öffnen.

»Was tust du da, Molly?«, fragt der Nachthimmel.

»Ich tu alles wieder zurück«, sagt sie.

»Dazu hast du keine Zeit, Molly«, sagt der Nachthimmel. »Gleich schließen in der Stadt die Pubs. Sie werden bald zurückkommen.«

»Was macht dich da so sicher?«

»Der Nachthimmel lügt nicht, Molly.«

Molly schaut hoch zur schwarzen Himmelsdecke über den hängenden Blättern des Milchholzbaumes. Blickt wieder hinab zum schwarzen Steinfroschstein.

»›Solange wir Zeit haben, lasst uns Gutes tun‹«, sagt sie. »Die Japsen kommen. Alle hauen ab. Der Stuart Highway wird mit Bussen, Autos und Militärlastern total verstopft sein. Die werden noch Stunden in der Stadt festsitzen.«

»Was, wenn sie gar nicht in der Stadt sind?«, will der Nachthimmel wissen. »Was, wenn sie nur bei Aubrey sind und im alten Schuppen Schwarzgebrannten bechern?«

Beim Gedanken an Aubrey schießt neues warmes Blut in Mollys Arme, also spannt sie die Muskeln an und drischt die Kiste so fest gegen den Stein, dass ihre zusammengebissenen Vorderzähne fast zu bersten scheinen. Diesmal platzt das Kästchen auf und eine Flut von Gold- und Silberfunken ergießt sich über den Boden. Schmuck. Halsketten, Armreife, Ringe. Eheringe. Verlobungsringe. Viktorianische Verlobungsringe. Edwardianische Verlobungsringe. Molly nimmt die Lampe und leuchtet damit über den Boden, tastet nach den verstreuten Schmuckstücken und legt sie vorsichtig wieder in die Kiste. Alles in allem mehr als zwanzig Stücke. Diamant. Amethyst. Opal. Perlen. Gold, Gold und noch mehr Gold anderer Leute, alles gestohlen von ihrem Vater und ihrem Onkel und gehortet in der schwarzen Blechkiste, bis es Zeit wäre, den Zug nach Sydney zu nehmen, wo keine Hinterbliebenen aus Darwin das ehrwürdige Stück im Schaufenster eines Pfandleihers in Kings Cross erkennen würden.

Hier ruht Thelma Leonard, 1813-1867: *Tiefer Friede auf dem stillen Erdenrund euch allen.* Molly rammt Bert in die Erde vor Thelmas Grabstein, tritt fest mit dem Stiefel auf die Blattkante. Vier rasche Schaufeln Erde, keine Zeit, tiefer zu graben. Sie wühlt in der Kiste nach dem richtigen Stück. Sie erinnert sich an Thelmas Ring – sie erinnert sich an alle –, ein kleiner Saphir in einer kristallenen Fassung, ebenso quadratisch wie Thelmas Grabstein. Molly wirft den Ring ins Loch, füllt es wieder auf und klopft anschließend die Erde mit vier harten Schlägen mit der Rückseite des Schaufelblattes fest.

Am Ostrand von Hollow Wood, inmitten einer Gruppe niedriger quadratischer Tafelsteine, bleibt Molly am Grab von Phyllis Quinn, 1865–1914, stehen: *Es wird kein Dunkel geben – nur Licht und Musik.* Wenn sie die Inschriften liest, hört Molly Stimmen, als würden die Bewohner der Gräber zu ihr sprechen, und vielleicht ist es auch genau so gedacht. Phyllis Quinn klingt beredt, der Hauch eines irischen Singsangs in der Stimme. Melodiös. Phyllis spielte Klavier. Phyllis sang ihre Kinder mit irischen Liedern in den Schlaf. Und es herrschte niemals Dunkelheit im Wintergarten ihres zweigeschossigen Hauses in Darwin. Es gab nur Licht und Musik. Molly gräbt ihr Loch, lässt die Blumenbrosche reinplumpsen, übergibt sie ihrer rechtmäßigen Besitzerin, bedeckt die Perlenknospe in der Blume mit einer Schaufel Erde. »Es tut mir leid, Phyllis«, flüstert Molly.

Dann zieht Molly weiter über den Friedhof, von einer Ecke zur anderen, von einem Grab zum nächsten, und gibt all das zurück, was Aubrey und Horace den Toten gestohlen haben. Ein rosa Verlobungsring für das Grab von Sarah Hill. *Auf zu traumlosen Gestaden*, verkündet Sarah auf ihrem Grabstein. Drei türkise, in einen Goldring eingefasste Steine, die blauen Monden gleichen, finden ihren Weg zurück ins Grab von Julia Hancock. Und Mollys Lohn sind Julias Worte auf dem Grabstein: *In den Herzen jener fortzuleben, die wir lieben, heißt, niemals zu sterben.* Noch mehr Lektionen. Mehr Botschaften aus dem Jenseits.

Ein silberner Emailanhänger in Form eines Vogels für Geraldine Lamb: *Wohin du gehst, dahin will auch ich gehen.* Ein mit Rubin und Diamant besetzter Ring für Eva Gordon: *Wir kommen wirbelnd aus dem Nichts und verstreuen Sterne wie Staub. Die Sterne bilden einen Kreis, und wir tanzen in der Mitte.* Kristallohrhänger für Agnes Herman: *Da ich das Leben liebte, kann ich ohne Sorge sterben.* Ein schwarzer Opalring für Marilyn Prince: *Ich weiß, ich bin todlos.* Nur Worte auf einem Grab aus rotem Granit. Lektionen.

»›Ich weiß, ich bin todlos‹«, sagt Molly zum Nachthimmel und ergänzt: »›Ich weiß, dass dieser mein Kreis von keines Zimmermanns Zirkel umspannt wird.‹«

»Marilyn Prince lügt nicht«, erwidert der Nachthimmel.

»Walt Whitman lügt nicht«, sagt Molly. »Dad meinte, meine Mum hätte ständig über diesen Spruch auf Marilyn Prince' Stein geredet und jeden in der Stadt, der was in der Birne hat, gefragt, was er bedeutete. Jemand von einer Fahrbibliothek meinte, er stamme von einem amerikanischen Dichter namens Walt Whitman.«

Molly klopft die Erde mit Berts Blatt fest.

»›Meines Fußes Halt ist verzapft und vermörtelt in Granit‹«, zitiert sie noch mehr von Whitman. »›Ich verlache das, was ihr Auflösung nennt, und ich kenne die Fülle der Zeit.‹«

Und dann ergänzt eine Stimme in der Finsternis die Zeilen. Aber es ist nicht der Nachthimmel. Die Stimme im Dunkeln ist tief und lallend. Betrunken.

»Ich vermache mich selber dem Erdboden, um aus dem Gras, das ich liebe, zu wachsen‹«, sagt die Stimme.

Molly wendet sich zur Stimme um, reißt Bert die Schaufel hoch, um sich zu verteidigen.

»Wenn du mich wieder brauchst, so suche mich unter deinen Schuhsohlen.‹«

Aubrey Hook wankt in Mollys Lichtschein. Das Mädchen zieht tief und schneidend Luft ein. Ihr Onkel hält eine 22er-Flinte in der Rechten, legt sie auf der Schulter ab, wo sie gefährlich hin und her schwankt, als könnte sie jeden Augenblick in Mollys Richtung schwenken.

»Du wirst kaum wissen, wer ich bin, oder was ich meine‹«, zitiert Aubrey weiter Whitman. »›Trotzdem werd ich dir gut bekommen, und dein Blu…‹« Mit all dem Lackbenzin, das er intus hat, ringt er mit den Worten. Er ist ganz Schatten. Sein schwarzer Hut und Schnurrbart so schwarz wie die Schatten, die durch den Lichtschein huschen. »Und dein Blut klären und kräftigen.‹« Aubrey späht hoch in den Nachthimmel. Blickt in die Sterne. Richtet den Lauf nach oben. Er kneift ein Auge zu, um besser zielen zu können, gerät dabei jedoch ins Wanken. »Glückt es dir nicht‹ …«, sagt er und gräbt tief in seinem benebelten Gedächtnis. »›Glückt es dir nicht, mich gleich zu fassen‹ … oh, verflucht.« Er wendet sich an Molly. »Ach, sag mir doch, wie der Schluss geht, Molly«, bittet er mit bemühter Freundlichkeit. »Deine Mutter hat mir früher immer gesagt, wie's aufhört. Sie kannte das ganze Ding fast auswendig, und es waren etliche Seiten. Seiten um Seiten, hochtrabende Worte und noch mehr hochtrabende Worte.«

Molly schweigt. Aubrey taumelt vor, immer weiter auf sie zu. Er rülpst, spuckt aus, zieht die Nase hoch. »Sag mir, wie's aufhört«, bellt er bösartig und geifernd, so heftig, dass Molly auf Marilyn Prince' Grab springt. Sie schaut in Richtung Grabstein und zitiert: »›Glückt es dir nicht, mich gleich zu fassen, behalte nur Mut. Triffst du mich nicht an einer Stelle, so suche woanders. Irgendwo bleib ich und warte auf dich.‹«

Aubrey muss darüber kichern, und sein Kichern verwandelt sich schlagartig in dieses irre Jaulen, sein krankes Jaulen, das die Flughunde aufschreckt, ein so schauderhaftes Lachen, dass man glaubt, es könne den schwarzen Steinfroschstein zum Leben erwecken und dazu bringen, Richtung Süden wegzuhüpfen, so wie alle, die aus Darwin fliehen. »Glaubst du etwa, deine Mutter wartet irgendwo auf dich, Molly?«

Dann heult er erneut auf. »Vielleicht ist sie im Gras?«, sagt er. Er schaut theatralisch unter seine Stiefel. »Oder vielleicht ist sie unter meinen Schuhsohlen?«, sagt er und inspiziert den Boden. »Ach nee, leider nichts zu sehen.«

Molly friert jetzt, selbst in einer so windstillen Sommernacht in Darwin. »Wo ist Dad?«, fragt sie.

»Stadt«, sagt Aubrey, knapp und lallend, und Molly weiß, dass ihr Onkel sie gerade angelogen hat, denn ihr Onkel kann nicht so gut lügen wie der Taghimmel.

»Ich musste mich selbst reinlassen«, sagt Aubrey. »Und da ist mir was verdammt Seltsames aufgefallen. Die Tür zum Schlafzimmer deines Vaters stand sperrangelweit offen, und seine Kommode war quer über den Boden geschoben, und ich fress 'nen Besen, wenn nicht unsere geliebte schwarze Blechkiste verschwunden wär.«

Mollys Blick fällt auf die Kiste neben der Petroleumlampe. Aubrey grinst.

»Dachte schon, jemand hätte das Haus ausgeraubt«, sagt Aubrey. »Dreckige …« – er sucht nach dem richtigen Wort – »Kriegsgewinnler … Molly. Alle fliehen aus ihren Häusern, und in der ganzen Stadt werden diese Häuser jetzt von dreckigen Kriegsgewinnlern geplündert, die diese …« – er braucht etwas länger, um das Wort zu finden – »prekäre … Lage, in der sich Darwin gerade befindet, … ausnutzen.«

Ein Schwanken. Ein Torkeln.

»Stell dir das mal vor: Die rauben die Häuser von Leuten aus, die vor den Japsen um ihr Leben rennen.«

»Wenn das so weitergeht, rauben sie wahrscheinlich auch noch Tote aus«, sagt Molly.

Aubrey grinst, zeigt wissend mit dem Finger auf Molly. Dann lässt er den rechten Arm herabsacken, nimmt das Gewehr herunter und fuchtelt damit herum. »Dachte, ich schnapp mir lieber mal Horace' Flinte und verschaff mir 'nen Überblick über das Ausmaß des Diebstahls«, lallt er. »Und dann, zu meiner Überraschung, sah ich vom Küchenfenster aus ein Licht flackern. Da marschierte jemand über den Friedhof. Na, und rate mal, wen ich da ertappe, wie er meine … wertvollen« – wieder sucht er stolpernd und stammelnd nach dem Wort – »Pre… Pre… Preziosen vergräbt?«

»Die gehören nicht …«

»Sei still, Kind«, blafft Aubrey. »Du redest zu viel, Kind. Vielleicht faselst du deshalb auch ständig mit dem Himmel. Weil auf der Erde keiner übrig ist, der dein Geschwätz ertragen kann.« Er tritt näher auf Molly zu. Beugt sich hinab und nimmt die Lampe an ihrem gewundenen Drahthenkel. Sein Blick fällt auf den Seesack über Mollys Schulter. »Gib mir den Sack«, sagt er.

Widerwillig streift Molly sich den Seesack von den Schultern und reicht ihn ihrem Onkel, der ihn auf der Erde vor seinen Füßen ausleert. Konservendosen und Geschirr, Wasser. Ein dickes schwarzes Buch mit vergilbten Seiten. Aubrey hockt sich hin, um den Rücken in Augenschein zu nehmen. »*William Shakespeares gesammelte Werke*«, liest er.

Er steht wieder auf. »Willst du irgendwohin, Molly?«, fragt er. »Verschwindest du wieder in den Busch? Willst du dich wieder irgendwo in dieser gottlosen Wildnis verlaufen?«

»Ich werde Longcoat Bob finden«, erwidert Molly.

Aubrey lacht, und die Lampe schwankt in seiner Hand, erhellt neue Flecken in der Finsternis.

»Und warum ...« – Aubrey schüttelt den Kopf, fügt langsam, mühsam Wort an Wort – »solltest du ... diesen hinterhältigen Hexer ... Longcoat Bob ... finden wollen?«

»Ich werde ihn bitten, den Fluch aufzuheben, mit dem er unsere Familie belegt hat«, antwortet Molly ausdruckslos.

Aubrey brüllt vor Lachen. »Gewiss, gewiss, der Fluch«, sagt er. »Glaubst du immer noch an Flüche, Molly?« Er schüttelt wild den Kopf, kommt aus dem Dunkel immer näher. Er zischt sie an. »Glaubst du immer noch an Z...Z... Zauberei?«

Sie meidet seinen Blick. Er ist Medusa aus den Schatten.

»Trotz allem, was ich dir über Tom Berry erzählt habe«, sagt er.

Noch näher.

»Wie oft muss ich dir noch sagen, Kleine, dass manche Kinder von Geburt an dazu ausersehen sind, ihr Leben in bitterem und unvermeidlichem Elend zu verbringen?« Er reckt ihr den gekrümmten Zeigefinger entgegen und tippt ihr damit dreimal fest in die Brust, während er sagt: »Und du bist ...« – tipp – »... nun einmal ...« – tipp – »... eins von diesen Kindern.« Tipp.

Aubrey dreht sich um und neigt den Kopf hoch zu den Sternen. »Du kannst nicht Longcoat Bob die Schuld geben«, sagt er höhnisch, reckt den Finger gen Himmel. »Gib sie Gott. Gib sie deinem geliebten Himmel. Gib sie deinen funkelnden Sternen.« Dann fährt er zu Molly herum. Knurrt sie an. Das Schattenknurren. »Gib deiner Mutter die Schuld«, sagt er. Lacht. Fängt wieder an zu taumeln.

»Ich war da, Molly«, sagt er, und sein betrunkener Schädel wippt auf den Schultern hin und her.

Molly kann Medusa nicht widerstehen. »Wo?«, fragt sie.

»Als deine Mutter dich geboren hat«, sagt er. »Ich war dabei.« Seine Säuferbeine schlingern unter ihm, doch seinen Kopf zieht es wieder zu den Sternen. »Ich habe mit angesehen, wie dieses traurige Etwas, das du bist, aus dem Nichts hier ankam. In einem Augenblick war deine Traurigkeit nicht in diesem Universum, und im nächsten war sie da.« Seine Hände formen einen Rauchpilz. »Puff. Wie einer dieser neuen Sterne da oben. Du warst einfach ... da. Bist hier angekommen, Molly, in all deinem tragischen ... vorbestimmten ... ganz und gar nicht unbefleckten ...« – er wendet sich wieder zu ihr um – »... Elend.«

Er geht zu ihr hinüber und lächelt. Packt ihr Kinn, hebt ihr Gesicht in den Schein der Lampe. »Es war bemerkenswert, wie schnell alles ging«, sagt er. »Das Schlimmste, was uns je widerfahren ist.«

Er beobachtet ihre Augen. »Ich frage mich, kleine Molly ...«, sagt er und lacht kopfschüttelnd in sich hinein. »Wenn du so augenscheinlich imstande bist, an Zauberer und Flüche zu glauben, dann frage ich mich, ob du wohl auch imstande bist, zu glauben, dass das Leben deiner Mutter und deines Vaters, ja, auch das deines Onkels, erst in dem Moment ins Unglück gestürzt wurden, als du geboren wurdest. Ich frage mich, ob du, Molly Hook, je die

Möglichkeit in Betracht gezogen hast, dass diese Familie tatsächlich von einem Fluch heimgesucht wurde – und dieser Fluch warst *du*.«

Er hält ihr Kinn noch immer fest, starrt tief in ihre blauen Augen. Mollys Züge bleiben ausdruckslos. Ihr Onkel grinst. »Ach, noch immer keine Tränen«, höhnt er.

Aubrey torkelt vier Schritte zurück, lässt sich schwerfällig auf den Boden aus Gras und harter Erde plumpsen und dreht sich eine Zigarette.

Molly schaut zu, wie er das Blättchen anleckt. Ich werde niemals Angst haben, sagt sie sich. Ich werde keinen Schmerz spüren. Stein ist hart. Unzerbrechlich. »Du solltest an Longcoat Bobs Fluch glauben«, sagt sie. »Denn er ist auf dich übergegangen, Onkel Aubrey. Das weiß ich jetzt.«

Er blickt nicht auf. »Was macht dich da so sicher?«

»Nur ein Verfluchter würde so etwas zu einem Kind sagen«, meint Molly. »Der Fluch ist in dein Herz gesickert und hat dich finster gemacht. Heute bist du nur noch Schatten, Onkel Aubrey.«

Er zündet sich die Kippe mit einem Streichholz an. »Das will ich nicht bestreiten«, raunt er. Dann zieht er an der Zigarette und lässt langsam den grauen Rauch entweichen, der über die nahen Gräber schwebt wie die entwichenen Seelen der Verstorbenen. »Nun, dann sag mir, Molly«, fordert Aubrey, während er den Qualm fortwedelt, »wie beabsichtigst du, diesen nebulösen Longcoat Bob da draußen tief im Buschland denn zu finden?«

Auch Molly hockt sich müde auf die Erde. »Das Himmelsgeschenk«, sagt sie.

Aubrey grinst. »Ah, aber natürlich, Molly Hooks magisches Geschenk, das just an jenem Tag vom Himmel fiel, als ihre Mutter sie im Stich gelassen hat wie ein lahmes Rehkitz.«

Molly schüttelt angewidert den Kopf. Ich werde niemals Angst haben. Ich werde keinen Schmerz spüren. »Es war eine Karte, die einen direkt zu Longcoat Bobs Gold führt, und du hast sie mir weggenommen und weggeworfen, weil du so wütend und so dumm warst«, sagt Molly.

Aubrey steht auf, tritt näher auf seine Nichte zu.

Molly funkelt ihm in die Augen. »Du konntest nicht das Geringste darauf erkennen, weil du nur ein Schatten bist«, sagt sie.

Aubreys bedrohliche Bewegungen. Aubreys Neugier.

»Du hast nicht gesehen, dass du alles Gold, was du dir je erträumt hast, in den Händen hieltest«, sagt Molly. »Er hat eine Landkarte in die Pfanne eingeritzt und eine Wegbeschreibung draufgeschrieben.«

Aubrey nickt, kniet sich hin und schaut ihr tief in die Augen. »Der Mann war wahnsinnig, Kind.«

Molly schüttelt den Kopf. Gleich wird sie es ihm sagen. Gleich wird sie es ihm zeigen. Sie weiß noch, was unten auf der Pfanne stand. Sie erinnert sich an den dunklen Ort. Das Ufer des Blackbird Creek. »Ich werde kürzer, je länger ich steh«, zitiert sie trotzig, mit stolz erhobenem Kinn. »Und …«

»Und das Wasser fließt zum silbernen Weg«, vollendet der Onkel ihren Satz.

Molly ist sprachlos, das Wissen des Onkels trifft sie wie ein Schlag in die Magengrube.

Aubrey lacht und schüttelt den Kopf. »Am Ende hat dein Großvater sein irres Gebrabbel mit seinem Taschenmesser in alles eingeritzt, was er in die Finger bekam. Das hirnlose Gekritzel eines abgewrackten Goldgräbers, der schon lange nicht mehr alle Tassen im Schrank hatte.«

Molly schüttelt langsam den Kopf, während ihr Onkel nickt.

»Der Mann war geisteskrank«, sagt Aubrey. »Er hat genauso den Verstand verloren wie seine Tochter zwanzig Jahre später. So wie seine Enkelin gerade ihren verliert, hier direkt vor meinen Augen.«

»Aber er hat diese Wegbeschreibung nicht für dich geschrieben«, sagt Molly energisch. »Er hat sie für jemanden geschrieben, der anmutig ist. Jemanden, der poetisch ist. Dieser silberne Weg ist draußen hinter dem Clyde River, und ich weiß, wie man hinkommt. Und du wirst es nie wissen, weil du nicht poetisch bist – und anmutig schon gar nicht.«

Molly schließt die Augen, wappnet sich für den Schlag, das Brennen seiner Handfläche auf dem Gesicht. Doch es kommt nicht. Sie schlägt die Augen wieder auf. Aubrey zieht an seiner Kippe. Eine lange Pause. Noch eine Rauchwolke, ausgeatmet in der Nachtluft. Die schmalen Augen ihres Onkels. Der Schatten, der sich um ihn sammelt. Die Schwärze.

»Und wie genau gedenkst du, es zu finden, Molly?«, fragt er.

Molly schüttelt den Kopf. »Das werde ich dir niemals sagen.« Die Worte mehr gespien als gesprochen.

Aubrey packt sein Gewehr, rückt näher an Molly heran. »Arme Molly Hook«, sagt er. »Irres kleines Totengräbermädchen. Du glaubst also, wenn du den silbernen Weg findest, findest du auch Longcoat Bob. Und was denkst du, wird Longcoat Bob unserem kleinen Totengräbermädchen erzählen? Glaubst du etwa, Longcoat Bob kann dem kleinen Totengräbermädchen sagen, was seine Mutter so traurig gemacht hat? Glaubst du etwa, Longcoat Bob hat alle Antworten? Glaubst du, er kann dir sagen, warum sie dich im Stich gelassen hat?«

Er hält ihr die Lampe dicht vor die Augen, so dicht, dass die Hitze der Petroleumflamme den unsichtbaren Flaum auf ihren Wangen wärmt. Er flüstert. »Ist es etwa deine Mutter, mit der du da oben im Himmel sprichst?«

Sein Atmen riecht nach Terpentin. Der Speichel seiner Lippen sprüht ihr über Kinn und Wange.

»›Glückt es dir nicht, mich gleich zu fassen, behalte nur Mut‹«, rezitiert er. »›Triffst du mich nicht an einer Stelle, so suche woanders. Irgendwo bleib ich und warte auf dich.‹ Glaubst du, sie wartet auf dich, Molly? Glaubst du, Longcoat Bob wird dir sagen, wo sie ist?«

Aubrey weicht zurück, lässt den Blick über das Spalier aus Grabsteinen schweifen. Dann richtet er das Gewehr auf Mollys Herz. »Komm, ich zeig dir ganz genau, wo sie ist.«

*

»Lauf, Molly, lauf«, flüstert der Nachthimmel, denn der Nachthimmel befürchtet immer das Schlimmste.

Seit sie sieben war, ist sie nicht mehr so lange in dieser Ecke des Friedhofs gewesen. Unter dem Milchholzbaum. So nah am schwarzen Steinfroschstein.

Aubrey Hook setzt sich auf den schwarzen Steinfroschstein. Die Lampe steht neben seinem linken schwarzen Stiefel. Er dreht sich eine Zigarette, die Lippen noch immer feucht vom letzten Schluck aus dem Flachmann, den er sich in den Schritt geklemmt hat. Das Gewehr lehnt an seinem angewinkelten rechten Bein. Das Loch, in dem Molly steht, ist nur einen Fuß tief und Berts Schaufelblatt gerade im Begriff, sich tiefer in den Grund zu bohren. Das Totengräbermädchen antwortet dem Himmel nicht.

»Dein Großvater war nicht geisteskrank, Molly«, sagt der Nachthimmel, weil der Nachthimmel nie lügt. »Du verlierst nicht den Verstand, Molly. In Wahrheit ist es dein Onkel, der den Verstand verliert.«

Molly gräbt, Schippe in der Erde, Stiefel auf dem Schaufelblatt.

»Er wird dich hier verschwinden lassen, Molly. Er wird dich zusammen mit deiner Mutter begraben. Hörst du mich, Molly? Verstehst du das? Du schaufelst dein eigenes Grab.«

Molly hält inne, blickt aus dem Loch empor zu ihrem Onkel. Die Lampe erhellt eine Seite seines Gesichts. Der Rest ist Schatten. Ein schwarzer Schnurrbart, feucht vom Alkohol, Fäden braunen Buschtabaks, die im Haarfilz über seiner unsichtbaren Oberlippe hängen. Molly beugt sich wieder hinunter, packt Berts langen Holzstiel. Dreht sich in der Grube um und wendet ihrem Onkel den Rücken zu. Sie gräbt.

»Wieso tut er das?«, flüstert Molly Richtung Boden.

»Du weißt ganz genau, wieso er das tut.«

»Longcoat Bobs Fluch«, raunt Molly und wuchtet eine weitere Schaufel an die Oberfläche.

»Das klingt wie eine dieser netten Lügen, die dir der Taghimmel erzählt.«

Molly gräbt, hievt eine Schaufel brauner Erde empor, die aussieht wie Schokoladenkuchen.

»Aber ich kenn dich, Molly. Ich weiß, wenn du die Wahrheit kennst, dich aber nicht traust, sie auszusprechen.«

Molly rammt Bert fest in den Boden, legt ihren schmerzenden rechten Arm einen Moment lang auf dem Griff ab, schaut hoch zu den am schwarzen Himmel wild verstreuten Sternen.

»Er will mich aus dem Weg haben«, sagt Molly.

»Wieso?«, fragt der Nachthimmel.

»Ich erinnere ihn an sie.«

»An wen?«, fragt der Nachthimmel.

»Sie«, erwidert Molly. »Mum. Ich hab gesehen, wie er sie immer ansah. Ich hab gesehen, was er mit ihr tun wollte. Ich hab seinen Neid gesehen. Seine Lust. Die Dichter schreiben alle darüber. Ich hab es in seinen Augen gesehen. Ich hab es in seinem Schatten gesehen.«

Molly wendet sich wieder dem Graben zu. Hör auf, mit dem Himmel zu reden. Hör nicht auf den Nachthimmel, sagt sie sich. Doch der Himmel redet immer weiter auf sie ein.

»Hast du eine Frage gesehen, Molly?«

»Ich möchte sie nicht stellen«, sagt sie.

»Du wirst keinen Schmerz spüren, Molly. Du wirst niemals Angst haben.«

»Ich weiß, wie die Frage lautet.«

»Du hast die Frage schon immer gewusst.«

Molly sticht Bert in die Erde und blickt empor zum Nachthimmel.

»Was hat er ihr getan?«

Der Nachthimmel schweigt dazu, und dadurch weiß sie, dass sie die richtige Frage gestellt hat.

»Du kannst mich retten«, sagt Molly.

»Wie könnte ich dich denn von hier oben aus retten?«, fragt der Nachthimmel.

»Mit einem Himmelsgeschenk«, sagt Molly.

Der Nachthimmel schweigt dazu, und dadurch weiß sie, dass der Nachthimmel überlegt.

»Weißt du noch, was ich dir geraten habe?«

»Schau immer hoch zum Himmel«, sagt Molly.

»Schau immer hoch zum Himmel, Molly Hook.«

*

Den Nachttieren von Hollow Wood offenbart sich das ganze kuriose Schauspiel: der Mann auf dem Stein und das Mädchen in der Grube im schummrigen Lampenschein.

Die Flughunde in den Bäumen. Ein Schwarzkopfpython auf Nachtjagd in der Kühle, ungesehen hinter dem schwarzen Steinfroschstein. Zwei Opossums, die über den einen hohen Ast des Milchholzbaums tollen und vom Laternenlicht erschreckt werden. Ein plumpärschig watschelnder Wombat, den der Klang von Mollys Stimme schlagartig erstarren lässt.

»Trinkpause?«, fragt sie und wendet sich zu ihrem Onkel um.

Aubrey hält den Kopf gesenkt. Spuckt einen Tabakfaden von der Unterlippe.

»Keine Pausen«, sagt er. »Grab, Molly, grab.«

Und Molly gräbt.

FRAUEN UND KINDER ZUERST

Evakuierungen. Tagsüber Luftschutzübung. Nachts Verdunkelung. Junge Männer übertünchen die Straßenschilder Darwins mit blauer Farbe. Krankenwärter vom städtischen Cullen-Bay-Krankenhaus tragen gebrechliche Patienten Richtung Hafen. Frauen und Kinder zuerst. Krankenschwestern müssen bleiben, um Verletzte zu versorgen.

Ganze 530 Evakuierte drängen sich auf das Truppentransportschiff *Zealandia*, das in Richtung Südaustralien ausläuft. Das Schiff ist seit Monaten nicht gereinigt worden. Es gibt kaum Toiletten oder Waschgelegenheiten. Jeder mit einem Koffer, der mehr als fünfzehn Kilo wiegt – und das sind viele –, muss mit ansehen, wie dieser von den Wachleuten ins Meer geworfen wird, wie Erinnerungsstücke, Fotos, Geld, Ersparnisse, Gewinne und Erbstücke hinunter auf den Sandgrund sinken, wo die Stachelrochen lauern. Weiße australische Familien zwängen sich mit bis zu zwölf Leuten in Kabinen, die für vier gemacht sind. Für chinesische Familien sind die Kabinen ganz verboten. Die Wachen zwingen sie, die lange Reise in den Süden auf dem offenen Deck zu verbringen.

An Land knallt ein reicher Viehbaron im schwarzen Anzug eine Handvoll Geldscheine auf den Tresen der örtlichen Niederlassung der State Shipping Company.

»Tut mir leid, Sir. Frauen und Kinder zuerst«, sagt ein junger Schalterbeamter konsterniert.

Noch mehr Geldscheine flattern auf den Tresen. »Bring mich einfach auf dieses Scheißschiff.«

Insgesamt 187 Evakuierte laufen an Bord des Passagierschiffs *Montoro* Richtung Süden aus. Noch mal 173 auf der *Koolama*. Eine letzte Fracht von 77 Frauen und Kindern noch auf der *Koolinda*. Verstörte Kinder auf den Decks; kleine Knirpse, die sich, verwirrt und verängstigt von der fieberhaften Eile, an Puppenköpfen festklammern und an den verschwitzten Händen ihrer Mütter, deren Männer in der Stadt bleiben, um Schützengräben auszuheben, so wie Molly Gräber aushebt: Schaufel in den Boden, Fuß aufs Schaufelblatt, Erde in die Schubkarre.

Zwei Männer in Unterhemden stehen rauchend neben einer der Stationen, wo Sandsäcke befüllt werden. Der eine sagt zum anderen, er habe von einem Typen gehört, der einen Typen kenne, der Zyanidpillen verteilt. »Wenn sich die Japsen hier häuslich niederlassen wollen«, sagt er, »dann stopf ich mir eine von denen in meine Pastete, da kannste Gift drauf nehmen.«

Staubbedeckte panische Familien mit Kattunbeuteln voller Kleidung und Essen auf der Straße Richtung Süden. Familien, die beinahe platt gewalzt werden von rasch vorüberdonnernden Armeekonvois in Richtung Norden, zu den RAAF-Flugplätzen, den Hangars, Treibstofflagern, Werkstätten und Munitionsdepots. Australische Jagdflugzeuge – Kittyhawks – zischen auf Testflügen über den Himmel. Eine Mutter, die evakuiert werden soll, wartet mit ihren drei Kindern am Rand des Stuart Highway auf den Abtransport. Ihr Jüngster, acht Jahre alt, trägt einen Koffer in der Rechten. Mit dem linken Unterarm schmiegt er einen kleinen aufgeweckten Australian Terrier mit dunkelbraunen Augen an die Brust. In der Tasche ihres Kleides hält die Mutter ein Merkblatt des Katastrophenschutzes in der geballten Faust, das sie heute Morgen im Briefkasten gefunden hat.

Jeder zu Evakuierende ist befugt, folgende persönliche Gegenstände mitzuführen:

(a) eine kleine Stofftasche mit Haar- und Zahnbürsten, Toilettenseife, Handtuch usw. (nur zum persönlichen Gebrauch)

(b) einen Koffer oder eine Tasche mit Kleidung, die ein Gesamtgewicht von 15 kg nicht überschreiten darf

(c) höchstens zwei Decken pro Person

(d) Ess- und Trinkgeschirr

(e) einen gefüllten Wassersack pro Familie (9 l)

(f) keinem zu Evakuierenden ist es gestattet, Haustiere, ob Vierbeiner oder Vögel, mitzunehmen oder dies zu versuchen, und jedes der besagten Haustiere der zu Evakuierenden wird ausnahmslos vor der Evakuierung getötet.

Die Mutter wirft dem Jungen einen Blick zu, mit dem er bereits gerechnet hat. Stoischer Kriegspragmatismus. Er reicht ihr den Hund, und sie führt ihn ins Unterholz am Rand des Stuart Highway.

Darwin ist nun eine Stadt der Männer. Männer, die tagsüber als Schuhverkäufer und Steuerbeamte Dienst tun, karren jetzt hektisch den Sand durch die Stadt, der in Säcken die Einschläge der furchtbaren Dinge dämpfen soll, die die Japaner vom Himmel auf sie abwerfen wollen. Männer, die tagsüber Trawlerfischer, Anstreicher, Zaunmacher und Farmer sind, lassen sich von frisch eingetroffenen Rekruten der australischen Armee zeigen, wie man bei einem Lewis-Maschinengewehr Munition nachlädt, während erfahrenere Soldaten die beiden Luftabwehrgeschütze ölen, die man auf dem Rondell in der Stadtmitte und auf einer Anhöhe der Fannie Bay postiert hat. Die Männer laden die Flaks mit Zwölf-Kilo-Geschossen, die zehn Kilometer in den Himmel jagen können. Sengende Hitze. Soldaten in Unterhemden und Shorts, Socken und Stiefeln. Kolonnen müder Hafenarbeiter, die rund um die Uhr schuften, die Schichten unter der Mannschaft aus 252 Schauerleuten aufteilen und das angelieferte Kriegsgerät entladen – Unterwasserbomben, TNT und anderen Sprengstoff –, alles aus dem massigen 120 Meter langen 6000-Tonnen-Frachter *Neptuna*, der am Stokes-Hill-Pier vor Anker liegt.

Manche Familien weigern sich, ihre Häuser zu verlassen, weil ihnen das Vertrauen fehlt. Sie trauen der Regierung des Northern Territory nicht, die den Evakuierungsbefehl erlassen hat, trauen ihren Nachbarn nicht und auch nicht der Polizei, ja, sie trauen nicht einmal den Japanern und glauben nicht, dass die es bis nach Darwin schaffen.

Doch die Morgendämmerung bricht herein wie immer, und der Himmel hat die Farbe des 19. Februar 1942, wie er sie nur einmal haben kann. In der Nguiu-Siedlung auf der zu den Tiwi-Inseln gehörenden Bathurst-Insel, rund achtzig Kilometer nördlich von Darwin, versieht Pater John McGrath seine morgendlichen Pflichten als Leiter der Missionsstation des Heiligen Herzens. Ein trockener heißer Tag. Pater John McGrath spricht sein Morgengebet, frühstückt, dreht seine Runde durch die Station, wo rund dreihundert Tiwi-Insulaner auf den Feldern arbeiten, sich um die Gärten kümmern; die jüngeren Missionare machen sich gerade auf den Weg zur Inselschule. Er scherzt mit den Inselbewohnern. Er glaubt an die Kraft des Humors und die Worte des Matthäus: »›Was ihr getan habt einem von diesen meinen geringsten Brüdern, das habt ihr mir getan.‹« McGrath lebt seit 1927 mit den Tiwi-Insulanern zusammen. Er spricht ihre Sprache. Manche nennen ihn den »Apostel der Tiwis«. Andere nennen ihn einfach John. Eines Tages werden diese Menschen ihn »Großvater« nennen, und viele Jahre später werden sie ihn in der roten Erde dieser Paradiesinsel begraben, und die Söhne der ältesten Bewohnerin werden sich darin abwechseln, die ausgehobene Erde sorgsam auf seinen ruhenden Leichnam zu schippen. »*Nampungi*«, werden sie flüstern. Auf Wiedersehen.

Auf den Inseln hören sie das Geräusch als Erste. Das tollwütige Fauchen, das Knurren darin. Die Wespe darin. Den Tiger darin. Eine brutale Sinfonie aus dreiflügligen Propellern, die Luft zerhacken, und überlasteten Qualm speienden Motoren. Die Bauern auf Tiwi lassen ihre Werkzeuge sinken und recken die Köpfe hoch zum blauen Himmel des Pazifiks. Auch Pater John McGrath schaut hoch. Er glaubt an Dinge, die jenseits dieses Himmels liegen, aber er kann kaum glauben, was er jetzt darunter sieht.

Ein großer und furchterregender Schwarm grauer, grüner und silberner Flugzeuge in pfeilförmiger Angriffsformation mit roten aufgehenden Sonnen auf den Flügelunterseiten, die in südöstlicher Richtung unterwegs sind, nicht nur nach Australien, sondern in Richtung einer ganz bestimmten Stadt, und der Name dieses Wunders der Evolution kommt dem Priester plötzlich in den Sinn. Darwin, sagt er sich. Und er rennt quer über den Missionshof zum Verwaltungsraum, setzt sich an das Funkgerät, Rufzeichen Eight SE, das über ein Netzwerk namens AWA (Amalgamated Wireless of Australia) mit einer Reihe übers ganze australische Festland verteilter Kommunikations- und Navigations-Stationen verbunden ist. Er spricht hastig in die Sprechmuschel, sendet einen Funkspruch an die AWA-Küstenstation in Darwin, Rufzeichen VID. »Eight SE an VID«, sagt er. »Großer Verband von Flugzeugen gesichtet, fliegen in südlicher Richtung. Sehr hoch. Over.«

Und der diensthabende Offizier der AWA-Küstenstation in Darwin sendet eine kratzige Standardantwort: »VID an Eight SE«, sagt er. »Nachricht erhalten. Stand-by«

Aber Pater McGrath kann nicht warten, denn sein Herz und seine Beine befehlen ihm zu rennen, sagen ihm, dass schon längst etwas aus dem hohen blauen Himmel auf sie niederregnet, etwas, das die rote Erde der Nguiu-Siedlung aufreißt, durch die Holzdecken der Häuser kracht und durch die Wände sägt. Viele Jahre später werden die ältesten Tiwi-Frauen an Pater John McGraths Grab über den Mut und die Güte des Priesters sprechen, die er an jenem Morgen des 19. Februar 1942 bewies: wie er sich um sie sorgte, sie in Sicherheit brachte und sie mit seinem eigenen gottgegebenen Leben schützte. Manche werden diesen Regen aus Feuer und Metall Maschinengewehrfeuer nennen. Für andere wird es einfach Krieg gewesen sein. Ein ganzer Weltkrieg, der vom Himmel fiel.

DER NACHTHIMMEL
LÜGT NICHT

Ihr Mund ist trocken, und sie sehnt sich nach der Matratze in ihrem Zimmer und nach der Straße, die von Darwin wegführt, oder dem Zug nach Alice Springs oder dem Sattel von Danny dem Hengstfohlen, das so schnell ist wie der Wind. Molly gräbt langsam. Sie gräbt so lange, dass die Sonne über dem Hollow Wood Cemetery aufgeht und sich Tau auf die Grabsteine rings um Molly und auch auf die Grube legt. Bald ist das Loch tiefer, als Molly groß ist. Aubrey steht am Fuß des Grabes und schaut ihr beim Schippen zu. Sein Flachmann ist leer, aber das, was er in den vergangenen vierundzwanzig Stunden getrunken hat, wird ihn noch eine ganze Weile torkeln lassen.

Irgendwann, nachdem sie über vier Stunden gegraben hat, stößt Berts Klinge auf etwas Hartes, das Molly zunächst für einen Stein hält. Sie rammt die Schippe fester in den Boden und merkt, dass unter der dünnen Erdschicht etwas entzweibricht. Sie bohrt ihre rechte Hand tief in den Boden, und als sie sie in die Morgensonne hält, hält sie darin eine Mischung aus brauner Erde und Stücken des geborstenen Schienbeins ihrer Mutter.

Molly taumelt zurück gegen die Südwand des Grabes, und ihr Blick fällt auf eine weiße knöcherne Kugel in der Erde, als wäre ein verirrter Golfball eine Armlänge vor ihren Füßen gelandet. Es ist Violet Hooks rechte Knie-scheibe. Molly reißt den Kopf herum, und ihr Magen dreht sich mit, sie erbricht sich in ihren Mund, aber es ist we-der Abendessen noch Frühstück darin, nur Flüssigkeit. Sie spuckt aus und schließt die Augen, das Gesicht verborgen in der Ecke der Grube.

»Bitte, zwing mich nicht, das zu tun«, schreit Molly.

»Grab, Molly, grab«, sagt Aubrey über die Grube gelehnt.

Molly schüttelt den Kopf. Beißt die Zähne zusammen.

»Du bist hier der Wahnsinnige, Onkel Aubrey«, brüllt sie. »Du bist es, der den Verstand verloren hat.«

»Grab, Molly, grab«, wiederholt Onkel Aubrey.

»Ich weiß, warum du das machst«, sagt sie, ohne sich zu ihrem Onkel umzudrehen. Sie atmet schwer. Schweiß auf der Stirn, Schweiß in den Augen. Arme und Beine dreck-verschmiert. Dreck unter den Fingernägeln. Die Knochen-kugel auf dem Boden. »Du willst sie wiedersehen«, sagt sie. »Ich will sie auch wiedersehen. Aber nicht so. Das ist sie nicht, Onkel Aubrey.«

Der Schatten auf Aubreys Gesicht. So schwarz wie der Hut auf seinem Kopf. Er schließt die Augen, holt tief Luft. Er macht sie wieder auf, hebt das Gewehr an die Schulter und richtet die Mündung auf Mollys Brust. »Grab, Molly«, befiehlt er.

Dann ein Geräusch, ein lautes Heulen, das von der Stadt-mitte Darwins durch die Friedhofsbäume und die stein-gemeißelten Inschriften der Toten bis ans Ohr von Molly Hook dringt, die tief im Grab ihrer Mutter steht.

Eine Luftschutzsirene schrillt über ganz Darwin. Aubrey wirft einen Blick zurück über die Schulter, sucht und findet den Ursprung des Geräuschs. Molly starrt unverdrossen in den Himmel. Kein morgendliches Rot und Rosa mehr. Nur noch tiefes Blau.

Aubrey schwenkt den Gewehrlauf zurück zu Mollys Brust.

»Grab, Kind, oder du liegst gleich neben ihr.«

Molly holt Luft, packt Berts Griff. Der Fliegeralarm ertönt erneut. Berts Klinge geht jetzt ganz behutsam vor, eher wie das Werkzeug eines Archäologen. Kein wildes Trampeln auf dem Schaufelblatt, nur etwas Schaben und sanftes Buddeln. Sie ist dieser Howard Carter aus der Zeitung und der Leichnam ihrer Mutter ein ägyptischer Pharao, der in der Erde schlummert. Kostbar und zerbrechlich. Doch ihr aufgewühlter Magen sagt ihr, dass das hier keine Forschungsgrabung ist. Das ist keine Archäologie. Das ist Familie. Eine Schaufel voll, zwei Schaufeln voll, drei Schaufeln voll.

»Tiefer«, bellt Aubrey.

Ich werde keinen Schmerz spüren, sagt sie sich. Ich werde keinen Schmerz spüren. Keinen Schmerz. Grab nach deinem Mut, Molly. Grab nach deiner Seele.

Der Taghimmel schweigt. Das Totengräbermädchen wird die Knochen seiner Mutter ganz allein freilegen müssen.

»Tiefer«, brüllt Aubrey und beugt sich mit jeder makabren Entdeckung weiter über das Grab. Mehr Beinknochen. Armknochen gekreuzt über einem Becken.

Das ist sie nicht, sagt sich Molly. Das ist sie nicht. Sie liegt nicht da unten. Sie ist da oben hingegangen. Oben in den Himmel.

Die letzten dünnen Fasern eines Kleides, zerfressen und von Erde braun verfärbt, über einem Brustkorb mit drei fehlenden Rippen. Rings um das Skelett einige Gegenstände, schwer und dreckverkrustet. Ein Schmuckkästchen. Ein Paar Tanzschuhe. Bücher. So viele Bücher rings um das Skelett.

»Grab weiter, Molly«, sagt Aubrey.

Die Schippe dringt jetzt tiefer. Mehr Dinge. Mehr von Violet Hooks Habseligkeiten. Eine Porzellanfigur. Eine Teetasse. Dann fällt Mollys Blick auf die Kante eines Kupferrings. Berts Blatt gräbt um das Kupfer herum – schabt und gräbt, schabt und gräbt –, bis Molly den Rest von Hand erledigt und ihre Finger krampfhaft an der Kupferschale Halt suchen, dem Himmelsgeschenk, das sie längst verloren glaubte, entsorgt in einem Sack voll Müll mit einem Schweinskopf und einem Dutzend Eierschalen. Sie zieht die Kupferpfanne ihres Großvaters aus der Erde, fährt mit den Fingern darüber, befühlt die Unterseite, kratzt mit ihren Nägeln die Erde vom Metall.

Die Worte sind noch da. Die Anweisungen.

Ich werde nie Angst haben. Stein ist hart. Unzerbrechlich. »Lügner«, schreit sie. »Du ... verfluchter ... bestialischer ... *Lügner.*«

»Gib mir die Pfanne«, befiehlt Aubrey vom Rand der Grube aus.

Molly drückt sie sich nur noch fester an die Brust. »Sie gehört mir«, sagt sie. »Der Himmel hat sie mir geschenkt.«

Aubrey richtet das Gewehr auf Mollys Gesicht. »Und jetzt wirst du sie mir geben.«

Molly rührt sich nicht.

Aubrey spannt den Hahn. »Ich frag dich nicht noch einmal, Molly.«

Augenpaar in Augenpaar. Blau in Schwarz. Licht in Schatten. Molly schleudert die Pfanne an die Oberfläche. Aubrey hebt sie auf.

»Es gibt keine Flüche, Molly«, sagt er, während er die Worte unten auf der Schale mustert. »Und Himmelsgeschenke gibt es ebenso wenig.«

Er wischt noch mehr Erde vom Metall und legt damit die dritte und letzte Reihe jener Wörter frei, die Tom Berry eingraviert hat. Molly sieht ein seltsames Leuchten über die Züge ihres Onkels huschen – ein kurzes Funkeln –, und sie kann nicht sagen, ob es die Spiegelung der Kupferpfanne ist oder das beseelte Strahlen in seinem Gesicht.

»Aber bei einem kannst du dir sicher sein: Es gibt Gold, Molly.« Aubrey legt die Pfanne zu seinen Füßen ab. »Grab weiter«, sagt er.

Molly ergreift wieder Berts Stiel. Sie schippt.

»Du brauchst gar nichts von Longcoat Bob, Molly«, sagt Aubrey. »Du musst keinen alten schwarzen Medizinmann finden, um deine Antworten zu kriegen.«

Das Schaufelblatt kratzt noch mehr Erde vom Boden.

»Ich werde ihr Gesicht nie vergessen«, sagt Aubrey.

Molly dreht sich zu ihrem Onkel um. Er wirkt abwesend, völlig in Gedanken.

»Deine Mutter hatte ein hübsches Gesicht«, flüstert er.

Schlagartig kommt er wieder zu sich. »Zeig mir ihr Gesicht«, befiehlt er und richtet die Waffe auf Molly.

Und das Totengräbermädchen stolpert mit seinen großen Stiefeln über die unebene Erde und kniet sich neben das Gerippe seiner Mutter, doch nicht nur, weil man es ihm mit vorgehaltener Waffe befohlen hat. Es gibt da einen Teil in ihr, der das Gesicht der Mutter sehen möchte. Sie will die Form ihrer Wangenknochen sehen, den Schwung ihres Kiefers. Will ihr Gesicht berühren. Mit ihren dreckverschmierten Fingern wischt sie Erde vom Schädel ihrer Mutter. Ihr rechter Daumen streicht zärtlich über einen Wangenknochen. Das ist nur ein Traum, sagt sie sich. Sie träumt, seit sie vor Ward's Boutique gestanden und auf das himmelblaue Kleid gestarrt hat. Sie kann solche Dinge in ihren Träumen tun, kann neben ihrer Mutter knien, ihre Knochen berühren. Sie kann Schönheit darin finden. Kann es zärtlich tun.

Zwei Nasenhöhlen. Sie hat diese Frau geliebt. Also kann sie auch dieses Knochengesicht lieben. Diese glatte Knochenmulde, in der einst ihr linkes Auge lag und die nun einen Haufen Erde beherbergt, den Molly so vorsichtig sauber wischt wie Berts Schaufelblatt am Ende eines langen Arbeitstages. Die sanfte Rundung ihres linken Schläfenbeins, die aussieht wie ein ausgetrockneter Felstümpel in der Butterfly Gorge, wenn es lange nicht geregnet hat.

Erde rieselt von diesem Gesicht. Doch ihre linke Hand wagt sich zu weit vor – manche archäologischen Funde sollten nun mal nie entdeckt werden. Erde rieselt von der rechten Oberhälfte ihres Schädels, von Violet Hooks Stirnbein, ihrer hohen vertikalen Platte, und da klafft ein Loch, wo ihre rechte Schädelseite sein sollte. Da ist keine glatte Knochenmulde um ihr rechtes Auge. Da ist nur Erde.

»Wie schaffst du das?«, fragt Aubrey.

»Ich habe ein Herz aus Stein«, antwortet Molly. »Ich werde nie Angst haben. Ich werde keinen Schmerz spüren.«

»Mit dir stimmt was nicht, Kind«, sagt Aubrey.

»Ich weiß«, erwidert Molly.

Molly lässt den Blick über das Skelett ihrer Mutter wandern. Das ist sie nicht. Das ist sie nicht. Ihr Blick verharrt auf den Brustknochen. Sie ist es doch. Sie ist hier. Ein Teil von ihr liegt auch hier unten. An ihren oberen Brustknochen haftet eine dünne Schicht zerschlissenen Kleidstoffs. Unter diesem Stoff schlug einst das Herz ihrer Mutter. Molly streckt die Hand nach dem Gewebe aus. Sie wird es abziehen, und dann wird sie die Wahrheit kennen. Die Wahrheit des Nachthimmels, nicht die des Taghimmels. Der Nachthimmel lügt nicht.

Doch dann hört sie von oben eine Stimme. »Lass sie in Ruhe, Molly.«

Molly fährt herum, blickt empor über die Schulter. Etwa anderthalb Meter über ihr, am Rand der Grube, steht ihr Vater Horace neben seinem Bruder. In der rechten Hand hält er eine lange Spitzhacke. Der Anblick ihres Vaters reißt sie jäh aus ihrem Traum, aus diesem wirren Grabfieber. Sie schreckt zurück.

»Er wollte mich erschießen, Dad«, sagt Molly.

Aubrey heult auf. Ein irres Wiehern. Er schlägt sich vor Lachen auf die Schenkel, mimt die Stimme einer Zwölfjährigen: »Er wollte mich erschießen, Dad!« Er taumelt nach links, findet an der Grabkante das Gleichgewicht wieder. Dann verfinstert sich schlagartig seine Miene. »Hast du gesehen, was dein Kind getan hat?«, fragt er, beide Hände am Gewehrkolben, Speicheltropfen im Schnurrbart.

»Ich hab gesehen, was du mit Greta gemacht hast«, sagt Horace. »Diesmal bist du zu weit gegangen. Sie ist in die Stadt gekommen, Aubrey. Sie ist zur Polizei gegangen. Wenn wir die Japsen überleben, werden sie dich holen.«

Horace wirft einen Blick über das Geschehen. Seine Totengräbertochter. Das offene Grab. Sein dunkler älterer Bruder. Sein dunkler Schatten.

»Du bist aus der Spur geraten, Bruder«, sagt Horace.

»Ich erteile deinem Kind eine Lektion«, brüllt Aubrey.

»Du bist zu weit gegangen, Aubrey«, entgegnet Horace. Er lässt seinen Bruder nicht aus den Augen, während er zu seiner Tochter sagt: »Komm da unten raus, Molly.«

Molly stolpert auf dem unebenen Untergrund auf ihn zu, tritt auf eine Glasschatulle, die unter ihren Schuhen bricht. Ihr Vater lehnt sich über die Kante und streckt den Arm aus. Molly ergreift ihn mit der Rechten, Bert die Schaufel in der Linken, lässt sich hochziehen und schabt mit ihren tonverklumpten Stiefeln noch mehr Erde von den Grubenwänden.

»Geh zurück zum Haus, Molly«, sagt Horace.

»Ich geh nie wieder zurück in dieses Haus«, kreischt sie. »Es ist verflucht. Dieser ganze Friedhof ist verflucht.«

Molly entdeckt die Pfanne zu Aubreys Füßen und stürzt darauf zu. Heb sie auf, Molly, und renn um dein Leben. Grab, Molly, grab.

Doch Aubrey reißt das Gewehr herum und zielt auf ihre Brust. Molly bleibt stehen wie gelähmt.

»Du willst mich angreifen, Molly Hook?«, fragt Aubrey. »Du bist 'ne ganz Mutige, hä? Jedenfalls mutiger als mein jämmerlicher kleiner Bruder hier.« Er schwenkt den Gewehrlauf. »Geh da rüber neben deinen Vater.«

Vater und Tochter stehen neben Violet Hooks Grab. Aubrey richtet die Waffe jetzt auf beide, blickt fieberhaft zwischen ihren Gesichtern hin und her. »Ich hab nur versucht, dem Mädchen ein paar Antworten zu geben«, sagt er. »Weißt du, was ich meine, kleiner Bruder? Antworten auf ihre Fragen. Hast *du* irgendwelche Antworten für sie, kleiner Bruder?«

Kurz verdutzt von Aubreys Worten dreht Molly sich zu ihrem Vater um.

»Immer mit der Ruhe, Aubrey«, sagt Horace. »Ich glaub, du brauchst erst mal 'ne tüchtige Mütze Schlaf. Gehen wir zurück zum Haus.«

»Nein danke«, sagt Aubrey. »Vielleicht hat das Mädchen recht. Vielleicht ist dieser Ort wirklich verflucht. Vielleicht wäre ich ohne euch beide ja besser dran. Vielleicht gehört ihr ja zu Violet in dieses Loch da unten. Ihr drei Hübschen alle nebeneinander.«

Molly beobachtet die Augen ihres Onkels. Ihm fallen schon die Lider zu, der Kopf kippt hin und her. Er wird müde.

»Ich bin es so verdammt leid, mit euch beiden Löcher zu graben«, sagt Aubrey. Seine Lider senken sich, öffnen sich

wieder. »Ich glaub, ich muss raus aus dem Totengräberge-
schäft, was meint ihr? Muss wieder ins Goldgräbergeschäft
einsteigen.«

Dann Motorenlärm am Himmel. Der Klang von Treib-
stoff, Tod und Krieg. Die Wespe darin. Der Tiger darin.
Molly schaltet am schnellsten, schaut zuerst gen Himmel.
Dann hebt ihr Vater seinen Blick, und als Letztes späht
auch Aubrey in den Himmel, und seine Miene hellt sich
auf, als spüre er den Atem Gottes, sein Mund steht offen,
und er lacht. Die Erscheinung lässt ihn aufheulen – der un-
glaubliche Anblick einer japanischen Luftflotte, die als perfekter Angriffskeil über den strahlend blauen Himmel von
Darwin zieht. Seine schnapsverzerrte Sicht verschwimmt,
und der Furcht einflößende Kampfverband verdoppelt und
verdreifacht sich. Er denkt an Heuschrecken. Denkt an die
Pest. Denkt an das große Ende.

»Insekten«, sagt er. »Sssssummmm«, schreit er den
Heuschrecken entgegen. »Sssssummmm«, kreischt er gen
Himmel. Und er brüllt vor Lachen. Er lacht noch immer,
als er sich zu Molly umdreht und der flache Rücken
von Berts Schaufelblatt gegen seine linke Gesichtshälfte
kracht.

Noch mehr Pfeile aus japanischen Flugzeugen über ihnen, und Molly, die nach der Goldwaschpfanne ihres
Großvaters hechtet. Sie klaubt sie vom Boden auf und rast
über den Friedhof davon.

»Renn unters Haus«, brüllt ihr Vater.

Aubrey Hook taumelt, torkelt drei Schritte nach rechts,
bevor er das Gleichgewicht wiedererlangt. Aus seinem linken Ohr läuft Blut. Sein tomatenrotes Gesicht. Sein Zorn.
Er schüttelt den Kopf, um wieder zu sich zu kommen, legt
das Gewehr an die Schulter und wirbelt in Richtung seiner
fliehenden Nichte.

»Lauf, Molly, lauf!«, donnert Horace, als er seine Schulter in die Brust des Bruders rammt, die durch den erhobenen rechten Arm nun ungeschützt ist. Der Schuss geht wahllos in die Luft, und Horace und Aubrey stürzen zu Boden und wälzen sich über den festgetrampelten Boden, so wie angeschossene schwarze Wasserbüffel sich auf der Erde wälzen. Die Hook-Brüder aus Darwin, Australien, ringen und rollen wirbelnd und verschlungen über den harten Boden, während 188 grün-grau-silberne japanische Flugzeuge über ihnen durch den Himmel gleiten.

81 Kate-Horizontalbomber, 71 Val-Sturzbomber und 36 Zero-Jagdflugzeuge in Angriffsformation.

Die Brüder krallen sich ineinander, kratzen Augen und Wangen, als wollten sie die gemeinsame Vergangenheit in Fetzen reißen. Horace' Mund findet die Schulter seines Bruders, und er schlägt seine Zähne tief ins Fleisch. Aubreys Hände finden den Adamsapfel seines Bruders, und er drückt fest zu. Horace' linke Hand findet Aubreys linken Augapfel, und er presst den Daumen in das weißfleischige Litschi-artige Organ. Beide sind sie Wölfe, und es dürstet sie nach Blut, doch Blut fliegt durch den Himmel über ihnen.

»Lauf, Molly, lauf«, keucht Horace Hook durch seine zugedrückte Kehle.

Molly läuft. Vorbei an Grabsteinen und Bäumen in Richtung des ebenen Hofes vor dem Wärterhaus. Dann ein Pfeifen wie ein siedender Teekessel, der größte Teekessel, den sie je gehört hat, und dieser unmögliche Kessel fällt aus dem Himmel. Jetzt hört sie noch mehr pfeifende Kessel: fünf, sechs davon, wie in einem Pfeifkonzert. Riesige siedende Wasserkessel, die alle auf sie zustürzen. Das Pfeifen scheint sich zu krümmen, als wäre das Geräusch selbst an einem gewundenen Draht in der Luft festgemacht und dieser Draht böge sich hinab wie ein Regenbogen, und dieser Regenbogen endet irgendwo im Hollow Wood Cemetery. Das Pfeifen wird lauter und lauter und lauter, und sie spürt: Die fallenden Teekessel kommen näher und näher und näher. Aber sie kann das Wärterhaus jetzt sehen, und sie will unbedingt dorthin, auch wenn es verflucht ist, und sich unter dem Haus verstecken, sich flach an den Betonboden im Erdgeschoss schmiegen und warten, bis all das hier vorüber ist. Nur Molly Hook und die Braunschlangen, die ihre Bäuche kühlen.

Lauf, Molly, lauf. Schritt um Schritt. Stiefel um Stiefel. Doch das Pfeifen, dieses fürchterliche Pfeifen, so laut und nah, stürzt direkt auf sie. Ein Geräusch stürzt auf sie ein. Ein Geräusch, das sich im Himmel in etwas Körperliches verwandelt hat. Jetzt ist es so nah, dass es sie dazu bringt, sich auf den Boden zu werfen, den Kopf zwischen die Beine zu klemmen und ihre spindeldürren Arme über Stirn und Ohren zu legen. Und schließlich endet das fürchterliche Pfeifen in einer gewaltigen Explosion, die sich grollend über den Boden wälzt und Molly Hooks wachsende Knochen zum Beben bringt. Erde regnet auf sie nieder, und sie fühlt sich, als würde sie unter einem Kipplaster sitzen und ein Trupp städtischer Bauarbeiter eine Pritsche voll Gemeindeschutt über ihr abladen, und sie weiß, dass sie aufstehen und weiterrennen muss, um nicht unter all dieser umherfliegenden Erde zu ersticken. Also steht sie auf und macht drei Schritte nach vorn, aber irgendetwas stimmt nicht mit ihrem Gleichgewicht, und sie fällt mit dem Gesicht zuerst zu Boden.

Molly hebt wieder den Kopf und versucht, etwas in den Blick zu fassen, irgendetwas in den Schwaden grauen Rauchs und aufgesprengter Erde, und sie findet etwas, das dem verfluchten Friedhofswärterhaus gleicht, doch ist es nicht mehr das Haus, in dem sie aufgewachsen ist. Die eine Hälfte des Gebäudes fehlt, ist dem Erdboden gleichgemacht. Die andere ragt entblößt empor, als hätte man es mitten durchgeschnitten, und seine Innereien quellen raus und ergießen sich auf den Boden. Molly kann den Küchenherd erkennen, der nun im Freien steht. Sieht das umgekippte Bücherregal ihrer Mutter, begraben unter einem halben Blechdach, unter dem nur noch Verwüstung herrscht, Haushaltsgegenstände – Teller, Gläser, Wandschmuck –, alles zerschmettert und wild über den ganzen Hinterhof verstreut.

Noch mehr Pfeifen. Immer näher. Und Molly sieht, wie rechts von ihr die Erde explodiert, hochschießt in einer Fackel aus Geröll und Feuer, und sie spurtet weiter geradeaus, doch jetzt fliegt auch der Boden vor ihr in die Luft, also macht sie kehrt und rennt und rennt und rennt zurück durch den Qualm, den Dreck, die Gewalt und den Krieg. Das Pfeifen hüllt sie noch immer ein, und jetzt weiß sie, dass es Bomben sind, Kriegsbomben, die vom Himmel fallen und in die Erde krachen, und sie hat kaum Zeit, auf eine dieser bodenzerfetzenden Explosionen zu reagieren, bevor sie wieder einer anderen ausweichen muss, ändert die Richtung mit jeder donnernden Eruption.

Doch dann ebbt der Lärm ab. Das Pfeifen kommt nicht mehr vom Himmel. Nur noch ein anderer scharfer, dünner Pfeifton in ihren Ohren. Ein Klingeln. Lauf, Molly, lauf. Sie kann ihren Vater und ihren Onkel nirgendwo entdecken. Sieht nicht die Büsche vor ihr. Nicht die Grabsteine von Hollow Wood. Lauf, Molly, lauf. Schritt um Schritt. Stiefel um Stiefel. Ihr Herz. Ihr verfluchtes Herz aus Stein schlägt irgendwie noch immer. Pulsiert für sie. Trägt sie vorwärts. Laufen, laufen, laufen und dann fallen.

Molly fällt in eine Grube. Ihre Füße landen auf unebenem Grund, und ihr Körper landet mit dem Rückgrat auf freigelegten Knochen. Sie wischt sich Dreck aus dem Gesicht, späht aus dem Loch empor, in das sie gestürzt ist, und merkt, dass sie in dem Grab sitzt, das sie gerade freigelegt hat, einem rechteckigen Prisma, fünfeinhalb Fuß tief in der Erde. Sie dreht sich herum, findet das ausgehöhlte Gesicht der Mutter, schöpft tief Luft und rollt sich instinktiv von dem Gerippe. Doch in der Grube hier fühlt sie sich sicher, sicherer als draußen, also zwängt sie sich zwischen den linken Armknochen ihrer Mutter und die Grabwand. Und dort bleibt sie. Und als noch eine Bombe irgendwo in der grauenhaften Ödnis oben einschlägt, ergreift sie instinktiv die Hand der Mutter, deren dünne Knochen auf dem zerschellten Becken ruhen.

Schau nur immer hoch zum Himmel, Molly. Schau immer hoch zum Himmel.

Und die Ränder dieses Grabes werden für Molly Hook zu einem Fensterrahmen. Dann weht der Rauch langsam fort, und alles, was sie in diesem Grabrahmen sieht, ist ein Rechteck strahlend blauen Himmels und die unzähligen Pfeile japanischer Kriegsflugzeuge, die darin vorüberziehen und dabei ihre Bomben abwerfen. Dann plötzlich verlangsamt sich die Zeit, und alles, was in dieser Welt noch existiert, ist der Blick aus diesem Grab und diese Bomben, die für Molly aussehen wie Bulldoggenameisen. Mehr nicht, Molly. Nur Bulldoggenameisen. Aber das ist eine dieser Lügen, die der Taghimmel erzählt, und das Totengräbermädchen fürchtet sich, also drückt es die Hand seiner Mutter.

»Kannst du es spüren, Mum?«, flüstert sie. »Wir sind jetzt oben, Mum! Spürst du's? Wir schweben. Wir sind oben!« Und wenn man vom blauen Taghimmel auf sie herabblickt und immer näher herangeht, sieht man durch den

Rauch und zwischen Schutt und Erde eine Mutter und eine Tochter, die flach auf dem Rücken liegen, Hand in Hand, und darauf warten, dass der Krieg aufhört, vom Himmel zu fallen.

»Wir sind oben, Mum«, flüstert sie. »Wir sind oben, Mum. Wir sind oben, Mum!«

BLUT-
BLUMEN

Schwarze Ameisen. Von so weit oben betrachtet, durch das flache Cockpitfenster einer Zero mit Höchstgeschwindigkeit, sehen die Bewohner von Darwin, Australien, für Yukio Miki aus der Altstadt von Sakai nur aus wie schwarze Ameisen. Wie hilflose schwarze Ameisen, die in Betongebäude rein- und wieder rausschwirren wie die kontrolliert-chaotischen Kolonnen der schwarzen Rossameisen, die er als Kind so gern beobachtet hat. Damals hat er sich vor den Stapel Feuerholz gehockt, der neben dem Außenofen ihres Hauses stand, das Kinn auf die Knie gestützt und den langen Reihen von Rossameisen zugeschaut, wie sie die Köpfe aneinanderrieben und sich fragten, was sie mit einer derart reichen Holzausbeute denn wohl anfangen sollten. Yukio fuhr mit seinen kleinen Fingern über die Eingangslöcher der verschlungenen Tunnelsysteme, die die Ameisen in die Holzscheite gefressen hatten, und wunderte sich, wie vermeintlich doch so unorganisierte Lebewesen etwas so Glattes und Kunstvolles hervorbringen konnten. Dann bestaunte er eine ganze Stunde lang den unbändigen Eifer dieser Rossameisen, und ihm blutete jedes Mal das Herz, wenn sein Vater Oshiro zwei Scheite voll mit ganzen Zivilisationen schwarzer Ameisen, mühsam aufgebauten Welten, aufklaubte und ganz beiläufig in den Ofen warf. Die Hitze dieses Steinkastens. Die Flammen darin. Das Feuer. All das Gelb und Rot.

Alles in seinem Cockpit ist jetzt heiß und klappert. Zu laut hier oben. Geöltes Metall und freiliegende mechanische Steuerelemente: klappernde Kühlklappenregler, Tankwahlschalter, Hydraulikhebel, surrende Schaltkästen und Fahrwerkschalter. Eingezwängt in diese enge Flugmaschine, als Teil des Furcht wie Ehrfurcht einflößenden Keils aus 36 wendigen, mit roten Sonnen bemalten Jagdflugzeugen, die nun im Sturzflug auf die Innenstadt von Darwin zurasen, denkt Yukio an seinen verstorbenen Großvater Saburo Miki, einen eigenwilligen und nachdenklichen Mann, der Yukio einst das Rätsel von der Blutblume erzählt hatte. »Die Blutblume blüht nur, wenn man sie erzürnt. Die Blutblume blüht auf Schlachtfeldern.«

All diese Flammen, sagt sich Yukio. Und er denkt zurück an Pearl Harbor. Daran, wie er immerzu gefeuert und gehofft hat, die Kanonen dieser amerikanischen Kriegsschiffe würden zurückfeuern und ein Volltreffer würde alles für ihn enden lassen, und er würde Frieden finden, weil er endlich mit dem Feuern aufhören könnte, einen Frieden mit intakter Ehre. All das Lodern, sagt er sich. All das Gelb und Rot, das dort unten dann zu Schwarz wird. Dort unten, wo Darwin gerade eingeäschert wird. So wie all die japanischen Rossameisen. Die ganze Arbeit, die diese Menschen in ihre kleine Stadt am Meer gesteckt haben, alles lichterloh in Brand gesetzt von Yukio und seinen Brüdern. Die Blutblumen blühen überall in Darwin. Im Muster all der Bomben, das die Nakajima B5Ns hinterlassen. Blühe. Blühe. Blühe.

Yukio langt nach der Zielvorrichtung, die zwischen seinen beiden 7,7-Millimeter-Maschinengewehren angebracht ist. Die Zeros werden eine Reihe militärischer Einrichtungen unter Beschuss nehmen. Die Zeros werden auf alles feuern, was ihnen in den Weg kommt, und sie werden die schwarzen Ameisen von vorn, von hinten und von der Seite beschießen, und die schwarzen Ameisen werden nicht zurückschießen, weil sie nicht dazu bereit sind.

Die tieffliegenden Zeros rechts und links von ihm entfesseln ihren fürchterlichen Kugelhagel, und MG-Salven bohren sich mit dumpfen Schlägen in Straßen, Erde, Menschenfleisch. Doch Yukio Miki schafft es nicht, den Abzug zu drücken. Kann nicht auf all die fliehenden Rossameisen feuern. Und wenn er jetzt nicht feuern kann, wenn er jetzt nicht seinen Brüdern beistehen kann, wie er es geschworen hat, dann ist er ein Feigling und ein Feind seiner Brüder; und ein Feind, der muss vernichtet werden.

Er streckt die Hand nach Naras Foto aus. Zupft es von der Gummifläche über seiner Tankanzeige und schiebt es behutsam in die Brusttasche seines Hemds unter der bauschigen Fliegerjacke. Nun weiß er, was er tun muss, er späht durch die Cockpitscheibe und sucht nach einem Gebäude, hoch genug, dass er mit seiner Höchstgeschwindigkeit von 500 Stundenkilometern direkt hineinrasen kann, aber sämtliche Gebäude Darwins sind schon eingeäschert. Dann reißt er den Steuerknüppel scharf nach links, und die Zero schert aus der Formation aus, legt sich abrupt in eine weite Linkskurve, aus der seine Brüder in den Maschinen neben ihm nicht schlau werden.

Doch Yukio muss fort von hier. Er muss das Aufblühen der Blutblumen hinter sich lassen. Muss wieder den Weg zum Himmel finden. Und dann muss er einen Berg finden.

DAS
KNOCHENKISSEN

Molly wacht auf. Hört das ferne Heulen von Luftschutz-
sirenen in der Stadt. Ihr Kopf liegt auf der Seite, und ihre
Augen gewöhnen sich langsam an den Anblick ihrer linken
Hand auf dem Brustkorb des Gerippes ihrer Mutter. Sie
streicht über den fadenscheinigen und klammen Stoff, der
sich noch immer über die Rippen ihrer Mutter spannt. Sie
muss hineinsehen. Dort drinnen warten Antworten auf sie.

Molly hebt den Kopf, stützt ihn auf den Ellbogen. Sie
starrt auf das Quadrat aus Stoff, das ebenso ein Vorhang sein
könnte, ein Vorhang wie der einer Theater- oder Jahrmarkt-
bühne, der sich hebt und ungeahnte Wunder offenbart. Sie
schließt die Augen, packt mit Daumen und Zeigefinger eine
Ecke dieses Stoffs, zieht ihn vorsichtig zurück und löst damit
eine darunter liegende Schicht aus Ton und Erde. Dann reißt
das Gewebe, und Molly muss es in Streifen abschälen. Als sie
die Augen wieder aufschlägt, blickt sie ins Innere der Brust.

Die Rippen ihrer Mutter bilden eine Art Behausung für
etwas. Diese Behausung ist eine Höhle aus Luft und Erde
mit einer Decke aus gewölbten Rippenknochen, und das
Einzige, was darin liegt, ist ein Stein von der Größe und
Form eines menschlichen Herzens. Ein blutroter Stein, wie
Molly noch nie einen gesehen hat, gebettet in ein Nest aus
Erde in der Brust ihrer Mutter. Ein Steinherz.

Molly scharrt mit der Linken im Boden unterhalb des Brustkorbs und holt mehrere Hände brauner Erde hervor. Anfangs lässt der Stein sich nicht bewegen, da er in der alten Erde festsitzt, doch Mollys Finger wühlen sich wie eine Baggerschaufel darunter und ringsum, und bald kriegt sie ihn zu fassen, zieht und rüttelt hin und her, bis er sich aus seiner Erdkruste gelöst hat, und das Totengräbermädchen holt den blutroten Herzstein unter dem Brustkorb seiner Mutter hervor.

Glatt und purpurfarben. Geformt wie eine Erdbeere, so groß wie die Faust ihres Vaters. Schwer in ihrer Hand.

Vom Grund des Grabes aus ist die halbe Mittagssonne schon zu sehen, und Molly reckt den Herzstein hoch zum Himmel und flüstert ein perfektes Wort.

»Mum.«

*

Neben dem Plumpsklo im Hof findet Molly das linke Bein ihres Vaters. Sie weiß, dass es ihrem Vater gehört und nicht ihrem Onkel, weil der Schuh am dazugehörigen Fuß ein brauner Schnürschuh ist, und Aubrey Hook trägt stets schwarze Arbeitsstiefel. Das Bein liegt im Gras wie ein deplatziertes Theaterrequisit. Hollow Wood Cemetery ist eine zerbombte Kraterlandschaft. Eine Hälfte des Wärterhauses steht noch, doch der Rest gleicht einer Trümmerwüste, im ungepflasterten Hinterhof ein Wirrwarr aus Beton, Backstein und gesplittertem Holz.

Einen Moment lang überlegt Molly, ob sie das Bein nicht aufheben soll. Sie könnte es in den Seesack packen, der wieder über ihrer Schulter hängt. Dann aber erinnert sie sich daran, wo sie hinwill, und fragt sich, was sie da draußen mit dem bombenamputierten, aber tadellos beschuhten Bein des Vaters anfangen soll.

»Wem gehört das?«

Molly schaut auf, um zu sehen, wo die Stimme herkommt, nimmt Berts Stiel fest in die Hand. Greta. Die großartige Greta Maze. Die Diva Darwins. Eben noch auf der Theaterbühne, jetzt hier auf dem zerbombten Rasen des Hollow Wood Cemetery. Ein Hollywood-Starlet. Sie ist es. Leibhaftig, sagt sich Molly. Doch ihr Anblick ist wenig glamourös. Blutergüsse auf den Armen. Das linke Auge blau und zugeschwollen. Eine Wundnaht im Gesicht. Molly zwingt sich, Greta nicht nach ihrem Auge und Gesicht zu fragen, weiß sie selbst doch gut genug, wie demütigend es ist, Fragen über sichtbare Blessuren zu beantworten.

»Das gehört meinem Vater«, sagt Molly und betrachtet das Bein.

»Geht's dir gut, Molly?«, fragt Greta.

Molly lässt sich die Frage durch den Kopf gehen. Sie antwortet nicht. Macht einfach kehrt und stapft über den Hof, tiefer in den Friedhof hinein. Greta folgt ihr. Molly fällt auf, wie langsam Greta geht. Gretas Bauch tut weh beim Laufen, und sie hält sich die rechte Seite ihres Unterleibs.

In einer ausladenden Eiche am Rand des Hofs, knapp zwei Meter über dem Boden, sitzt ein einbeiniger Mann. Sein Kopf ist in den Schoß gesunken, und er hockt ungelenk verkeilt zwischen dem Stamm und drei dicken Ästen, die sich in verschiedene Richtungen gen Himmel recken. Einer seiner Arme klemmt irrwitzig verdreht im Nacken, der andere hängt dort, wo einmal sein linkes Bein gewesen ist. Molly beäugt ihn neugierig. Ihr Vater. Horace Hook.

»Molly«, sagt Greta leise. Keine Frage. Keine Bitte. Nur ein Name. »Molly, sprich mit mir, Molly.«

Molly schweigt. Marschiert weiter. In der langen Gasse zwischen zwei Reihen kunstvoll gemeißelter Grabsteine und Platten kriecht eine menschliche Gestalt über den Boden, robbt stumm mit letzten Kräften auf den Ellbogen vorwärts. Schwarz und dreckverkrustet, bewegt sich die Gestalt wie ein Blutegel oder wie ein schwarzer Geist, der sich, aus seinem Grab hinaus ins Licht gekrochen, nun rasch wieder hinab ins Dunkel flüchten will.

Molly und Greta bleiben hinter den Füßen des kriechenden Kadavers stehen, und sein Besitzer, Aubrey Hook, spürt sie hinter sich – das Mädchen, denkt er, das Mädchen mit seiner heiß geliebten gottverfluchten Schippe, die hinter ihm über den Boden scharrt. Er schleppt sich noch zwanzig mühselige Meter weiter, ehe ihn die Kraft vollständig verlässt, worauf er sich auf den Rücken wälzt und den Kopf auf einer Steinplatte ablegt, deren Inschrift an den hier ruhenden William Shankland, 1843-1879, gemahnt: *Ich hebe meine Augen auf zu den Bergen: Von wo wird Hilfe mir kommen?*

Aubrey blinzelt in die grelle Sonne, sein Gesicht ist schwarz von Erde, rot von Blut. Er ringt um einen tiefen Atemzug, ist aber zu erschöpft, zu überwältigt vom Geschehenen, um eine befriedigende Menge der heißen Luft von Darwin zu erhaschen. Er schaut hoch zu Greta und Molly, die über ihm stehen. »Wasser«, hechelt er.

Molly und Greta stieren ihn nur an. Gretas Hand auf ihrem Bauch. Der Schmerz darunter. Sie beäugt den Mann zu ihren Füßen. Das Monster, vor ihr kriechend und sich windend. Seine zerfetzte Kleidung. Der Schweiß im Gesicht, auf Armen und auf Beinen. Das verzweifelte Krallen seiner Finger, mit denen er sich an die Brust packt. Verwirrt und fehl am Platz hier draußen an dem Grab. Verloren. »Wasser«, keucht er. Und dann muss er husten, und der Husten wird zu einem blutigen Erbrochenen, das ihm übers Kinn rinnt und über sein geknöpftes Hemd.

»Bringt mich ins Krankenhaus«, bettelt er gurgelnd, erstickt fast am eigenen Blut.

Greta beugt sich zu Aubrey hinunter. Studiert sein Gesicht. Fragt sich, wie sie hier landen konnte. Was sie auf den Gedanken gebracht hat, dass sie Aubrey Hook liebte. Er war einmal charmant gewesen. Intelligent. Sie hatten zusammen Aufführungen besucht. Er hatte sie mit Geschenken überhäuft. Als sie sich kennenlernten, hatte sie werktags fast jeden Abend getanzt. Erst gab er ihr gute Ratschläge, und dann gab er ihr schlechte. Bleib bei mir. Geh nicht fort aus Darwin. Werde mit mir alt, hier in Hollow Wood. Geh nicht in die Stadt und erzähl der Polizei von den finsteren Orten, an die ich gehe, und von den Nächten, in denen ich dich dorthin mitnehme.

Greta greift in Aubreys Hosentasche. Er probiert, ihr die Hand wegzuschlagen, doch er ist zu kraftlos, zu verausgabt. Molly sieht, wie Greta seine Taschen durchstöbert und schließlich einen Schlüsselbund hervorzieht.

»Ich muss ins Krankenhaus!«, gurgelt Aubrey lauter. Er schüttelt mühevoll den Kopf und speit dabei einen weiteren Schwall Blut hervor. Greta dreht sich um und geht davon. Molly folgt ihr in Richtung des halben Wärterhauses und des Einbeinigen im Baum, während Aubrey Hook ihnen verzweifelt hinterherschreit. »Ihr bringt mich auf der Stelle in ein Krankenhaus!«

Greta und Molly gehen weiter.

»Ihr werdet beide zur Hölle fahren!«

Greta und Molly gehen weiter.

»Ich verfluche euch«, kreischt Aubrey in den Himmel. »Verflucht sollt ihr sein, ihr alle beideee!«

*

Greta schlurft langsam zur Fahrertür von Aubreys rotem Pritschenwagen, der völlig unversehrt in der Kieseinfahrt vor dem zerbombten Friedhofhaus geparkt ist. Molly schaut zu, wie sie umständlich und unter Schmerzen auf den Fahrersitz klettert. Sie schließt die Tür.

»Steig ein«, sagt Greta. »Ich fahr dich ins Krankenhaus.«

»Ich muss nicht ins Krankenhaus«, erklärt Molly durchs offene Seitenfenster. »Aber könntest du mich zum Clyde River bringen?«

»Nicht meine Richtung«, sagt Greta.

»Alle Straßen führen da lang.«

»Nicht die, die ich langfahr, Kleine.«

»Moment mal«, sagt Molly. »Wo fährst du eigentlich hin?«

»Ich fahr zurück nach Sydney«, sagt sie, lässt den Wagen an und dann den Motor mehrmals scheppernd aufheulen.

»Warte«, sagt Molly. »Ich möchte dir was zeigen.« Sie setzt den Seesack ab, greift hinein und fischt zwischen Konservendosen mit Corned Beef und Bohnen, dem Shakespeare-Band und dem blutroten Stein, so groß wie ihres Vaters Faust, die Goldwaschpfanne heraus. Sie reicht Greta die Pfanne durch das geöffnete Fenster.

»Na und?« Greta stutzt und dreht die Schale mehrmals in den Händen. »Was soll ich damit anfangen?«

Molly deutet auf die Pfanne. »Sieh dir die Rückseite an«, sagt sie. »Schau, was da hinten geschrieben steht.«

Greta verzieht das Gesicht, versucht, die Inschrift hinten auf der Pfanne zu entziffern, schafft es aber nicht. »Ich kann die Schrift nicht lesen«, sagt sie. »Es ist zu viel Schlamm drüber.«

Sie gibt Molly die Pfanne zurück.

»Hör mal, Kleine, du musst ins Krankenhaus«, sagt sie. »Die müssen dich auf Granatenschock und so'n Kram untersuchen. Und wenn sie damit fertig sind, musst du schauen, dass du verdammt noch mal aus Darwin rauskommst. Die Japsen sind noch nicht fertig mit dem Nest hier.«

Molly reckt die Pfanne hoch. »Das ist eine Wegbeschreibung zu Longcoat Bobs Gold«, sagt sie. »Mein Großvater hat sie in den Kupferboden eingeritzt, damit er sie nie wieder vergisst. Ich kann dich dahin bringen, Greta. Verborgene Schätze. Du hast gesagt, wenn du wüsstest, wo der Schatz liegt, würdest du dir auf der Stelle Bert schnappen und dir deinen Schatz ausbuddeln. Du kannst alles für dich alleine haben, wenn du willst. Du könntest so reich sein, dass es deine kühnsten Träume übertrifft. Du könntest endlich hingehen, wo du hingehörst. Wir könnten zusammen nach Hollywood fahren, und du würdest groß rauskommen, und ich könnte meinen Namen ändern und … und …«

»Tut mir leid, Molly«, sagt Greta sanft.

Aber Molly redet unverdrossen weiter. »Greta Maze und Marlene Sky«, drängt sie. »Du kannst es schaffen, Greta. Du musst uns nur zum Clyde River bringen. Um den Rest kümmere ich mich. Du kannst es schaffen, Greta.«

Greta dreht den Kopf zur Seite, damit Molly sie nicht weinen sieht.

Molly plappert weiter. »Wir könnten mit Tyrone Power und Gary Cooper ausgehen«, sagt sie. »Und dann könnten wir hoch in die Hollywood Hills fahren und Errol Flynns Haus suchen und ihn fragen, ob wir reinkommen können, weil wir doch auch Australier sind.«

Greta wischt sich die Augen trocken, lächelt und dreht sich wieder Molly zu. »Das ist ein schöner Film, Mol«, sagt sie. »Den schau ich mir gerne irgendwann mal an.« Dann tritt sie aufs Gas.

»Greta, warte!«, brüllt Molly. Doch da rumpelt der Wagen schon rückwärts aus dem Friedhofstor.

»Warte, Greta!«, kreischt Molly und humpelt mit schmerzenden Knochen kraftlos hinter dem Truck her. Dann bleibt sie stehen und sieht zu, wie das Auto Richtung Süden auf die Straße abbiegt, die aus Darwin herausführt. Stille und Staub. Molly senkt den Kopf und blickt zu Boden, einen Boden, übersät von Trümmern des ausgebombten Hauses. Dieser zerbombten Welt. Und etwas Kleines gleich vor ihren Füßen weckt ihre Aufmerksamkeit. Sie beugt sich hinab, um es aufzuheben. Hält es gegen den Himmel, um es deutlicher zu sehen, dreht es zwischen Zeigefinger und Daumen hin und her. Der rote Fingerhut.

KRIEGS-
HIMMEL

Das Totengräbermädchen in der brennenden Stadt. Eine Stadt in einem Kriegstraum, durch den sie laufen kann, ohne je bemerkt zu werden, weil alle hier nur Feuer sehen.

Auf der Promenade hockt ein korpulenter Mann im Rinnstein, die Hände auf den Knien. Seine Kleider sind zerfetzt, die Hälfte seiner Haare fehlt, der Rest ist nur noch angesengte Kopfhaut. Er weint. Leere Armeezelte am Straßenrand. Streunende Hunde und Katzen, die in Bergen fauler Lebensmittel stöbern. Soldaten, die zu sechst die Straße entlangrennen. Soldaten mit abgerissenen Armen und Beinen, getragen von Soldaten mit ölschwarzen Gesichtern. Wundverbände, die um Schläfen gewickelt werden. Granatsplitter, die aus Schulterblättern, Oberschenkeln und Brüsten ragen. Erblindete Soldaten. Soldaten, die der Granatenschock um den Verstand gebracht hat, die brabbelnd wirres Zeug gen Himmel keifen, das Molly nicht versteht. Ein älterer Mann, der sich zum Totengräbermädchen umdreht. »Was zum Teufel machst du hier?«, bellt er. »Um Himmels willen, schafft das Kind hier weg!«

Molly rennt weg. Am Strand bei Doctor's Gully ziehen Männer Leichen aus dem Meer. Die Toten sind in Öl ertrunken. Da sind noch mehr im Wasser, die einen treiben auf dem Bauch, andere auf dem Rücken, und die Haut auf ihren Armen und Gesichtern ist bis aufs rohe rote Fleisch verbrannt. Einer der Männer zerrt am Arm eines Soldaten, der im Wasser treibt, und die lose Haut des Unterarms löst sich vom Knochen wie ein fleischfarbener Handschuh.

Der Geruch der Leichen mischt sich mit dem Gestank von Öl und Abgasen. Es riecht nach Kordit, verkohltem Holz und brennenden Gebäuden. Seeleute in kleinen Booten ziehen verzweifelte Schwimmer hoch an Bord. Am Strand liegen Tote auf dem Bauch, denen die Jagdflieger mit ihren MGs in den Rücken geschossen haben. In den Mangroven vor dem Hafen verspeisen zwei Krokodile die Leichen ertrunkener amerikanischer Matrosen. Verängstigte Patienten des evakuierten Cullen-Bay-Zivilkrankenhauses kauern im Schutz der überhängenden Klippen in der Bucht. Weiter oben am Strand liegt ein umgestürzter Zug samt Lokomotive, durch einen Volltreffer von den Schienen gehoben und ins Wasser gekippt. Sechs Eisenbahnwaggons sind im Meer versunken. Ein ganzer Truppentransporter, die *Neptuna*, ein Schiff von der Länge eines Fußballfeldes, liegt gekentert auf der Seite im flachen Wattwasser nahe dem Kai, und schwarze Rauchwolken türmen sich gen Himmel.

So viele gesunkene Schiffe. USS *Peary*. HMAS *Mavie*. SS *Zealandia*. SS *Mauna Loa*. Lodernde Öltanker. Männer, die noch immer fieberhaft um sinkende Handelsschiffe herumschwimmen. Die in unzählige Stücke gesprengte Pausenbaracke der Hafenarbeiter. Große Teile des Anlegers sind weggebombt. Soldaten, Polizisten und Krankenschwestern rennen hektisch in Richtung des in Schutt und Asche liegenden Kommunikationszentrums der Stadt zwischen Promenade und Mitchell Street, das einst Postamt, Telefonvermittlung und Telegrafenamt beherbergte. Dann spurten sie wieder davon. Überall türmen sich von den Detonationen aufgeworfene Berge aus dem Holz und Schutt zerbombter Häuser. Eine Stadt aus eingesacktem Mauerwerk. Auf dem Boden liegen Leichen, zugedeckt mit geschmackvoll gemusterten Wohnzimmervorhängen. Noch ein Toter, der in eine Astgabel gesprengt wurde.

Molly marschiert weiter. A. E. Jollys Gemischtwarenladen hat sich in seine Einzelteile aufgelöst, und die Bank of New South Wales ist ausgebrannt. Die Straße ist übersät von Wellblech, Nägeln und Platten von Asbestzement. Ein Mann, der den Verstand verloren hat, rennt nackt durch die Cavenagh Street und brüllt Verse aus der Bibel.

Als sie weiter in die Wohngegenden kommt, sieht sie Häuser, die von Bomben in zwei Teile gerissen wurden. Gespenstische Häuser, deren Haustüren im Wind einsam hin und her schwingen. Noch mehr streunende Hunde und Katzen. Hunde, die klagend vor sich hin jaulen. Zweistöckige Häuser, so stabil gebaut, dass sie schlimmsten Wirbelstürmen trotzen, von Bomben dem Erdboden gleichgemacht.

Eine alte Frau steht benommen neben ihrem Briefkasten, dem Einzigen, was auf ihrem Grundstück noch steht – ihr Haus ist jetzt ein Trümmerberg. Sie spricht in einer Sprache, die Molly für Deutsch hält. Sie ist untersetzt, reckt wirr und weinend die dicken Arme in den Himmel, heult hemmungslos und spricht entweder mit Gott oder den japanischen Bombern. Als sie Molly erblickt, winkt sie das Totengräbermädchen zu sich. »Bitte, bitte«, schluchzt die alte Frau. Dann breitet sie die Arme aus, zeigt, wie sehr sie diese menschliche Umarmung braucht, wie sehr sie etwas Tröstendes halten, das Totengräbermädchen in die Arme schließen muss. Molly geht zaghaft auf sie zu.

»Hat hier Ihre Familie gewohnt?«, fragt Molly.

Laut und unter Tränen stößt die Frau auf Deutsch etwas hervor.

»Warum sind Sie nicht geflohen?«, fragt Molly.

»Bitte, bitte«, sagt die alte Frau und breitet abermals die Arme aus. Widerwillig tritt Molly näher und beugt sich zu der Frau vor, damit die sie umarmen kann. Die Alte schlingt die Arme um Mollys Hals und presst sich das Gesicht des Mädchens an den Bauch. Sie schluchzt in Mollys Haar, drückt sie immer enger an sich. Die Umarmung fühlt sich warm an, und Molly fragt sich, ob sie diese Umarmung vielleicht genauso nötig hatte wie die alte Frau.

Doch dann heult die Frau schon wieder auf, und Mollys Gesicht wird enger an den weichen Bauch der Frau gedrückt, als würde man sie mit dem Kopf tief in ein Kissen pressen. Molly will sich befreien, doch die massigen Arme lassen sie nicht los, und Molly versucht, durch Mund und Nase Luft zu kriegen, merkt jetzt aber, dass sie kaum noch atmen kann, also stemmt sie sich mit aller Kraft nach hinten, doch die Alte jault nur immer lauter und drückt Molly immer fester gegen ihren Bauch.

»Ich krieg keine Luft«, sagt Molly mit dumpfer, vom Bauch der Frau erstickter Stimme.

»Lassen Sie mich los! Ich krieg keine Luft.« Und jetzt ist Molly wirklich am Ersticken.

Die alte Frau kann nur noch weinen und zum Himmel heulen. Sie kann nicht loslassen. Ihre Trauer ist zu groß, und sie kann dieses Mädchen jetzt nicht gehen lassen, und Molly stemmt sich gegen sie, kommt aber nicht frei, also stampft Molly mit ihren Arbeitsstiefeln auf den Fuß der alten Frau. »Lassen Sie mich los!«, kreischt sie.

»Alles ist gut«, erwidert die Frau mit breitem deutschem Akzent und streicht Molly fieberhaft übers Haar. »Ich hab dich gefunden. Alles ist gut.«

Und jetzt tritt Molly der alten Frau gegen das Schienbein. Tritt und tritt, bis die Alte endlich von ihr ablässt.

»Alles ist gut«, brüllt die alte Frau ihr hinterher, als Molly wegrennt. Lauf, Molly, lauf.

*

Plünderer in den Geschäften. Plünderer in den Häusern. Männer, die mit Werkzeugen aus ausgebombten Eisenwarenläden rennen. Männer, die mit Teppichen, Möbeln und Taschen voller Schmuck aus ausgebombten Häusern rennen. Zwei Männer schleppen ein gestohlenes Klavier die Smith Street hinab. Kolonnen von Lastwagen und Autos, Zivilisten und desertierenden Soldaten auf der Flucht gen Süden in die weit entfernten Orte Katherine, Larrimah und Daly Waters. Mutige Soldaten, die die Stellung halten und mit freiem Oberkörper mobile Flakgeschütze entladen.

Chinesische Restaurantbesitzer und griechische Cafébetreiber, die sich nun doch dazu entschließen, aus der Stadt zu fliehen: Sie mussten die Bomben erst mit eigenen Augen sehen, bevor sie sich zum Gehen überreden ließen. Lauf, Molly, lauf.

Aber halt. Eine Reihe von Innenstadtgeschäften mit geborstenen Schaufenstern. Zivilisten steigen über Scherbenhaufen, um sich Zutritt zu verschlossenen Modeläden zu verschaffen. Leute spazieren mit Armen voller Dreiteiler wieder heraus. Und das himmelblaue Tanzkleid hängt noch immer im Schaufenster von Ward's Boutique. Molly drückt die Nase gegen das Glas. Sie sieht sich tanzen, wenn alles wieder gut, wenn in Darwin wieder alles ganz normal und Sam zurück ist. Dann ist sie älter, und es wird Sam eine Ehre sein, mit ihr an der Hand in einen Tanzpalast zu gehen, in einem Kleid wie diesem. Molly sieht eine Frau,

184

eine Schwester aus dem Krankenhaus, aus Ward's Boutique kommen. Mit zwei Abendkleidern über dem Arm eilt sie auf die Straße und davon. Molly schaut erneut zu dem blauen Kleid hinüber und huscht rasch durch die Ladentür, den Seesack über der Schulter, den treuen Bert noch immer zwischen Tragegurt und Wirbelsäule festgeklemmt.

Es brennt kein Licht in der Boutique, denn es gibt keinen Strom mehr in der Stadt. Sie schlendert vorbei an Ständern voller Röcke und Abendkleider, lässt den Blick quer durch den Raum schweifen. Im hinteren Bereich des Ladens findet sie es, in der Nähe des Tresens und der Registrierkasse: das letzte himmelblaue Kleid, das noch auf dem Ständer hängt. Sie hebt es am Bügel hoch, hält es vor sich, um die Größe abzuschätzen. Bevor sie es anprobiert, schlurft sie durch die Hintertür, die zur Toilette führt, wo sie hofft, ihren Durst zu stillen und sich Schmutz und Schweiß vom Gesicht waschen zu können, bekommt jedoch nur wenige kleine Schlucke rostigen Wassers, bevor der Hahn versiegt.

In der Garderobe zieht sie ihre alten Jungshosen und das verdreckte Arbeitshemd aus, beides schwer und erdverkrustet, stinkend und verschwitzt.

Dann streift sie das himmelblaue Kleid über und dreht sich zu dem großen Garderobenspiegel an der Wand. Das Kleid ist ihr zu groß, der Saum hängt ihr weit unter den Knien, und die Träger rutschen beinahe von den Schultern. Aber es geht. Ich werd reinwachsen, sagt sie sich. Ich werd wachsen.

Sie streicht sich das Haar glatt. Gönnt sich den Anflug eines Lächelns. Das himmelblaue Satinkleid ihrer Träume, genau das Richtige für diesen Albtraum. Sie tritt aus der Umkleide, lässt ihre alten Sachen einfach liegen. Als sie durch die engen Gänge der Boutique marschiert, schrillt plötzlich eine Sirene, so ohrenbetäubend, dass sie die Schaufenster zum Beben bringt. Sie rennt hinaus auf den Gehsteig.

Soldaten und Zivilisten stieben in alle Richtungen. Krankenschwestern halten beim Rennen ihre Hauben fest und Soldaten ihre Helme, während sie zu den Verteidigungsposten spurten. »Sie kommen zurück!«, brüllt ein Zivilist und stolpert über die eigenen Beine, als er mit einem Schinken unter jedem Arm aus einer Metzgerei gerannt kommt.

Der Fliegeralarm ertönt noch einmal, und Molly schaut hoch zum Himmel. Von Südwesten aus nähert sich eine weitere japanische Bomberstaffel. Noch mehr Bomber, mehr als zwanzig von ihnen, greifen von Nordosten an.

»Sie haben's auf den Flugplatz abgesehen«, schreit ein Soldat. Und dann hört, nein, spürt sie vielmehr die gewaltige Druckwelle dumpfer Bombenschläge, die rhythmisch auf den Boden Darwins einprasseln. Grelle Flammenzungen erhellen den Horizont, und schwarze Rauchschleier hüllen die Stadt ein wie eine tief hängende Wolke aus der Hölle. Plötzlich hält ein roter Pritschenwagen am Rand der ungeteerten Straße an, kommt kreischend direkt vor Molly zum Stehen.

Greta Maze beugt sich übers Lenkrad und sagt etwas durch das offene Beifahrerfenster. »Steig ein«, sagt sie, eine glimmende Zigarette im Mundwinkel.

Molly strahlt von einem Ohr zum anderen und springt eilig auf den Vordersitz.

Ein Trommelwirbel neuer Bomben erschüttert die Stadt, und Greta Maze wippt ungeduldig auf ihrem Sitz. Sie zieht lässig an ihrer Zigarette, als ihr am Totengräbermädchen etwas auffällt. »Schönes Kleid«, sagt sie, und dann gibt sie Vollgas.

DAS ZWEITE
HIMMELSGESCHENK

DER MANN,
DER DAS GOLD HASSTE

Augen zu. Er schläft rücklings zwischen zwanzig verwundeten Männern und Frauen auf der Ladefläche eines Armeelasters, der die Straßen Darwins nach Opfern des Fliegerangriffs absucht, um sie so schnell wie möglich ins Cullen-Bay-Zivilkrankenhaus zu bringen. Auf seiner Brust spürt er einen Druck, der ihm das Atmen schwer macht, und diese Last weckt in ihm Gedanken. Es ist kein Traum, sondern eine Erinnerung, die sich im Schlaf seiner bemächtigt. Dieselbe Erinnerung, die ihn immer heimsucht, wenn er schläft. Aubrey Hook ist fünfzehn Jahre alt, als er in einer Goldmine lebendig begraben wird – und er besitzt die Kühnheit, wahre Liebe für seinen nahenden Tod verantwortlich zu machen.

Liebe und Hass. Mann und Frau. Reich und Arm. Dreck und Gold. Sein Vater, Arthur Hook, glaubte an Unbedingtheiten, und er führte sein Leben dementsprechend. Arthur Hook empfand bedingungslose Liebe für Bonnie Little. Bonnie war seine Jugendliebe, und sie ritten oft zusammen aus. Sie ritten durch Howard Springs und Humpty Doo, und sie ritten bis nach Kakadu Country, und Bonnie Little ließ ihr unbändiges kastanienbraunes Haar unter ihrer Reitkappe wehen, und dieses Haar hatte die gleiche Farbe wie die Felskuppen, auf denen sie stand und ihren

Namen – »Bonnie Little« – in die tiefen Schluchten Kakadus hineinschrie, diese urzeitliche Echokammer. Sie tanzten zusammen im Gemeindesaal von Darwin, und sie träumten gemeinsam von all den Dingen, die sie tun würden, wenn Arthur und sein bester Freund und alter Goldschürfkamerad Tom Berry auf den Goldfeldern von Pine Creek endlich fündig würden.

»Du bist meine Goldader, Bonnie Little«, sagte Arthur mit großen Augen. »Du bist mein kostbarster Fund.« Denn genau das ist wahre Liebe, dachte Arthur. Wahre Liebe ist eine pure Goldader in einem kargen Berghang aus Stein und Erde. Manche werden eine solche Ader niemals finden. Manchen fehlt einfach das Gespür. Er aber besaß es. Und er liebte sie bedingungslos – bis zu jenem Tag, als sich Bonnie Little in Arthurs besten Freund und Goldschürfkameraden Tom Berry verliebte.

»Tom?«, stieß Arthur ungläubig hervor. Es war Silvester. Bonnie und er standen in einer Abstellkammer im Hotel Darwin, etwas abseits des Schankraums.

»Tom Berry?«, keuchte er erneut. Sein bester Freund. Der Pechvogel Tom Berry. Der tollpatschige, unbeholfene, weltfremde, sanftmütige, unsichere, schwache Dichter Tom Berry. Der Freund, der Arthur angefleht hatte, ihn begleiten zu dürfen, als er mit seinem Pferd ins Buschland aufbrach, um nach einer Goldader zu suchen. Dieser Lehrertyp. Dieser Bücherwurm, der zwar das Goldgespür einer Melone, zugleich aber eine beängstigende Goldgier an den Tag legte, wie Arthur sie noch nie erlebt hatte. Erst vor zwei Monaten hätte er sich um ein Haar in die Luft gejagt, als er bei einer Sprengung viel zu viel Dynamit angelegt hatte. Und plötzlich, an jenem Silvesterabend, wünschte Arthur, er hätte es getan.

»Ich kann nichts an meinen Gefühlen ändern, Arthur«, sagte Bonnie.

Arthur glaubte nie auch nur ein Wort dieses Satzes, der Bonnie so langsam von den Lippen glitt, war er selbst doch der lebende Beweis dafür, dass man sehr wohl die Macht darüber hat, was man tatsächlich fühlt – denn er fühlte aufrichtig und immerzu, seit er Bonnies Worte vernommen hatte, dass er nichts sehnlicher wollte, als Tom Berry mit einem Riesenbrocken Quarz den Schädel zu zertrümmern, und dennoch widerstand er diesem tief empfundenen Gefühl und unterdrückte es. Wieso also konnte nicht auch Bonnie etwas an ihren Gefühlen ändern?

Von diesem Tag an konnte Arthur Hook Bonnie Little nur noch hassen. Und er hasste sie bedingungslos. Doch hasste er Tom Berry noch viel mehr. Sein Hass auf Berry war doppelt so groß wie der auf Bonnie, und er verwandelte sich in etwas, das sein fünfzehnjähriger Sohn Aubrey für einen Hass auf alles und jeden, ja, gar das Leben selbst, hielt. Arthur hasste die Blätter, die vom Baum fielen und sich auf seiner Terrasse häuften. Er hasste Pferde und ihr Geklapper auf dem Asphalt, er hasste den Geruch ihrer Exkremente, wenn er mit seinen jungen Söhnen Aubrey und Horace auf seinen Goldschürfausflügen auf gewundenen Bergpfaden durchs Pine Creek Country ritt. Er hasste die Frau, die er schließlich heiratete, June Buttigieg, die einzige Tochter Stanley Buttigiegs, des Eigentümers und Betreibers von Darwins neuem Friedhof, Hollow Wood Cemetery. Die arme jämmerliche June, wie er sie insgeheim nannte, mit dem schielenden linken Auge, das immer wie eine vom Baum gefallene Mango am unteren Rand ihrer Augenhöhle lag, wenn Arthur sie nach dem Abendessen oder dem Wetter fragte, oder danach, wie es sich denn anfühlte, ein Kind im Bauch zu tragen. Die Totengräbertochter mit dem toten linken Auge. Man sollte ihr das Auge rausreißen und es sechs Fuß tief begraben, dachte er bei sich. Er hasste es, wie

June bei der Geburt kreischte, und er hasste den Gestank der schwarzen Scheiße, die aus Aubreys kleinem Hintern quoll und an seinen väterlichen Fingerspitzen klebte. Er hasste die Teeblätter, die sich am Grund seiner Teetasse sammelten; er hasste die Äste der Eiche hinterm Haus, die übers Blechdach scharrten; er hasste die Sonne, die immer wieder aufging und ihm befahl, arbeiten zu gehen; er hasste die Musik der Fiedelspieler im Hotel Darwin; er hasste das Bier, das in seinen Händen zu schnell warm wurde; und er hasste jeden, der Tom Berry Glück wünschte, denn noch mehr als alles andere hasste er Tom Berry.

Arthur schlug seine Söhne. Er drosch mit der geballten Faust auf ihre geduckten Hinterköpfe, und mit jeder Tracht Prügel hasste er Tom Berry umso mehr, denn der hatte ihm das Einzige geraubt, was er je wirklich geliebt hatte, und ihn zu einem Mann gemacht, der seine Söhne schlägt. Er schlug seine Söhne mit Steinen, Peitschenstielen, Stöcken und Fäusten und sah mit an, wie sie zu starken jungen Burschen heranwuchsen, die sich gegenseitig schlugen.

»Hass ist gar keine so üble Sache«, erklärte er seinen Jungen einmal zwischen zwei Whiskyzügen am Lagerfeuer, auf einem ihrer ausgedehnten Goldsuchtrips in der Gegend von Pine Creek. »Unterschätzt nie die Macht des Hasses. Mein Hass auf Tom Berry bringt mich dazu, morgens aufzustehen. Ich hasse ihn so sehr, dass er mir die Kraft gibt, in diesen Goldminen zu schuften. Ich hasse ihn so sehr, dass ich ihm jedes Klümpchen Gold wegschnappen will, das er vielleicht mal in die Hände kriegen könnte. Und das werde ich auch. Ich werde es schaffen. Mein Hass auf Tom Berry wird uns eines Tages reich machen.« Dann trank Arthur Hook einen Schluck Whisky, drehte sich zu seinen Söhnen um und sah sie durch die Flammen des Lagerfeuers hindurch an. »Was hasst ihr denn, Jungs?«, fragte er.

Aubrey und Horace wechselten einen Blick, und jeder kannte die Antwort des anderen, doch keiner sprach sie aus.

Mit der Zeit fing Arthur Hook an, sogar das Gold zu hassen, das er so verzweifelt suchte. Er begann, die Berge zu hassen, die das verhasste Gold vor ihm verbargen. Er hasste die Hügel und die Täler und die Bergketten, die ihm ihre goldenen Geheimnisse nicht preisgaben. In den Pubs von Darwin tuschelte man über Tom Berrys Erfolge in den Goldfeldern, und da packte ihn die Wut, und er verfluchte die Erde, die einem arglistigen Menschen wie Tom Berry so gewogen war, und einen anständigen, hart arbeitenden Goldgräber wie Arthur nicht belohnte.

Er hieb mit seiner Spitzhacke auf die Berge ein, und jeder zornentbrannte Schlag war für ihn ein Akt der Rache. Andere Goldsucher missbilligten seine Rücksichtslosigkeit. Er riss tiefe Gräben in die Erde, nahm sich aber nie die Zeit, die Löcher, die er grub, wieder zu füllen, und ließ einen verwundeten Berg zurück. Wenn ältere Goldsucher an seinen Gruben vorüberritten, schüttelten sie nur die Köpfe. »Der Berg wird es ihm eines Tages heimzahlen«, unkten sie, denn die älteren Goldgräber wussten, was die Schwarzen wussten, über die Berge und die Erde hier im Northern Territory. Der Berg fühlt etwas. Etwas Geheimnisvolles. Und er belohnt den Goldgräber, der dasselbe fühlt, und er bestraft denjenigen, so flüsterte man am Lagerfeuer, der diese Geheimnisse nicht achtet.

Hass brachte Arthur Hook dazu, mit seinen Söhnen tief in den Busch jenseits von Marrakai Crossing zu reiten, östlich des ergiebigen Mount Bundey und der nahe gelegenen Goldmine von Rustler's Roost, und nach der in Vergessenheit geratenen und fast schon legendären Black-Leg-Mine zu suchen. Der Name stammte von ihrem einstigen Besitzer, Percy »Black Leg« Gould, einem gestandenen Goldsucher, der sich mit zweiundzwanzig Jahren das linke Bein in einem Graben unter einem Felsklotz eingeklemmt hatte. Als man Percy endlich fand, war sein Bein schon schwarz und brandig, und es musste amputiert und durch einen Holzpflock ersetzt werden, auf dem er noch vier Jahrzehnte humpelte, bis er in den Bergen zwischen der Rustler's-Roost-Mine und Mount Ringwood verschwand, irgendwo am Margaret River. Er hieß, in der Black-Leg-Mine schlummerten sagenhafte Schätze, die nur auf denjenigen warteten, der kühn oder töricht genug war, sich durch ihren brüchigen und launenhaften Fels zu hacken.

Schließlich fand Arthur Hook einen Stollen, den er für die Black-Leg-Mine hielt. Zuvor waren er und seine Söhne auf einen gewagten Klippenpfad rings um die Dead Bullock Needle geritten, einen natürlichen, rund fünfzig Meter in den Himmel ragenden Obelisken, den entlaufene und verirrte Kühe und Schafe seit Jahrhunderten vergeblich zu umrunden versuchten, was zur Folge hatte, dass ihre Knochen in einer etwa hundert Meter tiefen Schlucht unter dem von Felskanten umsäumten Obeliskensockel zwischen den Stämmen heimischer Bäume vor sich hin rotteten. Jenseits des Obelisken gelangten die Hooks über einen gewundenen und verwucherten Weg, nicht breiter als ein Pferd, zum Eingang einer Mine, einer tiefen Grube, in der eine lange Leiter mit rund vierzig Sprossen stand. Mit einer Laterne kletterte er hinab und folgte einem Tunnel bis zu einer Felswand, die von einer dicken weißen Quarzader durchzogen war. Und der Anblick dieses Quarzes jagte Arthur Hook einen kalten Schauer über den Rücken. Er wusste, was dieser Schauer zu bedeuten hatte. Gold.

Er erklärte seinen Söhnen, dass sich vor Jahrmillionen Flüssigkeiten im Gestein verfestigt und freie Goldkörner und -nuggets darin eingeschlossen hätten, und dass diese goldführenden Quarzadern seither nur darauf gewartet hätten, von den Hook-Jungen gefunden und ausgegraben zu werden, um damit ein Vermögen zu machen. »Das ist wie ein riesiger alter abgeschlossener Banktresor da unten«, sagte Arthur Hook und hob seine Spitzhacke, »und wir haben den Schlüssel.«

Und Arthur Hook drosch auf diese unterirdische Felswand ein, als wäre sie das Gesicht von Tom Berry höchstpersönlich. Er zerhackte, zerschlitzte und zerschmetterte es. Drei Wochen am Stück bearbeiteten er und seine Söhne diese Wand. Aubrey und Horace wuchteten Eimer voll abgebautem Erz die Leiter hoch und hinüber zu einem nahe gelegenen Bach, wo sie die Steine vorsortierten, die vielversprechendsten Reste wuschen und die leichteren Sedimente den Bach hinunterschwimmen ließen, in der Hoffnung, das schwere Gold bald in den dreckigen Böden ihrer Pfannen funkeln zu sehen. Doch dieses Gold wollte sich partout nicht zeigen, und im Inneren von Arthur Hook begann es immer mehr zu brodeln. »Wo bist du?«, schrie er. »Wo bist du?« Sein Pickel jagte wieder und wieder durch die Luft, und die Muskeln an seinem drahtigen Gerippe und seinem abgezehrten Körper rissen, und er hustete und spie von all dem Steinstaub, den er in die Lungen sog.

Es war Aubrey, der ihn warnte, dass er der Felswand zu sehr zusetzte, zu schnell sei, der ihm sagte, er würde dem Berg nicht den gebührenden Respekt erweisen. Dass er zu rücksichtslos sei. Zu hungrig. Zu rachsüchtig. Dass sie sich zu rasch durch den Tunnel vorarbeiteten und die Decke ihres Stollens nicht ausreichend mit Holzgerüsten sicherten. Doch sein Vater hörte nicht auf ihn, konnte nicht auf ihn hören, denn sein Vater war längst jemand anders. Er war jetzt ein Mann mit einem gelben Leuchten in den Augen, Feuer in den Augen, Gold in den Augen. Die Gier nach

Gold hatte ihn übermannt. Der Hass auf Gold. Die Unbedingtheit des Ganzen.

Und Aubrey war es auch, der mit dem Erzeimer im Stollen stand, gut zwei Meter hinter dem dreschenden Schürfhammer des Vaters, als sechs Meter unbefestigter Gesteinsdecke auf Sohn und Vater niedergingen. Aubrey sah als Erster, wie die Tunneldecke nachgab, und er hatte noch genügend Zeit, sich umzudrehen und hinzukauern, den Kopf im Schoß, die Arme schützend über seinem Schädel, und sich für den Einsturz zu wappnen. Zwei große Felsbrocken verkeilten sich und schufen einen Hohlraum rings um sein Gesicht, das fest zu Boden gedrückt wurde, und grauer Felsstaub und Geröll lasteten schwer auf seinem Rücken, und ganze drei Minuten lang atmete er so kurz wie möglich, während er wartete, dass das bisschen Sauerstoff in dieser kleinen Lufthöhle aufgebraucht war, und in seinen letzten Augenblicken unter der beängstigenden Trümmerdecke stand ihm das Einzige vor Augen, was ihm im Leben etwas bedeutete.

Es war ein Mädchen. Ihr Bild schoss ihm in den Kopf. In einem weißen Kleid tanzte sie auf dem Schulball dieses Sommers. Violet Berry, die jugendliche Tochter von Tom und Bonnie Berry. Violet Berry mit den braunen Locken, den blauen Augen und dem tiefroten Lippenstift. Violet Berry, mit der er unter keinen Umständen reden durfte, was ihm ganz recht gewesen war, wusste er doch immer, dass sie ihn blenden und ihn taub und stumm machen würde, wenn er diesen blauen Augen auch nur einen Schritt zu nahe käme. Ein Engel, viel zu zauberhaft, um ihm auch nur Hallo zu sagen, geschweige denn, ihn zum Squaredance aufzufordern. Doch jetzt, wo er dem Tod so nahe war, hatte er den Mut, sich einen Schwur aufzuerlegen: Wenn ich diesen Einsturz überlebe, dachte er, dann werde ich Violet

Berry fragen, ob sie an einem Sonntagnachmittag mit mir ausreiten will.

Und dann vernahm er eine Schippe auf dem Geröllhaufen über sich. Er spürte, wie ein Felsbrocken nachgab und der Druck der Steinmassen auf seiner Brust schlagartig nachließ. Dann wurde noch ein Steinklotz weggezogen, und eine Schaufel grub sich fieberhaft in das Geröll, scharrte, hievte Steine fort und nahm zunehmend das Gewicht von Aubreys Körper. Bald schon war die Erde über ihm so lose, dass er die Finger seiner rechten Hand nach oben durch die Erdschicht recken konnte, wo sie auf andere Finger trafen. Die Hand seines Bruders. Und Horace zog mit aller Kraft, zerrte so fest am Arm des großen Bruders, dass Aubrey fast glaubte, er würde ihn ihm ausreißen.

Horace zog und zog, und bald schon konnte er im Schutt den Schopf des Bruders sehen, grau vom Felsstaub eingefärbt. Dann sah er sein Gesicht, so grau, dass es fast schien, als wäre Aubrey unter dem Geröll zu Stein geronnen. Am Ende kam sein Bruder ganz hervor – mit den tiefen Luftzügen eines Vampirs, der fünf Jahrhunderte in seinem Sarg gefangen war. Horace fiel neben seinem hustenden und keuchenden älteren Bruder auf den Hintern, und die zwei Jungen starrten auf die undurchdringliche Schuttwand vor ihnen, als beiden klar wurde, dass sie nun nach ihrem Vater würden graben müssen, der irgendwo dahinter lag.

Aber irgendetwas Rätselhaftes hielt sie davon ab, nach ihren Schippen und Hacken zu greifen. Eine geheimnisvolle und mächtige Kraft, die sie durchströmte, etwas, das sie nie wieder unterschätzen sollten. Hass.

*

Auf dem Armeelaster, rücklings zwischen dem menschlichen Geröll blutüberströmter Körper, wacht Aubrey Hook mit einem tiefen und geräuschvollen Atemzug auf. Kurz hebt er die Brust, fällt dann schmerzhaft wieder auf die harte Ladefläche. Er ist benebelt und benommen. Schaut sich um. Männer und Frauen. Viele davon Soldaten. Einige sind während der Fahrt gestorben. Augen und Mund noch immer geöffnet. Die Hand auf dem Herzen.

Der Laster holpert über die unebenen Straßen, fährt, so schnell es geht. Dann bremst er und kommt schlitternd vor dem Cullen-Bay-Zivilkrankenhaus zum Stehen. Zwei Soldaten mit nacktem Oberkörper klappen die Heckklappe herunter und fangen an, die schlaffen Körper auf Krankentragen zu wuchten. Mehr Soldaten eilen herbei, greifen nach den Händen und Fußgelenken Toter und Verletzter. Aubrey steht auf. Ihm schwirrt der Kopf, doch zu seiner Überraschung kann er tatsächlich wieder laufen, also torkelt er nach vorne bis zur Kante und gleitet von der Pritsche.

»Sie müssen sich wieder hinlegen, Mister«, sagt ein junger Soldat, der gerade den Leichnam einer alten Frau vom Laster hievt.

Aubrey sagt nichts. Er keucht einen Mundvoll Blut hervor und spuckt ihn neben seine Stiefel, blickt an sich hinab auf sein verdrecktes Hemd, zerfetzt und blutbespritzt vom Bombeneinschlag. Er schlurft vom Laster fort, wendet sich zum Krankenhauseingang, durch den Schwestern und Polizisten einen schlaffen Körper nach dem anderen zur Unfallstation tragen. Überall ringsum hektisches Treiben, und er ist so langsam. Ein Fuß nach dem anderen. Er muss sein Gleichgewicht wiederfinden. In seinem umnebelten Kopf sucht er fieberhaft nach einem Ziel. Was ist gerade geschehen? Wo wollte er hin? Was muss er jetzt tun? Ein Bild kommt ihm in den Kopf: Molly Hook und Greta Maze. Sie stehen über ihm. Das braunhaarige Totengräbermädchen und die blonde Schauspielerin.

Unter einer Plane vor der Klinik steht ein provisorisches Versorgungszelt. Eine Krankenschwester gibt Wassersäcke an Soldaten aus. »Ich brauch zwei«, sagt Aubrey leise, das Sprechen strengt ihn noch so an, dass sein ganzer Körper schmerzt. Neben dem Tisch der Schwester steht ein Holzeimer mit Obst. Aubrey nimmt sich eine Banane und zwei große orangerote Mangos. Er setzt sich auf den Bordstein vor dem Krankenhaus und trinkt gierig, schlägt die Zähne in die Schale einer Mango wie ein tollwütiger Hund und presst das Gesicht fest ins saftig-weiche Fleisch der Frucht. Ist nur noch Tier. Nur noch Instinkt. Eine Bestie ohne Vergangenheit. Eine Bestie mit nur einem Ziel. Das Totengräbermädchen und die Schauspielerin zu finden.

Ein olivgrüner Ford A biegt in die Einfahrt vor dem Krankenhaus. Der Fahrer steigt aus, hastet um den Wagen zur Beifahrertür, packt einen Verwundeten im Anzug und hievt ihn mühsam aus dem Sitz. Aubrey erkennt ihn. Der Fahrer ist Frank Roach, einer der Geschäftsführer der Bank von New South Wales in der Smith Street. Frank Roach ringt nach Luft, während er seinen Freund an den Achseln packt und schnaufend Richtung Eingang schleift. Roach sieht Aubrey, der ihn vom Bordstein aus beobachtet. »Hock doch nicht einfach nur da, Mann«, brüllt er. »Hilf mir, verdammt noch mal.«

Aubrey schlurft lustlos hinüber, nimmt die Beine und hilft ihm, den Mann auf eine Trage am Klinikeingang zu legen.

»Danke«, sagt Roach atemlos zu Aubrey, der ihm nur stumm zunickt. Roach folgt zwei Soldaten, die den Verletzten ins Gebäude auf die Unfallstation tragen.

Aubrey dreht sich um und stapft zurück zu den Früchten und den Wassersäcken am Straßenrand. Dann marschiert er wie selbstverständlich zur Fahrertür von Frank Roachs Ford. Er lässt den Motor an, keucht einen weiteren Schwall Blut empor und spuckt ihn aus dem Fenster. Ist nur noch Tier. Er tritt das Gaspedal bis auf den Boden durch, und der Fahrtwind, der durchs offene Fenster weht, erfrischt ihn. Doch es ist etwas viel Rätselhafteres als Wind, das ihn am Leben erhält, ihn in seinem letzten kleinen Hohlraum tief unter der Erde weiteratmen lässt. Etwas Gefährliches und Kraftspendendes, das ihn von innen antreibt. Und während der Ford in Richtung Süden aus der Stadt jagt, geht ihm auf, um welche Kraft es sich in Wahrheit handelt. Vor langer Zeit schon hatte er gelernt, ihre Macht nicht zu unterschätzen.

Jetzt ist er nur noch Tier. Nur noch: Hass.

NEUN NÖRDLICHE
DINGOS

Ihre Schnauze ist fleckig vom Magenblut des Wallabys, das sie gestern gefressen hat. Sie bellt nicht, sie heult, und dieses Heulen lässt die Jüngeren im Rudel wissen, dass sie Platz zwei der Rangfolge belegt, direkt nach ihrem Partner, dem Alphatier, der vor ihr läuft. Ihr Fell ist feuerfarben, die Behaarung ihrer Tatzen jedoch weiß wie Schnee. Sie spürt, dass sich im Rudel Zwietracht breitgemacht hat. Die Trockenzeit war mager, und sie musste die neugeborenen Welpen einer anderen Mutter aus dem Rudel totbeißen, sowohl um die eigene Autorität zu wahren als auch um sicherzustellen, dass die vom Rudel erlegte Beute länger ausreicht. Fast den ganzen Tag ist sie durch die sumpfigen Marschwiesen gestapft, sie ist hungrig und erschöpft und will nach Hause.

Doch dann hält ihr Partner vor ihr hinter einem Dickicht aus violetter Südseemyrte plötzlich an, also schnaubt sie zweimal auf, und auch der Rest des Rudels bleibt sofort stehen. Leise schleicht sie so weit zu ihrem Partner vor, bis ihre Nase sein rechtes Hinterbein berührt. Sie ist zwar alt, doch jünger als er und ihre Augen besser, und sie sieht sofort, worauf sein Blick sich richtet. Eine große Wiese voller Buschapfelbäume, wie keiner von ihnen sie je zuvor gesehen hat. Die Bäume sind so üppig behangen und stehen derart eng zusammen, dass die Früchte an den Ästen ein gewaltiges rotes Apfeldach gebildet haben, unter dessen Schutz sich eine kleine Herde wilder Wasserbüffel ausruht.

Sie schnurrt ihren Partner leise an, um ihm zu sagen, dass auch sie das Büffelkalb gesehen hat, das aus einer kleinen Wasserlache etwas abseits von der Herde trinkt.

Sie kann den Kopf so weit herumdrehen, dass sie fast direkt nach hinten schaut, und rührt nicht einmal die Pfoten, als sie dem Rest der Meute das Zeichen zur Jagd gibt.

STRASSE
DER TRÄNEN

Volle Fahrt. Kein Zurück mehr, Molly, sagt sie sich. Zum ersten Mal in deinem Leben geht es nur vorwärts. Du hast zwar eine Kupferpfanne mit eingeritzten Anweisungen, aber jetzt geht es nur noch in eine Richtung. Von hier nach dort. Molly zu Bob. Kein Zurück.

Eine Allee aus cremefarbenen rosa Salmon Gums, wie überall im Northern Territory, und dazwischen ein roter Pritschenwagen auf einer schmalen, feuchten Straße voller Schlaglöcher und tiefer Pfützen. Links hinter den Bäumen verläuft die Bahnlinie, die südwärts bis nach Alice Springs führt. Volle Fahrt. Schicksal. Sie kann es spüren. Jeder Augenblick in ihrem Leben war nur dazu gedacht, das Totengräbermädchen genau hierher zu bringen – in ein schnelles Auto mit der Schauspielerin.

»Schneller«, sagt Molly.

»Willst du fahren?«, entgegnet Greta und lenkt den Wagen im Slalom durch einen Parcours aus Schlaglöchern. An einer überschwemmten Kreuzung hält sie an.

»Wir schaffen es da durch«, sagt Molly.

»Was macht dich da so sicher?«, fragt Greta.

»Weil es unser Schicksal ist, da durchzukommen«, sagt sie.

»Wir sind gerade erst am Anfang. Völlig unmöglich, dass

die uns jetzt schon aufhalten, wo wir doch gerade erst losgelegt haben.«

»Wer sind ›die‹?«

»Alle anderen«, antwortet Molly. »Eben *alles*.«

Greta steigt aufs Gas, und der Truck setzt sich in Bewegung, versinkt bis über die alten abgefahrenen Reifen und den halben Kühlergrill im breiten Streifen Flutwasser. Greta gibt mehr Gas, hält das Lenkrad gerade, und Molly klopft ihrer Fahrerin aufmunternd auf die Schulter. »Fast geschafft«, sagt sie. »Fahr weiter.«

Erst scheint der Wagen stecken zu bleiben, doch Greta tritt noch fester aufs Pedal, bis die Reifen schließlich greifen und der Truck von der überschwemmten Kreuzung schlingert. Molly klatscht.

»Reichst du mir mal die Kippen, bitte?«, fragt Greta.

Molly schüttelt eine Zigarette aus Gretas Packung, reißt selbstbewusst ein Streichholz an, das beim zweiten Versuch Feuer fängt. Dann reicht sie die glühende Zigarette Greta, die sie sogleich im linken Mundwinkel unterbringt, wo alle Zigaretten, so denkt Molly, ja anscheinend hingehören.

»Brauchst du sonst noch was?«, fragt Molly. »Ich hab Essen und Wasser.«

Greta dreht sich zu Molly um. Hebt zweifelnd die Augenbrauen. »Wir werden noch viel mehr von beidem brauchen, weißt du«, sagt sie.

»Ich weiß«, sagt Molly. »Ich weiß, wie man an mehr von beidem rankommt.«

»Noch mehr Tipps von deinem Liebsten, Tyrone Power?«

»Er ist nicht mein Liebster«, sagt Molly.

»Ach, nein? Ich dachte, ihr beide wolltet zusammen durchbrennen?«

Molly schüttelt den Kopf. Schaut aus dem Fenster. Zwei saphirblaue Schmetterlinge flattern tänzelnd um einen Leichhardtbaum, mit dessen glänzend-grünen Blättern sich Molly im Hochsommer Luft zufächeln könnte, und den kugelrunden Blüten, die wie geschälte Apfelsinen aussehen, die auf Lutscherstielen sitzen.

»Und wann kommt jetzt diese Abzweigung?«, fragt Greta.

»Bald«, sagt Molly.

»Lies mir doch die Inschrift auf der Pfanne noch mal vor«, sagt Greta.

Molly muss sie nicht vorlesen. Sie kennt die Inschrift auswendig. »Ich werde kürzer, je länger ich steh«, sagt sie auf. »Und das Wasser fließt zum silbernen Weg.« Dann schnaubt sie. Irgendwas steckt ihr in der Nase, ein getrockneter Klumpen Blut, ein Brocken Erde. Asche womöglich.

»Warum hat er diese Wegbeschreibung in Rätseln verpackt?«, fragt Greta genervt. »Wieso hat er nicht einfach draufgeschrieben, wo das verdammte Gold liegt?«

»Weil diese Rätsel nur für ihn bestimmt waren«, sagt Molly. Sie schnäuzt sich in die hohle Hand. »Er wollte nicht, dass andere wissen, was er damit meinte. Aber vielleicht sollte meine Mum es wissen. Und vielleicht sollte ich es auch eines Tages wissen, und er wusste, dass wir beide es verstehen würden. Wir würden verstehen, was er meinte, weil wir die Welt auf dieselbe Weise sehen, wie auch er sie sah. Weil wir poetisch sind.«

Molly bohrt sich den halben Zeigefinger in die Nase.

»Du bist poetisch?«, stutzt Greta.

»Klar, poetisch und anmutig, so wie meine Mum es mir beigebracht hat«, sagt Molly und wendet sich von Greta ab, als sie sich einen großen schwarzen Rotzklumpen aus der Nase popelt und lässig aus dem Fenster schnippt.

Greta schüttelt den Kopf. »Bist du dir sicher, dass du weißt, wo's langgeht?«

»Klar«, sagt Molly. »Bist du dir sicher, dass du mitkommen willst?«

Greta schenkt ihr ein halbes Lächeln, der Blick noch immer auf der schmalen Fahrbahn, die sich jetzt um eine Reihe baumhoher Banksien windet, deren protzig tieforange Blüten Molly an dicke fette Raupen erinnern, die zu viel Fusel intus haben, weshalb sie auch planlos über die farnartigen Blätter kriechen.

»Warum bist du zurückgekommen, um mich zu holen?«, fragt Molly.

»Weil du mich zu diesem riesigen Haufen Gold führen wirst«, sagt Greta. »Und dann flieg ich weg nach Hollywood, wie du gesagt hast.«

Molly grinst mit geschlossenem Mund. »Ich glaub, du bist noch wegen was anderem zurückgekommen«, sagt sie. Das Totengräbermädchen dreht den Kopf, um Gretas Gesicht genauer zu studieren, und beobachtet seine Fahrerin dabei, wie sie fest an ihrer Kippe zieht, und dann schaut es vorbei an Gretas makellosem Profil, dem blauen und geschwollenen linken Auge, der Silhouette ihrer Stirn und dem geraden Nasenrücken hin zu einer Baumreihe auf der rechten Straßenseite, und zwischen diesen Bäumen rührt sich etwas. Etwas Schwarzes, Schnelles. Vier Beine. Lange schwarze Hörner. Dann bricht noch etwas anderes aus den Bäumen hervor. Etwas, das ihm hinterherjagt.

»Pass auf!«, kreischt Molly.

Greta schnellt herum, gerade rechtzeitig, um zu sehen, wie neun große Wasserbüffel in blinder Panik durchs Gestrüpp auf die enge Piste donnern. Dahinter erhascht Molly ein Flirren gelblich roten Fells. Zwei rasend wilde Dingos, die dem kleinsten Büffel der Herde hinterherjagen.

Einer der Büffel kommt auf der unebenen Straße ins Rutschen und kracht ungebremst in Gretas Wagentür, Hörner auf fahrendem Metall. Der gewaltige Aufprall bringt Greta dazu, das Lenkrad scharf nach links zu reißen, und der Wagen schlittert über die glitschige Lehmstraße, dann zerrt sie das Steuer nach rechts und bringt das Fahrzeug gerade wieder in die Spur, als ein weiterer schnaubender Büffel vor ihr über die Fahrbahn prescht.

Greta reißt das Lenkrad sofort wieder nach rechts, sodass der Truck die steile Böschung hinab in Richtung einer kleinen Gruppe Eukalyptusbäume rast, stemmt sich dann mit aller Macht aufs Bremspedal, und der Lieferwagen schlittert übers nasse Gras, bis er mit Karacho in die Bäume kracht, wenn zum Glück auch nicht so rasch, dass Mollys Stirn gegen die keine zehn Zentimeter entfernte Windschutzscheibe knallt.

Die Büffel stampfen weiter durch das dichte Buschwerk auf der linken Straßenseite, und Gretas Kopf wippt vor und zurück, von dem, was eben gerade passiert ist, so verstört, dass sich ihre Finger noch immer fest ums Lenkrad krallen.

Sie senkt den Kopf. Holt tief Luft.

Dann sagt sie: »Versteh ich das richtig: Wir haben gerade einen Luftangriff der Japsen überlebt, nicht?«

»Das stimmt«, sagt Molly.

»Dann sind wir zu einer Schatzsuche aufgebrochen?«

»So war's.«

»Dann hat uns eine Herde wilder Wasserbüffel angegriffen?«

»Na ja, *angegriffen* würde ich es nicht gerade nennen«, beschwichtigt Molly. »Aber man könnte durchaus sagen, dass an die zehn Wasserbüffel auf uns *losgegangen* sind.«

»Und was machen wir jetzt?«, fragt Greta.

»Jetzt laufen wir.«

Molly schnappt sich Bert die Schaufel und den Tragegurt des Seesacks. Dann klettert sie aus dem Wagen, schließt die Tür, dreht sich um und sagt durchs offene Fenster: »Ich bin froh, dass du zurückgekommen bist, Greta.«

»Ich wünschte, das könnte ich auch behaupten, Molly«, sagt Greta und stützt den Kopf in die Hände.

»Ich weiß, warum du zurückgekommen bist, Greta.«

»Ach, wirklich?«, erwidert Greta und massiert sich ihre gezerrten und gestauchten Halsmuskeln.

»Du hast dir Sorgen um mich gemacht«, sagt Molly. Und der Gedanke lässt das Totengräbermädchen lächeln, während es die enge Straße entlangschlendert.

Greta beobachtet das Mädchen jetzt durch die zwei gewölbten Sprünge, die sich quer über die Scheibe ziehen. Dieses seltsame Mädchen. All die finsteren Dinge, die es heute schon erlebt hat. Und sie fragt sich, welche geheimnisvolle unbändige Kraft dieses Kind durchströmen muss, die es dazu bringt, zu tun, was es da vorne auf der Straße eben tut.

Das Totengräbermädchen hüpft.

*

Eine menschenleere Lehmpiste zwischen Wänden dichter Banksien mit pelzig-gelben Blüten, die aus ihren Ästen sprießen wie heiße buttergelbe Maiskolben, daneben tief hängende Kajeputbäume, die ihre Trauer mit cremeweißen Blüten öffentlich zur Schau stellen und die Molly an Greta Garbos Wimpern erinnern, wenn die in Hollywood-Verzweiflung klimpern.

»Warst du schon mal so tief im Busch?«, fragt Molly, die Bert die Schaufel jetzt als Wanderstock benutzt.

»Bisher nicht«, antwortet Greta und schaut hinab zu ihren Sattelschuhen, auf denen sich nun zusehends mehr aufgespritzter Straßenmatsch ansammelt.

»Du wirst es lieben«, sagt Molly. »Da gibt's so viel zu entdecken. Wenn du erst mal richtig drin bist, ist es wie eine andere Welt. Eine Welt voller Magie, Greta. Du fängst an, die Dinge so zu sehen, wie Tiere sie sehen.«

»Klingt, als wärst du schon ziemlich oft im Busch gewesen«, sagt Greta.

»Klar«, sagt Molly und stapft weiter. »In meinem Kopf schon.«

Stumpfes mühsames Marschieren. Molly kennt das Geheimnis einer Buschwanderung. Denk nie an dein Ziel. Denk nur an die Luft in deinen Lungen, die Bewegung deiner Arme und Beine. Sie haben einen ganz eigenen Rhythmus, und wenn du den einmal gefunden hast, kannst du dich von ihm auf ewig weitertragen lassen. Sie liebt das Rätsel des Wanderns. Je mehr Schritte man macht, desto mehr lässt man zurück. Und Molly schaut sich um und sieht, wie sich ihre Schritte so weit hinziehen, wie sie auf der Straße blicken kann, die sich hinter ihr durch Wände aus Ironbark-Bäumen windet. Denk nicht an das Ziel. Denk an den Rotschwanz-Rabenkakadu da oben in dem Eukalyptusbaum mit seinem scharlachroten Streifen unter den Schwanzfedern, als würde er von Flammen in die Luft katapultiert. Und staune darüber, wie er durch den Himmel flattert. Er gleitet nicht wie Falken oder Drachen; seine Flügel leisten harte Arbeit, als würde dieser Vogel mühsam durch die Lüfte paddeln, stromaufwärts durch den Himmel rudern.

»Kakadu«, sagt Molly und deutet auf den Vogel.

»Wow«, erwidert Greta spöttisch und zerklatscht einen fetten Moskito, prall gefüllt mit ihrem eigenen Blut. »Kommt jetzt endlich gleich diese Abzweigung?«

»Jepp«, sagt Molly, doch da weckt schon wieder etwas anderes ihre Aufmerksamkeit, etwas, das auf dem Zweig eines Buschpflaumenbaumes sitzt. »Stabschrecke«, flüstert sie und nähert sich behutsam der sonderbaren Kreatur. Das Insekt ist ebenso strohfarben wie der Ast, auf dem es sitzt. »Unter seinen Flügeln hat dieser Kerl eine wunderschöne Färbung«, erklärt Molly.

»Hör mal zu, Kleine. Willst du etwa an jeder Ecke anhalten und jedes kleine Viech betrachten, das du in den Bäumen findest?«, entgegnet Greta.

»Nur die, die es wert sind, betrachtet zu werden.« Molly strahlt und tritt näher an das Tier heran. »Hast du dich je gefragt, wieso Sachen so sind, wie sie sind, Greta?«, flüstert sie. »Was, wenn dieses Kerlchen genau in diesem Augenblick hier auf diesem Blatt sein sollte? Was, wenn es hierhingesetzt wurde, um dich und mich an etwas zu erinnern.«

»Und woran, bitte schön?«, fragt Greta.

»Vielleicht daran, wie hübsch das alles hier tatsächlich ist«, erwidert Molly. »Wer hat denn überhaupt beschlossen, dass Gold so viel wert ist? Ich würde dieses Kerlchen jederzeit einem Krümel Gold vorziehen.«

Sie pustet sachte auf die Stabschrecke, woraufhin das lang gezogene Insekt Kopf und Schwanz nach oben reckt und mit den Flügeln flattert, was einen Zischlaut produziert, und diese Bewegung erst bringt seinen größten Schatz zum Vorschein, seinen ganzen Stolz: ein leuchtendes Rosarot ganz unten an den Hinterbeinen, einen Farbton, so strahlend und verlockend, dass Molly davon kichern muss.

»Du bist in Ordnung, Kumpel«, sagt sie. »Hab keine Angst. Wir sind's nur. Das ist Greta Maze, und ich bin Molly Hook. Wir sind auf dem Weg in deinen Busch, weil ich Longcoat Bob finden muss. Aber mach dir keine Sorgen wegen uns. Greta und ich, wir sind okay. Wir sind die Guten.«

Das Insekt senkt den Kopf und krabbelt weiter den Ast entlang.

Molly lächelt Greta an und dreht sich wieder Richtung Weg. »Ist nicht mehr weit«, sagt sie.

*

Eine Brücke ohne Geländer, die sich sechs Meter über einen schmalen Süßwasserbach spannt. Die Brücke ist aus morschen und verrottenden Eisenbahnschwellen zusammengezimmert. Molly hält mitten auf der Brücke an, setzt sich auf den Rand einer der Schwellen und lässt die Füße samt den schweren Stiefeln übers Wasser baumeln. Holt ihren Wassersack heraus und lässt sich vier tiefe Schlucke rostigen Darwin-Leitungswassers in den Mund laufen, bevor sie den Sack Greta zuwirft, die sich Wasser übers schwitzige Gesicht spritzt und ein paar erfrischende Züge nimmt.

»Ich werde kürzer, je länger ich steh«, zitiert Molly die Inschrift. Dann öffnet sie mit einem rostigen Dosenöffner eine kleine Dose Ananas, schlürft erst den dickflüssigen Saft, fischt dann die Stücke mit ihren Dreckfingern heraus und schiebt sie sich in den Mund.

Ihr Blick folgt dem Lauf des Bachs, der in einem Tunnel aus grünem Buschwerk verschwindet, in dem sich Lianen, Gestrüpp und hohes Gras zu einer dichten Röhre verwoben haben, die sich in die Finsternis davonschlängelt. Dieser Tunnel, denkt Molly, wäre sogar groß genug, dass der alte Ghan-Express von Darwin nach Adelaide durchfahren könnte.

»Es heißt, dass man weiter flussaufwärts nicht mehr das Geringste sieht«, sagt sie. »Es wird so dunkel, dass man eine

Kerze braucht, um wieder rauszufinden, selbst am helllichten Tag.« Molly dreht sich zu Greta um. »Daher auch der Name. Candlelight Creek.« Sie wendet sich wieder dem Bachlauf zu. »Ich werde kürzer, je länger ich steh.«

Greta nickt, ihr dämmert etwas. »Eine Kerze«, sagt sie.

Molly nickt ebenfalls. »Candlelight Creek. Der Bach führt zum silbernen Weg.«

»Hast du etwa vor, da durchzugehen?«, fragt Greta.

»Das ist der Weg zum silbernen Weg«, sagt Molly.

Greta läuft es kalt über den Rücken. »Ganz schön gruselig«, sagt sie und späht tief in den Tunnel. »Warst du schon mal da drin?«

»Mein Dad hat mir verboten, den Candlelight Creek hochzulaufen«, erwidert Molly.

»Warum?«

»Er hat gesagt, es wäre sehr gefährlich.«

»Was macht es so gefährlich? Was ist da hinten?«

»Keine Ahnung.«

»Was soll das heißen: Du weißt es nicht?«

»Mein Dad hat es mir nie gesagt.«

»Warum nicht?«

»Ich sollte ja nie da langgehen, wieso sollte er mir dann sagen, was da ist?«

Molly steht auf, schnappt sich Bert die Schaufel und rutscht eine steile moosbewachsene Böschung neben der Brücke runter. Darunter ist ein Trampelpfad, der sich direkt neben dem Bach durchs Dunkel windet.

»Vielleicht sollten wir den Wunsch deines Vaters respektieren?«, schlägt Greta vor, die nervös oben auf der Böschung steht.

»Der silberne Weg ist der einzige Weg zu deinem Gold«, sagt Molly. »Und wo auch immer das Gold ist, wird auch Longcoat Bob nicht weit sein, schätze ich.«

Greta stiert tief in den Blättertunnel, spürt ein Kribbeln in den Knochen.

»Hast du Kerzen dabei?«, fragt sie.

*

Das Buschland ächzt und stöhnt. Bald schon sind das Totengräbermädchen und die Schauspielerin so weit den Candlelight Creek hinaufmarschiert, dass sie nicht mehr sehen können, wo der Bach anfängt oder aufhört. Das Wasser ist klar, doch in den Gewölbegang aus Blätterwerk dringt so wenig Licht, dass es schwarz und gläsern wirkt. Der verschlungene Monsunwald beiderseits des Bachlaufs wird immer dichter und verengt sich zu einer Art natürlicher Röhre urwüchsiger Vegetation, die an manchen Stellen gerade einmal drei Meter breit ist. Mühsam staksen sie am Ufer entlang, schlittern über die bemoosten Steine, die das Wasser säumen. Das unablässige ohrenbetäubende Zirpen der Zikaden. Der Geruch von Schlick, Erde und Mangroven.

Greta rutscht auf der glitschigen Brettwurzel eines Satinashbaums aus und landet samt ihrer zunehmend lädierten Sattelschuhe im Wasser der flachen linken Uferseite. Dann greift sie nach Berts Stiel, den Molly ihr entgegenstreckt, und zieht sich wieder aus dem Bach.

»Warum musst du diesen Longcoat Bob eigentlich so dringend finden?«, fragt Greta.

Molly bleibt stehen, denkt kurz darüber nach.

»Ich will ihn bitten, den Fluch von uns zu nehmen«, sagte sie.

Greta braucht einen Moment, um wieder zu Atem zu kommen. »Weißt du, Molly, es gibt schon so was wie echtes Pech, und jeder weiß, dass es manchen Leuten übler mitspielt als anderen.« Sie holt tief Luft.

Molly nickt. »Ich weiß.«

»Meinst du, wir sollten drüber reden, was deinem Dad in Hollow Wood passiert ist?«

Molly dreht sich um, späht den Bach entlang. »Ach nee, ich glaub nicht, dass wir drüber reden müssen.«

Sie marschieren weiter. Jetzt sind sie im dichten Dschungel. Ein geschlossenes Blätterdach aus Palmen, Farnen, wildem Strauchwerk. Würgefeigen, die in den Astgabeln von Bäumen keimen, ihre Luftwurzeln um die Leben spendenden Wirte schlingen und diese schleichend umbringen. Ranken und Kletterpflanzen verschmelzen im Dunkeln zu Ungeheuern, die sich etwas zuzuraunen scheinen. Molly kann hören, wie sie über das Totengräbermädchen reden und über alles, was sie in ihrem kurzen Leben schon gesehen hat, und darüber, warum sie wohl den Candlelight Creek so weit heraufgewandert ist, und über ihren sorgenschweren Vater, den guten und zugleich auch schlechten Menschen, der jetzt verkeilt in der Gabel eines Baumes hängt, und dessen abgefetztes Bein jetzt neben einem Plumpsklo liegt. Armes kleines Totengräbermädchen.

»Meinst du, Onkel Aubrey lebt noch?«, will Molly wissen.

Greta stapft träge am Bachrand entlang, zupft sich einen stachligen Farnwedel aus dem Gesicht und sagt: »Ich fürchte, um deinen Onkel totzukriegen, braucht es schon mehr als einen Weltkrieg.«

»Halt«, sagt Molly.

»Was?«

Molly erstarrt. »Nicht bewegen«, flüstert sie. Lugt weiter angestrengt den Bach entlang. »Siehst du's? Da vorne. Augen im Wasser.«

Greta streckt den Hals, um noch ein Stückchen weiter sehen zu können. Zuerst hält sie es für einen Baumstamm.

Dann zwinkern im glasklaren Wasser zwei milchig weiße Augen.

»Scheiße«, flucht Greta.

Die Augen tauchen unter und kommen kurz darauf wieder zum Vorschein, jetzt noch ein Stück näher bei Molly und Greta, die regungslos am Ufer stehen.

»Krokodil«, wispert Molly. Der Körper des Reptils ist jetzt deutlich zu erkennen. Über drei Meter lang, die Hälfte davon Schwanz. Grünbraune Schuppen, die im Wasser schimmern, eine Melange aus Farben wie im Inneren von Edelsteinen; die Haut, so urzeitlich und erdgeboren wie die alten Steine, die Molly weit unten in der Friedhofserde findet. Eine lange Schnauze, ein breiter Kiefer und eine Reihe blutbefleckter, kegelförmiger Zähne – Zähne, um damit Eidechsen, Fledermäuse, Ratten und Wallabys zu beißen und auch Totengräbermädchen, die sich zu weit von Darwin wegtrauen. Dann taucht ein zweites trübes Augenpaar hinter dem Leitkrokodil empor und schließlich noch ein drittes hinter diesem.

»Siehst du die?«, fragt Greta bange. »Wir müssen umkehren, Molly.«

»Warte mal«, sagt Molly. »Das sind Freshies – Süßwasserkrokodile. Die sind nicht wie Salzwasserkrokodile. Die greifen nicht sofort an. Freshies sind …« – sie sucht nach dem richtigen Wort – »anmutiger.«

»Was faselst du da?«, antwortet Greta. »Anmutig? Lass uns verdammt noch mal von hier abhauen.«

»Sam sagt, er spricht mit diesen Burschen«, sagt Molly.

Das Leittier plustert seinen Körper auf. Ein Warnsignal: Geht zurück, woher ihr gekommen seid.

»Das ist alles Longcoat Bob«, sagt Molly. »Er hat diese Kerle hierhergeschickt, um uns Angst zu machen. Er will nicht, dass wir weitergehen.«

»Mol, ich glaub, du redest kompletten Unsinn, Kleine«, sagt Greta. »Gehen wir zurück.«

»Das ist kein Unsinn«, sagt Molly. »Hast du dich denn nicht gefragt, warum all diese Wasserbüffel auf uns losgegangen sind? Die hat Bob uns auch geschickt.«

»Sie hatten vor irgendetwas Angst und sind davor weggerannt«, meint Greta. »Und weißt du was, Molly? Das ist die ganz normale Reaktion, wenn man vor etwas Angst hat. Zum Beispiel, sagen wir mal, wenn einem mitten im gottverfluchten Candlelight Creek drei ausgewachsene Krokodile entgegenkommen! Hauen wir ab, Molly.«

»Ich geh nicht zurück«, sagt Molly. »Das ist genau das, was Longcoat Bob will. Er will, dass wir beim ersten Hauch von Gefahr die Beine in die Hand nehmen. Nope. Sorry, Bob, nicht mit mir.«

Die Krokodile kommen näher, die schlanken Körper winden sich verstohlen durch das schwarze Wasser. Molly packt Bert die Schaufel. Dann spricht sie mit den Krokodilen. »Ich heiße Molly Hook, und das hier ist Greta Maze«, erklärt sie. Die drei Krokodile halten an, stehen regungslos im Wasser und beäugen die zwei Menschen. »Greta ist eine begnadete Schauspielerin, die es eines Tages bis nach Hollywood bringen wird. Ich bin nur ein Mädchen aus Darwin, und ich suche hier draußen nach Longcoat Bob.«

Molly wartet, dass die Krokodile etwas antworten, doch die bleiben stumm. »Die Japsen haben Darwin in Grund und Boden gebombt.« Sie holt tief Luft, überlegt, was sie ihnen noch erzählen kann. »Die haben meinen Dad in Stücke gefetzt. Ich hab ihn in einem Baum gefunden. Die Bombe muss ihn richtig in die Luft geschleudert haben.«

Greta geht jetzt näher an Molly heran. Legt dem Mädchen die Hand auf die Schulter.

»Mein Dad war in Ordnung. Er hatte seine Probleme, aber trotzdem hat er mich geliebt. Da bin ich sicher.«

Molly will vor diesen Krokodilen weinen. Vielleicht ist es ja das, was die Leute meinen, wenn sie von Krokodilstränen sprechen: die Tränen, die du vergießt, wenn du mit Krokodilen über deinen toten Dad redest. Weine, Molly, weine. Sie werden dich durchlassen, wenn du für sie weinst. Weine, Molly, weine. Aber sie kann nicht. Und sie hebt den Kopf zum Himmel, aber so weit oben am Candlelight Creek sieht man keinen Himmel.

»Deshalb will ich Longcoat Bob bitten, dafür zu sorgen, dass all die schlimmen Dinge endlich aufhören, die mir dauernd zustoßen«, sagt Molly. »Und wenn ihr so nett wärt, einfach still zu bleiben und uns durchzulassen, gehen wir den Bach weiter hoch und danken euch für eure Anmut.«

Molly wartet auf eine Reaktion. Die Krokodile rühren sich nicht, und Molly nickt voll Zuversicht. Sie packt den Gurt des Seesacks und zieht ihn sich straff über die Schulter. Dann nimmt sie Bert die Schaufel in beide Hände wie einen Speer und marschiert weiter am Bachufer entlang.

»Geh einfach hinter mir«, wispert sie Greta leise zu. Greta sieht Molly arglos, fast schon lässig, an den Krokodilen vorbeimarschieren und eilt in ihren Fußstapfen hinterher. Ihr Blick wandert instinktiv zu dem Reptilientrio mit den zahnbewehrten Kiefern, das totenstill im Wasser steht, während ihre Augen – drei kalte, gespenstische und milchige Augenpaare mit dunklen Münzschlitz-Pupillen – jedem ungelenken Schritt der Schauspielerin über die glitschigen Ufersteine folgen, die ihre feuchte Heimstatt säumen.

Greta ist so schnell, dass sie Molly schließlich überholt. »Schneller«, sagt Greta. »Schneller.«

✳

Nach vierzig weiteren Minuten Fußmarsch vollführt der Bachlauf eine Rechtskurve, und Greta erhascht am Ende des Tunnels einen kleinen Fleck aus grauem Licht. »Los«, sagt sie. »Wir sind fast draußen.«

Sie eilt mit immer sichererem Schritt das Bachufer entlang. Greta in ihrem smaragdgrünen Sommerkleid, das zu schimmern beginnt, als sie endlich auf eine Lichtung treten, die sich vom Ende des beengten Tunnels bis zu einer riesigen Sumpfebene erstreckt. Die Ebene ist übersät von rosafarbenen und roten Lotosblüten, die sich stramm aus tiefen Wurzelstöcken hochrecken und glatte grüne Blätter über die Oberfläche breiten, so rund und flach, dass sie Molly fast für runde Gehwegplatten hält, auf denen sie selbst über die tiefsten Wasserlöcher laufen könnte.

»Schau dir das an!«, ruft Greta staunend aus. Die Schauspielerin zieht die Schwemmlandluft tief in die Lunge und streckt die Arme Richtung Sonne. Links von ihr ist ein Wasserloch mit Seerosen, so bunt wie in ihren kühnsten Dämmerträumen, makellose goldene Sonnen, die sich mitten aus den lila Blüten in die Höhe recken. Rechts von ihr ist ein Feld voll Indischer Seekannen, deren weiße prahlerische Blüten aussehen wie Straußenfedern aus den Kokosflocken, in denen sie an einem freien Sonntagnachmittag gern ihre frisch glasierten Lamingtons wälzt.

»Was ist das für ein Ort?«, brüllt Greta Molly zu.

Und Molly schreit vergnügt zurück: »Das ist Australien.«

Sie stapfen noch ein paar Kilometer weiter, waten mit schmatzendem Schuhwerk durch dichtes grünes Gras, das so hoch im Wasser steht, dass es Molly fast bis zu den Knien reicht. Wenigstens ist es erfrischend. Greta formt mit den Händen eine Schale und wirft sich drei Ladungen Wasser ins Gesicht. An einem kleinen von Federgras umsäumten Tümpel kniet Molly sich mit der Goldwaschpfanne ihres

Großvaters hin und wäscht die harte Friedhofserde ab, die die geheimnisvolle Inschrift auf dem verbeulten Boden überdeckt.

Greta stellt sich neben sie und trinkt aus dem Wassersack. Molly studiert die Pfanne. Sie ist kleiner, als sie sie in Erinnerung hatte. Sie fährt mit den Fingern über die eingravierten Worte, die ihr Großvater als Gedächtnisstütze für sich selbst dort eingeritzt hat, oder vielleicht, nur vielleicht, auch für seine Tochter oder die Tochter seiner Tochter.

Ich werde kürzer, je länger ich steh
Und das Wasser fließt zum silbernen Weg

Mollys dreckverkrusteter Zeigefinger gleitet die sorgsam gezeichnete Linie entlang, die sich hinab zum runden Boden schlängelt, hin und wieder Links- und Rechtskurven beschreibt und in einer zweiten Wortgruppe mündet.

Westwärts, wohin der gelbe Gabelmann dich führt
Gen Ost des Nachts, wenn der Wald sein Blut verliert

Die Linie sieht aus wie eine Straße und die Worthaufen wie Rastplätze entlang des Weges.

»Diese Goldpfanne habe ich geschenkt bekommen, als ich sieben Jahre alt war«, erzählt Molly. »Meine Mum nannte sie ein Himmelsgeschenk. Sie sagte, es gebe Geschenke, die vom Himmel fielen. Und das hier war so ein Geschenk. Ein Geschenk, das nur für mich vom Himmel fiel, Greta. Ich schaute hoch, und als ich wieder hinsah, war meine Mum im Busch verschwunden, und ich habe sie nie wiedergesehen. Dann habe ich mich umgedreht, und diese Pfanne lag vor meinen Füßen. Ich schätze, sie wollte, dass ich sie bekomme, aber ich weiß nicht, wieso sie das wollte.«

»Vielleicht wollte sie, dass du dir das Gold holst, ganz allein«, spekuliert Greta. »Vielleicht ist diese Pfanne dein Erbe. Sie wollte dir etwas geben, bevor ...« Sie spricht den Satz nicht zu Ende.

»Bevor was?«, fragt Molly.

»Bevor sie weggehen musste.«

Molly kratzt an der Pfanne, taucht sie noch einmal unter Wasser, scheuert mit den Fingern daran herum.

»Ich glaube, sie wollte, dass ich Longcoat Bob finde«, sagt Molly.

Sie tunkt die Pfanne ein weiteres Mal unter, und in der Nachmittagssonne kommt eine dritte Wortgruppe zum Vorschein.

Stadt aus Stein, im Himmel verloren
Der Ort hinter jenem, wo du geboren

Greta kniet sich neben Molly hin, um besser sehen zu können.

»Der Ort hinter jenem, wo du geboren«, überlegt Greta. Sie lässt sich den Reim noch einmal durch den Kopf gehen. »Wo wurde dein Großvater geboren?«

»In Halls Creek, kurz hinter der Grenze, in Westaustralien«, sagt Molly.

»Wo bist du geboren?«, fragt Greta.

»Im Krankenhaus von Darwin, glaub ich, so wie meine Mum«, antwortet Molly.

»Hast du irgendeinen Schimmer, was er damit meint?«

»Noch nicht«, erwidert Molly. »Wir sind noch nicht tief genug im Busch, um das herauszufinden.«

Sie hält die Pfanne noch einmal unter Wasser, scheuert an der Unterseite und hält die Kupferschale wieder in die Sonne. Ihr Zeigefinger zeichnet die neu aufgetauchten

Wörter nach, und ihre Rätselhaftigkeit jagt der Zwölfjährigen einen Schauer über den Rücken.

*Dein sei, was du trägst, trage, was ist dein
Tritt ein in dein Herz aus Stein*

»Und was soll das bedeuten?«, will Greta wissen.

»Das ist das, was Longcoat Bob meinem Großvater mit
seinem Fluch antun wollte«, sagt Molly. »Er sagte, er werde
unsere guten Herzen in Stein verwandeln.« Molly denkt an
den blutroten Stein, der in ihrem Seesack liegt.

»Aber wie sollst du in ein Herz aus Stein eintreten?«,
fragt Greta.

»Keine Ahnung«, sagt Molly. »Vielleicht werden wir das
erst wissen, wenn wir es wissen sollen. Wir müssen dem
Weg folgen. Ein Schritt nach dem anderen.«

Sie fährt mit dem Fingernagel die Linie nach. »Wenn wir
den silbernen Weg finden, folgen wir dem Strich, der hier
runterführt. Und wir halten Ausschau. Ich glaube, mein
Großvater hat die Dinge manchmal so gesehen, wie ich sie
sehe. Vielleicht kann ich ja das sehen, was er gesehen hat,
wenn ich dieselben Dinge sehe.«

Greta zieht die Brauen hoch, nimmt noch einen Schluck
Wasser. »Und was siehst du jetzt, Molly?«

Mollys Blick folgt dem dünnen Rinnsal, das vom Candlelight Creek übrig geblieben ist und sich nun quer durch
die Schwemmebene schlängelt, bis es in einigen Kilometern
Entfernung zwischen zwei aufragenden roten Sandsteinplateaus endet, zwischen denen, wie es scheint, ein tiefer und
geheimnisvoller Canyon klafft.

»Das Wasser fließt zum silbernen Weg«, sagt Molly. »Wir
folgen dem Wasser bis zu diesen Felsen. Der silberne Weg
muss irgendwo da drin sein.«

Dann wendet sie den Kopf zur Sonne. »Aber wir sollten dort ankommen, bevor es dunkel wird.« Sie blinzelt weiter in die Sonne, weil sie am Himmel darunter etwas Silbernes aufblitzen sieht. Mit einer Handfläche an der Stirn hält sie Ausschau nach dem silbernen Funkeln.

»Ein Flugzeug«, sagt Molly.

Greta dreht den Kopf, folgt Mollys Blick. Das silberne Flugzeug kommt näher. Jetzt können sie seinen Motor hören, das unerbittliche Surren seines Frontpropellers. An der Art, wie es in Luftlöchern wippt und flattert, sieht sie, wie leicht und wendig die Maschine ist, sonst jedoch hält sie unverdrossen ihren Kurs, und der führt, wie Molly plötzlich klar wird, direkt auf sie zu. Greta steht auf, starrt entgeistert hoch zum Himmel, als das Flugzeug über ihre Köpfe schwirrt. Dann sieht sie die roten Kreise. Die roten aufgemalten Sonnen unten an den blitzenden Metallflügeln. Ein japanisches Jagdflugzeug. Von Japan über Pearl Harbor und das Geschäftsviertel von Darwin ist es bis hierher geflogen. All das Blau und jetzt das Hornissensummen der stählernen Kampfmaschine, die über ihnen durch den Himmel jagt.

»Das ist ein Japse«, sagt Greta. »Aber was macht der so weit hier draußen?« Das Jagdflugzeug saust weit oben über Greta hinweg, schwenkt dann scharf nach links und fliegt in großem Bogen wieder dahin zurück, wo es hergekommen ist, und Molly und Greta drehen sich im sumpfigen Gras des Schwemmlands im Kreis, ohne das Flugzeug aus den Augen zu lassen.

»Was hat er vor?«, fragt Molly.

»Keine Ahnung«, sagt Greta. Das Flugzeug kommt wieder auf sie zu, diesmal jedoch tiefer. Drosselt die Geschwindigkeit und umkreist Greta und Molly.

»Sollen wir wegrennen?«, fragt Molly.

Greta wirft einen Blick über die Ebene. Nirgendwo auch

nur ein Baum, um Schutz zu suchen. Sie sieht einen ocker-
farbenen Termitenhügel, höher als sie selbst, aber bis dahin
sind es noch gut hundert Meter über offenes Schwemmland.
»Wenn er uns hätte umbringen wollen, wären wir längst
tot«, sagt sie.

Sie wirbelt um die eigene Achse, folgt dem Kampfflieger,
der seine Kreise um die blonde Schauspielerin im smaragdgrün schimmernden Kleid und das Totengräbermädchen im
himmelblauen Kleid dreht, in dem sie, wie sie hofft, eines
Tages mit Sam Greenway, dem gut aussehenden Büffeljäger, tanzen gehen wird. Die Maschine umrundet die beiden
ein weiteres Mal, dieses Mal so nah und tief, dass Greta
direkt ins Cockpit sehen kann. Der Pilot starrt zurück. Er
lehnt sich scharf nach links auf seinen Steuerknüppel, sein
Blick jedoch schert sich nicht um die Flugrichtung, er hat,
so scheint es, nur noch Augen für die Schauspielerin, die
mit ihren durchgeweichten Sattelschuhen tief im sumpfigen
Morast feststeckt.

Greta kann den Mann jetzt gut erkennen. Ein markan-
ter Kiefer unter einer klobigen Fliegerbrille. Eine lederne
braune Fliegerhaube, fellgefüttert und mit Seitenklappen
für die Ohren. Dann scheint der Motor auszugehen, und
das Flugzeug gleitet um sie herum, völlig lautlos, nur die
eiserne Flugmaschine, die im Wind dahinschwebt, und die
Maschine ihres Herzens hämmert rasend in den Tiefen ihrer Brust. Der Pilot hört nicht auf, Greta anzustarren, dann
hebt er zu Mollys Verwunderung auch noch die Brille auf
die Stirn, und aus seinem japanischen Gesicht spricht tiefe
Fassungslosigkeit – er wirkt wie gebannt von der Schauspielerin. Das stumme Flugzeug erinnert Molly an einen
Vogel, einen grauen Brolgakranich mit großen ausgestreckten schwarzen Flügeln, der mühelos am tief hängenden
Himmel auf unsichtbaren Winden gleitet.

Dann springt der Motor knatternd wieder an, und das Flugzeug dreht in die Richtung ab, aus der es gekommen ist, zurück in Richtung Sonne, bevor es abermals einen Bogen macht, diesmal jedoch weiter oben. Es schwingt sich über Greta und Molly in die Höhe, und als sie aufblicken, sehen sie es auf die beiden roten Sandsteinfelsen zujagen.

Greta und Molly schauen staunend zu, wie das Flugzeug auf seinem unergründlichen Kurs auf den roten Fels zurast, und ihre Füße setzen sich fast unwillkürlich in Bewegung, weil der Anblick dieses Silberpfeils im Himmel sie magisch anzieht. Doch dann bleiben sie auf einmal wie angewurzelt stehen, als sie den pilzförmigen Bausch eines Fallschirms samt Piloten aus der Kanzel fallen sehen. Die Maschine rast weiter, während der Schirm trudelnd auf die überschwemmte Ebene zuschwebt. Hinter dem abgesprungenen Piloten rast der Flieger in weitem Bogen auf die zwei Plateaus zu, und er muss wohl über dreihundert Stundenkilometer oder schneller sein, als er gegen eine rote Felsnase kracht und in einem kurz auflodernden Flammenball explodiert.

Molly blickt wieder auf den Piloten, der vom Himmel fällt, und ihre Füße wollen jetzt schneller gehen. Ihre Füße haben ihren eigenen Instinkt, und dem folgt sie.

»Warte, Molly!«, ruft Greta.

»Komm schon, Greta!«, sagt Molly und spurtet über die Schwemmebene. »Er will uns kennenlernen.«

»Er ist ein Japse, Molly«, sagt Greta. »Er ist unser Feind, Molly! Halt an!«

»Er ist nicht unser Feind«, brüllt Molly nach hinten. »Er ist unser Geschenk.«

*

Yukio Mikis Kurzschwert, sein Familienerbstück, steckt in seinem Gürtel. Yukio Mikis braune Fliegerstiefel baumeln kreiselnd in der Luft, als sich sein Schirm trudelnd zu Boden schraubt. Auf dem Boden kann er nichts erkennen, das ihm bei einer sicheren Landung helfen könnte. Nur hohes Gras. Sumpf. Schwarze und dunkelgrüne Tümpel. Lila Blumen. Rote Blumen. Seine braunen Lederstiefel drehen sich im Kreis, und die Welt dreht sich mit ihnen. Dann kracht er in einen dieser Tümpel, so schnell und hart, dass er mit den Füßen bis zum schlammbedeckten Boden sinkt. Unter Wasser ist alles voller Schilf und spitzer Halme, die er nur mit Mühe zur Seite treten kann. Er schluckt Wasser, stößt sich mit rudernden Armen und Beinen wieder an die Oberfläche, wo er versucht, die Größe der kleinen Lagune, in die er gefallen ist, abzuschätzen. Eines ihrer Ufer liegt nur acht oder neun Meter entfernt, und er probiert, dorthin zu paddeln, doch er kommt nicht weit, der wogende Bausch des weißen Seidenschirms sinkt hinter ihm ins Wasser, der Stoff wird bereits schwer und droht ihn in die Tiefe zu ziehen. Er greift nach der Schnalle an seinem Bauch, mit der sich der Schirm abwerfen lässt, doch um sie zu öffnen, muss er mit dem blindwütigen Hundepaddeln aufhören, das seinen Kopf mühsam über Wasser hält. Also lässt er sich hinabsinken und zerrt mit beiden Händen an der Schnalle. Das Gewicht des nun ganz versunkenen Schirms zieht so fest an den zwei Metallhaken, dass sie in der Schnalle festklemmen. Er zerrt noch einmal, die Schnalle will noch immer nicht aufgehen, und er greift hastig nach dem Miki-Schwert in seinem Gürtel. Doch er braucht mehr Luft, also stößt er sich wieder ab, taucht empor und sieht den blauen Himmel Nordaustraliens über sich, sucht nach dem Ufer der Lagune, und dann sieht er das Mädchen und die Frau.

Das Mädchen hat eine Schaufel in der Hand, und es hat braunes Haar und trägt ein himmelblaues Kleid und schwarze Stiefel, und es lächelt. Die Frau steht neben ihm, schnaufend und nach Atem ringend. Das blonde Haar, das ihr seitlich übers Gesicht fällt. Die Art, wie sie in dem grünen Kleid dasteht. Er sieht die rosa und blau verfärbten Blutergüsse rings um eines ihrer Augen, und dann finden diese Augen, diese perfekten grünen Augen, Yukio Miki, und sie berühren etwas tief in seinem Innersten, und dieser Blick lässt ihn mit einem Schlag erstarren. Er hat noch nie eine Frau wie sie gesehen. Irgendwas an ihr hat seinen Körper in Blei oder in Stein verwandelt, er kann nicht mehr mit Armen oder Beinen rudern, um sich über Wasser zu halten, denn ihr Gesicht hat ihn versteinern lassen, und er schluckt gurgelnd Sumpfwasser, während sein tumber leer gefegter Kopf langsam wieder unter die Oberfläche sinkt. Yukio denkt einen Moment, wie seltsam es doch ist, auf diese Art zu sterben, sodass das Letzte, was seine müden Augen auf dieser Erde sehen werden, diese Frau ist – die Erscheinung dieser Frau mit grünen Augen. Aber irgendetwas an diesem Gedanken sorgt dafür, dass er sich besser fühlt, ja gut sogar, bereit für Takamanohara. Das alles war es wert. Die Ausbildung. Der Drill. Die Strafen. Jetzt kann er gehen. Er wird hinabsinken in die Ebene des Hohen Himmels, und das Letzte, was er hören wird, ist die Stimme eines australischen Mädchens, das auf Englisch ruft: »Schwimm, schwimm.«

Seine Augen sind noch immer offen, als er untergeht, die Sonnenstrahlen brechen durch die Wasseroberfläche und bringen die smaragdenen Grüntöne des Schwemmlandtümpels zum Leuchten, und ihm wird klar, dass das Wasser dieselbe Farbe hat wie Kleid und Augen dieser blonden Frau. Der sinkende Fallschirm zieht ihn weiter hinunter, und das Sonnenlicht von oben wird blasser, je tiefer er hinabsinkt. Sobald er nicht mehr gegen den Zug des Fallschirms ankämpft, ist es schön hier unten, denkt er. Er könnte hierbleiben und in diesem Smaragdgrün seinen Frieden finden.

Doch dann kommt durch die letzten Sonnenstrahlen eine Holzstange hinabgetaucht, ein Schaufelstiel. Ganz instinktiv ergreift Yukio im Sinken diesen Rettungsanker. Anfangs bekommt er ihn nur mit drei Fingern zu fassen, doch das genügt, um das Ende zu sich hin zu ziehen und erst vier, dann fünf Finger darumzulegen, und mit diesen fünf Fingern zieht er sich in Richtung Tageslicht, in Richtung Himmel. Und der Schaufelstiel hievt ihn immer weiter hoch, bis er an die Oberfläche kommt und das junge Mädchen sieht, das bis zur Brust im Wasser steht und mit aller Kraft zieht, ihm mit seinem dürren linken Ärmchen diese Schaufel hinstreckt und am rechten von hinten festgehalten wird, mit beiden Händen von der blonden Frau gehalten wird, die auf der grasigen Böschung steht und zieht und zieht und zieht.

Bald schon ist er so nah am Ufer, dass er mit den Füßen den Grund des Tümpels spürt und sich davon abstößt, den festgeklemmten Fallschirm noch immer hinter sich herschleifend. Das junge Mädchen watet an Land, eilt zu einer großen Leinentasche und holt ein kleines Küchenmesser heraus, das es in ein altes Geschirrtuch gewickelt hatte. Dann hastet es zurück und säbelt, während Yukio am Ufer mühsam vorwärtskriecht, an den Schultergurten seines Fallschirms hin und her.

Die Riemen platzen schnappend auf, der Rucksack sinkt ins Wasser, die Fallschirmkappe hinterher, und Yukio fällt mit dem Gesicht zuerst auf den durchweichten Boden. Er hebt zum Dank den Kopf, sieht aber, wie das Mädchen mit den braunen Locken vorsichtig vor ihm zurückweicht, den Blick starr auf seine Hüfte gerichtet. Nicht jedoch auf das Familienschwert der Mikis, das in seinem Fliegergürtel steckt, sondern auf die schwarze Dienstpistole im Holster an der Seite. Sie hat Angst vor der Waffe.

Yukios Hand bewegt sich unwillkürlich Richtung Hüfte. Er wird die Pistole und das Holster ablegen. Er wird dem Mädchen zeigen, dass er ihm nichts tun will. Dann aber ist das Schaufelblatt direkt vor seinen Augen.

»Lass ja die Finger von der Pistole«, sagt Greta, die Schaufel wie einen Kricketschläger in den Händen, als hätte sie vor, den Kopf des japanischen Piloten über den nächsten Grenzzaun zu dreschen.

Yukio erstarrt, hebt die Arme, reckt die Handflächen gen Himmel.

»Was machst du so weit im Süden?«, will Greta wissen. Ein Theaterauftritt. Ihre heutige Rolle: jemand, der zäher und hartgesottener ist, als Greta Baumgarten es je war. Nur eine einzige Vorstellung. Tief in ihrem Inneren weiß sie, dass sie jeden Augenblick stotternd zusammenbrechen kann.

Yukio sagt ein paar Worte auf Japanisch.

»Englisch?«, fragt Greta. »Sprichst du ein bisschen Englisch?«

Yukio sagt noch etwas auf Japanisch.

Greta nickt Molly zu. »Molly, nimm ihm die Pistole ab.«

Molly kriecht auf den Piloten zu. Sie knöpft das Gürtelhalfter auf und zieht die Pistole mit dem braunen Holzgriff und dem dünnen schwarzen Lauf heraus.

»Komm rüber zu mir, Molly«, sagt Greta.

Das Mädchen springt auf und stellt sich neben die Schauspielerin.

»Und jetzt ziel mit dem Ding auf ihn, aber, na ja, erschieß ihn nicht«, befiehlt Greta.

Molly holt tief Luft und atmet schnaufend wieder aus. »Glaubst du nicht, dass das ein wenig aggressiv wirkt, so eine Pistole auf ihn zu richten?«, fragt sie.

»Er und seine Kumpels haben gerade halb Darwin in die Luft gejagt. Ja, ich glaube schon, dass wir ein wenig aggressiv sein sollten«, erklärt Greta. »Wenn er sich rührt, schieß ihm in die Beine.«

»Ich weiß nicht, ob ich das kann, Greta«, entgegnet Molly. »Vielleicht ziel ich ja auf seine Beine, erwisch ihn dann aber am Kopf oder so, und ich möchte wirklich keinen Menschen töten, auch wenn seine Kumpels die Milchbar in der Bennett Street zu Klump gebombt haben.«

Vor ihnen auf dem Boden blinzelt Yukio mit zusammengekniffenen Augen in den Himmel, hebt langsam die Hand und deutet auf etwas zwischen Molly und Greta.

»*Hikoki*«, sagt er leise und zeigt auf die untergehende Sonne. Dann ahmt er mit der Hand ein Flugzeug nach, das durch den Himmel saust. »*Hikoki.*«

Molly und Greta wenden sich ganz automatisch in die Richtung, in die Yukio zeigt, sehen aber nichts als blauen Himmel, und als sich Molly wieder umdreht, packt Yukio lautlos ihr Handgelenk, hebelt es nach hinten und befördert sie in einem Sekundenbruchteil mit einem fast unsichtbaren Fußfeger entwaffnet auf den Rücken. Yukio steht jetzt wieder und richtet die Pistole auf Greta.

»Wie hast du das gemacht?«, fragt Molly ehrfurchtsvoll und bester Laune. »Das war unglaublich!«

Yukio deutet auf die Schippe in Gretas Hand, streckt die freie Linke aus und winkt mit zwei Fingern in seine Richtung. Greta reicht dem Piloten die Schaufel. Yukio gibt sie gleich an Molly weiter. »*Doko ni iku*«, sagt er nickend.

Molly nimmt die Schippe. Sie denkt daran, höflich und anmutig zu sein. »Danke«, sagt sie zu dem vom Himmel gefallenen Piloten.

»Bei kaltblütigen Killern kannst du dir deine guten Manieren schenken, Molly«, faucht Greta.

Yukio wedelt mit der Waffe, will, dass Molly sich wieder neben Greta stellt.

Er steht in seiner durchnässten Fliegeruniform vor ihnen. Die Brille auf der Stirn hält die triefende pelzgefütterte Fliegerhaube. Keine einzige Falte im Gesicht. Hohe Wangenknochen und Wangen, die sicher voller wären, würde er mehr essen. Ein großer dunkelbrauner Leberfleck auf der rechten Wange und zwei kleinere über der Oberlippe.

Er deutet auf Greta und Molly. »*Doko ni iku?*«, fragt er schroff. Zeigt erneut auf sie. Dann macht er mit Zeige- und Mittelfinger seiner Linken eine Gehbewegung. »Aust…ralier.« Dann wandern seine Finger noch einmal durch die Luft.

»Wo wir hingehen?«, rät Molly, immer noch zuvorkommend.

Yukio nickt. Molly nickt voller Begeisterung zurück. Sie reckt den Zeigefinger in die Luft.

»Willst du mit uns kommen?«, fragt Molly, deutlich lauter, als sie mit Greta sprechen würde.

Yukio nickt.

»Warte«, sagt sie. »Ich muss dir etwas zeigen.« Sie rennt hinüber zu ihrem Seesack, wühlt Tom Berrys Kupferpfanne hervor und reicht sie Yukio, der bass erstaunt ist und nicht weiß, was er mit der Schüssel dieses Mädchens anfangen soll.

»Die benutzt man, um in Flüssen Gold zu finden«, erklärt Molly. »Schau mal auf die Rückseite.« Sie macht eine kreiselnde Geste mit dem Finger. »Dreh sie um«, sagt sie. Dann tritt sie näher auf den Piloten zu, während der die

Pfanne wendet und die Inschrift auf der Unterseite studiert. »Wir sind auf einer großen Suche.« Molly fährt strahlend mit dem Finger über die Buchstaben. Yukio blickt wieder auf zu Greta, die Waffe weiterhin auf sie gerichtet. Doch Molly merkt nichts von der Spannung, die dieser Moment womöglich birgt. »Das sind Wegbeschreibungen und Hinweise auf einen verborgenen Schatz«, erklärt sie mit großen Augen. »Ein Haufen Gold, der unter der Erde liegt.« Sie hält die Hände aneinander und tut, als würde sie einen großen Klumpen Gold schleppen. »Gold!«, sagt sie. Sie zeigt auf Greta. »Greta will dieses Gold finden, denn sie ist sich sicher, dass ihr nichts Schlimmes zustoßen kann, wenn sie es behält, weil sie nicht an Flüche glaubt«, plappert Molly viel zu schnell drauflos, denn sie ist so aufgeregt, weil sie endlich auf dem Weg zu Longcoat Bob sind. Weil sie frei ist. »Sie nennt das alles nur Hokuspokus.« Molly grinst.

Tiefe Verwirrung spricht aus Yukios Gesicht. »Hokus... pokus?«, wiederholt er, eifrig bemüht, die Worte richtig nachzusprechen.

Der Pilot wendet sich an Greta, die nur mit den Augen rollt.

»Ich mach mir nichts aus dem Gold«, fährt Molly fort. »Ich will nur Longcoat Bob finden. Er ist der Kerl, der meine Familie mit diesem Fluch belegt hat, weil das vergrabene Gold seins war und mein Großvater es gestohlen hat. Aber dann hat mein Großvater das Gold zurückgebracht, weil ihm und seiner Familie plötzlich all diese furchtbaren Dinge zugestoßen sind, aber auch danach hat Longcoat Bob seinen Fluch nie von meinem Großvater Tom genommen, und ihm sind immer noch all diese furchtbaren Dinge passiert.« Während sie ihre Erzählung ausspinnt, gelangt Molly zu ihren eigenen Erkenntnissen. »Und jetzt ... und jetzt ... passieren *mir* all diese furchtbaren Dinge.«

Yukio müht sich vergeblich, aus Mollys Worten schlau zu werden. »Fluch?«, sagt er, wiederholt das Wort, das ihm irgendwie bekannt vorkommt.

»Ja, Fluch«, sagt Molly.

Yukio macht wieder die Gehbewegung mit den Fingern. »Du?«, fragt er.

»Wir gehen zu den Bergen«, sagt Molly und deutet auf die beiden roten Sandsteinplateaus in der Ferne. »Wir wollen den silbernen Weg finden, und dann finden wir Longcoat Bob.«

»Bob«, sagt Yukio.

»Ja, Bob«, bestätigt Molly.

Yukio wedelt mit der Waffe in Richtung der Gebirgskette. »*Aruke*«, sagt er und fuchtelt noch einmal mit der Pistole.

»Tut mir leid, aber ich spreche kein Japanisch«, sagt Molly.

Wieder marschieren seine Finger. »*Aruke.*«

»Gehen?«, rät Molly.

»Gehen«, wiederholt Yukio.

Molly wendet sich an Greta. »Er möchte, dass wir losgehen«, erklärt sie freudig.

Greta schüttelt den Kopf.

Molly schlingt sich den Seesack über die Schulter. »Kommst du mit uns?«, fragt sie Yukio hoffnungsfroh und strahlend.

»*Aruke*«, sagt Yukio knapp.

Molly marschiert los, watet durch das Sumpfgras, das ihr bis zu den Oberschenkeln reicht. »Ich glaube, er kommt mit uns«, ruft sie Greta zu, die rennen muss, um zu ihr aufzuschließen.

Yukio trottet ihnen hinterher, die Pistole auf Gretas Rücken gerichtet.

»Hast du den Verstand verloren?«, flüstert Greta.

»Was?«, fragt Molly arglos.

»Er wird nicht mit uns kommen, Molly. Glaubst du etwa, er wäre aus seinem Kampfflugzeug abgesprungen und zu uns runtergesegelt, nur um nett mit uns durch die Gegend zu spazieren?«

Molly wirft einen Blick über die rechte Schulter auf Yukio, der hinter ihnen durchs Gras stapft, die Pistole noch immer fest umklammert in der Rechten. Molly lächelt ihn herzlich an und dreht sich wieder um zu Greta. »Er wird uns helfen, Greta«, sagt sie mit tiefster Überzeugung.

»Molly, wach auf«, sagt Greta. »Er wird uns zu den Ausläufern dieser Berge dort marschieren lassen, dir eine Kugel zwischen die Augen jagen und mich vergewaltigen, und wenn du Glück hast, Kleine, macht er's nicht andersrum.«

»Glaubst du, er ist einer von den Bösen?«, wispert Molly.

»Es ist völlig egal, was er für einer ist«, sagt Greta. »Seine Armee ist hierhergekommen, um uns zu töten, Molly. Die haben es auf uns abgesehen, und der Hass, den die in sich tragen, ist ein Fluch, den man nicht aufheben kann. Pass einfach auf und gib mir die Schaufel, wenn ich das Zeichen mache, okay?«

»Okay«, sagt Molly.

Yukio sieht die blonde Frau und das braunhaarige Mädchen mit der Schaufel über die sumpfige Ebene stiefeln.

»Greta«, flüstert Molly.

»Ja«, flüstert Greta zurück.

»Was ist denn das Zeichen?«, fragt Molly.

»Das ist egal, Molly, du wirst es erkennen, wenn du es siehst.«

Yukio sieht, wie das Mädchen die rechte Faust hebt und den Daumen ausstreckt.

»Wie wär's mit einem Daumenhoch?«, schlägt Molly vor.

»Ich hatte eigentlich an was Unauffälligeres gedacht«, sagt Greta. »Ich glaub, ein Nicken reicht. Du wirst es merken, wenn du's siehst. Geh weiter.«

Sie marschieren dreißig Meter weiter über eine offene Wiese.

»Greta«, flüstert Molly.

»Ja, Molly.«

»Er spricht kein Englisch.«

»Na und?«, entgegnet Greta.

»Vielleicht könnte das Zeichen ja auch ein geheimes Kennwort sein, das er nicht versteht«, sagt Molly.

»Und was könnte das sein?«, fragt Greta.

»Fetter Barramundi«, schlägt Molly vor.

»Fetter Barramundi?«, stutzt Greta. »Wieso fetter Barramundi?«

»Hab nur gerade dran gedacht, wie gern ich gebratenen Fisch zum Abendessen hätte.«

Greta nickt.

»Fetter Barramundi«, sagt Molly. »So ein japanischer Flieger hat garantiert noch nie 'nen fetten Barramundi gegessen.«

»Meinetwegen, Molly«, sagt Greta. »Das Zeichen ist ein geheimes Kennwort, und dieses Kennwort lautet ›fetter Barramundi‹.«

Molly nickt.

Greta stapft weiter und hadert mit allem, auf das sie sich hier eingelassen hat, den langen Halmen, die ihr die Beine zerkratzen, der Schwüle dieses Sumpflands, dem japanischen Soldaten, der mit einer Pistole hinter ihr herstiefelt. Molly aber schlendert mit federndem Gang durchs Gras, beschwingt vom unerwarteten Zuwachs ihrer Wandertruppe.

»Greta?«, flüstert Molly.

»Ja, Molly.«

»Wäre ›Mangrovenschnapper‹ nicht vielleicht ein besseres Kennwort?«

*

Wenn man vom orangeroten Himmel auf sie hinabblickt und immer näher herangeht, sieht man drei wandernde Gestalten in einer blühend-bunten Ebene, durchzogen von gewundenen Flüssen und breiten Wasserrinnen, an die sich hier und da von Seerosen gesäumte Tümpel schmiegen.

Die Sonne tief und honiggelb. Der Mann in der japanischen Militäruniform, der hinten läuft, hält ab und zu abrupt an und atmet tief, saugt die Luft des Schwemmlands in seine Lunge, nimmt den Anblick dieses lebensprallen Grüns mit jeder Pore in sich auf. Am Rande eines Wasserlochs macht er kurz halt, um an der Blüte einer Wasserwinde zu riechen, dem Kangkong, dessen weiße und rosa Blüten wie Trompeten aussehen. Der berauschende Duft und die tiefe Rosafärbung, die kräftiger und dunkler wird, je weiter man in den breiten Kelch hineinblickt, bringen ihn zum Lachen.

»Worüber lacht er?«, fragt Molly.

»Er ist übergeschnappt«, sagt Greta.

Er dreht sich einmal um die eigene Achse, wirft einen langen Blick auf die Umgebung. Reckt die Handflächen gen Himmel und grinst. Kurz fragt er sich, ob diese überschwemmte Talaue nicht Takamanohara ist, die Ebene des Hohen Himmels, in die er just in dem Moment, als er seine Kameraden am Himmel über Darwin hinter sich gelassen hat, auf wundersame Weise eingetreten ist. Ein Teil von ihm ist dort gewiss gestorben, und vielleicht war es genau dieser Teil, der viel zu früh die Pforten des Jenseits durchschritten und ihn hierhergebracht hat, und dieses brütend heiße, urwüchsige und von Ranken überwucherte Traumland ist der Ort, an dem Nara auf ihn wartet.

»Vielleicht ist es der Krieg«, meint Molly.

»Wie meinst du das?«, fragt Greta.

»Der macht was mit ihren Köpfen«, sagt Molly. »Ich hab mal gesehen, wie sich Bluey Scofield vor dem Vic ganz ähnlich benommen hat. Erst ist er völlig ausgerastet, hat Sachen gesehen, die an der Somme passiert sind, und dann, ganz plötzlich, hat er eine vorbeiflatternde Taube angegrinst, als wär sie ein Engel aus dem Himmel.«

Vor ihnen in der Ebene führt eine Gruppe von sieben Brolgakranichen auf der Wiese eine Art Ballett auf, und ihr Bewegungswille, ihr Drang, einander ihre seltsame Schönheit zu präsentieren, lässt Yukio mit offenem Mund dastehen.

Wieder muss er lachen. »*Migoto!*«, brüllte er ihnen zu Ehren. Er klatscht. Spendet Applaus.

Ein Paar Maskenkiebitze fliegt über ihn hinweg, und er fällt um ein Haar rückwärts auf den Hintern, als er ihnen mit dem Blick folgt, um ihre grellgelben Karunkel zu bestaunen, die ihre Köpfe bedecken wie gelbe Fliegerhauben mit viel zu großen Ohrklappen, die rechts und links neben dem speerförmigen Schnabel hängen. Und er lacht. »*Migotooo!*«

Ein Stück weiter entdeckt Yukio einen Wasserfrosch, dessen Füße an einem dahintreibenden Seerosenblatt festzukleben scheinen, und er setzt einen Fuß in den schlammigen Tümpel, um die breiten gelben Augen der Amphibie zu begutachten.

»*Migoto*«, flüstert er.

Die grünlich braune Haut des Frosches gleicht einem perfekt geformten Blatt, das ihn einhüllt wie ein Maßanzug.

Dann hüpft das Tier auf ein benachbartes Blatt, und der vom Himmel gefallene Pilot dankt ihm mit einem Nicken und klatscht wieder in die Hände.

Etwas später, näher an den Sandsteinfelsen, bleibt er an einer fließenden Wasserrinne stehen, um einen Wasserpython zu bestaunen, der hastig über den blattbedeckten Boden schlängelt, um in einer schartigen Felswand zwischen zwei Eukalyptussträuchern Zuflucht zu suchen. Die Schlange ist drei Meter lang und ihr Rücken so schwarzbraun wie die Steine, die Yukio ständig aufhebt und in Händen hält, der Bauch jedoch ist gelb wie eine pralle Sonne. Für Yukio sieht es aus, als hätte jemand die Schlange angemalt – mit strahlend gelber, noch immer feuchter Ölfarbe –, doch das eigenwillige Reptil hinterlässt keine gewundenen gelben Spuren, als es sich in Sicherheit bringt.

Der japanische Pilot ist so fasziniert von dieser Schlange, dass Greta, die in Reichweite des abgelenkten Fremden steht und bemerkt hat, dass die Waffe des Piloten auf den rechten Oberschenkel gesunken ist, eine Chance wittert. Also sagt sie: »Fetter Barramundi.«

Molly aber bekommt von dem geheimen Kennwort nicht das Geringste mit, weil sie, ähnlich gebannt von dem Reptil, neben Yukio Miki steht und auf den belaubten Boden starrt. Sie lächelt Yukio an.

»Fetter Barramundi!«, sagt Greta, diesmal etwas lauter, und endlich hört Molly sie. Dann aber schaut sie Greta an und schüttelt unauffällig den Kopf. Nein.

Lächelnd blickt Molly zu Yukio hinüber. »*Migoto*«, sagt sie und nickt wissend mit dem Kopf. »Sehr … sehr … *migoto.*«

Yukio lächelt zurück, und Molly sieht zum ersten Mal das Leuchten in den Augen des Piloten, die Warmherzigkeit in seinem Lächeln, seine Unschuld. Da ist ein silbernes

Licht, sagt sie sich. Ein silbernes Licht für den silbernen Weg, wenn nicht sogar für die Glitzerwelt von Hollywood.

Greta stapft kopfschüttelnd über die sumpfige Ebene davon.

✻

Sie gehen im Gänsemarsch hintereinander, große Lücken zwischen ihnen. Greta vorneweg, Molly in der Mitte, Yukio ganz hinten, doch sein Blick ruht auf der Frau im smaragdgrünen Kleid. Er weiß nicht, wohin die Frau unterwegs ist, und er fragt sich, ob sie selbst es überhaupt weiß. Das braunhaarige Mädchen folgt, so scheint es, nur seinem Instinkt, als würde irgendetwas tief in seinem Inneren die dürren Knochen vorwärtspeitschen. Ihr Gerede hat nicht den geringsten Sinn ergeben, selbst als sie auf die Kupferschale in ihrem Rucksack gedeutet und so beharrlich auf die tiefere Bedeutung der Worte hingewiesen hat, die auf der Unterseite eingraviert sind.

Jetzt beschleunigt das Mädchen seine Schritte, weil das Trio sich der schartigen und oben abgeflachten Sandsteinkette nähert, die sich am Rand des Schwemmlands auftürmt wie eine Festung griechischer Götter.

»Wir haben es zu den Bergen geschafft!«, ruft Molly.

Das Gelände wandelt sich, und die sumpfigen Auen weichen einer Reihe baumbestandener Felshänge, die wie riesige Walköpfe aussehen und zu einer der hoch aufragenden Sandsteinflanken führen. Der freiliegende Fels ist schwieriges Terrain, sodass Yukio mehrmals den Halt verliert und sich an Grasbüscheln festkrallen muss, die aus dem Fels hervorsprießen. Wasser und Wind haben breite Becken ins Gestein geschliffen. Seltsame und verstörende Gebilde in der Erde, die Yukio noch nie zuvor gesehen hat. In diesen glatten kreisrunden Vertiefungen liegen alte Tierknochen und die Kohle längst verlassener Feuerstellen.

Molly entdeckt Vögel in den hohen Bäumen im Schatten des Plateaus. Einen Rotbürzelliest. Einen Blauohr-Honigfresser. Sie bleibt stehen und winkt Yukio zu sich, legt einen Finger an den Mund. »Schschsch.« Dann kniet sie wortlos nieder. Yukio kniet sich neben sie und folgt dem ausgestreckten Zeigefinger des Mädchens hin zu einer Steinfeige, die aus einer tiefen Felsspalte herauswächst. Er kneift die Augen zusammen und entdeckt, was sie derart fasziniert: ein völlig regloser Fink, so strahlend, so zerbrechlich und so rot, er könnte aus Rubin geschliffen sein. Das Mädchen sagt etwas auf Englisch, Yukio merkt aber rasch, dass es nicht mit ihm spricht, sondern mit dem Vogel.

»Hallo, Mister Fink«, sagt sie. »Haben Sie irgendwo hier in der Gegend vielleicht Longcoat Bob gesehen?« Yukio lächelt. Wieder dieser Name. Bob. Leicht auszusprechen. »Bob«, sagt er nickend.

Molly nickt. »Bob«, bestätigt sie.

Und als Yukio und Molly aufstehen, fliegt der zum Leben erwachte rubinrote Fink von der Steinfeige los und schießt tief in die Schlucht, die sich zwischen den zwei gewaltigen Sandsteinplateaus vor ihnen auftut und in deren Mitte sich ein Bach zieht, den Molly in ihrem Kopf mit den Wasserrinnen in der Ebene verbindet und auch mit den drei Krokodilkönigen vom Candlelight Creek, so weit dahinter. »Hier lang«, sagt sie.

*

Molly singt. *Pennies From Heaven.* Sie singt laut, denn sie will hören, wie das Echo ihrer Stimme die Felswände emporklettert, die dreimal höher sind als das Gebäude der Bank of New South Wales in der Smith Street.

Yukio schöpft Wasser mit der Hand und trinkt aus dem dünnen klaren Rinnsal, das sich durch den Canyon windet. Molly und Greta sammeln trockene Zweige als Zunder für das Feuer, das sie vor dem Anbruch der Dunkelheit entfacht haben wollen.

»Bing Crosby«, erklärt Molly Yukio, obwohl der keinen Schimmer hat, wovon sie redet. »Bei Dottie Drake im Friseursalon läuft den ganzen Tag Bing Crosby. Ich habe *Pennies From Heaven* immer gemocht. In dem Lied geht es um Himmelsgeschenke. Bing sagt, die Wolken stecken voller Pennys, und immer, wenn es regnet, fallen die Münzen vom Himmel. Also sollte man keine Angst vor Stürmen haben, denn Stürme schütteln die Pennys aus den Wolken, und wenn es regnet, sollten wir am besten mit umgedrehten Regenschirmen draußen rumlaufen.«

Molly geht etwas durch den Kopf, und sie bleibt wie angewurzelt stehen. »Glaubst du, der Friseursalon ist noch da, Greta? Ich hoffe, Dottie ist noch rausgekommen, bevor die Bomben eingeschlagen sind.«

Greta hält den Kopf gesenkt, sucht jetzt auf einem kleinen Felsplateau nach dickeren Ästen. Sie tritt näher an Molly heran.

»Meinst du denn, es steht überhaupt noch irgendetwas in der Stadt?«, fragt Molly. »Glaubst du, irgendwer hat es …«

»Molly, halt mal einen Augenblick die Klappe und hör mir zu …«, flüstert Greta. »Sobald das Feuer brennt, gibst du diesem Kerl eine schön große Dose von dem Corned Beef in deinem Seesack. Wir sorgen dafür, dass er's gemütlich hat, und sobald er weggedämmert ist, schnappen wir uns die Knarre und rennen, was das Zeug hält.«

»Ich glaube nicht, dass er uns was antut, Greta«, sagt Molly. »Er ist einer von den Guten. Das sehe ich ganz genau.« Molly blickt über die Schulter hin zum Bachlauf, wo Yukio in Gedanken versunken und entrückt ins Wasser starrt. »Er ist nur traurig, das ist alles«, sagt Molly. »Ich glaube, er will uns helfen.«

»Im besten Fall ist er plemplem, und über den schlechtesten will ich gar nicht erst nachdenken«, sagt Greta. »Bleib einfach wach und warte auf mein Zeichen.«

»Fetter Barramundi?«

»Nein, Molly, diesmal ist das Zeichen nicht mehr dein gottverdammter ›fetter Barramundi‹. Das Zeichen ist, dass ich dich am Arm packe und leise von unserem durchgeknallten Fliegerjapsen wegzerre. Hast du das kapiert?«

Molly nickt.

»Sieh nur zu, dass du ja wach bleibst«, sagt Greta. »Verstanden?«

»Verstanden«, sagt Molly.

*

Pralle Sterne funkeln am von Felswänden gerahmten Nachthimmel. Tausende von Nadellöchern in einer Decke aus Finsternis, durch die silbernes Licht hindurchscheint. Irgendwo im Nassen quakt ein Frosch. In den Ghost Gums – gespenstisch weißen Eukalyptusbäumen – zirpen die Zikaden, Northern Double Drummer, die eine wahre Lärmwand auftürmen. Auf einem flachen Felsen am Bach, der durch den Canyon fließt, lodert ein kleines Feuer, und daneben sitzt Greta Maze, die Knie eng an die Brust gezogen, und blickt durch die Flammen auf den japanischen Piloten ihr gegenüber, der salziges, saftiges Rindfleisch aus einer schartigen und stümperhaft geöffneten Konservendose löffelt. Und diese ganze sternbekrönte nächtliche Szenerie wird untermalt von Molly Hooks ohrenbetäubendem Schnarchen, einem schier unerträglichen, aus Mund

und Rachen hervorbrechenden Sägen, das zwischen den Schluchtwänden hin und her geworfen wird.

Greta mustert das schnarchende Mädchen und verdreht die Augen. Molly hat gerade einmal eine halbe Stunde am Feuer durchgehalten, bevor sie weggedöst ist, und jetzt schläft sie tief und geräuschvoll, liegt eingerollt auf dem ebenen Stein, die Arme um die Schienbeine geschlungen, um sich warm zu halten. Es ist kühl, und es wird noch kälter werden, hier am Grund des Canyons.

Greta wendet sich wieder zum Piloten um. Er schaufelt noch immer triefendes Dosenfleisch in sich hinein und leckt sich zwischendrin die Finger. Haube und Brille hat er abgesetzt. Sein schwarzes Haar ist kurz geschoren, militärisch akkurat. Die Pistole liegt auf dem Felsboden neben seinem rechten Knie.

Yukio merkt, dass Greta ihn beobachtet. Er hört auf zu essen. Hält ihr die offene Dose hin. »Du?«

Greta schüttelt den Kopf, schaut weg, in ihrem Kopfschütteln liegt eine Spur von Ekel.

Yukio schaut zu Molly hinüber. Das braunhaarige Mädchen, das so gerne redet, ist verstummt, doch selbst beim Schlafen macht es Geräusche. Er lächelt. Sieht sie im Schlaf zittern. Er stellt die halb leere Rindfleischdose neben sich auf den Boden, steht auf und geht leise zu ihr hinüber.

»Was machst du da?«, fragt Greta argwöhnisch. »Lass sie in Ruhe.«

Yukio geht weiter. Er knöpft seine Fliegerjacke auf. Sie ist rostfarben, aus einer Baumwolle-Seide-Mischung, dick und schwer. Am Ärmel ist eine blaue Chrysantheme aufgestickt, die heilige Wappenblume der japanischen Marineflieger. Darunter trägt er nur ein schlichtes weißes T-Shirt, das in seiner dicken, von einem braunen Armeegürtel festgezurrten Hose steckt. Das Shirt schmiegt sich eng an seinen Körper, und dieser Körper besteht nur aus Muskeln und aus Knochen. Ein Körper für rein militärische Zwecke: schlank, fit, nützlich. Er kniet sich hin und breitet die Fliegerjacke sanft über dem Totengräbermädchen aus. Yukio geht zurück zu seinem Platz am Lagerfeuer, greift sich die pelzgefütterte Lederhaube und schleicht wieder zu Molly. Dann hebt er sachte ihren Kopf vom harten Sandsteinuntergrund und setzt ihr die Kappe auf. Molly gibt ein lautes Schnarchen von sich, dreht sich auf die Seite, rollt sich instinktiv in die willkommene Jacke, schmiegt sich an die Fliegerhaube.

Yukio nickt zufrieden. Dann wendet er sich wieder Greta zu und lächelt sie verstohlen an. »*Ii ko da*«, sagt er. Greta starrt ihn verdutzt an.

Er blickt wieder auf Molly. Das braunhaarige Mädchen hat ein gutes Herz. Er deutet auf sie. »*Ii ko da*«, wiederholt er und tippt sich dabei aufs Herz.

Greta nickt mit einem vagen Schimmer von Verständnis.

Yukio nickt zurück. Er nimmt wieder seinen Platz am Feuer ein und wärmt sich die Hände.

Langes Schweigen zwischen dem Mann und der Frau, kein Geräusch außer dem Zirpen der Zikaden und dem Knistern von brennendem Eukalyptusholz.

Yukio tippt sich an die Brust. »Yukio«, sagt er. Er tippt noch einmal. »Yukio.«

Greta nickt. Widerwillig legt auch sie den Zeigefinger an die Brust. »Greta«, sagt sie.

Yukio wiederholt den Namen. »Greta.« Er nickt und tippt sich ein weiteres Mal an die Brust. »Yukio Miki«, sagt er.

Greta atmet genervt ein. Tippt sich nickend an die Brust. »Greta Maze«, sagt sie.

»Greta ... Maze«, wiederholt Yukio.

Er deutet wieder auf seine Brust. »Yukio Miki ... *kara* ... Sakai ... Japan.«

Greta nickt. »Greta Maze ... Sydney ... Australien.«

Yukio nickt lächelnd. »Sid...inny«, sagt er.

Greta nickt. Sie rückt ein Stückchen näher ans Feuer, legt sich auf die Seite, bettet das Gesicht in ihre hohlen Hände. Die Prellungen am Auge tun noch immer weh, doch der Schmerz in ihrem Kopf lässt langsam nach.

Sie starrt ins Feuer, und in den züngelnden Flammen läuft der flimmernde Film ihres Lebens vor ihr ab: wie sie als junge Frau in Sydney in den Zug steigt, nur mit einer Tasche voller Kleider, und dieser Zug ihres Lebens dann entgleist und vom Weg abkommt, direkt in die Arme Aubrey Hooks, und mit diesen Armen drischt er auf sie ein. Faust auf Knochen. Die Knochen in ihrem Gesicht. Und sie schließt die Augen, um zu schlafen, denn Schlaf ist das Einzige, was diese Fäuste davon abhält, weiter auf sie einzuprügeln. Doch sobald sie ihre Augen schließt, sieht sie noch etwas Schlimmeres. Ein steriles weißes Krankenhauszimmer und einen Säugling in ihren Armen, und dieser Säugling schreit. »Schschsch«, zischt Greta leise. »Schschsch.« Doch das Geschrei des Babys wird nur lauter. Und jetzt weint auch Greta. Die Greta Baumgarten in ihrem Kopf und Greta Maze auf ihrem kalten harten Bett aus Sandstein. Beide weinen.

»*Tori no hoshi*«, flüstert Yukio sanft in die Nachtluft. Greta schlägt die Augen auf und sieht, wie Yukio mit der rechten Hand hinauf zum Sternenhimmel deutet. »*Tori no hoshi*«, sagt er. Und er lächelt.

Die Geschichte mit dem Vogel und den Sternen. Die Geschichte des hellsten Sterns, den er weit über den Wänden dieses Canyons scheinen sieht. Eine Geschichte wie gemacht, um sie an einem Lagerfeuer wie diesem zu erzählen.

Die Geschichte vom Nachtfalken, der sich im Innern hässlich fühlte, weil alle anderen Vögel im Wald sagten, sein Äußeres sei hässlich. Sie sagten, seine Federn hätten keine rechte Farbe, nur das Rotbraun von Erde oder Ton. Der rote Fink, den er heute gesehen hat. Der Vogel erinnerte Yukio an den Nachtfalken. Die anderen Vögel sagten, sein Schnabel wäre platt und nutzlos, und sie behaupteten, sein Mund wäre so breit, dass er von einem Ohr zum anderen ginge. Und seine Hässlichkeit machte den Nachtfalken so traurig, dass er beschloss, dem Wald Lebewohl zu sagen. Doch als er ging, war er noch immer traurig, und er glaubte, das Einzige, was ihm diese Trauer nehmen könnte, wäre, die Welt ganz zu verlassen. Darum schwang er sich empor in den blauen Himmel, so hoch, dass er mit dem Schnabel an die Sonne stieß. Und der Nachtfalke erzählte der Sonne, dass er sterben wolle. Also fragte der Vogel: »Sonne, nimmst du mich mit, wenn du in die Nacht hinabstürzt? Wie gerne würde ich in deinen Flammen sterben. Denn wenn ich verglühe, wird mein Leib in einem letzten Lichtblitz auflodern, und dieses Licht wird wunderschön sein.«

»Ich kann dich nicht mitnehmen«, sagte die Sonne. »Ich gehöre dem Tag, mein Freund, und du der Nacht. Du musst weiterfliegen, Nachtfalke, flieg weiter zu den Sternen, die wie du zur Nacht gehören.«

Also flog der Vogel weiter, schwang sich mit ermattenden Flügeln höher, höher, immer höher in den Nachthimmel, bis er drei jungen Nachtsternen begegnete, die sich unterhielten.

»Entschuldigt bitte«, sagte der Vogel. »Könnt ihr mich vielleicht mitnehmen, wenn ihr euch vor Tagesanbruch auf den Weg macht?« Die drei jungen Sterne aber lachten den Vogel aus und sagten, niemals würden sie ein derart hässliches und farbloses Geschöpf in ihren Sternenhimmel lassen.

Der Nachtfalke weinte, doch er flog weiter, immer höher in den Nachthimmel, so hoch, dass er bald schon über allen Sternen schwebte.

Nun blickte der Nachtfalke hinab auf die Sterne unter sich, und es erfüllte ihn mit Stolz, so hoch geflogen zu sein – gewiss höher als jeder andere Waldvogel vor ihm. Dann aber hörten die Flügel des Nachtfalken auf zu schlagen, denn er war müde von seiner langen Reise vom Wald hinauf bis zu den Sternen. Ihm fielen die Augen zu, und der Vogel sank in tiefen Schlaf, just als seine müden Flügel ihre letzten Schläge taten. In diesem Augenblick starb der Vogel. Doch er stürzte nicht vom Himmel, sondern wurde neugeboren. Verwandelt.

In jener Nacht, tief im Wald unten auf dem Boden, verfielen all die Vögel, die einst über den hässlichen Nachtfalken gelacht hatten, in verblüfftes Staunen, als sie einen neuen Stern am Nachthimmel erblickten. Er stand höher und leuchtete heller als jeder andere Stern, und in ihm funkelte jede Farbe dieser Erde. Er war das Schönste, was die Waldvögel je gesehen hatten.

»*Tori no hoshi*«, sagt Yukio zum Nachthimmel.

»Die Sterne?« Greta nickt.

»*Tori no hoshi*«, wiederholt der Pilot zustimmend.

Greta schaut zu, wie der Pilot sich auf den Rücken legt, den Blick weiter in die Sterne gerichtet. Die Nadellöcher verlieren allmählich den Krieg zwischen Sternenstaub und Finsternis, doch der Sternenstaub weigert sich beharrlich, aufzugeben.

»Die Sterne«, flüstert Yukio. Und seine schweren Lider beugen sich der Dunkelheit.

*

Als Molly aufwacht, liegt eine Hand auf ihrem Gesicht.

»Schschsch«, zischt Greta und steht lautlos auf, den Zeigefinger an die Lippen gepresst.

Molly reibt sich die Augen. Die letzte Glut im ausgehenden Feuer. Ihr Seesack über Gretas Schulter.

Molly hievt sich leise hoch. Greta schleicht in ihren Sattelschuhen mit leichtfüßigen Schritten über den flachen Fels bis zu der Stelle, wo Yukio auf der Seite schläft, nahe am Feuer, die Arme zum Wärmen eng um die Brust geschlungen. Die Pistole liegt hinter seinem Rücken auf dem Steinboden. Sein Familienschwert liegt neben der Pistole.

Plötzlich rührt er sich im Schlaf, wälzt sich auf die andere Seite, hin zu der Pistole, und dann fängt sein Kopf wild an zu zittern.

Greta hält inne, beobachtet ihn aufmerksam.

Molly erstarrt.

»Schschsch«, wispert Greta abermals, ihr Blick starr auf den Piloten gerichtet, der mit den Träumen in seinem Kopf zu ringen scheint.

Auf einmal dringt ein scharfes schmerzerfülltes »Uuuh« aus seinem Mund. Er zuckt im Schlaf. Erbebt im Schlaf. Anschließend rollt er mit geschlossenen Augen wieder hin zum Feuer.

»Uuuh«, stöhnt er noch einmal, und dieser Laut kommt, so scheint es, tief aus seinen Corned-Beef-gefüllten Eingeweiden. Er ist ein Grollen, ein Schmerzensschauder, der Widerhall von tausend Leiden, und er bringt Molly dazu, näher an den Flieger heranzugehen. Sie sieht, dass er nun am ganzen Körper zittert.

»Was ist los mit ihm?«, flüstert Molly.

»Schschsch«, faucht Greta sie an, steigt lautlos über Yukio und beugt sich nach der Pistole. Dann deutet sie mit dem Kopf in Richtung des dunklen Tals, das aus der Schlucht hinausführt und tiefer hinein ins schwarze Unterholz.

»Komm schon«, flüstert Greta.

»Wir können ihn doch nicht einfach hier im Busch allein lassen«, entgegnet Molly.

»Schschsch!«, zischt Greta wieder. Sie bleckt die Zähne, schüttelt wutentbrannt den Kopf, fährt sich mit einem Finger über die Kehle, ballt die Hand zur Faust und zeigt mit dem Daumen Richtung Canyon. Ihr Mund formt stumm ihr letztes Wort: *Sofort!*

Molly dreht sich wieder zu Yukio um. Er schwitzt. In seinem Inneren tobt ein Krieg, und Molly weiß, dass der seltsame Pilot mit dem freundlichen Gesicht ihn ebenso verlieren wird wie Darwin weiter nördlich seinen. Molly hat ihren Vater schon so zittern sehen. Tiefes Zittern. Gegen seinen Willen. Als sie dieses Zittern bei ihrem Vater sah, wusste sie, dass er einen Kummer in sich trug, der sich von außen niemals lindern ließ. Alles, was ihr blieb, war, ihrem Vater die Stirn zu streicheln und zu flüstern: »Schschsch, Dad, schschsch. Alles ist gut, Dad.« Was sie damit meinte, war, dass sie, obwohl sie erst zehn, elf oder zwölf Jahre alt war, wusste, dass alles gut werden würde, solange sie einander hatten. Dann sieht sie ihren Vater vor sich, verstümmelt und zerfetzt von Bomben, eingekeilt in eine Astgabel. Sie schließt die Augen, und als sie sie wieder aufmacht, streift sie die Fliegerjacke ab und legt sie über Yukio. »Schschsch«, flüstert sie ihm ins Ohr, und der Klang ihrer Stimme scheint den Piloten zu beruhigen. Also flüstert sie noch einmal: »Schschsch. Alles ist gut, alles ist gut.«

*

Sie trägt noch immer seine Fliegerhaube, als sie sich umdreht und Greta in den dunklen Wald folgt, der die beiden jenseits dieser Schlucht erwartet, und trägt sie weiter, als sie blindlings durch ein dichtes Wirrsal dorniger Mesquitebäume stolpern, die ihre Äste nach Molly auszustrecken scheinen und ihr die entblößte Haut aufreißen wollen.

Die Erde rebelliert, sagt sie sich. Sie wehrt sich gegen Übeltäter, denkt sie. Sam wusste es. Molly wusste es. Die Erde rebelliert. Büffel, die auf Autos losgehen. Krokodile, die in Bächen Mädchen nachstellen. Bäume, die ihre Äste ausstrecken, um sie im Dunkeln zu erdrosseln.

Sie trägt die Haube immer noch, als sie mit dem Gesicht voran ins runde Netz einer Goldenen Radnetzspinne läuft. Das Netz ist aus goldgelber Seide, und es ist so kunstvoll und meisterlich gewoben, dass es sich über den gesamten Pfad spannt, der sie durch das mondbeschienene Lianendickicht des Monsunwalds führt. Das Mädchen spürt die Architektin dieses Kunstwerks hinten auf der Lederhaube landen – ein Spinnenweibchen mit acht Zentimeter langem Körper – und lehnt sich vor, wohl wissend, dass es selbst der Übeltäter ist und dass die Radnetzspinne Stunden in der Dunkelheit des Waldes damit zugebracht hat, ihre prachtvoll-seidene Insektenfalle zu errichten, nur um mit ansehen zu müssen, wie der Schädel eines achtlosen Totengräbermädchens aus Darwin sie zugrunde richtet.

Sie fährt sich behutsam über den Hinterkopf und fegt die Spinne von der Haube. »Tut mir leid«, sagt sie, gleichermaßen zu der Spinne wie auch zu dem japanischen Piloten, den sie in der Schlucht zurückgelassen haben. Dieser Fremde, der vom Himmel in ein Land gefallen ist, wie es fremder wohl kaum hätte sein können. Wenn die Erde rebellieren kann, sagt sie sich, dann kann der Himmel es auch. Ein ausgeschlagenes Himmelsgeschenk. Ein liegen gelassenes Himmelsgeschenk. Ein Himmelsgeschenk, verlassen in einer Schlucht.

»Wir hätten ihn nicht da hinten zurücklassen sollen«, sagt Molly.

Greta hat Bert die Schaufel in der Hand, schwingt ihn durch die Dunkelheit vor sich, drischt Zweige und Lianen mit dem Schaufelblatt zu Boden.

»Er hat überall auf der Welt Bomben auf Leute abgeworfen«, sagt Greta. »Hör endlich auf, dir um Leute Gedanken zu machen, die gerade dein halbes Haus bis nach Adelaide gesprengt haben.«

»Der Himmel wollte, dass wir ihm begegnen«, sagt Molly.

»Ach, wirklich?«, entgegnet Greta. Sie bleibt stehen, wendet sich müde und aufgewühlt an Molly. »Und ich schätze, der Himmel wollte auch, dass dein Vater in Stücke gefetzt wird.«

Auch Molly hält jetzt an. Sie fragt sich tatsächlich, wer gewollt haben könnte, dass ihrem Vater das passiert. Ihrem Vater Horace, dem Guten und dem Bösen, den der Einschlag quer über den Hof katapultiert hat, bis das, was von ihm übrig war, in einer Baumgabel stecken blieb. Das Blut, das aus seinem Oberschenkel lief, wo einst der Rest des Beines war. Wer hatte sich das gewünscht? Sie hatte den Himmel um ein weiteres Himmelsgeschenk gebeten. Und der Himmel hatte japanische Bomben auf sie niederregnen lassen. Wer hatte sich das gewünscht?

＊

Sie schlagen sich einen groben Pfad durch ein Gehölz aus Roteschen rings um einen felsigen Abhang mit einem einsamen Schraubenbaum, dessen knallrote keilförmige Früchte den Juwelen gleichen, die Aubrey und Horace Hook den Toten des Hollow Wood Cemetery stahlen. Als ihre improvisierte Marschroute sie immer weiter über die Steigungen und Sandsteinpisten führt, spendet der Mond ihnen genug Licht, um das Land zu sehen, das sich nun vor ihnen ausbreitet. Dann folgen sie einem deutlicheren Pfad durch Bäume, Senken, über Felsvorsprünge. Vielleicht ist Sam Greenway diesen Weg schon mal gegangen, denkt Molly. Sein Volk wandert seit Jahrtausenden über diesen Pfad, so wie die Kurzohr-Felskängurus, die Schwarzfuß-Baumratten, die Kurzschnabeligel und die Goldenen Kurznasenbeutler. Und jetzt auch das Totengräbermädchen und die Schauspielerin.

Der Mond scheint silbern, und die Sterne ringsherum fügen sich für Molly pflichtbewusst zu Bildern. Ein Pfeil. Ein Elefant. Der Schild eines Kriegers. Ein Grabstein.

Ihrer Mutter Violet musste sie versprechen, dass sie ein wunderschönes, großartiges, poetisches Leben führen würde, Molly versprach, dass sie ihre Grabinschrift selbst verfassen und dafür sorgen würde, dass sich über ihr Leben mit Leichtigkeit auf einer senkrechten Kalksteinplatte schreiben ließe.

Jetzt flüstert ihr der Nachthimmel etwas ins Ohr. »Wie würde diese Inschrift lauten, Molly? Und sei ehrlich. Ich bin nicht wie der Taghimmel, dieser Narr. Ich weiß, wenn du mich anlügst.«

»Ich weiß genau, wie sie lauten würde«, flüstert Molly.

HIER RUHT DIE MUTIGE WAISE MOLLY HOOK, DIE MUTTER UND VATER VERLOR, BEVOR SIE 13 JAHRE ALT WAR, UND IN DIE WILDNIS DES AUSTRALISCHEN NORDENS AUFBRACH, UM EINEN HEXENMEISTER NAMENS LONGCOAT BOB ZU FINDEN, DOCH IN WAHRHEIT SUCHTE SIE NACH ANTWORTEN AUF FRAGEN, DIE SIE NIE ZU STELLEN WAGTE. IN EINEM JÄMMERLICHEN ANFALL BLINDWÜTIGER RACHSUCHT ERSCHLUG

SIE LONGCOAT BOB MIT EINEM BLUTFARBE-
NEN STEIN, DEN SIE FÜR DAS STEIN GEWOR-
DENE HERZ IHRER MUTTER HIELT. MOLLY
STARB VIELE JAHRE SPÄTER IM GESEGNETEN
ALTER VON 122 JAHREN, ALS SIE MIT IHREM
FAHRRAD ÜBER EINE KLIPPE IN DIE KATHE-
RINE-SCHLUCHT STÜRZTE. SIE HINTERLÄSST
IHREN MANN SAM UND IHRE GUT AUSSE-
HENDEN UND REICHEN ZWILLINGSSÖHNE
TYRONE UND GARY.

Molly bleibt stehen und greift in ihren Seesack, nur um sicherzugehen, dass der blutrote Stein noch da ist, im Grunde
aber muss sie gar nicht nachsehen, denn sie spürt das Herz
der Mutter ebenso in ihrem Seesack wie in ihrer eigenen
Brust. Greta geht in der Dunkelheit voraus.

»Hast du das wirklich vor?«, fragt der Nachthimmel.

»Vielleicht«, sagt Molly. »Wenn er nicht mit sich reden
lässt.« Sie schließt den Sack und marschiert weiter.

»Du willst Longcoat Bob diesen Stein wirklich über den
Schädel ziehen?«

»Jepp«, sagt Molly. »Wenn's sein muss.«

»Du musst nichts tun, was du nicht tun willst, Molly.«

»Ach, wirklich?«, sagt sie. »Echt? Was du nicht sagst. Ich
tu schon mein ganzes Leben Dinge, die ich nicht tun will.«

Greta schält sich aus der Finsternis. »Mit wem redest
du?«, will sie wissen.

»Ich rede mit dem Himmel«, sagt Molly.

»Na, ein Glück«, sagt Greta, ohne eine Miene zu verziehen. »Ich dachte schon, du hättest nicht mehr alle Kerzen
auf der Torte, aber du redest nur mit dem Himmel.«

*

Sie überqueren einige Sandsteinvorsprünge und tapsen langsam durch eine stockfinstere Gasse zwischen zwei Felswänden. Dann kommen sie auf eine Lichtung aus Quarzgestein, so groß wie ein halbes Fußballfeld, und der silberne Mond spiegelt sich in den wagenradgroßen Pfützen, die sich in den erodierten Mulden gebildet haben. Die Lichtung geht in einen Geröllhang über, der hinab zu einem Dickicht aus Buschpflaumen und Stachelbeersträuchern führt, durch das sie sich mit Bert hindurchkämpfen müssen.

Gewaltmarsch. Immer bricht Molly das Schweigen. Hoch oben auf einer Felsnase sieht sie einen dunklen schwarzbraunen Vogel. »Keilschwanzadler!«, ruft Molly begeistert.

Der majestätische Vogel kreist in den Aufwinden seines ganz eigenen schimmernden Himmels. Seine traumhafte Spannbreite erscheint Molly so groß wie die Länge mancher Autos. Er schlägt nicht mal mit den Flügeln. Er gleitet. Er schwebt. Dieser Vogel ist reine Magie, da oben in seinem himmlischen Revier, wo er nun unter einer Wolke, die einem Märchenschloss mit Kuppeln gleicht, seine Kreise zieht. Dort ist sein Zuhause, sein Königreich.

»Das ist die Königin«, sagt Molly. »Ihre Majestät!«, ruft sie gen Himmel und winkt so ehrfürchtig empor, wie man der Regentin ihres Mutterlandes winken würde. Sie holt tief Luft und strahlt.

»Sie ist genau wie wir. Sie ist frei.« Molly nickt. »Jepp, das ist das pralle Leben, Greta. Das ist genau die Art von Leben, die wir führen sollten.«

»Ich kann mir 'ne Menge andere Arten vorstellen, die mir lieber wären«, sagt Greta. »Und in jeder davon hab ich 'nen Drink in der Hand.«

»Ich meine, das ist es doch, was wir eigentlich mit unserem Leben anstellen sollten, oder?«, erwidert Molly. »Wir

sollten Sachen finden, die wir auf unsere Grabsteine meißeln können. Und gerade sind wir dabei, unsere eigenen
Inschriften zu schreiben, Greta. Du deine und ich meine.«

Greta hat ihr Grab vor Augen. »Sie war die nächste Greta
Garbo«, sagt sie, »doch sie starb viel zu früh an einem Son-
nenstich und dem Gequassel eines Mädchens, das mit dem
Himmel redet. Die Palmerston Players schlossen für zwei
Tage das Theater, sowohl aus Pietät als auch aufgrund der
Tatsache, dass mit Miss Maze' frühzeitigem Hinscheiden
schlagartig ein Drittel des Ensembles fehlte.«

»Ich werde mich für den Rest meines Lebens an diese
Wanderung mit dir erinnern, Greta«, sagt Molly.

»Prima, Molly«, sagt Greta, »denn wenn wir diesen silbernen Weg deines Großvaters nicht bald finden, könnte
dies auch die letzte Wanderung deines Lebens sein.«

Der von einer Quelle gespeiste Dschungel aus Monsun-
palmen lichtet sich ein wenig und gibt den Blick auf eine
breite Sandsteinzunge frei, die zu einem wellenförmigen
windgeschützten Überhang hochführt, woraufhin Greta
vorschlägt, dort Rast zu machen und zu schlafen, bevor sie
zum nächsten Tagesmarsch in praller Sonne aufbrechen. Sie
hockt sich zwischen einen großen Felsklotz und den Überhang und lässt den Kopf auf die Beine fallen. Molly aber
steht noch immer, weil eine sonderbare Felsformation oben
auf dem Überhang sie fasziniert: ein roter Sandsteinblock,
den die Witterung zum rauen und zerklüfteten Umriss eines menschlichen Gesichts geschliffen hat, wenn auch eines
Gesichts mit viereckigen Brauen, diamantförmiger Nase
und einer waagerechten Furche, die ihm ein mattes Grinsen schenkt. Und dennoch ein Gesicht: die harten Züge
eines Mannes, gezeichnet und gegerbt von Wasser, Wind
und urzeitlichen Kräften in der Erde und dem Auf und Ab
der Meere und der Landmasse, die Australiens größtes Ge-

heimnis birgt – die Zeit, die in allem ruht, das sich bewegt, und in allem, das stillsteht. Und dieses Gesicht kommt Molly im Mondschein so lebendig vor, als könne es sich jeden Moment umdrehen, auf sie hinabblicken und sie tadeln, dass es sich nicht gehört, Erwachsene so unverhohlen anzugaffen.

»Ich bin gleich wieder da«, sagt Molly und flitzt um den Sockel des Felsens.

»Wo willst du hin?«, ruft Greta ihr verdattert nach.

Doch Molly hört die Frage nicht einmal, weil sie im Dunkeln so auf ihre Schritte achten muss, als sie über Felsen und Geröll kraxelt und sich auf Vorsprünge und Riffe hievt.

Greta bleibt allein zurück, zunehmend beunruhigt, und versucht, Mollys Schritte zu verfolgen, doch das Mädchen ist schon in die Dunkelheit entglitten und um eine schräg abfallende Felsflanke gehuscht, die sich bis hinauf zum Dach des gewellten Überhangs erstreckt, auf dem das Felsgebilde mit dem Männergesicht ruht.

»Molly!«, brüllt Greta. Aber das Totengräbermädchen ist zu schnell. Und kurz darauf ist es verschwunden.

*

Kullerndes Geröll unter ihren Stiefeln. Zu dieser Stunde, so kurz vor der Dämmerung, ist für Molly alles in ein schillerndes Blau getaucht. Sie nähert sich dem Überhang über eine steile Bruchsteinflanke, die sich wie eine Wirbelsäule über ihren Rücken zieht. Der Hang ist derart abschüssig, dass Molly auf alle viere sinken und nach oben kriechen muss, und ihre Finger kribbeln jedes Mal vor Angst, wenn sie den Halt auf den wegrollenden Kieseln verliert.

Das flache Dach des Überhangs ist klein im Vergleich zu den Plateaus, die sie bisher im Buschland gesehen hat, doch noch immer groß genug, um ein kleines Haus daraufzustellen oder Dottie Drakes Friseursalon oder Bert Greens Süßigkeitenladen. Der Süßigkeitenladen. Was sie nicht für ein großes Glas Sarsaparilla geben würde. Oder für einen grün-rot gescheckten Dauerlutscher mit Apfelgeschmack.

Sie nähert sich der seltsamen Felsformation von hinten, und dann erschaudert sie im Mondschein, als ihr klar wird, dass das steingemeißelte Gesicht einen wundersamen Balanceakt vollführt, sich mit all seinem Gewicht auf einer einzigen kleinen Platte uralten Gesteins nach vorne neigt. Ein ganzes menschliches Gesicht, das nur auf dem Drittel eines Halses ruht. Nach allen Gesetzmäßigkeiten der Schwerkraft müsste das Gebilde schon vor tausend Jahren vom Überhang gestürzt sein, doch es steht noch immer, wo es ist, nach vorn geneigt, wie um Molly mitzuteilen, dass es angestrengt versucht, etwas Bestimmtes zu erblicken, doch Sandsteinaugen können nun einmal nicht sehen, also wird das Gesicht an dieser heiklen Stelle ausharren, bis seine Augen die Farbe des Himmels annehmen und meilenweit sehen können, so wie Molly Hook.

Sie fährt mit der Hand über die diamantförmige Nase und die markante Furche, die aussieht wie die Spalte, wo Ober- und Unterlippe aufeinandertreffen, streicht sanft über die Augen, die nichts sehen können, und sieht darin doch jemanden, den sie kennt. Jemanden, nach dem sie sich so sehr gesehnt hat.

»Dad«, flüstert sie. Und Walt Whitman erinnert sie an den todlosen Tod. »›Ich weiß, ich bin todlos.‹«

»›Triffst du mich nicht an einer Stelle, so suche woanders‹«, sagt sie. »›Irgendwo bleib ich und warte auf dich.‹«

Und sie sieht die tiefen Augen ihres Vaters. Den Überhang seines Kummers. Das Geröll seiner Vergangenheit.
Die schroffen Kanten seiner Schwächen. Die staubigen Lippen seiner Reue. Ihr Vater sitzt jetzt neben Ol' Man Rock,
denkt sie. Horace Hook und der Schöpfer der Berge, denkt
sie, die versuchen zu verstehen, was hier unten auf der Erde
geschehen ist. Die versuchen zu verstehen, was Männer wie
Aubrey Hook hervorbringt.

Sam sagt, er kann Ol' Man Rock alles fragen und bekommt immer die richtige Antwort.

»Wo ist der silberne Weg?«, flüstert Molly.

Und sie findet die Antwort in den großen tiefen Sandsteinaugen. Sie folgt dem Blick des Felsgesichts und geht
bis zum Rand des Überhangs, so nah, dass sie mit einem
unbedachten Fehltritt in den Tod stürzen würde. Dann
neigt sie den Kopf genauso wie das Felsgesicht und sieht,
was der Felsenmann nicht sehen kann: einen stillen, mondbeschienenen Süßwassersee, und vom Rand dieses Sees
geht ein gewundener Pfad ab, der schimmert, als wäre er
aus Sternenstaub. Eine kristallene Glasschlange, die sich
durch den finsteren Monsunwald schlängelt. Und während
sie dort steht, wacht die Sonne auf, der erste aufgehende
Lichtstreif trifft auf den matten Schein des Mondes, und
der silberne Weg funkelt wie eine glitzernde Diamantkette,
arglos hingeworfen auf den Grund des Buschlands, die sich
nun verschlungen und gewunden durch den Wald zieht, offen und endlos. Ein magischer Pfad für alle, die den rechten
Blick haben, ihn zu erkennen, ein Weg, der sich bis zum
silbernen Horizont erstreckt, zum Gold, zum Schatz, zu
Longcoat Bob.

»Greta!«, kreischt Molly, und der Name hallt durchs
tiefe Buschland.

DER MANN
IM ADMIRALSROCK

Ein olivgrüner Ford A hält am Rand einer schmalen Lehmstraße, gesäumt mit orange blühenden Banksien. Aubrey Hook zieht die Handbremse des Fords, und die Bewegung jagt ihm einen grellen Schmerz durch die Wunde an der linken Schulter. Langsam knöpft er sein Flanellhemd auf. Die getrocknete Eiterkruste der Bisswunde klebt fest am Stoff des Hemds. Er zerrt am Ärmel, reißt den gelb gesäumten Grind ab, der sich außen um den Biss gebildet hat. Hass allein konnte eine solche Wunde hinterlassen, sagt er sich. Hass allein konnte einen Mann zum Dingo werden lassen, konnte seinen kleinen Bruder Horace in einen wilden Hund verwandeln, der imstande war, dem eigenen Bruder das Fleisch aus der Schulter zu beißen.

Er steigt aus und begutachtet die verletzte Schulter im Seitenspiegel des Wagens. Ein entzündeter Batzen Blut und Eiter – die Zähne seines Bruders waren wohl so faulig wie seine eigenen. In den schlammgesäumten Bächen jenseits dieser Banksien gleiten weißbäuchige Mangrovenschlangen durchs Wasser, die tote Schlammkrabben und giftverseuchte Kröten fressen, und selbst ihre Fänge sind weniger infektiös als Horace Hooks schwarz verfärbte Beißer. Aubrey studiert die Wunde, doch alles, was er im Seitenspiegel sieht, ist das Totengräbermädchen und sein elendes

Leben und die lange Reihe elender Ereignisse, die Horace bis unter jene japanische Bombe gebracht haben, die den Körper seines Bruders so unsanft von seinem linken Bein wegkatapultiert hat. Kein Funken Hook, sagt er sich. Das Mädchen ist eine Berry, durch und durch.

Er knöpft sein Hemd zu und geht die Straße entlang. Auf der rechten Seite senkt er den Kopf und folgt zwei parallelen Reifenspuren, die eine Böschung hinab und zu seinem roten Pritschenwagen führen, der verlassen und mit tief eingedellter Kühlerhaube in einer Gruppe Eukalyptusbäume steht. Die Fenster sind offen, und es scheint, als wäre der Truck auf der Fahrerseite von etwas Mächtigem gerammt worden. Aubrey trottet wieder hoch zur Straße, läuft ein Stück zurück, vorüber am geparkten Ford, bis zu einer Reihe kurviger und krummer Bremsspuren auf der feuchten Fahrbahn. Noch ein Stück davor entdeckt er eine ganze Reihe von Hufabdrücken, die sich quer über die Straße ziehen. Er wirft einen Blick auf die Straßenbäume und das dichte Buschwerk, hinter dem ein üppiges Waldgebiet erkennbar ist, das sich in der Ferne bis zum Meer erstreckt. Keine Pferdespuren. Und für Kühe stehen die Hufe zu weit auseinander. Das waren kraftvolle, behände Tiere. Büffel, denkt er. Und ihm geht auf, was für ein unsägliches Pech das Totengräbermädchen und die Schauspielerin doch haben. Wie furchtbar, mit solchem Pech leben zu müssen. So vom Pech verfolgt zu sein, dass ihnen eine panische Herde fliehender Wasserbüffel in die Seite kracht und den Wagen von der Straße rammt. Typisches Tom-Berry-Pech, denkt er. Ein Pech, wie es nur die Familie von Tom Berry heimsucht.

*

»Wie wahrscheinlich ist das, Leute?«, frohlockte Tom Berry und verschüttete einen Bierschwall über die unlackierten Holzdielen der Schankstube im Hotel Darwin. »Da lag ich also und hielt mich für den größten Pechvogel, der je eine Spitzhacke geschwungen hat, und dann schau ich auf und sehe diesen barfüßigen Blackfeller, der angezogen ist wie Scheiß-Napoleon!«

Aubrey lässt den Ford wieder an und tuckert kaum schneller am Straßenrand entlang, als er hätte laufen können, wäre sein Leib nicht so zerschunden. Er erinnert sich an das breite Lächeln auf Toms Gesicht. Das schiere Wunder. Das schiere Glück.

Es müssen gut zwanzig örtliche Goldgräber im Pub gewesen sein an diesem Nachmittag, und Aubrey Hook war einer der jüngsten. Die Männer feierten die wundersame Rückkehr von Tom Berry, der vor drei Monaten beim Goldsuchen im felsigen Tafelland weit jenseits des Clyde River verschwunden war. Tom gab drei Runden Whisky aus, und dann erzählte er unter Johlen und Gebrüll die außergewöhnliche und scheinbar unwahrscheinliche Geschichte der drei Monate, die er im Buschland verschollen war.

Mehrere Tage, so entsann er sich, habe er an einem Ort, den er tunlichst vermied preiszugeben, gute Fortschritte an einer Quarzader gemacht. Gelebt habe er von Bohnen und Whisky, und das große Potenzial der Ader habe er nur Samson anvertraut, der ihm seit zwölf Jahren als treues Packpferd diente. Tom erzählte seinem Pferd, dass er als reicher Mann zurückkehren werde und dass seine geliebte Gattin Bonnie Berry und seine geliebten Kinder, die damals jugendlichen Violet und Peter Berry, in Darwin auf ihn warteten. Und dass er sie nach seiner Rückkehr bitten werde, doch hurtig ihre Sachen zu packen, da sie jetzt nach

Sydney ziehen würden, denn Tom werde aus dem Goldgräbergeschäft aussteigen und fortan nur noch Kaviar löffeln, denn das Glück sei ihm nun endlich hold und es werde ihm batzenweise Gold bescheren. Er malte Samson aus, wie er, zurück in Darwin, runter in die Smith Street marschieren und alle dunklen Ecken jeder finsteren Kaschemme nach Goldgräbern absuchen würde. Und er würde sie finden, jeden dieser selbstgefälligen Burschen, die je über sein fehlendes Geschick als Goldgräber gespottet hatten; jeden, der gesagt hatte, er habe mehr Gespür für Bücher als für Goldnuggets; jeden, der gehöhnt hatte, Toms Augen funkelten beim Lesen, doch in seiner Goldwaschpfanne würde niemals etwas funkeln. Und er würde diese Männer zusammenscharen und strahlen wie Gold selbst, wenn er ihnen von seinen Reichtümern berichten würde.

Während er also auf die Quarzader einhackte, bemerkte Tom an seinem linken Unterarm einen merkwürdigen Ausschlag, und dieser Ausschlag fing an, sich über seine ganze linke Körperhälfte auszubreiten. Er arbeitete weiter, hieb mit Axt und Steinhammer auf die Ader ein, bald jedoch begann er wie verrückt zu husten und seine Brust bei jedem Atemzug zu pfeifen, und er bekam einfach nicht genügend Luft in seine Lungen. Fiebernd und schwitzend beschloss er klugerweise, Werkzeuge und Proviant zusammenzupacken, stieg auf Samson und lenkte sein treues Pferd in Richtung Darwin, um dort einen Arzt aufzusuchen, denn ganz gewiss musste er sich eine todbringende Grippe eingefangen haben.

Auf dem Weg wurden seine Glieder derart schwach, dass er sich nicht mehr aufrecht halten konnte, und er ritt fünf Kilometer auf dem Bauch, die leblosen Arme mühevoll um Samsons Flanken geschlungen. So gut wie führungslos trottete das Pferd durch den Busch, bevor es einen steilen Pfad in die Hochebene einschlug. Es ernährte sich vom Gras am Wegesrand, und wenn es eine Strecke wählen musste, fiel seine Wahl schlicht auf die Route mit dem besten Gras.

Das Pferd klapperte weitere fünfzehn Kilometer über heimtückische Bergpfade bis zu einem reißenden Fluss, der kurz darauf in einem donnernden Wasserfall hinabstürzte, dessen Rauschen Toms schwindende Sinne eben noch wahrnehmen konnten.

Samson blieb vor einer Brücke, die über die Stromschnellen führte, stehen. »Aber es war keine Brücke aus Nägeln und Hartholz«, flüsterte Tom Berry seinem gebannten Publikum im Schankraum zu. »Es war eine Brücke, wie die Schwarzen sie bauen, ihr wisst schon, ein paar dürre Baumstämme, die für ein Packpferd kaum mehr sind als Zweige. Samson weigerte sich, weiterzugehen.«

Tom Berry glitt vom Pferd und landete in einem Wirrsal aus verschränkten Gliedern am steinigen Ufer der Stromschnellen. Er konnte nicht mehr laufen, denn seine Beine waren gelähmt. Auch sein Gesicht war halb gelähmt – die gesamte linke Hälfte war taub und hing so schlaff hinunter, dass er fürchtete, sie würde einfach abfallen. Das Gesicht zu Boden gepresst und mit heraushängender Zunge versuchte er, sich bis zur Brücke zu schleppen, kroch noch eine Handvoll Meter, doch eine Armeslänge vor dem Übergang verließen ihn die Kräfte.

Er schloss die Augen, atmete langsamer und bedauerte, dass ihm die Kraft fehlte, sich in die Stromschnellen zu stürzen, wo ihm ein schneller Tod beschieden wäre, entweder indem er mit dem Schädel gegen einen Stein schlagen oder in den Wasserfall gerissen, von der Felskuppe geschleudert und bald darauf in der tosenden Gischt ertränkt würde. Stattdessen würde er langsam in der sengenden Sonne Nordaustraliens verdursten. In diesem Augenblick ging ihm durch den Kopf, dass es einmal eine Zeit in seinem Leben gegeben hatte, da er beabsichtigte, seinen Verstand für etwas Besseres zu verwenden, als eine Spitzhacke gegen Felswände zu dreschen, von denen er wusste, dass sie wertlos waren, doch zu stolz war, es einzugestehen. Er hatte Lehrer werden wollen. Ein örtlicher Pfarrer, Duncan Hall, hatte in Palmerston eine kleine katholische Schule gegründet, vor allem für die Kinder der Goldgräberfamilien, und dieser Pfarrer hatte Tom gefragt, ob er die Kinder dort nicht in Grammatik und Rhetorik unterrichten wolle, da er doch ein so eifriger und eloquenter Fürsprecher der Wunder des geschriebenen Wortes sei. Doch Tom hatte ihm eine Absage erteilt, weil er nun mal diese Schwäche in sich trug, und diese Schwäche glomm wie Feuer in den Spalten grauer Felsen und setzte seine Seele lichterloh in Brand. Anschließend dachte er an seine Frau Bonnie und seinen Sohn Peter, der ein stiller und guter Junge war, und an seine Tochter Violet, und wie einleuchtend es doch war, dass eine so hinreißende Frau wie Bonnie eine so hinreißende junge Dame wie Violet hervorbringen würde. Als ebenso leidenschaftliche Leserin wie ihr Vater hatte sie seine Gedichtbände geradezu verschlungen. Selbst am Frühstückstisch sagte sie für ihn Verse auf und ließ ihre Hafergrütze kalt werden, so versunken war sie in den Welten eines Byron, Wordsworth oder Whitman. Doch der Glanz des Goldes machte ihn für all dies blind. Der Glanz ließ ihn zu viel an Felswänden herumhacken, und dann ließ er ihn zu viel trinken, denn der Whisky hielt die Langeweile fern, ließ ihn weiterschuften, immer weiter.

Jetzt wälzte sich der Goldsucher herum und starrte in einen Goldglanz gänzlich anderer Natur, nämlich in die pralle Sonne, und bat darum, ihn in Brand zu setzen und seine goldsüchtige Seele zu Asche zu verbrennen.

»Dann aber hörte ich Samson gellend wiehern, als habe ihn irgendwas erschreckt«, berichtete Tom Berry den erstaunten Whiskytrinkern an der Bar. »Und ich spürte Schritte auf mich zukommen, konnte aber nicht einmal mehr den Kopf bewegen, Gentlemen, weil ich so furchtbar schwach war. Doch meine Augen konnte ich bewegen, und ich wandte meinen Blick den Schritten auf der Erde zu, und nun ragte eine Gestalt über mir auf.« Tom legte eine dramatische Pause ein, senkte die Stimme und fuhr mit seiner Erzählung fort. »Die Gestalt eines Mannes, und dieser Mann stand direkt vor der Sonne, sodass ich nur seinen Mantel sehen konnte. Seinen langen ... schwarzen ... gottverdammten Mantel! Den Uniformrock eines französischen Admirals.«

Ungläubiges Gejohle hallte von den bierfleckigen Kneipenwänden wider. »Mumpitz«, »Humbug«, »Bockmist«, schallte es, doch Tom Berry beharrte auf seiner Geschichte. Longcoat Bob war alt und groß gewachsen. Unter dem Uniformrock trug er kein Hemd, doch seine langen dürren Beine steckten in braunen Reithosen. Über seine Brust zog sich eine Reihe langer Narben, die aussahen wie die Linien der Klaviernoten, von denen Bonnie Berry ihnen nach dem Essen gerne vorspielte. Auf dem Kopf lockte sich ein wilder Schopf silbergrauen Haares, und die Falten in seinem langen hageren Gesicht waren so tief, dass sie anmuteten wie Kriegsnarben. Den Admiralsrock trug er mit solcher Selbstverständlichkeit wie Weiße eine Weste. Der Rock war aus marineblauer Wolle, Armeequalität, mit Goldknöpfen und kunstvollen Stickereien auf Manschetten und Revers. Der Kragen war so hoch und steif, dass er Bobs Ohrläppchen berührte. Dennoch war der Rock kein Museumsstück; es schien, als trüge der Alte ihn schon seit Jahrzehnten, denn an den Ellbogen war er abgewetzt und befleckt von Staub und Schmutz.

»Das Ding war wirklich echt«, beteuerte Tom, doch die Männer prusteten vor Lachen, und das Bier rann ihnen von den Lippen, während sie sich johlend auf die Schenkel klopften.

»Es ist die Wahrheit«, schnaufte Tom. »Dieser Rock war aus den Napoleonischen Kriegen irgendwie zu diesem Kerl da oben in den Bergen gelangt.«

Toms Publikum jedoch blieb skeptisch. »Du bist da oben wahnsinnig geworden, Berry«, rief Albert Strudwick, ein gestandener Goldgräber aus Südaustralien. »Dann erklär mir doch, wie ein Blackfeller da draußen an einen Uniformrock kommen soll, der einst für die Armee des französischen Kaiserreichs geschneidert wurde!«

Tom kippte ein kleines Glas Whisky und spülte es mit einem kräftigen Schluck Bier hinunter. »Nun, es gibt da noch etwas, das ihr über diesen Longcoat Bob wissen müsst. Er ist nicht wie die anderen Blackfeller.«

Und dann schilderte Tom, wie er zu Longcoat Bobs Füßen das Bewusstsein verlor, denn der Anblick des seltsamen Aborigines hatte sich wie ein Traum angefühlt, und nun blieb ihm keine andere Wahl, als in diesen Traum hinüberzugleiten. Als er zwei Tage später wieder aufwachte, lag er in einer kleinen Hütte mit Pfosten aus Ästen und Wänden aus rostigem Wellblech. In der Hütte roch es nach Eukalyptusöl. Sein Hals pochte furchtbar, doch litt er nicht mehr unter den Symptomen einer Grippe, an denen er bei den Stromschnellen beinahe gestorben wäre. Er strich sich mit der Hand über den Nacken und erspürte ein Loch in der weichen Haut hinter seinem rechten Ohr. Das Loch war mit einer Paste gefüllt, die nach Pisse und moderigem Gras roch.

Dann trat eine Aborigine in die Hütte. Sie sagte, sie heiße Little Des und sei die Tochter einer älteren Frau namens Big Desree. Sie trug ein altes graues Leinenhemd und beherrschte sowohl Englisch als auch die Sprache ihres Volkes, und sie erzählte dem verirrten Goldgräber, welches Glück er doch gehabt habe, dass dieser außergewöhnliche Mann, den sie Longcoat Bob nannten, ihn gefunden habe. Denn dieser habe Tom Berry in sein Lager gebracht und die Lähmungen verursachende, nur pfefferkorngroße Zecke entdeckt, die sich in der Hinterseite seines Schädels festgebissen und einen Tunnel in sein Fleisch gebohrt habe und kurz davor gewesen sei, sich durch die weiche saftige Wand seines Gehirns zu fressen. Und während sie sich mit seinem Fleisch den Bauch vollschlug, habe die Zecke ein Gift in Tom Berrys Kopf abgesondert. Longcoat Bob habe die Zecke in feuchter Tabakasche ertränkt und sie dann mit einer glühenden Messerspitze herausgeschnitten. Anschließend habe er das Loch mit einer Heilpaste aus Emusträuchern, Teebaumöl, zerstampften Mottenlarven und einer weiteren geheimen Zutat gefüllt, die er Little Des zufolge keinem anderen Stammesmitglied verraten wollte, um seine exponierte Stellung als Zauberer und Heiler zu bewahren.

»Was hast du hier draußen denn überhaupt gemacht?«, fragte Little Des. Und Tom erzählte Little Des von seiner beschämenden Sucht nach Gold, und dass er rund dreißig Kilometer von Longcoat Bobs Lager entfernt eine vielversprechende Quarzader entdeckt und gehofft hatte, als reicher Mann nach Darwin zurückzukehren, um gut für seine geliebte Familie sorgen zu können.

Als Tom später lächelnd aus der Hütte trat, fand er sich in einem kleinen Stammeslager aus Hütten und Feuerstellen wieder. Es lag in einer Lichtung, gesäumt von Eukalyptusbäumen und üppigen Palmfarnen mit gut drei Meter hohen Stämmen. Drei schüchterne junge Frauen traten mit

Rindentellern voller Köstlichkeiten an ihn heran, brachten ihm hart gekochte Gänseeier, frisch gebackenen Fisch und Aal. In einer schattigen Ecke des Lagers fand er Samson, der vergnügt aus einem Wassereimer trank, neben ihm ein Berg aus frisch gezupftem Gras und Buschäpfeln.

Anschließend befahl Longcoat Bob Tom, eine Woche lang jeden Tag vierzehn Buschpflaumen zu essen, um die Entzündung abzutöten. Und bald schon war Tom wieder bei Kräften, doch er hatte es nicht eilig, sich auf Samson zu schwingen und den langen Heimweg bis nach Darwin anzutreten. Er hatte Longcoat Bobs Volk lieb gewonnen, und diese Menschen ihn.

Longcoat Bob genoss es, abends am Feuer zu sitzen und dem verirrten Reisenden Geschichten darüber zu erzählen, wie das Land ringsum entstanden war, und zum Dank dafür gab Tom Landschaftsbeschreibungen berühmter englischer Dichter zum Besten. Dann erzählte Tom Berry Longcoat Bob seine Lebensgeschichte. Erzählte ihm von seiner Liebe fürs geschriebene Wort, von der der Glanz des Goldes ihn abgelenkt hatte. Sprach davon, wie hart er für nichts und wieder nichts geschuftet und welch große Last er seiner Ehefrau und seinen Kindern damit aufgebürdet hatte, und dass ihn jeder Felsen, jede Höhle, jeder Aushub, der kein Gold bescherte, nur noch bitterer und wütender gemacht habe, bis er die ganze Welt verfluchte. Nun jedoch, da er mit Longcoat Bob am Feuer sitze, fühle er sich wie ein neuer Mensch. Er sei ins Buschland geritten, um nach Gold zu suchen, gefunden habe er aber ein neues, besseres Leben. Würde er jetzt auf eine Goldader von Wert stoßen, gelobte er, dann würde er die Gnade, die Gott und Longcoat Bob ihm dieser Tage erwiesen, heimzahlen, indem er eine Schule gründete, in der alle Kinder Darwins ungeachtet von Hautfarbe und Religion sowohl die Wunder des geschriebenen

Wortes als auch Longcoat Bobs Schöpfungsgeschichten lernen würden. Und Longcoat Bob sah den Goldgräber durch die Flammen hinweg an, erhob sich, neigte sich zu Tom hinüber, streckte seinen langen Arm aus und deutete auf Toms Brust. »Gutes Herz, Tom Berry«, sagte er und tippte ihm zweimal auf die Brust. »Gutes Herz.« Dann wandte Longcoat Bob sich Richtung Wald. »Ich muss eine Weile mit den Sternen reden«, sagte er und verschwand in der Dunkelheit.

Am nächsten Abend vor Sonnenuntergang suchte Longcoat Bob Tom in seiner Hütte auf. »Morgen bei Sonnenaufgang machen Tom Berry und Bob lange Wanderung«, verkündete er.

»Und, bei Gott, das war wirklich eine lange Wanderung, meine Freunde«, beschied Tom Berry seinem Publikum. »Wir marschierten sechs Tage lang. Das Land war Longcoat Bobs Speisekammer. Er verwandelte Raupen in gegrillte Köstlichkeiten. Er tauchte die Arme in Flüsse, und Langhalsschildkröten schwammen ihm förmlich in die Hände. Und dieses Land, das er mir zeigte, meine Freunde, glich keinem Land, das ich je gesehen hatte. Er führte mich durch das gefährlichste und unwegsamste Buschland. Lotste mich durch uralte Stollen, krokodilverseuchte Wasserlöcher und durch Höhlensysteme, die aussahen wie Tore in andere Dimensionen des Raumes und der Zeit. Ich sah Dinge in diesem Land, meine Herren, die ich mir in meinen kühnsten Träumen nicht hätte ausmalen können. Doch ich muss sagen, es gab auch Prüfungen. Ich musste meinen Mut beweisen. Musste meine Treue zu Longcoat Bob ebenso unter Beweis stellen wie meinen Glauben an Dinge jenseits meiner Vorstellungskraft, und ich bin sicher, dass er mich auf die Probe stellte. Je mehr davon ich ihm bewies, desto näher brachte er mich seinem geheimen Ort.«

»Und wo genau war dieser geheime Ort?«, brüllte Albert Strudwick.

»Na, das würdest du sicher gerne wissen, Albert«, neckte ihn Tom. »Aber Longcoat Bobs Geheimnisse sind bei mir gut aufgehoben – wenngleich ihr freilich wisst, meine lieben Freunde, dass ich im Grunde meines Herzens ein Gelehrter bin. Und ein guter Gelehrter macht sich stets Notizen.«

Tom Berry lachte, tippte sich an die Schläfe, doch verlor er keine Silbe darüber, dass das, was damals einem Bleistift am nächsten kam, ein Taschenmesser gewesen war, und das, was am ehesten einem Notizblock glich, seine Goldwaschpfanne. Doch gab er durchaus preis, dass seine Wanderung mit Longcoat Bob in einem Wunder endete. Einem Ort schierer Unmöglichkeit.

»Es war eine Schatzkammer«, sagte Tom Berry. »Eine Kammer voller Gold, verborgen im Herzen des Buschlands. Eine Art Tresorraum, errichtet von der Erde selbst, gefüllt mit mehr Rohgold, als ich auf dem Rücken von zehn Pferden je hätte nach Hause tragen können.«

»Geh hinein«, sagte Longcoat Bob am Eingang. Und als Tom Berry zögerlich in das Gewölbe trat, wurden seine dunkelbraunen Augen erhellt vom Funkeln rohen Goldes. Zu viele dicke Klumpen Rohgold, als dass man sie hätte zählen können. Goldnuggets so groß wie Äpfel. Goldbatzen groß wie Orangen. Wie Baumstämme geformte Nuggets so groß wie Toms Hand. Dreieckige Nuggets. Ein Nugget war so groß wie eine Aubergine und so schwer, dass Tom es nur mit beiden Händen halten konnte.

»Gehört das alles dir?«, fragte Tom Longcoat Bob.

Longcoat Bob schüttelte den Kopf. »Es gehört nicht mir«, sagte er. Er erzählte Tom, das Gold gehöre dem Land. Es sagte, sein Volk würde seit Jahrhunderten schon Goldklumpen wie die hier in der Kammer finden. Doch in all den

Jahren habe es nicht ein einziges Stück Gold gegeben, das seinem Besitzer auch nur eine Spur von wahrem Glück gebracht habe. Longcoat Bob berichtete, vor langer Zeit – vor Hunderten von Jahren – habe seine Familie einmal einen großen Klumpen gefunden, der die Form einer menschlichen Hand besaß, und bald schon war er so begehrt, dass er Zwietracht zwischen Bruder und Schwester, Schwester und Mutter, Vater und Sohn säte. Während einer dieser Streitigkeiten habe eine alte Frau ihrem Neffen diese Goldhand auf den Kopf geschlagen. Der Hieb ließ den Neffen verstummen, und seine geistigen Fähigkeiten glichen fortan einem Wasserloch, das sich nie mehr als bis zur Hälfte füllte, und die alte Frau schämte sich so sehr für das, was sie getan hatte, dass sie Longcoat Bobs Großvater, den damaligen Familienältesten, anflehte, das Gold an einem Ort zu verstecken, wo niemand sonst es finden könnte. Und auch alle weiteren Goldnuggets, die man von da an fand, sollten dort am besten ebenso verborgen werden, beschloss Longcoat Bobs Großvater.

»Und ihr werdet kaum glauben, was er dann sagte«, flüsterte Tom Berry seinem verzückten Publikum zu. »Er sagte, für ihn und seine Familie besäße all dieses Gold nicht den geringsten Wert. Ein wahrer Schatz, sagte er, sei für ihn so etwas wie eine Süßwasserquelle. Die wahren Edelsteine der Erde seien Stachelbeeren, die an Bäumen wüchsen. Eine erfolgreiche Grabung sei, wenn er seine Hand in ein Schlammloch stecke und dort eine Langhalsschildkröte fände, die er packen könne. Wahrer Reichtum, meinte er, wären keine Taschen voller Münzen, sondern ein Bauch voll weißem Schildkrötenfleisch, gegart im eigenen Saft und Panzer. Er sagte, das Einzige, wozu Gold gut sei, wäre zu glänzen, und der Glanz des Goldes sei wie das strahlende Lächeln der Weißen mit den teuren Anzügen, die er in der

Stadt gesehen habe. Er sagte, Gold sei nicht zu trauen. Er sagte, wir alle hätten die Goldkrankheit, und die ließe unser Herz verrotten. Sie vergifte uns. Sie verändere uns, ändere, wer wir seien und wie wir uns verhielten.«

»Und verdammt recht hatter damit«, lallte ein bezechter Goldsucher, auch aus Halls Creek, und hob sein Bierglas. Und alle anderen Goldgräber reckten zustimmend die Gläser in die Luft.

»Er sagte, die Langhalsschildkröte tue das nicht«, fuhr Tom Berry fort. »Die Schildkröte sei ein Geschenk der Erde, das nur Gutes bewirke. Mit dem Fett der Schildkröte reibe er Säuglingen die Brust ein, um sie gesund zu machen. Öl und Fleisch einer Schildkröte, so sagte er, würden einem sterbenden Alten einen weiteren Monat schenken, in dem er die Sonne aufgehen sehe. Und dann fragte er mich, ob ich denn glaube, ein Monat von Sonnenaufgängen sei mehr oder weniger wert als die Kiste voller Gold, die hier unten im Gewölbe ruhe. Und ich antwortete, dass es darauf ankäme, was man mit dem Gold und was man mit dem Monat anfinge.«

Das brachte Longcoat Bob zum Lächeln, er zeigte wieder auf Tom Berrys Brust und sagte: »Gutes Herz, Tom Berry. Du sprichst von guten Dingen, die aus Gold entstehen können.«

Dann wies er auf die Goldkammer. »Du darfst nehmen, was du mit den Händen tragen kannst, Tom Berry«, sagte er.

Und im Schankraum des Hotel Darwin wurde der junge Aubrey Hook ebenso neidisch wie skeptisch, während er mit ansah, wie Tom Berry sein Märchen von der Sucht nach Gold und seiner goldenen Belohnung zu Ende brachte.

»Dann aber legte Longcoat Bob mir seine Hand auf den Arm«, sagte Tom Berry. »Und er sagte etwas, das ich mein

Lebtag nicht vergessen werde, weil es mir einen eisig kalten Schauer über den müden Rücken jagte. Er sagte: Dein sei, was du trägst, Tom Berry. Aber trage, was ist dein.«

Und die Männer überall im Pub nippten stumm und verständnislos an ihrem Bier.

*

Auf der rotbraunen Lehmstraße weit südlich von Darwin bringt Aubrey Hook den Ford erneut zum Stehen. Am Straßenrand entdeckt er zwei Paar Schuhabdrücke. Eines größer als das andere. Ein Stück weiter fällt ihm eine Schlangenlinie ins Auge, die Spur von etwas, das hinter dem kleineren Paar hergeschleift wurde. Ein großer Stock, womöglich. Oder eine Art von Werkzeug, überlegt er. Eine Schaufel.

Er kniet sich neben einen Abdruck hin. Fährt die Spur der Schippe mit dem Zeigefinger nach. Das Totengräbermädchen, sagt er sich. Dieses elende Vermächtnis von Tom Berrys langer Wanderung durch die Wildnis.

Er erinnert sich an den Gesichtsausdruck jedes einzelnen Mannes an dem Tag, als Tom Berry seine sagenhafte Geschichte von Longcoat Bob und der geheimnisvollen Goldkammer zum Besten gab. Unglaube. Geringschätzung. Und auch ein kleiner Funken Neid. Goldneid.

»Wie viel hast du genommen?«, fragte Albert Strudwick mit leuchtenden Augen.

»Das werde ich euch Burschen gewiss nicht auf die Nase binden«, sagte er. »Aber ihr könnt Gift drauf nehmen, dass es genug war, um noch 'ne Runde zu spendieren.« Und er hob sein Glas und kippte triumphierend einen weiteren Whisky.

»Erzähl weiter, Berry«, drängte ihn Strudwick mit einem verschlagenen Funkeln in den Augen. »Sag uns, wie viel du genommen hast!« Der wichtigste Vorrat in der Ausrüstung eines Goldgräbers sind zuverlässige Informationen, und Albert Strudwick wollte mehr davon. »Wir wissen doch, dass du's loswerden willst, Berry!«, stichelte Strudwick. »Mach schon. Sag uns, wie reich der glückloseste Goldschürfer in ganz Australien geworden ist!«

Tom hatte sich geschworen, das Gewicht des Goldes, das er an jenem Tag aus der natürlichen Schatzkammer herausgetragen hatte, nicht preiszugeben, doch spürte er den Stolz auf seinen glanzvollen Triumph in seinem Inneren aufsteigen, als würde er bersten, wenn er noch länger an sich halten müsste. Also brach es aus ihm heraus wie glühend heiße Lava. Es gab etwas in jeder Unterhaltung unter Goldsuchern, das stets schwerer wog als Wissen: Glück. Selbst die schlausten und erfahrensten Schürfer – und Albert Strudwick gehörte mit Sicherheit dazu – wussten, dass penible Planung, Kennerschaft und Knochenarbeit nichts waren gegen die alles überwindende Macht einer Glückssträhne.

»Wir sind ganz ähnlich gebaut, Albert«, sagte Tom Berry. Beide Männer waren klein und dünn. »Wie viel Kilo kannst du heben?«

»Ich hab schon mal zwei Dreißig-Kilo-Mehlsäcke geschleppt«, sagte er. »Und das mit den Armen. Schätze, auf den Schultern würd ich noch mehr schaffen.«

Tom nickte und nippte an einem frisch eingeschenkten Whisky. »Schätze, du könntest noch ein paar Kilo mehr tragen, wenn du wüsstest, dass es Golderz ist.«

Die Männer in der Bar verstummten. Manche kratzten sich den Schädel. Manche schlugen sich in Ehrfurcht auf die Schenkel, andere schüttelten nur ungläubig den Kopf. Aubrey Hook war noch jung, doch sein Vater, der verstorbene Arthur Hook, hatte ihn gelehrt, in jeder Oberfläche ein Loch zu finden. Und er wusste: Die glänzende Fassade von Tom Berrys grandioser und wundersamer Geschichte war wie die Oberfläche jedes Goldfeldes – voller Löcher.

*

Auf der Lehmstraße folgt Aubrey Hook den Fußspuren und gelangt schließlich zu einer kurzen Brücke, die den Candlelight Creek überquert. Horace und er sind als Kinder einmal den Candlelight Creek hochgewandert. Horace hat sich so vor der Dunkelheit gefürchtet, dass sie nach einer halben Stunde Fußmarsch durch den gewundenen Tunnel aus Blättern und Geäst wieder umkehren mussten. Licht und Dunkel, sagt Aubrey sich. Es gibt nun mal Menschen, die tiefer in die Dunkelheit hineingehen können, und andere, die sich stets wieder zurück ins Licht flüchten. Eine Welt der Unbedingtheiten. Reich und Arm. Verflucht und gesegnet. Gut und Böse. Wahrheit und Lüge.

»Ich aber bin ein Mann, der zu seinem Wort steht«, verlautete Tom Berry in der Bar an jenem aufschlussreichen Nachmittag. »Ich habe Longcoat Bob versprochen, das Gold für etwas Gutes einzusetzen, und ich bin fest entschlossen, dies zu tun.«

Zur selben Zeit, da der neureiche Tom Berry seiner Frau Bonnie und seinen Kindern Violet und Peter ein neues prächtiges Anwesen an der Uferpromenade Darwins mit Blick auf die Timorsee errichtete, machte er sich an die Planung seiner neuen Schule, die eine Querstraße zurückgesetzt vom Strand am Mindil Beach entstehen sollte. Aubrey und Horace saßen im Publikum der denkwürdigen Bürgerversammlung, bei der Tom Berry im schwarzen Anzug mit Weste und Krawatte auf der Bühne stand und den versammelten Bewohnern Darwins stolz verkündete, was die

Mindil Beach Primary School denn einmal werden solle: ein Hort des Lernens für Kinder aller Hautfarben und Überzeugungen, aller Rassen und Religionen. »Vom Enkel unserer afghanischen Kameltreiber zu den Nachfahren der Stammesältesten unserer Aborigines, den Kindern der sogenannten ›Traumzeit‹«, las er von einer Seite eloquenter Bleistiftnotizen ab. »Die Mindil Beach Primary School wird allen offen stehen, die des Lernens willig sind. Und welch weitgefächertes Wissen sie erlangen werden! Von den Gedichten eines Edgar Allan Poe über die Theorien des Pythagoras bis hin, ja, meine Freunde, bis hin zu den traditionellen über die Jahrtausende am Lagerfeuer überlieferten Geschichten dieses so reichen, vielversprechenden Landes und dessen Ureinwohnern.«

Dann aber flogen die Türen auf, und die rund vierhundert Anwesenden wandten sich auf ihren Stühlen um, wo eine Aborigine-Frau im Eingang des Gemeindehauses stand und rief: »Dieb!«

Es war Little Des, die eigens aus dem Buschland hergekommen war, um den Bewohnern Darwins zu eröffnen, dass Tom Berrys Geschichte von Glück, Läuterung und langen Wanderungen nicht mehr als eine Farce war, ein kunstvoll ausgeschmücktes Märchen, erdacht, um zu kaschieren, dass er Little Des und ihre Familie bestohlen hatte.

»Wir haben dich gesund gepflegt«, kreischte Little Des durch den Gemeindesaal, während die vornehm angetanen Gäste bestürzt und fassungslos die Köpfe schüttelten, »und als wir nicht hinsahen, hast du unser Gold gestohlen.«

Tom Berry fauchte Little Des von der Bühne herab an. »Longcoat Bob hat mir gesagt, es gehört deiner Familie nicht«, gellte er. »Er sagte, es gehöre niemandem. Es war also mein gutes Recht, es mitzunehmen.«

Dann tauchte hinter Little Des eine groß gewachsene
Gestalt im langen schwarzen Mantel auf. Manche der Gäste
glaubten ihren Augen kaum, da sie die Erscheinung, die
sich ihnen bot, schlichtweg nicht fassen konnten: ein alter
Aborigine, dürr und schlaksig, aber größer als jeder Mann
im Saal, der in einem alten schwarz-goldenen französischen
Admiralsrock schweigend den Mittelgang hinunterschritt.
Der Aborigine hob die rechte Hand, doch was genau er damals in dieser Hand hielt, sollte noch für Jahre in den Pubs,
den Krämerläden und Friseursalons von Darwin hoch um-
stritten bleiben. Die einen hielten es für einen Stock, geformt wie eine Stricknadel, dessen Spitze mit braunen Emu-
federn geschmückt war. Andere sagten, es wäre nur sein
ausgestreckter Zeigefinger gewesen, der jedoch so lang war,
dass er aussah wie ein Zauberstab. Wieder andere hielten
es für den Knochen eines sündigen Menschen, bestrichen
mit Ocker, Harz und womöglich gar dem Blut des Sünders.
Der Mann deutete auf den neureichen Goldsucher auf dem
Podium. »Tom Berry«, sagte der alte Aborigine laut. »Ein
Herz aus Stein.« Und das war alles, was Longcoat Bob zu
sagen hatte.

✳

Neben der Brücke, die über den Candlelight Creek führt,
kniet Aubrey Hook nieder und späht in den schwarzen
Tunnel aus Laubwerk rings um das schmale Bächlein, das er
als Kind hinaufgewandert ist.

Ich werde kürzer, je länger ich steh, überlegt er. Denkt
daran, wie das Totengräbermädchen diese Worte ins Buschwerk geschrieben hat. Sie hat sie überallhin geschrieben.
Auf die Rückseite des Wassertanks in Hollow Wood, außen
auf die Plumpsklohütte. Hat sie in Bäume eingeritzt, sie

mit Buchstaben aus abgebrochenen Zweigen ausgelegt. Das wirre Gefasel ihres Großvaters, der sich in den Wahnsinn flüchtete, um der Schande seiner Lügen zu entkommen. Und dem Fluch seiner Vergangenheit.

Neben Aubrey Hooks linkem Fuß, am Rand der Brücke, macht er einen Fund, den er früher, als er noch so töricht war, daran zu glauben, reinem Glück zugeschrieben hätte. Eine leere runde Obstkonserve, der Deckel so grob aufgerissen und verbogen, dass er sich fragt, ob die Besitzerin sich beim Öffnen nicht geschnitten hat, sodass ihr Blut über die Finger und die Kleidung rann, Blutflecken, die sie fieberhaft versuchen würde, abzuwaschen.

DER HERZSCHLAG
DES TEUFELS

Bei Tageslicht funkelt der silberne Weg heller als Gold. Fast zwei Stunden folgt Molly jetzt schon dem gewundenen Pfad, der in silbernem Glanz erstrahlt, doch noch immer bleibt sie ständig stehen, um die schuppigen Splitter unter ihren Arbeitsstiefeln zu bestaunen, die wie geschliffenes Kristallglas aussehen. Jeder einzelne dieser Splitter reflektiert Licht und verwandelt dieses Licht in rosa, lila und türkises Funkeln. Millionen dieser durchsichtigen Scherben, im Laufe der Zeit aufgeschichtet, die als Ganzes betrachtet eine schimmernde silberne Straße bilden und die man, geht es Molly durch den Kopf, vielleicht zur glänzenden Rüstung eines Ritters der Tafelrunde zusammenschmelzen könnte. Oder sie könnte aus diesen Splittern Ziegel formen und daraus ein gläsernes Schloss errichten, in das Greta und sie fliehen können, wenn diese Suche mal vorüber ist.

Sie fährt mit den Händen durch die Silbersplitter, nimmt sie in die hohle Hand, und sie fühlen sich an wie Fischschuppen, doch ihre Farbe ist viel prachtvoller, so wie die Schuppen silberner Meerjungfrauen aus den Tiefen jener Meere, auf denen einst Odysseus segelte.

»Das ist zermahlener Glimmer«, sagt Molly. »Glitzernde Gesteinskrümel, die sich mit der Zeit hier angesammelt haben.«

Splitter, die so dünn sind wie das Filmmaterial, das sie im Star in die Projektoren einlegen, zugleich jedoch so durchsichtig und glitzernd, dass es dem falschen Nachthimmel ähnelt, der über der Leuchtreklame des Kinos hängt. An manchen Stellen sind mehrere Schichten durchscheinender Glimmerplättchen zu silbrigen buchähnlichen Brocken verklumpt, die Molly in den Fingern halten und deren Seiten Molly zählen kann, wenn sie ein Auge schließt, um besser sehen zu können.

»Ist das nicht wunderschön?«, fragt Molly. »Sam hatte mir schon von dem silbernen Weg erzählt. Er nannte ihn den Glasfluss. Er glaubt, dass eine Traumzeit-Schlange mal durch diesen tiefen Urwald hier gekrochen ist, und diese Schlange war aus Sternen, und sie hat sich so lange hier entlanggeschlängelt, dass sie sich dabei gehäutet hat. Die Schlange hat mit Absicht ihre Haut hier abgeworfen, weil sie wusste, dass der silberne Weg den Menschen dabei helfen würde, sich nachts im Wald zurechtzufinden.«

Der silberne Weg windet sich durch ein Tal mit Palmfarnen, zwischen denen ein schmaler Bach verläuft, an dem Molly und Greta eine Essenspause einlegen. Sie teilen sich eine Dose Mais aus Mollys Seesack, und Greta erkundigt sich nach dem Stand der Vorräte. Im Sack sind noch sechs Dosen und eine halbe Tube Kondensmilch. Zwei Dosen Baked Beans, eine mit Ochsenschwanzsuppe, eine mit Schinken, eine mit Corned Beef und eine Dose eingelegte Pfirsiche, die Molly furchtbar gerne öffnen würde, sich aber zusammenreißt.

»Was hast du denn sonst noch in dem Sack?«, fragt Greta. »Sieht aus, als wär noch mehr drin als nur Dosen.«

Mollys Finger gleiten über den blutroten Stein aus der Brust ihrer Mutter.

Dann holt sie ein Buch heraus. »*William Shakespeare, Sämtliche Werke*«, sagt sie.

»Na prima«, erwidert Greta, »Wenn wir irgendwo hier draußen sterben, haben wir wenigstens noch den Barden, um uns in den ewigen Schlaf zu wiegen.«

Greta sitzt am Bachrand, Yukios Pistole in der Hand. Sie denkt an den seltsamen Soldaten, der vom Himmel gefallen ist. Stellt sich vor, wie er tot neben einem Felsen liegt, einen ganzen Tagesmarsch hinter ihnen. In ihrer Fantasie hat er sich längst verirrt und aufgegeben und hockt nach dem geglückten Akt der rituellen Selbsttötung zusammengesackt und ausgeweidet da, hat sich mit dem prächtigen Schwert, das ihm so viel bedeutete, den flachen Bauch aufgeschlitzt.

»Hast du schon mal mit so einer geschossen?«, fragt Molly.

»Nur mit ein paar Holzpistolen auf der Bühne«, erwidert Greta.

»Vielleicht solltest du ein bisschen üben«, schlägt Molly vor.

»Ich muss nicht üben«, sagt Greta, kneift ein Auge zu und späht mit dem anderen den Lauf entlang. »Ist nicht schwer. Zielen, schießen und 'nen Anwalt anrufen.«

Molly kippt sich die letzten Maiskörner in den weit offenen Mund und flitzt anschließend zu einem großen schwarzen Stein, der über den Bachlauf ragt wie ein Warzenschwein, das sich zum Trinken übers Wasser beugt. »Du musst ja nicht unbedingt jemanden erschießen«, sagt sie. »Du musst ihnen nur zeigen können, dass du sie erschießen *könntest*. So wie Gary Cooper. Der schießt dreimal auf eine Dose und lässt sie so wild durch die Luft tanzen, dass sich alle Halunken in die Hose machen und ihre Knarren fallen lassen.«

Sie stellt die leere Maisdose oben auf den Stein. »Probier doch mal, die zu treffen.«

Greta verdreht die Augen, nimmt widerwillig die Stellung eines Schützen ein und zielt mit der Waffe auf die Dose. Dann drückt sie ab, und der Schuss enthauptet eine junge Felsenfeige, die aus einer Steilwand auf der anderen Bachseite wächst, rund drei Meter über der Maisdose.

Molly lacht. »Zielen, schießen und 'nen Augenarzt anrufen.«

Greta entgegnet mit gespielter Wut: »Wenn du nicht aufpasst, ziel ich das nächste Mal auf dich.«

»Probier's noch mal«, sagt Molly.

Greta schnauft tief durch, schließt das linke Auge und zielt mit dem rechten auf die Dose mit dem aufgebogenen Deckel, der aussieht wie die offene Luke eines U-Boots. Sie leckt sich über die Unterlippe und hält den Atem an, als sie den Abzug drückt.

Doch aus dem Lauf kommt keine Kugel.

Sie schaut die Waffe verdutzt an und spannt ein weiteres Mal den Abzug. Nichts geschieht. Nur das Klicken des Abzugs. Sie drückt noch einmal. Und noch mal. Nichts.

»Da sind keine Patronen mehr drin«, sagt Greta.

»Was?«, entgegnet Molly.

»Wer fliegt denn mit nur einer Kugel in seiner Waffe in die Schlacht?«, fragt Greta.

Jetzt hat Molly die Pistole in der Hand. Spürt das Gewicht der Waffe. »Er brauchte nur eine, für sich selbst«, flüstert sie.

Greta schüttelt den Kopf. »Steck sie einfach in den Seesack, okay?«

Und sie marschieren weiter.

*

Acht Kilometer auf dem silbernen Weg. Neun. Zehn. Am Nachmittag machen sie Rast, und Molly setzt sich an einen bronzefarbenen Quarzfelsen, der von den roten Hülsen wilden Indischen Sauerampfers überwuchert wird. Sie nimmt einen Schluck aus ihrem Wassersack, liest ihren Shakespeare.

»Bei welchem bist du gerade?«, will Greta wissen.

»*Die Tragödie von Hamlet, Prinz von Dänemark*«, sagt Molly.

Greta zündet sich eine Zigarette an. Es sind noch sechs übrig.

»Man nennt das Stück nur *Hamlet*«, sagt Greta.

»Klar, weiß ich«, antwortet Molly. »Aber ich benutze gern den vollständigen Titel.«

»Und wo bist du gerade bei *Die Tragödie von Hamlet, Prinz von Dänemark* von William Shakespeare, dem Barden von Avon?«, fragt Greta.

Molly legt das Buch aufgeschlagen in den Schoß. »Bei der Stelle, wo sich die Totengräber fragen, ob man Ophelia ein christliches Begräbnis gestatten sollte, falls sie sich das Leben genommen hat«, sagt Molly.

Greta nickt, zieht an ihrer Kippe.

»Glaubst du, Ophelia hat sich umgebracht?«, fragt Molly.

Greta bläst eine längliche Rauchwolke in die Luft. »Natürlich hat sie das«, sagt sie.

»So, wie er's hier schreibt, ist es aber nicht ganz sicher«, wendet Molly ein. »Er schreibt, dass auch ein Ast abgebrochen sein könnte und sie deshalb in den Teich gefallen ist.«

»Na, dafür hat sie aber herzlich wenig gestrampelt, oder?«, erwidert Greta, streckt sich lang am Bachrand aus, den Kopf auf den Unterarm gestützt. »Der olle Bill druckst nur so rum, weil Kerle nun mal ungern zugeben, dass eine Frau sich lieber umbringt, als sich ihren ganzen Bockmist länger bieten zu lassen.«

Molly nickt, überlegt einen Moment. »Glaubst du, Ophelia verdient ein christliches Begräbnis, auch wenn sie sich umgebracht hat?«

Greta zuckt die Achseln. »Das arme Ding war völlig durch den Wind«, sagt sie. »So was können Männer mit dir anstellen, Molly. Die können ein Mädchen kirre machen; es dazu bringen, dass es den nächsten Bach sucht und für immer drin schlafen will.« Sie starrt ins klare Wasser.

Dann dreht sie sich zu Molly hin und merkt, dass dem Mädchen die Frage wichtig war und ihr Humor dem nicht gerecht wird. »Gott würde Ophelia zu sich lassen, mach dir da keine Sorgen«, sagt sie kopfnickend. »Ich schätze, der da oben wird wissen, dass sie ein anständiges Begräbnis verdient hat. Das Einzige, was sie nicht verdient hat, waren einige der Kerle in ihrem Leben.«

Molly lächelt müde.

»Glaubst du, es gibt mehr gute Kerle als schlechte Kerle?«, fragt Molly.

»O ja, es gibt 'ne Menge klasse Kerle auf der Welt«, sagt Greta.

»Wen denn zum Beispiel?«

»Romeo Montague«, grinst Greta.

Molly lächelt zurück. »Den mag ich«, sagt sie. Dann schaut sie hoch zum blauen Himmel. »Schätze, meine Mum hat einige der Kerle in ihrem Leben nicht verdient.« Dann blickt sie zu Greta hinüber.

»Ja, da könntest du recht haben, Mol«, sagt Greta.

»Es gibt da diese Stelle, wo einer von Ophelias Totengräbern fragt, ob sie ins Wasser gegangen ist oder ob das Wasser zu ihr gekommen ist«, sagt Molly. »Was meine Mum angeht, frag ich mich, ob sie wohl in das Grab in Hollow Wood gegangen ist, oder ob das Leben dieses Grab zu ihr gebracht hat.«

»Das Leben bringt das Grab immer zu uns, Kleine.«

»Klar, aber warum bringt es manchen ihr Grab so früh und anderen so spät?«

»Ich fürchte, Hamlets Mum lag bei dieser Sache richtig, Mol«, sagt Greta.

»Ich hab vergessen, was sie darüber gesagt hat.«

»Sie hat gesagt, was lebt, muss sterben«, sagt Greta. »Und dass dieser Scheiß irgendwann mal auf uns alle zukommt.«

»Dass Scheiße auf uns zukommt?«, überlegt Molly.

»Nein, dass das ganz normal ist«, erklärt Greta. »Dass dieser Scheiß jeden mal betrifft.« Sie zieht an ihrer Kippe, legt den Kopf auf einem Stein ab. »Aber ich schätze, sie kommt auch immer auf uns zu.«

*

Der silberne Weg windet sich durch eine enge, bewaldete Schlucht, gefolgt von einem kleinen Canyon, von dessen Hängen sich Baumfarne zu ihnen herabneigen, sodass Molly glaubt, tausend kleine grüne Hände würden sich aus der Felswand zu ihr ausstrecken. Sie probiert das Echo ihrer Stimme aus, und es hallt im Canyon wider.

Molly legt die Hände an den Mund und brüllt: »Marlene Sky.«

Vom Lärm aufgeschreckt stieben Vögel aus der Schlucht. Regenbogenspinte, Collettsittiche, Trappen und zwei Brownsittiche mit schwarzen, weißen und blau-violetten Flügeln.

Molly und Greta können die Schwüle des Nordens spüren und riechen. Alles schwitzt. Alles ist klamm. Die Wände des Canyons sind geschwärzt vom herabfließenden Wasser. Greta rutscht mit ihren Sattelschuhen auf den schlickig-glatten Steinen aus. Sie hat Mühe, ihre Lungen mit der dicken Luft dieses sonderbaren Orts zu füllen, und nicht mal mehr Lust zu rauchen.

Der silberne Weg mäandert weiter durch einen Hain aus großen grünen Palmen, die aussehen wie ins Erdreich eingedrehte Holzschrauben, führt dann vorbei an einem großen frei stehenden Sandsteinfelsen, in dem Molly einen riesigen Wombat sieht, nur dass dieser einen schartigen Stahlhelm trägt, aus dem Sandsteinzacken steil emporragen, für den Fall, dass die ungewöhnlichen Kriegsgegner des Wombats – Schnabeltiere in Kettenhemden, gepanzerte Opossums – ihm von oben auf den Kopf springen wollen.

Molly bleibt stehen, um eine prachtvolle grüne Libelle zu bewundern, die sich im klebrigen Netz einer Andreaskreuz-Radnetzspinne verfangen hat. Die Libelle erinnert Molly an eines dieser Fluggeräte der Gebrüder Wright. Ihr Leib gleicht einer Reihe samtiger, auf schwarzer Schnur aufgefädelter Erbsen, dazu der Schwanz eines Skorpions und riesige Flügel, die zwar durchsichtig sind und trotzdem lila schimmern, wenn die Libelle sie in wilder Panik schlägt, als die Erbauerin des Kunstwerks immer näher kommt.

»Die Libelle lebt noch«, ruft sie Greta zu, die angehalten hat, um sich die Rückseite der Waden mit einem Stock zu kratzen. »Gleich kommt die Spinne, um sie aufzufressen«, sagt Molly. »Ich zieh die Libelle raus.«

»Das kannst du nicht machen!«, sagt Greta. »Die Spinne hat wahrscheinlich seit Tagen nichts gefressen und sich solche Mühe gemacht, das Netz zu weben, um sich ihr Mittagessen zu fangen.«

»Muss sie denn unbedingt etwas so Schönes fressen?«, fragt Molly.

»Ich glaub, Spinnen ist Schönheit schnurzegal, Molly«, sagt Greta.

»Sie haben einfach noch keinen Film mit Carole Lombard gesehen«, sagt Molly. »Ich rette jetzt die Libelle.«

»Wie kannst du nur so grausam sein?«, entgegnet Greta. »Eine Libelle ist für eine Durchschnittsspinne wahrscheinlich köstlicher als Rumpsteak, und du kommst einfach daher und ziehst ihr die Mahlzeit vor der Nase weg, während sie sich schon die Serviette in den Ausschnitt stopft. Was bist du denn für ein Monster, Molly Hook?«

*

An einer kleinen Quelle machen Molly und Greta Rast, um sich eine Büchse Corned Beef zu teilen und den Wassersack aufzufüllen. Molly löffelt ihre Hälfte des Dosenfleischs auf einen Teller, den sie sich aus einem Streifen glatter Teebaumrinde gebastelt hat, und setzt sich auf einen flachen Stein neben der Quelle.

Greta klagt über einen pochenden Schmerz am Steiß. Sie streift sich das smaragdgrüne Kleid von den Schultern, dreht Molly den Rücken zu und bittet sie, mal nachzuschauen. Molly stellt ihren Rindenteller mit dem Corned Beef auf den Fels, stiefelt zu Greta hinüber und entdeckt sofort zwei fette Blutegel, die sich am Saum von Gretas Unterhose entlangsaugen. Ein weiterer kriecht gerade hinten an ihrem linken Oberschenkel hoch.

»Blutegel«, sagt Molly.

»Was?«, stößt Greta atemlos hervor. »Wie viele?«

»Drei«, sagt Molly.

Greta vollführt eine Reihe seltsamer Hopser, die aussehen, als würde sie Squaredance tanzen. »Wie groß sind sie?«, fragt sie panisch.

»Na ja, ihrer Größe nach zu urteilen, würde ich sagen, sie sind fertig mit dem Hauptgang und gehen gleich zum Nachtisch über.«

»Mach sie weg!«, kreischt Greta.

»Ach, nee«, sagt Molly.

»Hä? Was soll das heißen? ›Ach nee‹?«, brüllt Greta. »Schaff mir diese gottverfluchten Blutsauger vom Leib, Molly!«

»Besser, man lässt sie sich satt fressen. Dann fallen sie von alleine ab«, erklärt Molly.

»Das ist doch nicht dein Ernst?«

»Doch. Die haben all diesen Dreck in ihrem Magen, und wenn ich sie mitten in der Mahlzeit abreiße, könnte was davon in den offenen Saugwunden hängen bleiben.«

»Saugwunden?«, wiederholt Greta.

»Oje«, flüstert Molly.

»Was ist?«

»Einer ist dir gerade auf den Hintern gekrochen.«

»Mach das Vieh ab!«

»Beruhig dich einfach und lass sie aufessen«, sagt Molly. »Davon abgesehen, denk doch mal dran, was es sie für eine Mühe gekostet haben muss, deine langen Stelzen hochzukriechen. Wahrscheinlich haben sie seit Tagen nichts gegessen, und jetzt willst du sie einfach von ihrem Fressen wegreißen. Was bist du denn für ein Monster, Greta Maze?«

»Molly, mach die Dinger ab, verdammt noch mal!«, schreit Greta.

»Okay, okay«, sagt Molly, die bereits ihr Küchenmesser aus dem Seesack gefischt hat.

»Nicht zappeln, okay?« Langsam und vorsichtig schiebt sie die Klinge unter die schmalen Köpfe der prall gefüllten Parasiten und schnippt einen Egel nach dem anderen von Gretas blasser Haut.

»Mach lieber, dass du wegkommst«, rät Molly. »Ich glaub, diese Egel sind auf den Geschmack gekommen. Die mögen deutschen Hinterschinken.«

Greta flitzt hinter einen Felsen, streift sich das Kleid wieder über die Schultern und schließt den Reißverschluss am Rücken. Plötzlich hält sie inne, weil sich im hohen Buschwerk rings um die Quelle etwas bewegt hat.

»Hast du das gehört?«, fragt sie.

»Was denn?«, erwidert Molly und findet die Stelle im Gebüsch, auf die Greta ihren Blick richtet.

Nur noch Stille. Ein Vogelruf. Plätscherndes Quellwasser. Die Schauspielerin und das Totengräbermädchen starren auf eine grüne Wand aus Palmen, Farnen und Banksien.

Es ist eher ein Gefühl, für das es keinerlei Beweise gibt. Nur ein Schauder, der Greta kalt den Rücken runterläuft.

»Glaubst du, er folgt uns?«, fragt Molly.

»Wer?«

»Yukio.«

»Seid ihr jetzt etwa per Du?«

Molly zuckt die Schultern. »Ich sag nur seinen Namen.«

»Ich glaub, wenn er uns folgen würde, wären wir längst tot«, sagt Greta.

Als Molly sich wieder zum Stein neben der Quelle hindreht, entdeckt sie etwas, bei dem sie sich die Augen reiben muss, um sicherzugehen, dass es keine Sinnestäuschung ist, kein Buschzauber: die breiten schwarzbraunen Schwingen eines Keilschwanzadlers, der auf sie herunterstürzt.

Auch Greta hat den Vogel entdeckt. »Aaah«, schreit sie.

Molly ist vom Anblick des lautlosen Jägers wie erstarrt, sieht reglos zu, wie er auf den flachen Stein hinabstößt, mit seinen großen Klauen zwei fette Brocken Corned Beef packt, ohne je den Boden zu berühren, und in großem Bogen ebenso anmutig wieder aus der Lichtung emporgleitet, wie er gekommen ist. Der Beutezug ist derart kühn, dieser Adler muss eine Königin sein. Aus der Nähe konnte Molly sehen, wie wunderschön sie ist, wie majestätisch und wie stark. Wenn sie gewollt hätte, hätte sie mit ihren tödlichen Krallen den gesamten Seesack – mitsamt Dosen und Steinherz – in die Lüfte und zurück zu ihrer Familie tragen können, um dort die Ausbeute aus Horace Hooks Speisekammer in Ruhe zu begutachten.

Molly kann nur ein einziges Wort hervorpressen: »Warte!«, ruft sie dem Adlerweibchen hinterher.

»Du lieber Himmel!«, keucht Greta. »Was zur Hölle war das denn?«

»Sie war wunderschön«, sagt Molly. »Hast du schon mal so was Schönes gesehen?«

»Das Vieh hat mir 'ne Scheißangst eingejagt«, sagt Greta. »Das freche Miststück hat dir dein Essen geklaut.«

»Sie braucht es dringender als ich«, sagt Molly achselzuckend. Denkt einen Moment lang nach. »Stell dir vor, wie mutig das war. So mutig sind nur Mütter. Mütter, die Junge ernähren müssen.«

Dann ein lautes Stampfen irgendwo hinter der Quelle. Es klingt, als käme es tief aus dem Waldboden. Ein donnerndes Trommeln in der Hölle. *Stampf, stampf, stampf.*

»Was ist das?«, fragt Greta.

Stampf, stampf, stampf. Irgendetwas Schweres hämmert auf die Erde ein.

Molly kann es Greta nicht erklären. Sie greift nach ihrem Freund, der Schaufel, die sie Bert nennt, denn Molly und Bert sind tatsächlich per Du.

*

Das Totengräbermädchen folgt dem Stampfen entlang des Silberwegs, der sich nun durch eine Allee aus blauen Palmfarnen mit mondfarbenen Blättern zieht. *Stampf. Stampf. Stampf.* Jetzt noch lauter. Ein schmaler Wanderpfad zweigt vom Weg aus schimmerndem Glimmer ab, und Molly und Greta folgen ihm, Molly geht vorneweg, packt Berts Schaufelstiel immer fester, je näher sie dem Stampfen kommen. *Stampf. Stampf. Stampf.* Etwas wird hier zermalmt. Etwas zerbricht. Stein.

Dann ein jäher Knall, so laut, dass es Molly in den Ohren wehtut und ihre Schultern in die Höhe zucken. Eine Explosion in einer Höhle.

»Sprenggelatine«, sagt Greta.

Molly beschleunigt ihre Schritte, folgt dem Lärm entlang des Trampelpfades, der durch einen Schleier aus Farnen und Lianen führt und in einer Lichtung endet, wo Molly abrupt stehen bleibt. Dann sieht sie es: Eine kleine Mine, errichtet tief im Buschland. *Stampf. Stampf. Stampf.* Molly und Greta knien sich hinter einen dicken Farnbusch und sondieren die Lage. Unter einem dreieckigen Unterstand aus rostigen Wellblechplatten befindet sich ein einfaches Stampfwerk. Das Dach ruht auf Stämmen jener blauen Schmuckzypressen, die Molly und Greta schon seit dem Clyde River begleitet haben. Eine Zinnmine wahrscheinlich, denkt sich Molly, getrieben in die schräge, von Gräsern und Ranken überwucherte dunkelgraue Felswand.

Zwei Männer in blauen Unterhemden und breitkrempigen Hüten beaufsichtigen die Zertrümmerung dicker Brocken weißen Quarzgesteins. Die Steine werden unter eine motorbetriebene Brechmaschine gelegt – drei schwere rostige Stahlstempel, die von einer Reihe ebenfalls roststarrender Nockenwellen auf und ab bewegt werden.

Stampf. Die Stahlstempel krachen so fest auf einen Quarzklumpen, dass der Stein in vier Teile zerschellt. Dann stecken die Bergleute die Brocken in einen ratternden Backenbrecher, der sie zu Kies zermahlt, welcher anschließend mit einer Waschrinne getrennt wird, die sich, wie

Molly glaubt, irgendwo an einem natürlichen Wasserlauf nahe der Mine befinden muss. Über den ansteigenden Felshang verläuft eine kleine, rund fünfzig Meter lange Schienentrasse, die von der Brechanlage zum Mineneingang führt, im Grunde nur ein in den Fels gesprengtes Loch, wie jene, die ihr Vater ihr vor nicht allzu langer Zeit auf ihren Campingausflügen in den Norden gezeigt hat, als Horace Hook noch besserer Stimmung war. Damals erzählte Horace ihr, dass die meisten dieser aus dem Fels gesprengten Minenschächte heute nur noch den Gespensterfledermäusen etwas nützen, die dort ihren Tagschlaf halten. »Aber es gibt überall im Land noch Leute, die Gold finden und ihr Vermögen machen«, sagte Horace. »Und die bewachen ihre Schatzgruben so gut wie eine Elster ihr Nest. Jeder dahergelaufene Mistkerl ist eine Bedrohung.«

Der Mineneingang ist nicht viel breiter als der eines Zweimannzelts, und nun tritt ein Mann daraus hervor, der tief gebeugt eine Lore mit abgebautem Erz schiebt. Er trägt ein Unterhemd, Hosen und den breitkrempigen Hut eines australischen Viehhirten. Sein buschig-brauner Vollbart fällt ihm bis auf die Brust.

»Seine Haut«, flüstert Greta.

Molly schaut genauer hin. Seine Arme und Schultern sind von kleinen Knoten übersät. Narben und Geschwüren. Sein rechter Wangenknochen ist seltsam vergrößert und die Haut an seiner Stirn angeschwollen und so trocken, dass sie an einigen Stellen aufplatzt wie der Lehmboden im Hollow Wood Cemetery während einer Dürre. Der Mann hievt schwere Steine aus der Minenlore in einen Trichter, der mit der Brechmaschine verbunden ist, und da sieht Molly erst, dass drei Finger seiner rechten Hand bereits am mittleren Glied enden. An der linken Hand fehlen Daumen und Zeigefinger.

»Los, hauen wir ab«, sagt Greta, steht auf und will den Rückweg antreten, hält aber abrupt inne, weil plötzlich ein großer Mann mit Spitzhacke über der Schulter vor ihr steht und die gesamte Breite des Pfades einnimmt, der sie zurück zum silbernen Weg bringen würde. Greta holt scharf Luft, schreckt bei seinem Anblick zurück. Auch sein Gesicht ist ausgetrocknet und so angeschwollen, dass es verzerrt wirkt. Über Hals und Arme ziehen sich Flecken aus vernarbter und verfärbter Haut, Striemen und kleinere Geschwüre. Doch Greta starrt vor allem auf seine Augen. Er besitzt weder Brauen noch Wimpern, und er hat nur ein Auge, mit dem er tatsächlich sehen kann, das linke. Wo einst sein rechter Augapfel saß, klafft eine leere Höhle, in der sich ein dünnes Rinnsal aus Blut sammelt. Seine Nase ist gewaltig und verwachsen. Molly kann sich nicht erinnern, je einen Mann von solcher Statur gesehen zu haben. Er kommt ihr vor wie ein Riese. Riesig breite Schultern. Riesiger Bizeps. Riesige Beine. Riesige Finger und Daumen. Ein riesiger Schopf braunen Haares, ein großer ungestümer Lockenberg.

»Tut mir leid«, sagt er leise. Ein breiter irischer Akzent. Sein Gesicht ist so steif, dass seine Worte klingen wie alte Luft, die durch einen Spalt in einem Berg entweicht.

»Bin nicht gerade 'ne Augenweide, oder?« Er lacht glucksend in sich hinein. »Wir sind schon so lange hier draußen, dass wir fast vergessen haben, wie wir auf hübsche Mädchen wie euch wirken müssen.«

Greta schenkt ihm ein halbherziges Lächeln. Mustert das Gesicht des Mannes.

»Habt ihr beide euch verlaufen oder so?«, fragt er.

Molly setzt sofort zu einer Antwort an. »Wir sind hier, um Longcoat ...«

»Mein Freund und der Vater von der Kleinen bauen gerade hinten auf dem Plateau das Lager auf«, fällt die Schauspielerin ihr ins Wort. »Wir haben Vögel und Schmetterlinge beobachtet, da haben wir euren Steinbrecher gehört und wollten nachsehen, woher der ganze Lärm kommt, der uns die Vögel wegscheucht«, erklärt sie völlig überzeugend.

Der Mann mit der Spitzhacke nickt. Schaut Molly an, die ebenfalls nickt.

Der massige Kerl verzieht den Mund zu einem Grinsen. »Na, dann kann ich euch ja noch 'ne Tasse Tee machen, bevor ihr wieder aufbrecht.«

Die Brechmaschine hämmert auf den nächsten Quarzblock ein. *Stampf. Stampf. Stampf.* Das Knacken von Zweigen und Laub hinter ihnen. Schwere Stiefelschritte. Greta wirft einen Blick über die Schulter und sieht, dass jetzt auch die beiden Bergarbeiter von der Brechanlage hinter ihnen stehen.

»Vielen Dank für das Angebot, aber ich glaube, wir müssen wirklich los«, sagt sie und macht einen Schritt nach vorn. Doch der Hüne tritt zur Seite und versperrt ihr den Weg.

Gretas Herzschlag. *Stampf. Stampf. Stampf.*

»Bitte«, sagt der Hüne und senkt die Hacke an die Hüfte. »Ich fürchte, ich muss darauf bestehen.«

*

Zwei dicke Holzblöcke zum Sitzen und ein Stumpf als Tisch. Ein geschwärzter Blechtopf köchelt auf einem Eisenrost über einem runden, von Bruchstein eingefassten Lagerfeuer. Der massige Einäugige hält einen Emailbecher mit Tee in der Linken. Er nippt vorsichtig, genießt die Wärme des Getränks.

Molly hält ihren Becher mit beiden Händen, die Ellbogen auf die Knie gestützt. Stiert unverwandt auf die

Schwellungen und schorfigen Geschwüre im Gesicht des einäugigen Riesen. Jetzt kann sie seine Finger auch genauer sehen, bemerkt, dass er die Teetasse noch immer bequem am Griff fasst, obwohl er den kleinen Finger seiner linken Hand verloren hat.

Greta nippt an ihrem Tee, und der Hüne beobachtet sie dabei, genau wie die vier Bergleute, die hinter und seitlich von ihrer improvisierten Teerunde Position bezogen haben. Jeder trägt seine ganz eigene Palette sichtbarer Geschwülste und Karbunkeln im Gesicht, an Armen und Beinen. Darunter auch ein rothaariger Junge, der nicht viel älter als Molly sein kann. Seine linke Wange und Oberlippe sind so aufgebläht, als wollten sie den Mund verschlingen, der ins Kinn zurückgewichen ist.

»Danke«, sagt der Einäugige.

»Wofür?«, fragt Greta.

»Dass du aus meinem Becher trinkst.«

»Der Becher war sauber«, sagt Greta.

»Das sind sie immer«, versetzt der Einäugige. »Trotzdem will kaum einer draus trinken.«

Sie nimmt noch einen Schluck.

»Ich heiße George Kane«, sagt er.

»Greta Maze.« Greta dreht sich um zu Molly, ein Wink, dass auch sie sich vorstellen soll.

Aber Molly folgt der Unterhaltung nicht. Sie ist zu fasziniert vom roten Rinnsal in George Kanes rechter Augenhöhle. Er blinzelt mit dem linken Auge, und die Bewegung weckt Molly aus ihrer Trance. Sie senkt den Kopf und widmet sich dem Tee.

»Und wie war dein Name noch mal, junge Dame?«, will Kane wissen.

»Molly«, sagt sie »Molly Hook.«

»Los, frag mich ruhig«, sagt Kane.

»Was soll ich Sie denn fragen?« Molly stutzt.

»Die Frage, die dir auf der Zunge liegt.«

»Welche Frage?«, erkundigt sich Molly.

»Ich kenn sie schon«, sagt Kane grinsend. »Wie kommt's, dass mein Haar hier draußen im Busch so sauber bleibt?« Er fährt sich durch den dichten braunen Wuschelkopf. »Essig!«, lacht er. »Ich wasch mir die Haare mit Essig!«

Molly lächelt ihn an. »Tut mir leid, dass ich Sie so angestarrt hab«, sagt sie.

Kane schüttelt den Kopf. »Gibt ja auch 'ne Menge zu sehen, leider.«

»Seid ihr Jungs von Channel Island rübergekommen?«, fragt Greta.

»Du kennst Channel Island?«

Sie nickt. »Ich schauspielere ein wenig«, sagt Greta. »Die Leute von der Kirche haben uns mal gefragt, ob wir nicht rüberfahren und für die Kinder was aufführen wollen.« Einer der härtesten Auftritte in Greta Mazes noch junger Karriere. Vom Hafen in Darwin sind sie übergesetzt zur Leprakolonie auf Channel Island. Gutes Geld. Schlechte Erinnerungen. Haben vor einer Gruppe leprakranker Kinder Filmschlager gesungen – die meisten Aborigines, die man ihren Familien in Darwin gewaltsam weggenommen und nach Channel Island gebracht hatte. Kaum Ärzte und wenig Medizin. Zu wenig Essen und kaum fließend Wasser, selbst für die Theatertruppe. Heerscharen von Moskitos. Eine Insel voller Leichen in viel zu flachen Gräbern.

»Ich wusste gar nicht, was das für ein Ort ist«, sagt Kane. »Anfangs hielt ich es für ein Gefängnis, doch dann wurde mir klar, dass es ein Friedhof ist. Sie haben uns dahin geschickt, um zu verrecken. Wir hätten den ganzen Laden niederbrennen sollen.«

Er steht auf und richtet das Wort an die umstehenden

Männer. »Aber hier im Busch sind wir jetzt sicher.« Er grinst. »Während Australien brennt.«

Die Männer um ihn herum nicken lächelnd, und Greta Maze fragt sich, an was für einen merkwürdigen Ort es sie verschlagen hat.

»Was meinen Sie damit, dass Australien brennt?«, fragt Greta.

»Habt ihr es denn noch nicht gehört?«

»Was sollen wir denn gehört haben?«, fragt Molly.

»Wir sind erledigt«, sagt Kane.

»Wer ist erledigt?«, fragt Greta.

»Australien«, sagt er. »Das Land ist erledigt. Es ist Geschichte. All diese selbstsüchtigen arroganten Männer in Rotröcken, die irgendwann zu schwarzen Anzügen wurden. Sie dachten, sie könnten diesen Kontinent in ein neues England verwandeln. Trieben alle, die nicht so aussahen wie sie, raus aus den Städten. Und jetzt haben die Japsen all die hohen Herrschaften und Damen dieser Städte zu Asche verbrannt.«

Er senkt die Stimme zu einem Flüstern. »Sie haben Brisbane mit doppelt so viel Wucht getroffen wie Darwin«, sagt er. »Bumm, Bumm, Bumm.«

Er steht auf und stakst beim Reden quer durchs Lager, wie elektrisiert von der Macht seiner eigenen Visionen. »Dann haben sie sich Sydney vorgeknöpft, und all diese fetten Männer in ihren Hochhäusern haben das Feuer nicht mal kommen sehen. Konnten nur noch hineinstarren, als es schon vor ihren Bürofenstern loderte. Und mussten zusehen, wie ihre Haut vor Hitze Blasen warf. Mussten zusehen, wie das Feuer ihre Gesichter entstellte.«

Auf ihrem Holzstamm sitzend schlingt Greta eine Hand um Mollys Arm, drückt sie sanft und schüttelt kaum merklich den Kopf.

Das Mädchen kennt sie mittlerweile. Kennt Gretas Blicke, vertraut ihnen, und dieser sagt ihr, dass das nicht wahr sein kann, der ist keiner von den Guten, Molly.

»Und das Letzte, was sie im Spiegelbild ihrer Bürofenster sehen werden«, prophezeit Kane, »werden die Monster sein, zu denen sie geworden sind.«

Dann sieht Greta, wie George Kane einem jüngeren und schlankeren Mann mit schorfigen Wunden auf dem kahlen Schädel etwas zuflüstert. Kane hat Greta und Molly den Rücken zugekehrt, und Greta kann nicht verstehen, was er sagt; nur, dass es etwas ist, was sie nicht hören soll.

Greta flüstert Molly etwas zu. »Gib mir den Sack«, sagt sie.

Molly streift den Seesack von der Schulter und schiebt ihn Greta mit dem Fuß hinüber.

Kane dreht sich zurück zu ihnen und fährt mit der Tirade fort, die, wie Greta auffällt, zunehmend Züge einer Predigt annimmt. »Und jetzt werden die Sanftmütigen das Erdreich besitzen«, verkündet er. Und die Männer um ihn her nicken, denn sie sind ebenso leicht zu beeindrucken wie zu befehligen.

Kane setzt sich wieder auf den Holzklotz vor Greta und Molly. »Wir, die Vertriebenen und Ausgestoßenen«, setzt er an, »wir werden wieder ganz von vorn anfangen. Und wir werden glücklich sein, und in hundert Jahren werden die Bewohner dieses Landes einmal den Tag feiern, an dem die Bomben der Kaiserlich Japanischen Marine diesem Land Gier und Hochmut auf ewig ausgetrieben haben.«

Er nimmt noch einen Schluck Tee, dann schüttet er den Rest ins Feuer. Er wendet sich an Greta, die in ihrem Seesack wühlt. Keine Gastfreundschaft, keine Herzlichkeit mehr in der Stimme. Nur noch Argwohn. »Was hast du da in dem Sack?«, fragt er.

»Nur ein paar Büchsen mit Essen«, antwortet Greta. »Wasser. Zeug, das wir von zu Hause mitgenommen haben.«

Kane blickt mit seinem einen Auge tief in ihre beiden. Langes, quälendes Schweigen.

»Es wartet niemand auf euch, da hinten auf dem Plateau, hab ich recht?«, fragt Kane.

Greta schweigt. Dann setzt sie ein Lächeln auf und sagt: »Vielen Dank für eure Gastfreundschaft.« Sie tippt Molly auf die Schulter und erhebt sich. »Nun, dann lassen wir euch Jungs mal wieder an die Arbeit.«

Molly steht auf, packt Bert die Schaufel. »Danke für den Tee«, sagt sie.

George Kane nickt Molly zu, bleibt aber sitzen. Dann krümmt er ganz beiläufig den Finger, und die Männer hinter ihm kommen auf sie zu. Im Nu sind die Schauspielerin und das Totengräbermädchen umzingelt.

Greta wendet sich den Männern zu und zieht rasch die japanische Pistole aus dem Seesack. Selbstbewusst streckt sie den Arm aus und zielt, schwenkt den Lauf von einem zum anderen.

»Zurück!«, faucht sie. »Auf der Stelle!«

Doch George Kane lacht nur. »In der Pistole sind keine Patronen«, sagt er, steht vom Holzklotz auf, setzt seine klobigen Gliedmaßen mühsam in Bewegung und deutet anschließend auf den rothaarigen Jungen. »Unser Shane hier war ziemlich angetan von euch Mädels da drüben am Bach.«

Shane grunzt zweimal kurz auf, was seine Art zu lachen darstellt. Ein massiger Kerl in einer Jagdjacke dreht sich zu Shane um und äfft ihn nach, indem auch er dreimal schnaubend grunzt, worauf alle Männer in Gelächter ausbrechen. Sie prusten los wie geisteskranke Clowns, kommen aber gleichzeitig immer weiter auf die Frauen zu, und Greta weicht zurück.

»Geht zurück!«, sagt sie kraftlos.

Doch sie kommen immer näher, und das kranke Gelächter erinnert Molly an ihren Onkel Aubrey, und ihr Blick fällt auf den Glatzkopf mit dem schorfigen Gesicht und Schädel, sein Mund steht offen, und sein Lachen klingt wie eine Autohupe, und seine Hände grapschen nach ihr, und alles, was sie in dieser merkwürdigen Welt noch hat, ist ihr zweitbester Freund nach dem Himmel, Bert die Schaufel. Also holt sie aus und drischt dem Glatzkopf mit voller Wucht das Schaufelblatt gegen die Nase, und das Blut schießt ihm aus den Nasenlöchern, als er auf die Knie sinkt.

Greta weicht weiter vor den Männern zurück, die jetzt auf sie losstürzen, und landet in den Armen von George Kane, der sie mit aller Kraft festhält, während die verkrusteten Striemen und der Schorf an seinen Armen gegen ihre Schultern reiben. Die Schauspielerin trampelt auf seine Stiefel ein, rammt ihm ihre Absätze in die Schienbeine.

Als Molly sich umdreht, sieht sie gerade noch rechtzeitig, wie der rothaarige Bursche wild auf sie losstürmt. Doch das Totengräbermädchen ist noch wilder, schwingt wieder seine Totengräberschaufel, und Berts gezahnte Kante, die sonst fürs Wurzelkappen da ist, bohrt sich ins linke Ohr des rothaarigen Jungen, sodass die Oberhälfte seines Ohrs glatt vom Schädel losplatzt, einen Moment lang durch die Luft segelt und erst einen halben Meter vor dem knisternden Lagerfeuer wieder landet. Fassungslos stürzt der Rothaarige zu Boden, hält sich das verletzte Ohr, wühlt mit den Fingern fieberhaft durch Kies und Erde auf der Suche nach dem Rest des Hörorgans.

»Lauf, Molly, lauf!«, kreischt Greta und windet sich im eisernen Griff des stämmigen Kane.

Molly flitzt rasch durch die Lücke, die der geschockte und blutende Junge hinterlassen hat.

Jetzt spricht der Taghimmel zu ihr. »Lauf, Molly, lauf«, sagt er. Und sie gehorcht. Gehorcht ihm aufs Wort. Sie prescht durch Farne, Feigen, Palmen, und die Dornen all dieser Gewächse zerkratzen ihr die Schultern und die Beine. »Schau nicht zurück, Molly, schau nicht zurück«, sagt der Taghimmel.

»Greta!«, brüllt Molly, als sie auf den Trampelpfad biegt, der sie vom silbernen Weg abgebracht hatte, hinunter zu den Bösen.

»Schau nicht zurück, Molly«, sagt der Taghimmel.

Und sie rennt und rennt und rennt und rennt.

»Greta!«, ruft sie zum Himmel.

»Schau nicht zurück, Molly«, sagt der Taghimmel.

Und Molly jagt weiter durch das Buschwerk, bis sie aus einer Wand aus Palmwedeln hervorbricht und wieder zum Ufer jenes Baches gelangt, an dem sie noch vor Kurzem zufrieden an einem Fels gelehnt und die Dramen William Shakespeares gelesen hat.

»Greta«, sagt Molly.

»Schau nicht zurück«, sagt der Taghimmel. »Lauf, Molly, lauf.«

Aber sie bleibt stehen. Sie dreht sich um, zieht tief Luft ein, und jetzt wird ihr klar, wieso der Himmel ihr geraten hat, ja nicht zurückzuschauen. Der Glatzkopf mit der blutigen Nase bricht jäh aus einer Farnwand hervor und stürzt auf sie zu. Sie fährt herum, will wegrennen, doch er ist einfach zu schnell, zu wutentbrannt. Seine rechte Hand packt ihre Schulter, und sein Schwung allein reicht aus, um Molly übers felsige Bachufer zu schleifen, sodass sie sich die Knie und Schienbeine am Sandsteinboden aufreißt. Er schleppt sie ans Wasser und taucht ihren Kopf, Gesicht zuerst, hinein, und von dem Moment an existiert ihre Welt nur noch unterhalb der Oberfläche.

Klares Wasser. Luftblasen, die aus ihrem Mund aufsteigen. Kiesel auf dem sandigen Bachgrund. Der Glatzkopf drückt ihren Kopf hinunter, und der Schock darüber, dass all dies ihr in so wenigen Sekunden zustößt, bringt Molly dazu, einen ganzen Bauchvoll Wasser zu schlucken, und dieses Wasser kann nirgendwo anders hin, als wieder und wieder um ihr gutes Herz zu strömen, das sich immer mehr in Stein verwandelt.

*

George Kane schleift Greta am rechten Arm über die Erde. Der Mann in der Jagdjacke hat ihren linken. Greta trampelt unnütz auf den Boden ein.

»Lasst mich los!«, schreit sie. »Ihr Tiere. Ihr gottverdammten Tiere! Lasst mich los!«

Speichel sprüht Kane aus dem Mund. Schweiß auf seiner Stirn. Er wendet sich an einen Mann mit schwarzer Schirmmütze, rotem Hemd und Hosenträgern. »Kenny«, sagt er. »Geh und hilf Hoss mit der Kleinen.«

Kenny spurtet los in Richtung des Trampelpfads, auf dem Molly weggerannt ist. Kane zeigt auf Shane, den rothaarigen Jungen, der sich jetzt einen Lappen aufs Ohr drückt. Er kann immer noch nicht fassen, was das Totengräbermädchen ihm angetan hat.

»Schmeiß die Maschine an!«, bellt Kane.

»Die hat mir das Ohr abgehackt«, jault der Junge, ebenso schmerzerfüllt wie verdutzt.

»Wirf einfach den verfluchten Brecher an!«, dröhnt Kane.

Jetzt hört Greta das Tröpfeln von Öl in einem rostenden Generator, und anschließend das Quietschen anlaufender Riemen und Kurbeln. Dann wird sie rücklings fortgeschleift, sie kann Himmel und Wolkenfetzen über sich erkennen und reißt den Kopf scharf nach links, um zu sehen, wo man sie hinbringt.

Greta kreischt auf. Ein Urschrei, erfüllt von abgrundtiefem Grauen. Zugleich jedoch auch voller Wut. Und Kampfeslust. Sie strampelt wild, zerrt einen ihrer Arme frei und drischt auf ihre Häscher ein. Der Mann mit der Jagdjacke tritt ihr in den Bauch, sodass sie sich zusammenkrümmt und nach Luft ringt, die ihre Lungen nicht füllen will.

»Lass mich los«, keucht sie, doch die Worte dringen kaum aus ihrem Mund.

Nun, da sie flach auf dem Boden liegt, steht George Kane über ihr, sein Gesicht – sein entstelltes und schorfiges Gesicht – ganz nah an ihrem. Seine Pranke ist so riesig, dass er damit beide ihrer Wangen packen und ihr die Lippen zusammenpressen kann.

»Verstehst du das denn nicht?«, knurrt er. »Verstehst du das nicht, hübsches Mädchen? Wir können dich nicht gehen lassen. Du wirst zurückrennen zu dem, was von deiner Heimat übrig ist, und du wirst den Überlebenden dieser Katastrophe, die vom Himmel kam, erzählen, dass du tief im Busch ein Paradies gefunden hast, und dann werden sie kommen und all ihre Angst und all ihre Vorurteile mitbringen, und sie werden unseren neuen Garten Eden in dieselbe Hölle verwandeln, die sie eben haben brennen sehen.«

Dann hört sie das Stampfen. Greta dreht den Kopf und sieht die drei rostigen übereinanderliegenden Stahlstempel, die auf den platt gestampften Boden donnern. *Stampf. Stampf. Stampf.*

Kane packt Greta im Nacken, zerrt sie weiter, näher, immer näher zu den stampfenden Stempeln des Pochwerks, das Greta fast lebendig vorkommt, wie ein Lebewesen aus Metall und Öl, monströs und hungrig, mit rotierenden Armen, mahlenden Kiefern und dem Drang, ihren Schädel zu zermalmen wie einen großen mineralienreichen Brocken Quarz.

Kane brüllt dem Rotschopf etwas zu: »Seil!«

*

Molly ertrinkt. Molly geht die Kraft aus. Der Glatzkopf drückt Mollys Kopf mit dem rechten Arm unter Wasser. Sie ist Ophelia, ganz in der Gewalt des Baches. Sie wird ihr christliches Begräbnis nicht bekommen. Vielleicht hat sie es auch nicht verdient. Sie denkt an ihren Vater in der Astgabel. Sie hätte ihn beerdigen sollen, wie es sich gehört. Die Japaner haben mit ihren Himmelsbomben mindestens sechs Löcher hinterlassen, die groß genug gewesen wären. Sie hätte Horace aus dem Baum holen, in eines dieser Löcher legen und ihn der Erde wiedergeben können, aus der er gemacht war.

Aber sie musste weiter. Sie musste Longcoat Bob finden, bevor es zu spät war. Sie musste den Hexenmeister finden, bevor ihr Herz zu Stein wurde wie das ihres Vaters so kurz vor dem Ende. Zu einem Steinherz wie dem seines Bruders, ihres Onkels. Onkel Aubrey. Das Gesicht des Glatzköpfigen. Es war entstellt. Aber unter dem Schorf und den Geschwüren verbarg sich ein Gesicht, das sie an die Züge ihres Onkels erinnerte. War das möglich? War das schwarze Magie? Das Werk von Longcoat Bob? Sie hat ihren Onkel unter der brütenden Sonne Darwins zurückgelassen, kriechend und sterbend auf dem Hollow Wood Cemetery. Doch vielleicht hat Longcoat Bob oder die Erde selbst die Seele Aubrey Hooks ja auferstehen und in den Körper dieses irren kahlen Mannes wandern lassen, dieses Mannes mit Armen voller Kraft und Hass, der sie tiefer und tiefer unter Wasser hält, hinab in ihren feuchten Tod.

Sam sagte, die Erde würde rebellieren. Sam sagte, die Erde würde sie nicht hier haben wollen. Aber wer sagt, dass Molly nicht auch rebellieren darf? Grab, Molly, grab. Grab nach deinem Mut. Grab nach deiner Wut.

Also wirft das Totengräbermädchen den Kopf hin und her, stemmt ihn den gegen die Hand, die es unten hält. Sie strampelt wild, tritt gegen die Felsen nah des Ufers und dann, als hätte die Erde sie erhört, sich ihrem Willen gebeugt, lässt die Hand, die ihre Haare packt, auf einmal los. Der Druck lässt nach. Und das klare Wasser um sie herum verfärbt sich rot.

Ihr Kopf ist noch immer unter Wasser, als sie den Körper des Glatzkopfs hineinfallen sieht, hinein in seinen eigenen feuchten Tod, die Augen im entstellten Gesicht weit aufgerissen sieht er Molly an. Überraschung liegt in diesem Gesicht und auch Verstörung. Dann entdeckt Molly mit ihrem wassertrüben Blick den Grund für dieses Staunen: ein Loch in seinem Bauch, aus dem in krausen Schlieren Blut ins Wasser strömt, so träge, wie der Rauch von Bogarts Zigaretten durch einen Büroraum wabert. Sein Blut windet sich durchs Wasser wie Federwolken über einen blauen Himmel.

Molly reißt den Kopf aus dem Wasser, saugt gierig Luft in ihre Lungen, und als sie sich umdreht, sieht sie den japanischen Piloten über sich, das Schwert fest in der rechten Hand, die Klinge rot vom Blut des Mannes, der jetzt kopfunter im Bach treibt.

»Yukio«, flüstert Molly. Sie liegt rücklings auf dem steinigen Ufer und schnauft durch, atmet in schnellen tiefen Zügen. Nass bis auf die Knochen.

»Yukio Miki«, sagt sie und deutet zwischen abgehackten Atemzügen auf den Flieger. »Der Gute.« Ringt weiter nach Luft, musste es aber sagen. »Ich wusste es, Yukio, ich wusste es.«

Ein Wunder. Sie zeigt noch mal auf ihn. »Der Gute, der vom Himmel gefallen ist.«

✻

Stampf. Die Stahlblöcke hämmern auf den Boden ein, und Greta kann die Druckwellen des Aufpralls unter ihrem lang gestreckten Rücken spüren. *Stampf.*

»Wer hat dir von uns erzählt?«, bellt Kane.

»Niemand!«, sagt Greta. Ihre Arme sind zur Seite ausgestreckt und ihre Hände derart fest gefesselt, dass es ihr die Handgelenke aufschürft. Um ihre Fußgelenke bilden sich blutige Ringe, weil man ihr die Beine zu fest zusammengebunden hat.

»Wer weiß sonst noch, dass wir hier sind?«, dröhnt Kane.

»Niemand«, sagt Greta. »Bitte, bitte. Niemand weiß, dass wir hier sind. Wir haben hier jemanden gesucht.«

Stampf. Stampf. Stampf. Stahlblöcke, die auf den Boden donnern.

»Wen sucht ihr?«

»Das Mädchen«, sagt Greta, jetzt mit Tränen in den Augen, »das Mädchen glaubt, dass man es mit einer Art Fluch belegt hat. Sie will den Blackfeller finden, der sie von dem Fluch erlösen kann, bevor ihr Herz zu Stein wird.«

Sie schüttelt den Kopf. Es klingt lachhaft, wenn sie es laut ausspricht. Sie atmet schwer. »Das ist die Wahrheit«, sagt sie. »Wenn du uns gehen lässt, werden wir keiner Menschenseele etwas von diesem Ort erzählen. Das schwöre ich.« Greta schnauft. Hat panische Angst. Todesangst.

Kane studiert die Augen der Schauspielerin. »Schmeiß mir mal den Sack rüber«, befiehlt er dem rothaarigen Jungen, der seinem Boss flugs Mollys Seesack zuwirft.

Kane kniet nieder, leert ihn aus. Er begutachtet die Konservendosen, blättert im Shakespeare herum. Wirft einen raschen Blick auf die Goldpfanne und schleudert sie achtlos beiseite. Dann hält er Greta den blutroten Stein hin.

»Warum schleppt sie einen Stein mit sich herum?«, fragt Kane.

Greta schüttelt verdutzt den Kopf. »Keine Ahnung«, sagt sie. »Den Stein habe ich noch nie gesehen.«

Kane lässt den Stein fallen und findet Mollys Küchenmesser. »Das Mädchen ist nicht verflucht«, sagt er. »Wie kann sie verflucht sein, wenn das Glück sie in die neue Welt geführt hat?«

Die Stahlstempel rammen in den Boden. Kane beugt sich über Gretas Gesicht. Der riesige Leib. Der Schweißgeruch. Der gelbe Eiter in den offenen Geschwüren an seinem Hals. Er fährt mit der Messerspitze über den Bluterguss an ihrem Auge.

»Jemand hat versucht, dich zu entstellen«, sagt er. »Wer hat dir das angetan?«

Greta schweigt.

»Antworte mir«, verlangt Kane.

»Jemand, den ich in Darwin gekannt habe«, erwidert sie leise.

»Jemand, den du geliebt hast?«, fragt Kane sanft.

Greta nickt.

Kane dreht sich zum Rothaarigen um. »Geh zurück zum Haus, Shane.«

Der Junge stampft mit dem Fuß auf wie ein bockiges Kind. »Aber du hast gesagt, dass ich auch mal darf.«

»Darfst du. Mit dem Mädchen«, erklärt Kane. »Aber alles zu seiner Zeit, Shane.«

Shane rennt zurück zum Weg, der vom Mineneingang fortführt, und verschwindet im Gebüsch.

Greta windet sich vor Grauen, zieht die Knie an die Brust. »Rühr mich nicht an, du gottverfluchtes Tier«, tobt sie und robbt sich mit den Fersen ihrer gefesselten Füße über den Boden.

»Schschsch«, zischt Kane. »Bitte versteh doch: Wenn du dich noch mehr bewegst, bin ich gezwungen, deinen Kopf unter diesen Stahlblöcken ganz still zu halten. Sag doch bitte, dass du das verstehst.«

Stampf. Stampf. Stampf.

»Das ist die neue Welt, Greta«, sagt Kane. »Und in unserer neuen Welt gibt es keine Regeln. Keine Gesetze.«

Greta erschaudert. Nickt. Schluchzt.

Kane wischt ihr mit dem Daumen eine Träne fort. »Er hat versucht, dich hässlich zu machen«, flüstert er. Streicht ihr mit dem Daumen übers Gesicht. »Es ist ihm nicht gelungen.« Er lächelt. »Wer kann etwas so Wunderschönem nur so etwas antun?«

Greta zittert.

»Ich werde dir nie so etwas antun«, sagt Kane. »Wir werden dich verehren. Wir werden nie vergessen, was du bist.«

Bebend dreht Greta den Kopf zur Seite, fort von Kanes Fingern. »Was bin ich?«

»Du bist der Anfang«, sagt Kane. Und sein Blick wandert ihren Körper hinab zum Saum ihres smaragdgrünen Kleides und ihren nackten Schenkeln darunter.

»Du bist Eva«, sagt er.

*

Der Mann mit dem roten Hemd und der schwarzen Schirmmütze rennt den Pfad zum Bach entlang, um seinem Freund Hoss zu helfen, das seltsame Mädchen zurückzubringen, das so gut mit einer Schippe umgehen kann. Er heißt Kenneth Spencer und ist sechsunddreißig Jahre alt. Er hat schon immer alles geglaubt, was George Kane erzählt hat, doch heute glaubt er es mehr als je zuvor. George hat seinen Männern erzählt, dass die alte Welt erledigt sei. Hat ihnen von dem Kraut mit dem lustigen Schnurrbart erzählt, der England fertigmachen würde. Und von den Italienern und den Japanern, die mithelfen würden, die alte Welt zu zerstören. Er hat seinen Männern versprochen, dass es Frauen geben würde für die neue Welt, wenn die alte Welt zu Ende ginge, und als Kenny Spencer das Totengräbermädchen und die Schauspielerin dann in ihr lebhaftes Zinnminen-Utopia reinspazieren sah, wusste er, dass jedes Wort wahr war.

Kenny Spencer springt durch eine dichte Wand aus Palmen und Farnen und findet sich vor dem breiten, flachen Felsen am viel besuchten Bachlauf nahe der Mine wieder, wo er das Mädchen entdeckt, das seinen Glauben an George Kane gefestigt hat. Er stürmt auf sie zu, bleibt dann aber stehen. Das Mädchen hockt da, die Arme um die angezogenen Beine geschlungen, und starrt aufs Wasser, auf etwas, das ihm Angst gemacht hat. Es ist ein Mann, der kopfüber im Wasser treibt. Ein kahler Mann. Es ist sein Freund Hoss. Das Mädchen dreht sich zu Kenny Spencer um. »Bitte tu mir nichts«, sagt es.

Und Kenny Spencer geht auf, dass hinter diesem Mädchen vielleicht mehr steckt, als George ihn glauben machen wollte, und wenn mehr hinter dem Mädchen steckt, dann steckt womöglich weniger hinter George, und das weckt bei ihm Zweifel an der neuen Welt. Und das ist das Letzte, was er denkt, während er dem Mädchen am Bach in die Augen blickt, bevor ihm eine kalte Klinge über den Adamsapfel schlitzt.

Molly sieht den Mann im roten Arbeitshemd und Hosenträgern auf dem Felsboden zusammenbrechen. Blut schießt aus seinem Hals wie aus einem aufgeplatzten Wassersack, und nun steht da nur noch Yukio Miki, der Mann des Taghimmels, die Fliegerstiefel schulterbreit auseinander, bereit für einen neuerlichen Angriff aus dem Dickicht.

Molly nickt zustimmend, dann steht sie auf und reibt sich hastig Erde und Felsschutt von den Händen. »Greta«, sagt sie und spurtet an dem Mann mit dem bluttriefenden Schwert vorüber.

Sie rennt voraus, prescht wieder durch die Allee aus blauen Palmfarnen mit den mondfarbenen Blättern bis zur Zinnmine. Das laute Stampfen der steinbrechenden Stempel rumort unter ihren Füßen, und Molly schleicht immer behutsamer, ja näher sie dem Mineneingang kommen.

Sie dreht sich zu Yukio um und legt einen Finger an den Mund. »Schschsch.«

*

Die metallenen Arme, Kiefer und Beine des Stampfwerks. Rotierende Kurbeln, drehende Wellen. Die Stahlstempel, die noch immer auf die Erde hämmern. Die Lautstärke. Die Maschinerie. Der Mann in der Jagdjacke steht etwas abseits vom Stampfen der Brecherstempel. Er beobachtet seinen Boss George Kane, der mit dem Rücken zu ihm über der Schauspielerin kniet und gerade die letzten Fasern des Seils durchtrennt, mit dem ihre Fußknöchel verschnürt sind. Die Farbe und Form ihrer Beine haben den Mann in der Jagdjacke erregt, und er stellt sich vor, wie es wohl wäre, mit der Hand über diese Beine zu streichen und sie dann zu spreizen, und wie es wäre, mit der Kraft dieser Metallkolben, die so laut hinter ihr hämmern, ins Innere der Schauspielerin hineinzustoßen, und das ist der letzte Gedanke, der ihm kommt, bevor eine kalte scharfe Schwertklinge lautlos über seine Kehle fährt. Der Mann in der Jagdjacke sinkt zu Boden, doch Kane hört seinen Freund nicht sterben, hört nur den Lärm der rotierenden und pochenden Maschine.

Jetzt schleicht sich Yukio Miki leise an George Kanes Rücken heran. Der massige Minenarbeiter schiebt gerade ihre Beine behutsam auseinander. Yukio hebt sein Schwert, beide Hände am hochgereckten Heft, während die Klinge abwärts deutet wie ein Jagdflugzeug, das im Sturzflug auf sein Ziel zurast – den breiten Rücken dieses Fremden. Er sagt ein Wort auf Japanisch: »*Yamero.*« Doch seine Worte gehen im Getöse der Maschine unter. *Stampf. Stampf. Stampf.*

Er sagt es lauter: »*Yamero!*« Und Kane fährt herum, und sein Gesicht erblasst bei diesem unwirklichen Anblick – ein japanischer Soldat, die Sonne im Rücken, ein glühender Umriss, und darüber die glänzende Klinge eines erhobenen Schwertes.

Yukio starrt ins blutgefüllte Auge des Fremden, sieht das Küchenmesser in seiner Rechten und lässt sein Schwert augenblicklich auf Kanes rechtes Handgelenk niedergehen, doch die sagenumwobenen Miki-Klingen, die Gliedmaßen mit nur einem Hieb durchtrennen, gibt es nur in den von Miki-Männern über Generationen weitergegebenen Familiengeschichten. Yukio hackt noch einmal auf die Hand ein, und Kane blickt fassungslos auf seine Rechte, die jetzt nur noch lose an einem dünnen Streifen Fleisch baumelt.

Schließlich kommt er wieder zu sich, gerät in Wut und geht auf den japanischen Schwertträger los, der die Ellbogen sinken lässt, die Stoßrichtung verändert und im Begriff ist, die Klinge tief im prallen Wanst des einäugigen Riesen zu versenken. Doch der zornentbrannte Bergmann bewegt sich an der Klinge vorwärts, bis das Stichblatt gegen seine Haut drückt und die Klingenspitze durch den Körper bis zur Wirbelsäule gedrungen ist.

Kanes linke Pranke schießt hervor, packt die Kehle des Piloten, und der blutige Stumpf seiner verstümmelten Rechten bohrt sich tief in die weiche Haut unterhalb von Yukios Kiefer. Kane läuft los, und Yukio, beide Hände noch immer fest ums Schwertheft, wird in die Luft gehoben und mehrere Meter weit getragen, bevor Kane den Piloten rücklings auf den Boden donnern lässt und vorwärts auf ihn fällt. Dann presst der Riese mit dem Schwert im Bauch sein ganzes Gewicht auf Yukio und bietet seine gesamte noch verbleibende Kraft auf, um den japanischen Piloten zu erdrosseln.

Fünf Sekunden. Acht Sekunden. Yukio ringt nach Luft. So dicht an Kanes Gesicht fragt sich Yukio Miki in dieser atemlosen Hölle kurz, ob er es nicht vielleicht mit einem *oni* zu tun hat, einem jener übernatürlichen Dämonen, von denen ihm sein Großvater Saburo stets erzählt hat, als er noch ein kleiner Junge war – den gigantischen entstellten Monstern, die durch die Geisterpforte aus der Finsternis der Unterwelt hinaufgelangt sind. *Oni* besaßen ein drittes, in die Stirn gedrücktes Auge, zusätzliche Finger und Zehen und so viel Kraft, dass sie auch mit Schwertern in den Eingeweiden laufen konnten.

Zehn Sekunden. Zwölf Sekunden. Yukio geht die Luft aus, er hat das Gefühl, als hätte er den eigenen Adamsapfel verschluckt. Hand und Stumpf des Ungeheuers. Ich komme, Nara, sagt er zu ihr. Ich weiß nicht, wie es so enden konnte, liebste Nara, aber jetzt komme ich zu dir.

Dann kracht ein großer, roter, herzförmiger Stein an Kanes rechte Schläfe. Der Stein hämmert wieder und wieder gegen seinen Schädel, und Greta Maze heult auf vor Wut, als der blutrote Stein, den Molly der knochigen Geborgenheit in ihrer Mutter Brust entrissen hat, auf die Knochen in George Kanes Gesicht trifft. Noch immer würgt das Monster den Hals des Piloten, und noch immer hämmert die Schauspielerin Kane den Stein seitlich gegen den immensen Schädel.

»Tiere!«, kreischt sie, und sie ist Wut und Blut und Angst, und sie ist Vergangenheit und Gegenwart, und als sie das Wort noch einmal schreit – »Tiere!« –, schließt sie sich selbst mit ein in das Panoptikum der Bestien tief in ihrem Kopf.

Die pumpenden Stahlstempel. *Stampf, stampf, stampf.* Der Stein, der unaufhörlich gegen den Kopf des Riesen kracht, sein spritzendes Blut, das sich wie ein dünner Nebel über das Gesicht des japanischen Piloten legt, bis George Kane endlich tot und leblos auf ihm niedersackt. Greta stemmt sich mit aller Kraft gegen Kanes Flanke, und plötzlich ist auch Molly da, um ihr zu helfen, gemeinsam wälzen Schauspielerin und Totengräbermädchen Kane von Yukio fort und auf den Rücken, das Schwert noch immer bis zum Heft im Bauch des Bergmanns.

Greta steht über dem japanischen Schwertkämpfer. Ihre Hände und ihr ganzer Körper überströmt von Blut. Gierig saugt Yukio wieder Luft in seine Lungen, während er zusieht, wie die Schauspielerin weggeht, sich die Hände an der Hose des toten Minenarbeiters abwischt, dann zu ihm zurückkommt und wieder schnaufend und keuchend über ihm emporragt. Sie studiert sein Gesicht, blickt ihm in die Augen, studiert die Blutspritzer auf seiner Haut. Und dann streckt sie ihm den Arm entgegen. Reicht dem Piloten die Hand, ihre zitternde Rechte. Und auch er streckt die Hand aus, und ihre beiden Hände treffen sich in der Mitte dieses stillen Zwischenraumes in der Luft.

Greta Maze zieht Yukio Miki auf die Beine.

DELIRIUM
TREMENS

Der suchende Schattenmann. Er bleibt nicht stehen, um sich zu übergeben. Er speit im Gehen drei Mundvoll Blut und Galle, und der widerwärtig bittere Magenbrei sprüht auf das scharfkantige Bartgras des Schwemmlands hinter dem Candlelight Creek. Die Sonne steht glühend hoch am Himmel, doch er bebt vor Kälte. Er trinkt aus Wasserlöchern, doch was sein Körper mehr noch braucht als Wasser, ist Gin, Wodka oder Whisky. Terpentin. Seine Hände zittern, die Knie auch, aber er stapft weiter, denn der Hass in seinem Inneren ist das Einzige, was ihn warm und in Bewegung hält. Nur noch Tier. Nur noch Hass.

Kopfschmerzen. Kalter Schweiß auf seiner Haut. Die Bisswunde an seiner Schulter nässt noch immer und ist voll grellgelbem Eiter. Schwindel. Er geht an lila- und rosafarbenen Blumen vorüber, und er könnte schwören, diese Blumen hätten statt Blütenblättern Augen und diese Augen folgten ihm, doch jedes Mal, wenn er sich umdreht, um sie beim Gaffen zu ertappen, schauen sie wieder weg. Müde Muskeln, die sich kaum noch rühren können, doch sein Herz schlägt rasend schnell. Er trottet durch eine kleine Stadt aus Kompasstermiten-Hügeln, und einen Moment kommt es ihm vor, als marschiere er zurück nach Hollow Wood.

In einer schnurgeraden Reihe von Termitenhügeln sieht er die Namen von Tom Berrys Anverwandten, denn alles, was er sieht, ist Hass. Er sieht ihre Namen auf den Grabsteinen, und er sieht die Gründe, wieso man sie begraben hat. Die hartnäckigste und furchtbarste Pechsträhne, die in der Geschichte Darwins je eine Familie heimgesucht hat. Traf sie doch nicht weniger als vier Mitglieder von Tom Berrys Familie, alle binnen dreier Monate nach jener verhängnisvollen Nacht dahingerafft, in der der schwarze Hexenmeister namens Longcoat Bob von der Schwelle des Gemeindehauses aus seinen langen Finger nach Tom Berry ausgestreckt hatte.

Aubrey mustert angestrengt die Stirnseite eines großen Termitenhügels. Liest dort den Namen eines Mannes in Großbuchstaben. *Theodore Berry, 1866–1916.* Das Telegramm mit der Todesnachricht erreichte Tom Berry nur fünf Tage nach Longcoat Bobs Bekanntgabe im Gemeindesaal. Sein Bruder Theo, der älteste der drei Berry-Brüder, hatte, wie so oft, wenn es weniger zu tun gab, allein auf seiner Weizenfarm in Clermont im mittleren Queensland gearbeitet. Als die Produktion wegen einer Verstopfung im Getreidesilo stockte, schlang er sich ein Sicherungsseil um die Hüfte und ließ sich ins Silo hinab, um die Verstopfung zu beheben, so wie er es schon etliche Male getan hatte. Doch das Sicherungsseil riss, und Theo fand sich bis zu den Schultern in seinem eigenen Weizen wieder, in der Mitte einer kegelförmigen Vertiefung aus Körnern. Als er versuchte, sich herauszugraben, begann der aufgehäufte Weizen, an den schrägen Rändern nachzurutschen und ihn einzuhüllen. Er schrie nach seiner Frau Marg, die seine verzweifelten Hilferufe jedoch nicht hören konnte, da sie gerade den Garten vor ihrem Farmhaus jätete, das gut sechzig Meter vom Getreidesilo entfernt lag. Indem er völlig reglos blieb, gelang es Theo Berry, das schleichende Nachrutschen der luftraubenden Körnerflut zu bremsen, die ihm die Brust und schließlich auch die Kehle zu zerquetschen drohte. Er hielt sogar so lange durch, bis Marg sich wunderte, wieso ihr Mann nicht zu seinem üblichen Nachmittagstee im Haus erschien. Theo konnte Marg jenseits der Silowände seinen Namen rufen hören, während sich sein Mund und seine Nasenlöcher langsam mit Getreide füllten.

»Theo!«, brüllte Marg. »Theo!«

Und Theo verwandte seinen letzten Atemzug darauf, zu rufen: »Ich lieb dich, Marg, und das werde ich auch immer tun.« Dann wurde sein Kopf unter den Körnern begraben.

Aubrey kichert. Nun fällt sein Blick auf eine weitere Grabinschrift in der Termitenhügelstadt. *Esme Berry, 1843–1916.* Tom Berrys Tante starb drei Wochen nach Theo an einer Magen-Darm-Entzündung.

Clara Berry, 1845–1916. Tom Berrys geliebte Mutter Clara. Einen Monat nach dem Tod ihrer Schwägerin brach sie mit dem rechten Bein durch eine morsche Diele in der Dachterrasse ihres Häuschens in Batchelor, südlich von Darwin. Ihr Bein wurde bei dem Unfall grässlich mitgenommen, als sich der große rostige Zinken eines alten handgezogenen Grubbers, der im Stauraum unter der Terrasse stand, in die Rückseite ihrer Wade bohrte. Der Zinken drang so tief ins Fleisch, dass der Dorfarzt meinte, das Bein müsse oberhalb des Knies amputiert werden. Doch die Operation war furchtbar dilettantisch, das Bein entzündete sich, Wundbrand setzte ein, und Clara Berry schied keine zwei Monate nach ihrer Schwägerin qualvoll dahin.

Aubreys Blick wandert zu einem weiteren Hügel. *Charles Berry, 1909–1916.* Ausgerechnet bei Clara Berrys Trauerfeier geschah es, dass zwei ältere Jungen Esme Berrys siebenjährigen Enkel Charles dazu anstachelten, eine seltsame

Schnecke zu essen, die sie im Geräteschuppen jenes Mannes entdeckt hatten, der die Totenwache ausrichtete – des Stadtverordneten Henry Pegg.

Als der Junge an jenem Nachmittag mit klebrigen Fingern in Peggs Wohnzimmer saß, es gab Scones mit Streichrahm und Marmelade, stürzte er mit einem Mal zu Boden, wand sich vor Krämpfen, und aus seinem Mund quoll weißer Schaum. Er starb an der Schulter Henry Peggs, während dieser mit ihm zum Notfallkrankenhaus von Darwin rannte.

Und Aubrey Hook lächelt. Lacht über das wahnwitzige Pech dieser Familie. Dann jault er auf, und sein irres kehliges Gelächter schallt über das stille Sumpfland.

Nach dem Tod des jungen Charles Berry nahm auch der *Darwin Examiner* erstmals öffentlich Bezug auf das, was in der Stadt schon längst die Runde machte: das Gerücht, Longcoat Bob habe Tom Berry zur Strafe für seine Gier mit einem Fluch belegt und dieser Fluch erweise sich nun als echt. Das Blatt zitierte eine ungenannte Quelle, die angab, an jenem Abend dabei gewesen zu sein, als Longcoat Bob seinen Fluch ausgestoßen habe. »Der Hexenmeister hielt einen Knochen in der Hand«, gab der anonyme Zeuge zu Protokoll. »Damit zeigte er auf Mr. Berry und sagte mit lauter und gebieterischer Stimme: ›Ich verfluche dich und die Deinen, Tom Berry. Eure Herzen sollen zu Stein werden.‹ Das hat er gesagt. Und nun schauen Sie sich an, welches Unglück über diese Familie hereingebrochen ist. Die Worte dieses Schwarzen waren voll schwarzer Magie, und der Rest von uns kann froh sein, dass er nicht auch noch zu uns gesprochen hat.«

Als er dies las, schleuderte Tom Berry die Zeitung ins offene Kaminfeuer seines Wohnzimmers. »Es gibt einen Unterschied zwischen einem Fluch und hundsmiserablem

Pech«, brüllte er, so laut, dass seine Frau Bonnie im Sessel neben ihm zusammenzuckte. »Ist irgendjemand von diesen Leuten denn an einem Steinherz gestorben?«, dröhnte Tom Berry, öffnete eine Flasche Whisky und griff nach einem Glas. »Ist mein Herz etwa zu Stein geworden? Ist dein Herz versteinert, Bonnie? Grundgütiger!«

Bonnie Berry saß schweigend da, blickte in das wärmende Feuer und fragte sich, ob das, was ihr Ehemann da sagte, auch tatsächlich stimmte. Seit er von seiner seltsamen und ertragreichen Odyssee durchs Buschland zurückgekehrt war, und ungeachtet seines neuen Reichtums, war ihr eine gewisse Veränderung an ihrem Mann aufgefallen. Eine dunkle Wolke schien ihm auf Schritt und Tritt zu folgen, er war leicht reizbar und, wenn auch großzügiger, weniger liebenswürdig. Und wie sonst sollte Bonnie diese neue Schwere ihres Herzens wohl erklären, wenn nicht damit, dass auch in ihr eine schleichende Verwandlung vor sich ging? Wie sollte sie erklären, wie niedergeschlagen sie sich in den letzten Monaten gefühlt hatte? Sie hatte versucht, sich ihren Freundinnen anzuvertrauen, Worte zu finden für das Gefühl des Widerwillens, das sie schon so lange in sich trug, eine entsetzliche Angst vor dem Leben, die ihr Bauchschmerzen bereitete. Ein Widerwillen gegen das Aufstehen am Morgen. Gegen das Kochen. Das Putzen. Das Lieben, ganz gleich, wen oder was. Sie las so viele Gedichtbände, in denen die Regungen des menschlichen Herzens besungen wurden, dessen mystische Maschinerie, diesen sprudelnden Brunnen in uns allen, der mit dem steten und wunderbaren Pochen eines Brustschlags Liebe schenkt und in sich aufnimmt. Dann legte sie dort am Kaminfeuer die Hand an ihre Brust und konnte ihren Herzschlag spüren, nicht aber die Liebe für ihren Ehemann, die sie einst darin geborgen hatte. Ein Herz, das nicht mehr imstande ist zu lieben, so dachte sie bei sich, ein solches Herz könnte ebenso aus Stein sein.

»Tom«, sagte Bonnie neben ihm am Feuer.

»Ja, meine Liebe.«

»Ich glaube, du solltest das Gold dahin zurückbringen, wo du es gefunden hast.«

*

Aubrey Hook starrt in die Sonne des Schwemmlands, und seine fieberwirren Augen spalten den Sonnenball entzwei wie ein Spiegelei mit Doppeldotter, das in einer Pfanne brät. Er steckt den Kopf in ein Wasserloch, ohrfeigt sich, so fest er kann. Dann marschiert er weiter durch die überschwemmte Ebene, nach vorn gepeitscht von Wut und Hass.

Sein Mund ist trocken und braucht dringend Alkohol. Er denkt an die Entdecker, die zu Pferd oder zu Fuß einst hier entlanggekommen sind. Er fragt sich, ob sie wohl je ihre Whiskyflaschen abgeworfen, sie für den Rückweg irgendwo vergraben haben. Vergrabene Schätze, hochprozentig. Er verflucht die Schwarzen, die seit Jahrtausenden diese abgelegenen Gegenden durchstreifen und sich nie die Mühe gemacht haben, zwischen Wäldern und Ebenen auch nur einen einzigen Saloon zu errichten, einen leuchtenden zweigeschossigen Pub, aus dessen Fenstern Klaviermusik und Lieder schallen, hoch oben auf der Bergkette, die er in der Ferne sehen kann.

Er marschiert einen breiten Waldweg entlang, gesäumt von farnblättrigen Silbereichen und milchig weißen Pflaumenbäumen mit gelben Früchten, die er mit gierigen Pranken von den Ästen reißt und sich in den Mund schaufelt, als wären es Erdnüsse am Bartresen. »Der Verfluchte«, raunt er vor sich hin, den Mund voller Obst, Saft rinnt ihm das Kinn

herab. »Der Verfluuuchte!«, lacht er. Er weiß, in wessen Fußstapfen er tritt, wessen Spuren er hier folgt. Den Fußstapfen
des verfluchten Tom Berry, jenes verhexten Goldgräbers, der
allen, die des Lesens mächtig waren, seine Absichten kundtat,
als er im *Darwin Examiner* die folgende Annonce schaltete:

ÖFFENTLICHE BEKANNTMACHUNG

Ich, Tom Berry, verkünde hiermit mein feierliches Versprechen, alles Gold, in dessen Besitz ich jüngst gelangt
bin, wieder in jenes gottverlassene Loch zurückzuschaffen,
wo ich es gefunden habe. Mit großem Missfallen musste
ich die wachsende Hysterie und wirren Gerüchte zur
Kenntnis nehmen, die sich in den vergangenen Monaten
um die Familie Berry rankten. Ich glaube nicht an die He-
xerei der schwarzen Buschmänner. Ich glaube jedoch sehr
wohl an schlichtes Pech. Und seit ich dieses Gold mit nach
Darwin gebracht habe, hat meine Familie eine Unmenge
davon ereilt. Ich schwöre beim Allmächtigen, Longcoat
Bob sagte mir, das Gold gehöre niemandem. Allerdings
bin ich Manns genug, einzugestehen, dass er nie sagte, dieses Gold solle mir gehören. Ich habe mich des Hochmuts
und der Gier schuldig gemacht. Ich glaube nicht an Flüche. Aber ich glaube, ein Mann sollte zugeben, wenn er
einen Fehler begangen hat, und, so er dazu imstande ist,
versuchen, diesen wiedergutzumachen. Sobald mir dies
möglich ist, werde ich zurück ins Buschland reisen, und
ich werde dieses Gold dorthin zurückbringen, wo ich es
gefunden habe. Und sollte Longcoat Bobs Finger tatsächlich eine dunkle und unerklärliche Macht innewohnen,
und sollte er ihn noch immer auf meine Familie richten,
dann erwarte ich, dass er sich diesen Finger schleunigst
ganz woandershin steckt.

Aubrey Hook heult wieder gellend auf, und sein Gelächter füllt den Raum zwischen den Wänden eines schroffen Sandsteincanyons. Die doppelte Sonne senkt sich dem Horizont entgegen. Aubrey bleibt stehen, um von einem Stachelbeerstrauch zu essen, der die Fruchtlast einer ganzen Jahreszeit abgeworfen hat – Massen wilder Früchte, die grünen Tomaten ähneln und von denen Aubrey sich ganze sechsundzwanzig so hastig in den Mund schaufelt wie einst die Friedhofserde in Eimer.

»Beeren!«, johlt er gen Himmel. »Tom Berrys Beeren!«

Direkt nach diesem Festmahl lässt er die Hose runter, hockt sich hin, und eine wahre Sturzflut flüssigen Durchfalls ergießt sich über einen Streifen grauen Sandes. Nachdem er sich nach Kräften sauber gewischt hat, füllt er seine rechte Hosentasche mit mehr Stachelbeeren und seine linke mit einer Handvoll Eukalyptusblätter, die er von einem jungen Stringybark-Baum rupft. Etwas später auf seinem wahnhaften Gewaltmarsch kommt Aubrey Hook an eine Art natürliche Feuerstelle auf einem Sandsteinvorsprung. Er findet einen rostigen Blecheimer, sucht Zweige und Rindenstücke zusammen und macht ein Lagerfeuer, das er mit einem seiner Zigarettenblättchen anzündet. In dem Eimer kocht er die Eukalyptusblätter, trinkt einige Schlucke und kippt den Rest des heißen Wassers über die eitrige Bisswunde an seiner Schulter.

Er liegt zitternd am Feuer, die Arme fest um die pochende Brust geschlungen, starrt in die Flammen und wiederholt die Worte Walt Whitmans. »›Ich verlache das, was ihr Auflösung nennt.‹«

Und inmitten seines Fiebers und der Flammen erblickt er eine Erinnerung seiner selbst. Einen jungen Mann, groß und gut aussehend. Dieser junge Mann löste sein Versprechen ein. Er überlebte den Steinschlag, der seinen hasserfüllten Vater Arthur Hook das Leben gekostet hatte, und er hielt sich an den Pakt, den er mit sich selbst geschlossen hatte. Sein Herz war voller Liebe an jenem Sonntagnachmittag, als er auf seinem Pferd zu Violet Berrys Haus an der Uferpromenade Darwins ritt. Er band sein Pferd außer Sichtweite an, damit Tom Berry nicht allzu früh bemerkte, dass ein Sohn von Arthur Hook sich seinem Grundstück näherte. Dann marschierte er unbemerkt zur Haustür und wollte eben anklopfen, als Violets Lachen aus dem Garten hinterm Haus zu ihm herüberschallte. Aubrey schlich leise an der Seite des Hauses vorbei, und halb verborgen von der Wölbung eines rostigen Wassertanks erspähte er Violet unter einem ausladenden Milchholzbaum. Voll Entsetzen sah er, was seine Angebetete zum Lachen brachte: die Hände eines jungen Mannes, der neben ihr lag und ihr die Rippen kitzelte. Und dann sah er ebenso entsetzt, wem Violet Berry ihr Herz geschenkt hatte. Diesem sanften jungen Burschen neben ihr. Diesem freudestrahlenden, schwächlichen jungen Mann an ihrer Seite. Arthur Hooks zweitem Sohn. Seinem eigenen geliebten Bruder Horace.

An jenem Sonntagnachmittag ritt Aubrey Hook allein die Küste entlang. Er lenkte sein Pferd zum höchsten Punkt, den er finden konnte, auf die Dripstone Cliffs, die über dem Strand hinter dem Zufluss des Rapid Creek aufragen. Fünfzig Meter vor dem Abgrund nahm er Anlauf, rammte seinem Pferd die Hacken in den Bauch, sodass es im Galopp auf den blinden Horizont der Felsen zujagte. Keine zehn Meter trennten ihn noch vom Abgrund, als etwas tief in seinem Herzen Aubrey dazu brachte, die Zügel stramm zu ziehen und in weitem Bogen kehrtzumachen. Und dieses Etwas tief in seinem Innern sollte im Lauf der folgenden Jahrzehnte zum Licht in seinen endlosen dunklen Stunden werden. Nichts anderes erwies sich als so tröstend. Nicht

Liebe. Nicht Arbeit. Nicht Alkohol. Das Einzige, was Aubrey Hook je rettete, war Hass.

»›Ich verlache das, was ihr Auflösung nennt‹«, raunt er dem Feuer zu. »›Ich verlache das, was ihr Auflösung nennt.‹«

Wiederholen. Wiederholen. Wiederholen. Und wenn er diese Worte oft genug sagt, dann kommt sie vielleicht zu ihm zurück.

»›Ich verlache das, was ihr Auflösung nennt‹«, sagt er. »›Und kenne die Fülle der Zeit.‹«

Wiederholen. Wiederholen. Wiederholen.

»›Ich verlache das, was ihr Auflösung nennt, und kenne die Fülle der Zeit.‹«

Wiederholen. Wiederholen. Wiederholen.

»›Glückt es dir nicht, mich gleich zu fassen, behalte nur Mut. Triffst du mich nicht an einer Stelle, so suche woanders. Irgendwo bleib ich und warte auf dich.‹«

Und er sieht das Gesicht von Molly Hooks Mutter vor sich.

»›Ich verlache das, was ihr Auflösung nennt‹«, murmelt er. »›Und kenne die Fülle der Zeit ... Glückt es dir nicht, mich gleich zu fassen, behalte nur Mut. Triffst du mich nicht an einer Stelle, so suche woanders. Irgendwo bleib ich und warte auf dich.‹«

Und er sieht Violets Gesicht. Wiederholen. Wiederholen. Wiederholen.

DAS DRITTE
HIMMELSGESCHENK

OPHELIA

Es zieht sie zu den Stromschnellen. Sie ist sechzehn Jahre alt und läuft barfuß über ein Plateau gehüllt in blauen Himmel. Ihr kleiner Sohn ist vier Monate alt und liegt wohlig eingerollt in einer Trageschlinge aus Buschschnur, Rinde und Rohrfasern. Von Kaskaden hoch über ihr stürzt ein Fluss in eine tiefe, schroffe Sandsteinschlucht, und der Aufprall der gewaltigen Wassermassen auf die Steine benetzt ihr Gesicht mit einem feinen Nebel, obgleich sie mehr als fünfundzwanzig Meter von der Schlucht entfernt steht.

Sie klettert am Rand der Stromschnellen empor und hält an einem tiefen Becken, wo die Strömung etwas langsamer fließt. Sie legt ihren Säugling in der Trage auf einen flachen Fels, und der Blick des Jungen findet Flecken aus Farbe, Bewegung und Licht und verharrt schließlich auf den Augen seiner Mutter, die in seine blicken. Dann aber füllen sich die Augen der Mutter mit Tränen, und ihr Blick wandert zum Becken. Sie geht fort von ihrem Baby. Als sie das Ufer erreicht, stützt sie sich mit der Hand an einem großen vom Wasser abgeschliffenen Felsen ab, und ihre Füße finden Halt auf den losen schwarzen Steinen am Rand des tieftürkisfarbenen Beckens. Sie springt ins Wasser und bewegt sich nur mit den Beinen vorwärts wie eine Meerjungfrau, taucht mit einem tiefen Atemzug wieder auf, geht dann ins Brustschwimmen über, dreht eine Runde, bevor sie sich mit weit ausgestreckten Armen und Beinen auf dem Rücken treiben lässt, der Blick gefüllt mit allem Blau des Himmels. Nur diese eine flauschig-fette Wolke, und sie sagt sich, dass sie aussieht wie eine große weiße Witchetty-Made, doch ohne den gelben Kopf. Sie kann ihren eigenen Atem hören und das Tosen der Stromschnellen flussabwärts. Dann lässt sie sich vom Wasser treiben.

Die Witchetty-Made beginnt, übers blaue Himmelszelt zu kriechen, doch das ist nur eine Täuschung. Die Wolke bewegt sich nicht. Sie selbst bewegt sich. Der stete sanfte Sog der Strömung. Er zieht und zieht und zieht, und das Mädchen treibt langsam an der Wasseroberfläche auf die Schlucht zu.

Und sie wünscht sich etwas vom Himmel. Sie wünscht sich, sie wäre Wasser. Denn Wasser fühlt nichts. Wasser fühlt keinen Schmerz. Wasser hat nie Angst. Wasser kennt keinen Kummer. Und sie stellt sich das Leben vor, das sie hätte führen können, wenn sie gewusst hätte, wie man sich durch diese komplizierte Welt bewegt wie Wasser, das immer seinen Weg findet.

DER SCHATZ
IM HIMMEL

Das Steinland. Drei Wanderer auf dem silbernen Weg, der sich schlängelt und windet – genau wie der Python, der gerade über den Stamm eines nahen Eisenholzbaums gleitet, so groß und anmutig, dass ein weit gereister Zuschauer namens Yukio Miki Beifall klatscht.

Gänsemarsch. Greta Maze geht vorneweg, und Molly Hook trottet in der Mitte, sich regelmäßig umdrehend, wenn der seltsame Pilot vor einem neuerlichen Naturwunder Nordaustraliens stehen bleibt. Er beugt sich hinab zu einer Kragenechse, die auf einem verkohlten Stamm sitzt, und unter der prüfenden Beschau des lächelnden Mannes spreizt die Echse drohend ihren roten Rüschenkragen. Er macht halt an einem Eukalyptusbaum, in dem ein Loch von der Größe seines Kopfes klafft. Molly sieht, wie Yukio seinen rechten Arm hineinsteckt, wieder rauszieht und dann seine Faust studiert, die vor orange-weißen Termiten wimmelt.

Yukio schaut interessiert zu, wie Molly in ein Nest stachelloser schwarzer Bienen greift, das zwischen zwei Ästen eines Eukalyptusbaumes hängt, und eine Handvoll tiefroten Sugarbag-Honig hervorholt, der Yukio an geschmolzenes Wachs erinnert. Sie träufelt ihm einen Klecks Honig auf die Hand und isst einen weiteren selbst. Ganz in der Nähe findet Greta noch ein Nest und genehmigt sich ebenfalls eine Handvoll des dunklen aromatischen Klebzeugs. Zögerlich leckt Yukio sich den Honig von der Handfläche. Als er merkt, dass es ihm schmeckt, schleckt er sich alles in den Mund, und seine Augen leuchten strahlend wie sein Lächeln. »*Migoto!*«, sagt er.

»Sehr, *sehr ... migoto*«, sagt Molly, während sie sich die Reste von den Fingern leckt.

An einem träge fließenden Bachlauf, der den silbernen Weg kreuzt, erleichtert sich Greta hinter einer dichten Wand aus Büschen mit roten Hängeblüten, aus deren kleinen rosa Früchten tentakelartige Fasern sprießen, sodass die Früchte aussehen, als wären sie im Augenblick der Selbstentzündung schockgefroren worden.

Yukio folgt Molly hinab zum Wasser. Er steht über ihr, als sie sich hinkniet.

Sie deutet mit zwei Fingern auf ihre Augen, zeigt dann auf den Bach.

»Du«, sagt sie. »Du musst auf die Crocs achtgeben.«

Yukio schaut sie ratlos an.

»Du musst Ausschau halten«, sagt Molly und zeigt abermals auf ihre Augen und anschließend aufs Wasser. »Krokodile«, sagt sie und formt mit den Händen ein schnappendes Krokodilmaul. »Die ziehen dich runter, unter Wasser. Klemmen dich unter einen Stein und weichen dich da einen Monat ein, bis dein Fleisch zart ist.«

Yukio wirft einen hektischen Blick übers Wasser.

Molly legt Bert die Schaufel auf den schlammigen Boden neben ihren Stiefeln und wühlt in ihrem Seesack. Dann zieht sie den blutroten Stein hervor, den sie in der Brust ihrer toten Mutter gefunden hat. Er ist ganz fleckig. Überall Blutspritzer vom eingeschlagenen Schädel des einäugigen Zinnschürfers, des Monsters. Molly hält den Stein ins fließende Wasser und schrubbt das Blut des Monsters ab.

»›Fort, verdammter Fleck, fort, sag ich‹«, murmelt sie vor sich hin.

Voller Neugier mustert Yukio das Mädchen.

Auch hinter ihrem Rücken spürt Molly seine Blicke. »Das ist das Herz meiner Mum«, sagt sie. »Das geschieht, wenn die Verwandlung vorbei ist, Yukio. Longcoat Bob hat das getan.«

Molly blickt auf zu Yukio. Die Last ihrer Geschichte wiegt schwer in ihren Zügen. »Er hat gesagt, unsere Herzen würden zu Stein werden, und das Herz meiner Mum ist ganz langsam versteinert. Und jetzt spüre ich, dass dasselbe auch mit meinem Herzen passiert. Es wird schwerer, Yukio. Ich kann es fühlen. Ich hab aufgehört, etwas für andere zu empfinden.«

Ihr Blick fällt auf das Schwert an seinem Gürtel. »Ich habe zugeschaut, wie du diesen Männern die Kehle durchgeschnitten hast, aber ich habe nichts dabei gespürt«, erklärt sie. »Verstehst du mich, Yukio?«, fragt sie, aber im Grunde ist es ihr egal. Es tut gut, es laut zu sagen, und vielleicht ist es sogar noch besser, es jemandem zu erzählen, der nichts versteht.

»Ich hatte keine Angst«, sagt sie. »Und auch kein Mitleid. Wenn ich überhaupt etwas gespürt habe, dann war ich froh, dass du ihnen das angetan hast.«

Sie mustert Yukios Gesicht. Es ist ausdruckslos bis auf die Augen, die ihr sagen, dass er dem Totengräbermädchen zuhört.

»Verstehst du überhaupt irgendwas von dem, was ich dir erzähle?«

Yukio schweigt. Lächelt unsicher. »Du«, sagt er, rätselhaft und vage.

»Du verstehst kein Wort, oder?«, fragt Molly.

»Du«, wiederholt er.

Molly nickt lächelnd, dreht sich wieder zum Wasser um und starrt auf den roten Stein in ihrer Hand. »So fängt es an«, sagt sie. »Du wirst gefühllos. Du hörst auf, Mitleid zu empfinden. Du fängst an, Dinge zu hassen. Du kümmerst dich nur noch um dich selbst und all die Sachen, die dir durch den Kopf schwirren.«

Sie hält den Stein, drückt ihn so fest, als wollte sie ihn zerquetschen, doch er gibt einfach nicht nach. »Und eines Tages wachst du auf, und dein Herz ist vollständig zu Stein geworden, und du fühlst nicht das Geringste, also spielt es auch keine Rolle mehr, ob du noch da bist oder nicht. Dieser Stein kann nichts fühlen, Yukio. Ganz egal, was ich für ihn empfinde, er kann nichts für mich empfinden. Wieso schleppe ich ihn überhaupt mit mir herum, Yukio? Er kann nichts fühlen. Kann mir nichts zurückgeben. Ich sollte ihn einfach loslassen. Ich sollte ihn einfach ins Wasser werfen und zu Boden sinken lassen, und da kann er dann 'ne Million Jahre rumliegen und nichts fühlen.«

Yukio sieht, wie sich eine Farbwolke ins Wasser mischt. Eine dünne rötlich braune Schicht aus Erde oder Ton löst sich vom Stein, als würde er eine Lage seiner Haut abstreifen. Es erinnert Molly an das Blut des Glatzkopfes, das wie Rauchfahnen im Wasser aufgestiegen ist.

»Er blutet«, sagt Molly.

Sie sieht zu, wie der Herzstein blutet, wie er seine Farbe ins Wasser strömen lässt, und wie diese Farbe Falten und Wellen schlagend in der trägen Strömung verschwindet. Und anfangs merkt sie gar nicht, dass Yukio jetzt neben ihr kniet. Dann hebt er behutsam ihren Arm aus dem Wasser, nimmt den blutroten Stein und birgt ihn in den hohlen Händen. Er trocknet den Stein mit dem Innenfutter seiner Fliegerjacke und legt ihn sachte in den Seesack. Dann hebt er den Sack am Trageriemen hoch und reicht ihn Molly.

»Du«, sagt er, und Molly kommt es vor, als läge etwas Lehrreiches in dem kurzen Wort. Etwas Ermutigendes. Etwas Mitfühlendes.

*

Ein violetter Himmel mit roten und rosafarbenen Streifen, Streifen aus Feuer. Drei Wanderer, die über und unter Felsvorsprüngen laufen, um frei stehende Felsnasen herum marschieren. Eine Landschaft, die sich ständig wandelt: felsig-karge Gegenden, die urplötzlich regenbogenbunten Hainen aus Orchideen, Banksien und Woollybutt-Bäumen weichen, nur um sich kurz darauf wieder in Steinland zu verwandeln, eine Ödnis voll unförmiger Felsbrocken, über die das Totengräbermädchen, die Schauspielerin und der vom Himmel gefallene Pilot über eine Strecke von drei, vier, fünf Kilometern kraxeln müssen.

Yukio nimmt sich vor, die Schauspielerin nicht ständig heimlich anzugaffen, doch seine Augen wollen einfach nicht gehorchen und sie erhaschen dauernd neue wunderbare Dinge, die die blonde Frau tut. Die Art und Weise, wie sie Molly über zwei rutschige moosbedeckte Felsen hilft. Die Art und Weise, wie sie sich ein Büschel ihres unbändigen Haares hinters rechte Ohr klemmt. Die Art und Weise, wie sie vorgibt, nicht zu merken, dass er sie ansieht, und dann mit einem Mal beschließt zurückzustarren, ihn so durchdringend zu mustern, dass er selbst in Gedanken kein Wort spricht, damit sie ihn ja nicht hören kann. Und dann muss er sich von ihr abwenden, aus Angst, sie könnte ihn mit einem Blick in einen bangen kleinen Jungen verwandeln, und dann muss er hoch zum Himmel schauen, um wieder Mann zu werden. Und er starrt in den rosa-violetten Nachmittagshimmel, und er spricht mit ihm, denn wenn er mit dem

Himmel spricht, spricht er mit Nara. »Kannst du mich sehen, Nara? Ich war auf dem Weg zu dir. Ich komme zu dir, Nara. Versprochen. Wirst du auf mich warten?«

*

An einem verschlammten toten Flussarm entdeckt Greta eine fette hellbraune Schlange mit einem kleinen Kopf, der dem einer Bulldogge ähnelt. Die Schlange gräbt sich rasch ins matschige Schlammbett, doch bevor sie ganz verschwindet, erspäht Molly die schuppigen schwarz getigerten Abdrücke ihrer Haut. »Warzenschlange«, sagt sie und rammt Bert tief in die Erde. Sie hievt einen ganzen Haufen Schlamm empor, und die Warzenschlange ist darin, dreht und windet sich auf dem Schaufelblatt, lässt sich herabfallen und schlängelt auf Yukios Armeestiefel zu. Er weicht rasch einen Schritt zurück, erhascht aber nur einen kurzen Blick auf den Schlangenkopf, bevor Berts Schaufelblatt ihn mit einem Hieb vom Körper trennt.

Molly hebt den kopflosen, doch noch immer zappelnden Leib der Warzenschlange auf und reicht ihn Yukio. »Hältst du das mal kurz?«, fragt sie.

*

Yukio macht aus trockenen Zweigen und Rinde ein tipiförmiges Lagerfeuer, und als das Feuer heruntergebrannt ist, wirft Molly die Warzenschlange auf die glühende Kohle, ungehäutet und am Stück. Während sie warten, bis die Schlange gar ist, liest Molly Yukio aus *Romeo und Julia* vor. Mit ihrer besten Tyrone-Power-Stimme rezitiert sie Romeos Text, Shakespeares Verona ganz im Stil von Universal Pictures, Los Angeles, Kalifornien. »»Entweihet meine

Hand verwegen dich, o Heiligenbild, so will ich's lieblich büßen. Zwei Pilger, neigen meine Lippen sich, den herben Druck im Kusse zu versüßen.‹« Mollys Augen funkeln mit der Verwegenheit eines Leinwandhelden, dem kühnen Nervenkitzel eines Romeo Montague.

Wenn sie Julias Passagen vorträgt, verwandelt sie sich in die liebeskranke und verzweifelte Vivien Leigh aus *Vom Winde verweht*. »Komm, milde, liebevolle Nacht! Komm, gib mir meinen Romeo! Und stirbt er einst, nimm ihn, zerteil in kleine Sterne ihn: Er wird des Himmels Antlitz so verschönen, dass alle Welt sich in die Nacht verliebt.‹«

Die Nacht kommt, und im Schein des Feuers zerlegt Molly die Schlange mit Yukios *wakizashi*, schneidet ihr fettes, saftiges, doch zähes Fleisch in würstchengroße Stücke, die Yukio und Greta voller Dankbarkeit kauen, aussaugen und schlucken. Im Flackerlicht der Flammen bewundert Molly eine ganze Weile Yukios Kurzschwert. Lässt den Finger leicht über die Schneide gleiten und erspürt den eingravierten Schmetterling knapp oberhalb des Hefts.

»Wieso ein Schmetterling?«, fragt Molly und hält Yukio die Klinge hin.

Yukio nickt.

»Schmetterling?«, wiederholt Molly.

Yukio nickt.

»Schmetterling«, sagt Yukio.

»Ja, das ist ein Schmetterling«, sagt Molly. »Aber wieso hast du dir einen Schmetterling aufs Schwert gravieren lassen?«

Yukio schweigt einige Zeit. Dann lächelt er. »Schmetterling«, wiederholt er unsicher.

Molly reißt einen Fleischbrocken von der knusprigen Haut und wendet sich an Greta. »Er versteht kein Wort«, erklärt sie dumpf und undeutlich, den Mund voll Schlangenfleisch.

»Ich versteh auch kein Wort, wenn du mit 'ner halben Schlange im Schnabel redest«, entgegnet Greta. Sie sieht Yukio an, der ihren Blick erwidert. Greta lächelt ihn an. »Ich glaub, der versteht schon genug«, sagt sie.

»Ich werd's ausprobieren«, sagt Molly.

»Wie wär's, wenn du endlich mit dem Gequassel aufhörst und deine Schlammschlange isst, bevor sie kalt wird?«

Doch Molly lässt sich von ihrem Plan nicht abbringen. Sie reckt den Kopf hoch zu den Sternen, doch die Worte, die sie sagt, haben mit den Sternen nichts zu tun.

»Ich finde, er sieht gut aus«, sagt sie.

»Molly!«, kreischt Greta auf.

Molly spricht weiter mit den Sternen, und Yukios Blick folgt ihrem hoch zum Himmel. »Er hat ein Lächeln wie Clark Gable«, sagt sie und starrt tief in den Nachthimmel.

»Hör auf, Molly«, sagt Greta leise.

»Ich glaube, er ist ganz hingerissen von dir«, erklärt Molly, den Kopf noch immer im Nacken. »Er starrt dich schon den ganzen Tag an. Und einmal habe ich gesehen, wie du ihn auch angestarrt hast!« Sie kichert in sich hinein.

»Molly, das reicht!«, sagt Greta lauter als beabsichtigt.

Yukio reißt den Kopf herum, schaut Greta an, und sie ist gezwungen, seine Neugier mit einem Lächeln und einem Kopfschütteln zu zerstreuen. »Ach, sie hat die Sterne nun mal furchtbar gern«, sagt Greta und zeigt zum Firmament.

Yukio nickt und lächelt.

*

Drei Wanderer flach auf dem Rücken rings um ein Lagerfeuer, den Blick in die Sterne gerichtet. Mollys Finger verwandeln sich in eine Schere. »›Zerteil in kleine Sterne ihn‹«, sagt sie zu sich selbst, und als sie Romeos Gesicht aus dem sternenübersäten Nachthimmel ausschneidet, ist es das Gesicht Sam Greenways. Sam Greenway, Büffeljäger, sternenfunkelnder Dieb der Frauenherzen.

Gretas Augen sind geschlossen, doch sie schläft nicht. Sie hört noch immer das Stampfen der Steinbolzen aus der Zinnmine der Ungeheuer. Die Angst vor ihnen klingt noch immer nach, und diese Angst erinnert sie an Zwang und Hoffnungslosigkeit, und diese Dinge erinnern sie an das Krankenhauszimmer und das Baby in ihren Armen, also öffnet sie die Augen, weil sie ihren Kopf stattdessen mit einer Leinwand voller Sterne füllen will.

Eine ruhige Nacht. Kein Wind so tief im Busch. Das Zirpen der Zikaden und das Knallen und Knacken des Feuers, wo die Rinde eines trockenen Klotzes Eisenholz, groß wie ein Weihnachtsschinken, gerade Raub der Flammen wird. Sonst ist nichts als Nacht.

Und dann fängt Yukio Miki an zu sprechen.

»Yukio … hatte Frau«, sagt er. »Nara.« Mühsam wählt er seine Worte. Er erinnert sich an sein Englisch, gut hundert Wörter, die er aus den Tiefen seines müden Geistes bergen kann, um die Frage des Mädchens zu beantworten.

»Ist gestorben«, sagt er. »Krank … sehr krank.«

Greta dreht den Kopf, um zuzusehen, wie der Pilot auf der anderen Seite des Feuers mit dem Himmel redet. Sie schaut Molly an, und in ihrem entgeisterten Gesicht spiegelt sich dieselbe Einsicht wie in Mollys: Er spricht Englisch.

»Yukio hielt … hielt … in Armen«, sagt er. Jetzt weint er. Umklammert seine Brust. »Yukio … sagt … Nara. Nicht … fürchten. Nicht fürchten. Yukio … versprechen … versprechen. Nara … verwandeln. Nara … fortfliegen. Nara … immer noch wunderschön.«

Molly und Greta stützen sich auf die Ellbogen, warten, dass der Flieger weiterspricht. Er dreht ihnen den Rücken zu und legt sich auf die Seite, schließt die Augen. Nur noch ein Satz dringt aus ihm hervor, bevor er einschläft, langsam und glasklar.

»Nara ... ist ... Schmetterling.«

*

In der Dämmerung kommen sie an drei großen runden Felsblöcken vorbei, die die Erosion auf einem Bergrücken zurückgelassen hat, hinter dem die Sonne aufgeht.

»Schaut mal, das sind wir«, sagt Molly. »Das da vorn bist du, Greta, der größere Block. Der kleine in der Mitte bin ich. Und der ganz hinten, das ist Yukio. Siehst du's, Greta, siehst du's?«

»Ich seh's, Molly«, sagt Greta und reibt sich den Schlaf aus den Augen, während sie mühsam über eine Reihe schroffer Sandsteinbrocken klettert.

Plötzlich bleibt Molly stehen. Yukio und Greta halten ebenfalls an.

»Was ist?«, fragt Greta beunruhigt.

Molly dreht sich um. Füllt ihre Nase mit der frischen Morgenluft. Blickt hoch zum rot und rosa schimmernden Himmel, der sich langsam immer blauer färbt. Atmet alles ein: die Felsen, die Insekten unter den Steinen, die Eidechsen unter der Erde, die Würmer unter den Eidechsen, die Erde unter ihren Fingernägeln, das Blut unter ihrer Haut.

»Was ist, wenn wir selbst der Schatz sind?«, fragt sie und hebt den Blick wieder empor. »Ich würde auch versuchen, uns zu verstecken. Der Himmel ist der Deckel der Schatztruhe. Der Himmel ist wie eine Decke. Oder ein Mantel.«

Molly wendet sich zu Yukio um, der Mühe hat, das Mädchen zu verstehen. »Wir sind Schätze, die der Himmel vergraben hat«, erklärt Molly.

Ein braun-türkiser Vogel am Himmel macht *kak-kak-kak*, breitet die Flügel aus und präsentiert ihnen zwei weiße münzförmige Punkte auf den Unterseiten. »Dollarvogel«, sagt Molly und erwidert: »Kak-kak-kak.«

Yukio stimmt von hinten ein. »Kak-kak-kak«, ruft er lachend. »Er ... sagen ... ›Guten Morgen ... Molly ... Hook‹.«

Molly grinst. Der Vogel stößt noch einen Ruf aus. *Kak-kak-kak.*

Molly wendet sich wieder an Yukio. »Er hat uns zum Frühstück zu sich eingeladen«, sagt sie. »Er hat frischen Kaffee gekocht und uns ein paar Eier gebraten. Mit Speckscheiben, die so breit sind wie mein Kopf.«

Molly antwortet auf die nette Einladung des Vogels. »Tut mir leid, Kumpel, wir können keine Pause machen. Wir müssen Longcoat Bob finden. Weißt du vielleicht, wo er steckt, Mr. Dollarbird?«

»Bob«, sagt Yukio. »Long ... Coat ... Bob.«

»Jepp, Longcoat Bob«, wiederholt Molly. »Wusste gar nicht, dass du so gut Englisch sprichst, Yukio Miki.«

Yukio hebt Daumen und Zeigefinger, lässt etwas Platz dazwischen. »Kleines ... bisschen«, sagt er. »Englisch ... aus Sakai ... Molly ... sprechen Englisch ... gut«, sagt er.

»Worauf du deinen Arsch verwetten kannst, Yukio Miki«, prahlt Molly. »Ich bin poetisch. Poetisch und anmutig.«

Sie entdeckt eine lange Kolonne grüner Ameisen, die zwischen zwei dünnen Ästen eines dürren Baumes ein Nest bauen. »Schau dir das an, Yukio«, flüstert Molly und lehnt sich gegen den Baum, wo eine Reihe von Ameisen mit bernsteinfarbenen Körpern und leuchtend jadegrünen

Hinterleibern einen weißen Klumpen auf einer eigens für diesen Zweck errichteten Transportstraße über einen Zweig tragen. »Sie bauen sich Häuser aus Blättern. Manche dieser Ameisen sind Muskelprotze, die zusammenarbeiten, um die Blätter hochzuhalten, und andere sind Schlauberger, die sagen, wo die Blätter hingehören, und wieder andere sind die Kleber, die dieses weiße Zeugs, das sie dabeihaben, benutzen, um alles zusammenzupappen.«

Yukio entfährt ein kurzer Seufzer der Bewunderung. »Hmmm.«

»Siehst du diese Brücke?«, fragt Molly. Die Ameisen haben aus ihren verschränkten Körpern eine Brücke gebildet, um für die Kleber eine Abkürzung auf den darunterliegenden Zweig zu bauen.

»Ich wünschte, dieser Adolf Hitler könnte das sehen«, flüstert Molly.

»Hitler?«, echot Yukio befremdet.

»Ja«, sagt Molly. »Wir könnten Hitler und diesen anderen Kerl ... wie heißt er noch mal? ... Mussalino ...«

»Mussolini«, sagt Yukio.

»Ja, Mussolini«, sagt Molly. »Wir könnten Hitler, Mussolini und Winston Churchill hier zusammenbringen, und sie könnten sich eine Weile diese Ameisenbrücke anschauen. Um sich ein bisschen abzuregen. Die müssten diesen grünen Ameisen nur ein oder zwei Stündchen bei der Arbeit zugucken.«

Yukio dreht sich ratlos zu dem Mädchen um.

»Sam sagt, er hätte mal gesehen, wie eine Truppe dieser Kerle mit vereinten Kräften einen toten Vogel, einen ganzen Honigfresser, zurück zu ihrem Nest getragen hat«, sagt Molly. »Das ist so, als würden wir eine ganze Brauerei nach Hause schleppen, um uns nach dem Essen einen zu genehmigen. Diese Kerlchen hier bauen sich ihre Häuser selbst und kümmern sich auch noch um die anderen Insekten auf dem Ast. Sie beschützen die kleinen Raupen und Blattläuse ringsum, und die revanchieren sich dafür, indem sie für die Ameisen Honigtau aus dem Arsch spritzen.« Molly nickt ehrfurchtsvoll. »Jepp, vor diesen Blattläusen muss man echt den Hut ziehen, Yukio. Selbst ihre Scheiße schmeckt wie Honig. Diese Ameisen saufen Honigtau, wie mein alter Herr sich seinen Fusel reinkippt.«

Reingekippt hat, korrigiert sich Molly insgeheim. Ihr alter Herr trinkt nicht mehr, weil sie sich Himmelsgeschenke gewünscht hat.

»Fusel?«, wiederholt Yukio.

»Klar, Fusel«, sagt Molly. »Alk. Sprit. Stoff. Fusel.«

Dann sieht Yukio zu, wie Molly eine grüne Ameise am Kopf nimmt und ihr mit einem Happs den Hinterleib abbeißt. »Außerdem schmecken sie köstlich«, sagt Molly.

Sie isst noch eine Ameise. »Probier auch mal eine«, sagt sie und nickt in Richtung Ameisen. »Aber beiß nur in den Hintern, nicht in den Kopf.«

»Hintern«, sagt Yukio. »Nicht Kopf.«

Der japanische Kampfflieger verspeist den Hintern einer grünen Ameise. »Ooooh!«, sagt er.

Molly nickt. »Schmeckt wie Minze«, sagt Molly.

»Minze«, nickt Yukio.

»Gut bei Halsweh.«

Molly schlingt den Seesack über die Schulter und wirft einen letzten Blick auf das Ameisennest.

»Jepp, diese Ameisen, *ants*, sind *the ant's pants*«, sagt sie. Sie folgt weiter dem Weg, Yukio neben ihr.

»*Ant's … pants*«, sagt er.

»Ja«, sagt Molly, »das ist australischer Slang für *the bee's knees*, das sagt man, wenn was wirklich prima ist.«

Yukio kann ihr nicht folgen.

Greta hört schweigend zu und schüttelt nur den Kopf.

»Schau mal, Yukio«, sagt Molly, »du wirst wahrscheinlich eine ganze Weile hier in Australien bleiben, also solltest du vielleicht versuchen, wie einer von uns zu reden.«

Yukio müht sich vergeblich, sie zu verstehen, nickt aber trotzdem mit dem Kopf. Molly marschiert weiter, benutzt Bert die Schaufel wie einen Wanderstock.

»Wenn du hier zum Beispiel in einen Pub gehst, dann wär's vielleicht nicht ganz so gut, Japanisch zu quatschen«, spekuliert Molly. »Im Pub reden die Leute anders. Die haben da ihre ganz eigene Sprache, und die ist nun mal nicht Japanisch, aber Englisch ist es auch nicht.«

»Nicht … Englisch?«, stutzt Yukio.

»*This crow eater had a fair dinkum blue with the trouble and strife*«, sagt Molly. »Das ist Australisch für: ›Der Mann aus Südaustralien hatte eine ernste Meinungsverschiedenheit mit seiner Ehefrau.‹«

Greta, die fünf Meter vor ihnen läuft, dreht sich grinsend zu Molly um.

»Wenn du einen *meat pie* willst, bestellst du ein *dog's eye*«, erklärt Molly. »Wenn du nicht weißt, wo ein Ort liegt, kannst du sagen, er liegt in *Woop Woop*.«

»*Woop … Woop*«, wiederholt Yukio.

»Wenn du kein Geld mehr hast, sagst du, du hast keinen *brass razoo. Haven't got a brass razoo, so I'm gonna shoot through*«, sagt Molly im breitesten australischen Outback-Dialekt.

»*Shoot … through*«, sagt Yukio.

»Ja, das bedeutet, dass man losmuss«, sagt Molly. »Dass man gehen muss. *Shoot through.*«

»*Shoot … through*«, wiederholt Yukio.

»Ja, ganz richtig«, lobt Molly. »Aber du musst es langsamer sagen und ganz doll langziehen: *Schjuuut theruuuh.*«

Yukio überlegt kurz und spricht es ihr dann nach: »*Schjuuut theruuuh.*«

»Genau so, Yukio«, sagt Molly. »Und wenn du mal richtig kacken musst, dann sagst du …«

*

Der silberne Weg verliert immer mehr an Glanz, und die schillernden Glimmerplättchen weichen zunehmend Stein, Kiesel und schmalen Streifen fester Erde übersät mit Abdrücken von Felskängurus und den Schwanzspuren schwarzer Wallaroos.

Sie stapfen an einem Schwarm leuchtend grün und gelb gefiederter Feigenpirole vorüber, die in den oberen Ästen einer Gruppe hoher Feigenbäume schwirren. Der Pilot und die Schauspielerin marschieren stumm nebeneinanderher. Letzte Glimmersplitter knirschen unter ihren Füßen. Vogelpfeifen. Molly ist vorausgehüpft.

»Danke«, sagt Greta.

Yukio wendet sich entgeistert zu ihr um.

»Danke, dass du mich gerettet hast«, sagt sie. »Du hast mich vor diesen Männern gerettet.«

Yukio nickt. Schweigend trotten sie eine ganze Weile weiter.

»Ich habe vorher noch nie jemanden getötet«, sagt Greta.

Yukio denkt einen Moment darüber nach. »Greta Maze … nicht töten«, sagt er kopfschüttelnd und deutet über die Schulter Richtung Zinnmine, in Richtung ihrer jüngeren Vergangenheit. »Yukio töten … Mann.«

Greta holt tief Luft. »Das ist sehr nett von dir, aber ich glaube, ich hab ein wenig dabei mitgeholfen«, sagt sie.

Noch eine lange Pause.

»Krieg«, sagt Yukio und schüttelt den Kopf. Greta kann nur raten, was er damit meint, doch sie glaubt, Yukio will

ihr damit sagen, dass sich einäugige Waldriesen in Kriegs-
zeiten wohl anders verhalten als normalerweise.

»Ich schätze, du hast wohl schon mal jemanden umgebracht, oder?«, fragt sie.

Yukio schaut zu Molly hinüber. Antwortet mit einem
kurzen Nicken. Sieht zu, wie der Blick des Mädchens der
aufsteigenden Flugbahn einer grün-goldenen Taube mit einem rosaroten Schopf gen Himmel folgt.

»Was du gestern Abend über deine Frau gesagt hat, das
fand ich sehr schön«, sagt Greta.

Yukio zuckt zusammen.

»Was du über deine Frau gesagt hast«, wiederholt Greta.
Yukio nickt.

»Wo wolltest du denn hin?«, fragt Greta.

Yukio wirkt verwirrt.

»In deinem Flugzeug«, sagt Greta. »Als du abgestürzt
bist? Wo wolltest du da hin?«

Yukio starrt Greta an. Ihr Gesicht, ihre Augen, die so
grün sind wie ihr Kleid. Ihr Haar, wenn es wie eben in der
Sonne schimmert. Er wendet den Blick ab und wird gerade
noch von der zurücklaufenden Molly gerettet, sie rettet ihn
vor Gefühlen, die er nicht versteht.

»Yukio!«, brüllt sie. »Yukio!«

Sie hält etwas in ihren hohlen Händen. »Ich habe ein
Geschenk für dich«, sagt sie. Und als sie die Hände öffnet,
schwebt ein Schmetterling mit getigerten Flügeln daraus
hervor und flattert ungelenk gen Himmel.

»Schmetterling«, verkündet Molly freudig.

»Schmetter...ling.« Yukio lächelt.

Greta marschiert allein voraus. Molly and Yukio blicken
dem Tigerschmetterling hinterher, beobachten, wie er im
dichten Lianendickicht verschwindet, das den Pfad zu beiden Seiten säumt.

»Ich hab über das nachgedacht, was du gestern Abend gesagt hast«, meint Molly. »Du hast gesagt, deine Frau wäre nicht einfach gestorben.« Sie bleibt stehen und grübelt angestrengt darüber nach, was sie eigentlich sagen möchte. »Na ja, hmmm ... Sie ist also nicht einfach unter der Erde geblieben.«

Yukio wendet sich dem Mädchen zu, keine Regung in seiner Miene.

Molly spricht weiter. »Du hast gesagt, sie hätte sich in einen Schmetterling verwandelt«, sagt sie. »In etwas Schöneres könnte man sich nicht verwandeln.«

Yukio nickt stumm.

»Ich habe meine Mum verloren, als ich sieben Jahre alt war«, sagt Molly.

Yukio nickt wieder. Molly erzählt Yukio Miki noch einmal vom Fluch des Longcoat Bob. Sie erzählt ihm von ihrem Zuhause auf dem Friedhof von Hollow Wood. Dem Ort, wo sie ihrem Vater und ihrem Onkel geholfen hat, Leute im Dreck zu verscharren. Sie hat schon immer gehofft, dass der Tod mehr zu bieten hat als Dreck und Erde. »Und dann kommst du und sagst, nach dem Tod wird man zum Schmetterling«, sagt sie.

Wortlos gehen sie weiter, bis sie an einem Dickicht aus Lianen vorüberkommen, das durchsetzt ist von blassgrauen Bäumen mit dunkelgrün glänzenden Blättern und grellorangen Beeren.

»Diese japanischen Bomben haben Hollow Wood in die Luft gejagt«, sagt Molly. »Diese japanischen Bomben haben meinen Dad zerfetzt.«

»Ich tut leid«, sagt Yukio.

»Ach nee, ich weiß ja, dass du's nicht warst, Yukio«, wiegelt Molly ab. »An deinem kleinen Flugzeug war ja gar kein Platz für irgendwelche Bomben.«

Sie kickt einen tennisballgroßen Stein über den Weg. Er kullert noch drei Meter weiter, bis sie ihn mit einem weiteren festen Tritt vom Weg befördert.

»Vielleicht haben sich meine Mum und mein Dad ja auch verwandelt?«, spekuliert sie. »Vielleicht sind sie jetzt auch Schmetterlinge. Oder vielleicht sind sie jetzt Gras, wie Walt Whitman schreibt, oder vielleicht sind sie der Himmel.«

Molly schaut hoch. Zarte Wolken pudern den blauen Taghimmel wie Mehlstaub einen Brotlaib. »Der Taghimmel und der Nachthimmel«, sagt Molly.

»Taghimmel.« Yukio nickt. »Nachthimmel.«

»Der Nachthimmel lügt nicht«, sagt Molly.

»Nachthimmel lügt nicht«, wiederholt Yukio lächelnd.

An einem schmalen Bächlein machen sie eine Trinkpause. Molly zeigt Yukio die Goldpfanne ihres Großvaters. Fährt mit dem Finger über den langen Strich auf dem flachen Pfannenboden.

»Das war mein erstes Geschenk vom Himmel«, sagt Molly. »Es führt uns zu Longcoat Bob.«

Sie hebt wieder den Blick. Der Himmel ist übersät mit hohen kleinen Wattebäuschen – runden Wolken, die Molly an die Schuppen eines Nagebarschs erinnern. »Dann habe ich den Himmel gebeten, diese Bomben auf Hollow Wood zu werfen«, sagt Molly. »Aber ich wollte nicht, dass sie meinen Dad in Stücke reißen.« Molly steckt die Pfanne zurück in den Seesack, und sie machen sich wieder auf den Weg.

»Das nächste Geschenk warst du, Yukio«, sagt Molly. »Du bist vom Himmel gefallen. Du bist gekommen, um uns zu helfen.« Sie späht den Trampelpfad entlang zu Greta, die sich in einem weiteren Lianenwald ein Stück voraus durch ein Gewirr aus Würgefeigen kämpft.

»Oder vielleicht bist du auch nur gekommen, um Greta zu helfen«, rät Molly.

»Greta«, wiederholt Yukio. Er schaut ihr hinterher, während er ihren Namen sagt.

»Sie ist so traurig, Yukio«, sagt Molly. »Sie trägt etwas in sich, das sie unglücklich macht. Mein Freund Sam, der ist schwarz und weiß alles übers Buschland, was man nur wissen kann, und er sagt, das Land gibt einem alles, was man braucht, wenn man nur auf die richtige Art und Weise darum bittet. Ich schätze, beim Himmel ist das wohl genauso, Yukio. Du bist vom Himmel gefallen, weil du wusstest, dass du uns retten musstest. Du musstest mich retten. Und du musstest Greta retten. Der Himmel wusste, dass sie dich braucht.«

Der verschlungene Urwald lichtet sich, und der schmale Weg verschwindet in einer riesigen Sandsteinformation, die aussieht wie ein Iglu, durch dessen Mitte sich ein dünner Spalt zieht, gerade breit genug, dass ein Mensch seitlich hindurchgehen kann. Greta dreht sich und hebt die Arme, während sie sich durch den Einschnitt zwängt und hoch zum dünnen Streifen Himmel blickt, der sich über das Gewölbe zieht. Molly und Bert die Schaufel folgen ihr, und Yukio folgt Molly.

Yukios Augen beginnen zu leuchten, als er aus dem Spalt heraustritt und sich in einer Art natürlicher Galerie wiederfindet, die von hohen Sandsteinwänden und einem breiten Felsüberhang gebildet wird. Auf der anderen Seite des Raumes befinden sich drei Öffnungen, die wie Ausgänge in verschiedene Richtungen führen: eine nach Osten, eine nach Norden und eine Richtung Westen. Der Boden ist gespickt mit glatten erodierten Mahllöchern. An der Wand neben jedem der Ausgänge prangt eine farbenprächtige alte Felsmalerei. An der Ostwand befindet sich eine in Rot-, Braun-, Weiß- und Gelbtönen gehaltene Darstellung dreier riesiger Figuren. Die dürren Gestalten tragen Kleider, weshalb

Molly glaubt, dass es wohl Frauen sein sollen, auch wenn sie seltsam aussehen, irgendwie wie nicht von dieser Welt. Obwohl sie weder Nasen noch Münder haben, scheinen sie sie anzustarren, und dieses Starren macht sie unsicher. Als Kopfschmuck tragen sie etwas, das wie geviertelte Zitronenschnitze aussieht. Die Figuren wirken bedeutsam, als hätten sie sämtliche Antworten auf sämtliche von Mollys Fragen.

»Wo gehe ich hin?«, will sie von den Bildern wissen. »Warum bin ich so weit gekommen?« Und dann offenbart sich die gesamte Wahrheit des Totengräbermädchens in einer einzigen Vexierfrage: »Warum ist sie gegangen?«

An der Nordwand findet sich die Zeichnung eines weißen Kängurus, das aufgerichtet auf den Zehen seiner Hinterbeine steht und auf etwas hinabblickt, das sich bei genauem Hinsehen als Schiff unter vollen Segeln entpuppt. Yukio fährt mit dem Finger über die mattweißen Segel, und das Schiff kommt ihm wie ein Geisterschiff vor, das über einen mystischen Ozean aus urzeitlichem rotem Fels segelt, fort von dem riesigen Känguru, das Yukio verglichen mit dem winzig kleinen Schiff wie eines jener Meeresungeheuer vorkommt, von denen ihm sein Großvater immer erzählt hat, als er noch ein kleiner Junge war; Bestien, die aus den Meerestiefen emportauchen, um Seemänner in den Tod hinabzuziehen. Sein Großvater sagte, manche dieser Ungeheuer seien so groß, dass japanische Seeleute drei Tage bräuchten, um an ihnen vorüberzufahren. Und der junge Yukio malte sich aus, wie so ein Ungeheuer die Seemänner beobachtete, während sie an ihm vorüberglitten, und sich fragte, wann es zuschlagen sollte, und wie die Männer sich fragten, wann sie sterben würden. Sein Großvater berichtete von Seemännern, die das Warten, diese fürchterliche Anspannung, nicht ertragen konnten und lieber über

Bord sprangen, anstatt verschlungen und in die schleimigen Eingeweide des Seemonsters gesaugt zu werden. Der achtjährige Yukio versicherte dem Großvater, dass er warten würde, bis alles vorüber sei. »Was, wenn das Ungeheuer sie vorbeifahren ließe?«, fragte der Junge. »Was, wenn sie alles überstehen würden?«

»Schon möglich«, sagte sein Großvater. »Aber was ist, wenn diese drei Tage, die sie an dem Ungeheuer vorübersegeln müssten, die furchtbarsten und höllischsten drei Tage wären, die je ein Mensch erdulden musste? In die Augen dieser Kreatur zu blicken ließ sie Qualen leiden, die alles überstiegen, was all unsere Bücher je heraufbeschwören könnten.«

»Ich würde einfach die Augen schließen«, sagte Yukio. »Und wenn ich sie wieder aufmachte, wäre ich am Leben und die drei Tage wären vorüber. Und würde ich sie nicht öffnen, wäre ich tot, und ich würde die Augen nie wieder aufmachen müssen.«

Sein Großvater lächelte. »Aaah, lieber Enkel«, sagte er. »Mir scheint, als würdest du mir meine Augen jeden Tag ein wenig weiter öffnen.«

Yukio muss jetzt lächeln. Er folgt Molly hinüber zur Westwand, wo Greta wie gebannt vor dem Bild eines Geschöpfs steht, das aussieht wie eine Kreuzung aus Mensch, Insekt und Fisch. Es hat dürre, weit ausgestreckte menschliche Arme und Beine, der Rumpf jedoch gleicht dem eines Fischskeletts, wobei der Schwanz sich dort befindet, wo ein Mensch den Hintern hat. Molly mustert den Kopf des gemalten Zwitterwesens, der dem eines Trickfilmkäfers gleicht, der weder Mund noch Nase hat, dafür aber große Kreise als Augen und zwei aufragende Fühler. Aus beiden Schläfen kommen zwei bambusartige Stäbe, die sich hinab bis zu seinen Füßen biegen. Zwei Blitze, denkt Molly.

»Der Blitzmann«, sagt sie. »Sam hat mir vom Blitzmann erzählt.« Sie folgt den Stäben, die ihm aus dem Kopf sprießen. »Aus seinen Ohren kommen Blitze, und er biegt sie zu uns herunter, zu uns allen hier unten auf der Erde, denn er will uns zeigen, dass alles, was wir im Leben brauchen, schon bald zu uns kommt.«

Molly schmiegt eine Handfläche an den Stein. »Mein Großvater war hier«, sagt sie. Sie fischt die Goldwaschpfanne aus dem Seesack und fährt mit der Fingerspitze über einen der dort eingravierten Sätze.

»Westwärts, wohin der gelbe Gabelmann dich führt«, sagt Molly. »Mein Großvater war poetisch. Er hat darin nicht den Blitzmann gesehen, sondern einen gelben Gabelmann.« Und dann flüstert Molly: »Der Blitz ist eine gelbe Gabel.«

»Was hast du gesagt?«, fragt Greta.

»Emily Dickinson«, sagt Molly. »Sie hat Gedichte über den Himmel geschrieben. Sie muss unfassbare Blitze gesehen haben. Gabelblitze. Sie hat Dinge am Himmel so gesehen, wie ich sie sehe. Sie hat da hochgeschaut und sich gefragt, wo das Geschenk der Blitze herkommt. Sie hat sich gefragt, wer da oben ist und aus seinem Haus in den Wolken irgendwelche Sachen runterschmeißt.«

Molly wirft sich den Seesack über die Schulter. »Es kommt«, sagt sie mit leuchtenden Augen zu Greta. »Lass uns gehen. Es kommt.«

Und Molly stiefelt durch den westlichen Torbogen, der auf einen schmalen, von hohen Bäumen gesäumten Trampelpfad hinausführt.

»Was kommt, Molly?«, ruft Greta.

Molly dreht sich um und antwortet im Rückwärtsgehen. »Alles, was wir brauchen, Greta«, sagt sie. »Alles, was wir brauchen.«

DER
ZEHN-SEKUNDEN-HIMMEL

Shane, der rothaarige Junge, hat sich einen langen Lumpen um den Kopf gewickelt, um das Blut zu stillen, das aus seinem abgetrennten linken Ohr strömen will, und jetzt nimmt er einen Schluck aus einer Flasche Lackbenzin, in der Hoffnung, dieser klare Selbstgebrannte möge ihm den Mut verleihen, seinen Freunden ins Jenseits zu folgen. Er hat die Leichen seiner toten Kameraden aus der Zinnmine zum Lagerfeuer geschleift und sie dort aufgebahrt. Er dachte, indem er sie dort ordentlich aufreiht, zollt er seinen toten Freunden den Respekt, den sie verdienen. All die Mühe, die ihm dies unter dem wachsamen Auge Gottes abverlangte, fühlte sich irgendwie richtig an. Hoss mit der Stichwunde im Bauch aus einer purpurroten Nische des Baches zu fischen. Kenny Spencer mit der durchgeschnittenen Kehle durchs Gestrüpp zurück zur Mine zu schleifen und ihn neben McDougall zu drapieren, dem Mann mit der Jagdjacke und der ebenfalls aufgeschlitzten Kehle. Am schwersten fiel es ihm, George Kane dort aufzureihen, nicht nur wegen seiner immensen Totlast, sondern weil der einäugige Kane den rothaarigen Jungen aufgezogen hat. Für Shane war George gleichsam Vater wie auch Mutter, vereint im Körper eines Riesen, als Ersatz für jene Eltern, die ihn vierzehn Jahre zuvor auf der Türschwelle der Polizeiwache von Darwin zurückgelassen hatten.

Shane hat die Leichen in eine Reihe gelegt, auf dem Rücken, die Gesichter gen Himmel, und ist dann über den Buschpfad zurück zu ihrer Hütte aus Stein, Holz und Blech gewankt, wo die Arbeiter immer tranken. In der Küche hat er sich eine dicke Scheibe gepökeltes Kängurufleisch abgeschnitten und die staubtrockene Kehle mit einem tiefen Schluck aus dem Wassertank befeuchtet. Dann ist er hinüber zu George Kanes erhöhtem Feldbett gegangen, wo neben einem Paar alter Stiefel seine Flasche Selbstgebrannter stand, hat unter Kanes Kopfkissen gegriffen und dessen geladenen Revolver gefunden, einen sechsschüssigen Enfield No. 2, den er jetzt mit verschwitzten Fingern zwischen den Knien hält, während er auf einem dicken Holzblock vor dem ausgehenden Lagerfeuer sitzt.

Er holt tief Luft, nickt kurz und geht zu den vier auf dem Gras aufgereihten Leichen, legt sich rücklings neben George Kane mit dem eingeschlagenen Schädel, starrt hoch zum blauen Himmel. Dort oben sieht er zwei Wolken, eine dicke, die geformt ist wie ein Wagen, und eine schmale, lang gezogen wie ein Krokodil.

Der rothaarige Junge mit dem halben linken Ohr spannt den Hahn des Revolvers und atmet durch, während er den Lauf langsam an die Schläfe führt. Er schließt die Augen, und sein rechter Zeigefinger gleitet vorsichtig über den Abzug. Er weint, und Tränen rinnen durch seine geschlossenen Lider. Sein Mund ist ebenfalls geschlossen, er schreit durch die zusammengebissenen Zähne. Ein kehliges Heulen, ein irrer Klagelaut, voll Todesangst und Lebenswahn. Doch vor allem: tief verstört.

Finger am Abzug. Drück schon ab, sagt er sich. Sei mutig wie George, sagt er sich. Er schöpft noch einmal tief Luft, doch er kann es einfach nicht, also öffnet er die Augen und blickt in das Gesicht eines Mannes, der auf ihn herabsieht.

»Fast geschafft«, sagt der Mann.

Der Junge kreischt verängstigt auf und hebt die Waffe. »Gehen Sie weg!«, faucht er. »Ich mach Sie alle. Ich knall Ihnen die Fresse weg.«

Der Mann nickt lässig, dreht sich um, und der Junge sieht ihn zum Lagerfeuer hinüberschlendern, während er weiter auf seinen Rücken zielt.

»Ich will dir nichts tun«, sagt der Mann.

Er ist groß und hager. Ein buschiger Schnurrbart über den Lippen. Schwarze Hosen, schwarze Stiefel und ein großer schwarzer Hut mit breiter Krempe, der Schatten über sein Gesicht wirft.

»Wer sind Sie?«, bellt Shane.

»Ich bin der Totengräber«, antwortet der Mann, riecht am Tee in der Tasse, die er neben dem Lagerfeuer gefunden hat, und stürzt den Rest hinunter, so selbstverständlich, als wäre er für ihn gekocht worden.

»Sind Sie gekommen, um die Leute hier zu begraben?«, fragt der Junge, denn sein Kopf arbeitet nur langsam.

Der Mann mit dem Tee weiß das bereits. »Nein, ich bin nicht wegen dieser Leute hier«, sagt er. »Aber ich bin auf der Suche nach Leuten.«

»Sind Sie einer von denen?«, will der Junge wissen.

»Wer sind *die*?«

»Die, die das alles hier gemacht haben«, entgegnet der Junge, lässt den Blick über die Reihe toter Freunde schweifen.

»Was ist hier passiert, Bursche?«

»Da waren zwei Mädchen, ein jüngeres und ein älteres«, berichtet der Junge unter Tränen. »Ich hab sie am Bach gesehen, und dann bin ich zurückgerannt und hab es meinem Boss George erzählt, und dann sind sie hergekommen, und wir haben ihnen Tee gemacht, und … und …« Der Junge weint.

»Und?«, fordert ihn der Mann auf und streicht sich über die linke Schulter, wo ein Blutfleck durch sein Hemd gesickert ist.

»Und die Jungs wollten's mit der blonden Frau machen, und mein Boss George hat mich zur Hütte zurückgeschickt, aber ich bin nicht ganz runtergegangen. Ich hab mich im Gebüsch versteckt, weil ich zuseh'n wollte, wie sie's machen, und … und … dann ist er aus dem Wald gekommen.«

»Wer ist aus dem Wald gekommen, Junge?«

»Der Geist«, sagt der Junge. »Er hat sich wie ein Geist bewegt und sich von hinten an McDougall angeschlichen und ihm die Kehle aufgeschlitzt, bevor ich etwas sagen konnte, um ihn zu warnen, und ich bin irgendwie ganz steif geworden, aber mein Pimmel nicht, denn ich hab mir in die Hosen gemacht und an mir runtergeguckt und meine nasse Hose gesehen, und als ich wieder hochguck, hat der Geist ein Schwert in George reingestochen.«

»Ein Schwert?«, wiederholt der Mann fasziniert.

Der Junge weint jetzt bitterlich, die Geschehnisse stürzen nun in einer Woge grausamer Wahrhaftigkeit auf ihn ein.

»Wie sah dieser Geistermann denn aus?«

»Es war ein Japaner«, antwortet der Junge.

Der Mann mit dem Schnurrbart schüttelt den Kopf. »Erstaunlich«, sagt er.

Er nickt in Richtung von Shanes linkem Ohr, wo ein großer Blutfleck durch die speckige Bandage aus Lumpen sickert. »Was ist mit deinem Ohr passiert?«

»Das jüngere Mädchen hatte eine Schaufel dabei, und mit der hat sie nach mir gehauen und mein Ohr glatt durchgehackt«, sagt der Junge.

Unter seinem Schnauzbart verzieht der Mann den Mund zu einem Grinsen. »Und warum sollte sie so etwas tun?«

Der Junge schüttelt den Kopf. »Ich hab versucht, sie zu grapschen.«

»Wieso hast du sie denn gegrapscht?«

»Wir wollten sie hierbehalten«, sagt der Junge.

Der Mann nickt. Dann wandert sein Blick hinüber zum Holzklotz neben dem Lagerfeuer und findet die Flasche Selbstgebrannten, von der der Junge eben getrunken hat. Die Augen des Mannes leuchten auf, und die Teetasse landet im Feuer. Der Mann hebt die Flasche auf, und schon bei der Berührung entweicht ihm ein Seufzer der Erleichterung. Die Flasche macht ihn ein wenig demütiger.

Der Junge sieht zu, wie der Mann sich auf den großen Holzklotz setzt, der ihm am nächsten ist, und fast schon feierlich den Hut absetzt.

Lächelnd hält er dem Jungen die Flasche hin. »Was dagegen, wenn ich mir 'nen Schluck genehmige?«

»Nur zu, Mister.«

Der Junge konnte an dem Schnaps nur nippen, weil er ihm wie flüssiges Feuer in den Eingeweiden brannte, doch der Mann legt die Öffnung an die blasigen und aufgeplatzten Lippen und stürzt die halbe Flasche mit wie bei einem Ochsenfrosch pumpenden Backen und schwer arbeitender Kehle in einem Zug hinunter, so gierig, als würde er sich nach harter Feldarbeit aus seinem Wasserschlauch erfrischen.

Dann senkt er die Flasche und schließt die Augen, atmet tief und langsam. »Wie heißt du, Junge?«

»Shane.«

Der Mann schlägt die Augen wieder auf und wendet sich an den Jungen. »Und was wolltest du mit dem Mädchen tun, Shane?«

Der Junge schüttelt den Kopf. »Nein, nein, das werd ich Ihnen nich' sagen.«

»Du kannst es mir ruhig sagen«, entgegnet der Mann. »Nur zu, Shane, ich werde dich nicht bewerten und nicht analysieren. Ich werde dir nichts tun, versprochen.«

»*Analy* ... was?«

»Analysieren, Shane«, sagt der Mann. »Über ein Ereignis nachdenken und seine Bedeutung und Entstehung untersuchen.«

Der Junge lässt sich das einen Moment lang durch den Kopf gehen. Er dreht sich zu George um, der neben ihm liegt, und sagt mit sanfter Stimme: »George hat gesagt, dass sie meine Erste sein würde.«

Der Mann nickt. »Du wolltest es mit dem Mädchen treiben?«

Der Junge schlägt den Blick zu Boden, nickt.

Der Mann nimmt noch einen Schluck aus der Flasche. »Sag mir, Shane, was hat dich davon abgehalten, abzudrücken, als du dir eben die Pistole an den Kopf gehalten hast?«

Shane hat sich inzwischen aufgerichtet, sitzt im Schneidersitz da, die Pistole in den Schoß gesenkt. »Ich konnt's einfach nich' tun«, sagt er. »Ich hab dauernd gedacht, da oben im Himmel sitzt der liebe Gott und schaut auf mich runter und schickt mich in die Hölle, wenn ich's mach.«

»Warum wolltest du es denn überhaupt tun?«

»Meine Freunde sind alle tot«, sagt er. »Und das Ende der Welt ist gekommen und so, und was soll ich dann überhaupt noch hier?«

»Wer hat dir denn erzählt, dass das Ende der Welt gekommen ist?«

»George«, sagt der Junge und nickt in Richtung Kane. »Er hat gesagt, dieser Kerl namens Hitler würde im Norden herrschen und die Japsen hier im Süden, und als der Japse plötzlich aus'm Wald gekommen is', da wusst ich, dass er recht hat.«

Der Mann nickt, streicht sich mit Daumen und Zeigefinger den Schnurrbart. Er schweigt eine ganze Weile.

»Es stimmt, Shane«, sagt er schließlich. »Feuerstürme hüllen jede Metropole dieser Erde in ein Flammenmeer. Der Verkehr ist zum Erliegen gekommen, denn auf den Straßen türmen sich versengte Leichen. Totengräber auf der ganzen Welt können jeden Preis für ihre hochgeschätzten Dienste fordern. In Ostaustralien regnet es Asche. Die Fluten der Themse sind rot vor lauter Blut. Deutsche Soldaten marschieren über den Times Square.«

Der Junge schüttelt den Kopf – entsetzt, doch vor allem durcheinander. »George wollte hier eine neue Welt aufbauen«, sagt er. Dann legt er sich wieder neben George und weint.

Der Mann blickt zum Himmel, reckt die Flasche hoch, wie um auf etwas anzustoßen. Dann nimmt er einen Schluck und wendet sich an den Jungen. »Willst du die Wahrheit hören, Shane?«

»Ja«, sagt der Junge.

»Die Wahrheit ist, Shane«, sagt der Mann, »dass Gott gar nicht auf dich herabschaut. Gott hat sich nie um das Geschäft des Todes gekümmert. Er kümmert sich ausschließlich um seine Großtaten und schert sich nicht um seine Misserfolge. Er hat immer viel zu viel zu tun mit dem Wunder der Geburt und dem Geschenk des Lebens. Er lässt den Tod hier unten schalten und walten, wie er will, so willkürlich und unabsehbar, wie wenn ein Vater von vier Kindern auf der Wendeltreppe eines Leuchtturms stolpert. Er schert sich um den Tod ebenso wenig, wie sich die Kugeln in deiner Pistole um den Knochen scheren, den sie zermalmen. Er analysiert nicht, Shane. Er interessiert sich nicht für dessen Sinn oder Entstehung. Gott weiß nichts über den Tod.«

Er nimmt noch einen Schluck und deutet mit der Flasche auf den Jungen. »Aber der Totengräber, Shane! Der Totengräber weiß alles über den Tod, was es zu wissen gibt.«

Und jetzt beginnt Aubrey Hook zu flüstern. »Lass mich dir eine Geschichte erzählen, die Geschichte eines Mannes, der einmal hier vorbeigekommen ist«, raunt er. »Die Geschichte von Tom Berry. Es ist eine Geschichte über den Tod.«

*

Und hier in diesem gottverlassenen und blutgetränkten Minencamp mäandert Aubrey Hooks wortreiche Geschichte auf verschlungenen Pfaden auf eine Erinnerung zu – Aubrey Hooks Erinnerung an den Ausdruck auf Tom Berrys Gesicht, als dieser in der Werkstatt des Hollow Wood Cemetery stand und von einem Notizblock jene Worte ablas, die man auf seinen Grabstein meißeln sollte. Weniger Grabgedicht als eine Mahnung. Ein Akt des Zorns. Ein Akt der Liebe.

Tom Berry lud Longcoat Bobs Gold auf den Rücken seines Pferdes und brachte es zurück ins Buschland. Dann steckte er das Gold wieder in jenes Loch im Boden, aus dem er es genommen hatte. Und dennoch: Das Schicksal der Berrys wendete sich nicht wundersam zum Guten.

Als Tom Berry von seiner zweiwöchigen Reise in den tiefen Busch nach Darwin zurückkehrte, musste er feststellen, dass eine verstörende und unerklärliche Melancholie von seinem Haus Besitz ergriffen hatte. Die Herzen der Menschen, die er am meisten liebte, schienen in seiner Gegenwart zusehends zu erkalten, so als würden sie bereits versteinern. Seine Ehefrau zeigte kaum Interesse an seiner Reise. In den nachfolgenden Monaten lächelte sie so gut

wie nie über seine Scherze, schenkte seinen Einlassungen
zu Wetter, Arbeit und dem Wohlergehen ihrer Kinder nur
wenig Beachtung. Sein Sohn Peter war eigenbrötlerisch
geworden, abwesend und gefühllos. Anfangs hatte seine
Frau diese Gemütslage schlicht für die nachhallende Trauer
über die Vielzahl irrwitziger Todesfälle gehalten, welche
die Berry-Familie im Laufe dieses Jahres heimgesucht hatten. Eines Abends beim Stricken einer Winterdecke dachte
sie gar laut darüber nach, ob Schwermut wohl eine ansteckende Krankheit sei, so gefahrvoll für die Seele wie die Pocken für den Körper.

Bald darauf jedoch offenbarte Bonnie Berry bei einem
Ehezwist in der Hitze des Wohnzimmerkamins ihrem Gatten die tieferen Regungen ihres Herzens. In Wahrheit, sagte
sie, verüble sie es ihrem Ehemann, dass ihm Longcoat Bobs
Gold wichtiger gewesen sei als ihre Ehe. Sie hasse ihn für
seine Goldgier, die schon vor Langem seine schlichte Liebe
für Worte und Sätze überwältigt habe. Sie grolle ihm dafür,
dass er bei seiner ersten so ertragreichen wie verhängnisvollen Reise in den Busch so lange fort gewesen sei. Sie sagte,
sie habe ihn für tot gehalten und sich für die schlimmste
aller Nachrichten gewappnet, habe ihr Herz gestählt, und
als sie ihn dann lebend wiedersah, voller Bestürzung feststellen müssen, dass es sich nicht mehr für ihn erweichen
lassen wollte.

»Ich hege keine Liebe mehr für dich, Tom«, gellte ihre
Stimme durchs Wohnzimmer. Sie hielt sich die Brust und
verkündete wie eine Verehrerin Emily Dickinsons: »Dort
drinnen ist nichts mehr für dich.«

Tom Berry rammte seine Faust durchs Wohnzimmer-
fenster, und eine gewundene Linie roten Blutes rann ihm
den Unterarm hinab wie jene Linie, die er in die Unterseite seiner Goldwaschpfanne graviert hatte, die geheime

Wegbeschreibung zum Schatz des Longcoat Bob, versehen mit den kryptischen und blitzgescheiten Worten eines Mannes, der sich einstmals rühmte, gut mit selbigen umgehen zu können. Dieser lange Fußmarsch durchs fremdartige und tiefe Buschland, festgehalten in einer krummen Linie; der Anfang und das Ende all seiner Misserfolge.

Dann ging ihm auf, dass die Karte, die er in seine Goldschürfpfanne geritzt hatte, nicht nur als Gedächtnisstütze diente, um sein verlorenes Gold wiederzufinden, sollte er es sich je wiederholen wollen, sondern auch als Weg, Longcoat Bob zur Strecke zu bringen. »Ich bring diesen Longcoat Bob um!«, tobte Tom Berry nun; sein Zorn, seine Scham und seine Reue überzeugten ihn am Ende doch, dass Longcoat Bob tatsächlich der schwarzen Magie mächtig war. Und ganz gleich, wie oft Bonnie Berry beteuerte, dass die Gefühle, die sie einst für ihren Gatten gehegt hatte, schon lange Zeit zuvor erkaltet waren – lange, bevor man auch nur eine Ahnung hatte, dass der Fluch eines schwarzen Mannes auf ihrer Familie lasten könnte –, richtete Tom Berry seinen gramumwölkten Blick auf den Hexenmeister.

Als seine Tochter Violet kurz darauf berichtete, sie habe sich verliebt und wolle heiraten – und zwar ausgerechnet Horace Hook, den jüngsten Sohn von Arthur Hook –, sah er dies in seiner blinden Wut als Werk des Longcoat Bob. Und als ein aufgebrachter und unnachgiebiger Tom Berry seiner Tochter befahl, die Verbindung zu beenden, verließ Violet ihr Elternhaus und schwor, nie wieder einen Fuß hineinzusetzen, bis der Vater ihre Liebe zu Horace guthieß.

Jeder, nur kein Hook, flehte Tom Berry den Nachthimmel an. Jeder, nur kein Sohn von Arthur Hook, seinem einstmals besten Freund und Goldschürfkamerad, der Tom so gehasst und den er dafür ebenso verachtet hatte – einem Mann, auf dessen frühes Ableben bei einem Stolleneinbruch er insgeheim ein Glas irischen Whisky getrunken hatte. Als Tom sich die Unwahrscheinlichkeit dieser Verbindung vor Augen führte, die schicksalhafte und absurde Kränkung, die darin lag – die Verquickung von allem, was er liebte, mit allem, was er zutiefst hasste –, war er von ganzem Herzen überzeugt, in Körper, Geist und Seele, dass der Fluch des Longcoat Bob real war. Und im toten Winkel ihrer endlosen und erbitterten Zwistigkeiten über die Entfremdung ihrer Tochter übersahen Tom und Bonnie Berry, dass das Herz ihres geliebten Sohnes Peter ebenso kalt, hart und gefühllos wurde wie die Herzen, die sie selbst in ihren Brüsten trugen. Um 6.55 Uhr am Neujahrsmorgen des Jahres 1917 blickte Bonnie Berry aus dem Küchenfenster und sah ihren Sohn von einem Ast jenes Milchholzbaumes baumeln, unter dem Peter und Violet als Kinder so gern gelegen und versonnen in den Himmel geblickt hatten.

»Du bist der Fluch!«, schrie Bonnie ihren Gatten an, als sie auf dem Rasen unterhalb des Baumes niedersank, neben ihr ein Stück gekappter Strick, der tote Sohn in ihren Armen. »Du bist der Fluch, Tom Berry.«

*

Eine große grüne Raupe mit roten Punkten auf dem Rücken kriecht, den Körper immerfort zur Schlaufe aufwerfend, über Aubrey Hooks rechten schwarzen Stiefel. Er streckt den Arm aus und gestattet dem Insekt, sich bäuchlings auf seine Hand zu rollen, und die Raupe robbt nun wellenförmig über seine Fingerknöchel.

Der rothaarige Junge, Shane, sieht hoch zum blauen Himmel, der sich mit seinen vorüberziehenden Wolken fortlaufend zu drehen scheint.

»War er denn wirklich verflucht?«, will der Junge wissen.

»Das hängt davon ab, was man darunter versteht, Shane.«

»Was ist mit seiner Frau passiert?«

»Sechs Monate später hing sie am selben Milchholzbaum. Tom Berry hat sie gefunden«, sagt Aubrey. »Violet ließ sie auf dem Hollow Wood Cemetery beerdigen, neben einer ganzen Reihe anderer bedauernswerter Berrys. Mein Bruder und ich haben sie begraben.«

»Was ist mit Tom geschehen?«

»Nach dem Tod seiner Frau lebte er wie ein Einsiedler«, sagt Aubrey Hook und schielt prüfend auf die Flasche, um zu sehen, wie viel noch übrig ist. »Er schottete sich in seinem Haus völlig von der Außenwelt ab. Er wollte niemandem mehr zu nahe kommen, aus Angst, Longcoat Bobs Fluch könne auf andere abfärben. Besucher scheuchte er, kreischend wie ein Irrer, von seinem Grund und Boden. ›Kommt ja nicht näher! Keinen Schritt weiter! Wisst ihr denn nicht, dass dieses Haus verflucht ist?‹, schrie er ihnen zu.«

Der rothaarige Junge schüttelt ungläubig den Kopf.

*

Wenige Monate vor seinem Tod klopfte Tom Berry an die Tür des Wärterhauses von Hollow Wood. Er erzählte seiner Tochter, mit der er schon lange nicht mehr gesprochen hatte, dass er sterben würde. Der ganze Felsstaub, den er in seiner Goldgräberzeit eingeatmet habe, habe seinen Lungen übel zugesetzt. Und wenngleich es ihn enorme Überwindung kostete, bat er die Söhne Arthur Hooks um ein angemessenes Begräbnis, und er erduldete die Unterhaltung nur, weil sie ihm gestattete, ewige Ruhe neben der einzigen Frau zu finden, die er je wirklich geliebt hatte.

»Und welche Inschrift hätten Sie gern auf Ihrem Stein?«,

fragte Aubrey Hook Tom Berry im Werkstattschuppen des Hollow Wood Cemetery, wo die Männer neben einer Reihe noch leerer grauer Grabsteine saßen.

»Keine Inschrift«, sagte Tom Berry. »Nur eine Botschaft.«

*

»Wie kann ein Mann nur so viel Pech haben?«, fragt der rothaarige Junge.

»Das ist nicht die Frage, die du dir stellen musst, Shane«, sagt Aubrey Hook. »Die Frage lautet: Wie konnte Gott zulassen, dass einem einzigen Mann so viel Elend widerfährt?«

Er verkorkt die Schnapsflasche und stellt sie zu seinen Füßen ab. Dann wendet er sich an den Jungen. »Ich weiß, wieso es dir so schwerfiel, abzudrücken, Shane«, sagt er. »Es geht dabei nicht um Gott im Himmel, sondern um den Wert in deinem Herzen. Ganz gleich, wie jämmerlich dein Leben ist, Shane, selbst in dem Moment, in dem du dir einen geladenen Revolver an die Schläfe hältst, misst du dir und deinem Dasein tief in dir drinnen noch immer irgendeinen unerfindlichen Wert zu. In der Regel wird die von dir gewählte Art und Weise des Ablebens dadurch verkompliziert, dass es noch andere Menschen auf dieser Welt gibt, die deinem Leben irgendeinen Wert beimessen: Eltern, Geschwister, Liebhaber. Doch in deinem Falle, mein Junge, scheint es, als würden die einzigen Menschen, die deinem Leben je auch nur einen Funken Wert beigemessen haben, jetzt tot neben dir im Dreck liegen. Folglich lässt sich mit ziemlicher Sicherheit sagen, dass du für jedes Lebewesen auf diesem Planeten, abgesehen von dir selbst, absolut und zutiefst wertlos bist. Deshalb sage ich dir, mein Junge, so dich denn noch immer eine Verbundenheit mit dieser Welt und deren Erdenbürgern umtreibt, die dich davon abhält, diesen Abzug zu betätigen, wärst du gut beraten, dich dieser schnellstens zu entledigen. Womit nur noch eine einzige verbleibende Überzeugung übrig bliebe, die du noch aufgeben musst: sprich die, dass du dich im tiefsten Inneren deines Herzens doch irgendwie für wertvoll hältst.«

Aubrey streckt dem Jungen seine Hand entgegen, worauf dieser mit großen Augen zusieht, wie die buckelnde Insektenlarve tastend einen sicheren Abstieg von ihrem menschlichen Plateau sucht.

»Glaubst du, Shane, dass du für Gott wertvoller bist als diese Raupe?«

Der rothaarige Junge reibt sich die Augen, grübelt über eine Antwort nach.

»Diese Raupe wird sich bald in einen prachtvollen Schmetterling verwandeln, der hoch über Flüssen und Blumenwiesen schwebt, und wenn du ihn beobachten könntest, würdest du ihn womöglich für den schönsten Anblick halten, den du je gesehen hast«, sagt Aubrey. »Doch bedeutet dies etwa, das Leben dieser Raupe wäre mehr wert als deins, Shane?«

Shane schüttelt bedächtig den Kopf.

»Nein, das heißt es nicht, denn tief in unserem Innern wissen wir, dass alle Geschöpfe Gottes – du, ich und mein pelziger Freund hier – haargenau denselben Wert besitzen. Und damit meine ich, mein lieber Shane, dass wir alle absolut und zutiefst wertlos sind.«

Der Junge betrachtet die Raupe, nur um kurz darauf mit anzusehen, wie Aubrey sie beiläufig ins Lagerfeuer schnippt, wo das Tier binnen Sekunden zu einem kleinen schwarzen Kügelchen verkohlt.

»Möchtest du, dass ich dir helfe?«, fragt Aubrey sanft und liebevoll.

Der Junge hält die Waffe in den Händen. Lässt sich das Angebot lange durch den Kopf gehen. Dann reicht er dem Mann die Pistole.

»Danke«, sagt der Junge. Er legt sich wieder neben den Mann, den er mehr als alles andere auf dieser sich noch immer drehenden Welt geliebt hat, den einäugigen Riesen namens George Kane.

»Schau du einfach weiter in den Himmel, mein junger Freund Shane«, sagt Aubrey. »Ich werde rückwärts von zehn herunterzählen, und wenn du möchtest, dass ich anhalte, dann richtest du dich einfach auf.«

Der Junge legt sich wieder hin und nickt, die Arme eng am Körper.

»Zehn ... neun ... acht ... sieben«, zählt Aubrey, den rechten Arm ausgestreckt, die Pistole auf den Kopf des Jungen gerichtet.

»Sechs ... fünf ... vier.«

Der Junge schließt die Augen.

»Drei.«

Der Pistolenlauf eine Handlänge von Shanes Schläfe entfernt.

»Zwei.«

Der Junge schlägt die Augen wieder auf und sieht den blauen Himmel.

»Eins.«

»Halt«, sagt der Junge.

Und der Schuss schallt übers Buschland.

LIEBES-
TRÄUME

»Beweis es mir, Nara«, sagt Yukio Miki insgeheim zum Himmel. »Beweis mir, dass dies nicht deine Ebene des Hohen Himmels ist, in die der Fallschirm mich getragen hat. Denn alles, was ich sehe, ist dein Paradies. Es gibt Dinge in dieser Welt, die so schön sind, dass nur du sie geschaffen haben kannst.«

Der Pilot streicht mit der Hand durch ein Bett aus leuchtend violetten Blumen und dann über die Rinde eines dicken grauen Eukalyptus, an dem so viele rote und grüne Feigen hängen, dass sie den Baum einhüllen wie ein Kleid. Oder ein Seidenkimono. In den Bäumen sitzen Vögel mit orangen Brustfedern, die glühen wie die Abendsonne, und mit azurnen Schultern, die scheinen wie ein blauer Mond. Auf dem Boden sieht er Vögel, die Nester für ihre Geliebten bauen, und diese Nester bestehen nur aus krummen Zweigen, doch sie haben große Torbögen, und die Vögel sammeln bunte Muscheln, Splitter und Steine und legen sie vor ihren Nesteingängen aus, in der Hoffnung, dass ein Partner davon angezogen wird und sie besucht.

Er findet eine Kletterranke mit runden grünen Blättern, weich und pelzig, aus diesen Blättern sprießen fliederfarbene und weiße Kelchblätter, und aus dem violetten Stamm der Kelchblätter wiederum entspringt ein Strauß grün-gelber Blütenblätter, und aus diesen Blütenblättern erhebt sich die zarte und zerbrechliche Gestalt einer tanzenden Frau – Griffel, Narbe und Staubbeutel der Blume. Eine Tanzende mit hochgerecktem Bein, gestreckten Armen und geneigtem Kopf, tief versunken in die Musik, nach der sie sich bewegt. Und Yukio sieht Nara in dieser Himmelsblüte.

»Beweis es mir, Nara«, bittet Yukio Miki den Himmel. »Beweis es.«

»Sieht aus wie eine Spieluhr-Ballerina«, sagt Greta, die an Yukios Seite tritt. »Sie ist wunderschön.«

Yukio nickt. Er blickt in Gretas Augen, und nichts, was er in ihren smaragdgrünen Irisgalaxien sieht, spricht gegen seine Theorie, dass er womöglich in sein ganz eigenes Takamanohara abgesprungen ist. »Wunderschön«, sagt er.

Greta spürt, wie in diesem Augenblick etwas Seltsames, Verstörendes und Zartes aus den Augen des Piloten auf sie übergeht, also wendet sie sich ab, und gemeinsam wandern sie unter hohen Bäumen einen schmalen, von dickem Buschwerk eng gesäumten Pfad entlang.

Molly läuft drei Schritte hinter ihnen und denkt über eine Geschichte nach, die Yukio ihr beim Frühstück erzählt hat. In gebrochenem Englisch zwar, doch seine rudernden Arme und wilden Fingergesten haben ausgereicht, um sie Molly, die sie so begierig hören wollte, in groben Zügen zu vermitteln. Die Geschichte eines Auftragsmörders namens Weißer Tiger, der vor vielen Jahren in Yukios Dorf kam, um den Schmied einer Klinge aufzusuchen, die dazu ausersehen war, ihrem Schöpfer das noch schlagende Herz herauszuschneiden. Er erzählte von dem Friedhofswächter, der sein ganzes Leben damit zubrachte, das Grab seiner einzigen großen Liebe zu pflegen. Molly ist sich nicht sicher, ob sie alles verstanden hat, aber sie glaubt, der alte Mann habe sich nach seinem Tod in einen weißen Schmetterling verwandelt und sei in den Himmel geflogen, um wieder mit seiner wahren Liebe vereint zu sein, die nun der schönste Schmetterling in einem Himmel voller Schmetterlinge war. Molly weiß, dass Yukio, während er ihr all das erzählte, an seine Frau Nara dachte. Das ist der Grund, warum Menschen sich Geschichten erzählen, denkt Molly. Sie erinnern uns daran, wieso wir manche Dinge lieben. Erinnern uns daran, wieso wir andere Menschen lieben.

Plötzlich kommt Molly eine Idee, die sie Yukio erzählen möchte, also flitzt sie vor und zwängt sich zwischen ihre Reisegefährten.

»Ich glaube, der alte Mann hat sich wirklich in einen Schmetterling verwandelt, Yukio«, sagt Molly.

Yukio nickt. Dann schmunzelt er. »Schmetterling ... im ... Himmel«, sagt er.

»Es war Zauberei«, sagt Molly. »Und da hab ich mir gedacht, Yukio, dass das, was Longcoat Bob mit meinem Großvater gemacht hat, ja vielleicht auch eine Art Zauberei gewesen ist. Aber es war böse Zauberei. Und wenn es böse Zauberei gibt, dann muss es auch gute Zauberei geben.«

»Gute ... Zauberei.« Yukio nickt. Die Vorstellung gefällt ihm.

»Ja, gute Zauberei wie die, durch die sich Menschen, die man lieb hat, wenn sie sterben, in Schmetterlinge verwandeln«, erklärt Molly. »Aber eins verstehe ich an der Geschichte nicht, Yukio.«

Yukio verlangsamt seine Schritte. Neigt den Kopf hinab zu Molly. »Molly ... nicht ... verstehen?«

»Ja«, sagt Molly. »Ich verstehe nicht, wieso er sich ausgerechnet in einen Schmetterling verwandeln musste. Wieso sollte er sich in etwas verwandeln, das schon ein paar Tage später wieder stirbt?«

Yukio bleibt abrupt stehen, und der ganze Tross hält an. Er kniet sich vor Molly hin. »O neiiin, Molly Hook«, erklärt er im theatralischen Tonfall des mystischen Gelehrten. »Schmetterling ... kurzes Leben. Aber Schmetterling ... sehen ... ganze Welt. Schmetterling ... lieben ... ganze Welt. Schmetterling ... kurze Zeit ... nicht verlieren Zeit.«

Er hebt die Hände, deutet auf die Bäume ringsherum und die Insekten in den Bäumen und die Sonne über ihren Köpfen. Strahlend dreht er den Kopf in alle Richtungen, nimmt alles Leben, das er vor sich sieht, in sich auf. »Schmetterling kennt Weg«, sagt er. »Schmetterling sieht alles. Baum. Himmel.«

Er deutet auf die Sonne. »*Taiyō*«, sagt er in seiner Muttersprache. Dann zeigt er auf einen Baumstamm neben dem Weg. »*Ki*«, sagt er.

Greta mustert ihn prüfend. Ihr fällt seine Art zu sprechen auf, die klingt, als sei jeder Gedanke tief in seiner Seele geformt und jedes Wort gedruckt mit Blut aus seinem Herzen.

Er deutet auf zwei Vögel, die einander am Himmel umkreisen. »Vogel«, sagt er. »Wasser, Luft, Licht.« Dann zeigt er auf Molly. »Schmetterling sehen dich, Molly Hook.« Molly lächelt. »Schmetterling kurzes Leben«, sagt Yukio. »Aber Schmetterling leben für immer ...« – er hebt den Zeigefinger – »an einem Tag.«

Molly nickt anerkennend, mit großen Augen und ehrfurchtsvollem Blick. Das Trio marschiert weiter.

Ganze zwei Minuten Stille. Dann bricht Molly das Schweigen. Molly bricht immer das Schweigen.

»Das ist wie mit dir und Nara«, platzt sie heraus, den Blick weiter geradeaus gerichtet, sagt einfach, was ihr in den Sinn kommt. »Ihr hattet nur wenig Zeit. Aber sie konnte dir alles geben« – jetzt merkt sie, dass die Worte im Grunde für sie selbst bestimmt sind – »an nur einem Tag.« Deshalb erzählen Menschen sich Geschichten, denkt sie.

Yukio nickt. Er neigt den Kopf zu Boden, und Greta kann den Schmerz in seinem Innern spüren, sie möchte drei Schritte zur Seite treten und die Arme um die Schultern dieses merkwürdigen Fliegers schlingen, doch das ginge nur in einer anderen Welt. Einer sanfteren als dieser.

»Molly Hook verstehen«, sagt Yukio leise.

*

Hitze und Luftfeuchtigkeit. Greta wischt sich den Schweiß aus dem Nacken und reibt damit den Dreck von Händen und Gesicht. Molly geht noch immer stramm voran, marschiert rund dreißig Meter vor ihnen. Yukio beschleunigt seinen Schritt und schließt zu Gretas linker Schulter auf.

»Bob«, sagt Yukio.

»Ja«, sagt Greta kopfschüttelnd und trottet mühsam weiter. »Longcoat Bob, der große Zauberer.«

»Zauber«, sagt Yukio. »Du ... tun ... äaah ... glauben?«

Greta lächelt flüchtig, zuckt die Achseln. »Nicht wirklich«, sagt sie.

»Warum ... kommen?«, sagt Yukio. »Warum ... kommen ... so weit?«

»Ich weiß es selbst nicht«, sagt Greta. Sie nickt in Mollys Richtung, gerade, als diese zu lässig über einen umgestürzten Baum stakst. Sie stolpert, fällt um ein Haar hin, fängt sich dann aber im letzten Augenblick mit einem festen Schritt. »Irgendwer muss ja auf sie aufpassen.«

»Du ... wollen ... Gold?«, fragt Yukio.

»Na ja, zu etwas Gold würd ich nicht Nein sagen.«

Sie gehen schweigend weiter.

»*Aisuru*«, sagt Yukio.

»Hä?«

»*Aisuru*«, wiederholt Yukio. Er nickt zu Molly hinüber. »Du ... Molly.« Dann legt er die Hand aufs Herz und klopft viermal auf die Brust, als würde es schlagen. »*Aisuru.*«

»Liebe?«, rät Greta.

Das erste englische Wort, das sein Vater nicht gelernt hat. »Liebe.« Yukio grinst. »Du ... lieben ... Molly.«

Greta lächelt. Grübelt kurz über den Gedanken nach.

»Wie ... Kind«, fügt Yukio hinzu.

Die Bemerkung verschlägt Greta erst die Sprache, dann tut sie sie mit einem unsicheren Lachen ab. Ihr Blick wandert zurück zu Molly, die jetzt am Wegesrand steht und etwas studiert, das sie unter einem breitblättrigen Kajeput-Baum entdeckt hat.

»Klar mag ich die Kleine, aber das heißt nicht, dass ich mir ihr Foto in die Brieftasche stecke«, erwidert Greta.

»Mädchen ... wollen ... Mutter«, sagt Yukio. »Mädchen ... lieben ... Greta.«

Diesmal fällt Gretas Antwort schärfer aus. »Ich hab nicht einen Moment lang das Gefühl, die Kleine wäre mein Kind, wenn es das ist, was du meinst«, sagt sie. »Das Mädchen hat eine Mutter. Jammerschade nur, dass die unter der Erde liegt.«

Auch wenn er nicht alle ihre Worte versteht, ist Yukio schlau genug, den zornerfüllten Unterton in ihrer Stimme zu bemerken.

»Hey, Yukio«, brüllt Molly, als sie zu ihren Weggefährten zurücksaust, Bert in der einen, in der anderen Hand einen schwarzen Nashornkäfer. »Gibt es die bei euch in Japan?«

Sie hält den Käfer hoch, damit Yukio ihn begutachten kann, und das gepanzerte Insekt beschwert sich surrend über die grobschlächtige Behandlung.

»Ooooh«, staunt Yukio und lehnt sich aus Ehrfurcht vor

dem Tier geflissentlich ein Stück zurück. »Wir haben … Japan … aber … aber …« Dann hebt er die Hand zum Gesicht und formt sie zu einem langen Horn, das aus seiner Nase entspringt.

»Wie …«, sagt er, presst die Lippen aufeinander, bläst Luft in seine aufgeblähten Wangen, während er mit den Fingern ein Blechblasinstrument spielt und über eine imaginäre Bühne tänzelt.

»Trompete«, sagt Molly. »In Japan haben sie Trompeten auf den Köpfen?«

Yukio nickt.

»Was sagt man dazu!«, staunt Molly, entzückt von dieser Neuigkeit. »Bei euch in Japan gibt es Trompeten?«

»Haaa!« Yukio lächelt, legt den gestreckten Daumen an den Mund und stimmt ein schmissiges Trompetensolo an.

»Gibt es bei euch in Japan gute Musik?«, will Molly wissen. »Gibt es Lieder?«

Er nickt begeistert. »Lieder!«, sagt er und fängt an zu singen, während er beschwingt den Pfad entlangtänzelt.

»*Getsu, getsu, ka, sui, moku, kin, kin*«, singt er, und trotz des Inhalts und des Titels dieses Liedes lässt er es unglaublich fröhlich klingen, handelt es doch von der unsäglichen Schinderei, die es bedeutet, Mitglied der Kaiserlich Japanischen Marine zu sein: »Montag, Montag, Dienstag, Mittwoch, Donnerstag, Freitag, Freitag.«

Molly stimmt in den Gesang mit ein, hakt sich bei ihm unter, und zusammen wirbeln sie um Greta herum, die dazu nur mit den Augen rollt.

»Hey, Greta Maze!« Molly strahlt, tanzt stampfend durch den Matsch des Pfades. »Sing Yukio ein Lied.«

Sie wendet sich an Yukio. »Greta ist 'n echter Knaller, wenn sie mal richtig loslegt, Yukio. Warte nur, bis du sie singen hörst. Mach schon, Greta.«

Molly vollführt an Yukios Arm eine Pirouette, kippt den Kopf in den Nacken und richtet den Blick gen Himmel. »Sing ihm ein Lied über den Himmel, Greta«, ruft sie.

Greta Maze merkt immer schnell, wenn ein Scheinwerfer auf sie gerichtet ist, und Yukio wird Zeuge ihrer Verwandlung von einer verschwitzten Wandersfrau zur großen Jazz-diva, einer gefeierten Interpretin melodramatischer Liebeslieder im Rampenlicht der ausverkauften Carnegie Hall. Sie brilliert ab dem ersten glockenhellen Ton, und ihre Stimme klingt original nach Cotton Club. Nach Harlem 1933. Purer Jazz, Blues und Martini. Es ist kein Lied über den Himmel. Es ist ein Lied über das Wetter. Ein Lied über den Regen. Molly und Yukio hören auf zu tanzen und fangen an zu staunen, verlieren sich im Labyrinth der Greta Maze. Es ist ein wehmütiges Liebeslied über brechende Herzen und herannahende Stürme, und Yukio versteht kein einziges der Worte, die sie singt, aber er folgt jedem Pochen ihres großen Herzens.

Greta dreht sich lächelnd im Scheinwerferlicht, winkt ihrem Publikum, grüßt irgendwelche Zuschauer ganz hinten auf den billigen Plätzen. Sie zwinkert Molly zu, die zurückwinkt. Reckt die Handflächen in die Höhe, Richtung Scheinwerfer. Besingt die Dunkelheit in ihnen allen, in Männern und in Frauen, in Geliebten, doch alles, was Yukio Miki um sie herum sieht, ist Licht. Und die Schauspielerin weiß, dass er das sieht. Beim Singen starrt sie jetzt nur noch ihn an, weil sie noch nie ein Publikum wie dieses hatte. Ein Gesicht in der Menge, das so von ihr gebannt ist. Ein Gesicht so voller Hingabe. Geborgenheit. Treue. Und vielleicht noch etwas anderem.

Sie singt von rauen schwarzen Stürmen, doch alles, was Yukio Miki sieht, ist Sonnenschein. Und ihr letztes Wort und ihren letzten Blick, den sie von der Bühne wirft, spart sie für den Flieger auf, der vom Himmel gefallen ist. Und er versteht das letzte Wort des Songs, kann es übersetzen, und dieses Wort stammt vom Ziel des Irrgartens der Greta Maze, und das Wort, das an diesem Ausgang auf sie wartet, ist »zusammen«.

Molly spendet lautstark Beifall. »Bravo! Bravo!« Und Greta Maze verbeugt sich vor ihrem imaginären Publikum, und Yukio Miki will den Mund aufmachen, aber er ist wie erstarrt, und was soll er denn auch mit einem Mund anfangen, wo doch ohnehin kein Mund, kein japanischer, kein englischer, französischer oder *woop-woop*-ischer, auch nur im Geringsten sein Verlangen nach einer Zugabe in Worte fassen könnte, oder das Gefühl, zu wissen, wie der Hohe Himmel klingt.

*

Stille. Eine Kathedrale aus Bäumen, in die kaum ein Lichtstrahl dringt. Molly geht voran, gefolgt von Greta, dahinter Yukio. Dunkelheit im Buschland, und ein schmaler Trampelpfad, der sie immer tiefer in die dichte Wildnis führt.

»Hört ihr das?«, fragt Greta und bleibt stehen.

Auch Molly und Yukio halten an.

»Was denn?«, fragt Molly.

Das Zirpen der Zikaden. Ein Vogelruf.

»Ach, egal«, sagt Greta.

Sie stapfen weiter durch Farne und wild wuchernde Monsunwaldranken.

Wieder bleibt Greta stehen. »Habt ihr das gehört?«

»Was denn?«, fragt Molly.

»Klaviertöne«, sagt Greta.

Aber Molly kriegt überhaupt nicht mit, was Greta sagt, denn sie hat die Weggabelung vor ihnen entdeckt und prescht darauf zu, weil sie in der Baumgruppe, wo sich der Pfad teilt, etwas hat aufblitzen sehen. Ein Weg führt um die Bäume herum nach Westen, der andere wendet sich gen Osten. Der Wald ist düster, doch wenn der Wind auffrischt, schimmert fleckiges Licht hindurch, und dann huschen Schatten durch diesen seltsamen Hain aus sieben graubraunen Bäumen, die fast zwanzig Meter in die Höhe ragen.

Molly eilt hinüber zum Stamm des größten dieser Riesen und streicht über den stattlichen Rumpf des Baumes. Die Haut gleicht einem Schachbrett-Mosaik aus dicken Rindenstücken, deren Anfertigung einen zurückgezogen im Wald lebenden Kunstschnitzer ein ganzes Jahrzehnt gekostet hat. Sie ertastet Wunden an dem Baum, und ihr fällt auf, dass alle Bäume an dieser merkwürdigen Gabelung dieselben Wunden tragen – wie Einschusslöcher oder Stichwunden von Speeren –, und aus diesen Wunden strömen dünne Rinnsale von Blut. Sie fährt mit dem Zeigefinger über eines dieser Blutgerinnsel und merkt, dass es zu einer wächsernen Konsistenz verhärtet ist, wie etwas, mit dem ihr Vater einen Brief versiegeln würde. Die Stämme dieser kolossalen Ureinwohner sind überströmt von diesem Baumblut.

»Fort, verdammter Fleck, fort, sag ich!«, murmelt Molly vor sich hin. Sie fischt ihre Goldpfanne heraus, studiert die geheime Inschrift ihres Großvaters, Tom Berrys ziselierten Merkzettel. Dann ruft sie Greta und Yukio zu: »Westwärts, wohin der gelbe Gabelmann dich führt, gen Ost des Nachts, wo der Wald sein Blut verliert.«

Sie späht den östlichen Weg entlang: ein schmaler Tierpfad, der sich durch unwegsames Buschland windet. Dann lugt sie auf den Weg gen Westen: ein schmaler Tierpfad, der sich durch unwegsames Buschland windet.

»Wir gehen hier lang«, verkündet Molly und späht erwartungsfroh nach Osten.

Yukio nickt, doch Greta ist ganz in Gedanken. Sie blickt hoch zum Blätterdach des Waldes, einer dichten Decke aus Palmwedeln wie Schiffssegel und Ästen, die sich reckend und rekelnd durch das Grün bohren wie die Tentakel eines Kraken durch den Ozean.

»Hört ihr das?«, fragt sie. »Es ist ganz leise.« Sie sieht den westlichen Weg entlang. »Das ist Musik!« Doch in Mollys und Yukios Gesichtern kann sie lesen, dass diese gar nichts hören, und Greta fragt sich, ob sie Dinge hört, die es nicht gibt, weil sie so furchtbar müde ist, ihr Magen seit sechs Stunden leer und ihr Kopf ein Trümmerfeld voll Krieg und Monstern.

Doch da ist es schon wieder. Musik. Ganz schwach und vage. Klaviermusik. Ein Wort liegt ihr auf der Zunge, doch sie traut sich nicht, es auszusprechen. Ein Wort aus ihrer Kindheit. Ein deutsches Wort, das sie von ihrem Vater kennt. *Liebesträume.*

»Greta«, sagt Molly. »Hier lang, komm schon!«

Und Molly hüpft vergnügt über den engen Pfad in Richtung Osten. Der Pilot und die Schauspielerin trotten hinterher. Dann aber bleibt auch Molly wie angewurzelt stehen. »Moment mal, jetzt höre ich auch etwas«, sagt sie. »Aber es ist keine Musik.« Sie horcht angestrengt in den Wald hinein, reckt das rechte Ohr empor zum ausladenden Blätterdach. »Es ist ein Wasserfall.«

*

In ihrem himmelblauen Satinkleid, dreckstarrend und knittrig, stapft Molly mit ihren Grabstiefeln über den Matschweg. Bert die Schaufel hilft ihr, stützt sie wie ein Gehstock. Das Donnern des Wasserfalls wird lauter, je mehr der Wald sich lichtet.

Sie kann ihn bereits spüren, die Gischt erfüllt die Luft mit einem feuchten Nebel, der die riesenhaften Farne und graugrünen Palmen, an denen sie vorüberkommt, permanent zu wässern scheint.

Und dann kommt der Wasserfall in Sicht und erhebt sich vor Molly Hook wie eine neue Welt. Es ist eine gewaltige natürliche Halle mit Himmelsdach und massiven Wänden aus dunkelrotem Sandstein, die so monumental in die Höhe ragen, dass es Molly scheint, als könnten sie nur von nordischen Göttern, dem Blitzmann oder Vater Zeit persönlich in den Fels gemeißelt worden sein.

Ein Wasserfall, so ohrenbetäubend und atemberaubend, als würden tausend weiße Pferde über diese siebzig Meter hohe Klippe jagen. Eine reißende Sturzflut, so tosend und kraftvoll, dass Molly brüllen muss, damit ihre Weggefährten sie hören können. »Ist das ein Traum, Greta?«, kreischt sie, und Greta lächelt und schüttelt den Kopf, das Gesicht vom Sprühnebel ganz nass.

Molly lässt den Blick über die Lichtung schweifen. In einem Baum neben ihr hockt eine schwarz, lila und weiß gescheckte Spinne in ihrem riesigen Netz, das im Luftstrom des Wasserfalles flattert. Leuchtend bunte Pflanzen säumen das Tosbecken. Gewaltige schwarze Findlinge sitzen rings ums Ufer wie artige Kinder, denen ein Lehrer gerade etwas vorliest.

Die Pflanzen, Vögel und Felsen, die Insekten in den Bäumen und die Tiere unter Wasser sind heute alle nur gekommen, um den Wasserfall zu hören und zu sehen.

Wie Molly haben sie alle den weiten Weg durchs Buschland auf sich genommen, um hierherzugelangen. Die Steine sind gerollt, die Vögel sind geflogen, die Pflanzen gekrochen und die Insekten nur aus diesem Grund hierhergekrabbelt.

Molly blickt hoch zum himmelblauen Dach. Zum Taghimmel. Schlendert ganz allein ums Becken bis zu einer Ecke der natürlichen Halle und spricht mit leiser Stimme zum Taghimmel, damit das Wasserrauschen ihre Gedanken vor den Weggefährten verbirgt.

»Ich hätte nicht geglaubt, dass ich es so weit schaffe«, murmelt sie, berauscht von der Macht des Wasserfalls, die sie etwas spüren lässt, das über reine Schwerkraft hinausgeht.

»Du konntest es schon immer so weit schaffen, wie du wolltest, Molly«, sagt der Taghimmel zum Totengräbermädchen. »Wieso solltest du denn nicht so weit kommen?«

»Ich wollte immer an irgendeiner Stelle umdrehen«, gesteht Molly. »Ich bin immer an einen Punkt gekommen, wo ich zu viel Angst hatte, um weiterzugehen.«

»Wovor hattest du denn Angst?«

»Vor allem«, sagt sie.

»Vor allem«, wiederholt der Taghimmel. »Und doch nur vor einem.«

»Was?«, stutzt Molly.

»Nicht vor was, Molly, sondern vor wem.«

»Meinem Onkel.«

»Aubrey Hook«, sagt der Taghimmel.

»Aber um den muss ich mir doch keine Sorgen mehr machen.«

»Er ist in Hollow Wood gestorben«, sagt der Taghimmel.

»Ja, das ist er, oder etwa nicht?«, erwidert Molly.

»Ja, das ist er.«

»Du würdest mich doch nicht anlügen, oder?«

»Nein, Molly.«

»Aber du bist doch eine einzige große Lüge«, sagt Molly. »Du bist ein Trick.«

»Ich schätze, du musst mir einfach vertrauen«, antwortet der Taghimmel.

»Schätze ich auch.«

»So, wie du dem Piloten vertraust.«

»Er ist einer von den Guten.«

»Das werden wir ja sehen.«

»Was soll das heißen?«

»Das heißt, wir werden abwarten müssen. Und schauen, was noch kommt.«

»Was glaubst du, was noch kommt?«

»Gefahr, Molly«, sagt der Taghimmel. »Schmerz. Aber auch Wunder. Und Dankbarkeit und Freude. Aber behalte diesen Yukio lieber gut im Auge.«

Molly schielt hinüber zur anderen Seite des Tosbeckens und sieht, wie Yukio den Kopf senkt und vom Uferwasser trinkt.

»Vorsicht, Yukio«, ruft Molly. »Krokodile.« Sie ahmt mit ihren Armen Schnappbewegungen nach. Yukio nickt, weicht vom Beckenrand zurück.

Am donnernden Wasserfall machen sie eine Stunde Rast. Greta wäscht sich Gesicht und Achseln. Yukio studiert im angrenzenden Wald die Pflanzen und Insekten. Molly sitzt etwas abseits an einem großen schwarzen Findling. Mit einem Kreidestein kritzelt sie ein neues Gedicht auf den schwarzen Fels.

Yukio schaut ihr beim Schreiben zu. Selbst hinter ihrem Rücken kann sie seine Anwesenheit spüren. Sie dreht sich um und lächelt ihn an. Er setzt sich neben sie.

»Gedicht«, grinst er.

Molly nickt. »Es handelt von uns«, sagt sie.

Yukio zeigt auf ein Wort auf dem Stein.

»Schatz«, sagt Molly.

»Schatz«, wiederholt Yukio lächelnd.

Molly deutet erst auf Yukios Brust und dann auf Greta, die jetzt auf der anderen Seite des Beckens steht und sich mit hohlen Händen Wasser übers Haar gießt. »Beide Schatz«, sagt Molly. »Beide Gold.«

»Gooold!«, flüstert Yukio und lässt dabei die Schauspielerin nicht aus den Augen, die sich jetzt aufrichtet, derweil ein breiter Sonnenstrahl ihr smaragdgrünes Kleid, das ihr klamm am Körper klebt, von hinten in einen hellen Glanz taucht. Molly sieht, wie er sie anschaut, und kurz darauf ertappt auch Greta den starrenden Piloten und erwidert seinen Blick.

»Was ist los?«, fragt sie.

Yukio zeigt mit dem Finger auf sie. »Greta Maze ist Schatz«, sagt er und nickt mit ernster Miene. Und er erhebt sich feierlich, als müsse er diese Wahrheit allen Waldbewohnern kundtun. »Greta Maze ist Gold«, sagt er.

Greta hält verdattert inne, dann errötet sie.

Auch Molly steht jetzt auf und knufft den Piloten scherzhaft mit dem Ellbogen. »Nicht so hastig, Romeo«, sagt sie.

Yukio reißt wieder den Kopf herum zu Molly. »Romeo!«, frohlockt er in seinem gebrochenen, aber zusehends besser werdenden Englisch. »Warum … denn … Romeo!‹«

Molly winkt ihn zu sich heran und lässt ihm eine Kostprobe ihres Wissens angedeihen, wobei sie ihm bei jedem Ratschlag einen sanften Klapser auf den Bauch gibt – wie ein Kneipenbuchmacher, der einem abgebrannten Trottel wertvolle Tipps fürs nächste Pferderennen gibt.

»Kraxel nicht zu schnell auf den Balkon, verstehst du?«, flüstert sie.

Aus Yukios Augen spricht schieres Unverständnis.

»Renn nicht los, bevor du den Schuss gehört hast, kapiert?«

»Rennen … Schuss«, stammelt Yukio.

Noch ein Klaps auf den Bauch. »Lass dir nicht in die Karten schauen, Yukio«, wispert sie. »Und dann, wenn sie's am wenigsten erwartet, spiel deinen Herzkönig aus. Verplemper nicht all deine Trümpfe ganz am Anfang. Zeig ihr dein Herz, aber verrat ihr nicht gleich das ganze Blatt.«

Während Yukio noch mühsam über das Gesagte nachsinnt, dreht sich Molly schon zum Wasserfall um, holt aus und lässt den Stein, mit dem sie ihr Gedicht geschrieben hat, über die schäumende Oberfläche ditschen. Sie zählt, wie oft er übers Wasser springt. »Fünf«, verkündet sie stolz.

Vom anderen Ufer des Bassins sieht Greta zu, wie auch Yukio Steine übers Wasser hüpfen lässt und mit dem Totengräbermädchen lacht. Und für einen Augenblick möchte Greta, dass die Zeit an diesem Ort viel langsamer vergeht – so langsam, dass es einen Monat lang so bleiben könnte, ein Jahr, ein ganzes Leben.

Dieser Mann hat ihr das Leben gerettet. Er ist wegen ihr zurückgekommen. Er hat für sie mit einem Riesen gekämpft und wäre dabei fast gestorben. Und sie hat ihm ins Gesicht gesehen, als die Hände des Riesen um seinen Hals lagen und ihn beinahe erdrosselten. Seine Züge waren so friedlich. Seine Augen waren Segelboote auf ruhiger See, und er glitt eben hinüber zu einem Ort, den sie genauso gut kennt wie er.

Es wäre gar nicht mal so schlimm, denkt sie. Es wär nicht so schlimm, wenn nichts mehr übrig wäre. Nicht so schlimm, wenn alles in Stücke gesprengt wäre da hinten, jenseits der Grenze zum Buschland. Wenn nur noch drei Menschen auf der Erde übrig wären, um darauf zu wandeln. Und es wäre nicht so schlimm, wenn er einer davon wäre.

Sie sieht ihn noch immer an, als er sich umdreht und ihren Blick auffängt. Starrt ihn weiter an, als er ihr ein sanftes

Lächeln schenkt, um ihr in der besten aller Sprachen – der lautlosen – zu sagen, dass er weiß, wie widersinnig es ist, hier zu sein. Er weiß, dass es keinen Sinn ergibt, sich so lebendig zu fühlen, wo sie doch eben noch dem Tod so nahe war. Und dann, im Tunnelblick zwischen den beiden, hört er plötzlich auf zu lächeln, denn eine solche Anziehung ist eine ernste Sache, und Greta wird in diesem Moment klar, dass Herzflüche nur Hirngespinste für zwölfjährige Mädchen sind, denn nichts auf dieser Welt könnte ihr Herz versteinern lassen, wenn es so rasend schlägt wie jetzt.

*

Gegen Mittag wühlt Molly in ihrem Seesack nach etwas Essbarem. Eine Büchse ist noch da, eine Dose Ochsenschwanzsuppe, die ihr Vater so gern aß. Das Trio sitzt zusammen am Rand des schwarzen Beckens. Molly bohrt mit ihrem Küchenmesser ein Loch ins Blech, und die drei Wanderer trinken abwechselnd von der Suppe, die lauwarm ist von der Tageshitze. Greta spuckt den ersten Schluck um ein Haar wieder aus, würgt dann aber drei weitere hinunter, weil es sein muss.

Während sie genussvoll ihre Suppe schlürft, schaut Molly hoch, und ihr Blick fällt auf eine sonderbare Höhle in der Felswand hinter dem Wasserfall. Darunter entdeckt sie eine Reihe von Felsblöcken, die über die Jahrtausende so zerbrochen und gefallen sind, dass sie eine grobe Kletterroute hoch zum Eingang bilden, und sie studiert die merkwürdige Form der schwarzen Höhlenöffnung.

Greta wäscht sich im Tosbecken die Hände. »Und wo gehen wir jetzt lang?«, fragt sie. »Der Weg endet hier.«

»Wo bist du geboren, Greta?«

»Leipzig«, sagt Greta.

»Wo liegt das?«

»Etwa hundertfünfzig Kilometer südwestlich von Berlin«, sagt sie. »Meine Familie ist nach Sydney ausgewandert, als ich zwei Jahre alt war.«

Molly nimmt noch einen Schluck Ochsenschwanzsuppe. Sie sitzt etwas erhöht auf einem glatten schwarzen Findling, während Yukio im Schneidersitz im Gras hockt. Greta liegt ausgestreckt neben ihm, der Kopf auf einer grauen Steinplatte, die halb in der Erde eingesunken ist.

»Du bist in Deutschland geboren«, sagt Molly. »Er ist in Japan geboren und ich in Darwin. Aber im Grunde kommen wir alle aus demselben Ort.«

»Wie meinst du das?«

»Die Wegbeschreibung meines Großvaters«, sagt sie. »Der Ort hinter jenem, wo du geboren.«

Sie nickt zur Höhle hinter dem Wasserfall. »An was erinnert euch diese Höhle?«

Greta mustert die eigenartige Form des Eingangs. Wie ein Kürbiskern oder eine Auster, denkt sie. Wie die frischen Muscheln, die sie sonntagmorgens am Hafen verkaufen. Dann sieht sie es. »Na, wenn das mal nicht typisch Mann ist«, sagt sie. »Hockt da im Paradies auf Erden, um ihn rum tausend Wunder der Natur, und alles, was er sieht, ist die Puderdose einer Lady.«

Yukio folgt dem Blick der Frauen, kann aber immer noch nicht sehen, was sie sehen.

»Puder...dose?«, grübelt er.

Molly brüllt vor Lachen.

Greta grinst und deutet auf die Höhle hinter dem Wasserfall. »Die Form der Höhle«, sagt sie.

Yukio kneift die Augen zusammen.

»Die Freudengrotte, die schlimme Stelle«, lacht Greta. »Der gute alte Muntermacher.«

Molly klopft sich auf die Schenkel, und Yukio stimmt in ihr Gelächter ein, hat aber noch immer keinen blassen Schimmer.

»Deine Zuckerschnecke?«, kichert Molly, die Hand über den Mund geschlagen.

Greta rasselt Namen runter, jetzt ohne zu lachen, stattdessen durchforstet sie die Fantasie sämtlicher Männer, mit denen sie, seit sie zweiundzwanzig war, getanzt oder gearbeitet hat. Dann imitiert sie den Tonfall eines angetrunkenen Rinderzüchters. »Dein Sonnenschein, dein Honigtopf, deine Venusfalle, dein Schatzkästchen«, sagt sie, sammelt kleine Kiesel vom Boden auf und wirft sie ins tiefschwarze Wasserloch. »Tulpe, Feige, Pflaume, Südpol, Zauberritze, Kätzchen, Mumu, Mimi, Muschi und Gletscherspalte.« Sie grübelt einen Moment über etwas nach, dann spricht sie wieder mit normaler Stimme. Sieht die Gesichter und die Finger all der Männer vor sich. »Möse«, sagt sie.

Endlich geraten die rostigen Rädchen in Yukios Kopf in Bewegung. »Oooh!«, stößt er hervor und deutet staunend und verschämt in Richtung Höhle.

Molly biegt sich dermaßen vor Lachen, dass sie rückwärts von ihrem Sitzstein purzelt.

Dann schallt auch Yukios Gelächter durch den hohlen Raum des Wasserfalls, und seine Freude ist so ansteckend, so willkommen, dass sich auch Gretas verkniffene, geschürzte Lippen zu einem Lächeln öffnen.

Molly steht jetzt auf, reißt sich zusammen und weist mit einem Kopfnicken zur Höhle. »In all diesen Geschichten, die man sich in der Stadt über meinen Großvater und seine lange Wanderung erzählt«, sagt Molly, »hat er nie verraten, wo er war. Aber er hat davon gesprochen, *wie* es dort war. Er sagte, er sei mit Longcoat Bob an magischen Orten gewesen.« Sie blickt sich in ihrer Umgebung um. »Dieser Ort kommt mir ziemlich magisch vor. Er sagte, er sei mit Long-coat Bob irgendwo durchgegangen und auf der anderen Seite an Orten wieder rausgekommen, die ihm wie andere Welten vorgekommen seien. Ja, wie andere Dimensionen sogar.«

Molly holt tief Luft. »Jepp, da geht's lang«, sagt sie. »Wir müssen zur anderen Seite des Beckens schwimmen. Wir müssen durch diese Höhle da oben.«

»Und was ist mit den Krokodilen?«, gibt Greta zu bedenken.

»Ich glaube, die lassen uns in Ruhe«, antwortet Molly.

»Willst du vielleicht wieder mit ihnen reden?«, sagt Greta trocken. »Sie wieder um Erlaubnis fragen, damit sie uns durchlassen?«

Molly grinst. »Nee, die Crocs schauen hier vielleicht hin und wieder mal vorbei, aber ich schätze, die hängen hier wegen des lärmigen Wasserfalls nie allzu lange rum.«

»Krokodile«, sagt Yukio besorgt.

»Ja, aber so weit landeinwärts gibt's nur Freshies, Yukio, Süßwassercrocs«, sagt Molly.

Greta legt Yukio zur Beruhigung die Hand auf den Oberschenkel. »Keine Sorge, die Freshies werden nur drei Meter lang«, sagt sie.

Doch Yukio hört diesen Satz nicht mehr, weil ihn etwas ablenkt, das sich hinter Greta tief über den Himmel bewegt.

Dann kann Greta es auch hören, etwas Vertrautes, etwas Unmögliches. Das Schreien eines Säuglings, laut genug, um das Donnern des Wasserfalls zu übertönen. Sie folgt Yukios Blick, und als sie herumfährt, sieht sie einen dunklen schwarzbraunen Keilschwanzadler von Ost nach West über das breite schwarze Becken gleiten. So groß, mächtig und majestätisch ist das Tier, dass Greta bei seinem Anblick zusammenschrickt. Ein erwachsenes Weibchen mit gut zweieinhalb Metern Spannweite, die Flugbewegung voller Kraft und Anmut. Beim Schwingen erzeugen die Flügel ein Geräusch, als würde man ein Seidenlaken im Wind ausschütteln. Und sie weiß, dass es die Königin ist, die sie zuvor gesehen haben.

Der gefächerte Schwanz des großen Vogels ist gut einen halben Meter breit – groß genug, dass Greta darauf Scones servieren könnte, mit winzigen Schälchen für Marmelade und Butter –, und sein grauer Hakenschnabel ist, passenderweise, gekrümmt wie die Sense des Gevatter Tod. Doch der Raubvogel trägt eine Last. Er schwebt nur langsam und mit mühseligen Flügelschlägen durch die Luft, denn irgendwo auf seiner endlosen Jagd nach leichter Beute – der flüchtigen Bodenkost aus Kaninchen, Feldhasen, Füchsen, Koalas, Wombats und kleinen Wallabys – haben seine langen schwarzen Klauen eine seltsame Köstlichkeit aufgelesen, die so sperrig ist, dass es selbst die sonst so eindrucksvolle Ausdauer und Beinkraft dieses Räubers übersteigt: Ein kreischendes Menschenbaby baumelt in einer Trageschlinge aus Buschschnur, Rinde und Rohrfasern. Wieder hört Greta dieses Schreien, das die Luft zerreißt und auch ihr Herz.

Zwei andere kleinere Vögel stoßen aus der Höhe auf den Adler und seine Beute herab. Sie sehen aus wie Habichtfalken. Einer der mutigen Falken drischt dem Adler einen Flügel über die Augen, sodass dieser das Tempo drosseln muss, und die fehlende Geschwindigkeit scheint ihm seine Fracht nur umso schwerer zu machen. Der Adler muss sich mühen, um den Motor seiner Flügel wieder anzuwerfen und genügend Energie aufzubringen, um es bis zum höchsten Punkt des Wasserfalls zu schaffen. Dann startet der zweite Falke von der Seite einen Überraschungsangriff, hüllt ihn in ein Gestöber aus Flügeln, erhobenen Beinen und Klauen, zwingt den Adler, sich zu verteidigen. Notgedrungen lässt er seine wertvolle, laut heulende Beute fallen, reckt dem kühnen Habichtfalken die müden Beine und Klauen entgegen und schlägt kraftvoll mit den breiten Schwingen, um den Gegner abzudrängen und unbehelligt aus der Schlucht zu fliegen.

Molly atmet tief und schneidend ein, als sie die Trageschlinge mitsamt Baby aufs schwarze Becken zustürzen sieht. Doch Greta Maze, der Stolz von Palmerston, ist schon längst im Wasser, als das Baby aufschlägt.

»Greta!«, brüllt Molly.

Die Arme der Schauspielerin wirbeln wie Windmühlen durch die Fluten; Waden und Oberschenkel stieben wild durchs klare Becken, die schicken Sattelschuhe noch immer an den Füßen. Ihr Kopf ist unter Wasser, und sie holt nicht einmal Luft, um ja nicht langsamer zu werden. Ein einziges Wort kommt ihr in den Sinn: Freshies. Doch sie ackert weiter, und als sie den Kopf hebt, sieht sie das Baby einen Augenblick auf der Oberfläche. Dann jedoch läuft Wasser in die Schlinge und zieht das Kind hinunter. Greta atmet tief ein und taucht mit kraftvollen Zügen unter. Molly und Yukio sehen sie verschwinden.

»Greta!«, kreischt Molly.

Einen endlosen Moment lang rührt sich nichts. Nur das Donnern des Wasserfalls ist zu hören.

Und dann taucht sie wieder auf, die Schauspielerin, krault einarmig durchs Wasser und presst sich mit dem anderen das Baby in der Schlinge an die Brust. Ihre sonst federnden Locken kleben fest über den Ohren, ihre Miene spiegelt Konzentration, Entschlossenheit und Feuereifer.

Molly atmet erleichtert aus, erst jetzt merkt sie, was ihr die Frau bedeutet, die dort durchs Wasser krault. Eine von den Guten, sagt sie sich. Eine richtig Gute. Sie würde für sie weinen, wenn sie könnte, doch stattdessen schmeißt sie die leere Suppendose weg, schnappt sich Bert die Schaufel und den Seesack, springt ins schwarze Wasser und folgt der Schauspielerin zur anderen Seite des Wasserfalls.

Yukio, der vom Himmel gefallene Pilot, starrt die seltsamen Geschöpfe dort im Wasser an und fragt sich, an was für einem Ort er hier gelandet ist, auf diesem Kontinent südlich von allem, einem Ort, wo Vögel Kinder vom Himmel fallen lassen und blond gelockte Engel in krokodilverseuchte Gewässer hechten, um sie zu retten. Aber dies ist nicht die Zeit zum Nachdenken, sagt er sich. Es ist Zeit zu handeln. Zeit, etwas zu tun – das zu tun, was die Schauspielerin getan hat.

Er ist kein geborener Schwimmer. Er gehörte nie zur Sorte Mann, die blindlings ins trübe Gewässer springt. Aber dieses Land südlich von allem ist ein Ort der Wandlung. Menschen können sich hier verändern, denkt er. Und er spürt diese Verwandlung in sich selbst. Wandelt, wandelt, wandelt sich, hier direkt am Ufer. Und dann springt er, schwimmt mit ungelenkem Hundepaddeln quer durchs Becken, versucht bei jedem Zug laut keuchend, seine schweren Armeestiefel in Bewegung zu halten. Der tosende Wasserfall donnert zu seiner Rechten in die Tiefe, und er muss kämpfen, um dem Sog des herabstürzenden Wassers zu entkommen. Auf der gegenüberliegenden Seite des Beckens spürt er endlich Moos und Schlamm unter den Füßen und reckt die Arme nach einem Farnwedel, an dem er sich auf einen dünnen Sandsteinvorsprung zieht. Er hievt sich aus dem Wasser, stützt die Hände auf die Knie und atmet kurz durch, dann wankt er hinüber zu den Frauen.

Molly schmiegt sich an Gretas linke Schulter, Yukio steht jetzt an ihrer rechten, und schnaufend bestaunen die drei Wanderer das neueste Mitglied ihrer Reisegesellschaft: ei-

nen kleinen Jungen, der mit großen braunen Augen Gretas
Blick erwidert, während sie ihn so behutsam, so natürlich,
in den Armen hält.

»Schschsch«, sagt Greta. »Schschsch.«

Und der Junge weint nicht mehr.

DAS VIERTE
HIMMELSGESCHENK

ALLES,
WAS WIR BRAUCHEN

Kalt hier drinnen, klamm und erdig, und es riecht nach Fledermausscheiße. Das ist die dunkle Höhle, von der Greta gesprochen hat. »Schließ die Augen«, hat sie gesagt. »Du merkst es nicht, aber in Wahrheit stehst du im Stockdunkeln in einer riesigen Höhle.« So sah die Höhle in Mollys Kopf aus. Dies war der Ort vor dem traurigen Ort, den sie jenseits ihrer Schlafzimmertür gesehen hat. Vor dem Schlafzimmer in ihrem Kopf war ein Flur, und am Ende dieses Flurs war ein Schlafzimmer, in dem der Mond das Gesicht ihrer Mutter erhellt und der Schattenwolf im Dunkeln gejault hat. Jeder hat so einen traurigen Ort, denkt Molly. Was erwartet mich hinter dieser Höhle? Was ist hinter dieser Schlafzimmertür?

»Kannst du da vorn was sehen, Molly?«, fragt Greta, und ihre Worte hallen durch den stockdunklen Tunnel.

Molly geht voran, drischt Berts Schaufelblatt gegen die großen Steinbrocken, die überall auf dem Boden dieses Durchgangs liegen, der sich seit dem Wasserfall jetzt schon etwa vierzig Meter hinzieht. »Ich seh überhaupt nichts.«

Greta, die in der Mitte des Trios läuft, drückt sich den Säugling mit beiden Armen an die Brust. Wenn sie wieder über einen dieser Blöcke stolpert, kann sie sich zur Seite drehen und den Sturz mit der Schulter abfangen. »Dieser

Bursche hier braucht was zu trinken«, sagt sie. Halt den Jungen fest, sagt sie sich. Beschütze ihn vor diesem sonderbaren Land. Dies ist kein Ort für etwas so Perfektes, kein Ort für den Wunderjungen.

»Dieser Bursche braucht seine Mutter«, sagt Molly.

Yukio Miki läuft hinter der Schauspielerin und dem Totengräbermädchen her, streicht mit der rechten Handfläche über die Höhlendecke, die nur eine Ellbogenlänge höher als sein Kopf ist.

Molly erinnert sich an Gretas Worte. »Dann siehst du, wie eine Spur aus Feuer eine Tür an die Höhlenwand zeichnet. Hoch, waagerecht, runter und quer wieder zurück.«

Eine Tür aus Feuer. Die könnte sie jetzt gut gebrauchen. Sie würde die Tür öffnen und aus der Höhle in eine neue Welt treten. Doch wie würde diese Welt wohl aussehen? Dieser Ort. Was, wenn es dort kein Dunkel gäbe? Keinen Mondschein? Nur Sonne. Sie sieht ihre Mutter Violet, und ihre Mutter sieht dort wunderschön aus, und sie trägt ein schickes Kleid, das ihre beste Freundin Greta Maze für sie gekauft hat – denn an diesem Ort, in dieser Welt, könnte Greta die Freundin sein, die ihre Mutter niemals hatte, die starke und zuverlässige Freundin, die sie gebraucht hätte. Die zwei besten Freundinnen sitzen mit Sonnenbrillen unter dem Milchholzbaum im Garten des großen alten Hauses von Mollys Großvater Tom Berry an der Uferpromenade, trinken frische Limonade und rauchen Zigaretten. Und Molly rennt in die Arme ihrer Mutter, beide wirbeln wild herum, fallen ins Gras, und dann liegen sie rücklings unter dem Milchholzbaum und blicken in den Himmel. »Kannst du's spüren, Molly?«, fragt ihre Mutter. »Spürst du's? Wir sind jetzt oben, Mol! Wir sind oben!«

»Greta?«, fragt Molly leise in die Dunkelheit.

»Ja, Kleine.«

»Es war nicht der Himmel«, sagt Molly.

»Was hast du gesagt?«

»Es war gar nicht der Himmel, der mir das erste Himmelsgeschenk gegeben hat«, sagt sie.

»Ach, wirklich?«, erwidert Greta in der Finsternis, sanft, fast liebevoll.

»Meine Mum hat es mir geschenkt«, sagt Molly. »Das weiß ich. Das wusste ich schon immer. Mir hat nur einfach die Vorstellung gefallen, dass der Himmel mir was schenkt. Niemand sonst hat mir damals was geschenkt. Ich hab mir vorgestellt, dass der Himmel mich hier unten sieht und mich ja vielleicht irgendwie glücklich machen will oder so.«

Drei Wanderer und ein Baby in der Finsternis. Langes Schweigen.

»Aber warum hat sie mir die Landkarte meines Großvaters so gegeben?«, fragt Molly. »Warum hat sie gesagt, dass alles von oben kommt, statt von hier unten?«

»Vielleicht wollte sie, dass du weißt, dass es immer etwas Schönes gibt, an das du dich wenden kannst«, antwortet Greta. »Sie hat dir den Himmel gegeben, Molly. Vielleicht war das dein Geschenk. Nicht diese hässliche Kupferschüssel.«

»Ich denke mal, sie wollte, dass ich Longcoat Bob finde«, sagt Molly. »Sie wollte, dass ich ihn finde und ihn bitte, mich in Ruhe zu lassen. Sie wollte nicht, dass mein Herz so wird wie ihres.«

»Molly?«

»Ja«, sagt Molly.

»Deine Mum hat dich sehr lieb gehabt.«

»Woher weißt du das?«, will Molly wissen.

Mütter wissen so was, denkt Greta. »Ich weiß es einfach«, sagt sie.

»Ja, wahrscheinlich schon. Aber dann ist ihr Herz zu Stein geworden, und sie musste fortgehen«, sagt Molly und tastet blind nach einem Felsklotz, gegen den sie gerade gelaufen ist. Sie steigt hochbeinig über den Brocken und sagt: »Felsklotz voraus.«

»Herzen werden nicht zu Stein, Molly«, sagt Greta. »Aber ein Herz kann sich verändern, das stimmt. Erst ist nichts drin außer Liebe, und dann kommt irgendwas anderes mit hinein und vermischt sich mit der Liebe, und manchmal ist dieses andere schwarz, manchmal ist es kalt und fühlt sich an wie Stein, weil es so schwer ist. Und manchmal wird es dir so schwer, dass du's einfach nicht mehr in dir tragen kannst.«

»Manchmal spür ich, wie sich meins verändert«, sagt Molly.

»Ja, ich auch«, sagt Greta.

»Wirklich?«

»Natürlich«, sagt Greta. »Aber weißt du was?«

»Was denn?«

»Manchmal spür ich, wie es sich wieder zurückverändert.«

»Echt?«

»Klar.«

»Und wann?«, fragt Molly.

»Zum Beispiel, wenn ich mit dir rede«, sagt Greta.

Molly bleibt stehen. Im Dunkeln streckt sie die Hand nach Greta aus, findet ihre Schulter, und Gretas Hand findet in der Schwärze die des Totengräbermädchens und drückt sie kurz, doch für eine kampferprobte Frau wie sie ist so ein Augenblick zu zart, also zerstört sie ihn mit einem Witz. »Und natürlich auch, wenn wir lange Wanderungen durch uralte Felsvaginas unternehmen ...«

Molly muss lachen, doch ein Geräusch lässt sie wieder in die Laufrichtung herumfahren. Ein Geräusch irgendwo im Dunkeln, irgendwo am Ende dieses Durchgangs. »Hörst du das?«, fragt sie. »Das ist Musik.« Und sie beschleunigt ihre Schritte, klopft auf Erde und Gestein, tastet sich mithilfe von Berts Schaufelblatt immer rascher vorwärts.

»Das ist ein Klavier«, sagt Greta. Diese perfekte Melodie. Greta kennt sie. Greta erinnert sich an sie. »Es ist der *Liebestraum*«, sagt sie. Sie erinnert sich an jede einzelne Note. »Als ich klein war, hat mein Vater das Stück immer gespielt. Wenn ich ins Bett sollte, hat er seinen Drink oben aufs Klavier gestellt und so lange gespielt, bis ich eingeschlafen war. Er sagte, dass ich immer auf diese Weise einschlafen sollte, mit einem Liebestraum.«

Molly lauscht angestrengt. Die Töne fließen ineinander und hallen durch die Höhle. Einige der langen melancholischen Töne laufen anderen entgegen, die scharf und hell sind. Die Melodie klingt für Molly wie ein Herz, das sich noch nicht verwandelt hat, ein Lied für ein Herz so voll mit Hoffnung und mit Freude wie mit Traurigkeit und Sehnsucht.

Dann sieht sie einen Lichtschein vor sich, und sie rennt eilig darauf zu, folgt den seltsamen Klängen durch den steinernen Tunnel hin zu einem schmalen Spalt, durch den sie, wie sie merkt, mühelos hindurchpasst, wenn sie sich mit der linken Schulter voran zur Seite dreht.

Sie tritt hinaus auf eine baumlose, von schroff abfallendem Sandsteinfels gesäumte Lichtung. Vor ihr teilt sich ein grober Trampelpfad aus Erde und Kieselsteinen in zwei Richtungen. Der westliche Abzweig führt zu einem Bergrücken aus Sandstein, hinter dem Molly in der Ferne eine ausgedehnte Felsenlandschaft ausmachen kann. Ein silberblauer Gabelblitz zuckt vor ihr durch den dunkelgrauen Himmel.

»Der Blitzmann«, flüstert sie. »›Folge den Blitzen‹, das wollte mein Großvater mir sagen.«

Dann aber hört Molly, dass die Klavierklänge aus dem östlichen Abzweig kommen, der erst durch eine Gruppe von Schwarzholzakazien und Seifenbäumen mit flachen runden Früchten führt und dann durch eine Allee aus Bäumen mit grau-weiß gefleckter Rinde und festen Blättern, übersät mit kleinen reifen roten Früchten. Und über all diesen Baumgruppen spannt sich ein dichtes Netz von Kletterranken mit orangegelben Blüten, die wie Seesterne geformt sind, und die melancholischen Klaviertöne schweben durch diesen Wald wie traurige Gespenster.

Auch Greta und Yukio zwängen sich aus dem Tunnel, und Greta mit dem kleinen Jungen auf dem Arm, dem Jungen, der vom Himmel in ihre Arme gefallen ist, folgt instinktiv den Klängen auf den überrankten Waldpfad.

»Greta, wo willst du hin?«, fragt Molly.

Greta sagt nichts, marschiert nur tiefer in den Wald hinein.

»Wir müssen da lang«, sagt Molly und zeigt in Richtung Felslandschaft. »Wir müssen den Blitzen folgen. Wir sind fast da. Das spüre ich!«

Aber Greta läuft weiter, dreht den Kopf erst nach rechts, dann nach links, um diesen überdachten Säulengang aus Bäumen zu studieren, der sie auf allen Seiten einhüllt, sie mit Haut und Haar verschlingt. Tiefer und tiefer geht sie in den Wald, und die Töne des Klaviers lotsen sie bei einer scharfen Biegung einen weiteren Trampelpfad entlang, mitten durch eine Wand aus Krabbenaugenwein mit seinen violetten erbsengroßen Blüten. Hinter dieser natürlichen Barriere liegt eine kreisförmige Lichtung vor einer schon seit Ewigkeiten von unaufhaltsamen Ranken überwucherten Felswand. Jetzt entdeckt Greta auch die metallenen Hinterlassenschaften des Goldrauschs im Blätterwerk ringsum: zwei hochkant stehende Wagenräder, die an der Felswand vor sich hin rosten; ein Grubenwagen; eine Holzleiter; ein Haufen Ketten, Riemen, Wellen und Stangen.

Mitten auf der Lichtung steht ein einzelner, rund zwanzig Meter hoher Kapokbaum mit schroffer hellgrauer Rinde, gespickt mit kegelförmigen Dornen. Der Baum ist dicht behangen mit fetten roten Blüten, längliche braune Samenkapseln liegen zu Hunderten am Boden, die Schoten aufgeplatzt, als handelte es sich um außerirdische Raumschiffe, deren Besitzer sie hier schon vor langer Zeit zurückgelassen haben. Unter diesem Baum sitzt ein alter Mann, dürr wie ein Skelett, mit langem weißem Haar, schlohweißen Augenbrauen und kreideweißem Rauschebart, dessen faltige Hände sich zielsicher über die schwarzen und weißen Tasten eines morschen schimmelnden Klaviers aus Walnussholz bewegen. Er trägt ein wallendes cremefarbenes Kittelhemd, wie man es von den Chinesen kennt, darunter braune Hosen. Keine Schuhe an den Füßen. Der Mann ist ganz in seinem Spiel versunken, die Augen fest geschlossen, sein Kopf wiegt sich in den Hügeln und Tälern seiner geisterhaften Noten, die wie von Zauberhand aus dem Klavier und in den Urwald schweben.

Und jetzt sieht Molly, dass der Alte für eine Art Publikum spielt. Acht Gestalten liegen weit verstreut hinter ihm auf dem Waldboden. Acht schlafende Menschen – zumindest hofft Molly, dass sie nur schlafen. Chinesische Männer und Frauen in zerlumpter Kleidung. Alle Schlafenden sind alt und gebrechlich. Einige liegen auf niedrigen Krankentragen, andere direkt auf dem Waldboden. Manche lachen im Schlaf, andere wenden den Kopf zu ihnen um. Zwei von ihnen strahlen eine ganz besondere Ruhe aus: Sie schlafen am helllichten Tag, doch lächeln sie, als würde die Musik selbst durch ihre Träume dringen und ihren Mienen einen Ausdruck tiefster Zufriedenheit verleihen.

»Kommt, kommt!«, sagt der alte Mann, während er mit geschlossenen Augen weiterspielt. »Kommt näher. Habt keine Angst.« Sein Akzent klingt europäisch. Ein Holländer vielleicht.

Langsam und behutsam nähert Greta sich dem Klavier, den Himmelsjungen eng an sich geschmiegt. Molly und Yukio kommen hinterher, und alle drei bestaunen diesen Mann, dessen Haar so blendend weiß ist, dass sich Molly einen Moment fragt, ob sie nicht ganz zufällig auf Sams Blitzmann höchstpersönlich gestoßen sind, den Mann, der krumme Blitze aus seinen Ohröffnungen schießen kann.

Yukio legt die Hand an den Griff des Kurzschwerts an seinem Gürtel. Er sucht die Lichtung nach Anzeichen von Gefahr ab, und selbst noch, als er nichts entdeckt, sind seine Nerven zum Zerreißen gespannt.

Greta lässt den Blick über die schlafenden Gestalten wandern. »Was machen die alle hier?«, fragt sie.

»Nach was sieht es denn aus?«, erwidert der Alte, ohne auch nur eine Note auszulassen.

»Es sieht aus, als würden sie schlafen«, sagt Greta.

»Nicht nur schlafen«, antwortet er. »Träumen.«

Schwebend winden die Töne sich durch den Wald.

»Sie spielen wunderschön«, sagt Greta.

Der alte Mann hält nicht inne, während er antwortet. »Ich spiele gar nichts«, sagt er. »Das Instrument spielt mich. Ich sitze einfach nur daran.«

Töne fließen ineinander. Seine Finger fliegen weiter über die Klaviatur. Kaum Fleisch an seinen Wangen und noch weniger an seinen Armen.

»Ich habe dieses Stück immer gemocht«, sagt Greta.

»Dein Vater hat es für dich gespielt«, sagt der Alte.

»Woher wissen Sie das?«

»Ich habe es für meine Töchter gespielt«, erwidert er. »Väter sollten ihren Töchtern stets den *Liebestraum* vorspielen.«

Wenn der Alte spricht, kann Greta seine verfaulten Zähne sehen, und auf den verbliebenen Stümpfen macht sie matte schwarze Flecken aus. Auch die Spitzen seines Bartes um den Mund sind teerschwarz verfärbt.

»Mein Dad meinte, das Stück beruht auf einem Gedicht«, erzählt Greta.

Töne fließen ineinander und umeinander herum. »›O lieb, so lang du lieben kannst‹«, zitiert der Alte. »›O lieb, so lang du lieben magst.‹«

Jetzt sieht Greta, dass auch die Zunge des Alten schwarz ist.

»›Die Stunde kommt, die Stunde kommt‹«, sagt der alte Mann. »›Wo du an Gräbern stehst und klagst! Und sorge, dass dein Herze glüht und Liebe hegt und Liebe trägt, solang ihm noch ein ander Herz in Liebe warm entgegenschlägt!‹«

Jetzt öffnet der alte Mann die Augen und sieht, wie Greta ihn anstarrt, doch er hört nicht auf zu spielen, und dann schweift sein Blick zum Säugling in ihren Armen. Die Augen des Mannes sind tiefblau, und sein Gesicht wirkt beinahe farblos, da auch alles andere an ihm weiß ist. Er lächelt, und dieses breite Lächeln verharrt auf seinen Zügen, als er Molly anschaut, die seitlich hinter Greta steht, und Yukio, der hinter Mollys Schulter aufragt.

Er sieht Molly tief in die Augen. »Willst du das Geheimnis erfahren?«, fragt er das Totengräbermädchen.

»Ja«, sagt Molly.

»Mein Herz muss warm bleiben«, sagt er. »Aber es kann nur warm bleiben, wenn es dein Herz wärmt. Das ist der Trick des menschlichen Herzens.«

Jetzt blickt der Alte Yukio in die Augen. »Aber die Musik, die aus dem Gedicht hervorging, ist um vieles wundersamer als jedes Gedicht, oder etwa nicht?«, fragt der Alte. Yukios Miene bleibt völlig ausdruckslos, als er den Blick des Alten erwidert. »Die Musik! Die Musik erinnert uns daran, dass das Wunder der Liebe darin besteht, dass sie überweltlich ist, alles überwindet. Das ist der Trick der wahren Liebe. Sie überwindet selbst den Tod.«

Das Baby auf Gretas Arm fängt an zu weinen. Der alte Mann spielt weiter.

»Dieses Baby gehört dir nicht«, sagt der Alte.

Molly tritt vor, stellt sich neben Greta. »Der Junge ist vom Himmel gefallen«, sagt sie.

Der Mann lässt keine Note aus, spielt unverdrossen.

Tonartwechsel, lange Noten mit weit gedehnten Hälsen, eine hochklingende Kadenz, ein heller Lauf, der Greta vorkommt, als würde die Geschichte des Liedes nun in jenes Traumland hinübergleiten, das der Komponist im Sinn hatte.

»Der kleine Junge ist einfach vom Himmel gefallen?«, fragt der Alte nach.

»Ein Adler hatte ihn in den Klauen, aber dann hat er ihn ins Wasser fallen lassen«, erklärt Molly. »Es ist allein Greta zu verdanken, dass er überhaupt noch lebt.«

Der Alte nickt in Yukios Richtung. »Hat der Adler auch diesen japanischen Soldaten fallen lassen?«

Das Baby fängt wieder an zu schreien. Greta wiegt es sanft im Arm. »Schschsch«, flüstert sie.

»Ich habe einmal einen Adler fliegen sehen, der einen toten Waran in den Klauen hatte. Doppelt so groß wie dieser Säugling. Bemerkenswerte Geschöpfe.«

»Wissen Sie, wessen Baby das ist?«, fragt Greta.

»Nein«, sagt der Alte.

»Wissen Sie vielleicht, wo ich die Familie des Jungen finden kann?«

»Nein«, erwidert er. »Denn die Familie dieses Jungen bleibt nie an einem Ort. Sie sind wie meine Finger hier, ständig in Bewegung. Aber du kannst dich darauf verlassen, dass sie den Jungen finden werden.«

»Wie sollen sie den Jungen finden, wenn ich ihn habe?«

»Er ist ein Kind dieses Landes«, sagt der alte Pianist. »Das Land wird seiner Familie sagen, dass du ihn hast.«

Auf dem Klavier entdeckt Molly eine kleine grüne Frucht. Die Frucht ist aufgebrochen, und im Inneren sieht man einen murmelgroßen schwarzen Samen, der aussieht, als wäre er von leuchtend rotem Blut bedeckt. Molly beugt sich zum Klavier, um den merkwürdigen Samen zu studieren.

»*Myristica insipida*«, sagt der alte Mann. »Australische Muskatnuss.«

»Wer sind Sie?«, fragt Molly.

»Ich bin Lars«, sagt er. »Und wer bist du?«

»Ich bin Molly Hook aus Darwin«, sagt sie. »Ich suche nach einem Blackfeller namens Longcoat Bob.«

Die Finger des Alten kommen auf einem dumpfen Basston schlagartig zum Stillstand, und er knallt die Klappe so fest zu, dass Molly jäh zusammenschrickt.

»Warum willst du Longcoat Bob finden?«

»Kennen Sie ihn?«

»Jeder in diesem Wald kennt Longcoat Bob, aus dem einen oder anderen Grund«, sagt er. »Aber woher kennst du Bob?«

»Er hat meine Familie mit einem Fluch belegt, weil mein Großvater ihm vor vielen Jahren sein Gold gestohlen hat«, erklärt Molly.

»Was ist mit deiner Familie geschehen?«, erkundigt sich der Alte leise.

»Longcoat Bob hat ihre Herzen zu Stein werden lassen«, sagt Molly. »Sie sind alle gestorben, einer nach dem anderen. Einige sind schnell gestorben, andere ganz langsam und manche lange, bevor sie hätten sterben sollen.«

»Jeder muss sterben, Kind«, sagt der Alte. »Ich schätze, just in diesem Augenblick säumen Hunderte von Toten die Straßen deiner Heimatstadt.« Er fährt zu Yukio herum. »Auch sie sind gestorben, bevor sie hätten sterben sollen – und gewiss nicht durch den Zauberstock irgendeines Schwarzen.« Dann wendet er sich wieder Molly zu. »Doch um die Toten sollte man nicht trauern, Molly Hook aus Darwin, denn sie sind auf eine Reise aufgebrochen, die noch wundersamer ist als die, die dich hierhergeführt hat. Du stolperst achtlos in deinen dicken Stiefeln über die Erde. Die Toten aber fliegen, Molly Hook, durch das Licht und durch das Dunkel und dann wieder durchs Licht.«

»Ich muss Longcoat Bob finden«, sagt Molly. »Ist er irgendwo in diesem Wald? Gehen wir überhaupt in die richtige Richtung?«

»Ja«, sagt der Alte. »Er ist euch näher, als ihr glaubt.«

Das Baby fängt wieder an zu weinen.

»Der Junge hat Hunger«, sagt der Alte, nun wieder an Greta gewandt.

»Uns ist der Proviant ausgegangen«, sagt Greta.

Der Alte lächelt. Reckt die Hände zu den Bäumen empor. »Der Proviant wächst überall um uns herum«, sagt er. »Dieser Wald gibt uns alles, was wir brauchen.«

»Der Junge braucht Milch«, sagt Greta.

Der Alte nickt. Er steht bedächtig auf und geht auf einen dichten Teppich wilder Passionsfruchtranken zu, der die Felswand am Rande der runden Lichtung überwuchert.

»Kommt und lernt meine Freunde kennen«, sagt er. So beiläufig, als würde er einen Fenstervorhang aufziehen, schiebt er ein dichtes Büschel Ranken beiseite und bringt einen Durchgang im Gestein zum Vorschein. »Kommt!«, fordert er sie winkend auf.

Molly blickt zurück zur Gruppe Schlafender auf dem Waldboden. »Wollen Sie die Leute denn einfach so hier liegen lassen?«, fragt sie.

»Aber natürlich«, beteuert der Alte. »Ihre Träume sind noch nicht zu Ende.«

Molly dreht sich zu Greta am Klavier um. »Wir müssen weiter«, flüstert sie.

Greta mustert den Alten, schaut dann hinab zu dem kleinen Jungen auf ihrem Arm. »Er braucht Milch«, sagt sie.

»Aber wir müssen den Blitzen folgen«, beharrt Molly.

Greta wendet sich zum Alten um. Wägt ihre Möglichkeiten ab.

»Kommt«, ruft der Alte. »Habt keine Angst. Kommt und lernt meine Freunde kennen.«

»Der Kleine braucht etwas zu essen«, sagt Greta zu Molly. Dann geht sie hinüber zu dem Alten, der lächelnd zuschaut, als sie den Kopf einzieht und ins dunkle Nichts der Höhle tritt.

*

Sein Zuhause ist ein unterirdisches System aus alten, von Laternen und Kerzen beleuchteten Goldminenschächten. Lars führt seine Gäste einen Mittelgang entlang. Molly läuft dicht hinter Greta, die links und rechts in die Gänge späht, die zu beiden Seiten von dem Hauptgang abzweigen. Es sind noch andere Menschen hier. Viele andere. In einem links abzweigenden Gang lehnt eine dürre Chinesin vor dem Eingang zu einem weiteren abgehenden Korridor. Sie ist etwa Mitte zwanzig, und neben ihr steht ein kleines chinesisches Mädchen von fünf oder sechs Jahren. Molly sieht, wie Lars auf Chinesisch etwas zu ihr sagt, das die Frau zu verstehen scheint, woraufhin sie rasch mit dem Mädchen wegschleicht, eins wird mit der Dunkelheit. Rechts von ihnen, im Zwischengang zu einem anderen Tunnel, steht eine junge rothaarige Frau in einem weiten dreckverschmierten Leinenkleid.

»Hast du Marielle gesehen?«, fragt Lars die Rothaarige.

»Sie ist im Lesezimmer«, antwortet sie.

»Sag ihr, dass wir Gäste haben«, befiehlt Lars. »Sie haben einen Säugling bei sich, der dringend Milch benötigt.«

Im Vorbeigehen lächelt Molly die Rothaarige höflich an, doch die Frau lächelt nicht zurück.

»Wie lange leben Sie schon so hier unten?«, fragt Greta.

»Sieben Jahre«, sagt Lars so beiläufig, als wäre dies eine völlig angemessene Zeit, die man in einem riesigen Erdloch hausen sollte.

Er gelangt zu einem mit roten Matten ausgelegten Durchgang, der sich zu einer größeren, von Flammen erhellten Höhle öffnet. Neben einer Art natürlichem Torbogen stehen sorgsam aufgereihte Schuhe und Sandalen.

Lars streckt den Arm aus. »Bitte, nach euch«, sagt er.

Greta tritt in einen weitläufigen runden Raum, der von sechs Reihen dicker weißer Wachskerzen erhellt ist, die versetzt an verschiedenen Punkten der Wände angebracht sind. Im Raum verteilt stehen sechs hölzerne Werkbänke, jede etwa einen Meter lang, rund dreißig Zentimeter breit und mit Nägeln laienhaft aus altem Waldholz zusammengezimmert. Auf diesen Bänken liegen Proben einheimischer Pflanzen, einige in großen Glasgefäßen, andere in erdgefüllten Töpfen und manche getrocknet und gepresst zwischen Bögen aus Papier.

»Was ist das?«, fragt Greta.

»Proben«, sagt Lars. »Forschung.«

Molly tritt näher und beäugt ein Glas mit weißen runden Früchten, so groß wie Gartenerbsen. »Was sind das für Früchte?«, erkundigt sie sich.

»Zauberbohnen«, sagt Lars. »Wenn man daraus eine Paste herstellt und sie auf Windpocken reibt, wird man schnell wieder gesund. Wie durch ein Wunder.«

Der Raum hat dem alten Mann neue Energie verliehen. Greta kommt er anders vor, sonderbarer. Er spricht immer schneller. Seine Gedanken springen von einem Thema zum nächsten, von einer Idee zur anderen. Er sagt, er sei ein Mann der Wissenschaft. Ein Mann der Medizin.

»Und was ist das hier?«, fragt Molly und lugt in ein Glas voller Stängel mit roten Früchten.

»Das ist Insektenschutz und Verhütungsmittel in einem«, erklärt er.

»Was für ein Mittel?«, fragt Molly.

Er sagt, er nenne sich zwar Botaniker, doch diese Bezeichnung werde seinem Lebenswerk kaum gerecht. Er sei zusammen mit seiner Frau Marielle nach Australien gekommen, um die Anwendung und Zusammensetzung uralter Buschmedizin zu erforschen, die von den nordaustralischen Aborigines seit Ewigkeiten praktiziert wird.

»Und das hier?«, fragt Molly und zeigt auf einen dornigen Strauch.

»Das Heilmittel gegen Rheuma«, sagt er stolz.

Er erzählt ihnen, dass er in dieser wilden Welt des Südens Dinge gefunden hat, die die Medizin revolutionieren würden, dass Männer wie er seiner Zeit schon immer weit voraus gewesen seien.

Molly studiert ein Glas voller Zitronengras.

»Ohrenschmerzen«, sagt Lars.

Voller Interesse mustert Yukio ein Glas mit einem wulstigen und buschigen Gewächs, das einem japanischen Bonsai ähnelt.

»Zahnschmerzen.«

Greta hält einen langen grünen Stängel in der Hand. Er endet in einer grünen Kugel, aus der ein Kranz gelb-grüner Stacheln sprießt.

»*Papaver somniferum!*«, verkündet Lars ehrfurchtsvoll. »Schlafmohn.«

»Stellen Sie hier etwa Opium her?«, fragt Greta.

Lars wirkt empört. »Die außergewöhnlichen Eigenschaften der Opiumpflanze spielen zwar eine bedeutende Rolle in meiner Forschung, doch zu behaupten, ich würde Opium herstellen, ist etwa so, als würde man sagen, Moses habe Schafe gehütet«, sagt er, »oder Michelangelo habe Wände bemalt.«

Er sagt, er habe seine Gründe, wieso er nie wieder zurück nach Sydney gehen wolle, und die urwüchsige Schönheit und Fülle der nördlichen Lianenwälder seien das Einzige, das ihm heute noch etwas bedeute.

»Ja, ich habe meine Fehler gemacht«, gesteht er. »Ja, ich habe gesündigt. Aber wer auf dieser Erde hat das nicht?« Jäh dreht er sich zu Greta um. »Bist du denn frei von Sünde?«, fragt er.

Greta schüttelt den Kopf.

Dann wendet er sich an Yukio. »Und bist du frei von Sünde?«

Yukio müht sich zwar vergebens, ihn zu verstehen, doch neuerdings folgt er immer Gretas Beispiel, so auch jetzt. Er schüttelt den Kopf.

»Ich frage euch, was ist die größere Sünde?«, fährt Lars fort. »Meine Gaben dazu einzusetzen, ihren Schmerz zu lindern, oder zu wissen, dass ich ihnen ihre Schmerzen nehmen könnte, ohne es zu tun?«

»Wessen Schmerzen denn?«, fragt Greta.

Lars bleibt ihr die Antwort schuldig, da er völlig in der Welt seiner eigenen, immer sprunghafteren Gedanken versunken ist. »Wir haben den Medizinschrank Gottes gefunden«, frohlockt er. »Wir müssen ihn öffnen, um ihn der ganzen Welt zu offenbaren.«

Molly schnappt sich einen schlaffen kahlen Zweig und beäugt ihn eingehend. Glänzend dunkelgrüne Blätter, grünweiße Blumen und runde Früchte mit harter orangefarbener Schale, die aussehen wie kleine, nur rund fünf Zentimeter große Apfelsinen.

»Und wogegen hilft das hier?«, fragt sie.

»*Nux vomica*«, flüstert Lars mit weit aufgesperrten Augen und geheimnisvoller Stimme. Er beugt sich hinüber zum Totengräbermädchen. »Strychninbaum.« Er zupft eine Frucht vom Zweig und hält sie hoch, ehrfürchtiges Staunen spricht aus seinen blauen Augen. »Eine magische Frucht. Wenn man eine von ihnen isst, mit Schale und allem, verschwindet man von dieser Erde und steht im Nu vor Gottes Himmelspforte. Voilà!« Er schüttelt den Kopf. »Außerordentlich! Dieser Wald ist voll davon!«

Lars tritt in die Mitte des dämmrig beleuchteten Raumes. Nun spricht er mit seinen Gästen so, wie er einst vor Auditorien voller Gelehrter in Sydney und Melbourne gesprochen hat, all jenen Männern, die ihn mit ihrer fehlenden Weitsicht, ihren kleingeistigen Eifersüchteleien und ihrem feigen Widerwillen gegen jede Art von Wagnis aus der akademischen Welt vertrieben haben. »Auf was für einen außergewöhnlichen Kontinent wir doch gestoßen sind«, sagt er, die orangefarbene Frucht noch immer in der Hand. »Ein Land, wo der Tod an Bäumen wächst.« Er wirft die Todesfrucht in die Luft und fängt sie wieder auf. »Gibt es ein anderes Land auf dieser Erde, das das Jenseits so verehrt? Der

Tod wohnt in seinen Bäumen, in seinen Flüssen, in seiner Erde. Der Tod kriecht und schlängelt sich über den Boden. Er beißt und schnappt, befällt und infiziert. Nenne mir ein Land, dem mehr dran gelegen ist, all die zu töten, die es wagen, sich seiner Schönheit hinzugeben.«

Lars schüttelt den Kopf, blickt hinab auf die orange Frucht in seiner Hand. Als er wieder hochschaut, starrt er in die besorgten Augen seiner Gäste, die sichtlich an seinem Verstand zweifeln.

»Milch?«, fragt Greta.

*

Erst ein langer dunkler Tunnel, dann ein Gang, der nach links abgeht. Noch eine junge Chinesin vor dem Eingang einer Höhle, die Molly vorkommt wie die Steinzeitversion eines Schlafzimmers. Die Frau nickt Molly zu, verzieht aber keine Miene. Molly hastet weiter und holt Greta vorn im Hauptgang ein. »Wir füttern das Baby und hauen hier so schnell wie möglich wieder ab«, flüstert sie.

»Draußen wird es dunkel, Molly«, sagt Greta. »Wir müssen essen, und wir müssen uns ausruhen. Er kann für beides sorgen, also benimm dich, und sei dankbar für die Gastfreundschaft.«

Lars' Speisesaal ist eine große kalte rechteckige Höhle, beleuchtet von Kerzen und Laternen. Die Decke ist mit etlichen Holzpfosten und breiten, darauf ruhenden Querbalken gegen das Einstürzen gesichert. Die Wände sind von Einschlaglöchern übersät, wo hoffnungsfrohe Goldsucher auf der Suche nach dem edlen Metall Quarzadern gefolgt sind. Molly wirft einen Blick durch den Raum, und das Erste, was sie sieht, ist ein roststarrender Kronleuchter, der von der Decke hängt. Direkt darunter steht ein Esstisch, so lang, dass acht Leute daran Platz finden. Ihr gegenüber an der Wand steht ein weiteres Klavier. Es gibt Sofas, Sessel, eine Bambusliege und Feldbetten aus Tuch und morschem Holz, allesamt fein säuberlich aufgereiht.

Darauf liegen Leute, und alle sind sie alt. Zehn, zwölf, vierzehn Menschen. Die Haut hängt ihnen schlaff von den Knochen, und Molly scheint es fast, als würden sie verwelken, sich in ihren Betten langsam auflösen. Die meisten sind alte Chinesen mit langen geflochtenen Bärten und alte Chinesinnen in schwarzen weit fallenden Gewändern. Einer der Alten ist Afghane und drei von ihnen weiße runzlige Europäer, die lang hingestreckt auf Betten oder Liegen schlafen oder mit halb geschlossenen Lidern in Sesseln und auf Esszimmerstühlen sitzen, während ihre Köpfe hin und her taumeln und ihnen immerwährend auf die Brust fallen. Das warme gelbe Licht der Kerzen und Laternen taucht ihre Gesichter und die Höhlenwände in einen warmen gelben Schein.

»Was ist das hier für ein Ort, Greta?«, flüstert Molly. »Ich will hier weg.«

Greta hört dem Mädchen zu, ohne Lars eine Sekunde aus den Augen zu lassen.

»Freunde«, verkündet Lars den Versammelten. »Wir haben Besuch.«

Greta wendet sich lächelnd den Menschen in der Höhle zu. Doch nur wenige von Lars' Freunden nehmen ihre Anwesenheit überhaupt zur Kenntnis. »Wie sind die alle hierhergekommen?«, will sie wissen.

»Genauso, wie auch ihr hierhergelangt seid«, antwortet Lars. »Sie sind durch die Geburtshöhle gekommen. Sie sind weit gereist, wie ihr, aber sie haben uns hier gefunden. Und sie sind hiergeblieben.«

Ein alter ausgemergelter Chinese, der mit freiem Oberkörper auf einem Feldbett liegt, fängt röchelnd an zu husten. Er keucht, spuckt Blut und Speichel in eine Schüssel, die ihm eine junge Frau bringt – eine Chinesin, die sich um viele der Männer und Frauen hier zu kümmern scheint.

Greta schaut sich um. Körper dünn wie Glas. Eingefallene Brustknochen, abgezehrt von Alter und von Krankheit. »Sie liegen alle im Sterben«, sagt sie.

Lars nickt. »Und sie werden sterben, ohne zu leiden.« Er sagt, diese Menschen seien die Unerwünschten. Diejenigen, die auf der Suche nach Gold ins Land kamen und tief ins Buschland flohen, als die Regierung sie zwingen wollte, wieder heimzufahren.

»Wovon leben Sie alle denn hier unten?«, fragt Greta.

Dann eine Stimme aus einem Gang zu ihrer Rechten. »Verständnis«, sagt eine dürre Frau mit weißem Haar, so lang und glatt wie das von Lars. Sie ist in den Sechzigern oder Siebzigern und tritt langsam auf sie zu. »Mitgefühl. Opferbereitschaft. Und« – die Frau reicht Greta ein altes Glasfläschchen – »Güte.« Oben auf dem Fläschchen ist ein Gummisauger befestigt. Es ist voller Milch. Dankbar nimmt Greta ihr die Flasche ab, setzt dem Kleinen den Sauger behutsam an den Mund, bis seine Lippen instinktiv anfangen zu nuckeln und sich Erleichterung auf seinem Gesicht breitmacht.

Die Weißhaarige lächelt. »Ich schätze, er hat noch nie Kondensmilch getrunken«, sagt sie. »Sie ist süßer als die, die er von seiner Mutter bekommt.«

»Das ist meine Frau, Marielle«, sagt Lars zu Greta, die Marielle die Hand schüttelt.

»Danke, dass Sie uns helfen«, sagt Greta. »Ich bin Greta. Das ist Molly. Und das ist Yukio.«

Marielle wirft einen skeptischen Blick auf den Japaner, der etwas abseits steht und die ringsum aufgebahrten Schläfer mustert.

»Machen Sie sich wegen ihm keine Sorgen«, sagt Greta.

»Er ist hinter dem Candlelight Creek aus seinem Flugzeug abgesprungen«, sagt Molly.

Marielle muss über diese fantastische Geschichte schmunzeln und taxiert eingehend den Piloten, der nun mitten in der behelfsmäßigen Höhlenwohnung steht.

»Wieso ist er mit euch unterwegs?«, fragt Marielle.

»Er ist geschickt worden, um uns zu beschützen«, sagt Molly, etwas schärfer als beabsichtigt. »Er ist unser Freund, das ist alles.«

Marielle nickt.

»Der Säugling ist auch vom Himmel gefallen, wie es scheint«, sagt Lars.

Marielle schweigt einen Moment lang, nickt stumm vor sich hin. Dann richtet sie ihr Augenmerk auf Greta. »Wie ein Geschenk Gottes«, sagt sie.

»Ein Geschenk des Himmels«, korrigiert Molly.

»Sie suchen Longcoat Bob«, sagt Lars zu seiner Frau.

Marielle nickt, langsam und bedächtig. »Verstehe«, sagt sie.

Eine junge Chinesin tritt auf Greta zu, in der Hand eine Schüssel mit geschnittenem Apfel und gekochten Buschjamswurzeln.

Marielle schwenkt den Arm in Richtung Esstisch. »Bitte esst mit uns«, sagt sie. »Ihr müsst so müde sein. Ihr braucht Ruhe.« Dann wendet sie sich an Molly und schenkt ihr ein warmherziges Lächeln. »Du bist weit gegangen, um zu uns zu kommen. Du hast so viel gesehen.« Sie legt Molly die Hand ans Kinn, blickt tief in ihre Augen. »Du trägst so viel mit dir herum«, sagt sie. »So viel Schmerz.«

*

Sie essen umgeben von den Sterbenden. Greta und Yukio löffeln gierig eine heiße Buschzwiebelsuppe, die zwar die Farbe von Schmutzwasser hat, aber so gut schmeckt, wenn sie ihnen die Kehle herabrinnt und ihren Magen füllt, dass sie sich die Brühe übers Kinn spritzen, weil sie nicht genug davon bekommen können. Yukio stopft sich mit den Fingern gekochte Jamsschnitze in den Mund. Greta saugt an der Haut eines Räucheraals, den Lars mit einer seiner Fallen im Tosbecken des Wasserfalls jenseits des Durchgangs, den sie hier Geburtshöhle nennen, gefangen hat.

»Die Leute, die uns finden, lassen ihr altes Selbst auf der anderen Seite der Geburtshöhle zurück«, erklärt Lars. »Sie kommen wiedergeboren zu uns – just in dem Augenblick, wenn sie bereit zum Sterben sind.«

Immer wenn er solche Dinge sagt, dreht Molly sich zu Greta um und gibt ihr mit einem kurzen und drängenden Blick zu verstehen, dass sie besser gehen sollten, doch Greta bleibt, weil sie todmüde ist und sich ausruhen muss – und das wird sie heute Nacht auch tun, selbst wenn das bedeutet, dass sie neben den lebenden Toten schlafen muss.

»Ich weiß, dass es euch seltsam vorkommen mag«, sagt Lars. »Ein Hospiz in einer Goldmine. Aber es ist unbestritten, dass ich auf den Gebieten der Pflanzenkunde und Schmerzlinderung in dieser sonderbaren Höhle mehr erreicht habe als ein Leben lang in einem Labor.«

»Diese Menschen hier …«, sagt Greta, Suppe schlürfend. »Sie … geben ihnen Sachen?«

»Ja, natürlich«, sagt Lars. »Und sie sind mir dankbar dafür. Deshalb bleiben sie. Wo sollten sie in Darwin denn hingehen? Wer würde sich um sie kümmern?« Er wendet sich an Molly. »Die einzige Hilfe, die sie je bekommen würden, wäre eine Freifahrt zum nächsten Friedhof auf der Pritsche eines Leichenwagens.«

Molly knabbert zaghaft an den gebackenen langen Jams-
stücken, die wie Süßkartoffeln schmecken, bedient sich
aber vor allem an einer Schüssel mit aufgeschnittenen wilden Passionsfrüchten.

»Isst du denn deine Suppe nicht?«, fragt Lars.

Molly schüttelt den Kopf. »Ich habe keinen Hunger«,
sagt sie.

*

Eine Stunde sitzen sie am Esstisch. Zum Nachtisch gibt
es braune traubengroße Kugeln aus dem Honig stachelloser Bienen. Marielle erzählt von der langen Reise, die sie
beide hierher in den Wald geführt hat. Erst Amsterdam, als
junges Liebespaar. Als Biologiestudenten dann von Amsterdam nach London. Von London nach Schanghai, zurück
nach Amsterdam und schließlich ins ferne wilde Australien.

Greta betrachtet den kleinen Jungen, der vom Himmel
gefallen ist. Er liegt in ein Leintuch eingewickelt auf einem
breiten Feldbett neben dem Klavier. Ein schlafendes Baby,
denkt sie. Etwas so Makelloses und Verletzliches in einer
so tödlichen und grausamen Welt. Für einen Moment verschwimmt ihr Blick, und sie sieht den Jungen nicht mehr
scharf, also reibt sie sich die Augen und überlegt, wie wenig sie geschlafen hat, seit sie mit dem Totengräbermädchen
auf diese irrwitzige Reise aufgebrochen ist. Irrwitzige Reise,
sagt sie sich. Hirnverbrannte Reise, denkt sie. Was zum
Henker hat eine Schauspielerin wie Greta Maze in einer
Höhle für Sterbende verloren, irgendwo im nordaustralischen Nirgendwo. Wieso zum Henker sitzt ein japanischer
Kampfflieger hier neben ihr?

Sie dreht sich zu Yukio, und der lächelt sie an. In seinem
Lächeln liegt eine jungenhafte Herzlichkeit. Unschuld.

»Greta …?«, setzt Yukio an. »Greta … okay?«

Und Greta lässt sich Yukios Worte durch den Kopf gehen, denn irgendetwas an der Art, wie er sie gesagt hat, kommt ihr seltsam vor. Wie zäh und langsam sie aus seinem Mund kamen. Dann schnippt Yukio mit den Fingern, winkt mit seiner rechten Hand merkwürdig vor ihren Augen herum.

Greta dreht sich zu Lars und Marielle und bemerkt, dass der Raum jetzt wärmer ist, das Licht irgendwie heller scheint. Lars und Marielle erzählen von ihrem sonderbaren Höhlenhospiz im Buschland; davon, dass sie von Darwin aus einst Forschungsreisen tief in diesen Urwald unternommen und eines Tages beschlossen haben, einfach dazubleiben. Warum zurückgehen, wo der Wald ihnen doch alles bietet, was sie brauchen? »Alle, die wir auf unserer Reise trafen, haben wir eingeladen, uns in den Wald zu begleiten«, sagt Lars. »Heruntergekommene und mittellose chinesische Goldsucher. Halb verhungerte chinesische Bauern, die in die Berge geflohen waren, weil sie in den Städten des Northern Territory keiner haben wollte. Kriminelle, Landstreicher und Männer mit einer finsteren Vergangenheit. Alle hatten ihre Gründe, sich uns anzuschließen, doch alle kamen sie mit, um ihren Schmerz zu lindern. Und alle fanden sie hier unter der Erde die Erlösung.«

Eine junge Chinesin kommt mit einem Tonkrug. Sie stellt fünf Tontassen auf den Tisch vor Lars und Marielle, die ihr mit einem Nicken gestattet, allen einzuschenken. Molly sieht eine zähe schwarze Flüssigkeit in die Tassen rinnen. Sie erinnert Molly an Sirup, hat aber die Farbe der Sarsaparilla-Limonade aus Bert Greens Süßigkeitenladen, dem Ort ihrer Träume, der jetzt jedoch zu einer Welt gehört, die sich so furchtbar weit entfernt anfühlt. Sie ist durch diese Geburtshöhle gegangen und in einer anderen Zeit wieder herausgekommen, einer anderen Welt. Nichts ergibt mehr Sinn in dieser neuen Welt.

Sie sieht Greta an. Selbst Greta wirkt verändert hier. Dann schaut sie Yukio an. Er starrt auf eine Felswand, und auch seine Augen wirken anders. Alles Leben scheint aus seinem Gesicht gewichen. Dann wendet sie sich zu Lars, der sein Getränk so gierig schlürft wie Frühstückstee. Nach einigen Schlucken schließt er genussvoll die Augen, atmet tief durch.

Marielle sieht Greta über die Tischplatte hinweg an. »Bist auch *du* deswegen gekommen?«, fragt sie. »Bist du gekommen, um den Schmerz zu lindern?«

Greta konzentriert sich auf die Frage. »Wie bitte?«, entgegnet sie, und ihr Mund fühlt sich dabei trocken an.

»Wieso bist du zu uns gekommen?«, fragt Marielle mit einfühlsamem Lächeln, ihr Tonfall sanft wie eine Wolke. »Bist du gekommen, um den Schmerz zu lindern, Greta?«

Greta kennt die Antwort auf die Frage, aber sie will ihr partout nicht einfallen. Sie kann keinen klaren Gedanken fassen, doch ein Name schießt ihr in den Kopf.

»Longcoat Bob«, murmelt sie.

»Greta«, sagt Molly.

»Wir suchen Longcoat Bob«, sagt Greta.

»Was ist los mit dir, Greta?«, fragt Molly. Sie dreht sich zu Lars um und zeigt auf ihre Tasse. »Was ist das für ein Zeug?«, will sie wissen.

»Es wird dir helfen zu schlafen«, sagt Lars und nippt an seiner Tasse. »Es wird dir helfen zu träumen.« Er wendet sich an Greta. »Du wirst Liebesträume träumen«, sagt er. »Es wird dir deinen Schmerz nehmen. Es wird allen Schmerz aus dir heraussickern lassen. Du wirst fünfzehn Stunden schlafen und mit einem so klaren Verstand wieder erwachen, wie du es nie für möglich gehalten hättest.«

Greta studiert die Tontasse vor sich auf dem Tisch. Schließt die Finger darum.

»Wir müssen gehen, Greta«, drängt Molly. »Wir müssen Longcoat Bob finden.«

Marielle langt über den Tisch und legt die Hand auf Mollys Handgelenk. »Es tut mir so leid, Molly«, sagt sie.

»Was denn?«, stutzt Molly.

»Es tut mir leid, Kind«, sagt Marielle traurig.

»Was tut Ihnen leid?«

Sie streichelt Mollys Handrücken. »So viel Schmerz«, flüstert sie.

Molly zieht ihre Hand weg. »Was tut Ihnen leid?«, fragt sie wieder.

»Du wirst Longcoat Bob nicht finden, Kind«, sagt Marielle sanft. »Longcoat Bob ist von uns gegangen.«

Molly mustert einen Moment lang Marielles Gesicht. Die weißhaarige Frau mit dem knochendürren Körper. Die hohen Wangenknochen, die Gesichtshaut eingefallen und straff bis an den Mund gezogen.

»Das stimmt nicht«, erwidert Molly aufgebracht. »Das ist nicht wahr. Sam hat gesagt, dass er noch lebt. Er macht nur eine Buschwanderung.«

Greta hebt die Tasse.

»Er ist tot, Molly«, sagt Marielle. »Du bist den ganzen Weg umsonst gegangen.«

»Das ist eine Lüge!«, sagt Molly. »Sie lügen!«

Lars steht unauffällig auf, schleicht hinüber zum Klavier, setzt sich hin und öffnet die Klappe.

»Aber jetzt hast du uns gefunden«, sagt Marielle leise. »Jetzt kannst du dich ausruhen.«

Lars beginnt zu spielen. Den *Liebestraum*. Gedämpfte Töne, sanft fließen sie ineinander. Und Greta trinkt aus ihrer Tasse.

»Trink das nicht, Greta!«, ruft Molly. Doch Greta trinkt weiter.

»Ihr könnt alle hierbleiben«, sagt Marielle. »Ihr könnt ruhen, ihr könnt schlafen.«

»Ich will hier nicht schlafen«, sagt Molly. »Ich will hier nicht bleiben.«

Molly dreht sich zu dem Piloten um, doch auch er trinkt aus seiner Tasse. »Yukio«, sagt sie. »Wir müssen weiter.«

»Hab keine Angst, Molly«, sagt Marielle. »Wir werden dir deinen Schmerz nehmen. Du trägst zu viel davon mit dir herum. Zu viel Schmerz für so ein kleines Mädchen.«

Dann quillt eine Träne aus Gretas rechtem Auge und kullert ihr die Wange hinab. Sie dreht sich zu dem schlafenden Baby um, das sie aus dem tiefen schwarzen Wasser gerettet hat.

»Bist du gekommen, um deinen Schmerz zu lindern, Greta?«, fragt Marielle.

Noch eine Träne rinnt über das Gesicht der Schauspielerin.

»Lindere deinen Schmerz, Greta«, drängt Marielle. »Lindere den Schmerz.«

Sachte steht Greta vom Esstisch auf und geht hinüber zum Baby.

»Greta, wir müssen los!«, sagt Molly.

»Ich bleibe hier, Molly«, sagt Greta. »Ich will nicht weiter. Ich will schlafen.« Sie legt sich neben den Säugling und beginnt ungehemmt zu weinen.

»Was ist los mit dir, Greta?«, fragt Molly.

»Ich bleib hier, Molly«, schluchzt Greta. »Ich kann nicht mehr mit dir weitergehen.«

»Aber wir müssen Longcoat Bob finden!«, sagt Molly.

»Hör auf, Molly«, sagt Greta. »Hör auf. Ich hätte nie mitkommen sollen.«

Molly steht auf. »Aber du hast uns doch erst so weit gebracht!«, brüllt sie. »Ohne dich wären wir nie bis hier gekommen!«

Weinend schüttelt Greta den Kopf. »Ich bin nicht die, für die du mich hältst«, sagt Greta. »Du brauchst mich nicht, Molly. Du hast nie jemanden gebraucht.«

»Ich brauch dich, Greta«, schreit Molly. »Ich brauch *dich*.«

»Du musst nach Hause gehen, Molly«, sagt Greta. »Wir sind zu weit in den Busch gegangen. Du musst wieder nach Hause. Du gehörst nicht hierher.«

Molly rennt zum Bett hinüber. »Ich hol dich hier raus«, sagt sie und packt sie, zieht fest an ihrem Arm.

»Lass mich in Ruhe!«, faucht Greta. In ihrer Wut weint sie umso heftiger, und Molly weicht verstört zurück. Dann dreht Greta sich zu dem schlafenden Säugling um. »Ich werde dich nicht verlassen«, flüstert sie.

Yukio steht vom Tisch auf und geht langsam zu Greta auf dem Bett hinüber. Er legt sich auf die andere Seite des Jungen, das Kind zwischen ihnen.

»Was tust du da, Yukio?«, stutzt Molly. »Das ist dieses schwarze Zeug, Yukio. Sie haben euch Gift gegeben. Sie haben euch vergiftet. Sie wollen, dass ihr hier schlaft.« Molly blickt in die Gesichter all dieser rappeldürren Männer und Frauen, die weggetreten, schläfrig und halb tot immer tiefer in ihre Betten, Sofas und zerschlissenen Liegen sinken. »Sie werden euch dazu bringen, für immer hier zu schlafen!«

Greta hört nicht auf zu schluchzen. »Sie haben mir mein Kind weggenommen«, flüstert sie unter Tränen. »Sie haben mir mein Kind weggenommen.«

Dann kullern auch Yukio Tränen übers Gesicht. Erst eine, dann zwei, schließlich eine ganze Flut. Unter Tränen sagt er etwas auf Japanisch, und als er seinen Satz beendet hat, weint er noch heftiger. Und Molly sieht, wie Greta ihren Arm hebt, ihn über Yukio legt und ihre zarte Hand auf seiner Hüfte ruhen lässt, und wie auch er den Arm über das Baby schlingt und zittrig seine Hand auf ihre Hüfte legt, und Molly sieht, wie diese beiden Fremden – ihre Kameraden, ihre Freunde, ihre seltsame Wanderschafts-Familie – gemeinsam weinen. Doch sie weinen ohne sie, denn sie ist das Mädchen, das nicht weinen kann. Das Mädchen, das mit dem Fluch geboren wurde. Das Mädchen, dessen Herz zu Stein wird. Plötzlich hört sie noch ein anderes Schluchzen, das vom Esstisch kommt. Es ist Marielle. In Tränen aufgelöst blickt sie zu Greta und Yukio hinüber. Dann fängt sie an zu wimmern und zu klagen. Laut. Hysterisch.

»Hören Sie auf!«, sagt Molly.

Doch Marielle heult weiter.

»Hör auf!«, schreit Molly.

Lars' melancholisches Klavierspiel wird immer lauter, und dann fällt auch der Pianist mit den blitzweißen Haaren in das Wehklagen seiner Frau ein.

»Lindere den Schmerz!«, heult Marielle. »Lindere den Schmerz!«

»Lindere den Schmeeerz!«, wimmert Lars.

Seine Tränen fallen auf die Klaviertasten, ein irrer kehliger Klagelaut hallt durch die in orangefarbenen Schein getauchte Höhle, und dieses Jaulen scheint selbst die Halbtoten wieder zu erwecken. Die Todkranken richten sich auf ihren Liegen auf und weinen, andere wälzen sich herum und winden sich in ihren Betten, vergießen ihre eigenen aufgestauten Tränen, senden Wogen ansteckender Heulkrämpfe durch den Raum, eine wahnhafte Welle urwüchsigen Schluchzens nach der anderen.

Molly schreit: »Hört auf. Aufhören! Aufhören!«

Doch das irrsinnige Wehklagen schwillt nur weiter an, schwirrt ihr durch den wirren Kopf, und sie schließt die Augen, presst die Hände auf die Ohren, und alles, was sie sieht, ist jetzt ihr Onkel Aubrey, und alles, was sie hört, sein krankes johlendes Gelächter, und alles, was ihr jetzt vor Augen steht, ist das Grinsen unter seinem schwarzen Schnurrbart, die tiefe Befriedigung, die aus der Höhle seines kalten steinernen Herzens in ihm aufsteigt.

Dann öffnet sie die Augen und sieht Bert die Schaufel – den einzigen Freund in dieser verkehrten Welt, der nicht am Heulen ist. Bert bewacht den Seesack mit dem Stein aus der Brust ihrer Mutter, wo einst ein warmes und gütiges Herz geschlagen hat.

Sie schnappt sich die Schaufel, packt den Seesack und rennt los. Grab, Molly, grab. Lauf, Molly, lauf. Lauf aus dieser furchtbaren Mine. Lauf raus zum Nachthimmel, der niemals lügt. Lauf zu den Blitzen. Lauf, Molly, lauf.

DER HERR
DES WASSERFALLS

Er ist zufrieden, denn das unerbittliche Mahlwerk seines Verdauungstraktes zermalmt gerade den Körper eines Reinwardthuhns, das er irgendwo auf seinem Weg durch den Lianenwald mit Haut und Haar verschlungen hat. Und jetzt ist er fast zu Hause.

Seine schmale dunkel gescheckte Krokodilschnauze schiebt sich durch eine Wand aus immergrünen Farnen, deren gezahnte Wedel durch den genarbten Schuppenpanzer kaum zu spüren sind. Er kann den Wasserfall fast ebenso gut riechen, wie er ihn hören kann, und er sieht alles in Farbe. Am Rand des schwarzen Beckens hält er inne, und die schweren schützenden Dreifachlider seiner Augen klappen auf und zu, während er die Umgebung nach Beute und Gefahren absucht.

Träge hievt er seinen drei Meter langen Körper vorwärts zu den glatten schwarzen Steinen, die das Becken säumen, bleibt dann aber stehen, als sein Blick auf etwas Großes am anderen Ende der Wasserfläche fällt. Er sieht es nur verschwommen, es ist zu weit entfernt, als dass er es deutlich erkennen könnte, doch er wittert Gefahr, und wie immer behalten seine Instinkte recht. Würde er ins Wasser gleiten, näher heranschwimmen und, die Augen knapp unter der Oberfläche, dieses Etwas noch genauer mustern, würde er sehen, dass es organischer Natur ist. Ein Ding aus Fleisch und Blut mit einem dicken Schnurrbart, das einen schwarzen Hut trägt und auf einem Stein hockt. Ein Mann. Ein Schatten. In der rechten Hand hält er eine Pistole. In der Linken eine leere Dose. Er liest eine Reihe hastig in den Fels geritzter Worte.

Kein Gold der Welt kann sagen
Was Lug ist oder wahr
Den Schatz wir in uns tragen
Unterm Himmelszelt so klar

Der Mann mit dem schwarzen Hut späht hoch zum Wasserfall, starrt hindurch zur Höhle hinter dem tosend herabstürzenden Schleier. Der Anblick schlägt ihn so sehr in den Bann, dass er dem Krokodil keine Beachtung schenkt, das reglos am Ufer verharrt, langsam atmend und mit langsam pochendem Herzen, und sich schließlich lautlos durchs Dickicht aus immergrünen Bodenfarnen zurückzieht, überzeugt, dass der Wasserfall nun einen neuen Herrn gefunden hat, eine neue Bestie dieses Waldes.

AUF DER EBENE
DES HOHEN HIMMELS

Er träumt von Darwin. Sein Zero-Jagdflugzeug ist mitten auf der Smith Street stehen geblieben, die Tankanzeige steht auf leer. Er klappt die Cockpitkuppel auf und sieht das Ausmaß der Zerstörung. Alle gemauerten Gebäude sind von Bomben in Stücke gerissen worden. Stille, so bleiern, dass allein sein Atem ihre Ruhe stört. Kein Wind. Keine Bewegung in der Stadt. Nur Verwüstung.

Er steigt aus und steht mitten auf der Straße, der einzige Mensch weit und breit, der einzige Überlebende auf der ganzen Welt. Ein Blick auf den Boden zeigt ihm, dass er auf einem silbernen Weg steht, einer Straße aus schimmerndem Glimmer. Diese Straße geht er nun entlang, und als er nach links und rechts schaut, merkt er, dass dieser Weg nicht von Lianenwald gesäumt ist, sondern von den verstümmelten Körpern toter Australier. Leichenberge, Hunderte von Toten, deren Gliedmaßen sich mit denen anderer verzweigen wie die Äste der ausladenden albtraumhaften Urwaldbäume, die er zusammen mit dem Totengräbermädchen und der Schauspielerin gesehen hat. Gehsteige aus dem Fleisch und Blut von Männern und Frauen, durchzogen von einer schmalen silbernen Straße, die er hinunterlaufen muss. Aus Achtung vor den Toten setzt er seine Fliegerhaube ab, doch traut er sich bald nicht mehr, zur Seite zu blicken, also schaut er auf seine Stiefel, seine Militärstiefel, unter denen die silbrigen Glimmersplitter knirschend brechen, während er läuft und läuft und läuft, bis der silberne Weg unter seinen Stiefeln endet, weil er vor einem Bett steht.

Es ist Naras Bett, und Nara liegt schlafend darin. Yukio Miki möchte sich neben seine Frau legen, doch er kann sich nicht weiter vorbewegen. Seine Beine wollen nicht laufen, seine Arme sich nicht rühren. Er will nichts lieber, als sich mit Naras Atem im Gesicht schlafen legen, aber er kann nur nach ihr rufen. »Nara«, sagt er. »Nara.« Und sie wacht auf, und sie muss zweimal husten, und trotzdem lächelt sie ihn an, denn für ihn hat sie immer so gelächelt.

»Verzeih mir, Nara«, sagt Yukio.

»Was soll ich dir verzeihen, Yukio?«, erwidert Nara.

»Ich wollte zu dir kommen«, sagt Yukio, »aber ich konnte diese Welt nicht verlassen.«

»Du hast die Frau im hohen Gras gesehen.«

»Ich hatte geglaubt, es gäbe keine Schönheit mehr auf dieser Welt«, sagt er. »Doch dann sah ich sie überall an diesem merkwürdigen Ort. Es gab so viel davon hier, dass ich glaubte, dies müsse Takamanohara sein.«

»Aber verstehst du denn nicht, Yukio«, sagt Nara. »Es ist Takamanohara. Das alles hier. Das war es schon immer.«

»Ich komme zu dir, Nara«, sagt Yukio.

»Aber was ist mit dem Mädchen?«, fragt Nara.

»Meinst du die Frau im hohen Gras?«

»Das Totengräbermädchen, Yukio.«

»Das Totengräbermädchen«, echot Yukio, dreht sich um und wirft einen Blick auf die Ruinen Darwins. Überall Trümmer, Schutt und Unrat. Doch auf der Smith Street liegen jetzt keine Leichen mehr. Kein silberner Weg. Nur Schmetterlinge, Hunderte weißer Schmetterlinge, die in den blauen Himmel emporflattern.

»Wartet«, ruft Yukio den Schmetterlingen hinterher. »Wartet.« Doch die Schmetterlinge schweben immer höher.

＊

Er wacht schweißgebadet auf. Seine Fliegerjacke ist klamm und feucht. Das Bett, auf dem er liegt, ebenso. Ein orangeroter Schimmer. Flammenschein. Felswände. Ein Esstisch. Feldbetten, Liegen und Sessel, alle leer. Er ist ganz allein. Sein Denken ist langsam und sein Gehirn tonnenschwer, als er versucht, die Ereignisse heraufzubeschwören, die ihn in diese Höhle geführt haben.

Sein Herz rast, er steht kurz auf und bricht gleich wieder zusammen, rappelt sich erneut hoch und schwankt zum Esstisch, wo er sich erinnert, Unmengen von Zwiebelsuppe gelöffelt zu haben. Sonst weiß er kaum noch etwas. Benommen taumelt er zu einer Öffnung in der Felswand, späht in den dahinterliegenden Gang, kann aber in der Dunkelheit nichts erkennen. Dann tapst er zurück zur anderen Seite der Höhle, wo ein weiterer Durchbruch in einem weiteren lichtlosen Gang endet. »Greta Maze«, ruft er in seinem besten Englisch, und seine Stimme hallt durch den Tunnel. »Molly Hook«, brüllt er.

Er findet einen dritten Ausgang, stützt den Arm gegen die Felswand und ruft noch einmal. »Greta Maze!« Doch nur sein Echo hallt zurück.

Er atmet schnell und tief. Sein Mund fühlt sich knochentrocken an. Sein Blick fängt nur das Dunkel ein. Plötzlich sieht er weit hinten im Tunnel eine Gestalt von links nach rechts huschen, von einem Nebengang zum anderen. Sie hält eine Laterne in der Hand.

»Hallo«, ruft Yukio. Doch die Gestalt bleibt nicht stehen.

Yukio hastet blind den dunklen Gang hinunter, tastet mit der rechten Hand die Felswand nach dem Eingang ab, in die die Lampenträgerin schlagartig verschwunden ist. Mit der Linken findet er den Griff seines Familienschwerts, und die Berührung verleiht ihm eine Sicherheit, die seinen Herzschlag dennoch nicht verlangsamt. Beim Gehen stiebt klamme Erde unter seinen Stiefeln auf, der Gang ist kalt und die Luft stickig.

»Hallo«, ruft er.

Plötzlich greift seine rechte Hand ins Leere. »Greta Maze«, brüllt Yukio. »Molly Hook«, ruft er in die Finsternis.

Seine Schritte werden schneller, als er in den schwarzen Tunnel biegt, doch er behält die Hände an den Wänden, um sich durch den Gang zu tasten.

»Haaallooo!«, hallt seine Stimme durch die Schächte. Yukio läuft immer schneller, weil auch sein Herz jetzt immer schneller schlägt, und schneidet sich an einer scharfen vorstehenden Felskante die Hand auf. Dann nimmt er die Hand, die ihn bisher geleitet hat, von der rechten Wand und geht in einen Dauerlauf über.

»Greta!«, brüllt er. »Molly!«

Blindlings prescht er immer schneller in die Schwärze. Als sein Gesicht bei einer Gabelung in eine Felswand kracht, muss er anhalten und sich an die Nase fassen, weil er das Gefühl hat, dass sie gleich zu bluten anfängt. Er schnauft ein paarmal durch, hebt erneut den Blick, schaut nach links, schaut nach rechts, dann wieder nach links, sieht aber nichts als Dunkelheit. Dann späht er abermals nach links, entdeckt wieder die Frau mit der Laterne, die rechts in einen weiteren Durchgang biegt, und rennt ihr hinterher. »Warte!«, sagt er. »Warte!«

Er jagt den Gang hinunter, streckt den Arm zur Orientierung an die Felswand, doch seine Hand bekommt nur Luft zu fassen, also biegt er rasch in einen neuen Schacht und sieht die Laternenfrau langsam in einen Durchgang treten, aus dem ein Lichtschein in den dunklen Tunnel fällt. Yukio eilt dem Schimmer hinterher.

»Greta Maze!«, brüllt er, als er in eine weitere geräumige Höhle tritt, die fast genauso aussieht wie die, in der er aufgewacht ist, außer, dass darin nur ein einziges großes Bett ohne Matratze steht – keine Tische, keine Stühle, keine Liegen, kein Klavier. Dieses Bett steht in der Mitte des Raumes, und all die Schläfer, alle Halbtoten bilden einen Kreis außen herum.

»Schschsch!«, zischt Marielle tadelnd und dreht sich aus dem Kreis zu ihm herum. »Sie träumen.«

Yukio versteht nicht, was hier vorgeht, und die Verwirrung macht ihn zornig, und die Abwegigkeit des Ganzen macht das Hämmern in seinem Kopf noch schlimmer als vorhin, als er aus seinen Träumen aufgewacht ist. Er muss tief durchatmen, und während er das tut, sieht er, dass Greta Maze auf dem großen Bett liegt, tief schlafend auf der Seite, und das Baby, das vom Himmel gefallen ist, schläft bei ihr, fest an ihre warme Brust geschmiegt. Jetzt sieht Yukio, dass die Männer und Frauen in der Höhle alle Kerzen in den Händen halten, Greta beim Schlafen zusehen und sich etwas auf Chinesisch zuflüstern. Und am Kopf des Bettes steht der Klavierspieler mit dem Haarschopf, der so weiß ist wie der Winter in Sakai, und kritzelt mit einem daumenlangen Bleistift seine Beobachtungen in ein Notizbuch.

Yukios rasendes Herz wird zu Feuer, und ein jäher Zorn in seinem Inneren bringt ihn dazu, das Rund der Höhlenmenschen zu durchbrechen und auf das harte Bett zu klettern. »Greta Maze!«, ruft er. »Wach auf«, ruft er in gebrochenem Englisch. »Wach auf. Wach jetzt auf.«

Zwei alte Chinesen mit dürren Knochen und langen Bärten strecken die Arme nach Yukio aus. »Neiiin!«, heult einer der Alten. »Sie träumt gerade. Neiiin.« Und dann greifen immer mehr Höhlenbewohner nach Yukio, zerren an seinen Armen und Schultern, zetern laut und panisch auf Chinesisch.

»Wach auf, Greta Maze!«, schreit Yukio und versucht, sie wach zu rütteln. Er versetzt ihr einen festen Stoß, und sie wälzt sich auf den Rücken, die Augen immer noch geschlossen.

»Sie wird nicht aufwachen«, sagt Lars ganz sachlich. »Sie *möchte* nicht aufwachen.«

»Wieso bist du aufgewacht, Yukio?«, fragt Marielle. »Du hast so wunderbar geträumt.«

Yukio rüttelt Greta ein weiteres Mal. Die Höhlenbewohner drängen sich um ihn, strecken ihre Hände nach ihm aus. Der Pilot fährt herum, und ihm bleibt nichts anderes übrig, als sie anzubrüllen wie ein wildes Tier, kennt er doch keine Sprache, in der er mit ihnen sprechen könnte. Er zieht sein Kurzschwert aus dem Gürtel und geht damit auf Lars los, dessen vorquellende blaue Augen, so wirr und irre, den Fremden, der ihm drohend seine Waffe vors Gesicht hält und ihn fest gegen die Höhlenwand drängt, nur verwundert anstarren.

»Zurück!«, knurrt Yukio, während er dem greisen Wissenschaftler das Notizbuch aus der Hand reißt und es quer durch den Raum schleudert. Er bleckt die Zähne – der wilde Hund der Wut, der Tiger –, presst die Schwertspitze fest an Lars' Kehle und gibt eine Salve hasserfüllter Schimpftiraden in seiner Muttersprache von sich, die er dem Alten förmlich ins Gesicht speit, Worte, mit denen er ihm sagt, dass er in diesen Wald kam, um dem Töten endlich zu entfliehen, dass jedoch in diesem Augenblick jeder Knochen in seinem zornentfachten Leib danach schreit, damit weiterzumachen. Er jault auf, hebt die Ellbogen, lässt die Spitze fest und schnurgerade auf Lars' Augen zujagen und korrigiert die Stichrichtung erst so spät, dass die Schneide dem Botaniker die Oberseite der rechten Ohrmuschel aufschlitzt und in den Tragering einer Gaslaterne stößt, die an einem Nagel an der Felswand hängt.

Yukio hebt die Laterne mit der Schwertklinge vom Nagel und lässt sie in seine linke Hand gleiten, bevor er sich das Schwert wieder in den Gürtel steckt. Anschließend nimmt er den metallenen Laternenring zwischen die Zähne, tritt zum Bett hinüber, zieht Greta zur Kante und hievt sie sich über die rechte Schulter, das Adrenalin in seinem Blut verleiht ihm die zusätzliche Kraft, um ihr Gewicht zu stemmen. Dann packt er einen Bausch des Lakens, in das das Himmelsbaby eingewickelt ist, und der Junge schwebt samt Laken in die Höhe, als schlafe er in einem Kissenbezug.

»Neiiin«, heulen die schlaftrunkenen Zuschauer, die sich rings um den Piloten scharen.

Yukio tritt mit dem Fuß nach ihnen, stampft und trampelt aufgepeitscht von urwüchsiger Angst und Wut wild um sich, bahnt sich gewaltsam einen Weg durch die Menge und stürzt wieder aus dem Höhleneingang hinaus, zurück in den dunklen Gang, den das trübe Licht der Lampe eben gut genug erhellt.

»Lindere den Schmerz!«, brüllt Marielle ihm hinterher. »Lindere den Schmerz!«

Und Yukio rennt, so schnell er kann, denn jetzt weiß er, was das hier für ein Ort ist. So fern von der Ebene des Hohen Himmels. Dies ist die Unterwelt. Dies ist *Yomi-no-kuni*. Die Welt der Finsternis. Das Land der Toten.

MOND-
WAHRHEITEN

Sie steht allein am Rand der Welt. Das Totengräbermädchen steht da, und ein böiger Nachtwind weht ihm das
braune flatterige Haar, lockig wie das seiner Mutter, nach
vorn übers Gesicht. Ich werde nie Angst haben, sagt sie
sich. Aber sie hat Angst. Das ist die Wahrheit. Der Nachthimmel lügt nicht. Sie ist allein. Das ist die Wahrheit. Sie
hat Bauchweh, weil sie ihre einzigen beiden Freunde hinab
in eine Hölle gezerrt hat, die sie selbst bereitet hat. Nur sie.
Das ist die Wahrheit. Ich spüre keinen Schmerz, sagt sie
sich. Doch es tut weh. Der Nachthimmel lügt nicht. Der
Nachthimmel sagt ihr die nackte und bittere Wahrheit, dass
sie ganz allein ist.

Das Totengräbermädchen in seinem himmelblauen Kleid
steht mit Schaufel und Seesack auf einem Sandsteinplateau
und blickt über ein Tal voller Felsformationen, so verschlungen und bizarr, dass Molly sich fragt, ob sie nicht das
Werk der Ahnengötter sind. Das Werk der Frauen mit Köpfen wie Zitronenschnitzen, die sie in der Galerie aus Stein
gesehen hat.

In der Ferne jagen drei eisblaue gezackte Blitze über den
mondbeschienenen Horizont, und das steinerne Tal verwandelt sich in eine Stadt. Eine Stadt der Riesen. Männer
und Frauen, die sich bücken und beugen, die im frischen

Nachtwind versuchen, einander anzufassen. Molly hebt den Kopf. Eine Sternendecke mit Vollmondkissen.

»Stadt aus Stein, im Himmel verloren«, sagt Molly zum Nachthimmel.

Und der Nachthimmel antwortet: »Der Ort hinter jenem, wo du geboren.«

Molly stemmt die Hacken in den losen Geröllhang aus Sandsteinschutt und rutscht vorsichtig vom Rand der Hochebene hinab.

»Wo willst du hin, Molly?«, fragt der Nachthimmel.

»Ich suche Longcoat Bob«, erwidert sie.

»Aber du hast die Frau in der Höhle doch gehört«, sagt der Nachthimmel. »Longcoat Bob ist tot.«

»Glaubst du ihr?«, will Molly vom Nachthimmel wissen. »Nein.«

»Der Nachthimmel lügt nicht«, sagt Molly. »Aber warum sollte mich die alte Frau denn anlügen?«

»Weil sie wollte, dass du bei ihnen bleibst.«

»Warum sollte sie mich dabehalten wollen?«

»Weil du eine von den Guten bist, Molly«, sagt der Nachthimmel. »Weil du etwas ganz Besonderes bist.«

»Ich bin nichts Besonderes«, sagt Molly. »Ich bringe allen Menschen, die mir etwas bedeuten, nur Unglück, und ihnen stoßen schlimme Dinge zu. Deshalb hat sich mein Großvater auch all die Jahre in diesem Haus eingesperrt. Er wollte nicht, dass sich diese schlimmen Dinge ausbreiten. Er wusste, dass er allein sein musste.«

Molly kommt in eine weite Ebene voll weißer Felsen, eine Ansammlung kantiger kreideweißer Blöcke, rund hundert Meter lang und breit. Während sie wie ein Frosch von Stein zu Stein hüpft, spricht sie mit dem Nachthimmel. Manchmal sind ihre Beine schneller als ihre Augen, sodass sie ganz instinktiv zwischen den flachsten Landeplätzen hin und her springt, die der Mondschein in einen silbrigen dunkelblauen Schimmer taucht.

»Du solltest umkehren«, sagt der Nachthimmel. »Du solltest nach Hause gehen.«

»Nach Hause?«, wiederholt Molly. »Ich hab kein Zuhause mehr, wo ich hingehen könnte. Darwin existiert nicht mehr. Ich weiß nicht mal, ob es Australien überhaupt noch gibt. Wieso willst du, dass ich nach Hause gehe?«

»Der Nachthimmel lügt nicht«, sagt der Nachthimmel. »Du bist zu weit gekommen, und das weißt du. Du warst sehr mutig, dass du es so weit geschafft hast, aber jetzt musst du umkehren. Du wirst hier draußen sterben, Molly. Das ist die Wahrheit.«

»Aber hier draußen ist doch Longcoat Bob«, sagt Molly. »Ich muss ihn finden.«

»Was ist, wenn du Longcoat Bob findest, wenn dir aber nicht gefällt, was er dir zu sagen hat?«, erkundigt sich der Nachthimmel.

Molly hopst nach links und dann nach rechts, hüpft im Zickzack über die Steine. Einmal rammt sie Bert die Schaufel fest in den Boden und segelt wie eine Stabhochspringerin von einer hohen Steinplatte zur nächsten.

»Was sollte er mir denn Schlimmeres erzählen als all das, was ich schon durchgemacht habe?«

»Er wird dir die Wahrheit sagen, so wie ich«, sagt der Nachthimmel.

Als sie vom letzten weißen Stein herunterhüpft, steht sie plötzlich vor zwei imposanten Formationen, die wie Menschen aussehen und rund fünfundzwanzig Meter in den Himmel ragen. Jedes dieser Steingebilde besteht aus einem Pfeiler, der die Beine darstellt, einer dicken Sandsteinplatte als Rumpf und einer darauf ruhenden Felskugel als Kopf. Die Gestalten scheinen auf sie herabzublicken, stehen da wie Wächter, bis in alle Ewigkeit dazu verdammt, alle zu mustern, die zwischen ihnen durchgehen, um die Stadt aus Stein hinter ihnen zu betreten. Und sie hat das Gefühl, als würden die beiden sie beobachten, als sie diese Stadt betritt, diesen von der Witterung gegerbten Ort, wo Wind und Zeit etwas geformt haben, das so groß ist wie alle Häuserblocks von Mollys Darwin.

Jahrmillionen der Erosion haben frei stehende Sandsteinblöcke mit Schultern und wackeligen Köpfen hervorgebracht, die jeden Moment von ihren Hälsen zu purzeln drohen, Säulen in Form von fetten Männern, die sich in Lachanfällen krümmen, und schlanke elegante Frauensäulen, die sich zu Klatschkränzchen zu scharen scheinen, und auch solche, die miteinander verbunden sind, verwachsen zu siamesischen Zwillingen und Drillingen. Hunderte, vielleicht gar Tausende von ihnen, über die gesamte Stadt verteilt, so dicht gedrängt wie die Pferdezocker im Schankraum von Gordon's Don Hotel am Tag des Melbourne Cup. Molly war immer das einzige kleine Mädchen zwischen all diesen Beinen, auf der Suche nach ihrem Vater an der Bar, weil sie hungrig war und nach Hause wollte, um etwas zu essen, und all diese langen behosten Beine waren für sie wie die Wände eines Labyrinths, in dem sie sich jedes Mal heillos verirrte. »Dad!«, brüllte sie, doch inmitten all des Lärms hörte er sie nie.

Und genau so ist dieser Ort. Weniger eine Stadt als ein Labyrinth. Ein Labyrinth aus steinernen Beinen, durchzogen von Alleen aus Erde und kurzen Büscheln Federgras.

»Welchen Weg willst du nehmen, Molly?«, fragt der Nachthimmel.

»Ich weiß nicht«, sagt sie.

»Geh nach Hause, Molly«, sagt der Nachthimmel.

»Ich geh nicht zurück, wo ich schon so weit gekommen bin«, sagt sie. »Eher sterbe ich hier draußen.«

»Das wirst du auch«, sagt der Nachthimmel. »Du wirst dich hier dermaßen verlaufen, und niemand wird dich jemals finden. Du wirst am Fuß einer dieser Steinsäulen verhungern, und die Vögel werden dir bei lebendigem Leib die Augen aushacken.«

»Hör auf«, sagt Molly. »Du machst mir Angst.«

»Der Nachthimmel lügt nicht, Kleine.«

Molly trifft eine Entscheidung. Molly macht sich auf den Weg. Sie marschiert in eine kleine Gasse zwischen zwei Reihen von Säulen, von denen manche zwei Köpfe haben, eine den Kopf eines Dingos, ein anderer ist geformt wie die Klinge eines Beils. Sie sagt sich, dass sie den Blitzen folgen muss. Immer geradeaus. Wenn sie immer geradeaus läuft, geht sie in Richtung der Blitze, denn die Einschläge waren auf der anderen Seite der Steinstadt. Wenn sie immer geradeaus läuft, kann sie sich im Labyrinth der steinernen Beine nicht verirren.

»Niemand wird kommen, um dich zu retten, Molly«, sagt der Nachthimmel.

»Warum sagst du mir das?«

»Greta hat sich von dir abgewandt, Molly«, sagt der Nachthimmel. »Yukio hat sich von dir abgewandt. Deine Mutter ist tot. Deine Mutter hat dich hier alleingelassen, und du wirst für alle Zeit allein sein.«

»Hör auf.«

»Deine Mutter hat dich im Stich gelassen.«

»Hör auf.«

»Sie hat dich zum Sterben zurückgelassen wie ein lahmes Kitz, Molly. So etwas tun nur Menschen, die ein Herz aus Stein haben.«

»Hör auf.«

»Sie ist nicht vor ihnen davongelaufen, Molly. Sie ist vor dir davongelaufen.«

»Hör auf.«

Und Molly jagt zwischen Pfeilern hindurch, läuft Zickzack durch die Beine steinerner Riesen, prescht in diagonalen Linien vorwärts. Schräg rechts, schräg links, so flitzt sie durch den Irrgarten aus Beinen. Immer auf die Blitze zu, die in der Ferne durch den Himmel zucken. Doch dann stößt sie auf eine Mauer aus acht, neun, zehn Sandsteinsäulen, die an der Hüfte aneinandergewachsen sind. Also muss sie entweder scharf links oder scharf rechts abbiegen. Sie entscheidet sich für rechts und kommt zu einem Felsen, der die Form einer Schildkröte besitzt, und sie streift mit der Hand darüber, denn sie glaubt, wenn sie ihn berührt, wird sie sich an ihn erinnern, falls sie noch einmal hier vorbeikommt. »Schildkrötenstein«, sagt sie.

Als Nächstes biegt sie scharf nach links ab in eine andere Schneise, die sich in drei Richtungen gabelt – links, geradeaus und rechts –, und Molly nimmt den geraden Weg, denn sie muss ja den Blitzen folgen, aber dann kann sie nur scharf nach links und wieder scharf nach rechts in eine Gasse abbiegen, die so lange geradeaus führt, dass sie in einen Dauerlauf übergehen kann, und sie muss auch rennen, weil sie Angst hat und weil die Steinfiguren im Mondschein aussehen wie unheimliche Wesen, die sich zu ihr runterbeugen, um sie wortlos zu verfluchen.

Sie findet sich vor einer neuerlichen Steinwand wieder und muss wieder scharf links abbiegen, wo sie einen Pfeiler sieht, der in der Mitte durchgeschnitten ist wie von einem Samuraischwert, und diesen Pfeiler nennt sie »Yukio«, und sie tippt ihn an, um sich ihn zu merken, und selbst, wenn sie sich verlaufen hat und wieder daran vorbeikommen sollte, hat sie das Gefühl, als würde Yukio sie retten, so wie er sie im tiefen Busch vor den Männern in der Zinnmine gerettet hat.

»Er wird dich nicht retten kommen, Molly«, sagt der Nachthimmel.

Mollys Herz rast. Ihr Mund ist staubtrocken. Sie hetzt eine andere Gasse entlang. Geradeaus. Links. Geradeaus. Rechts. Wieder geradeaus. Irgendwann muss sie dem Rand der Stadt doch näher kommen, oder etwa nicht?

Sie rennt und rennt und rennt und steht abermals vor einer Wand aus Säulen, die an der Hüfte zusammengewachsen sind, wendet sich scharf nach rechts und kommt zu einem Felsen, den sie kennt. »Schildkrötenstein«, keucht sie. Sie gerät in Panik und rennt noch schneller, weil sie den Eindruck hat, als würden die Säulen immer näher kommen.

Wie vorher biegt sie scharf links auf den Pfad, der in drei Richtungen zweigt – links, geradeaus und rechts –, diesmal aber nimmt sie die linke Gasse und kommt an einer Reihe s-förmiger Säulen vorbei, die zum Angriff aufgebäumten Schlangen gleichen. Wie die Peitschenschlangen, die Bert zu Hause immer in zwei Teile hackt. Wie die Braunschlangen, die auf dem Betonboden in der Wäschekammer ihre Bäuche kühlen. Zu Hause, sagt sie sich. Ich will nach Hause.

»Ich will nach Hause«, sagt Molly zum Nachthimmel.

»Dann geh nach Hause«, antwortet der Nachthimmel.

Und Molly macht kehrt und saust durch eine schnurgerade Gasse, wendet sich nach links und dann nach rechts und gelangt zu einer weiteren Gruppe schlangenförmiger Säulen, diesmal sogar vier davon, und sie flitzt nach links und dann nach rechts und vorbei an einer Säule mit einem kleinen runden Kopf, so groß wie eine Kokosnuss, auf einem Rumpf so massig wie ein großer Eisschrank. Dann zischt sie dicht an einem Pfeiler mit Pferdekopf vorüber, gefolgt von einer merkwürdigen Säule, die sich krümmt wie eine Halbmondsichel.

»Du hast dich verirrt, Molly«, sagt der Nachthimmel.

»Hör auf«, sagt Molly.

Und sie rennt und rennt und rennt und rennt. Nach links und rechts und rechts und links, und sie kommt an eine Mauer und macht kehrt und kommt wieder an eine Mauer, und dann hält sie an, um Luft zu holen. Lehnt den Kopf gegen den Sandstein.

Sie ist in einer Kiste voll steinerner Beine, aus der nur ein einziger Weg herausführt. Und kein Gewitter mehr zu sehen. Keine Blitze mehr, denen man folgen kann.

»Du hast dich verirrt, Molly«, sagt der Nachthimmel. »Niemand wird kommen, um dich zu retten. Niemand will dir helfen, weil du verflucht bist.«

»Hör auf.«

Die Stadt aus Stein hat sich verfinstert. Die weitläufige Stadt ist geschrumpft. Ist zu einer Höhle geworden. Zu dem dunklen Ort. Dem traurigen Ort.

»Ich weiß, warum sie dich verlassen hat, Molly.«

»Sei still.«

»Sie hat dich verlassen, weil sie dich nicht lieben konnte.«

»Das stimmt nicht.«

»Ich weiß, warum du Longcoat Bob finden willst.«

»Sei still!«

»Sei still!«

Und Molly schließt die Augen und steht wieder in ihrem Zimmer, und sie öffnet die Tür und geht den Flur hinunter.

»Er wird dir nicht sagen, was du hören willst, Molly.«

»Ich habe gesagt: ›Sei still!‹«

Und jetzt steht sie in der Tür zum Schlafzimmer der Eltern, und das Mondlicht fällt auf das Gesicht ihrer Mutter, und Violet Hook starrt auf ihre Tochter Molly, und Violet Hook weint.

»Du suchst Longcoat Bob, weil du willst, dass er dich anlügt«, sagt der Nachthimmel. »Du willst, dass er dir sagt, dass es nicht stimmt.«

»Hör auf.«

»Du willst, dass er dir sagt, dass es nicht stimmt, was er ihr angetan hat.«

»Hör auf!«

Der Schattenwolf stöhnt im Dunkeln und krallt nach ihrer Mutter. Und hinter ihr flüstert eine Stimme ihren Namen. »Molly.« Es ist die Stimme von Horace Hook, der in der hellen Küche steht.

»Du willst von ihm hören, dass er nicht der Wolf ist.«

»Hör auf.«

Molly Hook dreht sich wieder hin zum Schlafzimmer und sucht im Mondlicht das Gesicht der Mutter, doch das Gesicht, das sie findet, ist nicht ihres. Es ist das mondbeschienene Gesicht des Schattenwolfs. Das Nachthimmelgesicht von Aubrey Hook.

»Du willst von ihm hören, dass er nicht dein Vater ist.«

»Hör auuuf!«, kreischt Molly dem Nachthimmel entgegen, sie packt Bert mit beiden Händen und schwingt ihn mit aller Kraft gegen die Sandsteinwand, und Berts Blatt kracht mit solcher Wucht dagegen, dass kleine Feuerwerksfunken von seiner Klinge aufstieben, und Molly rammt ihre Stiefel in den Boden und holt noch einmal aus, und das Schaufelblatt knallt gegen den Stein, doch der Stein springt nicht entzwei, also holt sie wieder aus und wieder und wieder, und der Stein ist ihre Vergangenheit und ihre Gegenwart und ihr Himmel und ihre Mutter und ihr Vater, und der Stein ist Yukio Miki und Greta Maze, und der Stein ist Aubrey Hook.

»Hör auf!«, schreit sie. »Hör auf!« *Knack.* Und Berts Blatt bricht, knickt sauber von dem langen Holzstiel.

Das Totengräbermädchen steht unter dem Nachthimmel und hält den kopflosen Körper ihres einzigen Freundes in den Händen. Sie schaut nach unten, und im fahlen Licht des Mondes findet sie sein Schaufelblatt. »Bert«, flüstert sie. Sie sinkt hinab auf den Boden aus Erde und Federgrasbüscheln, hält Berts Klingenblatt im Schoß, lehnt sich mit dem Rücken an die Felswand und will weinen, doch sie kann nicht, weil sie verflucht ist.

»Schau in deine Tasche, Molly«, flüstert der Nachthimmel.

Und Molly greift in die Tasche ihres himmelblauen Kleids und findet eine kleine Frucht. Dreht sie in der Handfläche hin und her. Orange und rund, mit fester Schale. Ein Tod, den man in Händen halten kann. Ein Tod, der im Buschland an den Bäumen wächst.

WAHRE LIEBE IST EIN
VERGRABENER SCHATZ

Yukio Miki hält die geflügelte braune Samenkapsel eines Stinkholzbaumes in der Hand. Sie ist lang, gebogen, geformt wie das Propellerblatt eines Flugzeugs. Er hält sie hoch, lässt los und schaut zu, wie die Kapsel kreiselnd fällt, so rasend wirbelt wie die Rotorblätter jenes Zero-Kampfflugzeugs, das vor seinen Augen in ein Felsplateau gekracht und in Flammen aufgegangen ist. Es scheint so lange her zu sein, als wäre es ein anderer gewesen, der mit dem Fallschirm aus diesem Todesflieger abgesprungen ist, ein anderer Mensch als der, der jetzt auf einem Sandstein hockt, hier neben Greta Maze und dem Baby, das vom Himmel gefallen ist. Der neue Mensch, der sich um beide sorgt. Der neue Mensch, der aus einem langen Schlaf erwacht ist.

Das Morgenlicht wärmt seinen Kopf. Er wendet sich der Sonne zu und sieht sie hinter einem schmalen Kiespfad aufgehen, der aus dem Wald hinaus in eine felsige Gegend führt, die sich bis zu einem fernen Tafelland erstreckt, über dem er in der Dunkelheit des frühen Morgens stahlblaue Blitze hat zucken sehen. Ein dünner Bachlauf fließt am Stinkholzbaum vorüber und trägt Samenkapseln mit sich, die nun Kanus ähneln, die auf sanften Wogen in den Wald schippern. Yukio trägt nur sein weißes Unterhemd, denn seine Fliegerjacke hat er zu einer behelfsmäßigen Krippe gefaltet, in der das Baby schläft. Er weiß, dass der Junge, so wie Greta, schon viel zu lang schläft, und fragt sich, welche seltsame Tinktur die weißhaarigen Leute in der Mine dem Säugling und der Schauspielerin gegeben haben, dass sie auf dem gesamten mühseligen Weg, den er sie aus diesem seltsamen Monsunwald herausgeschleppt hat, einfach weiterschliefen.

Er hat Gretas Kopf auf ein Kissen aus gerollter weicher Rinde gebettet, die er von den umliegenden Bäumen geschält hat. Jetzt legt er sich auf einen schattigen Flecken weichen Grases unter dem Stinkholzbaum, dessen glänzend silberbrauner Stamm gut fünfzehn Meter in die Höhe ragt. Der Wind frischt auf, bewegt die Blätter, und mehr Propellersamen schweben wirbelnd Richtung Boden. Zum dritten Mal in einer halben Stunde hält Yukio dem Säugling den Zeigefinger unter die Nase, und zum dritten Mal spürt Yukio erleichtert, wie der Junge ausatmet.

Yukio studiert Gretas Gesicht. Die Rundung ihrer Wangenknochen. Ihre geschlossenen Lippen und deren sanfte Wölbungen. Sieht, wie ihre Brust sich unter dem smaragdgrünen Kleid sacht hebt und senkt. Und just in dem Moment, als sein Herz ihm sagt, dass er sie für alle Zeit so anschauen will, wendet er den Blick ab. *Zutto.* Grenzenlos, unermesslich, endlos.

Er schüttelt den Kopf. Wir müssen weiter, denkt er. Wir müssen Hilfe suchen, Hilfe für das Baby. Aber du bist der Feind, sagt er sich. Sie werden dich töten. Weil du sie getötet hast.

Jetzt beugt er sich über Greta und klatscht fest in die Hände, laut und kräftig. Einmal, zweimal, dreimal. »Aufwachen«, brüllt er. »Aufwachen … Greta Maze!« Er schubst ihre rechte Schulter, und ihr Körper rührt sich, doch sie wacht nicht auf. Er legt ihr einen Finger an den

Hals, sucht ihren Puls, fühlt fünf Sekunden lang jede Sekunde ein Pochen. Müde legt er sich neben die schlafende Schauspielerin.

Sein Blick fällt auf den weiten blauen Himmel, und er beginnt, auf Japanisch zu sprechen. Er spricht über seinen Traum. Erzählt von Nara und den Wochen und Monaten, in denen er mit ansehen musste, wie sie immer mehr dahinschwand. Spricht darüber, dass er keine Schönheit mehr in der Welt sah, als sie ging. Keine Farben mehr in den Bäumen, Blättern und Blumen von Sakai. Keine Geschichten mehr in seinen Flüssen und Bächen. Keine Freude mehr in den Gesichtern der Bewohner. Er erinnert sich, wie auf ihre Krankheit dieser blutige, brutale Weltkrieg folgte und es ihm nur recht und billig schien, dass die Welt nun dafür brennen sollte, dass sie Nara hatte gehen lassen. Also stieg er in ein Kampfflugzeug, und seine Hände, die einst in der Familienwerkstatt wundersame Messerklingen hielten, hantierten nun mit Bordgeschützen, er feuerte mit diesen Bomben und Geschossen nun auf andere Menschen, und er verfluchte sie, weil sie auch Menschen waren, weil sie Liebe kannten und doch nicht wussten, wie es war, sie zu verlieren.

Er erinnert sich daran, was das Totengräbermädchen sagte, als es in der Galerie den Blitzmann sah: dass wir Schätze sind, begraben unter Himmel. Er hatte nicht all ihre englischen Wörter verstanden, aber die Klangfarbe ihres Herzens gespürt, den seltsamen Rhythmus ihrer Seele. Auch die Liebe ist ein vergrabener Schatz, denkt er. Du triffst den Menschen, den das Universum nur für dich geschmiedet hat, und die Liebe ist tief in deinem Inneren begraben, manchmal weißt du nicht mal, dass sie drinnen war, bis sie dort herausgerissen wird, geschürft wie pures Gold tief aus der Erde. Doch die Grube bleibt. Die Grube wird nie aufgefüllt, und dein Blut und deine Seele und deine Freude und dein Leben sickern dort hinaus, bis du ganz leer bist. Bis du zum Geist geworden bist.

Dann kramt er für Greta Maze all seine englischen Wörter heraus, scharrt jedes einzelne dieser Wörter, die er in seinem übervollen Kopf verstaut hat, hervor und versucht, der Schauspielerin etwas zu erklären. Er liegt auf der Seite, den Kopf auf den rechten Ellbogen gestützt, neigt sich vor zu Gretas Ohr und flüstert: »Greta … machen … Yukio wieder heil … Yukio … wollte gehen.« Er blickt zum Himmel. »Yukio … wollte … Himmel.«

Die Schauspielerin schläft noch immer, und dennoch macht sie ihn nervös. Jedes geradebrechte Wort eine Erlösung. Eine Beichte.

»Ich möchte bleiben«, flüstert er, findet er die richtigen Wörter. Die perfekten Wörter.

Das Geständnis fühlt sich für ihn an wie ein Verrat. Und doch ist es die Wahrheit. Und diese Wahrheit bringt ihn zum Weinen. »Ich möchte bleiben«, flüstert er. Worte unter Tränen. »Ich möchte bleiben … Greta Maze … ich möchte bleiben.«

Er wischt sich die Augen trocken. Reibt sie. Weicht vor der Schauspielerin zurück. Steht auf. Beschämt. Verlegen. Er geht zum Bach am Stinkholzbaum und sieht den Samenkapselkanus dabei zu, wie sie weiter in den Wald fahren. Stramm über die Wogen rudern.

Der Pilot hat Greta den Rücken zugekehrt, also sieht er nicht, wie sie die Augen aufschlägt. Sieht nicht, wie sie durch die Äste des Stinkholzbaumes in den Himmel blickt, während sich ihre Augen langsam wieder an das Licht gewöhnen. Ihr Geist ist noch dabei, die Eindrücke des Augenblicks zu verarbeiten – Vogelgezwitscher, Wasserplätschern, den Duft von Erde und Rinde, das Gefühl von Gras unter den flachen Händen nah am Körper, das Pochen ihres Herzens. Und ihr Herz nimmt Yukio Mikis Worte in sich auf, sein in gebrochenem Englisch geflüstertes Geständnis. Mit diesen leisen Worten ist sie aufgewacht. Sie haben ihr die Augen geöffnet, doch sie hielt sie geschlossen. Der Schatz, den er tief aus seinem Herzen gehoben und einer Frau zu Füßen gelegt hat, die er kaum kennt.

Lautlos steht sie auf und geht mit ihren Sattelschuhen leichtfüßig über das Federgras. Vielleicht ist sie noch immer in ihrem langen Traum, denkt sie. Ihrem tiefen Höhlendämmer. Sie wendet sich um und sieht den Piloten am Bach stehen. Yukio hört ihre Schritte nicht. Für ihn erscheint sie wie aus dem Nichts, aus einer anderen Dimension, aus einer anderen Welt in dieser aufgetaucht, erst verschwunden, jetzt gefunden.

»Ich hatte gerade einen ganz sonderbaren Traum«, sagt Greta. Yukio hat den Kopf zur Seite gedreht und blickt ihr ins Gesicht, und sie starrt tief ins Dickicht des Lianenwalds.

»Ich habe geträumt, ich würde träumen«, sagt sie. »Ich wollte aus dem Traum nicht aufwachen. Aber du warst bei mir, Yukio. Du hast mich immer wieder geweckt. Ich wollte schlafen, aber du hast mich ständig aufgeweckt. Du wolltest nicht, dass ich schlafe. Du wolltest nicht, dass ich in meinen Traum zurückkehre. Du hast mir immerzu ein Wort entgegengebrüllt. Dasselbe Wort, wieder und wieder.«

Sie dreht sich zu ihm. »Bleib.«

Sie tritt näher an ihn heran. Näher an den Piloten, der vom Himmel gefallen ist. Der nur für sie gekommen ist. Sie hebt die linke Hand, und ihre Finger streifen seine Wange, weil sie ein Gefühl, eine Berührung braucht, damit sie weiß, dass dies hier nicht der lange Traum ist. Und diese Berührung bringt ihn dazu, die Augen zu schließen, denn diese Berührung ist so sanft, so liebevoll und herzlich und so voller Gefühl, dass er davor zurückweichen will. Aber er wird bleiben. Bleib.

»Bleib«, sagt er.

Und sie kommt noch näher, und ihre Körper berühren sich, und er kann ihren Atem spüren und ihre Brust an seiner, und ihre Locken streifen seine Stirn, und er kann sie riechen, und dieser Duft ist Erde, Leben, Zukunft und Vergangenheit und sein Verderben, und er bereut, dieser Fremden je in diesem kopfstehenden Land begegnet zu sein, in dem er der Feind ist, und nun streift ihre Wange seine Wange und auch seinen Körper, und die Regungen darin machen ihn zum Sünder. Vergib mir, Nara, denkt er. Ihre Haut ist eine Landmine. Ihre Haut ist eine abgeworfene Bombe. Ihre Haut ist das Ende dieses Weltkriegs und zugleich die Welt, die in tausend Stücke explodiert. Vergib mir, Nara. Und die Bewegung seines Halses ist ein Verrat und eine Wahrheit, und das Gewicht, das er in seine Wange legt, um auch ihre sanft zu streifen, ist ein Verbrechen und ein Wunder und doch ein Verbrechen. Und in dem wüsten Krieg, der in ihm tobt, erschallt der Befehl zum Rückzug. Greta kann den Widerstreit in seinen Muskeln spüren, und er ist kurz davor zurückzuweichen, doch ein einziges Wort lässt ihn verharren.

»Bleib«, flüstert sie und legt die Arme um ihn, und ihre vollen Lippen finden seine Schläfe und die Brauen seines linken Auges und schließlich seine hohen Wangenknochen, und sie atmet tief ein, und die Regungen in ihrem Körper ergeben plötzlich wieder Sinn. Die Lippen des Piloten legen sich auf ihre Haut.

Ein Baby schreit. Es ist der Junge, der vom Himmel gefallen ist, und es ist das Geräusch, mit dem der Junge aus seinem langen Schlaf erwacht, und ebenso der Laut, der Yukio Miki und Greta Maze aus einem Traum erwachen lässt, in den sie beide eingetreten waren.

Greta schöpft tief Luft und löst sich aus seiner Umarmung. Eilt hinüber zu dem Säugling, der eng in die Fliegerjacke eingewickelt ist. Nimmt ihn hoch und schmiegt ihn an die Brust. »Schschsch«, sagt sie. »Schschsch.« Sie wiegt das Kind in den Armen. Dann blickt sie zum Piloten auf und fragt: »Wo ist Molly?«

DEIN SEI,
WAS DU TRÄGST

Der offene Mund eines Mädchens. Des Mädchens im himmelblauen Kleid, das auf der Seite in der Sonne liegt. Eine halbe orangerote Strychninfrucht in der offenen Hand. Die Augen geschlossen. Braune Stiefel voller Staub und Dreck. Seesackriemen über der Schulter. Sie liegt regungslos am Fuße zweier Steinsäulen, die aussehen wie Verwandte, die sich über ein Kinderbettchen beugen, um ein Neugeborenes zu bestaunen.

Der Name des Mädchens hallt über das Säulenlabyrinth. »Molly.«

Sie regt sich. Ihr linker Stiefel bewegt sich. Das linke Knie zuckt im Gelenk. Ihr Name schallt über die Stadt aus Stein. »Molly!«

Die Augen des Mädchens fliegen auf. In ihrem Sichtfeld Erde, Federgras und Stein. Sie blickt auf zur Sonne und zum Himmel und sieht die Steinpfeiler von letzter Nacht. Am Tag sind sie weniger bedrohlich. Weniger monströs. Sie spürt die Frucht in ihrer Hand, hält sie vors Gesicht und wirft sie an die gegenüberliegende Felswand. Die Frucht prallt vom Sandstein ab und landet wenige Fußbreit von der anderen Hälfte der orangefarbenen Knolle, die sie gestern Nacht ausgespuckt hat, weil sie so bitter und trocken war und unmöglich zu schlucken. Aber sie weiß noch, wie bereitwillig sie sie gegessen hätte, und sie schämt sich dafür.

Sie wendet sich gen Himmel. »Warum hast du mir all diese Sachen gesagt?«, fragt sie.

Doch sie bekommt keine Antwort.

Dann hallt ihr Name abermals über die Steinstadt. »Mollyyy.«

Sie kennt diese Stimme. Es liegt Spektakel darin. Dramatik. Greta.

»Mollyyy!«

Sie steht auf und rennt in Richtung dieser Stimme. Versucht, ihren Namen zu rufen, doch ihre Kehle ist staubtrocken, und sie muss zweimal Spucke schlucken, bevor sie ein einziges Wort hervorbringt. »Greta«, haucht sie leise.

Molly eilt weiter auf die Stimme zu. Sie schöpft tief Luft, bringt endlich einen lauteren Ruf zustande und lässt ihn quer über die Steinstadt schrillen. »Gretaaa!«, brüllt sie. Sie saust nach links, dann nach rechts und dann in Gassen, die schräg nach rechts verlaufen, biegt anschließend in Schneisen, die schräg nach links abzweigen, und manövriert sich auf ihrer eigenen Route durch den Irrgarten aus Stein.

»Mollyyy!«

»Gretaaa, ich komme!«, schreit Molly.

Scharf links, scharf rechts. Säule um Säule, Pfeiler um Pfeiler. Folge der Stimme, sagt sich Molly. Sie ist wegen dir gekommen. Du bedeutest ihr etwas. Weil sie dir etwas bedeutet. Das Herz wird warm, indem es andere Herzen wärmt. Du hattest nur ein Herz aus Stein zu geben, denkt sie, doch trotzdem hat sie es genommen. Lauf zu ihr, Molly. Lauf, Molly, lauf.

»Mollyyy!«

»Greta!«, brüllt Molly. »Ich hör dich. Ich komme. Ich komme.« Und sie rennt. Spurtet im Zickzack durch das Labyrinth, als Kompass die Stimme ihrer Freundin.

»Ich komme, Greta«, gellt Molly. »Brüll weiter! Ich kann dich hören! Ich komme.«

»Mollyyy!«, ruft Greta in der Ferne.

Und das Totengräbermädchen lächelt, als es um eine nicht einsehbare Kurve um eine gewaltige Steinsäule biegt, die rund fünfzehn Meter in die Höhe ragt. Sie nimmt die Kurve so rasant, dass ihre Stiefel über das Geröll schlittern, Molly den Halt verliert und so übel auf dem Bauch landet, dass sie sich schmerzhaft Knie und Ellbogen aufschürft. Doch das ist ihr gleich, denn Greta ist so nah, also rappelt sie sich wieder hoch, und die Haare fallen ihr ins Gesicht, und sie steht noch immer halb gebückt, als sie sich die Locken zurückstreicht und das schier unmögliche Trugbild ihres Onkels sieht, Aubrey Hook, der unmittelbar vor ihr steht. Der Schatten.

Sie sagt sich, dass er es nicht sein kann, der nur eine Armlänge von ihr entfernt steht und beinahe so hoch aufragt wie die Monstersäulen um ihn her. Sie sagt sich, dass sie noch immer träumen muss, schlafend da hinten im Herz des Labyrinths liegt, mit der orangen Frucht in ihrer Hand. Sagt sich, dass das nicht wahr sein kann, doch sie weiß, dass es so ist, als die langen Schattenfinger nach ihr greifen und sich über ihren Mund und ihre Nase legen.

*

»Mollyyy!«, ruft Greta, das Baby eng an ihre Brust geschmiegt. Sonne und Schweiß auf dem Gesicht, verschnauft sie kurz am Sockel dreier majestätischer Säulen, die wie eine Herrscherfamilie aussehen – wie König, Königin und ein jüngerer kleiner Prinz, die an einer Sandsteintafel beim Festmahl im Palast zu Tisch sitzen. Mit Brathähnchen aus Geröll und Kelchen aus herabgestürzten Felsen. Yukio steht einen halben Meter hinter ihr, studiert die Formen anderer Felsen und Pfeiler, prägt sie sich penibel ein, für den Fall, dass sie auf dem Rückweg wieder durch dieses gottverdammte Labyrinth müssen. Er weiß, dass sie bereits recht hoch sind. Ihm ist aufgefallen, dass die Steinstadt an einem Hang liegt, der zu einem Höhengrat hin ansteigt, und wenn der Wind aus einer bestimmten Richtung weht, kann er vor ihnen in der Ferne Wasser rauschen hören. Und obwohl sie so weit oben sind, muss dies ein Ort sein, der in der Unterwelt geschaffen wurde. *Yomi-no-kuni*, denkt er. Die Welt der Finsternis muss so aussehen. Irrgärten aus steinernen Ungeheuern, wo hinter jeder Biegung Monster lauern. Ein Ort, dem nicht zu trauen ist. Ein ungutes Gefühl im Bauch. Und in seinem Herzen.

Eine Stimme aus Nordwest. Schwach. »Greta.«

»Mollyyy!«, ruft Greta noch einmal und rennt in diese Richtung.

»Greta ... warte«, sagt Yukio.

Doch die Schauspielerin bleibt nicht stehen. Läuft einfach weiter. Von der Bewegung aufgeschreckt schreit das Baby gellend auf, und Greta versucht, es im Laufen zu beruhigen. »Schon gut«, sagt sie mit leiser und zärtlicher Stimme. »Wir finden Molly. Wir finden Molly.«

Sie biegt nach links, nach rechts und wieder nach links. »Mollyyy!«, ruft sie. Sie hetzt weiter durch das Labyrinth. Bleibt mit der linken Schulter an der Kante einer Säule hängen und reißt sich ein Loch in den Ärmel ihres grünen Kleides, das mittlerweile so abgetragen und zerschlissen ist, dass es eine Farbtönung aus Hellgrau und Braun angenommen hat – vom aufgewirbelten Staub und den rauen und unruhigen Nächten auf der blanken Erde unter freiem Himmel.

Yukio rennt ihr hinterher, folgt treu ergeben ihrem gewundenen Weg. »Greta ... warte«, brüllt er.

»Beeil dich, Yukio«, ruft Greta zurück, ohne anzuhalten oder sich umzudrehen. »Komm. Sie ist ganz nah.«

Der vom Himmel gefallene Pilot mustert die Schauspielerin, die so erfrischt aus ihrem langen Schlaf erwacht ist, so energisch, so entschlossen. Er sieht, wie ihre Beine wirbeln, ihre Füße zwischen Büscheln Federgras auftreten und schartigen Steinköpfen ausweichen, die von ihren Säulen hinunter auf den Weg gepurzelt sind. Er sieht zu, wie sie rechts, links und abermals nach rechts abbiegt, und wird dann Zeuge, wie sie in einer vom Schlittern ihrer Schuhe aufgewirbelten Staubwolke jäh zum Stehen kommt. Hört ihr scharfes Einatmen, tritt neben sie und schaut ihr ins Gesicht. Weiß. Gespenstisch weiß. Starr vor Grauen. Ihre vollen Lippen beben. Und Yukio folgt ihrem Blick eine lange schnurgerade Gasse entlang und sieht, worauf sie starrt: einen groß gewachsenen dünnen Mann mit schwarzem Schnurrbart und breitkrempigem schwarzem Hut. Und in diesem kurzen Augenblick bleibt Yukio noch genügend Zeit, um zu sehen, dass der linke Arm des großen Mannes über Molly Hooks Mund liegt, und auch genügend Zeit, die Miene dieses Mannes zu studieren und zu merken, dass eine seltsame Befriedigung in seinem Ausdruck liegt. Genügend Zeit, um zu realisieren, dass der große Mann einen Revolver in der Rechten hält und damit direkt auf Greta Maze zielt.

Molly strampelt mit den Beinen, zerrt fest am Arm des Onkels, und es gelingt ihr, seinen Griff so weit zu lösen, dass sie in die Stille zwei Wörter hervorstoßen kann: »Lauf, Greta!«

Aber Greta ist jetzt wie erstarrt. Erstarrt in der Erinnerung an seine Fäuste. Erstarrt in der körperlichen Erinnerung an die Reise, die sie von Sydney aus bis in dieses wilde Land geführt hat. Erstarrt in dem Wissen, dass sie zu jung war, um für das Kind zu sorgen, das man ihr weggenommen hat, und daran, dass diese Hebammen und dieses Krankenhaus ihr an jenem Tag viel mehr genommen haben als nur ihr Baby. Sie nahmen ihr Selbstwert, Stolz und jeden Sinn, und ebenso die Vorstellung, dass sich irgendwer auf dieser Welt einen Dreck um Greta Baumgarten scheren könnte, sie selbst eingeschlossen. Also versuchte sie, jemand anders zu sein. Vielleicht, so dachte sie, würden sie sich ja um Greta Maze scheren. Das Showgirl. Den Kneipenvamp. Den Punchingball. Die Schauspielerin.

»Lauf, Greta!«, ruft Molly.

Doch Yukio, der neben der Schauspielerin mit dem smaragdgrünen Kleid steht, weiß, dass die Zeit innerhalb des Augenblicks nun abgelaufen ist.

Es ist nur eine weitere Reise hier im Top End. Viel kürzer als Molly Hooks lange Wanderung durchs Buschland. Yukio wirbelt herum, schiebt seinen Körper vor Greta mit dem Säugling auf dem Arm. Ein Hahn schnellt herab. Ein Schlagbolzen hämmert auf die Zündkapsel einer Patrone. Yukio blickt der Schauspielerin in die Augen. Die Zündkapsel zündet die Treibladung. *Peng!*

Yukio legt die Arme um die Schauspielerin. Die Treibladung jagt das Projektil so schnell durch die Luft, dass man es nicht sehen kann.

Nur das Ende dieser Reise ist zu sehen. Eine Kugel, die hinten in das weiße T-Shirt des Piloten einschlägt.

»Neiiin!«, schreit Greta.

In diesem T-Shirt steckt ein Mann, den Greta kaum kennt. Ein Fremder, der vom Himmel gefallen ist. Der sie umarmt. Sie schützt. Der die Arme so eng um die Schauspielerin schlingt. Seine Wange an ihre schmiegt. Und er will sie nicht loslassen, weil es sich so warm anfühlt, weil es sich wie ein Zuhause anfühlt, und genau so will er bleiben.

Und doch lässt er sie los. Blut quillt ihm von den Lippen. »Lauf!«, keucht er.

Und die Schauspielerin gehorcht, presst sich das Baby an die Brust und huscht gerade durch eine Lücke in der nahen Mauer, als eine zweite Kugel in den Sandstein einschlägt, nur wenige Fingerbreit über ihrem Kopf.

Yukio Miki aber stürzt zu Boden.

✳

Molly blickt zum Himmel. Schau immer in den Himmel, Molly. Immer weiter in den Himmel. Der Himmel verdunkelt sich. Und auf dem Boden hallt das irre heulende Gelächter Aubrey Hooks durchs Sandsteinlabyrinth.

»Wohin willst du fliehen, Greta?«, bellt er, während er Molly im Schwitzkasten hinter sich herschleift.

Molly tritt ihm fest ans Schienbein. »Lass mich los«, kreischt sie, und ihre Fingernägel bohren sich in Aubreys Unterarme, doch der lacht nur noch gellender.

Dieses kranke Jaulen. Diese furchtbare Erinnerung an Hollow Wood. Molly beißt ihm in die Hand, und Aubrey verliert die Geduld, schleudert das Totengräbermädchen mit voller Wucht gegen einen Sandsteinpfeiler, und es knallt hart und schmerzhaft auf den Boden. Als sie sich wieder aufsetzt, presst er ihr den Revolverlauf gegen den Schädel. Molly schließt die Augen, drückt ihr Kinn auf die Brust.

»Bitte, Greta«, ruft Aubrey. »Komm raus, Frau. Ich bin nicht wütend auf dich. Neiiin, ich bin wütend auf unsere kleine Molly. Wenn du jetzt rauskommst, wird Molly das hier vielleicht lebendig überstehen.«

Molly reckt den Kopf zur Seite, weg vom Pistolenlauf, und brüllt, so laut sie kann: »Lauf weiter, Greta. Scher dich

453

nicht um mich.« Und sie blickt auf zu Aubrey, der auf sie herabsieht. »Ich hab keine Angst vor Monstern.«

Molly sieht, wie sich seine Mundwinkel zu einem zufriedenen Lächeln weiten, und über seiner Schulter entdeckt sie plötzlich einen Ausweg. Einen Gabelblitz, ein Besteckteil, das aus einem Herrenhaus im Himmel herabgefallen ist. Ein Himmelsgeschenk für das Totengräbermädchen.

✻

Tief im Labyrinth aus Steinsäulen hetzt Greta atemlos durch die Gänge, schlägt einen Haken nach dem anderen. Das Baby schreit vor Angst, und sie legt ihm eine Hand über den Mund. »Schschschsch«, flüstert sie im Laufen. »Es tut mir leid. Es tut mir so leid.« Der Junge weint gedämpft unter ihrer Hand weiter. »Bitte sei still. Schschschsch.«

Jetzt weint auch Greta, aber sie schluchzt leise. »Schschsch«, flüstert sie wieder, zu dem Säugling wie auch zu sich selbst.

Das endlose Heulen von Aubrey Hooks Gelächter. Die Zuversicht in seiner Stimme. Die Finsternis in seinem Wesen, die ihre schwarzen Schatten über die gesamte Steinstadt wirft.

»Du hast mich für tot gehalten, Greta. Du hast mich einfach liegen gelassen!«, brüllt er quer über das Felsenlabyrinth. »Du hast mich auf diesem elenden, gottverlassenen Friedhof liegen lassen, damit ich dort verrecke.«

Steinsäulen scharen sich um Greta. Beugen sich über sie. Bedrängen sie. Wollen sie packen. Wollen sie zurück zu Aubrey Hook schleifen, doch das wird sie nicht zulassen.

Sie ist so erschöpft vom vielen Rennen. Erschöpft von den Krokodilen im Candlelight Creek und den Ungeheuern in der Zinnmine und den Schläfern und Träumern und

Giftessern im Lianenwald. Sie muss stehen bleiben. Sie beugt sich keuchend vornüber, holt gierig Luft. Das Baby fühlt sich so schwer an. Sie dreht sich um die eigene Achse, sucht nach einem Versteck und sieht einen Gang, der, so scheint es jedenfalls, in einer Wand aus Buschwerk endet.

Und Buschwerk heißt Waldrand, und Waldrand heißt Ausweg aus dem Labyrinth. Also rast sie den Gang entlang, und als sie den Waldrand fast erreicht hat, da hört sie wieder Aubreys Stimme. Zu nah. Zu nah, als dass sie sich noch rühren dürfte.

»Du wirst hier draußen umkommen, Greta, so ganz alleine«, ruft Aubrey. »Komm raus.«

Greta kauert sich hin, drückt sich mit dem Rücken fest an eine Felswand. Selbst das Baby spürt die Gefahr in Aubreys Stimme und macht keinen Mucks, obwohl Greta die Hand nicht von seinem Mund nimmt.

»Ich werde dir nichts tun«, ruft Aubrey. »Ich liebe dich, Greta.«

Jetzt ist er sogar noch näher. Greta wird klar, dass er auf der anderen Seite ebendieser Mauer stehen muss, an der sie lehnt, das Baby auf den angezogenen Knien. Sie kann Aubreys Schritte hören, seine Stiefelsohlen auf dem Kies.

Sie trippelt an der Felsmauer entlang in Richtung Waldrand, bis die Wand zu Ende ist. Sie kann nicht weiter, kann nur noch seinen Schritten lauschen, die immer näher kommen. Nur noch eine Ecke, und Greta Maze wird wieder verloren sein, verloren im Schatten von Aubrey Hook.

Ein Schritt. Zwei Schritte. Drei Schritte. Greta schöpft tief Luft, um ja die Stille zu bewahren.

»Bist du da, Greta?«, ruft Aubrey. »Ich weiß, dass du da bist!«

Dann die Stimme Molly Hooks. »Hör auf«, sagt sie tonlos.

»Lass sie laufen«, sagt Molly. »Wenn du sie laufen lässt, führ ich dich zu Longcoat Bobs Gold. Ich weiß genau, wo es ist, Onkel Aubrey. Du kannst alles haben. Du kannst alles haben, was du dir je gewünscht hast. Nur Greta kriegst du nicht.«

Stille in der Stadt aus Stein.

Aubrey Hook wendet sich zu Molly. »Und wie willst du Longcoat Bobs Gold da draußen finden?«, fragt er.

»Ich folge den Blitzen«, erwidert Molly.

Und als Aubrey sich gerade umdreht, sieht er einen Gabelblitz aus den sich ballenden Gewitterwolken schießen. Dann dreht er sich wieder zu Molly, richtet den Revolver auf ihr Herz.

»Los«, sagt er.

Eng an die Sandsteinwand gepresst wartet Greta, bis Aubreys Stiefelschritte auf dem Kies verklungen sind. Dann tapst sie gebückt zum Rand des Irrgartens, einer dichten Wand aus Sträuchern mit weißen Früchten, duckt sich hinab und kriecht mit dem Baby an der Brust hinein, kriecht an den einzigen sicheren Ort, der ihr noch bleibt – in den Lianenwald. Doch sie ist zu schnell, rennt zu panisch durch das Strauchwerk, um zu bemerken, dass diese Büsche den steilen Abhang einer Schlucht verbergen, und als sie sich Kopf voran durch die letzte Schicht aus Zweigen kämpft, stürzt sie diesen Hang hinab, und es kostet sie all ihre verbleibende Kraft, sich auf die Seite zu rollen und den Kleinen an die Brust zu drücken, während sie auf den Schultern über Erde, loses Laub und Gras hinab zum Grund der Schlucht schlittert, wo sie dumpf und schmerzhaft aufschlägt.

Vom Boden der Schlucht aus sieht sie nichts als gelbe Flammenbäume. Ein praller Strauß aus Blumenfeuer, entfacht von einem satten Gelb, das Greta vormals nur aus ihren Träumen kannte. Doch diese Schlucht birgt immer noch Gefahr. Schritte. Jemand tappt über den Waldboden. So nah, dass an Flucht nicht mehr zu denken ist. Also fügt sie sich in ihr Schicksal, fügt sich in den Schatten Aubrey Hooks. Er hat sie im Gebüsch gehört, sagt sie sich, und ist ihr die Schlucht hinab gefolgt. Wie töricht doch von ihr, zu glauben, dass sie ihm je entfliehen könnte.

Die Schritte machen halt. Stille im Wald. Dann beugt sich ein Mann in ihr Sichtfeld, schiebt sich vor die Feuersbrunst der Flammenbäume. Ein alter Mann. Dunkle Haut. Ein sehr alter Mann. Graues Haar. Und ein langer schwarzer Uniformrock mit goldenen Borten, so leuchtend wie die Blätter eines gelben Flammenbaumes.

TRAGE,
WAS IST DEIN

Der blaue Himmel über Darwin hat zu viel gesehen, sagt sie sich. Er konnte alle die Gräuel, die er miterleben musste, nicht begreifen und hat mit dem Wind Reißaus genommen, um darüber nachzudenken. Der Himmel ist jetzt grau, und der graue Himmel redet nicht mit Molly.

Ein Marsch mit vorgehaltener Pistole über Erde und Geröll. Ihre Stiefel auf dem Fels. Ihr himmelblaues Kleid. Ihr Onkel Aubrey wenige Schritte hinter ihr, mit einer Hand im Seesack.

Folge den Blitzen. Gelbe Gabeln, die aus Villen hoch im Himmel runterfallen. Herabjagende Blitze, aber immer noch kein Regen. Der Himmel kann prügeln, doch er kann nicht weinen. Sie möchte jetzt da hoch. Will jetzt da hoch hinter die Wolken, wo ihre Mutter ist und wo ihr Großvater Tom Berry ihr die wahre Geschichte seiner langen Wanderung erzählen und sie ihn dabei ansehen kann, um zu wissen, wann er lügt.

Sie legt sich eine Hand auf die Brust. Spürt mit den Fingern nach dem Herzen, drückt fest gegen den Brustkorb. Ich fürchte den Tod nicht, sagt sie sich. Und wenn es stimmt, dass sie den Tod nicht fürchtet – wenn ein Teil von ihr tatsächlich will, dass ihr Onkel alles hier zu Ende bringt, mit einer Kugel in den Hinterkopf –, dann ist ihr Herz am Ende gewiss vollständig zu Stein geworden. Der Fluch hat sich erfüllt. Und da ist kein blauer Himmel, der dem widerspricht. Kein blauer Himmel, der ihr die Lügen erzählt, die sie hören will. Nur die Grauer-Himmel-Wahrheit. Sie musste fortgehen, sagt sie sich. Sie musste fliehen. Mum konnte nicht bleiben. Konnte so nicht leben. Konnte nicht leben. Mit der Grauer-Himmel-Wahrheit. Mit …

»Anhalten«, befiehlt Aubrey.

Ihm.

Sie stehen am Ausgang des Labyrinths. Die Blitze haben sie herausgeführt.

Ein hohes Sandsteinplateau. Baumgesäumte Ränder, die auf allen Seiten steil in tiefe Schluchten abfallen. Jetzt gibt es nur noch eine Richtung, in die sie gehen können. Geradeaus. Sie können Wasser hören. Rauschendes Wasser. Stromschnellen.

Aubrey steht neben Molly, Tom Berrys Goldwaschpfanne in den Händen. Er fährt mit dem Finger über die Rückseite der Schüssel. Der letzte Vers.

Dein sei, was du trägst, trage, was ist dein
Tritt ein in dein Herz aus Stein

»Was bedeutet das?«, fragt Aubrey.

»Das würdest du nie verstehen«, sagt Molly. »Man muss anmutig sein, um es zu verstehen. Man musst poetisch sein.«

Aubrey packt Molly mit der Rechten am Genick. Drückt fest zu. »Lass mich versuchen, es zu verstehen«, flüstert er. Er schüttelt sie fest.

Molly schweigt.

»Was bedeutet das?«, knurrt Aubrey durch zusammengebissene Zähne. Zwingt ihren Kopf immer dichter an die Pfanne.

Molly liest die Inschrift.

Dein sei, was du trägst, trage, was ist dein
Tritt ein in dein Herz aus Stein

»Es bedeutet, dass wir der Wahrheit ins Gesicht sehen und erkennen müssen, wer wir wirklich sind, Onkel Aubrey«, erklärt sie. »Alles, was du je getan hast, und alles, was du je tun wirst … zu dem musst du dich bekennen. Weil du all das bist. Du trägst all diese Dinge mit dir herum. Mein Großvater wusste das. Mein Großvater wusste, was für ein Mensch er geworden war. Er konnte dem nicht entkommen. Wo auch immer er hinging, er musste es mit sich herumtragen.«

Sie blickt empor in Aubreys Augen. »Auch du musst dich zu dem bekennen, was du mit dir trägst, Onkel Aubrey«, sagt sie. »Tritt ein in dein Herz aus Stein. Du musst es annehmen. Hineintreten. Du bist das Herz aus Stein.«

»Wo ist das Gold?«, fragt er ungeduldig.

»Alles, was du je wolltest, waren Schätze«, sagt Molly.

»Wo ist es?«, bellt Aubrey.

»Meine Mum war so ein Schatz«, sagt sie. »Sie strahlte. Sie war wie das Funkeln. Sie hat dich goldkrank gemacht. So krank, dass du sie haben musstest.«

»Wo ist es?«, brüllt Aubrey.

Molly blickt über das Plateau hinweg zu einem Pfad, der zu einer Kammlinie am Horizont emporsteigt.

»Es ist hinter diesem Bergrücken«, sagt Molly.

Aubrey macht einen Schritt zurück und richtet die Pistole auf die Stelle zwischen Mollys Augen.

»Los«, sagt er.

✻

Sie kommen an Steinhaufen vorüber und an allein stehenden Felsen. Einer hat die Form eines Heißluftballons. Ein anderer die eines Traktorenrads. Das Totengräbermädchen und der Schatten marschieren unter dem grauen Himmel. Einen Kilometer. Zwei Kilometer auf dem Höhenkamm entlang. Eckige pyramidenförmige Felsen und scharfe Kanten, die Molly an Dornteufel erinnern, jene stacheligen Echsen, die sie einmal mit ihrem Vater in der Wüste hinter dem Tennant Creek gesehen hat. Der Weg windet sich über eine Reihe schartiger Kämme, die Molly an die scharfen Fangzähne der Straßenhunde Darwins denken lassen, dann kräuselt sich der Pfad gefährlich an einem freiliegenden Hochplateau entlang, und Molly hält an, um die Tiefe des darunterliegenden Canyons abzuschätzen. Sie kickt einen roten Stein über den Rand, neigt sich vor und sieht ihn dreimal von einer fast senkrechten Felswand abprallen, bis er im Blätterdach des Rankenwaldes rund hundert Meter unter ihnen verschwindet.

Als der Pfad um einen Granitblock führt, der ihnen den Weg zur anderen Seite der ausgedehnten Bergkette versperrt, verengt er sich zu einer Breite von gerade einmal dreißig Zentimetern.

»Geh weiter«, drängt Aubrey.

»Der Weg ist nicht breit genug«, sagt Molly, während sie den Sims taxiert. Loses Gestein und gelbe Erde fallen steil zur Schlucht hin ab. »Das ist ein Weg für Felskängurus, nicht für Totengräber«, sagt sie. »Wir müssen umkehren.«

»Geh weiter«, sagt Aubrey.

Molly wendet sich nach rechts, späht in den Canyon hinunter, und ein kalter Schauer lässt sie jäh wieder zurückschrecken, hin zur linken Felswand. Sie wendet sich nach links, klammert sich mit beiden Händen an den Fels und trippelt seitlich mit vorsichtigen Schritten den schmalen Pfad entlang, dicht gefolgt von ihrem Onkel. Die Brust eng an den Stein geschmiegt tastet sie nach Halt, findet jedoch nur glatten grauen Granit. Sie schlurft seitwärts, eine Stiefelbreite nach der anderen, dann aber tritt sie auf einen losen Stein, und Molly rutscht weg und spürt, wie sich ihr Körper von der Felswand löst. Sie rudert mit den Armen, sucht nach etwas, an dem sie sich festhalten könnte, doch alles, was sie zu fassen bekommt, ist Luft, und sie kippt rücklings auf die Schlucht zu. Dann legen sich im Fallen plötzlich Finger um ihr linkes Handgelenk, und das Totengräbermädchen hängt am dürren linken Arm von Aubrey Hook, der vor Schmerzen gellend aufschreit, da die ganze Last des Totengräbermädchens nun an jener eitrigen Bisswunde zerrt, die ihm dieser tollwütige Hund von einem Bruder auf diesem gottverdammten Friedhof beigebracht hat.

Aubreys qualverzerrtes Jaulen schallt quer durch den Canyon, er kneift vor Schmerz die Augen zu, und als er sie wieder öffnet, starrt er in die Augen von Molly Hook.

Dein sei, was du trägst, denkt er. Trage, was ist dein. Molly Hooks Augen. Zieh sie hoch, denkt er. Lass sie fallen, denkt er. Tritt ein in dein Herz aus Stein, denkt er. Das Mädchen hat ihm nichts zu bieten. Das Mädchen, denkt er, ist bereit zu fallen.

Dann stellt Molly eine Frage, die er sich selbst niemals gefragt hat. »Wieso konntest du mich nicht lieben?«, fragt sie.

Mit welcher Seelenruhe sie das fragt. Wie gelassen sie an seiner Hand hängt.

Lass sie fallen, denkt er. Zieh sie hoch, denkt er. Und mit einem weiteren schmerzerfüllten Heulen hievt er das Totengräbermädchen zurück auf den schmalen Bergpfad. Als er sie abgesetzt hat, schnauft er tief durch, und sie, eng an die harte Granitwand geschmiegt, tut dasselbe.

»Weiter«, flüstert er.

*

Sie marschieren durch ein Tafelland aus rotem Sandstein, gespickt mit Grüppchen von Eisenholz- und Kajeputbäumen. Der Fels ist rissig, und an manchen Stellen überlagern sich die Schichten so, dass sie naturgemachte Treppen und breite Stufen bilden, die wie Theaterbühnen aussehen, auf denen Greta Maze alle fünf Akte der *Tragödie von Hamlet, Prinz von Dänemark* zum Besten geben könnte. Molly hofft, dass Greta Maze aus dem Irrgarten herausgefunden hat. Hofft, dass Greta jetzt auf dem Weg zurück nach Darwin ist. Ich hätte ihr nie von der Goldpfanne erzählen sollen, denkt sie. Hätte sie niemals hierher mitschleifen dürfen. Nicht durch die Finsternis des Candlelight Creek. Und auch nicht durch die bunte Wunderwelt des Schwemmlands.

Yukio, denkt Molly. Sie wünschte, Yukio Miki wäre nie vom Himmel gefallen. Und wenn sie ein Steinherz in der Brust hat, dann platzt es gerade auf und bricht entzwei. Es nützt ihr nur nichts mehr. Stein ist nicht hart. Stein ist spröde. Stein ist schwach.

»Stromschnellen«, sagt Molly. Erst kann sie sie nur hören. Dann sieht sie sie auch.

Vor ihnen breitet sich eine weite Ebene aus zerklüftetem Sandstein aus. Von einem höheren Plateau zu ihrer Linken stürzen zwei Flüsse herab, die tiefe Schneisen in den Fels gegraben haben. Durch zwei schmale parallele Schluchten jagen ihre Fluten bis zum Ostrand des Hochlands. Molly geht auf die erste dieser beiden Schluchten zu und spürt, wie die Gischt gegen die Felsen schlägt. Die Schlucht ist etwa fünfzehn Meter breit, und es gibt nur eine Möglichkeit, sie zu überqueren: eine schmale Brücke aus vier notdürftig mit dicken Lianen zusammengebundenen Eukalyptusstämmen. Die Brücke ist am Ufer nicht verankert, ihre Enden ruhen einfach auf dem Felsen, und mit den tosenden Stromschnellen keine zwei Meter darunter macht die Feuchtigkeit die Stämme schmierig, schwarz und rutschig. Molly geht zum Anfang der Brücke und dreht sich zögerlich zu Aubrey um.

»Geh«, sagt er und hält es nicht – jedenfalls *noch* nicht – für nötig, den Revolver auf Molly zu richten.

Molly betritt vorsichtig die Brücke. Sie streckt die Arme zur Seite, um das Gleichgewicht zu halten, verlagert ihr Gewicht leicht auf das linke Bein, um die Stabilität der Konstruktion zu überprüfen, die sich selbst unter ihrer bescheidenen Last schwankend biegt. Aber sie geht weiter, Stiefelschritt um Stiefelschritt, und die Baumstämme tragen ihr Gewicht. Auf halbem Weg macht sie den Fehler, hinabzusehen, und ist für einen Augenblick gebannt von der schieren Kraft der Schnellen, dieser tödlichen Melange aus Druck und Fels und Wasser, die hier schon seit Jahrtausenden zusammentreffen. Kurz zittern ihr die Knie, doch dann schaut sie hoch, richtet den Blick aufs Brückenende und erlangt das Gleichgewicht zurück. Molly fürchtet sich so sehr und hat es derart eilig, von dieser Baumstammbrücke wegzukommen, dass sie auf den letzten Metern schlurfend rennt. Auf festem Boden angelangt atmet sie tief aus und schließt die Augen, bevor sie sich umdreht und Aubrey dabei zusieht, wie er unsicher übers Wasser balanciert.

Sie richtet eine Bitte an das Wasser. Zieh ihn runter. Hinab, hinab, hinab in die Finsternis. Als Aubrey wacklig bis zur Mitte getrippelt ist, fällt Mollys Blick plötzlich auf das

Brückenende. Sie könnte dieses Ende hochhieven, die ganze Brücke in die Fluten kippen und Aubrey Hook würde mit untergehen. Würde über die Klippe dieses Berges geschwemmt werden, und sein Schatten würde ihr Licht nie mehr verfinstern.

»Zurück«, brüllt Aubrey von der Brücke und richtet seine Waffe auf Molly. »Noch weiter.«

Molly weicht zurück, während Aubrey bis zum Ende der Brücke balanciert.

»Geh weiter«, sagt er.

*

Es ist nicht weit bis zum zweiten Fluss, wo die Brücke nur aus drei Eukalyptusstämmen besteht, der Übergang dafür jedoch nur rund zehn Meter misst. Das Totengräbermädchen geht vorsichtig hinüber. Auf der anderen Seite endet das Plateau in einem schmalen Sandsteinvorsprung. Eiförmig und brach. Dort ist nichts. Nichts außer Felsen, Luft und steilen Klippen ringsum. Zu ihrer Linken kann sie über die Kante spähen und sieht, wie die Flüsse über den Rand der Ebene in die Tiefe stürzen, anschließend verschmelzen und vereint unter einem imposanten Steinbogen hindurchfließen. Zu ihrer Rechten sieht sie, wie ein anderes Flusssystem in einem schmalen Tal verschwindet, das, so glaubt sie, dieses Wildwasser so rasch den Berg hinabbefördert, dass es zum großen Schlussapplaus in einem der atemberaubenden Wasserfälle münden muss, die sich am Ende in die Art Tosbecken ergießen, die nur in Träumen existiert – bunten Träumen, die sich in bunten Farben weit über dem grauen Himmel entfalten.

Und aus diesem grauen Himmel schießen wieder Blitze, und die wilde und furchterregende Pracht dieses merkwürdigen Ortes hüllt das Totengräbermädchen ein. Das Traumartige daran. Wie geschaffen für ihr Licht und für ihren schwarzen Schatten. Eine Stadt aus raffinierter uralter Felsarchitektur, durchzogen von Flüssen, die sich schlängeln, winden und am Ende in abgrundtiefe schwarze Löcher stürzen. Der Vorsprung erscheint ihr wie der Mittelpunkt all dieser Naturwunder, und sie dreht sich einmal um sich selbst, um die Höhlenwohnungen in einer fernen Felswand zu bestaunen und die regenbogenfarbenen, roten und samtschwarzen Vögel, die hoch über ihr kreisen. Ihre Rufe klingen, als würden sie ihr gratulieren, sie dazu beglückwünschen, dass sie es so weit geschafft hat. Tief atmet sie ein und riecht die Stromschnellen, und sie spürt, wie die Erde tief, tief unter ihren Füßen arbeitet, und sie spürt die elektrische Spannung in der Luft, die sich nur so aufbaut, wenn im Norden eines rauen Südlands ein Sturm aufkommt. Der Blitzmann in der Himmelsvilla biegt die Blitze aus seinen Ohren hinab, und die Früchte seines Zaubers scheinen direkt über Molly Hooks Kopf einzuschlagen, und der Wind weht ihr das Haar übers Gesicht und fegt den Saum des himmelblauen Kleids empor, und der graue Himmel möchte so sehr weinen, dass das Totengräbermädchen es in seinen kalten Knochen spüren kann. Sie blickt voraus über den rauen Grund des schmalen Vorsprungs und weiß genau, wohin sie gehen muss. Also marschiert sie los, geht unverdrossen auf die Kante des Plateaus zu, das rund zwanzig Meter vor ihr endet.

»Wo zum Teufel müssen wir jetzt lang?«, bellt Aubrey hinter ihr.

Doch der Wind in Mollys Ohren dämpft das Dröhnen seiner Stimme. Augen geradeaus. Stur aufs Ende des Felsvorsprungs gerichtet.

»Wo zum Teufel glotzt du hin?«, brüllt Aubrey hinter ihr.

Der Wind schlägt Molly nun so stramm entgegen, dass sie Mühe hat, voranzukommen, und sie muss sich mit ihrem dürren Körper fest dagegenstemmen.

»Wo um alles in der Welt glaubst du, dass du hingehst?«, schreit Aubrey.

Reglos schaut er zu, wie das Totengräbermädchen langsam über den flachen Felserker marschiert. Irgendetwas scheint sie magisch anzuziehen. Sie wirkt wie hypnotisiert, gebannt von etwas, das er nicht sehen kann. Alles, was er sieht, ist das Buschland unter ihnen. Alles, was er sieht, ist die Felskante und Molly Hook, die auf das Nichts zugeht. Hin und wieder rutscht sie mit den Stiefeln über den unebenen Untergrund, doch sie marschiert weiter. Schlägt die Hände auf die Brust. Die Handflächen aufs Herz.

»Komm zurück, Molly«, brüllt Aubrey gegen den Wind. Sie tritt in die Fußstapfen ihrer Mutter, denkt er. Eine Berry durch und durch. Er hebt die Waffe.

»So leicht kommst du mir nicht davon«, kreischt er.

Das Mädchen geht weiter. Aubrey feuert einen Warnschuss über Mollys Kopf.

Molly bleibt wie angewurzelt stehen. Aubrey sieht, dass sie noch ein oder zwei Meter von der Kante des Plateaus entfernt ist. Molly dreht sich um.

»Nicht, bis du mein Gold gefunden hast«, ruft Aubrey, die Pistole auf ihre Brust gerichtet.

Der Wind weht ihr die braunen staubigen Locken übers Gesicht.

»Ich habe ein Gedicht geschrieben, Onkel Aubrey«, sagt Molly. »Es handelt von dir. Und es handelt von Mum und mir. Es ist ein wunderschönes Gedicht, Onkel Aubrey. Es ist anmutig.« Sie schaut hoch in den grauen Himmel. »Es heißt ›Wir sind Schätze, begraben unter Himmel‹.«

Und Aubrey Hook sieht, wie das Totengräbermädchen

sich wieder umdreht, und dann sieht er es im Steinboden verschwinden. Sie verschwindet einfach. Doch nicht über die Kante. Sondern in den Felsen selbst. Und einen Moment lang glaubt Aubrey Hook an Zauberei. Denn dieser Trick muss das Werk von Longcoat Bob sein oder das Werk der Geister, denn Kinder verschwinden nicht einfach so in Sandstein.

Sprachlos und verwirrt senkt er die Waffe und tappt vorwärts, nähert sich behutsam jener Stelle, an der Molly Hook verschwunden ist, und jetzt erkennt er, dass sie über einem Hohlraum gestanden hat, einem Loch im Fels, das steil ins Dunkel abfällt. Rund drei Meter lang und breit. Eine seltsam erodierte Öffnung von höchst ungewöhnlicher Form.

Aubrey Hook erkennt die Form sofort. Es ist die eines menschlichen Herzens. Sie hat es getan, denkt er. Sie ist eingetreten in ihr Herz aus Stein.

*

Sie sitzt auf der Erde, hält sich den verstauchten Knöchel, der bei der Landung fast gebrochen wäre. Sie sitzt in einer Felshöhle und schaut hoch zu einer Decke, die so hoch ist wie die Zimmerdecke im Friedhofswärterhaus von Hollow Wood. Sie späht durch das Loch in dieser Decke, und dieses Loch hat die Form eines Herzens, eines Herzens, das den grauen Himmel einrahmt.

Der Umriss ist zwar grob, aber dennoch deutlich zu erkennen, wie jene tätowierten Herzen, die sie von den Armen der Soldaten und Farmer in den Pubs auf der Smith Street kennt. Ein Romanherz. Die Künstlerversion eines Herzens. Die Art Herz, durch die man einen Pfeil malt.

Molly dreht den Kopf und entdeckt eine Öffnung, durch die noch mehr Licht dringt, einen naturgeformten Bogengang am Ende eines kurzen Gefälles. Einen Zugang, wenig größer als die meisten Haustüren von Darwin, der darauf schließen lässt, dass es andere Wege gibt, ins Innere dieser merkwürdigen Felsformation zu gelangen, als durch ein Loch in ihrer Decke.

Sie fährt mit den Händen über den rauen Boden und findet ein paar Steine, die sich kalt anfühlen, mehr davon, die sich darüber türmen, und über diesen noch mehr Steine. Ein ganzer Steinhaufen. Ein oder zwei davon so groß wie Honigmelonen. Manche groß wie Mangos, andere wie Kricketbälle.

»Mach, dass du da wegkommst«, brüllt Aubrey Hook von oben.

Als sie aufschaut, sieht sie ihn vor dem dämmrig-grauen Himmel stehen und hinab ins Dunkel spähen. Dann wirft er Mollys Seesack durch die Öffnung und versucht, am dumpfen Aufprall die Tiefe bis zum Boden abzuschätzen. Er steigt nicht einfach in das Loch wie Molly, sondern lässt sich hineingleiten, so wie er einst in Hollow Wood in die entweihten Gräber abgeglitten ist. Er klammert sich, so gut es geht, am Deckengestein fest und lässt die Beine in die dunkle Leere baumeln, bevor er sich nach unten auf den unsichtbaren Boden fallen lässt, von dem er nur hoffen kann, dass es ihn gibt.

Aubrey kommt hart auf, seine Beine geben nach, und er kracht seitlich in den Steinhaufen, den Molly kurz zuvor ertastet hat. Die lädierte Schulter lässt ihn vor Schmerz aufjaulen, und dieses Jaulen hallt zwischen den Höhlenwänden hin und her.

Aubrey atmet schwer. Rasseln in der Lunge. Molly kann ihn nur undeutlich erkennen. Zu dunkel. Doch sie kann ihn riechen. Der Alkohol sickert ihm noch immer aus den Poren. Der Geruch von Tabak an seiner Kleidung und in seinem Atem. Er fährt mit den Händen fieberhaft über die Steine, auf die er gefallen ist. Jetzt der Geruch des Feuerzeugbenzins, die Funken des Reibrads von Aubreys abgewetztem Metallfeuerzeug. Erst Funken und dann eine Flamme. Das kleine Licht des Feuerzeugs in der Dunkelheit der Höhle, und schließlich sein erstrahlendes Gesicht. Die schwarzen Augen. Der Flammenschein, der sich in diesen schwarzen Augen spiegelt. Molly entdeckt etwas in diesem Blick. Eine Art finstere Verwunderung. Ein Fieber.

Er spürt es, bevor er es überhaupt sieht. Das altbekannte Kribbeln kriecht seine Wirbelsäule hoch, vom Steiß bis in den Nacken. Er schwenkt das Feuerzeug über den Steinhaufen, und die Steine werfen Licht zurück. Goldenes Licht. Einen strahlenden, wundersamen, fiebrigen Goldschein, der aus den Flecken wertvollen Metalls in dem Gestein hervordringt.

Die Feuerzeugflamme schweift über den Steinhaufen, und Aubrey gönnt sich ein Lächeln. Ein Haufen reinen Golderzes. Rohe Goldnuggets, umhüllt von hartem Fels. Das Funkeln ihres Goldlichts, das danach verlangt, der Welt enthüllt zu werden.

Selbst Molly spürt das Funkeln. Manche Klumpen sind bereits so bloß und rein, dass sie Molly an grob aus ihrem Bienenstock gerissene Honigwaben erinnern. Wie etwas, das sie aus Baumlöchern ziehen könnte.

Diesen goldenen Honig wird Aubrey dem Steinherz gleich entreißen und ihn als neuer Mensch zurück nach Darwin tragen. Das Buschland wird ihn verändern, und das Funkeln seiner Augen und das Glänzen seiner blank polierten Schuhe werden die Finsternis in seinem Inneren verbergen.

Aubrey versucht, sie zu zählen. Dreißig Goldnuggets. Vierzig Nuggets. Irgendwann verliert er den Überblick. Er muss kichern. Und aus diesem Kichern wird ein Lachen, und aus diesem Lachen ein Jaulen, das in der ganzen Höhle widerhallt.

Molly kennt diesen Ausdruck auf Onkel Aubreys Gesicht. Es ist ein Ausdruck von Befriedigung. Jaulend dreht er sich zu Molly um, und das Mädchen zieht die Knie eng an die Brust, schlingt die Arme um die Beine und studiert den aufgewühlten Mann vor sich. *Jaul. Jaul. Jaul.* Dieses kranke Jaulen, das tief aus seinem terpentinverätzten Magen dringt. Das Geräusch, das entsteht, wenn die tektonischen Platten seines steinernen Herzens aneinanderreiben. *Jaul. Jaul. Jaul.*

Aubrey steht auf und hastet atemlos und schnaufend durch die gewölbte Öffnung. Als seine Augen sich ans Licht gewöhnt haben, entdeckt er, dass die Höhle auf eine Sandsteinlichtung hinausgeht, gesäumt von Akazien- und Muskatnussbäumen und Flecken von Lianenwald. Er reckt den Hals, blickt nach oben und sieht, dass er sich nun unterhalb des aufragenden Vorsprungs befindet, auf dem Molly und er vorhin gestanden haben. Rechts von ihm rauscht ein weiterer reißender Fluss unter einer weiteren notdürftigen Brücke aus Eukalyptusstämmen dahin, und zu seiner Linken tritt ein schmaler Pfad zwischen den Felswänden hervor. Zwei Wege, die aus der Lichtung führen.

Er rennt zurück in die Höhle, schnappt sich Mollys Seesack und leert ihn auf dem Boden aus. Die Goldgräberpfanne, mit der alles begonnen hatte. Shakespeares Lebenswerk. Der rote Brocken, den Molly ihrer Mutter aus der Brust gerissen hat, das rote Herz von Violet Hook, das zu Stein geworden ist.

Hektisch stopft Aubrey jene Nuggets, die im Flammenschein am hellsten funkeln, in den Seesack. Wenig Stein, viel Edelmetall. Kleine Brocken, die fünf Kilo wiegen dürften, größere von zehn und sogar einige der großen Brocken, die, so glaubt er, sicher über fünfzehn Kilo schwer sind.

Er hat es derart eilig, dass er Molly keinerlei Beachtung schenkt, als sie den Boden nach ihrem roten Stein absucht. Violets Stein. Doch stattdessen findet sie etwas anderes. Etwas, mit dem sie sich in den Zeigefinger schneidet, als sie versucht, es in der Dunkelheit zu fassen. Das Küchenmesser.

Mit ihm in der Hand robbt sie über den Boden, und dann findet ihre Linke auch den roten Stein, und nun hat sie alles, was sie braucht, also kriecht sie zu einer Nische in der Felswand, und von dieser Nische aus sieht sie durch das Herz aus Stein den grauen Himmel. Und sie bittet den Himmel um ein allerletztes Geschenk. Einen Blitzstrahl, der durch dieses Loch herabschießt und Aubrey Hook zu Asche verbrennt. Eine Bombe von einem dieser Todesflieger. Die gleiche Art von Bombe, die Horace Hook zerrissen und in einen Baum geschleudert hat. Eine verschollene Mutter mit braun gelocktem Haar, die kommt und sie befreit von diesem Schatten. Die sie von ihm fortbringt.

Ganze zehn Nuggets stopft Aubrey in den Seesack, spannt federnd seine Beine an, als er das Gewicht austestet. Dann hievt er ihn hoch. Hat das Gefühl, als stünde eine Ader in seiner rechten Schläfe kurz vorm Platzen, doch das Goldfieber verleiht ihm Kraft. Es gelingt ihm, den Sack über die Schulter zu schlingen, und er schleppt ihn, zufrieden, die Last des Goldfunds stemmen zu können, aus der Höhle und lässt ihn mitten auf der Sandsteinlichtung wieder fallen. Dann marschiert er eilig zurück, schnappt sich eins der größten Nuggets, einen üppig goldgespickten Brocken, der geformt ist wie ein Stierkopf und sicher zwanzig Kilo oder mehr wiegt. Er wirft ihn Molly vor die Füße.

»Ich nehm den Sack«, sagt er. »Du trägst den hier.«

Molly hält den roten Stein der Mutter in beiden Händen.
»Nein«, sagt sie.

»Komm, Kleine, mach schon«, sagt er. »Nimm den Stein.«

»Nein.«

»Du wirst jetzt auf der Stelle diesen Stein hier tragen, oder du gehst nirgendwo mehr hin«, droht Aubrey.

Aubrey steht jetzt über ihr. Sein schwarzer Hut und schwarzer Schatten füllen die herzförmige Deckenöffnung.

Ich fürchte den Tod nicht, denkt sie. Ich habe ein Herz aus Stein. Molly schüttelt den Kopf. »Nein«, sagt sie.

Aubrey zieht den Revolver hinten aus dem Gürtel. Richtet ihn auf Molly. Wirft einen raschen Blick durch die dunkle Höhle. »Nun, dann schätze ich, dass dieses Loch das letzte Grab sein wird, in das du dich je gegraben hast«, sagt er.

Sein rechter Zeigefinger gleitet über den Abzug.

Molly späht an der Pistole vorbei in den Himmel über dem Kopf des Schattens. Und auf einmal füllt sich der Schattenriss aus grauem Himmel über ihr mit dem Umriss von Yukio Miki. Ihr Geschenk des Himmels, der Flieger, auf wackligen Beinen, ausgelaugt und kraftlos, halb am Leben und halb tot. In der rechten Hand das heilige Kurzschwert der Familie. Mit müden Augen versucht er, die Schatten, die sich in der Dunkelheit unter ihm bewegen, in den Blick zu fassen.

Aubrey Hook und sein langer dürrer Zeigefinger auf dem Abzug.

Dann reckt Molly den roten Stein mit beiden Händen in die Höhe. Bringt ihn Aubrey dar, bringt ihn dem Himmel dar. Kaum Licht dringt durch die herzförmige Öffnung, doch alles davon verfängt sich in der Farbe des Steins. Dem Rot von Blut.

Das Mädchen hält den Stein, als wohne ihm eine Macht inne, als handle es sich bei ihm um einen Zauberschild, geschmiedet in der Brust der toten Mutter, der sie irgendwie vor einer Kugel schützen könnte. Das Steinherz ihrer Mutter. Das Herz ihrer Mutter. Sie hält es fest. Hält es fest. Hält es fest.

»Warum konntest du mich nicht lieben?«, flüstert sie.

Aubrey Hook ist einen Augenblick gebannt von der Farbe dieses Steins. Fasziniert. Wie gelähmt. Eine tief und lang in seinem Inneren begrabene Wahrheit bricht sich kurz in seiner Stimme Bahn, ein Funken Gold im gebrochenen Erz seines Lebens. »Sie hat mich nicht gelassen«, sagt er. Augen auf dem Stein. Finger auf dem Abzug. Augen auf dem Stein. Finger auf dem Abzug.

Dann lässt Molly den roten Stein sinken, fasst das Küchenmesser, das sie dahinter verborgen hat, hechtet vor, stößt mit einem Schrei die Arme hinab und rammt Aubrey die kurze Klinge in den rechten Oberschenkel. Und Yukio stürzt sich blindlings durch das Loch, die ganze Last seines fast schon toten Leibes landet schwer auf Aubreys Schultern. Sein Schwert fällt ihm beim Aufprall aus der Hand, doch Yukio umklammert Aubreys Hals, drückt mit dem linken Arm dem Älteren die Kehle zu und greift mit dem rechten bereits nach der Pistole, die Aubrey ganz instinktiv an den Kopf des unverhofften Angreifers zu bringen versucht.

Mit Mollys Küchenmesser im Oberschenkel wankt Aubrey jäh und blindlings rückwärts und rammt Yukio mit dem Rücken fest gegen die Felswand. Yukio hat immer noch eine Revolverkugel im Rücken stecken und schreit vor Schmerzen auf, als das Einschussloch gegen die Wand schlägt, löst seinen Griff jedoch nicht im Geringsten.

Aubrey ist ein wilder Hund. Er brüllt. Speichel, Schweiß, Blut und Wunden im Gesicht. Er wirft sich zur Seite, befördert Yukio so in Richtung des gewölbten Ausgangs. Molly kriecht über den Boden, tastet im Dunkeln blind nach Yukios Kurzschwert. Aubrey schreit noch einmal auf, als er, den Piloten wie einen Sack Mehl auf dem Rücken, zu einem Spurt ansetzt und sich selbst und seinen Gegner gegen eine andere Felswand rammt, von der beide Männer abprallen, torkelnd hinstürzen und sich mit einem so heftigen Drall über den Boden wälzen, dass sie aus der Höhle rollen, wo sie auf dem harten Untergrund der Sandsteinlichtung landen, genau neben Aubreys Sack voll Gold.

Das Rauschen des angeschwollenen Flusses neben ihnen, der feine Nebel seiner Gischt. Der Pilot hat das Schicksal auf seiner Seite, und auch Nara, und am Ende ihrer Windungen ist er obenauf, sitzt schwer auf Aubrey Hook, kriegt die Hand des Totengräbers fest genug zu fassen, um sie dreimal auf den Seesack voller Gold zu dreschen, bis die Waffe schließlich hüpfend quer über den Boden schlittert. Doch dann zerrt Aubrey Yukio ruckartig zur Seite, und die Männer rollen noch zweimal über den Sandstein, und im Wirrsal ihres Ringens sehen sie nicht, dass die Pistole nur einen Meter entfernt von zwei schwarzen bloßen Füßen, die aus braunen Stoffhosen ragen, liegen geblieben ist. Aubrey reißt eine seiner Hände los und greift nach dem Küchenmesser, das noch immer in seinem Oberschenkel steckt. Er zieht es heraus und stößt Yukio Miki die Klinge seitlich in den Magen.

Das bisschen Kraft, das dem Piloten in den Armen noch geblieben war, verlässt ihn nun. Aubrey wirft ihn mühelos herum und greift noch einmal nach dem Messer, das aus Yukios Bauch ragt. Er zieht die Klinge heraus, holt tief und keuchend Luft und hebt das Messer über Yukios Herz, und das Einzige, was ihn davon abhält, es hinab in Yukios Brust zu stoßen, sind die Worte eines sechzehnjährigen

Aborigine-Büffeljägers namens Sam Greenway. »Keine Bewegung, Kumpel.«

Aubrey fährt nach links herum und blickt in den Lauf einer Pistole, die auf seinen Kopf gerichtet ist. Das Gesicht des jungen Mannes ist von verblichenen Streifen weißer Farbe überzogen. Er trägt weder Hemd noch Schuhe, und in der linken Hand hält er einen langen kunstvoll geschnitzten Holzspeer, der doppelt so lang ist wie er selbst. Auch über seine Brust ziehen sich gewellte weißen Linien, die sich wie Wasserstrudel über seine Schultern und Arme winden.

»Sam«, sagt Molly, die jetzt mit dem Kurzschwert in der Hand am Höhleneingang steht und von seinem Anblick wie geblendet scheint. Der Tyrone Power Matarankas. Ihr Westernheld, mit Speer und Revolver in den Händen. Sie wollte seinen Namen lauter sagen, doch er kam so leise über ihre Lippen. So erschöpft.

»Alles in Ordnung, Mol?«, fragt Sam.

Molly weiß nicht, was sie darauf antworten soll. Dreht sich nur stumm zu Aubrey um, der rittlings auf ihrem Freund hockt, der vom Himmel gefallen ist.

»Hat der Kerl dir was getan, Mol?«, will Sam wissen.

Auch darauf hat Molly keine Antwort. Zu benommen. Zu erschöpft. Im Augenwinkel nimmt sie eine Bewegung wahr. Vier junge Aborigines, ungefähr so alt wie Sam Greenway, treten vom Pfad zwischen den zwei Felswänden her von links auf die Lichtung. Die gleiche verblichene Bemalung auf Gesicht und Brust. Die gleichen Speere in den Händen. Die jungen Männer sagen etwas zu Sam in ihrer Sprache. Sam antwortet, und die jungen Männer zischeln. Einer von ihnen stampft mit seinem Speer zweimal auf den Boden.

»Soll ich den Kerl für dich wegpusten, Mol?«, fragt Sam.

Molly schweigt. Lässt Aubrey nicht aus den Augen. »Geh von Yukio weg«, befiehlt sie.

Der Totengräber senkt den Kopf und lächelt. Rückt in aller Ruhe seinen schief sitzenden schwarzen Hut zurecht, steht selbstbewusst auf und schüttelt den Kopf. Dann tritt er von Yukio zurück, und Molly eilt zu dem blutenden Piloten. Der Kopf kraftlos auf der Seite. Der Bauch blutüberströmt. Ein roter Streifen Blut rinnt ihm aus dem Mund. Molly kniet sich neben ihn und legt die Hand auf die blutende Stichwunde.

»Es tut mir leid, Yukio«, sagt sie. »Ich hätte dich nie hierherführen sollen.«

Sam zielt mit der Waffe weiter auf Aubrey, der mit erhobenen Händen dasteht, das Küchenmesser noch immer in der Rechten, und den jungen Mann mit der Pistole finster anstiert.

»Weißt du überhaupt, wie man mit so was umgeht, Blackfeller?«, fragt Aubrey. »Schon mal die Waffe eines Weißen in der Hand gehabt, he? Ist dir auf deinen Buschwanderungen schon mal so'n Ding begegnet?« Aubrey lacht spöttisch in sich hinein. »Schieß ja nicht daneben, Kleiner.« Er schließt die Faust noch fester um den Messergriff.

Dann richtet Sam die Waffe auf eine leere Stelle auf dem Boden, rund einen Meter links und zwei Meter hinter Aubrey.

»Und du heb gefälligst diesen Hut da auf«, sagt Sam.

Aubrey blickt flüchtig zu der Stelle, auf die Sam zeigt.

»Was für einen Hut?«, fragt Aubrey verdutzt.

Blitzschnell feuert Sam einen Schuss ab, der Aubrey den Hut vom Kopf fegt und exakt an dem Ort landen lässt, auf den Sam zuvor gedeutet hat.

»Diesen Hut«, sagt Sam. Dann blickt er Aubrey fest in die Augen, während er die Pistole wie in einer Wildwest-

Zirkusnummer um den Finger kreisen lässt, wobei er das Wirbeln zweimal unterbricht, um mit der Waffe drohend auf die Stirn von Aubrey Hook zu zielen, bevor er sein Spektakel fortführt. Sams barfüßige Freunde kringeln sich auf Kosten des Totengräbers, knuffen sich feixend mit den Ellbogen, doch ihr Gelächter verstummt jäh, als der alte Aborigine mit dem schwarzen und ausgeblichenen französischen Admiralsrock aus dem Durchgang zwischen den zwei Wänden tritt.

Molly stockt der Atem. »Longcoat Bob«, flüstert sie. Dieses krause graue Haar. Die tiefen Falten im Gesicht. Die Furchen in seinen Wangen sind die Risse in allen Felsen, die Molly auf ihrer Reise durchs Buschland je gesehen hat. Longcoat Bobs Land. Die langen Narben quer über der Brust. Jede Linie ein reißender Strom, der sein trügerisches Paradies durchfließt. Die langen Finger, die er an den Seiten hält. Die Finger, mit denen er vor all den Jahren auf ihren Großvater zeigte. »Ein Herz aus Stein«, hat Bob gesagt. »Ein Herz aus Stein.«

Molly beugt sich zu Yukio hin und flüstert ihm ins Ohr: »Das ist Longcoat Bob, Yukio. Er ist ein Medizinmann. Ich werde ihn bitten, dich zu retten. Er kann dich retten, Yukio.« Sie nimmt Yukios Hand. Presst sie sich an die Brust. »Halte durch, Yukio. Geh nicht fort. Halte durch. Bitte. Bitte halte durch.«

Der Alte tippt Sam auf die Schulter, und mehr braucht es nicht, damit der junge Mann mit der Pistole ehrfurchtsvoll zurücktritt.

Mit einem langen Blick aus seinen tiefen und wässrigen grauen Augen nimmt Longcoat Bob die Szene in sich auf. Das Mädchen mit dem Japaner auf dem Boden. Der Seesack voller Nuggets. Der hochgewachsene Mann mit dem Messer in der Hand.

Er deutet auf den Seesack. »Diese Steine«, sagt er. Er spricht leise, aber doch so deutlich, dass sich alle auf der Lichtung, auch Molly, zu ihm umdrehen. »Sind nicht gut.«

»Ich habe diese Steine gefunden«, sagt Aubrey Hook. »Soweit ich sehe, erhebt niemand darauf Anspruch. Ich habe jedes Recht, sie mitzunehmen.«

Longcoat Bob studiert die Miene des großen Mannes. Blickt tief in seine dunklen Augen. In diesen müden Schatten. »Dein sei, was du trägst«, sagt er. Und er deutet mit der flachen Handfläche auf die Brücke aus Eukalyptusstämmen, die sich über den tosenden Fluss spannt. »Geh.«

Das Wort raubt Aubrey Hook für einen Augenblick die Sprache. Er hat »geh« gesagt, denkt er. Mach dich aus dem Staub. Nimm dein Gold und verschwinde. Geh zurück nach Darwin und bau dir deine Villa am Meer. Geh zurück nach Darwin und strafe jeden Wirt mit höhnischer Verachtung, der dich je aus seiner Bar geworfen hat. Und jede Frau, die dir jemals einen Korb gegeben hat. Jeden Bankmanager und Steinhändler und Werkzeugverkäufer, dem dein Geld nicht gut genug war. Und die Frau, die dich lieben sollte, es aber nicht tat. Geh, hat er gesagt.

Aubrey schiebt das Küchenmesser hinten in seinen Gürtel. Marschiert gemächlich hinüber zu seinem ramponierten Hut und setzt ihn mit Seelenruhe wieder auf. Dann geht er zu dem Seesack, prall gefüllt mit rohem schwerem Gold. Geht in die Hocke, streckt den Rücken, und die Adern unter seiner schweißglänzenden Haut schwellen an, als er sich den Sack ächzend auf die Schultern hievt. Dies geschafft macht er auf den Hacken kehrt und stapft, ohne Molly auch nur eines Blickes zu würdigen, an ihr vorüber hin zur Brücke, dem einzigen Ausweg aus der Lichtung, der ihm bleibt.

Am Fuß der Brücke lässt ihn die Stimme Longcoat Bobs noch einmal innehalten.

»Dein sei, was du trägst«, sagt der alte Mann. »Aber trage, was ist dein.«

Aubrey starrt dem Alten in die Augen. Und plötzlich wird ihm kalt, selbst an einem so schwülheißen Tag wie diesem.

Hinter Longcoat Bob bewegt sich etwas. Sams Freunde reden in ihrer Sprache mit drei Aborigine-Frauen, die nun ebenfalls zwischen den Felswänden hervorgekommen sind. Eine von ihnen ist alt, ihr Haar so grau wie das von Longcoat Bob, und auf dem Arm trägt sie den kleinen Jungen, der vom Himmel gefallen ist. Dann sieht Molly eine andere Frau, die jetzt vom Pfad her auf die Lichtung tritt. Eine Blondine, geboren für die Leinwand. In einem smaragdgrünen Kleid. Mit Locken, die ihr wie gebrochene Wellen übers Ohr fallen.

»Greta!« Molly schreit, weil sie nicht an sich halten kann. Ein Schrei voller Erleichterung. Und mehr noch, Liebe.

Doch Greta dreht sich nicht zu Molly um, denn sie ist auf einmal wie gelähmt. Gelähmt von Aubreys Anblick. Wortlos und zu lang starren sie sich in die Augen. Molly will, dass er geht. Verschwinde einfach. Hör auf, ihn anzustarren, denkt sie. Er verdient es nicht, Greta. Verdient nicht einen müden Blick aus diesen Filmstaraugen. Schau weg, Greta. Schau einfach weg, und er wird gehen.

Doch Greta wendet ihren Blick nicht ab. Blinzelt nicht einmal. Und der Schattenmann darf etwas sagen, wenn auch nur ein einziges Wort. »Wir ...«, bringt er heraus. Und dann verstummt er. Sagt nichts mehr. Er lächelt. Senkt den Kopf und macht kehrt, um die Brücke zu überqueren.

Aubrey steigt behutsam auf die drei schmalen Eukalyptusstämme, die vom Nebel der darunter tobenden Gischt ganz schwarz und glitschig sind. Stiefelschritt um Stiefelschritt. Die Brücke biegt sich unter dem Gewicht des Goldes auf seinen Schultern, und Molly sieht ihn innehalten. Er wagt einen weiteren Schritt, und die Brücke gibt noch immer nach, trägt aber sein Gewicht und auch das des Goldes. Nur noch sechs oder sieben Meter bis zum anderen Ufer, denkt er. Er hat Schmetterlinge im Bauch und spürt das Funkeln des Goldes in dem Sack auf seinem Rücken. Dieses herrliche Funkeln. Das Einzige, was er je gebraucht hat. Stiefelschritt um Stiefelschritt. Er ist fast schon in der Mitte und fast zurück in Darwin und in einem Leben mit dem Gold, dem Leben mit dem Funkeln. Noch ein Schritt, und nun krümmt sich die Brücke beängstigend. Ein Knacken im Holz unter ihm, so laut, dass es das Tosen der reißenden Stromschnellen übertönt. Aubrey macht zaghaft einen Schritt zurück, doch da knackt das Holz unter ihm erneut, die Brücke neigt sich noch ein wenig tiefer, und der Totengräber erstarrt.

Er schiebt den Seesack nach vorne auf die Brust, holt langsam einen großen Goldklumpen heraus und wirft ihn ins Wasser, um die Last etwas zu mindern. Er sieht, wie das Goldfunkeln im Wasser allmählich erlischt, und es bricht ihm das Herz, es einfach so verschwinden zu sehen, und der Verlust erfüllt ihn mit Wut, und diese Wut erfüllt ihn mit Furchtlosigkeit, und er wagt noch einen Schritt nach vorn, und diesmal knackt die Brücke nicht, doch sie knackt beim nächsten Schritt und senkt sich noch ein Stück zum Fluss hinunter, also nimmt er noch ein Nugget aus dem Sack und wirft es in die Fluten, und es sinkt rasch hinab zum Grund des Flusses. Doch auch das bewahrt die Brücke nicht davor, sich weiter durchzubiegen, sie ist offensichtlich kurz vorm Brechen, und sein Instinkt bringt Aubrey nun dazu, auf der Stelle kehrtzumachen, er muss zurück in Richtung der rettenden Sandsteinlichtung, in Richtung der Herzsteinhöhle, wo sich das Totengräbermädchen nun erhebt wie eine Felsensäule und seinem jämmerlichen Dilemma vom sicheren Steinboden aus beiwohnt. Als er losrennen will, gibt der Baum ein letztes lautes gnadenloses Knacken von sich. Aubrey Hook stoppt und steht aufrecht da wie eine Marmorstatue. Regungslos.

Molly scheint es, als würde selbst der Fluss versteinern. Der Himmel über ihm. Die Akazien rings um ihn herum. Die Vögel in der Luft. Alles steht still. Nichts rührt sich außer den dunklen Augen des Schattenmannes mit dem schwarzen breitkrempigen Hut, die sich in ihren Höhlen zu dem Mädchen hindrehen, das ihn an diesen Ort gebracht hat. Dem Mädchen, das ihn auf diese zusammenbrechende Brücke geführt hat. Molly versucht, seinen Gesichtsausdruck zu deuten, doch das gelingt ihr nicht, denn es ist ein Ausdruck, den sie auf dem Gesicht von Aubrey Hook noch nie gesehen hat, eine totenblasse Miene, in der kein Schimmer von Befriedigung zu sehen ist.

»Molly ...«, fleht Aubrey Hook. Er möchte die Hand nach ihr ausstrecken, denn er möchte, dass das Mädchen ihn rettet. Doch er kann nach gar nichts greifen mit einem so schweren Sack voll Gold in seinen Armen.

Und dann gibt die Brücke nach. Sie bricht entzwei, und Aubrey Hook stürzt nur zwei Meter vom Ufer entfernt in die Fluten. Seine Augen sind noch immer offen, als der Fluss ihn hin und her und auf und ab drischt, und das Letzte, was er vor der großen Dunkelheit noch sieht, ist das Funkeln seiner Goldnuggets, die aus dem Sack geschleudert werden, den er nicht loslassen will. Das Funkeln. Das herrliche Funkeln.

»Yukio!«, ruft Greta. Sie hastet zum Piloten und kniet sich neben ihn. Sie weint, noch ehe sie das ganze Ausmaß seiner Wunden sieht.

Molly sieht die Tränen, und das erinnert sie daran, dass sie selbst keine vergießen kann. Weine, Molly, weine. Hol deine Tränen von dem Ort, wo es wehtut. Von da, wo es schon immer wehgetan hat. Doch nicht einmal für einen sterbenden Freund kann sie weinen, und sie weiß genau, wer daran schuld ist, und sie wendet sich an Longcoat Bob.

»Das ist alles deine Schuld«, kreischt sie. »Er stirbt.«

Longcoat Bob zeigt keine Regung, mustert den japanischen Piloten auf dem Boden. Verzieht keine Miene.

Molly stürzt auf ihn zu. »Du bist daran schuld, dass wir hier sind«, sagt sie. Sie zerrt an Longcoat Bobs Hand. »Jetzt musst du ihn auch retten. Nur du kannst ihn jetzt retten.«

*

Rücklings auf dem Sandstein kann Yukio Miki den grauen Himmel sehen, und er sieht auch das Gesicht von Greta Maze. Sie weint.

»Bleib, Yukio!«, schluchzt sie. »Hörst du. Du musst hier bei mir bleiben.«

Sie wischt Blut von seinen Lippen. Presst ihre Hand auf seine Wunde.

Er streckt die Hand nach ihr aus. Seine zitternde Hand. Für mehr reicht seine Kraft nicht mehr. Seine Finger gleiten über ihre Wange. Streichen über ihre Wimpern.

Ihr Gesicht kommt näher. Ihre Wärme. Sie ist ein Licht am grauen Himmel. Sie ist Sonne. Sie ist Feuer. Ihre Wange auf seiner. So nah, er kann die Tränen spüren, die aus ihren Augen strömen.

»Bleib hier«, flüstert sie.

Ihre Lippen, die über sein Gesicht streifen. Diese weichen Lippen, für die er bleiben wollte. Doch diese Lippen auf seinen werden sein Ende sein. Denn mit ihrem Kuss kann er jetzt sterben.

*

Molly zieht und zieht an Longcoat Bobs Arm, versucht, den Zauberer in Yukio Mikis Richtung zu zerren. Aber der alte Mann bewegt sich nicht.

»Setz deine Zauberkräfte ein, Longcoat Bob«, fleht sie. »Heil ihn mit deiner Magie.«

Longcoat Bob rührt sich nicht. Verwunderung in seiner Miene. Und auch Zärtlichkeit. »Schschsch«, sagt er zu dem Mädchen.

Dann dringt ein Wort aus dem Mund von Yukio Miki. »Molly.«

Sie fährt herum.

»Molly … Hook.«

Molly prescht zurück zu dem Piloten, kniet sich zu ihm. »Es tut mir leid, Yukio«, sagt sie. »Es tut mir leid, dass ich nichts ändern konnte. Ich dachte, ich könnte alles wiedergutmachen. Aber ich konnte nicht das Geringste ändern.«

Yukio ergreift die Hand des Mädchens. Hebt den Kopf, so hoch er kann. »Molly … Hook … ändern … alles«, flüstert er. Dann sinkt sein Kopf wieder auf den harten Sandsteinboden, und seine Augen weiten sich, als er zum Himmel blickt, zum Hohen Himmel, und auf Nara.

»Yukio gehen jetzt, Molly Hook«, sagt er lächelnd. Etwas Wundersames liegt in seinen Augen. Das Licht darin. »Yukio … *shoot through*.«

Und seine Augen schließen sich nicht, doch sie bewegen sich auch nicht mehr.

DAS FÜNFTE
HIMMELSGESCHENK

DIE SCHAUSPIELERIN
UND DIE DICHTERIN

Sie tanzen für den Fremden aus Japan. Sie glauben Molly, wenn sie sagt, er sei vom Himmel gefallen, um sie zu retten. Sie glauben ihr, wenn sie sagt, er sei ein guter Mensch gewesen.

Sam Greenway und die anderen Männer aus seiner Familie haben über die Taten des fremden Kampffliegers beraten, der sich für Greta Maze in die Schusslinie geworfen und dem Totengräbermädchen das Leben gerettet hat. Sam hat gesagt, dass ihm das Mädchen viel bedeutet, und die anderen gebeten, für den Fremden zu tanzen, in einem Kreis aus festgestampfter Erde umgeben von Hütten aus Rinde, Wellblech und Eisenholzästen, einem kleinen, provisorischen Lager tief im Buschland, drei Kilometer nördlich von der Goldhöhle mit dem Herz aus Stein und dem Fluss, der Aubrey Hook verschluckt hat.

Also tanzen Sam und seine Familie für den Kampfpiloten, der mit geschlossenen Lidern auf einem rechteckigen Stoß aus Ästen liegt, während vier Männer seinen Leichnam in große Streifen weicher Rinde wickeln. Ein Totentanz. Ein Tanz, der Stunden dauert, ein Abschied, der so lange dauert, dass Molly Sam am Rand des Zeremonienkreises zuflüstert, dass es Yukio vielleicht nichts ausmachen würde, wenn seine Jungs mal eine Pause machen würden, um einen Schluck Wasser zu trinken.

»Diese Jungs könnten tagelang so weitertanzen«, erklärt Sam. »Kannst du es spüren, Mol?«

»Was denn?«

»Dein Freund«, lächelt Sam und nickt zu Yukios Leichnam. »Er geht zurück.«

»Zurück wohin?«

»Dahin, wo alles anfing, Mol.« Und Sam schaut hoch zum Himmel, und Molly folgt seinem Blick empor. Auch Sams Freunde in dem Zeremonienkreis starren nun gen Himmel und breiten die Arme aus.

»Er geht zurück, um wieder ein Teil davon zu werden, Mol.«

»Ein Teil von was?«, will Molly wissen.

»Von allem, Molly!«, sagt Sam mit dem selbstbewussten Lächeln eines Hollywood-Idols, das es mit einem Umweg über Mataranka irgendwie hierher verschlagen hat. »Von allem!«

*

Sie bleiben sieben Tage. Molly und Greta teilen sich eine Hütte und schlafen nebeneinander auf weichen Betten aus ausgestopfter und mit Schilf verschnürter Rinde eines Kajeputbaumes. Junge Frauen aus dem Lager bringen ihnen Schalen voller Pflaumen und Tomaten und Teller mit frischem Fisch, Krokodilfleisch und gegrilltem Reinwardthuhn, das so köstlich über heißen Kohlen zubereitet ist, dass Molly nie mehr zurück nach Darwin will.

Molly sagt Sam, dass sie mit Longcoat Bob reden muss. Sam sagt, auch Longcoat Bob wolle gern mit Molly reden, aber Longcoat Bob sei jetzt nicht da. Sam sagt, Molly müsse Geduld haben. Sam sagt, Molly Hook müsse die Dinge langsamer angehen lassen. Sam sagt, Molly renne so schnell in Richtung ihrer Antworten, dass sie an jeder einzelnen davon vorbeirase.

Sam sagt, sie müsse an ihren Freund Yukio denken. Er sagt, sie müsse jetzt für ihre Freundin Greta da sein, die noch immer um den Fremden aus Japan weint.

Mitten in der Nacht wachen Molly und Greta auf. In der Dunkelheit, mit geschlossenen Augen und weit offenem Geist, versuchen sie aus ihrer Reise tief ins Buschland schlau zu werden.

»Bist du wach?«, fragt Molly in der Finsternis.

»Jetzt schon.«

»Ich kann nicht schlafen.«

Greta schweigt.

»Ich muss dauernd an Yukio denken.«

Greta schweigt weiter.

»Ich denk ständig an seine Familie. Sie wird nie erfahren, wie er gestorben ist. Vielleicht sollte ich nach Japan fahren und ihnen erzählen, was er getan hat. Ich könnte ihnen davon erzählen, wie er dir das Leben gerettet hat.«

Greta aber schweigt noch immer, und Molly weiß, dass sie nichts sagt, weil sie gerade weint.

»Tut mir leid«, sagt Molly.

»Was tut dir denn leid?«

»Dass ich dauernd über ihn rede.«

»Ich glaub, er hat verdient, dass man über ihn spricht, Mol.«

Molly dreht sich zur Seite, stützt den Kopf auf den aufgestellten Ellbogen. »Warum bist du mitgekommen, Greta?«

Greta denkt einen Moment darüber nach.

»Ich mag Gold so gern wie alle anderen«, sagt sie.

»Warum hast du dir dann nichts aus der Höhle mitgenommen?«

Langes Schweigen macht sich in der Hütte breit. Greta antwortet nicht.

»Mit nur einem dieser Nuggets hättest du wahrscheinlich für 'ne Weile ausgesorgt«, sagt Molly. »Und was hast du jetzt? Gar nichts.«

Schweigen.

Greta kramt ihren breitesten australischen Kneipenakzent hervor. »*Not a brass razoo*«, sagt sie.

Molly kichert. Mehr Schweigen. Mehr Angst. Mehr Einsamkeit. Mehr Verwirrung. Mehr Totengräbermädchen. »Ich hab ein ziemliches Schlamassel angerichtet, nicht, Greta?«

Greta rollt herum in Mollys Richtung, obwohl sie ihr Gesicht im Dunkeln gar nicht sehen kann.

»Du hast kein Schlamassel angerichtet, Kleine«, sagt Greta. »Du hast dich einfach mitten reingestürzt.«

»Und wie.«

Molly fängt wieder an zu kichern. Greta kichert mit, und bald wird aus diesem Kichern schallendes Gelächter, und es fühlt sich gut an, so zu lachen, denn das alles kommt ihr noch immer wie ein Traum vor und auch wie ein Albtraum, den sie beide überlebt haben, und dieses Lachen ist vielleicht das Einzige, das ihnen bleibt und sie verbindet.

»Mach dir keine Sorgen um mich, Kleine«, sagt Greta und wälzt sich wieder auf den Rücken, um weiterzuschlafen. »Ich hab mir schon schlimmere Sachen eingehandelt als gar nichts.«

*

Am dritten Tag besuchen die weiblichen Stammesältesten sie in ihrer Hütte und bringen das Baby mit, das vom Himmel gefallen ist. Sie legen es Greta in den Arm, und sie fängt an zu weinen, als sie den Jungen hält. Aber es sind gute Tränen, und die Ältesten weinen mit ihr, denn sie wissen jetzt, was dieses Kind in Wahrheit ist. Ein Geschenk. Ein Geschenk, das sie bereits verloren geglaubt hatten. Doch dann wurde es wiedergefunden, zurückgebracht von der wunderschönen Schauspielerin in dem smaragdgrünen Kleid, die, wie sie überzeugt sind, nicht aus dem Buschland kommt. Die weiblichen Stammesältesten haben ausführlich über dieses Rätsel beraten und sind zu dem Schluss gekommen, dass die Schauspielerin wohl doch in die Wildnis gehören muss, da sie diese überlebt hat; sie ist so weit gekommen und das auch noch mit einem Wunder in den Armen. Und dieses Wunder hat sie so ungern wieder hergeben wollen, dass die Ältesten sich sicher waren, dass die Frau im smaragdgrünen Kleid in ihrem Inneren genauso strahlend sein muss wie von außen.

Sam besucht die Hütte, um ihnen mitzuteilen, dass es tief im Busch eine heilige Höhle gibt, zu der seine Freunde und er Yukio Mikis Leichnam bringen wollen. In dieser heiligen Höhle wird Yukios Körper allmählich zerfallen, und sobald dies geschehen ist, werden seine Freunde sehr respektvoll Yukios Knochen aufsammeln und sie in einen großen und heiligen hohlen Stamm legen, wo weder Mensch noch Tier sie jemals stören werden.

Molly aber fragt ihn, ob sie Yukio Miki nicht auf die einzige Art begraben darf, die sie kennt. Mit einer Schaufel und einem Paar Stiefeln. Also tragen Sam und seine Freunde Yukios Leichnam auf einer Bahre aus Ästen tief in den Busch, und sie setzen ihn auf einer Lichtung mit fruchtbarem und weichem schokoladenbraunem Boden ab, neben einem ausladenden Banyanbaum, dessen Äste Molly an die Schlangen erinnern, die sich in der Welt der Geschichten von Medusas Haupt herabwinden. Sie glaubt, das ist in Ordnung, weil das die Welt ist, zu der auch Yukio jetzt gehört. Die Welt der Geschichten.

Molly und Greta heben sein Grab zusammen aus. Fuß um Fuß. Legen jede halbe Stunde eine Pause ein, um aus ihren Wassersäcken zu trinken. Als sie die Grube wieder aufgefüllt haben, geht bereits die Sonne unter.

Molly steht im orangen Licht am Fuß des Grabes, das Familienschwert des Piloten in der Hand. »Darf ich ein paar Worte für ihn sprechen?«, fragt sie Greta.

Die Schauspielerin nickt stumm.

Molly greift das Schwert mit beiden Händen. »Hallo, Yukio«, sagt sie. »Du wirst wahrscheinlich nicht alles von dem verstehen, was ich jetzt sage, aber ich wollte mich nur dafür bedanken, dass du uns gerettet hast. Ich hatte nie viele Freunde. Bevor ich Greta und dich kennengelernt habe, war mein einziger Freund außer Sam eine Schaufel. Das klingt jetzt vielleicht ein bisschen traurig, aber das einzig Traurige daran ist, dass ich nicht noch länger mit dir befreundet sein konnte. Und ich wollte dir nur sagen, dass ich dein Schwert behalten werde, Yukio. Eigentlich wollte ich es mit dir da unten begraben, aber das konnte ich einfach nicht. Und dann hab ich mich an meinen alten Kumpel Bert erinnert, und ich hab mir gedacht, wenn ich so lange mit einer Schaufel befreundet sein kann, wieso dann nicht auch mit einem Schwert?«

Molly dreht sich zu Greta um, die ihr ermutigend zunickt.

»Wie auch immer«, sagt Molly. Sie beugt sich hinab und hebt ein Grabkreuz auf, das aus zwei Ästen besteht, die sie mit Ranken zusammengebunden hat. »Ich habe keinen Meißel und auch keine Kalksteinblöcke, um dir 'ne anständige Inschrift zu machen«, sagt sie. »Ich hoffe, das hier macht dir nichts aus.« Am Schnittpunkt der Äste hat sie ein rundes Blech mit ein paar eingeritzten Worten aufgehängt. »Ich wusste nicht, was ich schreiben sollte, weil ich nie deine ganze Lebensgeschichte gehört habe«, sagt sie. »Also musste ich es ein bisschen zusammenfassen, tut mir leid. Aber ich glaub, ich hab's gut hingekriegt. Es ist nicht sehr poetisch, aber anmutig ist es schon.«

Molly nimmt die Schaufel und hämmert das Kreuz in die nachgiebige Erde an der Kopfseite des Grabes. Greta legt Molly den Arm über die Schulter.

»Auf Wiedersehen, Yukio«, sagt Greta.

Und bevor sie sich im Dunkeln noch verirren, stapfen die müden Totengräberinnen wieder in den Busch, und das zitronengelbe Licht der Abendsonne fällt auf Molly Hooks mit einem spitzen Stein ins Blech geritzte Inschrift.

HIER RUHT YUKIO MIKI
ER FIEL VOM HIMMEL
ER STARB IN UNSEREN ARMEN
ER WAR MIGOTO

*

Am sechsten Tag kommt Wind auf. Der Himmel wird erst grau, dann grün. Die Gewitter kehren zurück, und die Dächer der Hütten müssen mit alten Stricken festgezurrt werden. Dann kommt der Regen. Die Ältesten recken die Köpfe gen Himmel, und man beschließt, dass die Gruppe das Lager verlassen und in einer geräumigen Höhle rund einen Kilometer östlich Schutz suchen wird.

Während der Regen unerbittlich auf die Hütte prasselt, sitzt Molly allein auf ihrem Rindenbett, in der Hand hält sie den roten Herzstein.

Dann zieht Longcoat Bob die Tür aus geflochtenem Federgras beiseite. Das Mädchen erstarrt. Longcoat Bob tritt in die Hütte und kniet sich neben dem Mädchen hin. Er mustert sie schweigend, dann streckt er die Hand aus und nimmt den Stein, den sie so zärtlich in den Armen wiegt. Er hält ihn sich nahe vors Gesicht, studiert ihn eine ganze Weile, bevor er Molly in die Augen blickt.

»Du hast aufgehört, mit dem Himmel zu sprechen«, sagt er.

»Wie bitte?«, erwidert Molly verdattert.

Und für einen Augenblick glaubt sie an Magie. Alles, was man sich über ihn erzählt, ist wahr, denkt sie. Longcoat Bob der Zauberer. Longcoat Bob der Medizinmann. Longcoat Bob der Herr der Flüche. Gebieter der Verwünschungen. Leser der Gedanken.

»Sam meint, du redest mit dem Himmel«, sagt er. »Aber du hast damit aufgehört.«

Molly nickt, versucht, dem Blick des Alten standzuhalten.

»Ich rede auch mit dem Himmel«, sagt er. Und er lächelt. »Ich kann sie hören, Molly Hook«, sagt er.

»Wen?«

Er sieht ihr tief in die Augen. Legt eine Hand auf ihre Schulter. Dann wendet er sich zum Gehen und nimmt den roten Stein mit.

»Komm«, sagt er. »Sie hat dir etwas zu sagen.«

Und er tritt hinaus in den strömenden Regen.

＊

Der Regen ist so dicht, dass Molly kaum Greta, Sam und Sams Familie sehen kann, die mit Körben voller Proviant durch dichtes Buschwerk Richtung Höhle aufbrechen. Molly läuft in die entgegengesetzte Richtung, hetzt, weil sie ihre Stiefel in der Hütte vergessen hat, barfuß westwärts durch den peitschenden Wind und Regen hinter Longcoat Bob her, dessen langer schwarzer Mantel ihn wie eine Art Rüstung vor den wild gewordenen Elementen zu schützen scheint.

»Warte!«, brüllt Molly, als der alte Mann in einen kaum sichtbaren Waldpfad zwischen Seifenbäumen und einer Reihe buschiger Karanjabäume biegt, deren rosa-weiße Blüten im Wind schlackern wie Klapperschlangenschwänze.

»Komm, Molly Hook!«, ruft Bob winkend und entschwindet in einen unsichtbaren Weg durch dicht wuchernde Kletterpflanzen mit violetten Beeren. Ein Blitz zuckt so grell über den Himmel, dass Molly den Kopf einzieht, und als sie wieder aufschaut, kann sie den alten Mann im grauen Regenschleier nicht mehr sehen. Also rennt sie immer weiter, nur noch nach Instinkt, und erhascht die wehenden Schöße seines Uniformrocks, als er auf einen Pfad abzweigt, der links durch eine Wand aus Palmen mit gelben Blüten führt, an denen jene Früchte hängen, die Molly von den Halsketten der Stammesältesten im Lager kennt.

»Warte!«, kreischt Molly.

Orientierungslos steht sie im verschlungenen Monsunwald, von Longcoat Bob fehlt jede Spur, und sie wirbelt um die eigene Achse, sucht die Richtung, in die sie rennen muss. Der Himmel kommt ihr zu Hilfe und schickt ihr einen Gabelblitz, der einen schmalen Pfad erhellt, den sie etwa fünfzig Meter weit entlangsprintet, bis sie auf eine offene Fläche voller Sandsteinbrocken kommt, und zwischen diesen Steinen kann sie mit Glück das Schwarz des Uniformrocks ausmachen.

Sie sieht, wie der Rock am anderen Ende des Geröllfelds anhält, und hört die Stimme des Alten. »Worauf wartest du, Molly Hook?«, ruft Longcoat Bob. »Komm!« Dann verschwindet er wieder im Regen.

Molly kraxelt über Felsblöcke, ihre Füße verlieren auf dem nassen Stein immer wieder den Halt. Von einem Stein zum anderen. Hopp. Hopp. Hopp. Sie rutscht aus, schabt mit den Schienbeinen über eine scharfe Kante, bis diese blau und blutig sind, doch auch das kann sie nicht stoppen, also rennt sie weiter, weiter, immer weiter hinter dem Zauberer her, der ihr Herz mit einem Fluch belegt hat.

Der Boden unter ihren Füßen steigt nun stetig an. Ein Berg aus Stein, der sich bis auf eine Höhe von vierzig, fünfzig, sechzig Metern auftürmt. Und weit oben auf dem Hügel sieht sie Longcoat Bob, der mit kraftvollen Schritten den Hang hochsteigt, Mollys roten Stein fest umklammert in der rechten Hand. Violets Stein.

Molly klettert hinter ihm her. Immer höher, atemlos und fieberhaft, und nah an etwas Unbestimmtem, das sie nicht genau benennen kann. Nah an der Antwort. Näher an dem Fluch.

Ein Blitz jagt nieder, der Regen ergießt sich wie aus Kübeln über ihre braunen Locken, und der Wind will sie den Berg wieder hinabwehen. Der Wind will nicht, dass sie erfährt, was auf diesem Gipfel auf sie wartet. Die Erde rebelliert, hat Sam gesagt. Der Regen rebelliert, denkt sie. Der Wind rebelliert. Aber Molly stapft weiter. Stapft unbeirrt mit Beinen und mit Füßen und dem Kopf so tief und dicht am Sandsteinboden unter ihr, dass es fast scheint, als würde sie den Hang emporkriechen.

Sie blickt auf und sucht das Schwarz des Uniformrocks, doch man sieht nichts außer Regen, Grau und Fels. Lauf, Molly, lauf, sagt sie sich. Grab, Molly, grab. Grab nach deinem Mut. Grab nach deiner Kraft. Grab nach deiner Wahrheit.

Und auf der Hügelkuppe angelangt stemmt sie keuchend die Arme auf die Knie, ringt im dichten Regen nach Luft, und jetzt sieht sie, dass sie auf einem flachen Überhang steht. Von dieser erstaunlichen Formation aus kann sie das gesamte Buschland überblicken, das Mädchen und der Zauberer sind so weit oben, dass es sich fragt, ob es nicht das Meer sehen könnte, wenn der Himmel nicht so wütend auf es wäre. Und sie wendet ihren Blick vom Busch und zu dem alten Mann im Admiralsrock, der nun mitten auf dem flachen Fels vor einer von Wind und Wetter ausgehöhlten Mulde hockt.

Sein wirrer Schopf und schwarzer Rock wehen in der wilden Bö. Er scheint wie besessen von dem Sturm. Molly kommt es vor, als wäre er ein Blitz und all seine Macht rühre von der Elektrizität in seiner rechten Hand, denn mit dieser drischt er eine große Kugel aus Granit fieberhaft auf Mollys roten Stein, der in der Mulde liegt.

»Was tust du da?«, brüllt Molly durch den Regen. Nasse Strähnen im Gesicht. Ihr himmelblaues Kleid durchweicht. Der alte Mann hämmert unerbittlich auf den Herzstein ein, und die Blitze zucken über ihn hinweg. Und jetzt wird Molly klar, dass er den roten Stein zerschmettern will. Mollys Stein. Violets Stein.

»Hör auf!«, kreischt sie. »Hör auf. Du wirst ihn noch zerbrechen.«

Also stürzt sie auf ihn zu, just in dem Moment, als Longcoat Bob die Kugel sinken lässt und sich zurücklehnt. Er streckt Molly den Arm entgegen, um ihr Einhalt zu gebieten.

»Schau zu«, sagt er.

Molly kann es bereits sehen. Der Stein blutet. Rote Schlieren lösen sich daraus, als würde er zerfallen. Ein Werk schwarzer Magie von Longcoat Bob dem Hexenmeister, der so mächtig ist, dass er selbst Steine aus der Brust von Toten schmelzen kann, von Toten, die nur fünf Fuß tief begraben wurden.

Doch dann entdeckt Molly ein Funkeln im Stein, und sie weiß auf der Stelle, was es ist. Metallgewordene Erde. Der Stoff, der unter der Oberfläche entsteht und hart wird.

Der prasselnde Regen löst die gelockerte Außenschicht weichen Gesteins, allenfalls harter Lehm, und enthüllt zusammen mit dem Funkeln die Geschichte dieses Steins. Eine ewige Geschichte von Zeit und Wachstum und Bewegung, von im Erdboden begrabenen Geheimnissen.

Immer mehr dahinfließendes Rot und immer mehr Funkeln. Erst nur kleine Flecken, dann zeigen sich ganze Seiten. Edles Metall, das durch die festgebackene Erde bricht. Molly hat Gold noch nie so strahlen sehen.

Der Regen füllt die Mulde, und das Wasser darin ist von den Farben aus der Außenschicht des Steins ganz rot. Longcoat Bob fährt mit den Händen um den Stein, und noch mehr Lehm und Farbe lösen sich vom Gold darin. Dann legt Longcoat Bob den Klumpen auf den Boden des Plateaus, schlägt mit der Granitkugel, die er nun in beiden Händen hält, noch zwei weitere Male darauf ein und steht schließlich mit einem Brocken Reingold in den hohlen Händen auf. Einem Nugget, geformt wie ein menschliches Herz. Ein Herz, das geschlagen, geschunden, ausgewaschen, abgenutzt, vergessen und herumgetragen wurde und doch unzerbrechlich war.

Der Regen, der erbitterte Regen peitscht auf das Gesicht des alten Mannes nieder, doch das bringt ihn nur zum Lächeln. Er reicht dem Mädchen im himmelblauen Kleid das Herz aus Gold. »Du trägst keinen Fluch mit dir. Du trägst einen Schatz.«

Als Molly Hook das Herz in den Händen hält, ist sie sich sicher, dass es kein Regen ist, der ihr über das Gesicht rinnt. Wenn es irgendwo unter diesem schimmernden Himmel einen Schatz zu finden gibt, denkt sie, wenn wahre Kostbarkeit unter der hohen Ebene des Himmels existiert, dann werden es die Lippen ihrer Liebhaber sein, die eines Tages ihre Seele entflammen; und die Angst, die sie stets wird kämpfen lassen; und die Freunde, die ihr diese Ängste nehmen werden; und die Kinder, die sie ihr eigen nennen wird; und all die Wunder, die sie an den Bäumen, Blättern, Bergen und in den Gebäuden aus Eisen, Stein und Glas einst sehen wird, die den Tag- und Nachthimmel auf der ganzen Welt berühren werden. Ihr wahrer Reichtum wird in der Freude und der Trauer liegen, die sich in den Winkeln ihrer Augen sammelt, all den salzigen Schätzen, die aus dem Leben, das sie in sich birgt, hervorsickern werden, dem Funkeln tief in ihrem Innern. Eine endlose Grabinschrift, die dem Totengräbermädchen nun entströmt, ein kostbarer Tropfen nach dem anderen.

MOLLY UND
DIE GRABINSCHRIFT

Sam Greenway der Büffeljäger kennt den kürzesten Weg
zurück nach Darwin, doch Molly besteht darauf, den langen Weg zu nehmen. Denn Sam macht den Fehler, Molly
zu erzählen, wie lecker Sedimentschnecken schmecken,
wenn man sie auf heißen Kohlen backt. Eine echte Deli-
katesse, sagt er. In seiner Familie nennt man sie *long bums*.
Er sagt, die Schnecken könnten so lang wie Mollys Mittelfinger werden, und als er auch noch erzählt, dass sie eine
seltsam blaue Farbe haben, ein strahlend helles Meerblau,
fleht Molly ihn an, doch bitte, bitte einen Umweg zu einem
weit entfernten Mangrovenwald zu machen, wo es Massen
dieser Schnecken gibt, deren Häuser die Form von Eistüten
haben.

Sam marschiert vorweg, Molly in der Mitte und Greta
Maze bildet die Nachhut. Wieder wandern sie zu dritt
durchs Buschland. Sam hat nur seinen Speer, Molly und
Greta aber tragen grasgeflochtene Umhängebeutel voller
Proviant – frische Beeren, Buschtomate, in Maulbeerblät-
tern eingewickeltes Schlangenfleisch und Wasser –, den
Sams Tanten ihnen mitgegeben haben. Molly will nicht,
dass diese Heimreise zu Ende geht, denn diesmal ist es
eine Reise ohne Angst. Sie fühlt sich, als liefe sie durch die
Schlussszene eines Gary-Cooper-Films, wenn die Bösen

weg sind oder längst unter der Erde liegen und die Sonne langsam untergeht und alles in einen warmen Schimmer von Sicherheit und Hoffnung hüllt. Das war schon immer ihre Lieblingsszene jedes Films. Schon immer wollte sie in der Geborgenheit dieses harmonischen Moments verharren, in ihn eintauchen, doch dann wurde die Leinwand im Star jedes Mal schwarz, der Abspann setzte ein, und die Leute im Publikum fingen an, freudig zu klatschen, Molly Hook aber saß weiter stumm auf ihrem Sitz, denn dass der Abspann lief, bedeutete, dass sie nach Hause musste. Darwin ist wie die Rolltitel des Abspanns. Darwin ist das wahre Leben.

*

Auf dem Weg zu den Mangroven kommen sie an zwei mehrstufigen Wasserfällen vorbei. Sie sehen einen Baum, bei dem Sam lächeln muss, und er erzählt ihnen, dass er schwarz-rote Beeren und korkartige Äste hat, aus denen er die Schäfte seiner Speere macht. »Das Holz ist auch gut zum Musikmachen«, erklärt er.

Sie sehen eine Schar grellrosa Blumen, die den Boden bedecken und die Sam roh isst und *pigface* nennt. Dann kommen sie zu einem Büschel strahlend blauen Grases, das Sam für Molly und Greta pflückt und sagt, dass sie es in ihre Beutel stecken sollen, weil es gegen alle Arten von Erkältung hilft. Als sie an einem ausladenden Milchholzbaum vorübergehen, muss Molly an ihre Mutter denken und an deren altes Haus. Sie dreht sich zu Greta um. »Glaubst du, es ist noch da?«, fragt sie.

»Was denn?«, fragt Greta.

»Darwin«, sagt Molly.

Greta denkt einen Augenblick darüber nach. »Ach, klar«, erwidert sie. »Diese Stadt geht nirgendwohin.«

Greta duckt sich unter dem tief hängenden Zweig eines Litsea-Baumes hindurch, von dem Sam büschelweise Blätter abzupft, die sich Molly und Greta ebenfalls in ihre Beutel stopfen sollen, weil sie den Muskelkater lindern, der sie nach ihrer langen Wanderung ganz sicher plagen wird.

Sie kommen zum Mangrovenwald, von dem Sam gesprochen hat, machen Feuer und bereiten auf einer ebenen Fläche ein Bett aus glühenden Kohlen vor. Dann lassen sie sich die Wasserschnecken schmecken, die Sam direkt auf diesen heißen Kohlen backt und anschließend mit einem Flussstein aufbricht, um das Schneckenfleisch aus den geschwärzten kegelförmigen Gehäusen zu holen. Molly verspeist fünf Schnecken und macht sich Gedanken über das Star-Kino.

»Glaubst du, das Star steht noch, Sam?«, fragt Molly.

»Das sollte es gefälligst«, antwortet Sam, während er mit seinem Speer die Kohlen schürt. »Ich hab immer noch nicht *Entscheidung in der Sierra* gesehen.«

※

Am nächsten Morgen führt Sam Molly und Greta durch einen dichten Lianenwald, in dem es vor Moskitos nur so wimmelt. Sam zündet eine Handvoll Rinde an, die er von einem Buschpflaumenbaum geschält hat, und der Rauch scheint die Insekten zu vertreiben.

Das Trio marschiert noch rund zwei Kilometer durch einen finsteren Tunnel aus Kletterpflanzen, bevor sich das Dickicht lichtet und sie auf eine schmale waldgesäumte Lehmpiste gelangen.

Sam bleibt stehen und späht nach links die schnurgerade Straße entlang. Dann dreht er sich zu Molly um. »Ich muss zurück, Mol«, sagt er leise.

»Ich dachte, du würdest die ganze Strecke mit uns gehen?«

»Das hatte ich auch vor«, sagt er. »Aber diese leckeren *long bums* haben mir einfach zu viel Zeit gestohlen. Ich muss bis morgen früh zurück sein. Onkel Bob nimmt mich mit auf seine Wanderung.« Seine Augen leuchten auf vor Stolz, und Molly weiß, warum. Sam ist ausgewählt worden. Longcoat Bob will, dass er Dinge übers Buschland lernt, die andere nie erfahren dürfen.

»Das ist ja großartig, Sam«, sagt Molly. »Das ist echt großartig.«

Sam wendet sich zu Greta um, die sich etwas abseits hält, um dem Totengräbermädchen und dem Büffeljäger die Möglichkeit zu geben, einander wichtige Dinge zu sagen, so es ihnen denn gelingt, sie dort hervorzuscharren, wo sie sie vergraben haben.

»Wenn ihr hier sechs Kilometer weitergeht«, sagt er und deutet mit dem Speer den Weg entlang, »dann kommt ihr an eine Kreuzung. Links geht's Richtung Norden und nach Darwin. Rechts geht's nach Süden, Richtung Katherine. Und wenn ihr die Straße geradeaus nehmt, seid ihr auf dem Weg nach Sydney. Aber an eurer Stelle würd ich 'nen Wagen anhalten, wenn ihr nicht verschrumpeln wollt wie diese Schnecken auf den heißen Kohlen.«

Greta lächelt ihn dankbar an. »Danke, Sam«, sagt sie.

Sam nickt. Schaut wieder zu Molly. »Und ich glaub, du weißt, wie du mich findest.«

Molly nickt. »Folge den Blitzen.« Sie grinst.

Sam nickt. »Folge den Blitzen.«

Er bewegt sich auf das Mädchen zu, als wollte er noch etwas hinzufügen, doch er sagt kein Wort mehr. Stattdessen lässt er Taten sprechen, neigt sich vor und küsst seine Freundin, das Totengräbermädchen, auf die Stirn.

»Wiedersehen, Molly Hook«, sagt er, macht kehrt und stapft zurück ins Rankendickicht.

Molly schaut zu, wie das Buschland ihn verschluckt. »Wiedersehen, Sam.«

✻

Stilles Land. Die Stille des Buschlands. Nicht mal die Zikaden machen Lärm. Nach dem Regen ist es selbst ihnen zu heiß und schwül, um sich zu bewegen. Greta Maze trottet die rote Lehmpiste entlang, von der Hitze rotgesichtig und verschwitzt. Molly Hook geht neben ihr, doch sie läuft rückwärts und schaut hoch zum wolkenlosen Himmel.

»Hast du in letzter Zeit mal was vom Himmel gehört, Greta?«, fragt Molly, ohne den Blick vom breiten blauen Dach über ihnen abzuwenden.

»Schon seit 'ner Weile nicht«, sagt Greta.

Sie marschieren wortlos weiter, Molly geht noch immer rückwärts. Sie tritt in ein Schlagloch und stolpert.

»Pass auf«, warnt Greta und packt sie mit dem ausgestreckten Arm, damit Molly nicht rücklings auf die rote Erde plumpst.

Sie laufen weiter. Molly späht weiter in den Himmel.

Greta wendet sich nach rechts zu ihrer Weggefährtin. Dem Totengräbermädchen mit dem Kurzschwert eines japanischen Kampfpiloten, das zwischen ihrem Rücken und dem Riemen ihrer Tasche klemmt. Dem Totengräbermädchen, das mit aufgerissenen Augen und weit aufgesperrtem Mund hoch in den endlos blauen Himmel starrt. Sie lächelt. So viel Leben in dem Kind.

»Mir ist aufgefallen, dass du nicht mehr so oft wirres Zeug zum Himmel brabbelst wie früher«, sagt Greta. »Ist dir vielleicht der Gesprächsstoff ausgegangen?«

»Mir sind die Fragen ausgegangen«, antwortet Molly, den Blick noch immer in die Höhe gerichtet. »Also hab ich in letzter Zeit einfach nur noch zugehört, was sie mir zu sagen hatte.«

»Sie?«

Molly nickt.

Greta nickt ebenfalls, muss schmunzeln. »Und was hat sie dir heute erzählt?«

Molly bleibt unvermittelt stehen, Greta aber marschiert weiter, weil die Kreuzung in Sicht gerät, von der Sam gesprochen hat. Ihre Lehmpiste trifft dort auf drei andere.

Jetzt merkt Greta, dass Molly angehalten hat. Sie dreht sich um, sieht Molly hinter ihr zu Boden starren. Tief in Gedanken.

»Heute ist mein Geburtstag«, sagt das Mädchen.

Irgendetwas an diesen Worten versetzt Greta einen Stich ins Herz, ihr Herz aus Fleisch und Blut. Sie eilt zurück zu Molly. »Tut mir leid«, sagt sie. »Das wusste ich nicht.« Sie schaut in ihrem grasgewobenen Beutel nach. Klopft sich auf die Hüften, wo die leeren Taschen ihres Kleids sind. Blickt sich um. Doch es nützt nichts. Weder in dem Beutel noch in ihren Taschen ist irgendwas, das als Geschenk durchgehen würde. Nicht so weit draußen hier im stillen Buschland. Ich habe nichts, denkt sie. »Ich habe nichts, das ich dir schenken könnte«, sagt sie.

Molly schaut zu Greta auf.

»Ist schon in Ordnung«, sagt sie. »Ich hab schon bekommen, was ich mir gewünscht habe.« Und sie blickt hinab auf ihr himmelblaues Kleid. Es ist zerrissen, und es starrt vor Dreck, Schlamm, Blut und Beerenflecken. »Ich wollte was Hübsches, in dem ich tanzen gehen kann«, sagt sie, und ein verschmitztes Lächeln huscht über ihr Gesicht.

Greta lächelt ebenso und schlingt den Arm um Mollys Nacken. »Auf geht's, Kleine«, sagt sie.

Sie erreichen die Kreuzung und werfen einen Blick in jede Richtung. Identische rote Lehmpisten, gesäumt von nordaustralischem Buschwerk. Die Schauspielerin und das Totengräbermädchen, Seite an Seite. Schulter an Schulter. Ellbogen an Ellbogen.

»Also, wo gehst du lang?«, fragt Molly, den Blick stur geradeaus gerichtet. Sie weiß, wie Gretas Antwort lauten wird. Schau sie ja nicht an, denkt sie. Lass sie nicht sehen, wie weh es tut, wenn sie sagt, was sie zu sagen hat.

Greta späht erst nach links und dann nach rechts. »Nun, ich dachte, ich geh dahin, wo du hingehst.«

Molly starrt wortlos geradeaus.

»Spinnerinnen wie du und ich sollten sich zusammentun«, sagt Greta augenzwinkernd.

Molly kommt es vor, als würde das gesamte Buschland schweigen. Hört nur die Geräusche, die sie von sich gibt, als sie versucht, die Tränen zu verbergen. Vergeblich.

Sie reibt sich die Augen.

»Weinst du etwa?«, fragt Greta theatralisch. »Ich dachte, das könntest du gar nicht.«

Das Mädchen lacht und schnieft unter Tränen, das Gesicht rot vor Verlegenheit. »Sieht aus, als könnte ich nur weinen, wenn ich glücklich bin«, gluckst sie und wischt sich mit dem Geburtstagskleid die Augen trocken.

Greta knufft sie mit dem Ellbogen. »Also, wo geht's lang, Molly Hook?«, fragt sie.

Molly reckt kurz den Kopf zum weiten Blau, nickt hinauf zum Himmel, als hätte er ihr laut und deutlich etwas mitgeteilt. Und Greta sieht, wie Molly in ihre notdürftige Umhängetasche greift und einen Klumpen rohen Goldes rausholt, der größer ist als ihre Faust. Sie balanciert ihn in der hohlen Hand.

»Wie kommt man am schnellsten nach Kalifornien?«, fragt das Mädchen. Dann wendet sie sich um zu Greta Maze, und sie muss lächeln, denn die Schauspielerin strahlt. Sie strahlt so hell, dass sie ein kleines wundersames Wesen anlockt, das vom Rand des Urwalds nun herbeifliegt. Ein kleiner weißer Schmetterling, der aus dem tiefen Grün herüberschwebt und Greta um die Schultern flattert und kurz über den staunenden Gesichtern der beiden Wanderer am Kreuzweg in der Luft schwebt, bevor er wieder in den blauen Himmel aufsteigt. Molly streckt die Arme nach oben, winkt ihm hüpfend und freudestrahlend zu.

Dann flattert der Schmetterling weiter durch die warme Luft, und Gretas Blick folgt lächelnd seiner Flugbahn. »Da lang«, sagt sie.

DANK

Die Figur des »Blitzmanns«, die Sam Greenway aus den Erzählungen seines Großvaters kennt, geht auf die Geschichte von Namarrkon (ausgesprochen *narm-arr-gon*) zurück, der traditionell den Beginn der Regenzeit an der Nordspitze Australiens ankündigt. Diese Geschichte gehört zur Überlieferung der ursprünglichen Eigentümer dieses riesigen Gebiets, und meine kurze Anspielung darauf in diesem Buch geschieht mit dem größten Respekt für (und Dank an) die einstigen, gegenwärtigen und zukünftigen Ältesten. Mein tiefster Dank gilt Alison Nawirridj und ihrem Ehemann Leslie Nawirridj, einem ranghohen Mitglied der Kunwinjku-Künstlerfamilie aus dem westlichen Arnhemland. Leslies Großvater hat ihm einst von Namarrkon erzählt, und ich bin ihm zutiefst dankbar, dass er mir bei der Formulierung der entsprechenden Passagen sowie bei dieser Danksagung zur Seite stand.

Tausend Dank an Tess Atie und Greg Balding. Tess ist in jenem Gebiet aufgewachsen, das später einmal zum Litchfield Nationalpark wurde. Sie hat Verwandte überall in der Gegend – von Mandorah auf der Cox-Halbinsel bis nach Peppimenarti jenseits des Daly River. Tess leitet die Northern Territory Indigenous Tours, ein ausschließlich von Aborigines geführtes Reiseunternehmen, das sich auf Touren spezialisiert hat, bei denen die Natur und die Kultur des Landes aus indigener Sichtweise gezeigt werden. Sie und ihr Partner Greg haben mir bei Teilen dieses Buchs geholfen und mich gelehrt, das »Top End« nicht nur mit dem Verstand, sondern auch mit dem Herzen zu sehen. Ihr profundes Wissen und ihre ansteckende Begeisterung für die Natur vor ihrer Haustür zieht sich durch das ganze Buch.

Im Januar 2019 hatte ich die Ehre, mit der MJD Foundation nach Groote Eylandt reisen zu dürfen, einer Insel an der entlegenen Ostküste von Arnhemland. Diese außerordentliche Stiftung setzt sich für indigene Australier ein, die an der sogenannten Machado-Joseph-Krankheit (MJD) leiden, einer neurodegenerativen Erbkrankheit. Die größte Häufung von MJD weltweit findet sich auf Groote Eylandt, wo geschätzte 186 der insgesamt 1100 indigenen Einwohner von Eltern oder Großeltern abstammen, die diese Krankheit geerbt haben, wodurch sie eine fünfzigprozentige Wahrscheinlichkeit aufweisen, ebenso an MJD zu erkranken. Mitten in der traumartigen Wildnis von Groote hat Steve »Bakala« Wurramara mir von der Buschmedizin und dem magischen Geheimwissen erzählt, das sein Vater und seine Großmutter an ihn weitergegeben haben und welches er nun dazu verwendet, um Wissenschaftlern in Sydney bei der Entwicklung einer Therapie oder eines Heilmittels für seine MJD-Erkrankung zu helfen. Kurz vor dem Verfassen dieses Buches hätte ich wohl keinem inspirierenderen Menschen begegnen können, und ich bin mir sicher, dass Bakalas Charme und Charisma unbewusst in die Figur von Mollys Helden Sam Greenway eingeflossen sind. Vielen Dank an Bakala und die MJD Foundation. Danke auch an das Team von Translationz für die Unterstützung bei Yukios Dialogpassagen.

Das Gedicht, das Greta im Roman so gut gefällt, ist das 1902 von dem australischen Dichter Victor Daley verfasste

Gedicht »The Woman at the Washtub.« Molly und Aubrey zitieren aus Walt Whitmans Werk »Song of Myself«, 1855 (»Gesang von mir selbst«, in der Übersetzung von Hans Reisiger, Diogenes, Zürich 1985).

Plot und Struktur stecken Catherine Milne im Blut, und ihre Leidenschaft für Bücher und Worte ist für jeden Schriftsteller, der das Glück hat, mit ihr arbeiten zu dürfen, ansteckend. Du hast von Anfang an gesehen, wo Molly hinwollte, Catherine, und meine Fantasie damit neu beflügelt. Vielen Dank, meine liebe Freundin. Alice Wood – Gefährtin und Geheimwaffe –, ohne dich gäbe es dieses Buch nicht. Jeder braucht einen Scott Forbes in seinem Leben, Satzretter, Fehlerterrier, geniales Adlerauge. Danke, Scott. Tausend Dank an meine überragenden Korrekturleserinnen Pamela Dunne und Nicola Young. Darren Holt, für mich bist du ein großer Zauberer. Und ein großes Geschenk. Danke. Mein Dank gilt ebenso Jim Demetriou, Brigitta Doyle, Libby O'Donnell, Darren Kelly, Tom Wilson und der ganzen unaufhaltsam ratternden Verlagsmaschinerie von HarperCollins Australia. Danke an den großartigen James Kellow für seinen unerschütterlichen Glauben, der zu meiner Religion geworden ist. Ich danke jedem einzelnen Leser und Buchhändler Australiens für alles, was sie für Eli Bell und seine Familie getan haben, womit ich im Grunde meine eigene Familie meine.

Ich danke Christine Middap und der ganzen heiß geliebten Oz-Mag-Gang. Danke an Christine Westwood, Michelle Gunn, Helen Trinca, Chris Dore, Nicholas Grey, Michael Miller, Campbell Reid, Justin Lees, Amy Lees, Andrew McMillen und sämtliche ehemalige und aktuelle Mitglieder der brandheißen Indie-Pop-Rock-Journalistenband The Bureau. Ich danke dir, Mark Schliebs, für die frühe Lektüre und die vielen Anregungen. Danke, Stephen

Romei, Roosters-Kamerad. Danke, Sir Matthew Condon, Segelkamerad. Danke, Asher Keddie, Kristina Olsson, Richard Glover, Venero Armanno, Annabel Crabb, Clare Bowditch und Kathleen Noonan, ihr Engel auf Erden. Danke für deine Magie, Mem Fox. Danke an Adriana und Dan Penman, Kristi und Matthew Gooden, Rebecca und Chris Lane, meine Lachkumpane. Ich danke Kristine und Stefan Szylkarski, Suellen Cash und Brad Sonego, Serena Coates, Edward Louis Severson III. und all meinen geliebten Freunden, denen ich beim letzten Mal gedankt habe.

Danke für alles, Mum. Ich danke Darcy, Mara, James, Reggie, Ethan und Rosalie Dalton und all euren wunderbaren Müttern und Vätern. Danke, Jesse. Danke, Dawn und Bernie Franzmann. Danke, Lenora, Michael, Patrick und David O'Connor. Danke, Tim, Kate, Jack und Ava Franzmann. Fiona, Beth und Sylvie – um euch angemessen zu danken, müsste ich einen ganzen Roman schreiben, weshalb ich diesen hier geschrieben habe. Ich liebe euch. Und danke für den Himmel, Dad. Ich kann dich sehen. Rock on, George Toringo, noch ein letztes Mal.